大秦帝國

第一部《黑色裂變》上

孫皓暉 著

全新增訂版

目錄

第三章　安邑風雲

第四章　秦國求賢令

第七章　瓦釜雷鳴

第八章 政俠發難

【自序】

中國文明正源的強勢生存

一

大秦帝國是中國文明的正源。

大秦帝國所處的時代是中國五千年文明史中最重要的一個時代。

不幸的是，作為統一帝國的短促與後來以儒家觀念為核心的官方意識形態的刻意貶損，秦帝國在「暴虐苛政」的惡名下幾乎湮沒在歷史的沉沉煙霧之中。有限史料所顯示的錯訛斷裂且不必論，明清小說《東周列國志》、《二十四史演義》等通俗史話作品，對秦帝國的描述更是魯莽滅裂，放肆褻瀆，將這段歷史塗抹得猙獰可怖面目全非。這種荒誕的史觀，非但是官方正統意識形態的形象化，而且流布民間，形成了中國民眾源遠流長的「暴秦」口碑。事實上，對於酷愛說古道今的中國老百姓而言，話本小說、評書戲劇、民間傳說等對民眾意識所起到的浸潤奠基作用，遠遠大於晦澀難懂的史書。兩千年來，在對秦帝國的描繪評判中，舊的正統意識形態與舊的民間藝術異曲同工，或刻意貶損，或肆意塗抹，悠悠歲月中眾口鑠金，中國文明正源的萬丈光焰竟然離奇地變形了。

這是中國歷史的悲劇，也是中國文明的悲劇——一個富有正義感與歷史感的民族，竟將奠定自己文明根基的偉大帝國硬生生劃入異類而生猛撻伐！

悲劇的深遠陰影正在隨著歷史的進步而漸漸淡化，儒家式的惡毒咒罵也已經大體終止了。但是，國人乃至世界對秦帝國的了解，依然朦朧混沌。儘管萬里長城、兵馬俑、郡縣制、度量衡以至我們每日使用的方塊字（請注意，人們叫它「漢字」），都實實在在地矗立在那裡，人們觀念的分裂卻依舊如斯。

秦為何物？老百姓還是不甚了了。即或在知識階層，能夠大體說叨秦帝國來龍去脈與基本功績的，也是鳳毛麟角。

於是，就有了將秦帝國說叨清楚的衝動。

在漫長艱苦的寫作中，這種衝動已經慢慢淡了下來，化成一個簡單的願望——將事實展現出來，讓人們自己去判斷。

雖然如此，還是想將研究與寫作過程中形成的一些基本思想大體說說，給讀者與研究家們提供些許談資，以做深究品評。

二

通常意義上，「帝國」是一個歷史概念。它一般包含三個基本特徵：其一，統一遼闊的國土（小國家沒有帝國）；其二，專制統治或高度集權（民主制沒有帝國）；其三，強大的軍事擴張（無擴張不成帝國）。秦在這三個方面都表現得極為鮮明，可算是典型的古典帝國，而不是一個普通的王朝。所以，這部描述秦興亡生滅過程的長篇歷史小說，就叫了《大秦帝國》。

秦之作為大帝國，略早於西方的羅馬帝國，但大體上是同時代的。在古樸粗獷的鐵器農耕時代，大秦帝國與西方羅馬帝國一起，成為高懸於人類歷史天空的兩顆太陽，同時成為東西方文明的正源。但是，大秦帝國與羅馬帝國的歷史命運卻是截然不同的。這裡有兩個基本方面特別值得注意：其一，秦帝國統一大政權存在的時間極短，只有十五年；而羅馬帝國卻有數百年大政權的歷史。其二，秦帝國創造的一整套統一國家體制與文明體系，奠定了中國文明的根基，而且綿延不斷地流傳了下來；具有數百年歷史的羅馬帝國，卻在歷史更替中變成了無數破碎的裂片，始終未能建立一脈相承的統一文明。

一個是滔滔大河千古不廢。一個是源與流斷裂，莽莽大河化成了淙淙小溪。

歷史命運的不同，隱寓著兩種文明方式內在的巨大差異。詳細比較研究這種差異，不是文學作品的任務。《大秦帝國》所展現的，只是這個東方大帝國的生滅興亡史的形象故事。與羅馬帝國的比較只是說明，秦帝國是一個具有世界意義的東方帝國，是創造了一整套不朽文明體系的大帝國。在整個人類文明史中，這樣的大帝國是獨一無二的。

這是我創作《大秦帝國》的信念根基。

我對大秦帝國有著一種神聖的崇拜。

三

先得說說那個偉大的時代與偉大的時代精神。

秦帝國興亡沉浮的五百多年（從秦立諸侯國到帝國二世滅亡），是中國歷史上最為自由奔放、充滿活力的大黃金時代。用那個時候的話說，那是一個「禮崩樂壞，瓦釜雷鳴，高岸為谷，深谷為陵」的劇烈變化時代。用歷史主義的話說，那是一個大毀滅、大創造、大沉淪、大興亡，從而在總體上大轉型的時代。青銅文明向鐵器文明的轉型，隸農貴族經濟向自由農地主經濟的轉型，聯邦制政體向中央統治政體的轉型，使中華民族在那個時代達到了農業文明的極致狀態。

這個輝煌轉型的歷史過程，就是秦帝國生滅興亡的歷史過程。

春秋戰國孕育出的時代精神是全面競爭，強勢生存。用當時的話說，就是「凡有血氣，皆有爭心」的「大爭之世」。所謂大爭，就是爭得全面，爭得徹底，爭得漫長，爭得殘酷無情。春秋三百年左右的紛爭組合，就像春水化開了河冰，打碎了古典聯邦王國時代的窒息封閉，鐵器出現、商業活躍、井田制動搖、天子權威削弱、新興地主與士人階層湧現，整個社會的生命狀態大大活躍起來。於是，舊制度崩潰了，舊文化破壞了，像瓦罐一樣卑賤的平民奴隸雷鳴般躁動起來，高高的山陵塌陷了，深深的峽谷竟然崛起為巍巍大山！進入戰國，這種紛爭終於演變為大爭，開始了強勢生存的徹底競爭。弱小就要滅亡，落後就要挨打，成為幾乎沒有任何緩衝的鐵血現實。徹底地變法，徹底地刷新自己，成為每個邦國迫在眉睫的生存之道。由此引發的人才競爭赤裸裸白熱化。無能的庸才被拋棄，昏聵的國君被殺戮，名士英才成為天下爭奪的瑰寶，明君英主成為最受擁戴的英雄。名將輩出，大才如雲，英主迭起。中華民族的所有文明支系都被捲進了這場全面徹底的大競爭之中！經濟、政治、軍事、文化、民俗，乃至生活方式，舉凡社會生活的所有領域，都在這種大爭之中碰撞出最燦爛的輝煌。戰爭規模最大，經濟改革最徹底，權力爭奪最殘酷，政治生活最陽光，文化爭鳴最激烈，民眾命運與國家命運的聯繫最緊密，創造的各種奇蹟最多，湧現的偉人最多……所有這些，都是後來的時代無法與之比肩的，甚至是無法想像的。

在這樣的歷史土壤中成長的秦帝國，是那個偉大時代強力鍛鑄的結晶。

秦帝國崛起於鐵血競爭的群雄列強之林，包容裹挾了那個時代的剛健質樸、創新求實精神。她崇尚法制，徹底變革，努力建設，統一國家，統一文明，歷一百六十餘年六代領袖堅定不移地努力追求，才完成了一場最偉大的帝國革命，建立起一個強大統一的帝國，開創了一個全新的鐵器文明時代，使中國農耕文明完成了偉大的歷史轉型。

作為時代精神彙集的大秦帝國，最集中地體現了那個時代中華民族的強勢生存精神。中華民族的整個文明體系之所以能夠綿延相續如大河奔湧，秦帝國時代開創奠定的強勢生存傳統起了決定性的作用。

這種強勢生存精神，可以概括為六個基本方面：其一，徹底的不斷的變法革命，以激發民眾最旺盛的活力與國家最強大的實力為生存之本。「求變圖存」，此之謂也。其二，對外部野蠻民族與愚昧文明的衝擊，實行「強力反彈，有限擴張」的戰略。其三，整合統一，霸氣巍巍。其四，統一架構文明載體，使不同習俗的民族分支在同一文明載體下凝聚起來。其五，兼容並蓄，消解融會外部流入的不同文明。其六，崇尚法制，實行英才治國。

這種強勢生存的基本精神，已經在中國文明的歷史發展中一以貫之地表現了出來。否則，我們這個幅員遼闊人口眾多的國度，根本不可能在統一文明中頑強地生存數千年而成為世界唯一。

大秦帝國又是中國歷史上的一個黑洞，一個巨大的興亡之謎。她只有十五年生命，像流星一閃，轟鳴而逝。

這巨大的歷史落差與戲劇性的帝國命運中，隱藏了難以計數的神奇故事以及偉人名士的悲歡離合。他們以或纖細，或壯美，或正氣，或邪惡，或英雄，或平庸的個人命運奏成了這部歷史交響樂。帝國所編織的統一文明框架及其所凝聚的文化傳統，今天仍然規範著我們的生活，構成了中華民族的巨大精神支柱。

這些，就是《大秦帝國》要用故事去表現的最基本內涵。

四

雖然我們沒有忘記秦帝國，但卻也淡漠了那個時代的勇氣與創造力。

在這種民族精神衰退面前，歐洲人的復興之路是我們的鏡子。

當歐洲社會將要被中世紀的死海窒息時，歐洲人發動了文藝復興，力圖從古希臘與羅馬帝國勃勃生氣的文明中召回強大的生命力。歷史沒有辜負歐洲民族。正是古希臘與羅馬帝國原生文明的光焰，摧毀了中世紀宗教領主文明的藩籬，引發了波瀾壯闊的啟蒙運動。一個新興的資本階級破土而出，開闢了人類歷史的新紀元。

被塵封的歷史竟然有如此巨大的力量？

原生文明是一個民族的根基。一個國家、一個民族，在她由涓涓溪流匯成澎湃江河的歷史中，必然有一段沉澱、凝聚、昇華、成熟的樞紐期。這個時代所形成的文化文明，如同一個人的生命基因，將永遠以各種各樣的方式影響或決定一個人的生命軌跡。這便是原生文明。各個民族對其原生文明的深刻反思，從來都是各個民族在各個時代發揮創造力的精神資源寶庫。

當許多人在西方文明面前底氣不足時，當我們的民族文明被各種因素稀釋攪和得亂七八糟時，我們淡忘了大秦帝國，淡忘了那個偉大的時代，淡忘了向偉大的原生文明尋求「鳳凰涅槃」的再生動力。

與西方原生文明相比，以秦帝國為最高峰的中國原生文明更加燦爛，更加偉大。

與中國春秋時代大體同步的古希臘文明，溫和脆弱嬌嫩。雖然開放得多姿多采，卻缺乏一種強悍的張力與堅韌的抵抗力。所以，在羅馬軍團的劍盾方陣面前倏忽崩潰滅亡。這是一個文勝於質的民族的必然悲劇。幅員遼闊的羅馬帝國，則是鐵馬劍盾鑄成的剛性社會。她沒有汲取希臘文明融會改造自身，本民族又缺乏豐厚淵深的原生文明。所以，她在歲月侵蝕中無聲無息地解體了。這是一個質勝於文的民族的必然悲劇。

大秦帝國則不然。她既創造了博大精深的統一文明體系，又具有強悍的生命張力與極其堅韌的抵抗力。自然條件的嚴酷、內部整合的激烈、野蠻部族的蠶食、強大外敵的入侵、意識形態的較量、各種文化的滲入，都遠遠未能撼動她的根基。秦帝國興亡沉浮的五百多年中，華夏文明歷經千錘百鍊而爐火純青，具有無可匹敵的獨立性與穩定性。秦帝國時代創造的統一文明，使中國人在此後兩千多年中歷經坎坷曲折而沒有亡國滅種。

我們可以驕傲地說，在這個地球上，只有中國人創造的原生文明在自己的國土上綿延不斷地生存發展到今天！

這絕不是「地大物博，人口眾多」所能解釋的。

羅馬帝國不大麼？鄂圖曼帝國不大麼？拜占庭帝國不大麼？一個一個，灰飛煙滅，俱成過眼雲煙，這些帝國所賴以存在的民族群也都淹沒消散到各個人類族群中去了……唯有中華民族，一個黃皮膚、黑頭髮、寫方塊字、講單音節的族類，所建立的國家始終是以其原生文明為共同根基的國家。

還得感謝大秦帝國，我們那偉大的原生文明的最高峰時代。

還得感謝這種原生文明所蘊涵的奮爭精神與生命張力。

這是在寫作《大秦帝國》中經常湧動的驕傲與激情。

否則，我是無法堅持這麼多年的。

五

從文學藝術的角度說，大秦帝國無疑是一個世界性題材。

這不僅僅在於秦帝國對中國統一文明的奠基作用。從文學藝術的角度講，更重要的在於這個時代本身的故事性。中國原生文明的春秋戰國時代是中國人心中的聖土。政治的、經濟的、軍事的、科學技術的、文學藝術的、法學的、哲學的、神祕文化的……舉凡基本領域，那個時代都創造了我們民族在自然經濟時代的最高經典，並當之無愧地進入了人類文化的最高殿堂。僅以戰爭規模論，秦趙長平大戰，雙方參戰兵力總數超過一百萬，秦殲滅趙主力大軍五十餘萬（坑殺二十萬）！如此戰爭規模，即或在當代也仍然放射著炫目的光彩而難以逾越。而創造這些奇蹟的各種人物以及這些事件的曲折艱難，都構成了作家無法憑空想像的戲劇性故事。展現這些人物，展現這些故事，展現那些令人感慨唏噓的歷史血肉，是文學藝術的驕傲，是文學藝術的使命。

在中國元代以前，中國是世界文明中心，西方世界是當時的「周邊文明」。秦帝國及其之後的一千餘年，中國的強盛衰落總是居於世界的中心潮流，無不對世界其他文明發生著深遠的衝擊與影響。中國文明具有悠長內力的根源，在於秦帝國，而不是別的任何時代。從這一點說，帝國時代創造統一文明的過程與史詩般的興亡幻滅，是當今世界具有最大開採價值的文化礦床。文學藝術對這段歷史的開發，更具有特殊的意義和特殊的價值。因為只有文學藝術，才能形象地告訴人們，那個時代人的生命狀態是何等飽滿、何等昂揚、何等自信、何等具有進取精神！

六

遺憾的是，正面表現秦帝國時代的文學藝術作品始終沒有問世。雖然學力淺薄筆力不濟，還是勉力上陣了。

時常覺得，不做完這件事情，我的靈魂將永遠不得安寧。一九九三年冬天進入案頭工作以來，其中的艱難周折無須細說。完成一個大工程，種種艱難幾乎都是必然會發生的，也只有硬著頭皮不去理它了。

作為作者，我想告訴讀者的一點，仍然是有關作品的一點兒體會。

《大秦帝國》最艱難的是剪裁，也就是理出一個故事框架來。帝國時代是一個氣象萬千而又雲遮霧罩的時代。浩瀚而又蕪雜的典籍資料，無數令人不能割捨而又無所適從的故事與結局，常常使人產生遍地珍寶而又無可判斷的茫然與眩暈。魯迅先生曾感慨係之，說三國宜於做小說，而春秋戰國不宜於做小說。其實質困難也許正在這裡。以秦帝國為軸心主體，以帝國興亡為主線（古話叫「國運」吧），以人物命運與事件衝突為經緯，雖然是能想到的一條較好路子，但依然不能包容偉大帝國時代的全部衝突，甚至不得不割捨許多重要素材（譬如諸子偉人的許多故事）。這種遺憾可能將是永遠難以彌補的。為了使讀者更為深入地透視帝國命運，我欲另將早秦部族的故事專門寫成一部《馬背諸侯》，完成後另行出版，以完整展現那個曾為中華民族文明做出偉大貢獻的古老部族的歷史命運。

孫皓暉

二〇一二年春・修訂於海南積微坊

楔子

西元前三六二年秋，黃河西岸的少梁山地，打了一場罕見的惡仗。

戰事已經結束。秋天的暮色中，紅色衣甲的步兵騎兵已經退到主戰場之外的南部山頭，大纛旗上的「魏」字尚依稀可見。主戰場北面的山頭上黑蒙蒙一片，黑色旗甲的兵團整肅地排列在「秦」字大纛旗下嚴陣以待，憤怒地望著南面山頭的魏軍，隨時準備再次衝殺。南面山頭的魏軍，也重新聚集成步騎兩陣，同樣憤怒地望著北面山頭的秦軍，同樣準備隨時衝殺。血紅的晚霞在漸漸消退，雙方就這樣死死對峙著，既沒有任何一方撤退，也沒有任何一方衝殺，谷地主戰場上的累累屍體和丟棄的戰車輜重也沒有任何一方爭奪。就像兩隻猛虎的凝視對峙，誰也不能先行脫離戰場。

這是一次奇特的戰爭，沒有勝負，兩敗俱傷。

黑色軍團由秦獻公嬴師隰親自統率，半日激戰中斬首魏軍五萬。嫡子嬴渠梁率死士三百，直突敵陣中心，一舉俘獲了魏軍統帥公叔痤。按照戰國初期的用兵規模和評價標準，這算是一場特大勝利了。出人意料的是，魏軍在統帥被俘後非但沒有潰散，反而拚命回捲，力圖搶回統帥。秦獻公眼見長子嬴渠梁的三百死士陷入紅色魏軍的汪洋大海，情急之下，長劍揮動，親自率領五千精銳騎兵衝入敵陣接應。兩軍會合，士氣大盛。嬴渠梁一馬當先，率死士衝出重圍。秦獻公斷後阻擊，眼見要脫離魏軍，卻被一支冷箭射中背心。秦獻公痛徹心肺，一聲低吼，幾乎跌落馬下。此時嬴渠梁已經將公叔痤交於後軍大將，率死士反身殺回。秦軍在嬴渠梁率領下大舉衝殺，一氣將魏軍殺退到三里之外。回來再看公父，秦獻公背心的箭頭竟深入五寸有餘，周圍已經滲出一圈黑暈。隨軍太醫急得大汗淋漓，卻不知如何下手。

秦獻公面色蠟黃，伏在軍榻低聲道：「渠梁，撤軍……櫟陽。」便昏了過去。

「是否毒箭？」嬴渠梁滿眼淚光，卻沒有慌亂。

太醫急忙點頭：「這是魏國的狼毒箭，一時難解。」

「敢拔除麼？」

「近箭疾射，鐵鏃深入五寸有餘，斷不可拔。」太醫搖頭。

嬴渠梁環視廳中大將，向一員威猛的將領拱手道：「大哥，斷箭吧。」

青年將領是秦獻公的庶出子，嬴渠梁的長兄，叫嬴虔。他手中那柄彎月形的長劍極為奇特罕見，聽得嬴渠梁招呼，他走到公父身後，拔出長劍立定，雙手不禁微微顫抖。要知道，箭鏃深入肉體，箭桿的受力處便在背心傷口，稍不留神使箭桿晃動帶動箭鏃，公父立時便有性命之憂。況且魏國的兵器打造得極為精細，長箭桿用上好的硬木製作，又反覆刷過幾遍桐油大漆，鋥亮光滑，尋常刀劍根本難以著力。縱然這柄彎月長劍是神兵利器，可也沒斬削過此等箭桿，安知沒有萬一？嬴虔緊張得頭上冒汗，內心暗暗禱告：「天月劍也天月劍，救公父一命了。」凝神定力，揚起天月劍輕輕一揮，只見一道光芒閃爍——劍刃尚未觸及，箭桿已被劍氣悄無聲息地切斷！嬴虔左手疾伸，凌空抓住斷開的箭桿，再看公父，竟是絲毫沒有察覺。嬴虔長吁一聲，不禁跌坐地上。

廳中大將們也同時輕輕地「啊」了一聲。

嬴渠梁鎮靜如常，吩咐道：「立即班師。誰願斷後？」

嬴虔一躍而起：「斷後我來。不殺暗箭魏狗，嬴虔提頭來見！」

「大哥，」嬴渠梁低聲道，「公父重傷，目下當以大局為重，不能戀戰。敵不追，我不動。堅守一夜，明日立即撤回，萬莫意氣用事。我在櫟陽等你。」

嬴虔猛然醒悟：「好。大哥明白了，明日回軍。」

嬴渠梁立即吩咐幕府諸將：「前軍子岸開路，長史公孫賈領中軍護衛國君，其餘諸將皆隨中軍護衛，我自率三千騎士殿後。立即拔營班師。」

眾將一聲答應，大步出帳，少梁北面的山地頓時緊張忙碌起來。

烏雲遮月，秋風蕭瑟。秦軍壁壘依然是軍燈高挑，刁斗聲聲。對面山頭的魏軍也是篝火軍燈，一片嚴密戒備，等著在明日的激戰中奪回主帥。魏國軍法：主帥戰死，將士無罪；主帥被俘，三軍大將並護衛兵士則一律死罪。如今丞相兼統帥的公叔痤被秦軍生擒，不奪回主帥，誰敢撤軍？魏國將軍們判斷，秦人好戰，國君受傷後定然是惱羞成怒，來日一定會進行復仇大戰，絕沒有乘勝撤軍的道理。今夜第一等大事是養精蓄銳，明日大戰，才是真正的你死我活。那時候，人們還不大擅長偷營劫寨之類的雕蟲小技，還延續著春秋車戰時期堂堂之陣正正之旗的正面決戰傳統，休戰就休戰，絕少有一方會乘著黑夜休戰之機偷襲對方營寨。戒備歸戒備，那是大軍駐紮的必然形式，魏國軍營還是迅速淹沒於無邊無際的鼾聲之中。

太陽初升，秋霜晶瑩。魏軍埋鍋造飯飽餐一頓後，剩餘的八萬鐵騎出營結陣，準備向秦軍發起搶奪主帥的死戰。按照規則和傳統，秦軍也應該結陣而出，雙方同時向中央谷地開進，一箭之地時雙方扎住陣腳，主將出馬對話宣戰，然後發動衝鋒，決勝當場。今日事卻頗為蹊蹺，秦軍營寨炊煙裊裊，戰旗獵獵，卻遲遲不見出營結陣。魏軍副將，目下的代理統帥，是魏惠王的庶出弟魏卬，時稱公子卬，不到三十歲，雖是第一次帶兵打仗，卻自視極高。此刻他身披大紅斗篷，在馬上遙望秦軍營寨，冷冷笑道：「再等半個時辰，讓那些窮秦做一回飽死鬼！」

半個時辰過去了，秦軍營地還是沒有動靜。公子卬舉劍大喝：「大魏軍已經仁至義盡，衝上山去，誅滅秦軍，殺——」牛角號淒厲長鳴，公子卬一馬當先，紅色鐵騎潮水般捲上北面山地，片刻間踏破了秦軍營地的壁壘屏障。

可是，所有的魏軍騎士都愣住了，怒吼和殺聲驟然凍結，一片可怕的沉默。

秦軍營地空蕩蕩一無長物。土灶埋了，帳篷拔了，唯有枯黃的秋草和虛插的旗幟在蕭瑟的秋風中搖曳。秦軍唯一的棄物，是營寨邊緣的旌旗和一堆堆濕柴濃煙。

「嬴師隰！膽小鬼！」公子卬憤怒的吼聲在山谷迴盪。

魏軍想不到的是，秦軍主力早已經在入夜時分從容撤退，回到了櫟陽。嬴虔的斷後騎兵也在黎明時分悄無聲息地退出了戰場。太陽升起時，嬴虔的五千輕騎已度過了北洛水，向西南的櫟陽縱馬疾馳。魏軍縱想追趕，也是為時已晚了。

嬴虔心急如焚，不斷猛抽座下戰馬，只想盡早趕回櫟陽。按照他的心性，一定要打一場硬仗，抓住那個施射冷箭的魏狗回去在公父面前祭旗。然嬴渠梁的一番叮囑卻使他悚然警悟，仔細一想，更是後怕。公父重傷，危在旦夕，嬴渠梁的太子地位又沒有明確，安知不會在瞬息之間生發肘腋之變？如果沒有他們兄弟聯手，說不定五十三年前的秦國內亂將會再度重演。

秦國從被周平王封為西部諸侯，至今四百零八年，極少發生內亂。但是在五十三年前，秦靈公逝世，嫡子嬴師隰只有五歲。靈公的叔父嬴倬子倚仗兵權，藉口國君嫡子年幼，奪位自立為國君。本該繼位的嬴師隰，被放逐到隴西河谷去了。嬴倬子就是秦簡公，他在位十五年就死去了。簡公的兒子繼承了君位，史稱秦惠公。秦惠公做了十三年國君，又死了。他的兒子繼位，就是秦出子。出子即位第二年，左庶長菌改發動政變，將出子和太后沉到渭水溺死，迎接被放逐的嬴師隰回國都雍城做了國君。嬴師隰這時已經三十五歲了，長期遠離權力中樞，在雍城的根基已經很是薄弱。但嬴師隰卻在邊陲遊牧的粗獷生活中，磨練出堅韌的意志和深沉的性格，並結交了秦軍中許多將領。他即位後決意改變秦國的貧弱國勢，第三年便將國都東遷到櫟陽，引起舉國震驚。一則是世族上層覺得嬴師隰有意擺脫他們的控制，二則是國人覺得離魏國大軍的鋒芒太近。朝野惶惶的時刻，嬴師隰卻沒有絲毫退卻。他祭奠宗廟，慷慨立誓：東遷櫟陽，就是要奪回秦國在數十年中失去的河西之地，將魏國趕回黃河東岸，趕出函谷關！嬴師隰的復仇壯志使秦國軍民大為振作，國人同仇敵愾衷心擁戴，世族上層悻悻沉默。也是，世族能有何理由反對這種順應民心的復仇壯舉呢？魏國從魏文侯任用李悝變法後，國力大增，又用吳起做了上將軍對諸侯作戰。三十餘年間，吳起率領魏國鐵騎攻下函谷關，大小六十四戰，奪取了秦國黃河西岸的五百多里土地，將秦國壓縮到了華山以西的狹長地帶。函谷關失守，少梁山地的龍門渡口同樣失守，秦國的門戶洞開。若非吳起被魏國政敵陷害而被迫逃到楚國，秦國真有可能被魏國吞滅。雖然如此，魏國仍然沒有停止對秦國的蠶食。秦國面對魏國的攻勢，沒有絲毫的還手之力。秦出子剛一即位，便商議放棄關中，退回隴西重新做半農半牧的邊陲部族。

當此之時，秦獻公嬴師隰振聾發聵，一掃陰霾，豈能不獲得舉國擁戴？

東遷櫟陽以後，嬴師隰宵衣旰食勵精圖治，親自率領秦國軍隊和魏國大軍展開了長期惡戰。二十年中打了大大小小三十多仗，竟然很少敗績。最大的一次勝利是前年黃河西岸的石門之戰，一戰斬首魏軍六萬，將魏國人趕出了函谷關，收復了秦國東部門戶。那次要不是趙國出兵救援魏軍，秦軍完全有可能一舉收復河西全部土地。石門大捷，天子周顯王派遣特使慶賀，賞賜給秦獻公一套高貴的戰神禮服——黼黻，那是在最名貴的彩絲上繡出青色戰斧和黑白神祕圖案的統帥斗篷與一套盔甲。這次的少梁大戰，秦獻公的本意是收復龍門渡口，徹底將魏國人趕出河西。若非秦獻公突然中箭重傷，少梁大戰就是又一個石門大捷，秦國有可能一舉恢復秦穆公時的大國地位。

上天啊上天，莫非你有意亡秦？心念電閃，一陣涼意滲進嬴虔的脊梁。

嬴虔的馬隊是秦國久經錘鍊的精銳騎士，是長途奔襲的行家裡手。度過北洛水後，嬴虔命令一個千人隊在洛水西岸埋伏，若魏軍萬一追來，則半渡擊之，迫使魏軍撤退。他自己則率領四千輕騎馬不停蹄地向櫟陽奔馳。

櫟陽是櫟水北岸的一座小城堡，距離東北方向的北洛水只有二百餘里。兩個時辰後，櫟陽東門的黑色箭樓已經遙遙可見，再翻過一道山梁，就可進入櫟陽城了。這時，嬴虔扎住馬隊，將他的副將和四個千夫長召到馬前慷慨陳詞道：「國君箭傷甚重，生死不明，櫟陽城內難保不生變故。為防萬一，我決意留下三千騎士，連同洛水退回的一千騎士，隱蔽駐紮在這道山梁之後，餘下的一千騎士隨我入城。三日內的任何時候，但見城內升起狼煙，便立即殺入櫟陽。諸君可有他意？」

「但聽將軍號令！」副將和四個千夫長齊聲應命。

「好！副將景監聽令：自即刻起，你便是城外駐軍總領。若櫟陽有變，你可持此兵符調集櫟陽之外的任何兵馬，包圍櫟陽，直至新君嬴渠梁平安即位！」

「景監遵命！」年輕英武的副將雙手接過兵符，激昂高聲道，「赳赳老秦，共赴國難！」

「赳赳老秦，共赴國難！」四個千夫長異口同聲。

嬴虔慨然拱手：「諸君以我老秦民誇立誓，嬴虔感奮之至。若國中平安，諸君大功一件。就此別過，後會有期。」說完，向身邊一個千夫長一招手，「隨我進入櫟陽，快！」話音落點，胯下戰馬已經電掣而出。身後千夫長長劍一揮，一千輕騎暴風驟雨般捲向櫟陽。

到得櫟陽東門，嬴虔見城門大開，吊橋長鋪，城頭安靜如常，便知公父尚在，不由長吁一聲，緩轡入城。但是，嬴虔還是多了一層心思，將馬隊直接帶到國府門外列隊等候，他自己手持天月劍大步入宮。嬴虔比嬴渠梁大三歲，是秦軍著名的猛將，雖然性格如霹靂烈火，但卻是個極為內明的有心之人。秦獻公只有這兩個兒子，一嫡一庶，但都視為國家干城，同樣器重。秦獻公也從來沒有明確誰是太子。只是在人們眼中，因為嬴渠梁是正妻嫡出，加之氣度沉穩，文武兼備，所以自然地認為他是國君繼承人。嬴虔雖然已經隱隱然是秦軍統帥，但卻對弟弟嬴渠梁欽佩有加，認定他是太子，任何時候只要公父不在場，一定推出弟弟嬴渠梁主事，而且非常注意維護嬴渠梁的威權。當此微妙之時，嬴虔自感比嬴渠梁年長，責任重大，許多事嬴渠梁不好出面，必須由他一力承當，所以才不顧「宮門不得駐軍」的嚴令，將一千死戰騎士留在宮門守望，自己獨自攜帶天月劍入宮。

櫟陽的宮室很小，也很簡陋，只是一座六進大庭院而已。且不說與山東六國的宮殿不能相比，就是和自己的老國都雍城相比，也是粗樸狹小了許多。唯一的長處，就是堅固。嬴虔不想在第二進的政事堂遇見國中大臣，他希望大臣們以為他此刻不在櫟陽。他繞過正門，從偏門直接進入了第四進寢宮，他知道，重傷的公父此刻一定在寢宮療傷。果然，剛進偏門，就見院內崗哨林立，戒備異常，顯然與城門和宮外的鬆弛氣氛迥然不同。

嬴渠梁手持長劍在院中踱步，看見嬴虔身影赳赳而入，連忙大步迎上。

「大哥，你回來得正好，少梁沒事？」

「沒事。魏狗們一定在跳腳大罵了。哎，公父如何？」

「精神見好一些。太醫正在設法挖出箭頭。你快去看看。」

「走，一起去。」

「不。公父吩咐，大哥一回來，立即單獨去見他。」

嬴虔驚訝：「這——卻是為何？」

「大哥，不要想這些。公父自有道理。你去。」

「好，你等著，有事我即刻出來。」嬴虔大踏步走進了門檻。

半個時辰後，嬴虔走出寢室，右手用白帛裹著，臉色蒼白，額頭上冒著津津細汗。嬴渠梁驚訝地迎上去：「大哥，如何有傷了？」嬴虔微微一笑：「沒事。洛水渡河時蹭掉了一塊皮，太醫順便包紮了一番。」嬴渠梁一怔，正要說話，卻見白髮蒼蒼的老內侍黑伯匆匆走來低聲道：「仲公子，君上宣你即刻進見。」嬴虔揮揮手催促道：「快去。我辦件事就來。」說罷疾步走了。嬴渠梁不及思索，跟著黑伯走進寢宮。

寢宮裡空蕩蕩的，太醫們一個都不見，母后和妹妹也不在。秦獻公伏身榻上，赤裸的背上蓋著一塊大白帛，頭伏在枕上，素來黧黑的面孔此刻是蒼白潮紅。嬴渠梁疾步走到榻前低聲問：「公父，要否太醫？」秦獻公將大枕挪到胸下，雙肘撐在榻上，抬頭道：「渠梁，這廂坐下，聽公父說話。」嬴渠梁答應一聲「是」，便拉過一個木墩坐到榻前道：「公父，兒臣渠梁，聆聽教誨。」

「渠梁啊，公父的路，已經走完了。公父原未立你為太子，是想不讓你過早招風樹敵。目下，你已經過了加冠之年，二十一歲了。公父確認你為太子，即刻即國君之位……不要說話，聽公父說完。」秦獻公粗重地喘息了一陣，晶亮的目光盯住兒子，「我要叮囑你三件大事：其一，不要急於復仇。二十年來，秦國已經打窮了，留給你的，是一個爛攤子。要臥薪嘗膽，富國強兵。像公父這樣老打仗，不行。其二，要善待臣下，尤其是世族元老，不要輕易觸動他們。其三，也是最要緊的一條，要兄弟同心，不得交惡。這是我讓嬴虔立的血誓。他若有二心，你可將血誓公諸國人，使人人得而誅之。」說著，秦獻公拉開榻頭暗屜，拿出一卷血跡斑斑的白帛。

嬴渠梁雙手接過抖開，血紅的八個大字赫然入目——若負君弟，天誅地滅！

「公父，渠梁兄弟素來同心同德，何故如此折磨大哥？」

秦獻公搖搖頭：「渠梁謹記：同德易，同心難，大德大節，求同更難。歷來公室內亂，幾曾不是骨肉相殘？嬴虔內明之人，你要倚重他。這血誓，唯防萬一也。」

「渠梁謹記公父教誨：富國強兵，善待臣下，兄弟同心。若有負公父苦心，兒臣無顏見列祖列宗。」

秦獻公靜靜端詳著兒子，突然嘶聲大笑：「好！好！好！公父在九泉等你……」言猶未了，一口鮮血噴出，雙手撲在大枕上，溘然逝去。

「公父！」嬴渠梁一聲哭喊，撲在公父身上。

白髮蒼蒼的老內侍輕輕走進，扶住嬴渠梁低聲道：「太子節哀，大事要緊。」

嬴渠梁嗚咽起身，靜神拭淚，思忖有頃道：「黑伯，速請虔將軍。」

秦獻公安排後事的時候，一個大臣都不在身邊。作為久經錘鍊的國君，秦獻公當然知道這是安排後事的大忌，自然不會有意如此。他的本意，是想將兩個兒子的事安排妥帖，再召見幾名重臣元老，申明並布置輔佐事宜。但是，他沒有想到自己的箭傷驟然發作，奪去了他在最後時刻召見大臣的唯一機會。

秦獻公驟然死去，國君繼位的大事未及公諸世族大臣，原本簡單明朗的朝局便頓時錯綜複雜起來。若擁戴嬴虔的勢力藉機發難，第一個疑團目標便是孤身伴君的嬴渠梁。同時，大臣們沒有任何人接受輔佐重任，也會使權臣疑慮重重，有可能憑空生出諸多變故。嬴渠梁冷靜思索，雖則兄弟二人在最後時刻都見到了公父，且兄長嬴虔先見，但嬴虔見公父時公父尚在；嬴虔走後，自己獨對公父時公父卻驟然逝去，無疑對自己不利。況且，公父只是口書申明，尚未給自己留下書寫遺命就猝然去了。若有人藉機發難，非但自己有弒君之嫌，而且發難者可以宣布公父的口書是編造。此刻的關鍵人物是嬴虔，只有他可以力排眾議。嬴虔無事，則國中無事。嬴虔有事，則內亂必生。大哥嬴虔究竟會如何？嬴渠梁竟然一下子拿不準了。雖說嬴渠梁素來與嬴虔兄弟情義甚篤，但想到嬴虔此刻一念實繫國家安危，不禁閃過一絲警覺——公父為何要大哥立下血誓？莫非真有蛛絲馬跡被公父察覺了？

嬴渠梁脊梁骨悚然發涼，果真如此，局面將如何收拾？

此刻的政事堂中，秦國的大臣元老們更是等候得焦灼不安。既不知國君傷勢如何，又不知國君是否確定了繼任人；既要思謀國君傷癒無恙的對策，又要思謀國君崩逝新君即位後自己如何應對。所有這些，都因為國君的傷勢不明與儲君的不確定而變得撲朔迷離，無從商討。大臣們都在廳中默默踱步，誰也不知道該商議些甚事。雖然如此，卻也沒有一個人離開政事堂。稍有閱歷的大臣都知道，國君病危期間，是廟堂權力最容易發生傾覆的時刻，隨時都有可能發生意料不到的巨大變化。春秋以來四百多年間，這種朝夕傾覆的故事太多太多了。且不說赫赫威名的齊桓公病危被困而導致奸佞奪權，就是目下國君秦獻公的父親秦靈公，也正是在剛剛病逝就被兄弟奪位自立的。所以，大凡國君傷重病危，國中大臣幾乎無一例外地推開一切國事，寸步不離地守在距離國君最近的位置。包括在外領兵的統帥與地方大員，只要有可能，同樣都盡可能地趕回國都，守在中樞要地。廟堂權力的變數越大，朝臣們的心弦綳得就越緊。這種躁動與緊張，要一直延續到新君確立形勢明朗，方有可能結束。

目下，秦國的大臣們正處在這種焦灼不安之中。

長史公孫賈有意無意地踱到上大夫甘龍面前，拱手問：「上大夫可有見教？」

上大夫甘龍白髮蒼蒼，清瘦矍鑠，是國君倚重的主政大臣，門人故吏遍於秦國朝野。可是在這最要緊的關頭，竟未被召進寢宮，而是和所有大臣一樣，只能在政事堂守候，這本身就是一種令人不安的變化跡象。長史公孫賈請教，顯然是想探聽甘龍對這種變化的反應。甘龍卻是淡淡回答：「長史常隨國君，有何見教？」

這是一個微妙的反擊。長史執掌國君機密，是左右親信，然此時也在政事堂，這比主政大臣在危急時離開國君更為異常。公孫賈請教，顯然是受不了內心緊張的折磨。甘龍淡淡的反詰，卻分明表示出一種言外之意，不用試探，你比我更心虛。這使公孫賈感到尷尬，只好拱手笑道：「公孫賈才疏學淺，何敢言教？」

大臣們正在緊張焦躁，都想聽誰說點兒什麼。見上大夫甘龍和長史公孫賈兩位樞要大臣對話，紛紛聚來，卻又無從問起。此刻像「國君傷勢如何」、「儲君會是哪一位」這樣的問題決然不能問，那意味著問話者有二心。所以，大臣們雖然圍攏了過來，卻都只是默默地看著甘龍而已。

不料甘龍此刻卻沒有沉默，他向圍過來的大臣們拱拱手，高聲道：「上天佑護秦國，國君箭傷已經大有好轉。我等大臣當共商大計，上書國君，大舉復仇，討伐魏國。」

真是高明老到。既避開了忌諱，又給了大臣們聚集政事堂一個最好的議題。大臣們如釋重負，紛紛呼應：「上大夫所見極是，該當討伐魏國，收復少梁！」「對。為國君報一箭之仇！」話題一開，大臣們頓時活躍起來，三五成群地紛紛開始議論少梁之戰，同時以各種巧妙的方式試探著其他人的回應。

正在這哄哄嗡嗡的時刻，一隊鐵甲武士踏著整齊沉重的步伐開到政事堂外，鏗鏘列隊，守在門外庭院。盔甲鮮明，長矛閃亮。帶隊將軍正是嬴虔部的大將子岸。

政事堂驟然沉默。大臣們額頭冒出了晶亮的汗珠，張口結舌，相互目詢。莫非國君驟然崩逝了？嬴虔要奪位自立？果真如此，大約沒有誰能夠阻擋。嬴虔雖然不是名正言順的秦軍統帥，但他率領的五萬騎兵幾乎就是秦國的全部精銳。加之嬴虔體恤士卒，善待將領，又是身先士卒打惡仗的猛將，在軍中威望極高。他要奪位，嬴渠梁還真難找出一支力量來抗衡。非常時期的權力對抗，最見真章的就是看誰握有重兵。嬴渠梁雖說也是智勇兼備的驍將，但畢竟在軍中資望尚淺且經常輔佐國君政務，與嬴虔直接掌握精銳騎兵是不能相比的。兄弟倆真要刀兵相見，秦國可就大難臨頭了。

一時間，政事堂的緊張氣氛達到了頂點。

甲士列隊方完，又一陣沉重急促的腳步聲，嬴虔手持天月劍率領兩排帶劍將領大步走進政事堂。嬴虔一擺手，頂盔貫甲的將領們在政事堂後邊肅然站成兩排，個個雙手拄劍，沉默挺立，恰似兩排石雕武士。嬴虔則往政事堂大門口一站，高聲道：「朝臣列班就座，聽候國君書命。」

大臣們遲疑緩慢地按照往常排位序列，坐入自己的案几前。剛剛坐好，老內侍黑伯帶著兩名年輕內侍走進政事堂前方正中央。黑伯從小內侍捧著的銅盤中拿過一卷羊皮展開，高聲念道：「秦國臣民人等，少梁之戰，本公箭毒重傷，自感無期，立仲公子嬴渠梁為太子，繼任國君。國中臣等須竭力輔佐，有二心者，人人得而誅之。嬴師隰二十三年九月十六。」

隨著黑伯的念誦，大臣們又是疑雲大起，一片沉默，連慣常的領命呼應都沒有人敢開口。從君書看，國君已經崩逝無疑。然則國君若果真如此清醒，冊立儲君這等大事卻為何沒有一個大臣知曉？再說，嬴虔也始終沒有正面表態，萬一其中有詐，是嬴虔的試探手段，積極呼應君書豈不是立惹殺身大禍？不呼應，不說話，至多是不敬之罪，且法不治眾，至多貶黜罷了。若不小心出頭領命，惹惱嬴虔，那可是禍及三族的大事，後悔也來不及了。人同此心，心同此理，政事堂一時出現了宣示國君書命後從來沒有過的奇怪沉默。

沉默中，政事堂響徹嬴虔粗啞的聲音：「恭請新君即位——」

隨著喊聲，兩名內侍前導，嬴渠梁一身布衣，頭戴黑玉冠，從容進入政事堂。大臣們又是驚愕，又是迷惑，深深的恐懼和疑慮還在延續，竟然期期艾艾地忘記了擁立新君的大禮，還是一片沉默，政事堂陷入大為尷尬的局面。

驟然間，嬴虔臉色變得鐵青，高聲怒喝：「國君遺命，新君即位，誰人不從，有如此石！」大步回身，天月劍青光閃爍，無聲地攔腰掠過政事堂門前的一根石柱。嬴虔冷笑一聲，左手一揮，石柱上半截「咚」的一聲大響，摔在臺階上滾落院中。石柱下半截平滑如鏡的切口閃著青森森的光芒，令人不寒而慄。

兩排將領齊聲高呼：「擁戴新君！新君萬歲！」

政事堂大臣們這才從驚懼懷疑的噩夢中醒悟過來，參差不齊地伏地高呼：「恭迎新君即位！新君萬歲！」

上大夫甘龍高呼：「嬴虔將軍擁立有功，將軍萬歲！」大臣們也忙不迭跟著高呼：「嬴虔將軍萬歲！」

嬴虔大吼一聲：「豈有此理！嬴虔如何與國君並論？若再非禮，嬴虔無情！」

政事堂立時肅然沉默。經過這幾番驗證，大臣們已經明白無誤地清楚了，大局不會動盪，嬴虔是真心實意地輔佐弟弟嬴渠梁繼任國君。但是，新君沒有說話，大臣們還是一片沉默。一朝天子一朝臣，新君將如何動作，誰也不摸底細，貿然開口，吉凶難料，還是等待為好。

嬴虔走到前邊，深深一躬，高聲道：「請新君宣示國策。」

嬴渠梁一直站在中央國君座前，坦然自若，絲毫沒有侷促慌亂。此刻，他平靜清晰地開口道：「諸位大臣，公父驟然崩逝，嬴渠梁受命繼任國君。當此危難之際，本公申明朝野：其一，國中大臣，各司其職，一律不動，國政仍由上大夫甘龍統攝。其二，嬴虔將軍少梁之戰有大功，擢升左庶長，總領秦國兵馬。其三，由上大夫甘龍、長史公孫賈主持公父之國喪大禮。」

大臣們長長地吁了一口氣，齊聲高呼：「臣等遵命！」

嬴渠梁走到甘龍面前，深深一躬：「上大夫年邁蒼蒼，又做國喪大臣，嬴渠梁深感不安。國喪期間，若有滋事生亂者，上大夫請行生殺予奪之權。」

甘龍感動振奮，躬身顫聲道：「老臣受先君大恩，又蒙君上重託，敢不從命！」

嬴渠梁環視政事堂高聲道：「其餘諸事，按既往成規辦理。散朝。」

大臣們既有國喪哀禮的制約，又有對新君即位的感奮，卻既不能喜形於色，也不便於此時大放悲聲，於是便以職權範圍三三兩兩地聚在一起，肅然正色地商議起國喪期間必須做的諸多事情。

嬴渠梁已經離開了政事堂，匆匆趕往櫟陽西南的驪山軍營。

他要辦一件大事。在他看來，這件事甚至比安定朝臣國人還重要。他只帶了黑伯和一百名與他經年並肩作戰的輕銳騎士，馬不停蹄地趕到驪山軍營。這時天色已暮。也是剛剛趕回軍營的前軍主將子岸出來迎接時，驚訝莫名：「君上剛剛即位，如何便離開櫟陽？」

「子岸，公叔痤如何？」嬴渠梁沒有理會子岸的驚疑。

「老匹夫！哼，一句話不說，一口飯不吃，牛頑得很。該拿他在先君靈前祭旗。」子岸氣狠狠地稟報。

「帶我去見他。」嬴渠梁命令子岸。

公叔痤被囚禁在驪山軍營的山根石屋裡。他是魏國二十多年的丞相了，自吳起離開魏國，他便時不時兼做統帥領兵出征。他打敗過韓國趙國楚國和韓趙聯軍，也算得當世文武兼備的赫赫人物。可就是在與秦國的大戰中兩次慘敗，一次是三年前的石門之戰，喪師六萬，丟失函谷關。再就是這次少梁之戰，竟莫名其妙地做了秦軍俘虜。他已經是六十一歲的老人了，自感少梁之戰一世英名付之流水，羞憤交加，不說話，不吃飯，不喝水，他要餓死自己渴死自己，為自己的無能贖罪。連續三天的自我折磨，他已經蒼白乾枯得在草席上氣息奄奄。當囚室的石門隆隆推開時，他眼睛也沒有眨一下。

「公叔丞相，嬴渠梁有禮了。」嬴渠梁向蜷臥在牆角的公叔痤深深一躬。

公叔痤閉上了眼睛，既沒有坐起來，也沒有開口應答。他欽佩這個生擒他的年輕將軍，可是不願意和他在這樣的場合對話。

子岸氣得大聲吼道：「老公叔，這是秦國新君，你敢牛頑！」

公叔痤微微一動，依然沒有睜眼，也沒有開口。

嬴渠梁拱手道：「公叔丞相，請勿為少梁之戰羞愧。這一戰，誰也沒有贏。老丞相雖然被擒，我的公父也被你軍冷箭所傷，猝然崩逝了。認真說起來，魏國還算是略勝一籌。丞相以為如何？」

公叔痤不禁驚訝得睜大了眼睛，嬴師隰這個令人生畏的勁敵死了？真的麼？果真如此，自己連自殺的可能都沒有了。依秦人習俗，一定要在國君靈前殺掉自己祭奠國君的。能與勁敵嬴師隰同戰而死，也算得其所哉，又有何憾？心念及此，公叔痤冷冷一笑：「既然如此，公叔痤的人頭就是你的了。何時開刀？」

「老丞相差矣。嬴渠梁不是殺你，是要放你回安邑。」

公叔痤哈哈大笑：「嬴渠梁，休得嘲弄老夫。士可殺，不可辱也！」

嬴渠梁正色道：「嬴渠梁何敢輕侮前輩？放老丞相回歸魏國，乃嬴渠梁一片苦心。秦魏激戰多年，生靈塗炭，死傷無算。嬴渠梁繼任國君，圖謀秦國庶民安居耕牧，不想兩國交惡。嬴渠梁素知老丞相深明大義，欲與老丞相共謀，兩國休戰歇兵，不知老丞相意下如何？」

「秦公，果然不記殺父之仇？」公叔痤迷濛混沌的老眼漸漸明亮起來。

「父仇為私，和戰為公。嬴渠梁若非真心，甘受上天懲罰。」

公叔痤打量著面前這個神色肅然的青年君主，覺得他竟有一種令人折服的真誠與自信，一句話便公私分明地將大局料理清白，不禁暗暗讚賞。與秦國罷兵是他多年的主張，無奈秦獻公連年攻魏，發誓要奪回整個河西，不想打也得奉陪了。在他這個魏國丞相看來，秦國被壓縮得已經可以了，魏國的真正勁敵是東方崛起的齊國與南方的楚國，老是被秦國纏住不能脫身，實在是魏國很頭疼的一件事。每與秦國作戰，他都不贊同上將軍龐涓領兵，怕的就是龐涓對秦國趕盡殺絕，與秦國的血仇越結越深。他很了解老秦人的剽悍頑強，認定這個在戎狄部族包圍中拚殺了幾百年的部族諸侯絕非輕易能夠消滅，能夠將秦人壓縮到荒涼的一隅之地，就應該滿足了。魏國的目標是中原沃土，而不是西陲蠻荒。但經過石門之戰與這次少梁之戰，他卻覺得這種罷兵願望似乎根本不可能，秦獻公好像一個瘋子一樣仇恨魏國，有他在，魏國是無法擺脫這種糾纏的。被俘這幾天他已經思謀妥當，自己自殺殉國，薦舉上將軍龐涓與秦獻公決一死戰，徹底解決與秦國的連年糾纏。然則，驟然間竟是峰迴路轉，秦獻公死了，秦國新君主動提出罷兵休戰，豈非天意？

老公叔一時感慨中來：「好！老夫信你，一言為定。只是這疆界，卻不知秦公如何打算？」

「以石門之戰以前的疆界為定，河西之地還是魏國的。」

「噢？秦公不覺吃虧太多？」公叔痤大為驚訝，不禁靠牆坐起。
「二十年後，我會奪回來的。」嬴渠梁一字一板。
「一言為定？」
「一言為定。」嬴渠梁微笑，「老丞相，該進食了。」
公叔痤豪爽大笑：「然也！吃飽了，好上路。」
「且慢。」嬴渠梁笑道，「老丞相徐徐將息，三日後嬴渠梁派人護送老丞相回安邑，不言俘獲，而是魏王特使。」
公叔痤又一次驚訝，不禁掙扎起身笑道：「秦公，老公叔閱人多矣，以公之氣量胸懷，數年之後，必大出於天下。」
嬴渠梁恭敬地拱手行禮：「渠梁才疏學淺，如何敢當老丞相嘉勉？」
公叔痤仰天歎息：「只可惜老夫來日無多，不能和英傑並世爭雄了。」一陣拊掌長笑，竟昏倒在地。
三天後的清晨，嬴渠梁親率三百鐵騎，護送著一輛青銅軺車駛出函谷關。
白髮蒼蒼的公叔痤在函谷關外和嬴渠梁殷殷道別，向魏國都城安邑疾馳而去。
秋霜白露，草木枯黃。嬴渠梁站在函谷關城頭凝望著遠去的軺車，那面鮮紅的「魏」字大旗已經與天邊的原野融在了一起，他依然佇立在那裡，任憑寒涼的秋風吹拂著自己。
按照戰國之世的規矩，一個兩次兵敗的大臣是很難繼續掌權的，即或公叔痤是魏國兩朝元老深得魏王倚重，丞相之位也未必能保。果真如此，秦魏罷兵的和約豈非空言？而如果魏國繼續對秦國用兵，秦國能支撐多久？嬴渠梁很清楚，公父連年對魏國激戰，本意是想奪回河西後再封鎖函谷關休兵養民。可是，秦國越打越窮，河西五百里土地還是沒有奪回來，秦國如何再打得下去？這種戰爭對於魏國這樣的富強大國，縱然失敗幾次，也無傷元氣。可是，秦國不行，秦國已經不起再一次的失敗了。輜重耗盡了，存糧吃光了，精壯男子死傷得幾乎無人耕田了。再有一次失敗，秦國就真得退回隴西河谷重做半農半牧的部族去了。當此之時，秦國雖然表面上打了兩次大勝仗，但國力卻到了崩潰的邊緣，成了沒有根基的風中紙鷂。在刀兵連綿的戰國，這已是極為危險的最後境地。若能罷兵數年，緩得一緩，秦國也許還有重振雄風的希望，否則，秦國將從戰國列強中消失。目下又是國喪，朝局未安，若魏國乘秦國內亂舉兵而來，豈非滅頂之災？

嬴渠梁覺得肩上擔子如大山一般沉重。

如果罷兵成功，函谷關月內就要重新交割給魏國了。自從秦部族立為諸侯國，多少年來，這函谷關就是秦國的國命之門。有函谷關在手，秦人就坦然自若。丟失函谷關，秦人就像袒露胸口迎著敵人的長矛利劍一般舉國緊張不安。如此命脈一般的函谷關，公父與秦人浴血疆場奪了回來，自己卻又交給了魏國，那些世族元老能答應麼？朝野國人能理解麼？雖然嬴渠梁是經深思熟慮的，認為唯其如此，才能使魏國覺得不動刀兵而重占河西是一個巨大的利市，才有可能放秦國一馬。如原地現狀罷兵，那是幾乎沒有可能的，魏國絕不會在兩次大敗後讓秦國封關休養。雖然如此，但畢竟函谷關對秦人太重要了，國中臣民能接受麼？

上天啊上天，莫非秦國要滅亡在我嬴渠梁手裡？

第一章 六國謀秦

一、上將軍龐涓的祕密使命

暮靄沉沉，大河上下一片蒼茫。

在刀兵連綿的歲月，這正是晚號長鳴城堡關閉的時分。坐落在黃河北岸的魏國都城——安邑，卻打開已經關閉的南門，又隆隆放下吊橋，放出了一隊沒有任何旗號的鐵甲騎士和一輛青銅軺車。暮色蒼茫中，這隊人馬越過山地，飛馳平原，在朦朧月色下從孟津渡口擺渡黃河，上得南岸，便乘著月色星光，向蒼茫大平原上的著名都會——大梁城飛馳而來。

此刻的大梁城，正沉浸在濃濃的興奮與狂歡之中。

大梁是魏國的第一大城，與大河北岸的都城安邑遙遙相望。雖說不是都城，大梁的城池規模與街市氣勢卻比安邑大得多。論地利之便，大梁地處豐腴的平原，北臨黃河，南依逢澤大湖，水路陸路四通八達，便成了中原地帶最大的物資集散地。魏國當年之所以沒有將大梁作為都城，僅僅是因為韓趙魏三家分晉時，魏氏勢力範圍內的南部平原尚是貧瘠荒蕪的原野，大梁還只是一座小城池。而當時的安邑卻是魏氏的勢力中心，地處黃河汾水交會處，農耕發達，城池堅固，自然便做了都城。不想自魏文侯起用李悝變法，盡地力之教，全力在黃河南岸發展農耕，大梁大大地得了一回天時地利與人和，竟是迅速富庶了起來。隨著農耕興旺，工匠商賈也紛至沓來，大梁在一百多年間蓬蓬勃勃地變成了水陸大都會，重築大城池，工商雲集，店鋪林立，形成了天下第一大市——魏市。更兼列國名士紛紛前來定居開館，文風昌盛，私學大起，隱隱然便成了中原地區的文明中心。

雖則如此，大梁人心裡總覺得缺少點兒東西，尤其見了安邑人，總是心裡酸酸的不是滋味兒。安邑是王城，是國都，縱然不比大梁富庶文華，卻自有一種王城國人的優越感，動輒便是「天下大勢如

戰國前期列國形勢

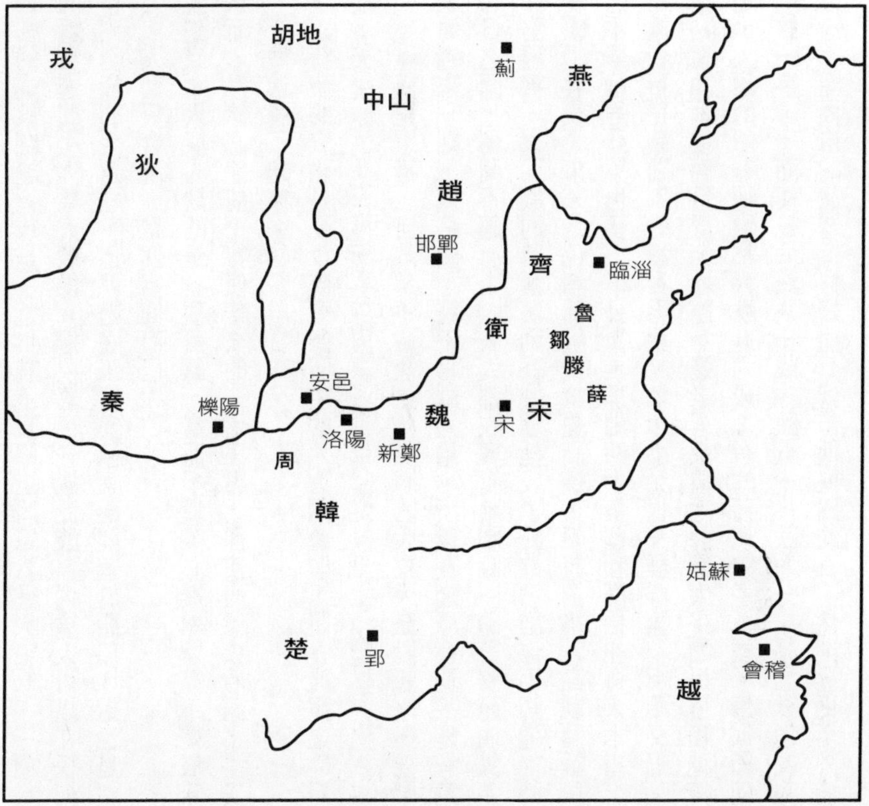

何如何」的高談闊論，或是「近日魏王賞賜上將軍六進大宅」、「前幾日丞相納了一名美妾」等王侯將相的隱私逸聞。大梁人聽得一邊羨慕，一邊泛酸。大梁人可以在任何外地人面前高談大梁的享受講究和精到至極的生意經，但就是在王城安邑人面前羞於開口。這也是沒辦法的事，財富與享受如果遠離權力，人們只會說你是個富商而已。

說到底，大梁人缺的是一種貴氣。富而不貴，心裡總悻悻不是滋味。

然而，月餘之前魏王特使帶來的一道王書，卻使大梁人看到了富貴雙至在安邑人面前挺起腰桿的希望，全城沸騰了起來。

魏王特使的宣諭是：以魏國為盟主的六大國會盟，將在逢澤之畔舉行，大梁城定為六國會盟的後援基地；大梁要迅速在逢澤大湖邊修築起六國兵營和六國行轅，在這裡囤積大梁佳釀，雲集大梁美女。如果僅僅是這樣，自然還不會使見多識廣的大梁人激動起來。要緊的是幾乎就在同時，安邑商人酸酸地傳過來一則王宮祕聞：魏王喜歡大梁，所以在逢澤會盟，是有意將國都遷往大梁城！

旬日之間，祕聞不脛而走，人人都在興奮地議論。隨著安邑商人不斷地向大梁轉移財產和各國商賈的探詢證實，大梁城的興奮激動終於蔓延成了狂歡。誰也不知道何時何人開的頭，原本中夜收市的夜市變成了徹夜大市。各色酒肆飯鋪燈籠高挑，幌旗招搖，高談闊論與喝采之聲溢滿街市。原本是盛典大節才舉行的社舞也湧上了長街。那由四十多個壯漢抬在特大木車上的社神雕像緩緩行進，和善地看著在他腳下狂歡勁舞的彩衣男女，總角小兒也一群群擁上街頭又唱又跳。外商們則站在街邊簷下興奮地指點議論，或面帶微笑地聽身邊老人感慨地評價大梁的民俗和社舞的優劣。起先，最令外商們心跳的是，大梁的所有物價都大跌五六成，有的甚或跌了八成。每家鋪面前都高高掛起大幅紅布，大書一個「歡」字，下面便是「跌八」或「跌五」「跌六」。外國外地商人們心驚肉跳，但又不能開罪於天下第一水陸大市的父老，只好隨行就市地跌四跌三。然則，更令外商們驚訝的是，大梁人根本不屑於趁此喜慶之日搶占小利，他們彬彬有禮地走進大店小店，只買些喜慶之物或酒食甜餅之類。就是這些，也是盡量在大梁人開的店裡買，極少光顧外國商人們和外地商人們的店面。一時間，外國外地商人們欽慕不止，相顧驚歎「文哉大梁」！驚喜之餘，不知哪國大商帶頭，外商們竟是大跌九成以謝大梁父老。一家齊國大商，竟然將喜慶之物與酒食甜餅擺在店門口饋贈市人，一天卻沒送出幾件去。外商們既慚愧又高興，便將店面生意交給帳房先生們看管，紛紛走上街頭與大梁人同歡。

在大梁的狂歡喜慶中，唯獨一個地方冷清如常，這就是上將軍龐涓的行轅。

龐涓和他的馬隊於四更時分到達大梁城外。城中的狂歡喜慶，使龐涓感到意外和驚訝。六國會盟是一件實實在在的大事，需要盡量地祕密進行。如今被大梁張揚鋪排得驚天動地，有何祕密可言？一時間，他感到大梁人很是淺薄，令人厭惡，斷然拒絕了大梁守請他從正門入城接受萬民拜迎的懇切請求，命令打開城外祕密通道，隱蔽進入城內事先準備好的上將軍行轅。

進入行轅的第一件事，龐涓便派人打探城中各種傳言。他要知道，六國會盟的祕密究竟洩漏出去多少？及至各路密探在一個時辰後報齊，都說大梁人慶賀的是遷都消息，幾乎沒有人議論六國會盟，他才長長鬆了一口氣，仔細一想，卻又感到疑惑不解。遷都大梁是何等重大的國事，他身為上將軍，何以竟然一無所知？誰提出的立即遷都？魏王何時贊同的？為何不預告於他？一時理不出頭緒，他也不再糾纏。他相信如此重大的國事總是繞不過他這個手握重兵的上將軍，遲早一切都會明白，瞞他的人也會付出代價的，目下最要緊的是準備六國會盟。

五鼓時分，龐涓已經在大銅鏡前梳洗完畢，一身細軟乾爽的貼身白絹衣褲使他覺得分外舒適。喝下一陶碗肉羹，他輕輕地咳嗽一聲，貼身侍衛便捧進了上將軍的全副裝束。那是一身用上好精鐵特殊打製的甲冑，薄軟貼身而又極為堅挺，甲葉摩擦時便發出清亮的振音。還有一頂青銅打製的上將頭盔，一尺長的盔矛在燭光下熠熠生輝，徑直五寸的兩隻護耳弧度精美，耳刺光滑異常。再就是一件等身製作的絲質大紅披風，一經上身，光潔垂平，脖頸下的披風扣便大放光華。穿戴完畢，銅鏡中立即出現了一個威嚴華麗且極有氣度的上將軍。龐涓稍事打量了一下自己，撫摸了一下披風扣上的兩顆大珠，卻微微皺起了眉頭。作為戰陣大將，他很不喜歡這種浮華招搖的東西。但這是他被拜為上將軍時魏王親自賞賜的，兩顆當作披風扣的海珍珠是魏惠王的心愛寶物，這身甲冑則是魏王派專使在大梁著名的作坊定製的。這一身裝束可真正是價值連城。除了魏國，大約哪個諸侯國的上將軍都不會擁有這樣豪華名貴的衣甲。如果在六國會盟這樣的重大場合不裝束起來，魏王肯定會不高興。當今的魏國大臣中，只有丞相公叔痤和他這個上將軍得到了這一特殊賞賜，酷愛珠寶名器且又特別講究衣著威儀的魏王能不在意麼？

裝束停當，龐涓摘下劍架上的金鞘長劍，低聲威嚴地命令：「護衛十名，隨我從小街出南門。三千鐵騎走大街，午時趕到逢澤。」

「遵命！」侍立在大帳外的軍務司馬答應一聲，疾步走出。

龐涓走出大帳時，他的三馬軺車已經輕快地駛到帳口。十名鐵甲騎士也已經整裝上馬立於車後。龐涓走到車前，右手一搭車軾，利落地躍上軺車，挺立於六尺青銅車蓋下，劍鞘輕輕一點，軺車便轔轔駛出行轅。

因為大梁的喜慶和六國會盟關聯不大，龐涓對大梁人的厭惡也消退了許多。他決定不再從祕道出城，而是直出南門，順便看看大梁人的狂歡情景。他相信從小街走，又是黎明時分，耽擱不會太大。按照大梁人慣於夜生活的風習，清晨時分正是安睡之時，街上行人最為稀少。但龐涓沒有想到，今天這條無名小街竟然也是火把成片，人頭攢動，社舞鼓樂熱鬧非凡。龐涓在高高軺車上眼見人頭火把望不到盡頭，微微皺眉，沉聲命令：「改道。」

但就在這時，突然有人喊：「上將軍……上將軍到了！」

「上將軍是國家干城！給上將軍讓道！」一個白髮老人在社舞隊列中高聲大喊，連連揮動手中的紅色小旗。街心參與社舞的男女老少和蔓延到街邊的看社舞人眾，呼啦啦向兩邊閃開，「魏王萬歲！上將軍萬歲！」之聲喊成一片。

親見大梁民眾如此敬重自己，龐涓心中不禁湧起一股熱流。雖然他沒有提出立即遷都，但他卻是魏國上層主張遷都大梁最堅定的一個，精明靈通的大梁人豈能不知？然則大梁人絕不會公開喊上將軍為「恩公」，而只喊上將軍為「干城」。就是連續不斷的狂歡，大梁人也只是高呼：「魏王萬歲！」「魏國大業，大梁當先！」沒有一個人喊出埋藏於內心的真正衝動——大梁即將成為王城！龐涓自然明白其中道理，但卻對大梁人的狡黠老到總有一絲不安與不快。數十萬市井之民如此默契地藉機宣情，如此忍耐地在狂歡中深藏不露，這在目下戰國大都會中決然沒有第二個大城庶民可以做到，包括齊國臨淄和魏國安邑。面對這樣的民眾國人，龐涓總有不踏實的感覺。他本來想對敬重他的大梁父老們說上幾句熱情的敬謝話，但這種不踏實的感覺卻使他緊緊地抿起厚闊的嘴唇，臉上一片莊重。他在軺車上拱著雙手不斷向兩邊民眾作禮，在歡呼聲中轔轔駛出了大梁南門。

清晨卯時，龐涓到達逢澤。

他的軺車直駛魏國營區的上將軍幕府，匆匆吃下一鼎逢澤黃羊肉，便到會盟行轅區做最後一遍視察。明日六國的國君便將陸續到達，一切差錯都要消滅在今天。本來，這會盟營區是由掌管地方民治土地的都司徒府督察，由大梁守具體實施建造的。大梁對這件事的興奮與重視，應該是沒有差錯。但龐涓還是不放心。龐涓太清楚這次會盟成功對於他這個發端者的重要性了。說起來，六國會盟是他向魏惠王提出的，總體方略也是由他祕密制定的，就連會盟的地點時日也都是他提出的。魏王對他提出的具體謀劃幾乎是全盤接受。如果成功實行，龐涓就將是魏國霸業的奠定者。從近處說，他至少將成為魏國的丞相兼上將軍，名副其實的出將入相，一改與公叔痤將相分權的局面；從遠處說，他將遠遠超過名將吳起在魏國建立的勳業，若魏國統一了天下，那他毫無疑問將名垂千古。龐涓想得很深很遠也很細，他絕不允許六國會盟出一絲一毫的差錯。正因為如此，他稟明魏王，自領三千鐵騎星夜奔赴大梁做最後的督察。

一整天巡查的結果，雖然查出了幾處小紕漏，但總算沒有大的差錯，龐涓還算滿意。他以上將軍名義，賞賜給大梁守三名技擊武士做護衛。大梁守誠惶誠恐地接受了，立即向上將軍獻上十名大梁美女和十桶大梁美酒。龐涓堅決回絕，並嚴厲斥責了大梁守私自動用會盟舞女和會盟王酒。大梁守慌得打躬不迭，連連辯解說舞女和美酒絕非官品，只是受大梁父老的重託而表示的一番敬謝。

「既非官品，即刻返還大梁父老。下去。」龐涓的聲音沒有透出一點表情。

「是是是……」大梁守一看龐涓冷若冰霜，忙不迭擦著汗退出幕府。

龐涓沒有因為這件小事影響謀劃。用罷晚餐，他將上將軍府掌管文書的三名大主書與掌管雜務的八名少庶子全部召來，祕密布置他們以會盟執事的身分分別加入到五國君主的侍從行列，探聽五國君主的動態。龐涓特別嚴厲地叮囑，任何重大消息只能向他單獨稟報，否則殺無赦！分派完畢，大主書立即發下執事吉服和出入令牌，各人便出帳準備去了。

龐涓鬆了一口氣，信步踱出帳外。已經是月上中天了，雖是初夏，逢澤水面吹來的風還是略帶寒意。龐涓望著一天星斗與逢澤岸邊的連綿燈火，油然生出一腔感慨。他已經出山三年了，雖然打了幾場還不算小的勝仗，但在刀兵頻仍的戰國還遠遠達不到名動天下的地步。必須有一舉牽動天下格局的功業，才算真正達到了名士的最高境界。譬如李悝在魏國的變法，一舉使魏國成為超強大國而舉世聞名。譬如吳起，除了是戰場上的常勝將軍，還是執政變法的名臣。只有這樣的名士，才是龐涓的人生目標。他常常覺得自己的才能與吳起相似，既是兵家名士，又是治國大才，該當是出將入相天下敬畏的攝政權臣。也許，正因為對自己如此評價，正因為有如此遠大的目標，龐涓的目光從來都沒有僅僅局限於兵事，從來都沒有滿足於做個能打勝仗的帶兵將領。他對治國權力，對涉及天下格局的邦交大事更為關注。一個既能夠統帥三軍馳騁疆場，又能夠謀劃長策捭闔於天下諸侯之間者，方得為真名士也。這一切，都將因為六國會盟的實現而使龐涓邁出第一步，儘管很艱難，但龐涓是滿懷信心的，他一定會成功，一定會改變老師對他當初的評價。

二、五國君主同一天到達逢澤

逢澤的清晨分外壯美。浩淼的水面在火紅的天幕下金波粼粼。一輪紅日湧出水天相接處，山水風物頓成朦朦紅色剪影，蒼茫葦草翻滾著金紅的長波。連綿不斷的各式軍帳、戰車、幡旗、矛戈結成的壯闊行營，環繞水面形成一個巨大的弧形。悠揚沉重的號角伴著蕭蕭馬鳴此起彼伏。岸邊官道上，一騎紅色快馬飛馳而來，在葦草長波中恍如一葉飛舟。

龐涓剛坐在長案前準備開鼎用餐，就聽見大帳外駿馬嘶鳴。他微微一怔間，帳口護衛已經高聲宣呼：「安邑信使到——」

未及龐涓站起，信使已經匆匆進帳，從背上抽出一個銅管雙手捧起稟報：「魏王急命，交上將軍開啟。」龐涓拱手接過銅管，擰開頂端銅帽，抽出一卷羊皮打開，兩行大字赫然入目：「龐涓我卿，公叔丞相有疾難行，今著龐涓我卿為特命王使，以代本王迎接五國君主，預商會盟事項。八年四月初六日。」龐涓心中湧起一陣衝動，面上卻是不動聲色道：「請告我王，龐涓當鼎力維持，不負我王。」說著拿起公案上的一支六寸長的青銅令箭，交給信使作為回執。信使拱手道：「回執如信，本使告辭。」大步出帳，上馬疾馳而去。

龐涓握著羊皮高聲命令：「懸掛特使纛旗。備車出巡！」

半個時辰後，龐涓幕府外兩面大纛旗迎風舒捲。一面大書「六國會盟特使龐」，一面大書「魏國上將軍龐」。百名鐵甲騎士護衛著一輛青銅軺車轔轔駛出帳外，軺車前三名騎士護衛著一面「六國會盟特使龐」的紅色大旗，組成了迎接會盟國君的特使儀仗。中軍司馬一聲高報，龐涓身著華貴的上將軍甲冑，外罩光芒四射的大紅披風，大步走出軍帳。身後是一名紅色長衫的主書，手捧一柄金鞘長劍，當先躍上軺車轅木，肅然站立。龐涓扶軾登車，低聲命令：「出巡。」大旗當先，軺車發動，儀仗隊從容向會盟營區出發。

龐涓遙望行轅相連的廣闊營區，一種豪情油然而生。上天對他真是庇護極了，恰恰在他最需要公叔痤消失的時候，公叔痤就突發惡疾，若非天意，真是沒有解釋。六國會盟原是龐涓一手策劃的，可就是因為公叔痤是老丞相總攝國事，硬是擠進來做了魏惠王的會盟特使，代表魏王迎接五國君主並事先磋商六國盟約。龐涓內心對此是一百個不服氣一百個不放心。六國會盟本來就是針對公叔痤提出的魏秦罷兵謀劃的，如何能讓這個老邁無能的權臣攪進來？少梁大戰，公叔痤本來是被秦軍俘獲的，然卻鬼使神差地與秦國達成了罷兵和約。龐涓堅決反對，力主對秦國繼續用兵，一戰根除這個心腹大患。但是魏惠王卻認為公叔痤與秦國議定的罷兵和約對魏國大大有利，不用打仗便重新占領了秦國的河西五百里，何樂而不為？公叔痤也算將功補過了。龐涓自然拗不過國王丞相的一致主張，便謀劃出六國會盟這著妙棋，要借六國之手滅掉秦國。魏惠王對龐涓的謀劃也是大加讚賞，魏國既未負約，又得到了更大的利益，何樂而不為？然則如此一來，公叔痤大大地不高興了，竟直諫魏王，斥責龐涓是使魏國失信於天下。魏惠王哈哈大笑一番，沒有理睬公叔痤的勸諫。老公叔無奈，便硬要擠進來參與六國會盟。龐涓極力否定，魏惠王卻笑著答應了。氣得龐涓直罵老賊可惡，埋怨魏王懵懂。公叔痤有何才能？論將兵打仗，一敗於石門，再敗於少梁，卻老著臉皮把著相位不鬆手。若非龐涓收拾局面，一敗楚，再敗齊，三敗趙韓聯軍，魏國只恐怕丟盡臉面了。論治國，公叔痤恪守李悝吳起的法令，三十年不做任何變通，眼見魏國府庫漸空，也是束手無策。這樣的昏聵老人做了一回俘虜，竟然還高居他龐涓之上，做總攝國事的丞相，魏國能重振霸業統一天下麼？但這種官場上的不公平，龐涓是不能公開理論的。雖然龐涓是立足實力競爭的名士，也必須忍耐，必須等待時機。目下，正當六國會盟扭轉戰國格局之際，老邁無能偏又喜歡攪和的公叔痤竟然突發暴疾，豈非上蒼有眼，給予他龐涓一個大大的機會？

謀事在人，成事在天。龐涓真要相信這句老話了。

既然做了名正言順的會盟特使，龐涓就要將會盟禮儀搞得非同凡響。本來他向魏王提出了一整套接待方略和會盟規格，偏偏公叔痤不以為然，說是不能教五國感到魏國有霸氣。此等迂腐之見根本不解六國會盟的真正意圖，魏王不置可否，龐涓也不好執意反對。今日絆腳石自動讓道，龐涓的勃勃雄心陡然重新振作，決心將會盟形式恢復到以魏國為軸心的格局上來。他知道，魏王其實是很贊成他的，作為一個國王，誰不想稱霸天下主宰別人命運？只不過魏王不像他的父親魏武侯和祖父魏文侯那樣的鐵腕君主，往往在遇到此亦可彼亦可的選擇時就會失去主見，聽任辦事臣下的左右。公叔痤病了，他龐涓的主張沒有人反對了，魏王更不會拒絕做天下霸主，還有何理由不放開手腳？

龐涓的第一個動作，是將六國行轅的位置重新排列。公叔痤原來安排的是六國行轅排成環狀，不分尊卑主次。龐涓下令將六國行轅的位置變成方形，魏國坐北面南獨居盟主尊位，東側為齊趙兩國，西側為燕韓兩國，楚國是僅次於魏國的強國，行轅在南面和魏國遙遙相對。第二個動作是按照這一格局，改變會盟大帳內的王座位置，同樣將環形座次變成了方形座次。為了快速有效，這兩項急務龐涓都沒有讓大梁守率領民夫完成，而是由他訓練有素的一千精兵去做。日上三竿時，大格局的改變便已經全部就緒。

龐涓的第三步，是派出了他的兩千鐵甲騎士，在行轅區外的大道上排列成一里長的甲士甬道。兩騎一組，一面紅色大旗，一柄青銅大斧。行轅區外紅旗招展，斧鉞生光，聲威比原來壯盛了許多。

就在龐涓的軺車做最後的巡查時，一騎探馬飛進大營稟報：韓國君主韓昭侯帶領一千衛隊並隨從大臣，已經進入行轅區大道。

龐涓從容命令：「韓侯車駕進入行轅外一箭之地，鼓號齊鳴。出迎。」

當龐涓的特使儀仗駛出行轅外甬道時，遙遙望見大道上一面綠色大旗迎風招展，悠悠而來，顯然便是韓昭侯的會盟車隊。車隊駛入一箭之地的石刻標誌時，甲士甬道外鼓聲大作，兩排長號仰天而起，嗚嗚齊鳴。龐涓在軺車上肅然拱手，高聲報號：「六國會盟特使龐涓，恭迎韓侯車駕——」

迎面而來的王車上，肅然端坐著一位三十餘歲的國君。他就是韓國第六代君主，史稱韓昭侯。這位君侯是戰國時代著名的節用之君，惕厲自省，處處簡樸，全然不怕列國哂笑。目下他乘坐的王車，是一輛鐵皮包裹的木車，車輪哐啷嘎吱亂響，車廂中的傘蓋也是木製的，稍有顛簸便搖搖晃晃。駕車的只有兩匹灰斑馬，且顯然不是名馬良駒。韓昭侯本人身穿一領極為普通的綠色布袍，頭戴一頂高高的竹冠，長鬚飄拂，神色散淡，似凝重又似愁苦。若是平白在道邊相遇，別說龐涓，任誰也只將他認作一個尋常的遊學士子。

龐涓嘴角露出一絲輕蔑的微笑，但又立即變為肅然莊重。他可以哂笑韓昭侯的寒酸，甚至認為這是矯情做作，但他絕不能輕視和魏國同出一源的韓國，絕不能哂笑擁有天下最大鐵山和最好鐵坊的「勁韓」。龐涓輕輕咳嗽一聲，軺車緩緩迎了上去。

韓昭侯早已經聽見了迎風傳來的龐涓聲音，只是沒有作答。他看著這位鄰邦上將軍總覺得彆扭，打了幾場勝仗便不可一世，渾身珠光寶氣的大不是正道滋味兒。然而，他只是微微皺了皺眉頭。兩車迎面時，韓昭侯拱手淡然道：「上將軍榮任會盟特使，可喜可賀。」

「公叔丞相有疾在身，魏王命龐涓代行特使，敢請君侯見諒。」龐涓知道公叔痤和韓趙兩國的淵源極深，所以謙恭地自貶為「代行特使」，以示對韓昭侯與公叔痤交誼的敬重。
「敢問上將軍，本侯是第幾家到達？」韓昭侯岔開話題，淡淡微笑。
龐涓拱手笑答：「君侯先聲奪人，第一家。君侯請。」
韓昭侯又微微一皺眉頭，臉上淡淡漠漠：「韓魏近鄰，自然早到。請。」
「君侯先請。」龐涓一揮手，身後一名導引騎將走馬而出，高舉一面繡有「韓」字的綠色大旗到韓昭侯車前高聲報：「末將導引君侯車駕——」撥轉馬頭，走馬行入甲士甬道。
韓昭侯閉目養神，既不看落後半車的龐涓，也不看紅旗林立斧鉞生輝的鐵甲騎士。龐涓卻是始終微笑地看著韓昭侯，默默護送，絕不主動找話，心中卻在暗笑這位君侯的迂腐——明是心虛偏又自做輕蔑狀。
穿過甲士甬道，進入行轅大門後走馬急行里許，來到煙波浩淼的逢澤北岸。一片綠色軍帳圍成一個巨大的環形，環形軍帳內又是兵車圍成的一個環形，一座綠色銅頂大帳被兵車圍在中央，轅門口一杆「韓」字大纛旗迎風舒捲。龐涓拱手道：「君侯請看，這便是貴國行轅。行轅外軍帳可駐紮君侯帶來的一千軍士。」
「尚好尚好。上將軍請忙公務。本侯奔波睏倦，欲休憩片刻也。」
龐涓本以為韓昭侯至少要邀他進帳稍事寒暄，他也很想藉此機會和各國君主先行磋商試探一番，給魏王打好基石。沒想到韓昭侯竟絲毫不做姿態，公然拒絕了他。剎那之間，龐涓感到了這位寒酸君主頗難對付。正在此時，一騎探馬飛來，高報燕公駕到。龐涓就勢拱手笑道：「君侯車馬勞頓，理當休憩，龐涓告退。」
逢澤大道上重新捲起煙塵，隱約可見紅藍兩色的大旗翻捲飛來。龐涓思忖，燕國究竟是老牌諸侯，國弱勢不弱，看這車速，顯然是燕文公率領燕山精銳親赴會盟。時人眼裡的七大國——魏、楚、齊、趙、燕、韓、秦，其中唯有燕國是周武王滅商後直接分封的「公」字號老諸侯國，第一任國君是周武王的弟弟召公奭，一脈延續六百餘年竟未失政。另外六國，楚國是蠻夷部族自立為諸侯國，西周第三代天子周康王才予以正式冊封，迄今五百年歷史。秦國是周平王東遷洛陽後冊封的諸侯，迄今三百多年。現下的齊國也不是周武王分封的老齊國，那個齊國的君主是姜姓，第一任國君是赫赫有名的姜尚，世人稱為「姜齊」。目下這個齊國，是老齊國的田姓大臣田乞在勢力坐大時殺掉了姜姓國君，田乞自立為國君，至今已經傳了六代，世人稱為「田齊」，時下也就一百多年。魏趙韓三國，原是老牌諸侯晉國的三家大臣，勢力坐大後，三家共同瓜分了晉國。周威烈王於魏文侯四十三年不得不正式冊封魏趙韓三家為諸侯國，迄今不過四十餘年。這就是說，七大國中，有四個是新世族奪權建立的——齊魏趙韓；一個是山高水遠先自立而後被王室認可的——楚；只有燕秦兩國是正式冊封立國而一脈相延的諸侯國。燕國是西周的開國諸侯，秦國是東周的開國諸侯，燕國比秦國恰恰老了整整一個時代。

正因為如此，燕國是七大國中最為孤傲的一家，而眼下這位燕公又是燕國歷代國君中最為桀驁不馴的一個。

對這種老牌諸侯，龐涓絲毫沒有敬畏之心，倒是覺得十分可笑。一方諸侯六百餘年，靜悄悄無所作為，竟然還心安理得趾高氣揚地苟活於天地之間，真真的無可救藥。你看這位燕公，銅車駟馬，金頂車蓋，黑玉天平冠，手執金鞘劍，長鬚飄拂宛若天神般站在車中，哪有一絲一毫的羞愧之情？鼓聲大作長號齊鳴時，龐涓已經從遐想中恢復常態，不卑不亢地在軺車上遙遙拱手報名，原地迎候這唯一具有西周王族血統的老牌貴族君主。

燕文公早已經看見行轅區外的甲士儀仗和龐涓的車騎，對如此隆重的迎候頗為滿意。尊重周公禮制的姬氏王族，凡事都很講究，越是細節就越是講究。漸行之間，他已經發現了迎候儀仗不合禮制的十多處紕漏，最顯眼的是沒有郊迎的樂隊而只有長號大鼓。龐涓作為盟主特使，理當出車迎接，而卻只在原地迎候。魏國號稱天下第一強，如何如此褻瀆禮樂有失大雅？然則又能如何？燕文公長歎一聲，就像多年來蔑視一切禮崩樂壞和僭越行為一樣，又一次蔑視了魏國的無知和愚昧。

「魏國上將軍、六國會盟特使龐涓，恭迎燕公車駕。」龐涓必恭必敬。

燕文公矜持地拖長聲調：「上將軍，魏王安在？」

「回燕公，盟主魏王明日駕到，今日本使代我王行迎候大禮。」

「盟主？尚未會盟公推，何來盟主？」燕文公冷冷一笑。

「回燕公，本次會盟事關重大，各國均已先行回書，擁戴我王為盟主。燕公何其健忘也？」該挑明處龐涓也不會虛與周旋的。

「既為會盟大典，何以如此不通禮法？燕國不是韓趙，本公解盟。」手中長劍一揮，「回燕！」

龐涓並沒有情急之色，拱手高聲道：「燕公六百年貴胄之身，竟以些須禮法瑣事置大計於不顧，氣量何其狹小也？魏王遲到，非為不敬重燕公，乃是為燕國謀劃一份重禮也。」

「上將軍所言何意？」燕文公彎回軺車，口氣顯然溫和。

龐涓微微一笑：「中山國，可是一塊肉也。」

「中山侯去了魏國？」

龐涓點點頭：「此刻，魏王只怕正為中山侯洗塵接風。」

燕文公默然有頃，爽朗大笑：「好！本公且看看魏王才具。」

正在此時，逢澤大道上煙塵大起馬蹄如雷。探馬飛報：趙國君主趙侯率領兩千精兵赴盟。龐涓笑道：「敢請燕公一同迎接趙侯如何？」

「有上將軍迎接趙種足矣。本公不勞上將軍相陪。」燕文公望著遙遙而來的「趙」字大旗，輕蔑地冷笑。

龐涓高聲命令：「導引官，領燕公入行轅歇息。」

紅衣駿馬的導引官高擎紅藍兩色的「燕」字大旗，在燕文公車駕前走馬前行，燕文公車隊轔轔進入了行轅區。

龐涓自然清楚，燕趙兩國為爭奪河東太行山地區的中山國，已是勢如水火，若非魏國從中斡旋，兩國早就該兵戎相見了。在燕趙之間，龐涓是喜歡趙國的。倒不是因為趙國與魏國同屬「三晉」，龐涓本來就不是魏國人，沒有老魏人的這種俗念。龐涓看中的是立國不到五十年的趙國的英銳之風，蔑視的是六百年燕國的老朽之氣。論實力，趙國吞滅中山國並打敗燕國是完全可能的。但魏國卻不能支持趙國，因為那樣一來，趙國就會成為堪與魏國匹敵的一流強國。為了使其他六大國的實力維持現狀並始終和魏國強大的實力保持較大差距，龐涓向魏王提出了「扶燕抑趙」的策略，將魏國斡旋燕趙之爭的基點定在防止趙國強大上。雖然這與龐涓的認知傾向相違背，但這是龐涓身為魏國上將軍所必須具有的忠誠謀國的精神。否則，他龐涓何以堪稱赫赫鬼谷子先生的第一高徒？

「上將軍，別來無恙？」趙成侯豪放地大笑著，手中帶鞘長劍直指龐涓。

龐涓恍然醒過神來，大笑著跳下軺車，深深一躬：「趙侯大駕蒞臨，龐涓思慕走神，慚愧之極，敬請見諒。」

「思慕？啊哈哈哈哈哈……」趙種長劍拄車，一雙眼睛電一般向龐涓射來，「又給我趙種設套子了，啊？」

「再大的套子，也套不住趙國的二十萬鐵甲騎士。」龐涓微微一笑。

「說得好！趙種相信實力，素來不怕套子。知趙種者，上將軍也！」

「我卻要說，知龐涓者，趙侯也。」

「啊哈哈哈哈哈……」

龐涓也大笑一陣，一躍跳上軺車，「趙侯先行，龐涓陪送行轅。」

趙成侯一捋連鬢大鬍鬚，轉頭向後一努嘴笑道：「還有比趙種厲害者在後，上將軍等著迎接人家好，你我就免了虛套，我自走了。」

龐涓慨然拱手：「若蒙趙侯不棄，龐涓來生做趙國將軍。」

趙種詭祕地一笑：「來生？趙國只缺耕夫，不要將軍了。走！」一跺腳，車馬大隊隆隆駛進了行轅。陡然，龐涓清晰地嗅到了深藏於趙種心中的那個遠大目標——統一天下，放馬南山！瞬息之間，龐涓一陣衝動，竟覺得自己錯投了魏國。悠悠思忖，又不覺失笑，趙國連身邊的一個小小中山國都拿不下，統一天下豈非癡人說夢？豪氣是一回事，實力又是一回事，自己一以貫之的認定怎麼會被趙種的豪氣衝得走了形？

「稟報特使大人，齊王車駕已入三箭之地。」一主書高聲報告。

龐涓精神一振，他已經看見迎面而來的紫色大旗上的「齊」字了，立即高聲命令：「一箭之地，迎接齊王。」一話方落點，訓練有素的馭手絲韁一抖，三匹火紅色良馬已碎步走蹄輕快馳出。

第四位到達的是齊王，叫田因齊，史稱齊威王，是田氏齊國的第六代君主。他年齡不到三十歲，即位剛剛兩年，卻已經是令天下刮目相看的英主。在兩年的時間裡，田因齊整頓吏治、減少賦稅、招賢用能、興辦學宮，齊國一片生機勃勃；又南卻強楚，西退燕趙，宣布稱王，使齊國陡然間聲威大振。龐涓對齊國的事態非常關注也非常了解，很是佩服這個年輕君主的霹靂手段，驚歎為天賦奇才。在七大國中，楚國春秋初期就已經自行稱王，魏國是八年前稱王，而齊國則是這位年輕君主即位一年宣布稱王的。這樣，天下就有了四個王國：名存實亡的中央之王——周，以及三個諸侯王國——楚、魏、齊。齊威王敢於大膽稱王，無疑向天下宣示了齊國敢於抗衡天下的信心和決心。龐涓作為即將統一天下的魏國上將軍，其實內心最沒底的就是這個齊國。齊國地處大海之濱，土地肥沃，民風強悍，非但湧現了孫武這樣的兵學世家，且近年來又文風大盛、工商業昌隆，臨淄已經成為僅次於大梁的商業大都會，號稱「齊市」。目下，又出了這樣一個大有作為的國王，要吞滅齊國真是心中沒底。但歸根結蒂，龐涓也並不看好齊國。齊國田氏的立國根基遠遠沒有魏國牢靠。魏氏歷經百餘年流血爭奪，才和韓趙兩族共同瓜分了晉國，其後又變法改制，軍民一統，如臂使指。齊國則不然，田氏主要靠小步新政和上層篡奪殺戮之方式奪得姜齊政權，舊貴族盤根錯節勢力極大，田氏在齊國執政後又沒有徹底變法改制，世族封地的勢力依然很大，根基自然不堅實可靠。對於這樣一個大國，龐涓提出的策略是「重和輕戰，靜觀待變」，期待齊國出現戰國屢見不鮮的「其興也勃焉，其亡也忽焉」的大起大落，其時一鼓擊之，天下可定。

遠遠而來的齊王卻沒有龐涓這樣的複雜思緒，他瞭望行轅氣勢格局，只是在想，齊國如何能搜尋到一個像龐涓這樣的大才？齊國不乏戰陣名將，但像龐涓這樣統籌全局出將入相的扛鼎人物還真是沒有。這位年輕國王的過人之處，正在於他全然沒有尋常少壯派常有的淺薄狹隘，卻是酷愛人才，大有容人之量。此刻，他望著輜車上華貴威武的魏國上將軍，不禁感慨讚歎：「國有良將如龐涓者，安得不興？」

龐涓卻早已經遙遙拱手報號，且利落下車，迎上前來躬身作禮道：「齊王駕到，龐涓有失遠迎，多請恕罪。」

齊威王也幾乎是同時跳下王車，爽朗大笑：「上將軍當世英傑，何以如此官話客套，將我田因齊做俗人待也？」

「龐涓敬重齊王奮發有為，何敢造次？」龐涓謙恭笑答。

「上將軍，」齊威王握住龐涓的手微笑道，「田因齊請你到齊國一遊，對齊國將軍們教誨一番，如何？」

「齊王言重了。」龐涓笑道，「龐涓焉敢妄為人師？若能有幸到齊國，定當聆聽齊王治國高論。」

「上將軍，別說誰聽誰，你若到齊國，就做我齊國三個月丞相，田因齊封你天客侯，三個縣做封地，如何？」齊威王滿臉笑意中透著真誠。

「天客侯？齊王好才具！也許魏王有一天會派龐涓做國使赴齊，龐涓定當領教天客侯滋味兒了。」

「好！一言為定，上將軍靜候佳音。」齊威王用力握了握龐涓的手。

「齊王請登車，龐涓陪送行轅歇息。」龐涓不想再繼續這個話題。

齊威王轉身上車，向龐涓拱手笑道：「不勞上將軍，田因齊還想藉此機會遊覽一番逢澤呢。導引官，起行。」

龐涓只有拱手相送，對這種天馬行空的非凡君主，過分拘泥只會自討無趣，莫若隨其自便來得穩妥。那麼，就只有楚王沒到了。龐涓看看天色，已經是午時已過，未時有半，按照各路探馬所報行程，五國君主在午時前均可到達逢澤行轅，為何楚王車駕如此遲緩？龐涓是大將之才，這次盟會的行止調度全是以兵法謀劃的，一切都安排得緊湊有序，絕不會誤算或漏掉任何一位君主的行程。龐涓望望動靜全無的逢澤大道，略一思忖，已經料到變故原因，暗暗哂笑，高聲命令道：「儀仗鼓樂收回，全軍開飯，酉時出營列隊！」

主書輕聲道：「上將軍，萬一楚王酉時前來到，該當如何？」

龐涓冷冷一笑：「不知楚人，不用多言。」

回到行轅，龐涓照舊是一鼎逢澤黃羊肉，不要湯餅，也不要其他菜，更不要酒。在大山中修習十幾年，常跟老師風餐露宿，龐涓對簡樸粗獷的生活已經形成習慣。用冗長的時間去消磨繁瑣的酒菜，他很是不以為然，覺得那簡直是浪費大好光陰。對於龐涓，每頓飯只要有一鼎肉或一盆湯餅就很滿意了。行軍打仗，則只要有乾肉乾餅水袋三樣就行，從來不在中軍大帳開小灶。出山到魏國做官以來，龐涓最感頭痛的就是頻繁的官宴和奢靡的應酬。但凡大小宴飲，龐涓都是簡單吃飽，然後靜觀形形色色人等的誑語醉態。久而久之，他這種習慣也為魏國上層和軍中將士所熟悉。貴胄們似乎對他有些微妙的冷落隔膜，軍中將士對他卻是衷心擁戴百般景仰，對他嚴格的軍令與嚴酷的訓練方式自然也樂於服從。龐涓根本不在乎那些紈袴膏粱者如何蔑視他，也不在意將士們對他簡樸起居的讚頌，他深深懂得，在連綿刀兵你死我活的戰國之世，立足的根本點是功業，是勝利。作為三軍統帥的上將軍，若果喪師失地，將士們的擁戴讚頌會在一夜之間變為咒罵或叛亂。若果能破國拔城，那些紈袴膏粱們也會在一夜之間跪拜在他的腳下。成者王侯敗者賊，在刀兵鐵血的年月，這是一條永遠的鐵則。

匆匆用完黃羊肉，再用鹽水漱漱口，龐涓立即走進內帳。和尋常統帥不同的是，龐涓的中軍幕府，前帳小而後帳大。前帳聚將廳只有一丈左右，簡單得只有安置虎符、令箭、王劍的一張大案，再就是將領議事坐的十三個青石墩。後帳卻足足有三丈見方，除了一張僅可容身的軍榻，整齊堆積的竹簡占去了後帳的四分之三空間。除此之外，就是一幅丈餘見方的巨大的列國地圖。這幅圖不是繪製在羊皮上，而是刻製在十塊木板上用卯榫拼成，行軍時拆開裝成木箱，紮營時拼起展開。這幅木圖，是龐涓從師修習遊歷天下的心血結晶，其準確度曾得到老師鬼谷子的極高評價。這幅木圖安置在後帳且蒙著一層白布，可知龐涓是將它作為軍事祕密對待的。平日裡後帳也是不允許任何人踏進來的，除了龐涓的貼身侍衛。

此刻，龐涓拉開白布，就勢坐在身後的書案前打量著圖上的七大國，眼光掃過，盯住了大河西部的秦國凝神沉思。論本土，秦國北部和燕、趙、中山三國接壤，東南部與魏國接壤，南部與韓國接壤，西南部和楚國接壤，除了齊國遠在海邊與秦國不搭界外，五大國均與秦國有領土利害關聯。而秦國西部，是深遠難測的高山草原與大漠，沒有任何可作為後援的盟友力量。七大國之中，秦國地處西陲，接壤的鄰國卻最多，目下又最弱最小……

「報！」帳外遙遙傳來探馬臨帳時的尖銳喊聲。

龐涓走到前帳，斥候已經掀帳而入，躬身高報：「啟稟上將軍，楚王早已進入逢澤，在三十里外行獵飲酒，不入官道，不知何故？」

「一個半時辰後，楚王必到。」龐涓吩咐，「探馬遠走，不要再管楚王。」

「遵命！」斥候高聲領命，昂然疾出。

對楚王的狡黠，龐涓是太清楚了。後來的中原士人譏諷楚人是沐猴而冠，雖是刻薄，倒也確實神妙。猴子精明，然終不成人器。說到底，這是譏笑楚國人精於算計而缺乏大器局。就說目下這楚宣王芈良夫，明明是按行程於清晨時分到達逢澤的，可就是不入行轅區，全部的心思就是為了最後到達以顯示尊貴。為此在三十里外停留行獵，煞費苦心地派出斥候打探，非要等到韓趙齊燕各國之後再進入，也許還等待著龐涓到三十里外去隆重迎接。龐涓對這種乖張的精細算計，歷來嗤之以鼻。一個國家，不在根本實力上下工夫，專在這些瑣細禮節上較真兒，能有何出息？楚國自春秋末期吞併吳國之後，地闊五千里，民眾近千萬，江淮水網縱橫如織，湖泊星羅棋布，雖有連綿高山密林，然平原地帶卻是土地肥沃易於耕作。山重水複，疆域縱深，任哪個強國也休想一口吞下。楚國上層若有高遠器局，變法圖強，北進中原，何愁不能完成統一霸業？可惜這個國家就是固守蠻夷陋習，極少汲取中原文明的精華，官制軍制民治均是自己的一套，從來不學中原各國的文明法制。丞相叫作「令尹」，上大夫叫作「左尹」，王族事務大臣叫作「莫敖」，上將軍叫作「大將軍」，還有登徒、柱國、執圭、三閭大夫等種種莫名其妙的官名。這個由山地部族自立而後獲得周王朝認可的諸侯國，有許多地方是中原文明所難以理解的，這也正是中原名士難以在楚國建功立業之所在。魏武侯時期，文武全才的吳起因奸佞排斥不被國君信任而逃到楚國。當時的楚悼王任命吳起為令尹（丞相），立志變法圖強。吳起以鐵腕強力變革楚國落後愚昧的舊制，卻幾乎將自己弄成了孤家寡人。楚悼王一死，吳起立遭慘殺，楚國就成了一個「三分新七分舊」的奇特國家，始終是委靡不振難有作為。龐涓當初為了選定自己要報效的國家，曾對楚國做了深入的遊歷探究，認為楚國和中原文明尚有百年距離。吳起在楚國的失敗，不是變法本身有誤，而是這個國家的落後愚昧封閉，和變法所需要的基礎還有很大一段距離，任誰在短期內也難以扭轉。其中一個重要的原因，就是楚國的上層貴族始終偏安封閉的山國，沒有放眼天下競爭存亡的大器局。中原諸國凡有大事，都離不開楚國參與，但卻也沒有一個國家將自己的存亡謀劃寄託於聯結楚國。中小諸侯國更是極少主動尋求楚國的保護。在七大國中，楚國與秦國的附屬國最少。秦國是因為被山東六國封閉在函谷關以西，不可能東出爭奪中原附屬國。但秦國在秦穆公時代就吞滅兼併了幾乎所有的西部戎狄部族邦國，沒有被化入的草原部族也幾乎全部臣服於秦國。秦國也是一個積極向中原文明靠攏的諸侯國，不管中原大國如何蔑視秦國，秦國都始終以中原文明為楷模。楚國對南部蠻夷部族之所以缺乏有效統合，則泰半是不思進取所致。譬如嶺南的百越，楚國就僅僅滿足於鬆散的「稱臣納貢」，而沒有將這支繁衍旺盛人口眾多的部族納入整體國力。楚國名義上有千萬人口，能夠動員的兵力卻只有數十萬，還不如只有數百萬人口的趙國可能動員的兵力。說到底，也是這種有名無實的龐大臃腫造成的。

在深入的查勘中，龐涓還發現楚國上層對中原文明有一種自卑而又不甘屈服的躁動。時時湧動著一種要求中原文明承認他們、接納他們的強烈心志，又時時處處與中原文明警惕地保持著一定距離。如果不被重視，他們就會尋找機會和理由向中原示威，顯示力量。如果中原大國敞開胸懷，他們又會自動退避三舍，害怕被中原同化。三百年前楚莊王時，誰都知道楚國的力量尚遠遠不及中原一個晉國，更不要說眾多諸侯的聯合力量。楚莊王卻要藉聯兵抗戎之機，陳兵洛陽郊外，向東周王朝的勞軍使者王孫滿挑釁，問洛陽九鼎輕重幾多？那時候，九鼎可是天子王權的象徵，問鼎天子等於是向天子的王權挑戰。王孫滿回答：「周德雖衰，天命未改。」楚莊王也只好悻悻而歸。從此以後，楚國對中原的野心大白於天下，惹來與中原王室及諸侯國的種種麻煩。

後來，楚國有一段稱霸時期，又缺乏謀略，不懂像齊桓公和管仲那樣樹起「尊王攘夷」的大旗，而是凶巴巴急吼吼地號令中原。結果惹來和晉國的城濮大戰，一敗塗地，從此兩百多年委靡不振。龐涓認為，這些都是因為楚國缺乏大器局所致。在龐涓看來，這樣的國家最好對付，最難對付的是那些不拘小節，甚至不計一城一地之得失卻又雄心勃勃的國家，譬如趙國，譬如齊國，甚至秦國也同樣。這剛繼位的這位秦國新君，竟將已經奪回大部分的河西土地拱手相送以求休兵罷戰，簡直匪夷所思。這種人不是懦弱昏聵，就是機謀深沉。他們對這些先來後到、座次排列之類的邦交細節絕非遲鈍，可是在表面上渾不計較，一心只在大事上做文章。一個國家，若處處在這種細節遊戲上較真兒，無疑已經是衰老了，因為他們已經沒有更大價值的東西去計較了。楚宣王正是這樣，給他一個尊貴的座次，再給他一點看得見的好處，他就會大喊大叫地用難懂的楚語為盟主捧場。這一點，龐涓早就算定了。

酉時一到，魏國的鐵騎儀仗準時在行轅區外展開，漫天晚霞中整肅威武，一片燦爛。龐涓的軺車駛出行轅時，逢澤大道上也捲起了陣陣煙塵。

擔任司禮的主書輕聲笑道：「上將軍，果真妙算！」

龐涓嘴角掠過一絲輕蔑的微笑，緩緩舉起右手。驟然間，鼓聲大起，長號向天嗚嗚齊鳴，聲勢很是雄壯。一箭之地處，黃色大旗上的「楚」字已經清晰可見，王車上青銅傘蓋的熠熠閃光也已經映入儀仗鐵騎的眼裡。

「上將軍，王車上如何不見楚王？」主書困惑地問道。

龐涓沒有答理主書，只是恭敬地深深一躬，低聲命令：「報號。」

主書醒悟，連忙以司禮身分高聲唱道：「六國會盟特使、魏國上將軍龐涓，恭迎楚王大駕——」

王車上，楚宣王芈良夫特別興奮。一路上，他都是躺在特製的大型王車中想心事。因生得特別壯碩高大，兼之做國王後又日漸肥胖，尋常軺車根本容不得他坐，更別說躺下睡覺。為此，郢都的王室作坊受命專門打造了這輛異乎尋常的王車——車廂丈二見方、高三尺六寸，青銅車蓋蓋高八尺，直徑一丈，車輪幾乎比尋常車輪大兩圈。中原王車是四馬駕拉，這輛王車是六馬駕拉，一旦啟動便轔轔隆隆氣勢懾人。這輛王車的最大不同，就是車中永遠有兩個侍女為長年揮汗如雨的楚宣王把扇、拭汗、餵水。行進到距行轅一箭之地時，楚宣王推開給他餵水的侍女，趴在車廂前方的望孔上瞄向魏國儀仗。瞄來瞄去，沒有看見魏王的迎接車駕，心裡頓時覺得空落落的又有些惱火。轉而看見了魏國上將軍龐涓車前的「六國會盟特使」旗號，也看見了龐涓肅然躬身的謙恭姿態，才頗感欣慰地喃喃自語：「魏王不迎我，暫且作罷，誰教人家是盟主啦？」

一剎那，楚宣王芈良夫已經打定一個討回尊嚴的主意，六國會盟特使龐涓迎接他時一定要講出「代魏王迎接楚王」的話，否則他立即回馬。想到這裡，他精神一振，扶著兩個侍女的肩膀霍然站起。兩個黃衫侍女差點兒被壓趴下，卻又連忙同時用力扶起龐大的國王。

隆隆駛來的大型王車傘蓋下，突然冒出了天神一般的楚宣王！

魏國儀仗騎士與鼓號手死死忍住大笑，卻將一股噴然之氣弄成了一片噴嚏吹進嗚嗚咽咽的號聲。司禮的主書也連連打了幾個響亮的噴嚏，憋得眼淚流到了鼻端也不敢擦。若非魏國軍士訓練有素，非弄成一團兒戲大笑不可。

龐涓知道身後發生了什麼，卻沉靜得渾然不覺。待楚宣王的超大王車嘎嘎吱吱地煞住，楚宣王目光盯住他卻不說話時，龐涓莊重清晰地遙遙拱手道：「六國會盟特使龐涓，代魏王迎候楚王大駕，楚王萬歲！」

楚宣王心中大感快慰，一雙大手拱成了斗大的拳頭：「魏王大禮，羋良夫何敢承受？魏王康健萬歲。」硬是不涉龐涓而只提魏王。

「魏王恭請楚王，先入行轅歇息。晚來戌時，魏王為楚王接風洗塵。」謙恭的龐涓也始終只提魏王而不涉自己。

楚宣王依舊搖晃著斗大的拳頭，滿臉笑意：「魏王忒得多禮，羋良夫何敢叨擾？」

「請楚王入營，魏王特使相陪。」

「羋良夫謝過魏王，忝為先車，入營！」

馬蹄嗒嗒，車聲隆隆，楚國的車隊人馬器宇軒昂地開進了會盟行轅。楚王羋良夫扶著高高的車軾，莊重肅穆地巡視著行轅，臉上充滿了尊嚴。

三、接風小宴公開了會盟祕密

夜晚，逢澤變得分外美麗。六大行轅區的各色燈火，在浩淼的逢澤水面倒映出一個流光溢彩的燦爛世界。軍旗獵獵，刁斗聲聲，有軍營的壯美，卻沒有戰場的蕭瑟殺氣。初夏尚有涼意的微風中，逢澤彌漫出一片華貴的侈靡。

逢澤是兩條大河滋養的。西北有黃河，東南有濟水，中間地帶就聚成了蒼蒼茫茫的逢澤。戰國時期，獨立入海的江、河、淮、濟被稱為天下四大名水。這四大名水，黃河在北，長江在南，中間是濟水與淮水。北河南江之間，正是華夏文明的中心地帶。而逢澤恰恰又在河濟之間，西北又緊靠繁華文明的大梁城，是中原腹心地帶最具盛名的大湖。論水面規模，逢澤遠遠不及楚國的雲夢澤，但論當時的名氣與文明內涵，逢澤卻是遠遠高出於雲夢澤。魏國作為天下第一強國，選擇逢澤做六國會盟的地點，不僅僅因為逢澤是魏國最好的形勝之地，而且還因為是當時整個中原文明的精華所在。

六國會盟的總帳，設在逢澤北面依山傍水的山腰草地上，地勢略高出於其他五國的行轅駐地。以燈火區域看，五國行轅對盟主行轅的總帳恰好形成五星捧月之勢，使總帳地位十分突出。時下，盟主行轅所在的山地崗哨林立，山腰總帳內燈火通明。

大帳內沒有樂舞和侍衛。先到的五國君主默默坐在各自案前目不斜視，等待龐涓的開場白。龐涓的座案設在平地上，背後是暫時空置的魏王盟主的長案。龐涓剛剛走進來，他沒有落座，肅立案前向君主們所在的三個方向深深一躬，拱手朗聲道：「六國會盟特使、魏國上將軍龐涓，參見楚王、齊王、燕公、趙侯、韓侯。各位國君安然到達逢澤，盟主魏王委派龐涓代為五君接風洗塵。龐涓不善飲酒，然則六國精誠會盟、安定天下，龐涓願以卑微之身敬五國君主一爵。」說著雙手捧起案上青銅大爵，抱爵拱手，「敢請接受龐涓敬意。」說完一飲而盡，憋得滿臉通紅，連連咳嗽。但龐涓絲毫沒有慌亂，用白帕拭去嘴角酒水，又是真誠一躬，「龐涓失態，敬請見諒。」

趙成侯爽朗大笑：「上將軍破例飲酒，我趙種奉陪！」舉爵豪飲而盡。

「上將軍當世名將，田因齊奉陪！」齊威王也一飲而盡。

「奉陪。」韓昭侯面無表情地舉爵飲盡。

「本公，也就循例了。」燕文公矜持地徐徐飲下。

楚宣王一拍長案：「魏王特使，為我等接風。盛情難卻，本王飲啦！」一爵落肚，兩旁跪坐的侍女忙不迭揮扇送風。

「上將軍，請入座。」韓昭侯向龐涓做了個手勢，淡淡漠漠地開口：「上將軍，天下皆知三晉一家。然本次會盟，魏王密簡只說了『安定天下』四個字。本侯愚昧，尚請上將軍明告，如何安定法？」

「韓侯所言極是。」趙成侯笑道，「會盟總得有盟約，所約何事啊？」

年輕的齊威王炯炯有神的雙眼掃視全場，臉上卻是一片微笑。他心中有數，齊國遠處海濱，除了南部和楚國交界外，因為魯國隔在中間，和中原各國很少有直接的利害衝突。他應邀而來，看中的是魏國提出的「六國定天下」的大方略，想明確的是齊國在其中的地位；至於實際利益，他目下沒有奢求，而只是靜觀待變。目下他只是冷靜觀察，絕不會主動詢問什麼。

矜持的燕文公對龐涓華貴逼人的裝束直皺眉頭，內心暗罵。表面懦弱實則堅剛的韓昭侯先行發難，他感到欣喜，對趙種的呼應他卻感到膩煩。自韓趙魏三家分晉，燕國和韓魏兩國一直保持著友善，偏偏和相鄰的趙國齟齬不斷。燕國忍受不了趙國這個後起之強國的逼人氣勢，卻又奈何不了他。中山國本來是燕國的附屬國。可是自從趙氏立國，中山國就倒向了趙國。惱羞之下，燕國想吞滅中山，卻又沒有實力啃動這塊帶肉的骨頭。眼看中山被趙國蠶食，又妒忌得眼紅滴血，於是只有祕密請魏國向趙國施加壓力，遏制趙國。三番五次，就和趙國結下了難分難解的恩怨糾葛，雙方都恨得牙根發癢，可實際上誰也奈何不了誰。這次會盟，燕文公有個鐵定的主見要拿出來，但必須有魏國支持方能實現。韓趙與魏國始終暗鬥不休，三晉齟齬，魏國為了尋求支持，必然會傾向於結好燕國。如此一來，燕文公的謀劃就極有可能實現。但是他必須等待最好的時機，而且必須和魏王密議。目下，他想耐住性子看看這個魏國新貴上將軍如何處置眼前的棘手題目。

楚宣王芈良夫內心很是衝動，極想質詢龐涓幾件事情。但他有一種不可動搖的大國地位感，但凡開口，必須在列國之後、盟主之前，雖不能說一言九鼎，也須得是排解紛紜，否則何以昭彰楚國的尊嚴？芈良夫對楚國的實際利益很清楚。楚國東北和齊國交界，正北和魏國、韓國接壤，西北和秦國相鄰。在七大國中，楚國的接壤大國僅僅次於秦國，秦有五大鄰國，楚有四大鄰國。對於齊魏韓三國，楚國當然無法問津，但對於秦國，楚國的覬覦之心則由來已久。秦國西南部和楚國西北部，均是層巒疊嶂山重水複的艱險地區，道路崎嶇，易守難攻，秦國一個武關卡在西南要衝，楚國頓時沒有辦法向西北伸展。這一片廣袤山區裡隱藏著幾塊豐饒的綠色盆地，漢水盆地、丹水盆地、漾水盆地，都是肥美家園。一旦拿下這一帶山水，就會順利越過藍田原，進入渭水平原，秦國就可一鼓而下。以楚國的實力，挑戰其他大國雖力不從心，但對付秦國這個日益萎縮的西部諸侯，還是有力量的。但有一個先決條件，就是其他大國必須不干預，尤其是魏國不干預。要實現這個心願，六國會盟正是最好的時機。楚宣王打定的主意是，只要魏國贊同或默許楚國對秦動手，楚國就在任何盟約上書名蓋印，否則便不承認任何盟約。魏王給楚國的密簡上有「六國會盟，楚有大利」八個字，似乎比對韓趙的密簡實在了許多。所以楚宣王沒有急於開口，他要看龐涓如何拆解這個謎團。

龐涓看看齊威王、燕文公和楚宣王，拱手微笑道：「敢問齊王、燕公、楚王，有何指教？」

三人神色各異地默默搖頭，齊威王微笑，燕文公矜持，楚宣王冷漠。

實際上龐涓早就料到了五國君主急不可待的心情，對由自己親自揭開會盟主題並代魏王進行先期磋商，更是感到驕傲。他清清嗓子，再次向五王拱手道：「五位國君，龐涓既蒙魏王委做六國會盟特使，自當代魏王向五國之君闡釋此次會盟主旨，並行先期磋商。魏王以為，方今天下，周室衰微，諸侯紛爭，弱肉強食，春秋時期的一百多個大小諸侯已經減少到三十餘個。而這三十多個諸侯國，實在是由七大國主宰乾坤。自春秋以來，天下兵連禍結業已三百餘年，魏王體恤天下蒼生，披肝瀝膽，謀劃天下和平之道。道在何方？在六大國會盟定天下。」

說到這裡，五國君主的眼睛一齊盯住了龐涓，凜凜生威。他們根本不相信魏國會披肝瀝膽謀劃天下和平之道，他們關心的是六國定天下如何定法？利害衝突如何擺平？魏國想得到何等利市？自己得失如何？

龐涓對五雙震懾天下的目光並沒有在意，繼續從容道來：「六國定天下，如何定法？大要有三：其一，六國盟誓，互不為敵，永不犯界；其二，對其餘三十餘個諸侯小邦，劃定各自勢力圈，圈內小邦由宗主國吞併，他國不得干預；若宗主國三年內無力吞併，則任他國吞滅；其三，也是本次會盟要害所在，肢解秦國，將這個西部蠻夷抹掉！何以要六國分秦？因秦國之大，不能劃給任何一國獨吞，否則將破壞天下均勢。魏國軍力最強，也不想獨吞秦國，此乃魏王的天下為公之心，請諸位深解我王苦心。如此三條實施，可保天下納入王道，長久和平。」龐涓戛然而止，有頃，四顧笑問，「魏王之意，諸位以為如何？」

大帳中安靜得唯聞喘息之聲，良久，沒有一個人講話。矜持沉默的表面下，五大國君主的頭腦裡都是車輪飛轉，權衡利弊得失。對第一條，沒有一個人當真。盟誓罷兵，那只是得到些許喘息時日，緩過神來照打不誤，魏國還不是打出來的？若沒有吳起和諸侯的數十次大戰，沒有眼前這個龐涓的幾次戰績，就是有十個李悝變法，魏國領土也擴大不了三倍。魏國說不打，那只是不讓別人打罷了，自己則是想打就打，誰也拿它沒辦法。但也有一條，別人要打，它也不一定有辦法。所以人人都在想後兩條。這兩條可是非同小可，非但瓜分所有小國，而且還要瓜分大大的一個秦國，這可是任何一國都從來沒有想過的大胃口大謀劃。乍一聽，這個謀劃非但宏大，而且人人得益。然則仔細一想，這裡邊的文章多得竟是一下子理不出頭緒。作為爭雄天下的戰國君主，誰都在波濤洶湧中沉浮過幾回，一旦涉及根本，他們絕非易與之輩。沒有理清，他們就不講話，不置可否，絕不會在節骨眼上輕率表態。

龐涓沒有料到會有這樣的僵局。按照他的設想，謀劃一端出，就會立即引起爭吵，這些人君是經不起些微利益誘惑的，如同狗對骨頭的爭奪一樣。如今看來，他們卻是在細加揣摩，並沒有急吼吼爭搶。如何打破僵局？龐涓略一思忖，向楚王遙遙拱手，恭敬地微笑道：「敢問楚王，魏王欲將秦國西南交由楚國處置，不知楚王肯接納否？」

因為腦子裡車輪飛轉，楚宣王竟忘記了自己「王言必於後」的尊嚴鐵則，見龐涓問話直指預想目標，不由脫口道：「秦國西南麼，自當由楚國接納啦。然則秦國腹地在渭水平川，沃土六百里，難道不分一勺羹與我大楚啦？」

龐涓淡淡一笑：「茲事體大，請楚王與魏王面商，楚國定會滿意。」

韓昭侯冷冷道：「韓國四周沒有小邦可吞併，秦國的渭水腹地，理當全部由韓國接納。」

齊威王「啪」地一拍長案：「齊國距秦國千里之遙，無意分秦寸土之地。然則，魯國、宋國、薛國須得全境交由我齊國處置，魏國楚國不得染指。」這是公然向兩個最強的大國要價，舉座不禁側目而視。

楚宣王大皺眉頭，搖著頭拉長聲調道：「齊王呀，你的胃口太大啦。魯薛兩國姑且不說啦，宋國可是楚魏之間的地盤噢。」語氣詞極多的楚國話嗚里哇啦成一片。

齊威王田因齊終究年輕氣盛，衝動的臉扭成一種獰厲的笑，又是「啪」地一拍長案：「楚王所言差矣！百年以來，楚國吞滅小諸侯幾多？二十一國！晉國幾多？十二國。其餘大國呢？齊滅四國，秦滅三國，越滅兩國。數一數，哪國胃口最大？楚國。」齊國話聲沉語慢，字字如板釘釘一般。

楚宣王「刷」地冒出一頭大汗，一時被噎得反不上話來。

半日沉默的燕文公悠然開口：「齊王這筆帳算得甚好。春秋三百年，恪守王制，未滅一國者，唯我燕國。今日會盟，卻不知列位何以報償？」

趙成侯厭惡地向身旁銅盆中「啪」地吐了一口痰，冷冷一笑：「三百年寸土未得，竟然也算得一個大國？」

燕文公向以六百年王族貴冑自居，自視極高，這種赤裸裸的嘲諷使他惱羞成怒，立時拍案而起：「趙種，休得欺人太甚！天下九州，唯有道者居之。燕國不堪，卻也是六百年安如泰山。趙國如何？

區區五十年諸侯，有何資格對本公說三道四惡語相加？」

趙種一陣哈哈大笑：「姬凡，別泛酸。趙氏子孫素來不吃祖上功勞，講究個赤手空拳打天下。有本事別找靠山，燕趙兩國堂堂正正擺戰場，看誰個安如泰山？上將軍以為如何？」誰都知道，燕國若非魏國長期庇護，可能早就被悍勇善戰的趙國活吞了。趙種面向龐涓徵詢，實際上顯然是一箭雙雕，嘲弄燕國，試探魏國。

龐涓期望著這種爭吵，沒有五大國相互爭奪，魏國衡平天下的霸主地位就無從談起。所以他一直微笑著面對爭吵，對他們開始的沉默感到好笑。見趙成侯話鋒轉向他，龐涓拱手笑道：「趙侯笑談。六國會盟，親如手足。天下未定，自相酣鬥，豈不惹天下笑話？龐涓以為，今日大計，還是以分秦為要，那些蕞爾小國的存亡劃分，完全可另行商定。龐涓所言，乃魏王之意。諸位高見？」

又是一陣沉默。龐涓所言的確有理，要在一次會盟中商定對三十多個小諸侯國的分割，牽扯出來的數百年恩怨糾葛未免太過複雜，幾乎不可能人皆認可。然五國君主默認龐涓的更深理由，還不在於怕發生恩怨糾葛，幾十年幾百年打打殺殺都不怕，還怕宴會上面紅耳赤？即或拔刀相向，又有何妨？誰都明白的更深的理由是，對戰國勢力範圍的劃分和消滅小諸侯權力的確定，僅靠一張羊皮盟約是根本不可能的。誰滅誰？能不能？完全要靠實力。這是春秋戰國四百多年歷史鑄下的鐵則，在這裡口頭爭吵最多出出氣，實在沒有實際著落。

矜持尊貴的燕文公先開了口：「列位，本公以為上將軍所言甚是，分秦大計是消除一個心腹大患，蕞爾諸侯則是毛髮之疾。本公以為，秦國北部與林胡、樓煩相接的三百餘里，當歸燕國所有。」

趙成侯瞄一眼燕文公，大手一揮笑道：「趙國力薄，得秦國洛水以東、河水以西之二百餘里足矣。」

「韓國嘛，」韓昭侯愁眉苦臉地搖搖頭，「讓讓，只要秦國腹心的渭水平川，其餘不計了。」

楚宣王大搖其頭：「如何如何？只給我剩下窮山惡水啦？不可不可，我還要渭水平川之東半，函谷關至驪山二百里啦。」

韓昭侯淡淡道：「楚王何其健忘？函谷關至華山，早已是魏國土地了。難道楚王連吳起也記不得了？」

「啊啊啊？這講了半日，分的不是老秦國啊。」楚宣王驚訝地攤開雙手。

滿座哄笑。趙成侯高聲道：「哈哈，楚王想分秦穆公時的秦國啊。」

龐涓向楚宣王拱手笑道：「楚王，秦國近百年來，土地萎縮，本次會盟，六國分秦，以秦國現有土地為本。」

「真是啦。」楚王長長地歎了一口氣，「好好好，我大楚就再讓幾分啦，秦國西部，涇水河谷三百里加上啦。那裡給楚國養馬也滿好噢。」

這一陣唯有齊威王始終沉默。秦國最西，齊國最東，中間相隔千里之遙，分一塊地還不是別人的肥肉？所以齊威王對分秦話題毫無興趣，面色冷漠，一言不發。對此龐涓豈能不清楚？他早已是成竹在胸，站起來環座拱手道：「諸位王公侯，分秦大計，六國有份，不能使齊國無所得益。魏王之意，齊國當得秦國二百里土地。然齊國秦國相距遙遠，有地難立。為今之計，其餘五國各割地四十里歸齊。趙韓魏與齊國不交界，就由楚國燕國各割一百里歸齊，再由趙韓魏三國補足楚燕兩國土地。如此轉補，以求地利均得，諸位以為如何？」

此言一出，齊威王頓感寬慰，炯炯有神的大眼掃瞄全場，看國君們如何應對。

沉默有頃，楚宣王聳聳肥碩的肩膀，乾聲笑道：「好啦好啦，楚齊兩國手足睦鄰，割地一百里情理之中啦。」實則楚宣王在一剎那間已經盤算清楚，楚國和齊國相鄰的幾百里全是茫茫鹽鹼灘地，只生葦草不生稻穀，而魏國韓國轉補給楚國的土地卻只能是相鄰的淮水平原。這一轉，就給楚國轉出一個小糧倉來，有此好事，不亦樂乎？

燕文公卻是頗費躊躇，沉吟道：「衡平地利也是正理，燕國自當勉力而為。」他的艱難，也是因為太清楚而感到心痛。燕國與齊國相鄰地帶，全是濟水兩岸的湖泊魚塘和耕耘沃土，齊國屢屢求之而不得，兩國常常為此發生摩擦。而趙國魏國轉補的土地則只能是老晉國北部的山地，顯然是得不償失。然則此次會盟是魏國主盟，魏王既然提出，燕國何能拒絕？沒有魏國這棵大樹，燕國可真是步履維艱，想一想，不答應也得答應。

楚國燕國既然表態，韓國趙國自是欣然呼應。龐涓向齊威王拱手笑道：「齊王意下如何？」齊威王爽朗笑道：「上將軍縱橫捭闔，斡旋得體，田因齊領受。」且不說燕國的一百里沃土齊王求之不得，就是楚國的一百里鹽鹼灘，齊威王也另有想法。田因齊的勃勃雄心是覬覦楚國的，他看準了楚國是個肥大中空的鄰邦，終有一天齊國要吞滅楚國，而得地一百里，等於齊國向楚國縱深靠近了一大步。鹽鹼地雖不生五穀，卻是最好的戰場，最近的橋梁，憑誰說沒有價值？

齊威王的表態，等於宣布六國分秦再沒有了異議。

龐涓抱拳環拱，朗聲笑道：「如此，分秦大計已定，請各位君主盡興遊覽逢澤夜景，明日魏王一到，即行會盟大典。」

四、分秦大計在會盟大典上敲定

清晨，大梁城的南門隆隆洞開。

魏國王室的全副儀仗整肅擁出，引來早在城外等候的大梁民眾的四野歡呼。當一輛光彩閃爍的青銅王車在三千鐵甲騎士之後轔轔駛出城門時，這種歡呼達到了山呼海嘯般的高潮。「魏王萬歲！六國盟主萬歲！」的呼聲漫山遍野，大梁城竟是萬人空巷傾城出動了。

魏惠王興奮極了，在高高的青銅車蓋下不斷向四野的民眾父老拱手行禮。自即位以來，他從來沒有想到民眾會對他如此擁戴。這種隆重盛大的夾道歡呼，數百年來肯定沒有一個國君享受過，他的祖父魏文侯和父親魏武侯更是想也不敢想。究其竟，還是我魏罃功業宏大，使魏國在我手中鼎盛起來了。國富民強疆土擴大自不必說，單是這會盟六國分定天下，百年來誰能做到？即或是春秋齊桓公的「尊王攘夷，九合諸侯」，能比得今日的六國會盟？齊桓公會盟諸侯還要打天子的旗號，六國會盟則視天子為糞土，完全是依靠實力安定天下，齊桓公能比麼？再說，六國會盟之後魏國將成為天下霸主，按上將軍龐涓的謀劃，數年內將逐一消滅六大國而統一天下。不，該是五大戰國了，秦國在這次會盟後就要被抹掉了。那時，我魏罃將成為一統四海的天子，魏國的民眾又該如何對我景仰擁戴？想到魏國和自己的皇皇未來，魏惠王猛然覺得眼前的紅色人海變成了匍匐跪拜的各國諸侯，六國宮殿在人海中漂浮移動，洛陽的周天子也在人海中向他戰慄跪拜；他的燦爛王車從他們身上輾過，飄飄地升向天帝的宮殿，他回頭憐憫地望著大地上的芸芸眾生，竟有一絲戀戀不捨——大梁民眾太好了，也許做他們的主人比做天神還要神氣。

「稟報我王，五國君主已在行轅外迎候，臣龐涓先行接駕。」

龐涓？魏惠王揉揉眼睛，王車已經停在蒼茫葦草掩蓋的逢澤大道中，王車前站著一個頂盔貫甲的大將，一件大紅披風分外鮮亮，不是龐涓是誰？魏惠王從夢幻中猛然醒來，臉上卻還保留著醉心的笑意：「噢，龐卿啊，你說何事？他們在迎候？些許小事了。大事如何？」

「稟報我王，大事已定，臣已經與五國之君磋商成功。」

「好！上將軍首功一件，請上王車，與本王同行。」魏惠王完全醒過神來，在高高王車上向他的上將軍伸出尊貴的手。

龐涓在地上深深一躬：「啟稟我王，為臣當恪守禮制，伴駕而行。」

「也好。」魏惠王一揮手，「車駕起行，會見諸君。」

龐涓跳上自己的軺車，緊隨魏惠王的青銅王車之後，向行轅區浩浩而來。

魏惠王在高車上瞭望，已遙遙可見行轅區外飄揚飛動的各色大纛旗，看來五國君主確實是在行轅外恭敬地迎候。戰國時期，陰陽家學說甚盛，各大戰國的旗幟顏色與服飾主色都是極有講究，有據而定的。講究的依據就是該國的天賦國命。陰陽家認為，任何一個王朝和邦國，都有一種上天賦予的德性，這種德性用五行來表示，就是金木水火土五種德性。這個國家與王朝的為政特點，必須或必然與它的德性相符合，它所崇尚的顏色即國色，也必須與它的德性相符合。唯其如此，這個國家才能在上天佑護下安穩順暢地運行。黃帝政權是土德，就崇尚黃色，旗幟服飾皆為土黃。夏王朝是木德，崇尚青色。殷商王朝為金德，其興起時有白銀溢出大山的吉兆，是以崇尚白色。周王朝為火德，先祖得赤烏之符，自然便崇尚紅色。當時天下對這種五德循環說無不認可，立政立國之初，便已經確定了自己的國命德性。七大國更是無一例外。魏國從晉國而出，自認承繼了晉國正統，而晉國是王族諸侯，當然是周之火德，魏國便承繼火德，旗幟服飾皆尚紅色。韓國也出於晉國，但為了表示自己有特立獨行的德性，便推演出木德，旗幟服飾皆為綠色。趙國亦出於晉國，卻推演出更加特殊的「火德為主，木德為輔，木助火性，火德益烈」的火木德，旗幟也就變成了七分紅色三分藍色。齊國較為微妙，論發端的姜齊，並非周室的王族諸侯。且春秋中期以前的天下諸侯，尚沒有自立國命的僭越行為，所以姜齊仍然以天子德性為德性，旗幟服飾皆為紅色。即或稱霸天下的齊桓公，也是尊王的，自然也是紅色。但到了田齊時代，戰國爭雄，齊國既不能沒有自己的天賦德性，又不能從傳承的意義上接受火德，於是齊國推演出「火德為主，金德為輔，金煉於火，王器恆久」的火金德，旗幟服飾變成了紫色。其中唯有楚國是蠻夷自立而後被冊封，很長時間裡楚國是旗有五色而服飾皆雜，中原諸侯嘲笑楚國是「亂穿亂戴亂德性」。進入戰國，楚國便推演出「炎帝後裔，與黃帝同德」的土德，旗幟服飾變成了一色土黃。不過最為特殊的還是燕國。論本體，燕國是正宗的王族諸侯，承繼火德順理成章天下沒有非議。然燕國久處幽燕六百年，對周室王族不斷衰敗的歷史刻骨銘心，獨立之心萌生已久。燕國公族認為，先祖的火德已經衰敗，作為王族旁支後裔的燕國若承繼火德，這把火必然熄滅，要興盛，須反其道而行之，於是推演出「燕臨北海，天賦水德」，確定了燕國的水德。燕國之水是煙波浩淼的藍色大海，於是燕國的旗幟服飾就選定了藍色。在七大戰國中，唯有秦國沒有確定宣示自己的國命德性，但卻是舉國尚黑，令列國百般嘲笑，說秦國蠻荒之地不懂王化。秦國卻是不理不睬，依舊黑色不改，在各國眼裡成了一個乖戾怪誕充滿神祕的西部邦國。

行轅外，六國各色大纛旗在微微晨風中特別平展，旗面上的國號大字在魏惠王的高車上清晰可見。每面大纛旗下都整肅排列著本國的鐵甲騎士，五色繽紛，斧鉞生光。六國會盟，實際上也是六國軍容的無聲較量，國君們帶來的都是精銳之旅，目下在行轅外全部展開，氣勢分外雄壯。五國君主高車駿馬，各自立於本國的纛旗下，東側是楚宣王、齊威王，西側是燕文公、趙成侯、韓昭侯。當魏惠王那一片紅雲般的車駕儀仗緩緩推進到一箭之地時，鼓號齊鳴樂聲大起，肅穆祥和，氣勢宏大極了。

「聽見了麼？奏的天子雅樂！」趙成侯高聲向韓昭侯道。

鄰車的韓昭侯淡漠一笑：「戰國了，〈大雅〉憑誰都奏，何足道哉。」

趙成侯搖搖頭，對韓昭侯的遲鈍報以輕蔑的微笑。

「大魏國大魏王駕到，五大國君參見盟主！」司禮高亢地宣誦。

五大國君在高車上一齊拱手高誦：「參見盟主……」

魏惠王一陣衝動，連忙咳嗽一聲，莊容拱手：「列位君主，魏罃有禮了。」

紅衣司禮高聲誦道：「盟主攜五大國君，入行轅！」

「列位君主請。」魏惠王拱手謙讓。

「魏王盟主請。」五國君主也同聲拱手謙讓。

宏大祥和的樂聲中，魏惠王的車駕徐徐進入行轅。五國君主緊隨其後，也徐徐進入了行轅。

這時，龐涓的輕便軺車早已駛出國君行列，與司禮大臣來到逢澤岸邊的祭壇下等候。這是一座三丈高的木架祭壇，依岸邊土丘搭建，雖然是臨時急趕，但在大梁城能工巧匠的手中卻也是非常的堅固雄偉。祭壇下，魏國的兩千鐵甲騎士圍成了巨大的環形騎陣，將祭壇圍在中央。按照春秋戰國的傳統，舉凡重大的諸侯會盟，一定要舉行祭天大禮，否則不能得到上天的庇護。但逢澤是一片大水，實在難以覓到一方祭天的高地。龐涓反覆揣摩，獨出心裁，向魏王提出在逢澤岸邊水天共祭。龐涓認為，逢澤居天下四大名水之中央，聚河濟淮江之精華，實乃魏國之德水，自當與天相通。六國會盟祭逢澤，將使魏國逢澤變成和魯國泰山一般的聖地，魏國威德也將大昭天下。魏王極是受用，大為贊同。

六國君主的車駕隆隆開到祭壇下時，朝陽下的逢澤水面已是金波粼粼，壯美異常。三丈餘高的祭壇上五色旌旗獵獵招展，祭壇下煙波浩淼的逢澤一望無際地伸展開去，水天相連共一色，分外的壯闊。黃鐘大呂奏起莊重肅穆的祭天雅樂，魏惠王踩著紅氈直上祭壇，絲毫沒有感到胖大身軀的累贅，三十六級臺階竟然一口氣登了上來，連自己都覺得驚訝。這時，一個奇怪的念頭閃過心中——願上天佑護，使他在榻上折騰狐姬時也能如此輕捷。這個念頭很離譜，卻又很實在，他想到回去告訴狐姬時她的嬌嗔模樣，不禁「噗」地笑了出來。正在這時，「啪」的一響，翻捲飛動的五色幡旗的一角重重打在了他的臉上，就像被人響亮地摑了一巴掌。「罪過也。」他的臉騰地脹紅起來，連忙向正中央長案上的三牲祭品深深一躬，展開竹簡，高誦龐涓為他寫下的那篇長長的祭文。

祭壇下五車並列，五國君主仰頭望著高高的祭壇，不約而同地冷笑了。

「祭文完了？講了甚話？」趙成侯見魏王走下祭壇，忙問左手的齊威王。

齊威王微笑：「回去問問太祝，自然知曉。」

「祭祀大禮成！」司禮大臣亢聲高誦，君主們一齊回過神來。

龐涓軺車駛到，高聲拱手道：「敢請各位君主回行轅歇息，午時會盟大典。」君主們回到各自行轅並沒有休憩，而是不約而同地召來各自的謀臣，琢磨龐涓昨晚公布的分秦謀劃，反覆敲定利害得失，計議如何在最要緊的會盟大典上提出被疏忽的重大利害。龐涓也向魏惠王詳細稟報了五國君主的表態，剖析了各種可能出現的要求，並一一提出了自己的對策。魏惠王十分滿意，大大褒揚了龐涓，而後又飽睡了半個時辰，起來時精神分外飽滿。

正當午時，逢澤北山坡上的總帳在初夏的陽光下血紅鮮亮。三十六面牛皮大鼓隆隆雷鳴，六通過後，會盟君主的各色車輛依次到達總帳行轅之外。

總帳前橫排四輛兵車，車上甲士各持一方紅色大木牌，組成「六國會盟」四個大字。兵車左右各有三面大纛旗，東側魏（紅旗）、楚（黃旗）、齊（紫旗），西側趙（紅藍旗）、燕（藍旗）、韓（綠旗）。六面大纛旗之外，二百餘輛兵車組成環形車陣圍繞著行轅總帳。環形兵車的中央，由八輛兵車排成一個巨大的轅門。轅門入口處，六排六色持戈甲士列成縱深甬道。道中紅氈鋪地，直達總帳深處。總帳入口處有一方樂隊肅然跪坐，守鐘抱器，端嚴異常。

總帳中，六張王案擺成一個方形結構——北南各一，東西各二。北面的王座高出平地三尺有餘，非但造型宏偉，而且鑲滿珍珠寶玉，豪華輝煌。與之相對的南面王座高出地面二尺許。其餘四案均貼地而設。每張王案上均有兩只銅鼎熱氣蒸騰。二十四名侍女分為六組六色，分列於六案之後。此時帳中六座皆空，氣氛靜謐肅穆。

大鐘轟鳴六響，正是午時首刻。轅門入口處，紅衣司禮大臣悠揚高宣：「韓國韓侯到——燕國燕公到——趙國趙侯到！」

鐘鳴樂動。禮賓官引導著韓昭侯步入轅門。他依舊身著綠色大袍，頭戴一柱青竹冠，似凝重又似愁苦地悠悠而來，雖在豪華的場面中顯得寒素注目，但卻坦然自若，目不斜視，直入大帳。

相繼跟進的是燕文公，瘦削的臉上三綹長鬚，藍色大披風，頭戴一頂高高的藍玉冠，一派老貴族的矜持氣度。他踏著極有節奏的步伐，有意與前行的韓昭侯拉開距離。

再次跟進的是趙成侯，一領紅藍披風，一頂高高玉冠，連鬢鬍鬚，氣度威猛。他是六位國君中年齡最長、掌權最長的長者，在甲士甬道中信步而行，隨意打量著甲士的服飾兵器，嘴角永遠流露著輕蔑的笑意。

樂聲稍停，三位國君被禮賓官引導入座。韓昭侯坐於西側末位，燕文公坐於西側首位，趙成侯坐於東側末位。燕文公對與之並座的韓昭侯側目一瞄，輕蔑而又無奈地閉上眼睛。趙成侯則對相鄰虛空的首位嗤之以鼻，仰臉望著帳頂。唯韓昭侯平淡似水，肅然端坐。

這時，轅門入口處的司禮大臣突然提高聲音：「齊國齊王到！」

年輕英挺的齊威王身披紫色大披風，頭戴沒有流蘇的天平冠，腰繫長劍，大步穿過甲士甬道。帳口禮賓官未及引導，他已逕自走到東側首位入座，將長劍摘下，橫置案頭。先入三君的目光一齊瞄向齊威王，各自帶著含義不同的淡淡微笑。

轅門入口處的司禮大臣又是高亢宣誦：「楚國楚王到！」

四名黃衣壯漢用狀如滑竿的抬椅，抬進肥大壯碩的楚宣王。他那肥碩的大腹凸出在扶手之上，雙手不斷在肥腹上撫摩。一頂黃色無流蘇的天平冠下，肥臉上細汗閃亮。椅旁隨行兩名侍女，不斷用精緻的大圓綢扇向他送風。今日祭壇下，他見魏惠王威風十足鋒頭出盡，心中很不是滋味，揣摩會盟大典時要來一番非同尋常的氣度，否則顏面何存？於是就有了這「非走」入帳的傑作。帳口禮賓官引導抬椅入帳，被龐涓早已經分派好的四名壯漢抬扶入南面王座。兩名纖細的侍女輕盈地跪坐兩側，時緩時急地搖動綢扇。楚王轉動肥頸，打量四國君主，情不自禁地大笑拍案，悠然道：「會盟大典，盟主何在呀？」

先入四君對楚宣王的乖張做作不約而同地顯出蔑視。趙成侯和齊威王同聲大笑，燕文公矜持地皺著眉頭，嘴角抽搐，韓昭侯則不屑一顧地轉過頭望著大帳入口。

司禮大臣突然抬高了嗓音：「大魏國大魏王到！」

在宏大的樂聲中，身著軟甲披風的龐涓和一員頂盔貫甲的大將，護衛著健壯而又略顯肥胖的魏惠王緩步而來。精神飽滿的魏惠王身著一領大紅披風，頭戴一頂前後流蘇遮面、鑲嵌一顆光芒四射寶珠的天平冠，臉色凝重，目不斜視。禮賓官連忙趨前引導魏惠王進入正北王座，兩員大將侍立於後。

五國君主座中一齊拱手：「參見盟主魏王。」

魏惠王自信平淡地點頭受禮，環視全場有頃，右手一伸：「列位，這位是六國會盟特使，我的上將軍龐涓，列位想是很與他相熟了。本盟主命龐涓上將軍為會盟大典之掌筆大臣。」

東側的龐涓肅然拱手：「龐涓參見五國君上。」禮罷，即走向魏惠王主案右前方擺有筆硯、羊皮的長案前入座。

魏惠王左手一伸：「這是我的王弟公子卬，本盟主命他為會盟護軍。」

西側大將挺胸拱手：「魏卬參見五國君上。」禮罷，傲慢冷漠地持劍肅立於魏惠王身後。

五國君主相顧探詢，卻都是不動聲色，面色矜持。

司禮大臣高聲宣誦：「六國逢澤會盟，盟主開宗——」

魏惠王輕輕咳嗽一聲，氣度威嚴地開口：「六大國會盟，磋商有年，終歸同心。會盟之宗旨：罷兵息戰，安定天下。安定方略之大要有三：其一，六國盟誓，互不為戰，若違盟誓，五國共討；其二，議定六國邊界，劃定諸侯小邦的處置歸屬；其三，六國分秦，首定西土。本盟主以為，分秦為當務之急，其餘事項若有爭端，可徐徐圖之，不知列位意下如何。」講完環視全場，並向司禮大臣示意。

司禮大臣高宣：「盟主開鼎，鳴鐘！」

鐘聲悠揚而起。魏惠王伸出銅鉤，肅然搬下案上食鼎的鼎蓋：「鐘鳴鼎食，禮儀之要。列位請開鼎暢飲。」隨著魏惠王微笑著伸手做請，五位國君肅然開鼎，熱氣騰出，繚繞帳中。每座後的侍女跪行座側，用小銅勺將鼎中紅亮的方肉盛到銅盤中。

「列位，鼎中佳味乃逢澤鹿肉極品，保長元神。」魏惠王巡視四周微笑道。

座中唯有楚宣王身手不動，由侍女將肉送到口中。他細嚼一陣鹿肉，悠然開口：「盟主所定分秦大計，我等竭誠擁戴啦。然則秦國近年情勢如何，我等不甚了了啦。魏國與秦國經年征戰，尚請見告，秦國果能一鼓而下麼？」語態儼然以五國代言者居之。

燕文公矜持地說：「楚王過慮了。秦國何足輕重？牧馬起家，西蠻而已，國力貧弱，禮儀不修，何堪六國一擊也。」

趙成侯最膩煩這個燕國，冷冷笑道：「不堪一擊？只怕我趙種也得費勁也。」言外之意明顯不過，你燕國只怕是力不從心。

韓昭侯很怕這時爭吵起來，溫言圓場道：「分秦大計，原本便無爭端。然則中原各國和秦國來往甚少，近年秦事的確知之不多，此為楚王、燕公、趙侯擔心之所在。盟主若有切實的分秦良策，尚請見告。」齊威王只是悠然飲酒，一言不發地看著場中微笑。

「啪」的一聲，魏惠王拍案大笑：「本王實不曾想到列位竟在此處擔憂？本次會盟何以要六國分秦？究其竟，秦國正在最小最弱最混亂之時。秦國穆公之時，有整個八百里渭水平川，再加上河西三百里和後來奪取的西戎之地，地廣兩千餘里。當其時也，秦國是除晉國以外的第二大諸侯。然自戰國以來，我大魏國非但將秦國的河西三百里奪了過來，且又將崤山地帶與函谷關以西三百里奪了過來。趙國奪了秦國西北部一百餘里，燕國也奪了秦國北部將近二百里。如此一來，秦國已經龜縮到華山以西，地不過七八百里，人眾不過一兩百萬，可用之兵不超過十五萬。如今我六大強國能容其苟安，已是大仁大義了。今六國聯手，一鼓而下，豈非易如反掌？」

楚宣王按捺不住，推開向嘴裡餵鹿肉的侍女，肥厚的大手一拍長案：「言之有理啦！我大楚國有可戰之兵五十萬，魏國三十萬，齊國二十五六萬，燕國二十萬，趙國二十多萬，韓國十八九萬，任哪國也比秦國強出許多啦。會盟之後，我大楚國當先出兵啦！」

韓昭侯冷笑：「楚王要先下手為強？」

楚宣王尷尬地呵呵一笑：「豈有此理？韓國與秦國可是近在咫尺啦。」

齊威王一直默然觀察，此時淡然道：「若以楚王算法論戰力，楚國是當今第一強國了？」

楚宣王又是一陣尷尬：「齊王笑談啦，不是說秦國麼？」

趙成侯悠然笑道：「齊王之言有理，我等不要大意。六國分秦，務在一鼓而下，耽延時日，必生變故。而論陳兵決戰，秦國雖弱，必做困獸之鬥，急切未必能下。以趙種愚見，必得雙管齊下，方能一鼓分秦。」

「雙管齊下？何意？」魏惠王大感興趣。

「一則，六國各出兵五萬壓向秦境。二則，策動秦國西部後方的戎狄部族叛亂。內外夾擊，秦國縱有回天之力，也當不戰自潰。六國坐收漁利，豈不妙哉？」趙成侯從來沒有如此自信悠閒地講過話。

「妙也！」一席話落點，滿座拍案拊掌，大笑不止。六國君主終於在雙管齊下的謀劃中，一掃最初疑慮，在眼看到手的利益面前達成了一致，也使會盟大典終於產生出所需要的熱烈高潮。

魏惠王興奮地舉爵：「列位，為趙侯妙算奇策，乾此一爵！」

「乾！」六國君主第一次同聲相應，一飲而盡。

魏惠王彷彿想起了什麼，滿臉笑意地看看龐涓：「上將軍以為如何？」

龐涓心中很不是滋味。平心而論，趙種的謀劃的確老辣，對於一個衰敗小國可謂是內外霹靂。龐涓感到不是滋味的是，自己為何沒有想到這條奇計？如今由趙種提出，趙國在六國分秦中的分量無疑將大大加重，這對魏國的利益和盟主權威必然有所減弱。以兵法而論，龐涓出了謀劃，趙種出了一支奇兵，最多打了個平手，這對自己也不利。魏王素來疏於智計，還興高采烈地為趙種喊好。不行，必須壓壓趙種。想到這裡，龐涓肅然站起，恭敬地環場拱手道：「列位君上，滅國戰勝，奇正相因，正道為主，奇術為輔。六國分秦，實力第一，沒有破國摧城之威，縱然奇計百出，也無以奏效。龐涓以為，六國首要之點，仍在大兵壓秦。趙侯謀劃，輔以奇計，為六國分秦增一樹之木，誠可貴也。」

一席話落點，偌大帳中靜得出奇，連魏惠王也困惑地看著龐涓不說話。趙種卻是突然間爽朗大笑：「高明，上將軍高明！六國分秦，自當靠魏國的三十萬鐵騎當先，我趙種那點東西，算個鳥！」

一句粗俗，大雅之堂哄然大笑，龐涓的正告頓成子虛烏有。

魏惠王微笑著舉起手中銅爵：「列位，會盟大典異常圓滿，甚合本王之意，來，為六國分秦，安定天下，乾此一爵！」

五國君主一齊舉爵相向：「六國分秦，安定天下。乾！」

第二章

國恥昭昭

一、金令箭使者飛馳櫟陽

黃河南岸的大道上，一個紅衣騎士向西飛馳，漸漸進入兩山夾峙的谷口。

正是夕陽西下時分，幽暗漫長的峽谷彷彿大山之中開出了一個抽屜，這就是聞名天下的函谷險道。因其縱深有如一個長長的匣子，時人稱其為函谷。這條函谷險道地處黃河驟然折成東西流向後的南岸，東起崤山，中間穿過夸父逐日大渴而死的桃林高地，西至潼水渡口，莽莽蒼蒼長一百餘里。峽谷兩岸高峰絕谷，峻拔迂迴，一條大道在谷底蜿蜒曲折，是山東（崤山以東）通往關中的唯一通道，號稱函谷天險。千餘年後，北魏酈道元的《水經注》這樣記載古函谷關：「邃岸天高，空谷幽深，澗道之峽，車不方軌，號曰天險。」後世東漢名士王元雄心勃勃地為當時的西部豪強隗囂策劃云：「請以一丸泥，東封函谷關，圖王不成，其弊足霸矣！」戰國之後百千餘年，函谷關尚有如此的險峻雄姿與要塞功能，足可見戰國時代函谷天險的荒絕險峻。

西周時期，函谷本無關隘。周平王從鎬京東遷洛陽之後，將原來是周室王畿之地的渭水平川全部封給了秦部族。秦成為諸侯國後，天下進入動盪不寧的春秋時代。為了防止山東諸侯西侵，秦國在函谷天險的東口築起了一座磚石城堡，順著函谷的地名，便稱了函谷關。不想這座簡陋的關城，卻在兵戎相向的數百年間大大起了作用，山東諸侯的隆隆戰車總是無法逾越這道狹長險峻的山谷。隨著秦穆公稱霸，秦國擴張，函谷關便也聞名天下。進入戰國初期，魏國率先變法而強大起來，對窮弱秦國開始了長期的蠶食。名將吳起訓練出的輕裝騎兵與重甲武卒大顯威力，二十多年間，秦國在黃河西岸的數百里土地被魏國一仗仗全部奪去。作為天險屏障的函谷關與崤山桃林高地丟失了，石門要塞、潼水渡口等東部屏障也被魏國盡數占領了。若非吳起後來被迫離開魏國，這位和天下諸侯大戰七十四次無一敗績的著名統帥，絕不僅僅只將秦國壓迫到華山以西。

沉重的牛角號在城頭響起，紅色的「魏」字大纛旗完全消融在晚霞之中。

當紅衣騎士風馳電掣般飛到關下時，函谷關城門正在隆隆關閉。那匹神駿的黑色座騎通靈之極，長嘶一聲，從行將合攏的石門中騰越而過，引起城頭兵士的一片高聲喝采。

「過關者何人？」城頭將軍高聲喊問。

「華山營斥候。」一聲長長的回答飄在身後，騎士早已在一里之外。

函谷關對於秦國是曾經的國門咽喉，而對於時下的魏國，卻是國土內的一座尋常關口而已。所以，魏國函谷關的盤查，遠遠不如秦國函谷關時的盤查嚴密。城頭守軍見出關者是魏國軍士裝束，又報號華山營斥候，也就沒有派飛騎追趕盤查，反而聚在城頭高聲議論讚歎這個斥候的高超騎術和罕見良馬。

在夕陽落下的餘暉中，騎士駿馬像一朵紅雲，向西掠過空曠的原野和滔滔的河流。眼見左手的華山已經遙遙落在身後，騎士脫下身上的紅色披風用力向地上一甩，頓時變成了一個黑衣勁裝的秦國騎士。他憤怒地高聲罵了一句什麼，向座下馬大吼一聲。神駿的黑色戰馬突然間人立，一聲長長的嘶鳴，展開四蹄騰空奔馳，箭一般向西而去。

漸行漸西，遙遙可見蒼黃透綠的原野上矗立著一座黑色城堡。從遠處看，這座城堡很小。在夕陽餘暉中，城堡的剪影像一隻黑色巨獸。隨著黑衣騎士的駿馬飛馳，漸漸可見背向夕陽的東門箭樓上有黑衣甲士遊動，獵獵飛動的黑色大纛旗上大書一個白色的「秦」字。

這就是秦國都城櫟陽。它坐落在渭水的一條小支流——櫟水的北岸。這座小城堡是秦立國四百年來的第三座都城。當初秦國始封諸侯時，周平王已經東遷到洛陽去了。關中的鎬京、豐京已經在戎狄入侵中化為焦土廢墟，根本不可能做秦國的都城。秦國第一任國君秦襄公，便將都城設置在靠近自己西部根據地的陳倉山東口。第二代國君秦文公又將都城東遷三百里，設在了渭水北岸的雍城，一直穩定了三百多年。到了戰國初期，秦國被魏國屢次攻城陷地，秦獻公壯懷激烈，決然將都城東遷到距離魏國華山軍營不到三百里的櫟陽小城，向天下宣示從此誓死不向西後退一步。這座櫟陽小城作為都城，實際上也是作為最前方的軍事要塞建立的。城方雖然很小，每邊只有一里，方方正正四里多，正是春秋戰國時代常說的那種「三里之城，五里之郭」的典型小城。但卻全部用大石條砌成，城牆也比尋常城牆高出三丈有餘，連箭樓也是石板壘砌的。作為進出口的城門，則是兩塊巨大厚重的山石。也就是說，整個城堡的外部防禦構造沒有一寸木頭，尋常的火攻根本無傷城堡之毫髮。然則使人更有強烈印象的是，這座城堡的城牆和箭樓全部都用黑色的山漆厚厚塗抹，黑亮光滑，非但威猛可怖，而且爬城偷襲者也決然無計可施。這座高高聳立在櫟水岸邊的險峻城堡，因為臨近魏國的華山大營，所以防範很是嚴密。在這暮色蒼茫的時分，高高的城頭上已經吹起了嗚嗚的牛角號，城門外原本稀疏的行人已加快了腳步。三遍號聲之後，櫟陽城門就會隆隆關閉。

快馬漸近，黑衣騎士沒有減速，伸手在懷中摸出一支足有兩尺長的金製令箭高高舉起。雖是傍晚，長大的金令箭依舊在馬上劃出一道閃亮的弧線。

「金令箭使者到，行人閃開！」城門將領舉劍大喝，兩列甲士肅然立定，城門內外的行人「嘩」地閃於道旁。

黑衣騎士高舉金色令箭，飛馳入城。

櫟陽城內，街市蕭條冷落。和大梁城繁華錦繡的夜市相比，這裡簡直就是荒涼偏僻的山村。店鋪燈火星星點點，街邊行人疏疏落落。幽幽搖曳的燈火下，可見市人衣著粗簡，時有擔柴牽牛者在街中匆匆穿過。在這條直通秦國國府的短街上，既沒有一輛哪怕是簡陋的牛拉軺車，也沒有一個衣飾華貴的人物。店鋪前的人們進行著簡單的交易，或錢貨兩清，或物物交換，都在默默進行，沒有任何討慣還慣的爭執。小城短街，靜而有序，一切都是靜悄悄的，沒有一點兒慌亂。所有這些都在無聲地表示，這座小城堡經歷了無數驚濤駭浪，已經不知道恐懼為何物了。當騎術嫻熟的金令箭使者縱馬從街中馳過時，馬不嘶鳴人不出聲，也沒有任何一個市人高聲呼喝，街中行人迅速閃開，一副習以為常的坦然神色。

瞬息之間，黑衣快馬逼近短街盡頭一片高大簡樸的青磚平房。

這片磚房被一圈高高的石牆圍起，僅僅露出一片灰蒙蒙的屋脊。正中大門由整塊巨石鑿成，粗獷堅實。大門前兩排黑衣甲士肅然侍立。金令箭使者驟然勒馬，駿馬人立，昂首嘶鳴。石門前帶劍將領拱手高聲道：「君上有令，金令箭使者無須稟報，直入政事堂！」

黑衣人從馬上一躍飛下，甩手將馬韁交給將領，大步匆匆地直入石門。不想幾步之後卻一個踉蹌倒在地上爬不起來，他嘶啞地搖手：「快，扶我，政事堂。」四名護衛軍士立即搶步上來，抬起使者疾步進入國府宮。

說是國府宮，實際上是一座九開間的六進大宅院，外加一片後庭園林。如果放在魏國，充其量不過是一個中大夫的住宅規格。在齊國也不過上卿規格。府中房屋一律是特大方磚塊砌成，地上則是一色青石板，沒有一片水面，沒有一片花草，唯一的綠色是政事堂後邊的一片胡楊林與幾株松樹。簡單實在得冷冰冰的。第一進是國府各文書機構，第二進是國府中樞政事堂。這政事堂是一座六開間的青磚高房，坐落在院落正中央，兩邊是通向後進的偏門。政事堂本身分為兩大部分，東側為國君聚集大臣商議大事的正廳，西側為國君處理日常政務的書房。以實際作用論，西側書房才是國府的靈魂與中樞之地。

此刻，西書房已經亮起了燈光。這是一間陳設整肅簡樸的書房，地上沒有紅氈，四周也沒有任何紗帳窗幔之類的華貴用品。最顯眼的是三大排書架，滿置竹簡與羊皮書，環繞了三面牆壁。正對中間書案的牆面上懸掛了一幅巨大的列國地圖，畫地圖的羊皮已經沒有了潔白與光滑，烏沉沉的顯示出它的年深月久。地圖兩旁掛著長劍與弓箭。所有的几案書架都是幾近於黑的沉沉紫紅色，使政事堂頗顯得威猛神祕。房間只有一盞粗大的牛油燈，不是很亮，風罩口的油煙還依稀可見。一個人站在地圖前沉思不動。從背面看，他身材挺拔，一領黑袍上沒有任何裝飾，頭髮也用黑布束起。端詳片刻，他一聲長吁，一拳砸在羊皮大地圖上，憂憤而沉重。

一名白髮老內侍守在政事堂門口，沒有表情，沒有聲息。

急促沉重的腳步聲從院中傳來。白髮老內侍警覺，立即輕步走下臺階。四名軍士抬著黑衣使者匆匆而來，放在老內侍面前。黑衣使者艱難地向老內侍一揚手中金令箭。老內侍立即高聲報號：「金令箭使者晉見——」

「咣」的一聲，書房內好像撞倒了物事，只聽一陣急促腳步聲，書房主人已經快步迎了出來。窗戶透出的微光下，可見他是一個相貌敦厚的青年，眼睛很細很長，嘴唇很厚，嘴角隱入兩腮極深，厚重中透出剛毅英健與從容鎮靜。他不是別人，正是書房的主人，秦國新君嬴渠粱，後來人說的秦孝公。他急步來到黑衣使者面前，蹲下身一看，一句話沒說便伸手扶住黑衣人要抱他進去。

老內侍拱手攔住：「君上，我來。」說著兩手平伸插入黑衣人身下，將黑衣人平平端起，步履輕捷地走上臺階，走進書房。秦孝公對四名軍士匆匆說一聲：「你們去吧。」軍士們躬身應命間，他已經大步走進書房。

黑衣使者被平放在書房的木榻上，灰塵滿面，大汗淋漓，胸脯急速起伏。他見秦孝公進來，連忙掙扎起身：「君上，大事，不，不好。」秦孝公搖搖手：「你先別開口。」回頭吩咐：「黑伯，熱酒，快！」話音落點，老內侍已經從門外捧來一銅盆冒著微微熱氣的米酒。秦孝公接過，雙手捧到黑衣人面前。黑衣人熱淚驟然湧出，猛然捧住銅盆，咕咚咕咚一氣飲乾。秦孝公接過銅盆遞給老內侍，回頭拉住黑衣人的雙手：「景監，辛苦你也。」

一盆熱酒使金令箭使者景監面色紅潤，臉上的汗水淚水一齊流下。他撩起衣角就要擦拭，秦孝公卻已經遞過來一條絹帛汗巾，景監接過拭去臉上汗水淚水，精神頓時煥發。這是一個英挺俊秀的青年，若沒有久經風塵的黧黑膚色，當算是一個豐神俊朗的美男子。他費力站起深深一躬：「君上如此待臣，景監如何報答？」

秦孝公爽朗大笑：「你為國捨命，嬴渠梁又如何報答？老秦人不說虛話，來，說說你帶回來的消息。」

景監原本是充滿驚恐長驅趕回的。他本能地感到，秦國已經到了真正的生死存亡關頭。從逢澤到櫟陽兩千餘里，他兩天兩夜只是在三次餵馬的空隙裡吃了幾塊乾牛肉。他的大腿內側已經被粗糙的馬鞍磨出了紅肉，疼得他一路上不斷咬牙吸氣。那匹罕見的西域良馬，平時根本不用馬鞭，可是這次竟然被他抽得遍體血痕，景監痛心得不斷咒罵自己，可是還是不由自主地猛抽戰馬。他只有一個願望，趕快飛到櫟陽！可是當他見到和他一樣年輕的國君時，秦孝公那種異乎尋常的定力卻使他深為驚訝。景監和大多數秦國臣子一樣，對這位剛剛即位半年多的國君知之甚少。少年時代，景監還曾經和這位當時的公子在戰場上共同打過幾年仗，兩個少年騎士交情甚密。有人嘲諷說，嬴渠梁如果當了國君，景監一定是國君的「弄臣」。然則秦國連年打仗動盪不定，景監早早就隨父親轉移到了西部戰場，嬴渠梁卻一直留在東部與魏國作戰。只是在去年的少梁之戰前夕，他才奉命東調，做了前軍副將。戎馬倥傯，倏忽十年已經過去，兩人幾乎沒有謀面的機會。年前新君即位的動盪時刻，景監奉嬴虔之命，率四千鐵騎隱蔽駐紮櫟陽城外做緊急策應。雖說因局勢未亂沒有派上用場，但這位前軍副將的耿耿忠心卻因此而盡人皆知。一個月前，風聞六國將在逢澤會盟，新君嬴渠梁竟然直接點將，派景監為金令箭使者赴魏國祕密活動探聽消息。景監感到，國君肯定已經嗅到了六國會盟的異常氣息。因為在秦國的歷史上，沒有非常特殊的重大差遣，是從來不啟用金令箭的。但凡持有金令箭者，不但在秦國可以通行無阻，而且在外國遇見秦國人，也可以命令他們做所需要做的任何事情。新君首次啟用金令箭，足見其對六國會盟的警覺和重視，足見對他這位少年摯友的信任。可是，當這位新君看到自己風塵僕僕地拚命趕回來時，竟然阻止了他的掙扎稟報，以異乎尋常的細心和真誠，關照著他的鞍馬勞頓。景監身為軍旅子弟，從小見過不知多少王公貴族，那種頤指氣使的架式幾乎是所有貴族難以克服的痼疾。而這位青年君主卻是那樣的質樸厚重，舉止言談間沒有一絲一毫的誇張浮華。一剎那間，景監想起了一句老話：「剛毅木訥，可成大器。」

雖則感動，景監還是著急，喘口氣沉重急促地道：「君上，山東六國會盟於逢澤。盟主是魏惠王，會盟主辭是六國定天下。更要緊的是，六國訂立了三條盟約：其一，六國互不用兵；其二，劃定吞併小諸侯的勢力圈；其三，六國分秦，共滅秦國，而後對齊國轉補土地二百里。」

秦孝公就站在景監對面，臉色越來越陰沉。聽景監說完，他半晌沒有說話，也沒有挪動，雙眼只是盯著窗外的沉沉夜色。

「君上？」景監有些驚慌，輕輕叫了一聲。

秦孝公默默踱步，轉到書架前突然發問：「六國準備如何分秦？可有出人意料的謀劃？」

「臣買通了一個護衛逢澤行轅的千夫長，化裝成他的隨從在魏惠王總帳外巡查警戒。但在會盟大典時，那位千夫長被派遣到獵場準備會獵事務，臣也只得同去。是以會盟的細務謀劃，臣無法於倉促間得知。會盟次日，臣假裝圍圈野鹿，逃離獵場，星夜奔回。」景監話語中有深深的歉疚自責。

「無關大局。想想辦法，繼續探聽。」秦孝公語氣很平淡。

景監拱手道：「是，君上，臣立即再赴大梁！」

「不用了，你留在櫟陽，打探之人你另派幹員就是。」

景監似乎還想再度請命，卻終於說出了「遵命」二字。

秦孝公還在踱步，幾乎是一步一頓，停比走多。景監站在廳中一時不知如何是好，看到這位年輕君主沉重的步子，他真切地感受到了國君內心的壓力。面對滅頂之災，任何驚惶失措都可能是正常的。如果面前這位新君流淚哭喊或無所措手足，景監反倒知道該如何安慰他，會給他講述秦國屢次度過的危難，會給他提出路上想好的各種主意。可是面前這位年輕的君主，竟是從一開始就沒有哪怕是瞬間的驚慌。這種定力，這種靜氣，反倒使景監感到了無所措手足，不知道該說什麼該做什麼，甚至不知道該不該把自己的對策講出來。

「景監，」秦孝公終於回過頭來，平靜如常，「你且先回去大睡一覺。我得靜下來，好好思謀一番。明日清晨政事堂朝會，你也參加，我等君臣共商化解之策。如何？」

「君上保重，臣，遵命。」景監激動得聲音顫抖。

二、祕密流言震動了秦國

這天夜裡，櫟陽城彌漫著一種莫名其妙的躁動和不安。

金令箭使者帶回的消息尚來不及從國府中傳出，按說這座久經風浪的小城堡應該是安靜如常的。但讓秦國人想不到的是，山東六國為了在瓜分秦國的行動中爭得各自利益，先行摸清秦國底細，各國在會盟之前便已經向秦國要地派出了大量的商人間諜。他們潛入秦國，一是搜集軍情政情，二是散布流言製造亂局。這些滲透秦國各地的密探，千方百計地結交國府重臣和地方官員，將六國分秦的消息祕密透露給他們，圖謀能分化秦國上層，能瓦解那些頑固的老秦人。

那時候，秦國由於長期被魏國封鎖在驪山以西，財貨匱乏，國弱民窮。所以對這些以經商為名且帶來罕見財貨的商人格外寬厚，壓根兒沒有想到他們會是六國坐探，對他們傳播的消息也認為是民間傳言，從不在意。按照龐涓事先的祕密指令，六國會盟一結束，便是密探們在秦國各地製造散播流言的發動日。金令箭使者黃昏進入櫟陽，是誰都知道的大事。它給了間人們一個信號，他們出動的時機到了。在夜幕落下的時候，零零星星的店鋪裡開始有了遊蕩的神祕生意人，一邊買點兒東西，一邊漫無邊際地和店主與客人攀談，無意中說到「聽說」的壞消息；還有一些和櫟陽老秦人有來往的客商，便帶著幾條乾肉登門拜訪老友，在有意打探老友是否知道壞消息的同時，無意地說出六國大兵壓境的更壞消息。不消兩三個時辰，壞消息便在櫟陽城彌漫開來。小小櫟陽城只有五六萬人口，居住的都是老秦國的本土之民，他們世世代代都和山東打仗，本來對哪國要打秦國這樣的消息，從來只當作沒聽見。可這次不同，這次是山東六大國同時對秦國用兵，秦國豈不是面臨滅頂之災了麼？那要死多少人？城池、土地、店鋪、牛羊、老人、孩童，難道都要毀於一旦麼？人群之中的慌亂恐懼是相互感染的，彌漫感染中又無形誇大著這種恐懼和慌亂。素來鎮靜自若的櫟陽城，一夜之間竟陷入了惶惶不安之中。

這一切，秦孝公和秦國重臣都無從覺察。慌亂在黑夜繼續彌漫著加重著。

天交四鼓時，政事堂書房依舊燭火通明。秦孝公一直在羊皮大圖前踱步沉思，時而停下來在竹簡上寫幾個字，便又開始踱步。老內侍黑伯將那一鼎燉羊肉已經燒了五次，還是依舊放在書案上。黑伯只是一遍又一遍地重熱，絕不去出聲打擾他的年輕君主。相反，看見君主沉重地思慮，他白髮蒼然的老臉上倒是分外安詳。先君獻公箭傷發作行將辭世前，曾指著他對這位未來君主說：「黑伯歷經秦室三世，忠貞高義，渠梁善待之。」為了這一個囑託，老內侍黑伯打消了回歸西域故土的念頭，仍舊留在了新君身邊。久經滄桑的黑伯對新君有一種奇特的感覺，這位年輕人竟然具有和他這樣的老人一樣的深沉，說話極少，大多數時間都在書房翻閱那無窮無盡的竹簡，忘記吃飯決然比準時吃飯的次數多。憑經驗，黑伯知道對這樣經常皺眉深思的主人絕不能嘮嘮叨叨地提醒什麼，打碎一件器皿他會一笑了之，可攪擾打斷了他的沉思默想，他一定會大發雷霆的。當國君沉浸在冥思苦想中時，黑伯永遠耐心地肅立在書房外的陰影裡，等待著滿足他醒悟過來的任何需求。

突然，黑伯聽見了輕微的異響，一個縱躍，輕輕落在了院中。

「黑伯，雍城來使麼？」秦孝公平靜的聲音從書房傳出。

話音落點，宮門將領已經大步走入，向亮燈窗戶拱手道：「稟報君上，雍城令星夜東來，從祕道入城，請求緊急晉見。」

「快請。」秦孝公已經走出書房，站在了簷下。

將領飛步而出。片刻間，滿臉灰土的一個黑衣人站在了秦孝公面前：「雍城令嬴山夜半唐突，尚請君上恕罪。」

秦孝公走下臺階，打量著鬚髮灰白的雍城令笑道：「看來，櫟陽祕道太窄了，竟使老叔變得土鼠一般。」說著拉起雍城令的手，「來，到書房說話。黑伯，來一鼎燉羊肉。」

剛進書房坐定，雍城令便急促拱手道：「君上，雍城流言四起，都說山東六國要一起攻打秦國，吞併秦國！雍城已經有民眾逃亡了。我連夜東來的途中，見到豐鎬之地的民眾也在稀稀落落地向東逃亡。老臣不知究竟出了甚事，再不制止，秦國腹地就要不戰自潰了！」

秦孝公霍然站起，略一思忖斷然命令：「黑伯，即刻辦理幾件事。一、立即命得力護衛到櫟陽城內探聽動靜。二、宣櫟陽令立即來見。三、速持兵符調遣兩千騎士，半個時辰後在國府門前待命。四、請左庶長即刻選派二十名幹員待命。」

剛剛走進書房的黑伯，放下食鼎，答應一聲，輕步去了。

雍城令霍然站起：「君上有何差遣？臣當萬死不辭。」

秦孝公壓壓手：「你先吃完這鼎羊肉，攢點兒勁力再說。」

這時庭院中響起急促的腳步聲。秦孝公眼睛一亮，一員頂盔貫甲的將軍已經站在面前，「櫟陽令子岸奉命晉見。」

「子岸，好快也！」

「臣巡查到國府門前，恰遇宮使宣召，即刻來見。」

「好。」秦孝公面色驟然嚴峻，「可曾察覺櫟陽城有何動靜麼？」

櫟陽令沉吟搖頭：「臣並未覺察到異樣。只是，只是感到今夜街上的行人多了些，往日四更天街中很少碰到行人。」

秦孝公微微冷笑：「你也忒遲鈍了些。櫟陽雍城乃至整個秦國，已經謠言四起了，已經開始有人逃亡了。一夜之間，謠言遍布秦國，這只能是山東六國的祕密坐探所為，絕非有他。秦國不怕大兵壓境，最怕內部山崩，今夜就是秦國生死存亡的關口，明白麼？」一席話語氣嚴厲，神色凜然。

「是！臣下愚鈍，請君上懲戒。」櫟陽令躬身請罪。

「給你增派兩千公室親軍，限你天亮之前，將櫟陽城的六國商賈全部拘禁起來。不許觸動財貨，不准打殺一個，要他們衣食如常全部存活下來。死傷一個，唯你是問！能辦到麼？」

「能！臣下若有半點差池，提頭來見！」櫟陽令激昂領命。

這時，白髮蒼蒼的黑伯已經無聲地站在書房門口，雙手捧著兵符道：「君上，兩千親軍騎士已在宮門列隊等候。」

秦孝公點頭：「黑伯，將兵符交給櫟陽令。子岸即刻啟動。」

櫟陽令子岸接過沉甸甸的青銅兵符，雙手一拱：「臣告退。」大步而去。

「君上，老臣想即刻趕回雍城，拘禁六國商探。」雍城令已經在秦孝公向櫟陽令布置時，感到了事情的急迫和嚴重，也從新君的論斷中知道了危險的根本所在。剎那之間，他對這位年輕國君的剛毅果決與迅疾處置由衷欽佩，匆匆吞下一鼎肥羊肉，便霍然起身請命。

秦孝公拉起雍城令的雙手殷殷叮囑：「老叔，雍城是老秦根基所在，也是鎮守西部之大本營，絕不能被六國商探攪亂。為了老秦國不斷送在我輩手中，辛苦老叔了。」

「君上，」雍城令眼中淚光閃閃，「老秦族百鍊精鐵，嬴山決然不辱君命！老臣告辭了。」

「老叔且慢。」秦孝公回頭對黑伯吩咐，「立即將我的彤雲駒牽來等候。」又回頭道，「老叔，我再派二十名特使跟你一起出發，沿途城池各留一名，宣諭公室急令，搜捕拘禁六國斥候坐探。沿途各城若有阻礙抗拒者，老叔有先斬之權。」說完，回身在劍架上取下那柄銅鏽斑駁的古劍，雙手捧到雍城令面前，「這是先祖穆公留下的生死劍，請老叔持此劍西行。」

雍城令當然知道這柄穆公銅劍的巨大權力，也分明感到了新君將穩定西部的重任像山一樣壓在了他的肩上。他恭敬地接過青銅生死劍抱在懷中，向秦孝公雙手一拱，大步走出書房。

國府大門外，黑伯牽著一匹火焰般的雄駿戰馬在靜靜等候，見雍城令出來，躬身道：「大人，左庶長府二十名特使在此等候。」雍城令嬴山眼睛一掃，二十名特使人人身穿軟甲，背上各背一個長長的竹筒，知道他們已經準備就緒，便高聲命令：「全體上馬！」二十名特使齊刷刷躍上馬背。

此時，雄駿的彤雲駒看見了宮門臺階上的主人，不禁前蹄刨地咴咴噴鼻。秦孝公大步走下臺階拍拍彤雲駒的頭，一指雍城令：「彤雲，你跟老叔跑一趟雍城，有勞了，啊。」彤雲駒短促嘶鳴著蹭了蹭主人的臉，便安靜下來。秦孝公雙手將馬韁遞給雍城令：「老叔，請上馬。」雍城令接過馬韁，翻身上馬，一抖馬韁，彤雲駒向秦孝公一聲嘶鳴，馳向長街。

秦孝公正欲回身，卻聞馬蹄如雨，又一匹快馬飛到。來人翻身下馬，拱手高聲道：「左庶長嬴虔，晉見君上。」

「大哥？好！我正要請你來。走，進去說。」

「君上四更天需要二十道特使冊命，事非尋常。我自當立即趕來。」

秦孝公顯然感到高興——左庶長嬴虔來得正是時候。進得書房，秦孝公將六國會盟與夜來的危機情勢以及自己的部署，匆匆說了一遍。嬴虔聽完後，大刀眉擰成了一窩疙瘩，拍案罵道：「魏罃！狗彘不食！秦國那麼好吞？崩掉肥子滿口狗牙！」秦孝公忍不住一笑：「大哥啊，目下是我們腹心疼痛，可有良藥？」

嬴虔似乎感到方才有所不妥，肅然正容道：「君上莫擔心，先使國中安定，而後再議對付山東六國。櫟陽與雍城老秦人居多，不易大亂。目下應急之策，當在拘禁六國奸商與祕密斥候之後，即刻派出數十名文吏，到城內國人中宣諭闢謠，大講六國分秦乃虛張聲勢，公室自有應對良策等。櫟陽國人久經風浪，一經國府挑明，人心自安。雍城與渭水平川的安定當也不難，只有北地、隴西、商於幾縣山高路遠，要費些許工夫。」

「大哥所言甚是。此事需要即刻部署。就請你在國府選出幹員，半個時辰後到民眾中宣諭，務使人心安定。山區邊地，國府另派特使星夜前往。」秦孝公起身，鄭重地拱手叮囑，「大哥，茲事體大，務請不要假手與人。」

嬴虔肅然拱手：「君上放心，嬴虔當親率吏員到城中宣諭。」說完大步匆匆出門去了。

秦孝公送走左庶長嬴虔，沉思有頃吩咐道：「黑伯，給我一身平民衣服，我要到城中走走。」

「君上，你可是一天一夜沒吃沒睡了。」黑伯終於忍不住輕聲勸阻。

「黑伯，你不也一樣麼？」年輕君主笑了，「六國亡我之心不死，吃睡何能安寧？去吧。」

黑伯無聲無息地去拿衣服了。這中間，派出去探聽城內動靜的內侍和文吏紛紛來報，櫟陽城的確是人心惶惶，有人甚至收拾家當，準備天亮藉出城耕耘之機逃走別國；櫟陽令率領兩千軍士正在搜捕六國商人密探，密探們哭哭鬧鬧，城中雞鳴狗吠，國人民戶很害怕，幾乎家家關門了。秦孝公聽得心中不安，更是決意走出國府看看國人亂成了何等模樣。櫟陽可是秦國和山東六國誓死抗爭的根基，櫟陽一亂，秦國豈能安寧？

這時，黑伯捧來了一身粗麻布衣服，他自己也變成了一個尋常的布衣老人，矍鑠健旺的神色從臉上神奇地消失了。

「黑伯？你？也去麼？」秦孝公頗感驚訝。

黑伯點點頭：「赳赳老秦，共赴國難。先人留下的老話。」

剎那之間，年輕君主的眼眶濕潤了。他默默接過粗布衣穿好，聲音暗啞地說了一句：「黑伯，走。」便大步出門。當一老一少兩位布衣秦人走進曲折狹窄的小石巷時，櫟陽城中的雄雞開始打鳴了，高高聳立的櫟陽城箭樓現出了一線微微曙光。

三、政事堂憋出了一條奇計

景監走出家門的時候，太陽還沒有出來，東山卻已經是紅燦燦的了。

憑多年櫛風沐雨的戰地經驗，他知道今天一定是非雨即陰，不由加快腳步向國府走來。秦國連年打仗，已經打得很窮了，像他這樣僅僅職同下大夫的將軍，是不可能有一輛牛車可乘的。騎馬吧，戰馬缺乏。為了節省馬匹馬力，秦獻公時已經下令禁止秦人在城內乘馬，禁止使用戰馬耕田駕車。幾十年來，秦國官員對櫟陽城內的安步當車已經習慣了。所有的大臣都沒有軺車，只是幾位年屆古稀的元老，才有國君特賜的走騾作為代步。在這樣的都城中，人們是無法想像魏國大梁、齊國臨淄那種車水馬龍的富庶繁華景象的。櫟陽的早晨從來很安靜，灑掃庭除的市人也是疏疏落落的。雖說對櫟陽城這種平靜已經習以為常，但景監還是察覺到了今日清晨的異常跡象。國府大街上有五六家山東商賈開的店鋪，他們的貨品豐富，殷勤敬業，從來都是黎明即起打開店門灑掃庭除，今日卻如何全都沒有開門？再看看，往日清晨出城耕耘的牽牛農夫，也是一個沒有。國人開的幾家小鐵鋪也沒有了叮叮噹噹的打鐵聲。不對，一定發生過自己不知道的異乎尋常的事情！昨夜，挑選並派定去大梁的祕密斥候後已經是二更天了，景監幾乎是被人抬上臥榻的，一夜酣睡直像戰場野宿一樣深沉，又能知道何事？猛然想到六國分秦，景監一下子緊張起來，放開腳步便向國府跑來。

趕到政事堂前，景監卻聽到東側正廳傳出一陣哄然大笑，心中好生疑惑，急趕幾步走上臺階高聲報道：「前軍副將景監晉見。」

正廳傳出秦孝公聲音：「景監將軍，進來，就等你了。」

景監跨進大廳，見黑紅兩色的寬闊房間裡，秦孝公在長案前微笑走動。三級石階下的大廳中分兩邊坐著四位大臣，分別是左庶長嬴虔、上大夫甘龍、中大夫杜摯、長史公孫賈。櫟陽令子岸則站在中間正比比畫畫地學說著什麼，君臣幾個顯然是因為他大笑的。景監感到疑惑，看看秦孝公，又看看大臣們，囁囁嚅嚅不知如何是好。秦孝公招招手，指著長史公孫賈後邊空著的一張書案：「景監坐那裡吧。子岸，你把夜來的事再說說，讓景監也明白。」

子岸就把昨夜謠言如何流傳、君上如何下令、他自己如何率領軍士搜捕拘禁六國商賈密探的事說了一遍。說到那些以商人面目出現的六國密探在被拘禁後的狼狽醜態時，子岸繪聲繪色：「有個長鬍子大肚子的楚國商人，正在一個老秦戶的家裡低聲吹噓魏國上將軍龐涓的厲害，我帶著三個軍士躍牆進去，命令他跟我們走。他噗通跪在地上，拉長聲調就哭：『老秦爺爺，我是商人啦，不是斥候啦，你們不能殺我啦。』我說誰要殺你啊？跟我們去住幾天就行了。他又哭，『不殺我叫我去何處啦？我有地方住啦。』我心中氣惱，大聲喊他，換個地方，叫你對著牆吹噓魏國！他一聽嚇得渾身亂抖，不斷叩頭打拱，『求求你老人家放了我啦，我有十六歲的小妾送給你啦，你馬上跟我去領走啦，不然我馬上送到將軍府上去也行啦。』……」

還沒說完，君臣們就又一次同聲大笑，景監笑得眼淚都流了出來。

上大夫甘龍搖頭感慨：「危難當頭，人心自見也。此等人竟然也立於天地之間？怪矣哉！」

「上大夫以為，該如何處置這些奸商？」中大夫杜摯雖是文臣，卻頗有粗猛之相，問話高聲大氣。

甘龍冷冷一笑：「秦自穆公以來，便與山東諸侯勢不兩立。密探斥候太過陰狠，唯有一策，斬草除根，悉數殺盡。」

秦孝公本來正準備將話題引入沉甸甸的秦國危機，卻不想杜摯無意一問，竟使他心念一動，也想聽聽大臣們對這件事的想法，就沒有急於開口。待甘龍講完，他想到昨夜自己的命令，心中不禁咯噔一沉。秦孝公沒有想到他和元老重臣之間竟然會有如此之大的差異，他靜下心來，準備再聽聽其他臣工的說法。

甘龍話音落點，杜摯立即高聲呼應：「上大夫高見。山東奸商是我秦國心腹大患，不殺不足以安定民心！」

長史公孫賈看看廳中，微笑道：「茲事體大，當先聽聽左庶長主張。」

左庶長嬴虔自然知道國君昨夜的部署，平靜回答：「嬴虔尚無定見。」

「櫟陽令如何？你可是有功之臣啊。」公孫賈又問。

櫟陽令子岸卻直沖沖回答：「長史為文章謀劃，咋光問別個？你如何說法？」他當然也知道新君的命令而且也忠實執行了，但見左庶長不說，他也就不願說。春秋戰國幾百年血的教訓比比皆是，大凡居官之人都明白，新君即位初期是權力場最動盪的時候，君主越年輕，這種動盪就越大。這時候，誰都會倍加小心。這位赳赳勇武的櫟陽令，雖然在昨夜的動盪危機中被年輕君主嚴厲斥責為「遲鈍」，但對這種權力場的基本路數卻絕沒有遲鈍。

白面細鬚的公孫賈顯然很精細，沉吟有頃平靜作答：「我亦尚無定見。」

此中大約只有景監對秦國面臨的嚴重危機最清楚，他對這些元老重臣們雲山霧罩的回答摸不著頭腦。只有一個上大夫甘龍態度明確，但景監卻又極不贊同。然則不管他有何種想法與主張，他都不能搶在前面講話。在座的每一個人都比他年長資深，也比他位高權重。上大夫甘龍原是山東甘國的儒家名士，又是秦國的三世元老，秦獻公連年征戰在外時，從來都是甘龍主持國政，學生門客遍及秦國，景監連給他當學生的資格都沒有。左庶長嬴虔是公室貴族、國君的庶兄，更不必說是統率三軍的實權重臣了。長史公孫賈職掌公室機密，長在國君左右，雖然沒有兵權，可也是屈指可數的幾個樞要大臣之一。櫟陽令子岸是秦穆公時名臣由余的後裔，職掌都城軍政大權，雖不是國府樞要大臣職位，但其實際權力卻是足以顛倒乾坤的，否則他如何敢對長史公孫賈直言相撞？就連那個高聲大氣職位最低的中大夫杜摯，景監也不能與之相比。且不說杜摯是甘龍的學生，僅以職權論，景監雖然也是職同下大夫的前軍副將，職位比杜摯只低了一等，但實際上卻是軍中朝中都沒有任何實際職掌範圍的一種職務——副將。杜摯卻不同，他這個中大夫有一串後綴，叫作「輔上大夫視事兼領大田太倉」。輔上大夫視事，是確定他是上大夫的處政副手；兼領大田太倉，是說秦國的農耕、糧食與倉儲都由他兼管。那時候，這可是兩個最要緊的命脈權力。周王室將這一職務的大臣叫作「司土」，後來稱為司徒，是與司馬（掌兵）、司空（掌工程）、司寇（掌刑）並列的重臣。這樣的中大夫，景監如何能比？要不是新君欽點他做了金令箭使者，又特命他參加今日廷議，他是不可能有機會和這些重臣坐在一起的。然而正因為如此，景監是無所顧忌的。他心中只有一個想法，做了一回祕密特使承擔了重大使命，就要將自己所知道的全部情勢和想法，真實地告訴國君和大臣們，使他們盡最大所能拯救秦國，否則愧對國君重託。至於說出來後是否被採納，那不是景監此刻所想的。

公孫賈的笑容還沒有完全收斂，景監就霍然站起拱手道：「列位大人，景監以為，六國商人密探不能殺，殺則對秦國有害。」

「啪」的一聲，中大夫杜摯拍案呵斥：「爾是何人？竟敢駁上大夫主張！」

「在下乃赴魏國探祕的金令箭使者景監。秦國面臨滅頂之災，不能再給六國亡我之心火上澆油！」

「哈哈哈，同類相憐。」一陣大笑，景監的話又被杜摯的尖刻嘲諷打斷。

秦孝公眼睛一亮，但終於沒有說話，他還是要看一看。這時，左庶長嬴虔開了口：「杜摯無理。危難當頭，群策群力，聽景監說完有何不好？」嬴虔本是帶兵大將，性格深沉暴烈，平日又極少講話，他一開口便全場肅靜。

杜摯出語刻薄，景監本想還以顏色，但他生性寬厚且見左庶長斥責杜摯，也就不再計較此事。他再度向廳中君臣拱手作禮，亢聲道：「秦國弱小，六國強大，這是不爭之事實。六國會盟，要共同起兵瓜分秦國。當此危急之際，若秦國誅殺六國商人密探，只會更加刺激六國，使他們以拯救六國商賈為口實，迅速舉兵進逼。以秦國目下實力，我能抵擋幾時？」

公孫賈淡淡問道：「以你之見，不殺密探，六國就不舉兵麼？」

景監正色道：「不殺密探，自然也不能使六國罷兵。然則，至少可使六國急切間找不到口實大舉進兵，我秦國也可在此期間謀求對策。」

杜摯哈哈笑道：「啊，景監將軍大有謀略嘛，謀劃個辦法出來。」

景監沒有理會杜摯的嘲諷，自顧將一路的思索一口氣說了出來：「如今天下雖連綿征戰，然但凡舉兵，都必找一個堂而皇之的理由。否則，師出無名，士氣民心必然低落，聯兵作戰也會很是困難。

我秦國對密探若拘而不殺，那就是向天下昭示，秦國願意同六國和解。若拘而盡殺之，那就是公然和山東六國立時結下血仇。六國朝野都會對秦國恨之入骨，縱然我盡力斡旋，怕也難逃兵災。正因如此，六國密探非但不能殺，還要保護其財貨，善待其人身，照常讓他們在秦國經商，去留自便。此中輕重，請君上與列位大人權衡。」侃侃道來，有理有據，顯然是一路苦思的結果。

小人物一席話，大廳中無人反駁，良久靜場。秦孝公大感欣慰。他沒有想到，這個少年時期的小友竟然在大事上和自己如此不謀而合。作為老秦人，剛烈忠直恨則恨死愛則愛死的漢子比比皆是，但要找一個既堅剛又柔韌懂得忍耐與等待的漢子，卻比鑄劍還難。要老秦人誓死抗爭寧為玉碎不為瓦全，那是一呼百應。但要老秦人迂迴曲折韜光養晦，那可是陽春之曲和者甚寡。連那些山東儒家名士如甘龍者，久居秦國，也都變成了固執倔強寧折不彎的牛脾氣。作為國君，年輕的嬴渠梁有一種超越年齡的深厚和寬廣，自然深深懂得老秦部族的這種堅剛性格是彌足珍貴的，否則，秦國四百年間何以立足天下稱霸西戎？然則，秦國上層的廟堂人物假若都是這種人，秦國何以能成就大業？即如面臨的這場滅國危難，逞血氣之勇不難，難的是冷靜忍耐顧全大局而後化險為夷。老秦人誰不恨六國密探？殺掉他們定然是舉國擁護。在這時候能夠想到不殺自己最痛惡的敵人，反而要善待他們，這需要多麼寬廣的視野？需要克服多少老秦人性格中的痼疾？更不要說景監還是個沙場征戰的年輕將領了。當秦孝公昨夜想到這些時，他覺得自己是沉重的孤獨的。可是當景監慷慨冷靜地講出這些時，他是激動的欣慰的，覺得自己已經不再孤獨了。

剎那之間，年輕的國君對年輕的將軍產生了深深的感激之情。

這時候，左庶長嬴虔粗重的聲音響起：「景監將軍言之有理。以秦國目下實力，一個魏國已經難以抵擋，豈能和六國同時為敵？」

櫟陽令子岸也跟了上來：「子岸贊同左庶長所言，不殺密探。」他內心很清楚，國君本來就命令不殺不掠，左庶長一講話便等於此事敲定。因為甘龍平日裡多主內政，對這種外事並沒有多少決定權，涉及邦交的大權在左庶長。

公孫賈在每個人說話時都不斷點頭，此時平靜地笑道：「大局已經清楚。究竟如何？還是君上抉擇。」

甘龍面無表情，一言不發。杜摯只是微微冷笑，也不說話。

秦孝公這時輕輕一拍書案：「六國密探，暫且不殺，財貨不動，人身不傷。若六國動靜有變，再殺亦不為晚。彼在我手，何懼之有？然，櫟陽令須得對六國密探嚴加監視，不許任何人在半年內離開秦國，更不許逃走一個。否則，斬首無赦。」年輕國君在政事堂第一次顯示權力，卻是不怒自威。

「臣下遵命。」櫟陽令子岸肅然站起，高聲領命。

「諸位，」秦孝公環視大廳神色肅然道，「今日廷議，實則已經開始。山東六國會盟，提出六國定天下，圖謀吞併小諸侯，劃定勢力範圍。然則，更為要緊的是，山東六國要瓜分秦國，將天下七大國變成六大國。六國將在何時用何種手段實施其分秦野心，目下尚不清楚。可以確定的是，秦國已經面臨百年以來最為深重的滅國危機。赳赳老秦，共赴國難。這是秦國婦孺皆知的一句老誓。當此存亡之際，我等君臣應同心謀國，群策群力，如此方能謀劃出穩妥的對策與方略。」說完悠悠巡視一圈，「諸位不要有任何顧忌，哪位先說都行。」

場中又一陣沉默。在此之前，這些大臣也都風聞了六國會盟的種種消息，其中不乏六國密探有意透露給他們的各色流言。今日國君鄭重提出且要徵詢存亡大計，大臣們頓時感到了強大壓力，打打不過，逃逃不脫，投降不可能，一定要拿出一個能夠不打不逃不投降的對策，方能消解這場危機。可是，危機迫在眉睫，倉促間如何思謀得周全？一時間，誰也沒有話講。

上大夫甘龍博學多識且長期主持國政，為在座資深老臣，眼見眾皆默然，沉吟思忖了一番，謹慎開口：「老臣以為，六國會盟，吞滅諸侯，瓜分秦國，此舉不合於禮，亦不合於道。我秦國，本是平王東遷的開國諸侯，對王室居功至偉。秦國有難，天子不會坐視不理。老臣以為，當上書洛陽周王，以天子名義下書，駁斥六國會盟謬誤，真相自會大白於天下。與此同時，我秦國以王室名義聯結若干中小諸侯，組成一支數十萬大軍抗衡六國兵馬。若能如此，則危難可解，國家幸甚。」甘龍字斟句酌，一番話很是持重謹慎，絕不是明確決斷據理力爭，而只是以「老臣以為如何如何」的商榷口氣說話。這恰恰是他的身分、權力與資望形成的一種矜持，絕不意味著曖昧含糊。

景監對國中權臣的習慣、風格與錯綜微妙的關係一概不清楚，認為自己只要把自己想好的說完便不負國君所託，誰的臉色也不看。此刻他聽完甘龍的對策，不禁「噗」地笑了出來，卻又使勁兒憋住。見無人說話，他咳嗽一聲正容發問：「上大夫對策，太過迂腐。周王室衰落到一片孤城，自身尚且難保，六國誰會認這個天子？且不說周王不敢發，即或發了，一片王書有甚用處？至於以王室名義聯結中小諸侯，更是無法行通……」

「景監大膽！」杜摯面色脹紅，打斷話題高聲道，「上大夫所言極是。名正則言順，六國會盟，周天子與秦國並天下諸侯同受欺侮。我秦國唯藉天子名義聲討其荒謬，方可號召天下諸侯，組成多國盟軍！得道多助，如何能說迂腐不通？」

「杜大夫，」嬴虔冷冰冰道，「君上有言，群策群謀，言無顧忌，你急個甚來？」

杜摯頓時語塞：「好好好，教……教他說。」

公孫賈破例插了一句：「行則可行，然也確實無大用。君上明斷。」

景監老老實實：「在下不贊同上大夫主張，但也還沒有想好的對策。」

杜摯冷冷一笑，狠狠瞪了景監一眼，張張口欲言又止。

左庶長嬴虔不斷輕叩書案皺眉沉思，這時抬頭道：「上大夫之策，天子下書一則，可行而無用。

聯兵抗衡一則，有用但難行。且不說倉促拼湊的盟軍根本沒有戰力，僅僅建立多國盟軍這一則，就極難做到。六國之外，天下尚有三十二個中小諸侯國，軍馬總計約在三十萬左右，的確是一個大數。但他們卻被六國分割在各個夾縫中，兵馬根本無法越過大國而集結。即或越過，也無法進入函谷關。還有，六大國本來就虎視眈眈，要吞滅中小諸侯，這些小國又豈敢激怒大國自送虎口？捉了秦國的使者去大國邀功，倒是實實在在有可能。上大夫，嬴虔以為，還得再謀良策為是。」

甘龍有些尷尬，但還是呵呵一笑：「然也。若有高明良策，自當受教。」

櫟陽令子岸冷笑道：「這些小不砬子諸侯，哼，教他們跟在六國大軍後面分秦塊肉倒是可能。要和秦國聯兵，嘿嘿嘿，他們躲都躲不及。」

「那足下倒是有甚高明主張？拿出來也。」杜摯面紅耳赤，彷彿自已的主張被駁了一般。

「要我說，就和六國拚個你死我活！」子岸霍然站起，手中短劍嗆啷拔出，噌地插進地上方磚，咬牙罵道：「鳥！怕甚了？老秦人的血就是往戰場流的。當年老秦族還不是硬在戎狄包圍中殺出了一塊地盤？既沒退路，又沒辦法，說來說去還不是個打？還不是死戰到底一條路？請君上下令，做二十萬孝服，血戰六國！子岸請命做先鋒大將，不斬十萬首級，誓不生還！」這個名臣後代慷慨激昂，聲淚俱下，顯然對這種廟堂廷議的絮叨極為不耐，竟忘記了這裡是政事堂。他這一番激昂怒罵與慷慨請戰，的確是老秦人的本色，嚇得從來沒有打過血仗的杜摯和公孫賈瞠目結舌。

左庶長嬴虔變色：「子岸，把劍收回去。這裡是政事堂，不是戰場。」嬴虔是秦軍統帥，又是威震三軍的猛將，也只有他才能震懾住老秦人特有的本色衝動。

子岸默默拔出插在地上的短劍，沉著臉重重坐回案前唏噓拭淚。

秦孝公面色如常，對子岸的激烈慷慨彷彿沒有看見，絲毫沒有責怪之意。他此刻只是感覺到，有嬴虔這位庶兄，他省了一半力氣。有嬴虔擋一擋，他便對每個人的主張都有充分思謀的餘地。當然，對子岸那樣的主張是不用思謀的。那是一條悲壯的殉國之路，退無可退時，也只有拔劍而起浴血疆場與國家共存亡了。只要有精神準備，那是用不著多想的。危難之際，主戰將士的勇烈剛猛永遠是最可貴的。作為一國之君，可以不納其言，卻無論如何不能傷其心。他從座中站起，走到子岸面前，遞給他一方絹帛汗巾，慨然一歎：「子岸哪，果真秦國無路可走時，我也會和你一樣血戰到底的。在座大臣們，也都會拔劍而起的。」

「哇」的一聲，子岸放聲大哭。

一時間，廳中君臣人人拭淚，個個唏噓。

秦孝公站在廳中，緩慢沉重地問：「諸位，秦國真的是無路可走了麼？」他看著唯一沒有講話的景監。只要有一個人沒講話，秦孝公就不會講出自己的想法，他要最大限度地將自己的決策建立在臣下主張的基礎上，如果臣下闡述充分，他自己寧可不說而全盤採納。新君即位，要大臣們齊心協力，最好的辦法就是使每個人都覺得自己是在推行自己的主張。除非像昨夜那樣的緊急關頭必須當機立斷，秦孝公寧願讓臣下來斷事。這樣做，既是他的思謀結果，也是他的性格所致。

「君上，列位大人，」景監站起來沉吟著，「我有一策，恐有失大雅，不知當講不當講。」

秦孝公爽朗大笑道：「生死存亡，無所不用其極。只要有用，就是大雅。說，我等聽聽這不雅之策。」杜摯憋不住「噗嗤」一笑，又連忙捣住嘴低下頭。

景監卻是落落大方，朗聲說道：「景監思謀，目下唯有一計可用：祕密遊說六國，重金收買權臣，分化六國，延緩時日，使六國分秦盟約自行瓦解。六國之中，齊國與我秦國不搭界，不會主動當頭羊。韓國燕國最弱，也不會單獨攻秦。魏楚趙三國分秦最力，也是最有實力最有可能單獨攻秦的。而魏楚趙三國，均有酷愛財色的權臣。尤其魏國，因魏王酷愛珠寶名器，大臣多有貪風。我只要以重金美女賄賂，並許以其他好處，此等權臣決然不會令我失望。若此三國不動，六國分秦自然拖延，拖則盟約自潰。」

「諸位，果然不雅之策也。」秦孝公不禁一笑。

廳中大臣一齊大笑。杜摰笑得眼淚鼻涕拭抹不及，連連咳嗽。甘龍則皺著眉大搖其頭：「美女重金？成何體統？豈不令天下恥笑？」公孫賈則只是大笑，卻不說話。櫟陽令子岸嘖嘖撇嘴：「景監哪景監，虧你想得出！」左庶長嬴虔微微一笑，卻是默然沉思。

唯有景監沒有一絲笑意，一臉茫然地看著國君和大臣。

嬴虔霍然站起：「景監之策，醜歸醜，有大用。話說回來，方今天下，哪國不是陰狠歹毒挖牆腳？趙種錚錚一條漢子，為了爭取魏國，硬是將自己的美妾送給了魏王。楚國還不是賄賂齊國大將田忌三千金，才使齊楚罷兵？龐涓那小子號稱名士，為了做丞相，還賄賂魏王的狐姬。國家生死存亡之際，有何忌諱？說到底，老秦人以往只知道兵來將擋水來土屯，想不到使陰招罷了。目下六國逼我用陰招，我就用，怕他何來！」

公孫賈沉吟道：「敢問上大夫，府庫有金幾多？秦國有美女幾多？」

甘龍冷笑：「老夫只知道金不足五千。美女幾多？哼哼，大約只有長史知曉。」

公孫賈彷彿沒察覺甘龍的嘲諷，自顧道：「五千金？設若魏楚趙三國各有兩名權臣，那就是六人。除去特使的祕密活動金、搜羅美女金，大約每個權臣只能得到三百金。魏楚趙三國的權臣從國王那裡得到的賞賜，動輒就是數百金，胃口極為貪婪。三百金，彼等可能看都不看。若果沒有萬金之數，此計難行。景監將軍，以為如何？」

作為一個鏖戰沙場的低級將領，景監確實不知道國府拮据到如此地步。公孫賈所說，又的確是實情。一時間景監愣在廳中，無言以對。

杜摰一副頗為認真的神情：「我倒是可以將先君賞賜的三百金，送給景監將軍周旋，可也是杯水車薪，難以為繼啊。」

甘龍冷笑：「老夫也可拿出幾百金，夠麼？」

突然之間，一直在踱步沉思的秦孝公眼睛發亮，似乎因此而悟到了什麼，站在案前良久未動，似乎又在盤算什麼。一時間，他目光炯炯地掃視廳中道：「諸位，六國利劍已刺我咽喉，國家危亡決於旦夕之間，我等君臣不能拘泥。春秋宋襄公恪守仁義，不擊半渡之兵，敗師辱國貽笑天下。然則，宋襄公失去的畢竟只是小霸主地位。今日不然，一旦自縛手腳，老秦人就要亡國滅種。六國要滅秦分秦，最為歹毒的就是前後夾擊。東方大兵壓境，同時策動西方戎狄叛亂。那時候，老秦人只怕連回到隴西河谷的退路都沒有了。他們要將老秦部族斬草除根，我等連投降都不會被接受。這就是亡國滅種，請諸位掂量。」猛然，他背過身子，肩膀一陣微微地顫動。

一時間舉座動容，一股凜冽的冰涼驟然滲透每個人的脊梁骨。

公孫賈亢聲道：「君上抉擇就是，臣等赴湯蹈刃，死不旋踵！」他本是極少鮮明表態之人，此刻卻是滿面通紅地喘著粗氣。「赴湯蹈刃，死不旋踵」是流傳天下的墨家誓言，說的是墨家弟子追隨墨子，每臨危局，人人爭先赴險，死也不會轉過腳跟逃跑。今日公孫賈將這句誓言用在這裡倒是分外令人感奮。眾人不禁齊聲慷慨：「赴湯蹈刃，死不旋踵！」

秦孝公已經轉過身來，聲音略顯喑啞：「嬴渠梁的血，會與老秦人流在一起的。」

「君上──」幾位大臣連同景監，一起匍匐在地，哽咽不止。

秦孝公長長地出了一口粗氣，語氣轉為平靜：「諸位請起，老秦人也不是好欺侮的，我等還是得拿出個主見來，否則，無顏面對國人。」

「但憑君上抉擇！」大臣們異口同聲。

「確實說，景監之計不失為應急奇策。」秦孝公走下三級臺階，緩緩地踱著步子，「重金美女，重金是要害。至於美女，有則也好，沒有也無傷大局。國府所存五千金，不能動用分毫，那是秦國十萬大軍的命脈。另則，也不能向民眾緊急徵收。百年動盪征戰，秦國民眾逃亡過半，留下來的都是老秦人。他們已經快被榨乾了，家徒四壁，一貧如洗，只剩下老秦人的一腔熱血了。國府再艱難，也不能打他們的主意。」年輕君主說到這裡，已經是兩眼含淚，沉重得停下來低頭喘息。有頃，秦孝公抬起頭激昂地開口，「國難當頭，金從何來？嬴渠梁身為秦國之君，願將國君私庫的兩千金拿出，再將公室所存的周王室歷代賞賜的寶物珍品一併獻出。其餘尚有缺額……」突然，他不再往下說了。

剎那間，政事堂大廳肅然無聲。大臣們被這位年輕君主深深震撼了。自古以來，國君啟用私庫並獻出所有庫藏珍寶者，聞所未聞。國君私庫，其實也是國庫的一種變相形式。這些金錢珍寶主要有兩大用途，一是用來供國君宮室日常支用，一是賞賜有功臣民。因為這兩種用途都由國君決定，而無須通過國家財政大臣，所以歷來的習慣便將宮室府庫認作國君私庫。秦國宮室歷來簡樸，國君的護衛、內侍、侍女、作坊工匠以及各種文吏官署，加起來也不到一千人。秦國國君的嫡系宗族也歷來不住宮室，而是與所有的秦國大宗族一樣，除了老幼女人在封地耕作，男子幾乎全部在軍旅之中，不要宮室供養。這樣一來，秦國宮室私庫的金錢的主要用途，實際上就是賞賜和撫恤戰死的將士。對於一國之君，治下的威權少不得官與祿兩個字，更少不得賞與罰兩個字，國君府庫沒了金錢珍寶，意味著一國之君將淪落到對功臣賞無可賞的慘狀，任誰想來都會心底發虛。臣下天職，是與君分憂。國君家徒四壁，大臣顏面何存？

廳中六位臣子刷地站起，一齊跪倒哭喊：「君上，不可啊——」

白髮蒼蒼的甘龍渾身顫抖：「君上一國之君，豈能一貧如洗？請君上收回成命，甘龍願獻千金！」

「左庶長嬴虔願獻三百金，並家傳蚩尤天月劍！」

「長史公孫賈獻三百金！」

「櫟陽令子岸獻五百金，外加家傳媒祖軟甲！」

「中大夫杜摯獻三百金！」

景監大哭：「君上，景監唯有五百刀幣……」

秦孝公靜靜地站在廳中，沒有一滴眼淚。他再次向跪倒的大臣深深一躬：「如此，嬴渠梁謝過諸位了。上大夫請起，諸位請起。」待大臣們唏噓起身，他平靜地向廳門吩咐，「黑伯，今日之內，闢出專庫，接納諸位大臣的獻金。」黑伯答應一聲，疾步而去。秦孝公環視廳中微笑道，「諸位且莫傷感。金錢乃人世流火，生不帶來，死不帶去，用得其所，方為無價至寶。不得其所，銅臭如糞土。縱然一國之君，概莫能外。秦國若有富強之日，嬴渠梁當十倍償還諸位。公孫長史，請記下嬴渠梁今日諾言。」

公孫賈拱手正色道：「遵命，臣將轉於太史，刻簡留存。」

「諸位以為，何人堪當祕密特使？」秦孝公收斂笑容，轉了話題。

甘龍慨然道：「此策乃景監將軍謀劃，將軍必有成算，當以景監為使。」

「嬴虔亦贊同景監為特使。」左庶長嬴虔立即支持。

「我等贊同。」公孫賈、子岸、杜摯齊聲表態。

秦孝公點點頭，似乎對大臣們出乎意料的一致並沒有感到意外。他看著景監：「景監以為如何？」

景監躬身，肅然回答：「赳赳老秦，共赴國難。」

秦孝公默默注視著景監，淚水驟然溢滿了眼眶。

四、秦國君臣在老霖雨中感謝上蒼

暮春初夏，雖說已經是草長鶯飛，但渭水平川的早晚還是頗有涼意。尤其是河谷山口，早晚時分的涼風尚有些許寒冷。太陽距離西山尚有一竿之高，出城勞作的櫟陽秦人便開始絡繹不絕地回城了。但在城南櫟水岸邊的高坡風口上，卻有一個人久久站立，一任河風吹得他的長衫啪啪作響，仍舊沒有離開。兩丈之外的窪地裡，一個白髮蒼蒼的老人默默地守候著。

秦孝公已經這樣一動不動地站了一個時辰。河中碧綠明亮的波濤已經變得金黃幽暗了，風中的暖意已經消退，暮色蒼茫的原野瀰漫出涼如秋水的蕭瑟寒氣。這一切，二十二歲的年輕君主都沒有察覺，他只是遙望著已經淹沒在暮色中的東方遠山，長長地沉重地歎息。分化六國所需要的萬金之數雖然湊齊了，他卻沒有絲毫的輕鬆寬慰，反倒被一種無地自容的羞愧折磨得寢食難安。一想到母親那慈和平靜的笑容，他心中就像刀割般難過。

那天政事堂廷議之後，他忙於聽匆匆趕來的雍城令稟報民情，又商議確定了繼續安定民心的方略。雍城令剛走，景監又急急趕來稟報派赴大梁的密探傳回的急報，說魏楚趙三國大軍按兵未動，詳情不知。兩人商議了半天，還是揣摩不透發生了何種變故，決定繼續籌集重金，不管發生何種變故，分化六國的方略不變。景監走後，已是午夜，他正要站起來端詳羊皮大圖，卻一頭栽倒在書案上。醒來時分，白髮如雪的母親正坐在榻旁靜靜望著他。母親沒有流淚，甚至沒有歎息，見他醒來睜開眼睛，反而向他慈祥地微微一笑，還是沒有說話，只是回身端過銅鼎打開鼎蓋，將熱氣騰騰的羊肉湯端過來就要餵他。在嬴渠梁的記憶中，母親從來沒有餵過他吃飯，即或在孩提時候生了病，母親也要看著他自己坐起來吃飯。目下自己已經做了國君，年邁蒼蒼的母親卻端起了食鼎要餵他吃飯。嬴渠梁霍然坐起，掀開毛氈：「娘，沒事，我自己來。」母親又是微微一笑：「沒事就好，也該沒事。」待嬴渠梁大口吃喝完畢，汗津津站起來時，母親也從繡墩上站了起來，靜靜地看著兒子：「渠梁，娘有兩千金，還有幾件珠寶，都給你準備好了，讓黑伯來搬走。」驟然間，嬴渠梁淚水奪眶而出：「娘！你，你都知道了？」母親微笑著點點頭：「這兩千金，是秦國後宮四百年星星點點留下的，今日也派個正當用場。」嬴渠梁肅然跪在了母親面前：「娘，渠梁無能，使秦國蒙受恥辱，使一國太后蒙羞。渠梁請受責罰。」霍然脫去長衫，露出汗津津的脊梁。母親扶起了他，替他穿好長衫，又為他拭去臉上的淚和汗，溫和地斥責他：「渠梁大錯了。娘豈不知能屈方能伸？都像你公父那樣硬打硬掙，秦國未必成得大器。渠梁，娘知道你，老秦人就是缺乏個『忍』字。你有，娘信你。」二十二歲的年輕國君第一次感到了白髮親娘的親和溫暖，忍不住抱住母親哽咽起來。母親抱著他的頭，撫摩著他的長髮，一任他痛哭流涕。最後，娘對他說：「渠梁，娘對你只有一個規矩，按時辰吃飯，最遲四更天睡覺。秦國的重擔在你肩上，要有後勁。能答應娘麼？」嬴渠梁記得自己是認真點了頭的。

當黑伯帶領內侍從太后庭院搬出兩千金和珠寶時，秦孝公派景監查點登記，竟發現母親頭上的金釵和平日須臾不離的一只珠玉枕也在裡邊！景監無論如何不能接受，執意要送回給太后。黑伯在旁邊看得直抹眼淚。秦孝公默默擋住了景監，咬著牙吞回了自己的淚水。他知道，送回去才會真正令母親傷心。但是，這兩件彌足珍貴的東西對母親畢竟是太重要了。那支劍形的金釵是周天子賜給先祖穆公夫人的，上面有王室徽記和「洛陽尚坊」的古篆刻，是歷代秦國第一夫人的標誌，絕非一支尋常的金釵。那只珠玉枕，更是公父秦獻公著意為母親精工打造的。那是一塊晶瑩碧綠的藍田玉，兩端各鑲嵌了一顆紅得像火焰一樣的珍珠，夜來入睡，小珍珠的幽幽微光總是將母親的臉映襯得分外豔麗。更重要的是，公父將他的一把短劍重新熔鑄，鑲嵌在了兩端枕頂。母親告訴兒子，那是父親在時時守護著她。小妹之所以取名熒玉，正是據此熒熒玉枕而來。母親雖是秦國太后，但畢竟也是個女人，而且是個失去了夫君的寡居女人。這兩件東西對於任何一個女子，都是不可能捨棄其中任何一件的，一件象徵著她的尊貴身分，一件寄託著她的悠悠思戀。可如今，母親是兩件一齊拿了出來，而且還是那樣平靜地拿了出來。但是，嬴渠梁卻從母親那帶有笑紋的眼睛裡看見了晶亮的淚光，看見了母親心田流淌的血。

「昔我往矣，楊柳依依。今我來思，雨雪霏霏。行道遲遲，載渴載饑。我心傷悲，莫知我哀。」這是母親年輕美麗的時候最愛唱的〈小雅〉，那是妻子等待長久出征的夫君歸來的一首歌兒。那時候，嬴渠梁不明白母親為何總是唱這首讓人直想哭直喘不過氣來的歌兒？當他後來跨上戰馬揮動長劍衝鋒陷陣歸來時，他終於聽懂了母親的歌兒。奇怪的是，公父戰死後，母親就再也不唱這首歌兒了。那時候，嬴渠梁依然不懂母親的心。這一次，年輕的國君覺得自己終於懂了——母親的心田被犁下了那麼多的傷口，卻要給自己的兒子留下博大溫暖的胸懷。

身為人子，秦孝公感到了從未有過的強烈愧疚。

不願多想，又不能不想。年輕的國君在寒涼的晚風中不能自拔了。

猛然，一陣急驟的馬蹄聲驚醒了他。一回身，景監已經丟掉馬韁疾步爬上高坡。秦孝公心中一驚，莫非六國發兵了？

景監上坡站定，氣喘噓噓道：「君上，北地令遣使急報，趙國一隊商旅越過膚施，從我西北部穿過，向隴西戎狄族聚居區進發。北地軍士抓住了一個掉隊商人，嚴刑拷問，商人供出商旅是趙國派出的祕密特使，他是特使護衛，使命如何，還不知曉。」

秦孝公沉思有頃：「商旅目下能走到何處？」

「大約已經進入隴西大山，追是來不及了。」

「景監，這趙國，為何要向戎狄派出特使？」

「君上，景監無從知曉，只是覺得趙國舉動極不尋常。」

秦孝公看著東山上的一鉤新月，悠悠道：「景監，我覺得這裡邊有一個大陰謀。六國分秦的具體方略雖然還不清楚，但我這幾天總在想，假如我是魏王、龐涓和趙侯，我當如何一舉使秦國潰敗？他等我等都知道，僅僅靠戰場用兵，很難吞滅一個畢竟還沒有喪盡戰力的秦國。幾百年興亡證實，沒有內亂，一個大國很難崩潰。如果他們也是如此想，那麼吞滅秦國最狠的手段就是內外夾擊。前日得報，魏楚趙三國按兵不動，我不解其中緣由，然則，我內心總是覺得不對。仔細琢磨，六國似乎是在等待。等待何物？說不清楚。今日北地令的急報，倒使我茅塞頓開了。」

景監急問：「君上是說，趙國要在秦國策動內亂？」

「你以為不是？」秦孝公回過頭來。

景監醒悟，驚出一身冷汗：「若果戎狄生亂，那可是洪水猛獸，如何得了？」

秦孝公冷笑：「戎狄族群三十多支，豈能全部生亂？目下急務，是要確定哪些支族有危險，方可有備無患。」

「君上，對戎狄事務，左庶長最熟。」

「對，立即回城商議。」秦孝公說著已經向坡下疾走。

回到櫟陽政事堂，已經是月上柳梢頭的初更時分。左庶長嬴虔急急來到國府時，秦孝公剛剛用過一鼎湯餅。黑伯添了燈油，蓋好燈座上的大網罩，便輕步退出，靜靜地守在門外陰影裡。

景監首先向左庶長嬴虔稟報了北地令的急報，秦孝公又講了自己的推測判斷。嬴虔聽完，陰沉著臉沒有說話。半晌，他起身走到書房的大圖前，用手中短劍敲著秦國西部，又劃了一個大圈道：「戎狄諸族三十四支，聚居在涇渭上游六百餘里的河谷山原。自先祖穆公平定西戎以來，戎狄諸族除部分逃向陰山外，大部成為秦國臣民。自那時起，老秦人逐步遷到了渭水平川，將涇渭上游河谷全部讓給了戎狄諸族定居。兩百多年來，西部戎狄一直沒有滋生大的事端。厲公、躁公、簡公、出子四代一百餘年，荒疏了對西部戎狄的鎮撫約束。獻公二十年，又忙於和三晉大戰，也無暇顧及西部戎狄事務，又將駐守隴西的三萬精兵東調櫟陽。如此一來，西戎各族和國府就有所淡漠疏遠。但賦稅兵員年年依舊，並無缺少。秦國十萬大軍中，目下還有三萬餘名戎狄子弟。從根本上說，戎狄諸族不至於全部大亂。但是，據我帶兵駐守西戎時所知，戎狄諸族有五六支原來在九原、雲中一帶遊牧，和燕國趙國關係甚密。要說生亂，可能這幾支危險最大。」

「這是哪幾支？定居何地？」秦孝公目不轉睛地盯著地圖問。

嬴虔指點著地圖道：「陰戎、北戎、大駝、西豲、義渠、紅髮幾族，所居地區在洮水、夏水流經的臨洮、抱罕、狄道這一片。」

「大約有多少人口？多少兵力？」

「先君獻公曾下令實行戶籍相伍。那時初查，六族人口大約在三十餘萬。兵力不好說，戎狄諸族從來是上馬做兵，下馬耕牧。若以青壯年男子論，當有近十萬不差。」

「哪個族最大？最危險？」

「西豲最大，族人有十萬之眾，青壯當有三四萬之多。其族領曾經自封為王，和燕趙來往也從未間斷。」

秦孝公大是皺眉，沉思不語。櫟陽城箭樓的刁斗之聲清晰傳來，聽點數，已經是三更天了。

「二位以為當如何應對？」秦孝公終於抬頭問話。

「六國在西部策反，委實狠毒。西戎若亂，我不打不行，打又力不從心。目下秦國的兵力分散在東部四國的邊界，若集中西調，又恐六國乘虛而入。」嬴虔沉重躊躇。

景監也是憂心忡忡：「我，一時間也沒有主張。」

「咚」的一聲，秦孝公一拳砸在書案上，霍然起立道：「不怕！我們也來利用他們的空隙，走一步險棋。」他大步走到地圖前，「你們看，六國在函谷關外等待。西部戎狄縱然叛亂，必然也有等待六國先動之心。戎狄畢竟較弱，很怕被秦軍先行吃掉。況且急切間也難以一齊發動。這就有一段兩邊等待，謀求同時動手的空隙。我們目下就要鑽這個空隙，且要迅雷不及掩耳！」

「咋個鑽這個空隙？」嬴虔景監齊聲急問。

「我意，大哥立即祕密調動東部兵力，向西開進到戎狄區域的大山裡隱蔽。戎狄不動我不動，戎狄若動，我必先動，且必須一鼓平定。同時，景監立即攜帶重金到魏國祕密活動，至少拖延其進兵日程。只要打破任何一方，秦國就有了迴旋餘地。」他喘了一口氣，「假若大哥西進期間，六國萬一進兵，那就只有拚死一戰，玉石俱焚了。」

嬴虔霍然起身拱手道：「給我三萬輕騎，嬴虔踏平戎狄！」

「不，五萬！不戰則已，戰必全勝。」

景監沉吟道：「君上，東部太空虛了。我們只有五萬騎士。」

秦孝公慨然道：「老秦人盡在東部，嬴渠梁也是百戰之身。存亡血戰，舉國皆兵，何懼之有？」說完，回身到書架旁的一個銅箱中捧出一個小銅匣打開，雙手鄭重地遞給嬴虔，「左庶長，這是上將兵符。」

嬴虔雙手顫抖著接過青銅兵符，兩眼含淚，哽咽出聲了。作為統兵大將，他自然知道這上將兵符意味著什麼。它是只有秦國國君才能使用的無限制調動全國兵力的最高兵符。三百年中，只有秦穆公曾經有一次將它交給了蕩平西戎的統帥由余。而今，年輕的君主將上將兵符親自交到他手，無疑是將秦國的生死存亡交給了他。而這位年輕的弟弟，留給自己的卻是孤城一片和準備最後一戰的悲壯。老秦國有這樣的國君，嬴虔有這樣的兄弟，豈能不感奮萬端？

君臣三人心裡都清楚，秦國雖然有十餘萬軍馬，但半數是步兵和老舊的戰車。只有這五萬騎兵是由清一色老秦人組成的精銳輕騎。在戰國初期，笨重的車戰已經漸漸隱退，快速靈動而又衝擊力極強的騎兵漸漸成為最有戰力的新兵種。這種騎兵就是當時聞名天下的「鐵騎」。所謂鐵騎，就是戰馬和騎士均用當時上好的精鐵馬具與盔甲兵器裝備起來的集團騎兵。馬蹄裝有鐵掌，使戰馬能夠在任何粗糙的地面奔馳而不懼荊棘尖刺；馬頭裝有鐵片與皮革相連的面具，使步兵弓箭對戰馬的威懾大大減弱；馬具也用重量輕硬度高韌性好的精熟鐵，代替了又重又厚又軟又脆的銅質馬具；馬上騎士的兵器也從長大的矛戈演變為輕型刀劍，這種刀劍普遍用精鐵鑄造，長短一般在三尺左右，鋒銳輕捷，便於集團衝鋒格殺。面對笨重緩慢的戰車與步兵結合的古典方陣，這種鐵騎發動的狂飆一樣的集團衝鋒，具有摧枯拉朽般的威力。戰國初期，這種鐵騎以魏國最為精良，韓國趙國次之，楚齊秦燕四國不相伯仲。秦國崛起於西陲，久有馬上作戰傳統，本來就沒有戰車兵種。然而秦國成為大諸侯國之後，春秋時期力圖摹仿中原大國的軍制，將原來大部分裝備粗簡的騎兵變成了戰車兵。進入戰國初期，鐵騎湧現且戰法發生了重大變化，秦國卻因為精鐵缺乏和人口減少，不可能擁有真正的精銳鐵騎，而只是裝備了少量鐵馬具鐵兵器的輕騎兵。這五萬輕騎所需要的精鐵，大部分都是從韓國買來，輾轉偷運進入秦國的。當初秦獻公精選出五萬老秦子弟兵組成的秦國「鐵騎」，實際上成為秦國唯一一支可以隨時開出與山東諸侯作戰的防衛力量。如果全數開赴隴西，秦國東部只剩下千餘輛老舊戰車和兩三萬步卒，一旦強敵入侵，後果何堪設想？然則面臨兩面夾擊的絕境，不如此孤注一擲，西部叛亂東部大戰，後果又何堪設想？

君臣三人默然相視間，天邊隱隱電閃，轟隆隆一陣悶雷從屋頂掠過，細密的雨滴打在書房窗櫺上刷刷作響，猶如萬蠶食桑，又如清風過竹。

景監一驚：「老霖？不好！」他閃過的念頭是，道路泥濘，數萬騎兵何以行軍？

嬴虔卻是眼睛一亮，大步走到廊下。仰望夜空，但見雲厚天低，櫟陽城一片漆黑，萬籟俱寂，唯聞天地間無邊無際刷刷雨聲。這種雨聲，不急不緩不疏不密不間不斷，其徐緩舒展有如上天撒開一幅細紗覆蓋大地。這是恍若春雨卻又比春雨更厚實的初夏之雨，正是關中年年難免的四月老霖雨。其時春耕方完，播種已了，上天的綿綿細雨來得正是妙極。它既不是能夠沖開地皮暴露種子的暴雨，又能夠徐徐滋潤土地徹底消解春旱，堪稱關中大地的時令好雨。渭水平川，撒種皆收，正是因了這種天下難覓的風調雨順。每年四月初，秦國民眾都要祈禱這一場霖雨及時降落。不想今年的老霖雨來得竟是比往年早了半個多月，確實是有點兒異乎尋常。嬴虔仰頭望天良久，猛然間仰天大笑。

秦孝公淚水盈眶，大步走到院中向黑沉沉的夜空深深一躬：「上蒼有知，若秦不當滅，嬴渠梁當永不負天！」剎那之間，景監恍然大悟，激動得衝到庭院中雙手向天揮舞：「上天啊，好雨！秦國有救了！」

君臣三人同聲大笑，一任綿綿細雨將他們淋個透濕。

這場早到的老霖雨，當真抵得上千軍萬馬。它既遲緩了六國進兵的時日，又給了秦國五萬騎兵一個祕密運動的絕佳機會。大雨連綿的日子，任何一國的騎兵和步卒都不會做長途跋涉，更別說笨重的戰車。一個顯而易見的道理在於，糧草輜重的跟進是根本無法解決的。所以，雨季不用兵幾乎是整個古典戰爭時代的鐵則。然而，秦國面臨生死存亡的兩面夾擊，這場連綿霖雨卻成了最好的掩護。老秦人是從西周時代的戎狄海洋中殺出來的族群，其勇猛剽悍與頑強的苦磨硬鬥是天下所有族群都為之遜色的。那時候，汪洋大海般的蠻夷諸族從四面八方包圍蠶食中原文明，若非齊桓公九合諸侯、尊王攘夷，中原文明將被野蠻暴力整個吞沒。正是如此，孔子才感慨地說，假如沒有管仲，中原人都將成為袒著胳膊的蠻夷之人！其時戎狄諸族和東方蠻夷氣勢正旺，他們剽悍的騎兵使中原戰車望而生畏。雖然是依靠一百多個諸侯國同心結盟最終戰勝，卻也使中原諸侯大大地傷了元氣。但就在那血雨腥風的數百年間，秦人卻獨處西陲浴血拚殺，非但在涇渭上游殺出了一大塊根基，而且在戎狄騎兵攻陷鎬京時奮勇勤王，以騎兵對騎兵，殺得東進戎狄狼狽西逃，從而成為以赫赫武功立於東周的大諸侯國。老秦人犧牲了萬千生命，吃盡了中原人聞所未聞的苦頭，也積澱了百折不撓傲視苦難的族群品格。秦孝公和他的臣子都知道，雨天行軍對於山東六國是不可思議的，但對於老秦人卻是十分尋常。而且目標就在本土之內，根本不用攜帶糧草輜重，沿途城池便可就近取食。以秦軍的耐力，旬日之間便可抵達隴西大山。如果戰事順利，秦軍班師之後便可全力防範東部，由兩面受敵變為一面防禦。

這就是一場老霖雨將要造成的戰事格局。

左庶長嬴虔冒雨匆匆走了。他要立即調兵遣將，當夜便要派櫟陽城的騎兵以千人隊為單元陸續上路。斥候要出動，糧草使者要出動，兵器馬具要檢查，行軍的祕密路線要確定，集結地點要預先警戒，等等，事情是太多了。更重要的是，嬴虔第一次以左庶長之身擔任全軍統帥，身邊尚沒有久經錘鍊的一班軍務司馬，事無巨細幾乎都要他一個人獨立決斷了。

「君上，能否給左庶長派出一個副將？」景監輕聲道。

秦孝公重重地歎息一聲：「有當然是好，可人在何處？你倒是堪當此任，可又派誰做祕密特使？子岸也可，可這櫟陽城守將又派誰？你不見政事堂一班大臣，青黃不接，文武不濟，有幾個堪當大任者？無法之法，只好勉力支撐了。好在五萬騎士久經戰陣，統軍大將或可順當一些。」

景監一陣沉默，拱手道：「君上，我也去準備了。若無意外，我當後日出發。景監告辭。」

秦孝公微微一笑：「景監呵，你這不能露面的密使可是個用心思的活計，我倒想派個幫手給你，如何？」

「景監謝過君上，但不知何人為副使？」景監很是興奮。

「別忙，不是副使，是個幫手。人嘛，我還得想想。」年輕的君主露出罕見的神祕笑容。

景監不由自主地一笑，卻也不好再問，便告辭而去。

五、國恥刻石血淚斑斑

天地蒼茫，細雨霏霏，清晨的櫟陽城秋天般的冰涼。

櫟陽城內有一條狹窄的無名小街。這裡住著一個有名的老秦人，他便是做了四十年石工的白駝。老人清早起來，抬頭望望黑沉沉厚騰騰的烏雲，低頭看看小院中還沒有泛出光亮的夯土地，虔誠地跪在石板屋的淺簷下向天禱告：「上天有好生之德，好好地下吧，一個春上都沒有雨了。甚時這院子泛亮了，上天再晴不遲。」這時，老人聽見了「啪，啪，啪」的拍門聲，不輕不重，很有節奏。老人小心翼翼地向門口走來，極力不讓自己滑倒。老秦人的民諺，男跌晴，女跌陰。男人雨中跌倒了，天就要放晴，如何得了？待老人小心翼翼地一步步走到門口，拉開石門，卻驚訝地站在那裡怔怔地說不出話來。

一輛牛車拉著一方用黑布包裹的大石，牽牛趕車的是一位和他一樣白髮蒼蒼的老者。車後站著的是一位粗黑布衣的後生。趕車老者拱手作禮道：「敢問足下，可是白駝老人？」

櫟陽城有牛車的絕非尋常人家。老人連忙拱手：「石工白駝，見過大人。」

「我想請足下刻一大石，一百老刀幣，不知可否？」

刻石（註：刻石，碑在先秦時代的稱謂，漢以後稱碑。作為識別日影與拴牲畜的豎石，先秦時也有「碑」之名號。鄭玄注《儀禮》云：「宮必有碑，所以識日景〔影〕，引陰陽也。」但作為刻字的石碑，先秦時叫作「刻石」，而不叫作「碑」）？老石工感到驚訝。連年征戰，死者無算，曝屍荒野尋常事，何曾有人給死者立過刻石？他已經二十年沒有給人刻過石了。今日此人要刻石，莫非國府裡有大人物崩逝了？況且工錢高出尋常三倍之多，尋常平民誰有如此氣魄？又覺不對，公室石刻，歷來是櫟陽令派遣里長傳令他進宮服徭役，何曾上門做請？老石工惶惑中不及多想，深深一躬道：「粗使活計，何敢當一請字？請大人站過，我喚街鄰前來搬石。」

「不勞不勞，我自搬進來便是。」老者從容拱手，一轉身從平板牛車上將大石橫著翻起，微微蹲身背靠大石，輕輕地「嗨」了一聲，已經將大石背起。白駝老人慌得連忙讓路，驚訝面前老者竟有如此大力，一不小心，腳下打滑，已經跌倒在院中。白駝老人慌得忙不迭跪在泥地裡向天叩頭，高聲禱告：「上天哪上天，小民不意滑跌，你可不能不下雨啊！」牛車後一直沒說話的黑衣後生快步走過來扶起老人：「老人家，男跌晴，女跌陰，老人家跌得下連陰。你怕老天不下雨麼？」白駝老人禁不住嘿嘿嘿笑個不住：「後生也，我看你是個貴相。你這個咒解得好，解得好啊！老人跌得下連陰？虧你想得出！老秦國不能沒有雨啊。」黑衣後生笑道：「民心就是天心，上天還能另一套？老人家，進屋，院子裡淋雨。」這時，背大石的老者已經穩步走到了中間沒有門的石刻坊，小院中留下了足足有半尺深的一串腳印！老者似乎對這裡很熟悉，一蹲身便將大石板擱在了最適合鑿刻的木座上。等黑衣後生將白駝老人扶進來，黑衣老者已經氣定神閒地站在那裡了。老石工上下打量，驚訝得合不攏嘴，深深一躬：「老哥哥，真道天人神力。」

黑衣老者笑道：「白大哥，不敢當。看看這塊石板了。」

老石工走到石架前一瞄，已經從黑布沒有包嚴實的角落看出這塊石板並非新採的山石，而是一塊很難打鑿的老青石板，不禁拱手問道：「老哥哥幾時來取？」

「請白大哥目下就做，我等在此守候，刻完搬走。」

「老朽多年未動斧鑿刻刀……」白駝老人有些忐忑，實在怕對不住面前這兩位貴人。

「老人家，國人說你是鬼斧神工，不會差池的。」

看著這年輕人的信任目光，白駝老人頓時精神抖擻：「行，請兩位稍坐片刻，我看看字文。」說完熟練地抖開布結，一眼看去，頓時臉色大變。老石工雖遠不能稱為讀書人，但石工長久與刻文打交道，字還是識得些許的。青石板上這斗大的兩個字分明是「國恥」二字！一時間老石工心驚肉跳——誰敢刻這樣的石文？將「國恥」刻在石上流傳？剎那之間，老石工似乎明白了什麼，回頭打量一老一少，卻見黑衣後生向他深深一躬，默默注視著他。

白駝老人也是默默轉身，褪下沾上泥水的衫褲，換上石工勞作時穿的破舊羊皮褲，拿過鐵錘鑿子和斧子走到青石板前。蹲身跨在石板上時，老人雙手顫抖，將鐵鑿湊近大字，卻遲遲不敢下錘。那個黑衣後生站在他身旁，溫和地問：「老人家，老秦人都是這樣想的，對麼？」

白駝老人飽含熱淚，默默點頭。

「那就下錘，老人家。」

「鐺！」這一開錘聲震屋宇，餘音久久迴盪。老石工大滴大滴的淚水隨著鐵錘之聲在石板上飛濺，赤裸的脊梁滲出了汗珠，一雙胳膊青筋暴起，滿頭白髮瑟瑟抖動。老人覺得這不是刻字，而是一錘一錘地將自己的兒子、妻子、女兒和族中戰死者的靈魂鑲嵌在這永遠不會衰朽的石刻上。錘鑿打到石旁一行小字時，老人已經不認識了，只是本能地感到這是老秦人世世代代的血淚和仇恨，是滅絕刀兵血火的上天咒語。一錘一錘，老人雖是淚眼朦朧，卻當真是鬼斧神工，分毫不差地將石刻文字打了出來，青石白字，力道奇佳。

丟掉錘鑿，白駝老人猛然撲在石刻上，老淚縱橫，泣不成聲。

黑衣老者默默地蹲身扶起老石工。黑衣後生卻轉過身去，仰望著無邊雨幕。

「白大哥，這是一百魏國老刀幣，請收好。」黑衣老者從懷中拿出一只皮袋遞給老石工。那時候，天下稱魏國老刀幣為「老魏錢」，那是魏文侯時期鑄造的刀型鐵錢。因為笨重攜帶不便，魏國已經不再鑄造了。但這樣一來，反而使這種刀幣成了兼具古董意義的名錢，走遍天下皆視為珍品。白駝老石工是居住在櫟陽城裡的「國人」，也在官府管轄的「百工」之列，比起窮鄉僻壤的耕夫雖然好一些，但也是窮得叮噹作響。這一百老刀幣對於一個櫟陽老工匠來說，無疑是一筆大錢。何況老石工白駝一輩子也沒有見過這種名貴的老刀幣。

誰想老石工卻瞪起眼睛，聲音嘶啞道：「老哥哥哪裡話？這兩個大字能由老白駝錘鑿出來，死也安寧了。給錢，卻將老白駝看得賤了。老哥哥，可知一句老話？」

「赳赳老秦，共赴國難。」黑衣老者正容回答。

「著！錢為何物？要它做甚？」

說話時分，黑衣後生走出門去，從牛車上拿回一個布袋，向老人肅然躬身道：「老人家高義大德，無以為敬，請收下這兩條乾肉，略表後生敬老之心。」

老石工淚眼婆娑：「後生呵，你是大貴之人，託福了。我老白駝就收下這兩條乾肉了。」老人猛然跪倒，向黑衣後生叩頭不止。

「老人家……」驟然間黑衣後生語音哽咽，跪在地上扶起老人，「秦國百工，尚且難以食肉，這也是國恥啊。」

老人流著眼淚哈哈大笑道：「有貴人石上兩個字，老秦人吃肉的日子，不遠了！」

「老人家，說得好。老秦人終究有得肉吃。」

當哐啷咣噹的牛車駛出狹窄的石板小街時，淅瀝雨絲依然連綿不斷。牛車拐了幾個彎兒，便從一道偏門駛進了國府大院，直接進了政事堂前的小庭院。

秦孝公脫去淋得透濕的夾層布衫，換上了一件乾爽的布袍，又喝了一鼎熱騰騰的羊肉湯，便來到政事堂東廳。略顯幽暗的空曠大廳中，黑伯已經將高大的石刻安放在事先做好的基座上。秦孝公端詳沉思一陣，低聲吩咐：「黑伯，一個時辰內，不許任何人進入政事堂。」

黑伯答應一聲，出去守在了庭院唯一的石門前，卻總是心神不寧。想了想，他招手喚過一個帶班護衛的武士低聲叮囑幾句，便匆匆向最後一進走去了。

距日落還有一個時辰，國府大院第六進大廳已經是暗幽幽的了。但是，廳中閃動的紅色身影與劍氣光芒，卻給沉沉大廳平添了一片亮色。練劍者纖細高䠷的身影，飄飄飛動的長髮，連同一身火焰般的紅色勁裝，都在顯示著這是一個洋溢著青春氣息的少女。

這是一間擺滿各種兵器的大廳，往後兩進就是秦國的後宮，往前五進則是國君的政務諸室。這間擺滿兵器的大廳隔在國君與後宮的中間，叫短兵廳。廳中兵器架上是各種各樣的短兵器。非但有中原各國流行的騎士厚背短刀和闊身短劍，還有已經滅亡的吳國的彎劍——吳鉤，其他諸如韓國的戰斧、戎狄的戰刀、東瀛的打刀、越國的細劍、魏國的鐵盾、趙國的牛皮盾等，幾乎包容了當時天下的種種常用短兵器。練劍少女在廳中不斷選擇各種短兵器演練，無論快慢，卻都是一點兒也不花哨的基本格殺動作。當她從劍架上拿下一柄吳鉤彎劍演練時，揮劍斜劈，卻怎麼也沒有凌厲的劍風嘯聲。她不禁皺皺眉頭連劈數次，還是不行。停下來想了想，她掏出汗巾擦擦，提著吳鉤向前院匆匆而來，步履輕盈，步態柔美，風一樣掠過了一道道門檻。

政事堂的院子裡靜悄悄的，只有刷刷刷的雨聲。少女輕手輕腳地走進庭院，走到書房門口，輕輕叫了一聲「黑伯」。見沒有人答應，她頑皮地一笑，伸長脖子向書房裡張望，也沒有人。她拍拍自己的頭，忽然一笑，便從長廊下向政事堂大廳輕盈走來。走到門口，她又伸長脖子頑皮地笑著向裡張望。忽然間，她屏住了氣息，美麗的臉上充滿了驚愕和恐懼，急急摀住已經張開的嘴巴，輕輕退出幾步，轉身向後院飛跑而去。

片刻之間，紅衣少女扶著白髮太后來到政事堂門外。黑伯疾步在前打開政事堂虛掩的廳門。白髮蒼蒼的老太后沒有說話，只向黑伯搖搖手，逕自走進政事堂。

黑沉沉的政事堂裡，嬴渠梁躺在地上，身上沾滿了片片點點的鮮血。身前五步之外，立著一座高高的石刻，石上的血跡在沉沉大廳中發著幽幽紅光。

「二哥！」一聲哭喊，少女撲到嬴渠梁身上。

太后站在刻石前一動不動。大石中央是怵目驚心的兩個大字——國恥！大字槽溝裡的鮮血還沒有凝固，細細的血線還在蜿蜒下流。大石右上方是一行拳頭大的字——國人永志六國分秦是為國恥天下卑秦醜莫大焉。左下方是「嬴渠梁元年」五個字。石上血跡斑斑，血線絲絲，令人不忍卒睹。

一回頭，太后見兒子還在妹妹懷中昏迷未醒，兩根斷指還在淌血。剎那之間，太后腳步踉蹌，幾乎要昏倒。她咬緊牙關，扶住大柱終於站穩，嘶聲吩咐：「黑伯，背渠梁到後宮，快！」

黑伯一個箭步衝來，兩手平伸插進國君身下，平端起國君飛步向後院的太后寢室而來。

嬴渠梁悠悠醒來時，天已經大黑了。無邊雨幕瀟瀟落下，風鈴鐵馬叮叮有聲。燭光下，他面容蒼白得沒有一點血色，眼睛卻亮得沒有半點衰頹氣息。他聞到了一股濃濃的藥味兒，也看到了瓦罐前木炭火映出的少女淚臉。

「熒玉？」他驚訝地輕聲呼喚。

「二哥！醒來了？」少女驚喜異常地跑過來，坐到榻前邊擦眼淚邊笑，「疼不疼？餓不餓？吃不吃？手別動。」

嬴渠梁哈哈笑道：「不疼。不餓。不吃。」

「對！你就睡覺。娘說了，今晚不准你走出這裡半步，若有違抗，拿我是問。」

「噢？娘呢？」

「娘，娘出去了。不教給你說。」

「出去？何處去了？陰雨天，如此的黑。」年輕的國君一下子坐起來，推開妹妹就要出門。

「哪裡去？我回來了。」太后板著臉走到門口，顯然是剛剛拿掉雨布，鬢邊還有水珠，衣裳還有水漬。

「娘，你到外邊去了？」秦孝公急問。

「你先給我坐回去。」熒玉一見母后，立即來了威風，將二哥推到榻上。

太后笑笑：「沒事。我出去轉了轉。渠梁啊，坐，和娘說說話。做了國君，見你一面都難了。」老人幽幽一歎，臉上卻掛著慈祥的微笑，彷彿什麼事也沒有發生過。

「娘，渠梁不孝。」秦孝公眼中含淚。

「哪裡話來？」太后坐到繡墩上，「渠梁啊，娘知道你心氣高遠，有擔待。可娘還是要說，你太過激切，又自責過甚。憂國憂民，是好君主，若過甚傷身，得失可是難料也。」

秦孝公沉重地歎息一聲，默默點頭，又默默搖頭。

這時，黑伯用銅盤托著一只熱氣騰騰的銅鼎進來，默默放下，輕步退出。

「熒玉，給二哥盛鹿龜肉，鼎中肉湯也全教他喝完。」

「是！」熒玉高興地拿起小陶碗和長木勺從鼎中盛肉舀湯。

秦孝公驚訝道：「娘，何來鹿龜肉？龜肉可吃麼？」

太后微笑道：「娘和黑伯去獵到的。這龜龍麟鳳，乃四大靈物，尋常時自然是不能食它。然聖賢絕境，萬物可食。我兒渠梁，既受天命為一國君主，憂國傷身，上天自會體恤的。」老人又是輕輕地歎息了一聲，「半月之內，你要把這隻野鹿和十隻山龜給吃下去，一分一毫都不許留。熒玉，你替娘看著。」

「是！遵母后命。」熒玉高興地端著陶碗走到榻前，「二哥，即刻就餐。」

黑伯走進來拱手道：「君上，太后入山前設壇祭天，進山後第一道山口就撞上了這隻鹿。射殺野鹿，山石後就爬出了這十隻小山龜。此乃天意，君上安心進食無妨。」

秦孝公不再說話，默默地吃肉喝湯，臉上漸漸滲出汗珠。太后和熒玉一直守候在房中，又逼著嬴渠梁喝下了太醫配的草藥汁。

「娘，」秦孝公精神振作，微微一笑，「我想給小妹派個事做，你看如何？」

「好也！我也能派上用場了。」熒玉先自高興起來。

「娘不贊同不行的。」秦孝公正色道。

太后笑道：「說來聽聽，何事？」

秦孝公詭祕地一笑：「娘且附耳來。」搖手讓熒玉迴避。熒玉大急叫道：「莫非想賣我不成？」

孝公與太后大笑。太后走到榻前，孝公一陣低語，太后沉吟良久：「赳赳老秦，共赴國難。公室子弟，豈能例外。去吧，她也長大了。」

熒玉高興地搖著太后胳膊：「娘答應了？好也！」

「不知何事，高興個甚來由？」太后板著臉。

熒玉笑道：「無論何事都是好事，反正熒玉有用了。」

「將你賣到魏國去。高興？」孝公正色道。

「啊！」熒玉尖叫一聲，「真的？」

太后孝公一陣大笑，熒玉也清脆地笑起來，向秦孝公狠狠地扮個鬼臉。

五更起來，秦孝公精神大好，在短兵廳練了一回劍術。他心思細密，昨日書寫血石時斬斷的是左手兩指。右手對他太重要了，至少提筆執劍是決然要用的。所以雖然左手吊著布帶，依然沒有影響他的晨練。練完劍，天色已經蒙蒙發亮，老霖雨暫時停了，天上黑雲卻是向西疾飛而去。秦地諺云，雲向西，水滴滴。看來上天的老霖雨還得下。秦孝公來到書房時，恰逢左庶長嬴虔遣使急報：先頭兩萬騎兵已經逼近隴西，後續兩萬騎兵三日內也可抵達，戎狄方向還沒有動靜。嬴虔申明，四萬騎兵足以鎮剿叛亂，決定不再向西調兵。秦孝公思忖有頃，對軍使寫了回書，贊同嬴虔部署並在最後重重寫了八個大字：萬勿懈怠，務須全勝。封好密札，軍使疾速而去。秦孝公看看天色，已是大亮，便喚黑伯牽馬，帶了兩名護衛出櫟陽城東門去了。

出城十里，道邊一片楊柳新綠，細雨方停，微風搖曳，直是青翠欲滴。新綠中掩著一座用石柱石板搭成的石亭，雖是粗拙古樸，倒也寬敞乾淨。亭中石案上擺著兩只大陶碗，碗中盛滿清亮的米酒。亭外引道上停著一輛鋥亮的青銅軺車，雖只有兩馬駕拉，但雄駿的馬姿一看便知絕非凡品。軺車旁肅立著十名紅衣壯漢，身旁各有一匹純色良馬。還有四輛被牛皮苫得嚴嚴實實的篷車停在道邊。楊柳新綠下，站著一個華貴錦繡的人物，紅色的繡金披風和頭上的六寸白玉冠，使他的背影也顯得丰姿英華。尋常人看來，這一行人馬只能是山東的巨商大賈，貧弱的秦國如何有得如此的富商車隊？

華貴的主人身在楊柳之下，眼睛卻不斷地向櫟陽東門瞭望。終於，他的嘴角露出了一絲微笑。漸漸地，櫟陽東門的三騎快馬從較為乾硬的草地上飛馳而來。到了十里亭，三騎士走馬進入楊柳林中翻身下馬，為首者大笑：「好！這搖身一變，還真是一派大富大貴，成事吉兆。」

丰姿華貴的青年深深一躬：「君上，道邊不便久留，若無叮囑，景監便告辭起行。」

「自當如此。來，你我共乾一碗老秦酒，為你壯行。」說著拉起景監的手進入石亭，「還記得我說過給你派個幫手的事麼？」

「記得，君上卻是一直未派，臣也疏忽了。」

「今日我將此人交給你。黑林，過來見過特使。」

「遵命！」只聽一聲脆亮的回答，秦孝公身後的一名武士走來向景監拱手一禮，「千夫長黑林，見過特使大人。」

景監一瞄，此人年輕俊秀，聲音脆亮，心中便閃過一個念頭：如此女氣，竟能做千夫長？卻又立即想到既是國君推薦，想必不是平庸之輩，便笑道：「好，你就給我做總管。」年輕的黑林又挺胸高聲道：「遵命！」大步站到了景監身後，儼然一個貼身總管。

秦孝公叮囑：「黑林是黑伯的長孫，缺乏歷練，黑伯託你要嚴厲督導。」

「景監明白。」

秦孝公端起陶碗，肅然站起道：「為君壯行，乾！」

景監雙手舉碗：「臣萬死不辱使命。乾！」陶碗相碰，兩人一齊舉碗咕咚咚一飲而盡。

「臣告辭。」景監深深一躬。

「走吧，我看你等上路。」秦孝公肅然拱手，「與虎謀皮，善自珍重。」

「君上保重，後會有期。」景監踏上軺車，最後一拱，轔轔而去。年輕俊秀的黑林回頭向秦孝公望了一眼，也上馬飛馳而去。

青翠欲滴的楊柳林中，秦孝公遙望著漸行漸遠的紅色車馬消失在霏霏雨霧中，打馬一鞭，回身馳出柳林，向櫟陽城疾疾去了。

六、逢澤獵場中陰謀與財富較量

逢澤獵場豔陽高照，和風帶暖，正是圍獵的大好時光。

逢澤岸邊是連綿起伏的山，尤其是北面的芒山碭山，遙遙相望恍若一體，時人統稱芒碭山。這片山澤密林蒼蒼葦草茫茫，其中又不乏起伏舒緩的大片草地，是各種野獸生存的上好水草之地，也是便於馳突狩獵的佳場勝地。芒碭山之所以成為中原圍獵的勝地，還在於它有兩種極為珍貴且奔跑如飛的靈物，一是麞，二是麋鹿。麞，後人稱為獐，似鹿卻沒有角，非但善於奔跑跳躍，而且可以逢水游泳，正是狩獵高手極具刺激的對手。麋鹿，當時人稱四不像，其角似鹿非鹿，其頭似馬非馬，其身似驢非驢，其蹄似牛非牛。這四不像溫順通靈，若能捕到馴養，那真是善解人意的罕見珍品。然而更吸引狩獵者的是，四不像的肉是天下難覓的補陽神物。會盟大典上魏惠王所說的「逢澤鹿肉」正是此物。

有天下聞名的獵場，六國會盟這樣的盛典，豈能沒有一場大型圍獵？

魏惠王是個非常精於享樂之道的君主，更是大型圍獵的箇中高手。祖父魏文侯和父親魏武侯已經創下了強盛基業，他的青少年時期都是在華麗的宮廷中度過的，既沒有帶兵打仗，也沒有出使奔波。雖不能說沉溺於聲色犬馬，卻也是實實在在地浸透了富貴奢華。三十年前，父親魏武侯病逝時，要不是弟弟公子緩密謀篡奪他的繼位權力，他也絕不會打起精神與公子緩勢力周旋，最後將其全部剷除。即位以來，他一直以這次奪位大戰為驕傲，認為自己是天生奇才，自當統一天下。即位第二年，他即宣布稱王，向天下顯示了他的勃勃雄心。列國嘲笑他「繼位八年，一事無成」，他哈哈大笑。在他看來，真正的王者是大氣揮灑，關鍵處一戰定乾坤，何在乎整天計較些許勝負？像六國分秦這樣的大謀劃，如果不是他這個魏王，誰能聚盟六大國？大計一旦確定，實施交給丞相和將軍們就行了，王者氣度在於揮灑富貴使天下仰望如萬仞高峰，始能震懾天下。正因如此，魏惠王對會盟圍獵異常重視，昨夜在王帳中與公子卬謀劃到四更天方睡。其間上將軍龐涓緊急晉見，報告趙國策動秦國叛亂遲滯和秦國陰雨連綿的事，意欲請魏惠王敦促六國從速集結兵馬等候機會。魏惠王大手一揮：「上將軍，明日再議可也，圍獵大事須得謀定。」龐涓悶悶不樂。他要龐涓坐下出謀畫策，龐涓卻說：「臣不通狩獵。臣告辭。」他知道龐涓出身寒門，確實不懂大型狩獵，也沒有挽留。之後魏惠王又和公子卬琢磨了圍獵的每個細節，才打著呵欠去了後帳，撲到已經酣睡的狐姬身上。

早晨醒來，晴空豔陽，魏惠王的心情特別舒暢。

圍獵總帥公子卬一聲令下，魏國的三千鐵騎和臨時增調的七千步卒共一萬之眾，分作三面浩浩蕩蕩地向芒碭山獵場進發。漫山遍野，鼓號震天，旗幡飄揚，場面蔚為壯觀。魏惠王戎裝甲冑，身背硬弓長箭，踏上大梁工匠特為六國圍獵打造的王車，隆隆出動了。明亮的陽光與王車鑲嵌的極品珠寶交相輝映，使車中的魏惠王天神般燦爛威武。環視原野的壯闊氣勢，他覺得自己比周穆王神遊西天還要有氣魄。在他的王車後面，是狐姬的一輛小巧精緻的青銅軺車。狐姬內穿緊身紅裙，外罩一領價值連城的紅底金絲披風，在金燦燦的銅車蓋下盡顯嫵媚的風采。這是魏惠王的精心傑作。他沒有讓狐姬乘坐篷車，而是讓她乘一輛特製的軺車。這種軺車是天下通行的車輛，輕巧堅固，有一頂車蓋立在車廂中央。若是官車，則車蓋的高低以車主人品級的高低而定，最高六尺，最低三尺。狐姬的車蓋自然是六尺極品，站在車中亭亭玉立，裙帶招展，比坐在四面遮擋的篷車中倍顯風姿。再後並行的是上將軍龐涓的戰車和圍獵總帥公子卬的華麗軺車。只有龐涓固執，自己親自駕馭一輛戰車，腰繫短劍，背負弓箭，脫下了會盟大典時那身華麗的裝束，換上了一領黑色披風和戰場甲冑。正是這一點魏惠王奈何不得龐涓，也正是在這一點上魏惠王隱隱約約地有點兒不喜歡龐涓，覺得他有時莫名其妙地讓自己掃興。按照本心本性，魏惠王不大喜歡這種一天到晚國事不離口的死板僵硬人物。身邊一個丞相公叔痤，一個上將軍龐涓，恰恰都是這種人，令魏惠王經常感到很不自在。若非公叔痤和龐涓目下是魏國柱石，魏惠王可能根本不想見他們。

轔轔隆隆的車聲和馬蹄聲、鼓號聲、腳步聲、四野驅趕野獸的呼喝聲混雜彌漫，等閒之人耳音閉塞，講話也不由自主地高聲大氣。車上的魏惠王卻是耳聰目明，不斷向四野瞭望。猛然，他眼睛一亮，長劍向高坡後一指，高聲命令：「四不像！快！」馭手一抖馬轠，四馬展蹄，王車便隆隆衝上高坡。坡下綠色的葦草中正有被軍士驅趕出來的幾頭四不像奔跑跳躍。王車向坡下衝鋒間，魏惠王已經取下硬弓搭上長箭，看看飛馳的王車漸漸接近四不像百步之遙，魏惠王一箭射出，領頭的那隻四不像悲鳴一聲，倒在葦草中掙扎。

「魏王萬歲！」四面山頭上圍觀的軍士一齊歡呼。

歡呼聲中，王車已經衝到，魏惠王左手抓著車軾，伏身一個魚鷹掠水般的動作，將那頭帶箭的四不像擄上王車。

「萬歲！萬歲！魏王萬歲！」漫山遍野又是一陣歡呼跳躍。

魏惠王對著剛剛趕到的狐姬大笑：「這隻四不像賞給狐兒！」

「狐兒謝過我王。」狐姬豔麗柔媚地笑了。

公子卬在軺車上拱手讚歎：「我王不愧獵場高手，臣弟欽佩之至！」

魏惠王大笑：「逢澤逐鹿，鹿死我手，吉兆也！」

龐涓瞭望著北面的廣闊山原，指著隱隱約約的紅藍色旗幟：「魏王，山後趙侯正向這邊圍過來了。」

魏惠王豪氣大發：「好啊！翻過山去，會會趙種。」

圍獵總帥公子卬高聲命令道：「獵場北移，會合趙國！」

大隊人馬轟轟隆隆向北面的山頭圍來。翻過山頭，只見葦草茫茫的山坡上奔馳著趙國的三千騎兵，他們是馳馬圍獵，趙成侯也是棄車換馬。若不是那一件翻飛舒捲的紅藍斗篷和那面隨他飄移的「趙」字大旗，偌大獵場還真是難以找到他的準確位置。魏惠王向龐涓一揮手：「走，追上趙種！」說完輕輕跺腳，王車向長長的山坡俯衝而下。龐涓一抖馬韁，兩馬戰車隆隆跟進。

手搭涼棚一望，魏惠王眼見趙成侯在飛馬追趕一頭奔走如飛的麋，高聲命令：「斜插過去，截住那隻麋！」但是，魏惠王的王車尚在趙成侯的戰馬之後大約三箭之地，要斜插躍前，首先就要追上趙成侯。馭手一聲長嘯，四匹火紅色的西域良馬一齊嘶鳴飛奔，直逼趙成侯的白色戰馬。

趙成侯久經沙場，視野寬闊，早看見魏惠王駕車來追這頭獐子。假若這頭獐子果真被魏惠王截取獵獲，趙國顏面何存？他自然知道魏惠王的王車寶馬皆是天下極品，尋常戰馬根本無法與之爭先。但他這匹白馬卻大非尋常，原是陰山草原的野馬馴化而來，非但有一日千里的長腿耐力，短程衝擊的爆發力更是如霹靂閃電。他冷冷一笑，打一個長長的呼哨，雄駿異常的白馬長嘶一聲，凌空展蹄，貼著茫茫葦草幾乎是飛了起來！雖然如此，魏惠王的王車也已經從三箭之外趕了上來，駟馬嘶鳴，車輪隆隆，氣勢非凡。堪堪接近，王車企圖斜插超前。豈知白馬靈動異常，趙成侯外側的腳輕輕一貼，白馬箭一般躥出半頭截住了斜插之路。狩獵競賽，魏惠王的王車自然不能去硬撞趙成侯的戰馬。王車馭手一聲尖嘯，駟馬鼓勇飛起，要靠更快的速度迂迴超前。一旦超出，魏惠王便可一箭射中三丈之外的獐子。千鈞一髮之時，前面突然現出一條小溪，王車駟馬不避溪流，隆隆衝入水中。此時白馬卻是一聲長嘶，騰空而起，飛過小溪。在白馬下落的瞬息之間，趙成侯也從馬上凌空飛躍，一隻大鳥般疾撲獐子，活活將飛縱的獐子一把抓住。趙成侯雙手提起獐子哈哈大笑：「魏王，承讓！」

魏惠王也哈哈大笑：「趙侯該當得此麋，可喜可賀。」

這時，龐涓的戰車也已經趕上，向趙侯拱手笑道：「恭賀趙侯馬到成功。」

趙成侯提起獐子笑道：「上將軍，送你做個座墊。」正欲擲出，低頭一看哈哈大笑，「慚愧慚愧，竟教我給整死了。」說完雙手向前突然一拋，獐子便向龐涓凌空飛來。龐涓雙手接住，端詳笑道：「沒有傷痕。它與良馬競跑，活活累死了。」

魏惠王與趙成侯同聲大笑一陣。笑罷趙成侯拱手道：「魏王，我的密使已經派出，不日將到隴西。魏國大軍也該出動了。盟主不動，他國不敢爭先也。」

龐涓笑道：「趙侯不以為太遲緩了麼？」

「不緩。」趙成侯笑道，「關中正逢陰雨，恰好給了我策反需要的一段時日。六國兵馬應該乘此時機，即刻著手集結，開進各自位置。魏國韓國在函谷關內，楚國在武關內，趙國在離石要塞，燕國當在雲中以西。假若集結遲緩，西部一旦起事，就會孤立無援，東部也會失去機會。」

魏惠王很不願意在豔陽高照的獵場說這種事，覺得簡直是浪費大好時光，但又不便直說，皺著眉頭問龐涓：「上將軍之意如何？」

龐涓拱手笑道：「臣以為，趙侯不必思慮大軍集結之事，龐涓會教你滿意。趙國只要把西部的事辦妥，足矣。」

「好，有上將軍一諾，趙種安得不放心？」趙成侯又轉頭笑道：「魏王啊，這齊國不出兵還要分一杯羹，公平麼？趙種以為，齊國至少當出糧草兵器和一些軍餉。」

魏惠王沉吟點頭：「有理。好，找齊王說去。」說著一指東邊山後的紫色旗幟，「在那裡，走！」一跺腳，王車從草地上平穩滑出。趙成侯飛身上馬，龐涓催動戰車，一齊向東邊山頭而去。翻過山坡，但見起伏不平的茫茫葦草中，舒捲的紫色大旗四面飄揚，顯然在從四面圍趕鹿群。兩支隊伍輕騎馳突，倒更像是戰場操練。年輕的齊威王親自駕著一輛戰車追殺獵物。看陣勢，他顯然已經發現了魏惠王趙成侯，駕著戰車迎了過來，齊國將士也從四面聚攏而來。

齊威王遙遙拱手：「魏王，趙侯，田因齊有禮了。」

魏惠王和趙成侯同時拱手：「齊王獵物豐厚，可喜可賀。」

齊威王笑道：「魏王趙侯，可願下車稍歇，品嘗一番齊酒？」

「正合我意，齊王可人也！趙侯，來。」魏惠王大笑著跳下王車。

趙成侯撫鬚大笑：「趙種酒命，豈有躲酒之理？」當即翻身下馬。

齊國軍士已經在草地上鋪下了一張巨大的白色羊皮氈，又從一輛車上抬下三個木酒桶。氈旁草地上也支起了鐵架，齊國軍士利落地宰殺了一隻四不像，吊在鐵架上烤了起來。齊威王又鄭重地請龐涓、公子卬和狐姬入座，六人開始了熱烈的飲酒談笑。

魏惠王轉動著手中粗樸的盛酒陶碗笑道：「齊為大國，簡樸若此？」

齊威王大笑：「魏王謬獎了，田因齊何敢當簡樸二字？魏王想說我寒酸也。」

眾人一齊大笑。趙成侯道：「哪裡話來？總比我趙種還強一些。」說著摘下腰間的皮酒袋一晃，「老兵一個。」

眾人笑聲中，魏惠王咳嗽一聲道：「齊王啊，六國分秦，齊國有一份。你不出兵，能否出點兒財貨糧草？」

齊威王沉吟道：「但不知，盟主想讓齊國承擔幾多？」

「軍糧十萬斛、馬草五萬擔、盔甲兵器五萬套，另加萬金。」

齊威王思忖有頃：「魏王，糧草兵器我出。萬金之數，齊國無力承擔。」

魏惠王大為驚訝：「萬金也無法承擔？齊國財富何處去了？」

齊威王看魏惠王驚訝的樣子，不禁大笑道：「國有財貨，安得無處可用？獎勵墾荒、更新兵器、開辦學宮、賞賜將士，何處不用金錢？田因齊糧草兵器有一些，金錢，可是拮据得很。」

魏惠王睜大眼睛，一副匪夷所思的樣子大搖其頭：「齊王何須搪塞？一個幾百年大國，任何一件國寶便價值連城，如何能拮据若此？」

「國寶？不知魏王所指何物？」

魏惠王哈哈大笑：「看來，齊王國寶還是很多，本王何知你物哉！」

齊威王搖頭微笑：「慚愧得很，田因齊不知魏王所指國寶為何物？」

魏惠王霍然站起，高聲道：「天下財貨，聚於王室。天下富貴，莫過國王。王富而國富，王有寶而天下安。這王室藏寶就是國寶，國寶就是國力。目下魏齊並稱王國，田齊又是繼姜齊之後的老牌大國。你田氏在一百年前就是姜齊的公卿首富了。國老多財，齊國豈能沒有國寶？」

「國寶就是國力？魏王之意，誰的國寶多，誰的國力便強？」

魏惠王頗為矜持地笑道：「多寶強國，自古皆然。」

齊威王搖搖頭：「齊國沒有這種國寶。」

魏惠王慨然一歎：「不管齊王所言真假，本王都讓你看看我的國寶。你來看，」他用手一指那輛光華四射的王車，「我大魏國雖然立國剛剛百年，但卻有鎮國之寶，十顆夜明大珠！你知道這種大寶珠麼？每顆直徑一寸，其光芒在夜晚可照亮十二輛戰車。若一百二十輛華車相連，簡直一條彩龍！你看，眼前我這輛王車鑲有兩顆寶珠，足使這輛車價值連城，超過楚國和氏璧！」話音落點，外圍的魏國軍士一片歡呼。

魏惠王輕蔑笑道：「齊國曾富甲天下，難道可憐得沒有一件國寶？」

齊威王依舊微笑：「盟主，我的國寶不一樣。」

魏惠王一怔：「噢？還是有嘛，請道其詳。」

齊威王爽朗笑道：「田因齊以為，國寶者，國家棟梁之才也。田因齊不才，數年來尋覓這種國寶，築起稷下學宮召集天下名士，也才堪堪覓得幾位可稱鎮國之寶的人才。目下的齊國，南有大將檀子鎮守，南部十二小國對齊稱臣，楚國亦不敢北犯我邊界。西有郡守田盼鎮守高唐關，趙國人再也不敢隨意到齊國水面捕魚，反而與我修好。趙侯，對麼？北邊有能臣黔夫鎮守滕城，民眾安居樂業，燕國七千民戶遷入齊國，我增加人口十萬。臨淄都城有仲首做司寇，齊國盜賊消失，夜不閉戶。另者，我齊國還有當世名將田忌鎮撫四方——田將軍見過魏王。」

外圍戰車旁肅立一員大將，正是昨日趕到逢澤的齊國大將田忌。他上前拱手作禮：「田忌拜見魏王。魏王康健。」

魏惠王面色難堪，卻又不得不點頭示意。

齊威王益發直抒胸臆：「齊國至寶，光耀萬里，豈止照亮十二輛兵車而已。本王以為，財貨應交於商人，換來糧食兵器充實國力。珠寶藏於王室，徒然四壁生輝，有何價值可言？魏王頭上一顆明珠，雖價值連城，然頂於王冠，與國何益？與民何益？魏王愛姬身上這一領金絲斗篷，更是價堪抵國，然繫於一身，與國何益？與蒼生何益？」

一席話，齊魏趙三邊人馬肅然靜場。猛然，齊國軍士歡呼雀躍起來，「萬歲」之聲震於四野。魏惠王臉色尷尬，公子卬不知所措，龐涓默然低頭。

突然，馬蹄如雨，兩騎飛至。「報」聲未落，兩人已在魏王面前拜倒。

「何事驚慌！」魏惠王無端地聲色俱厲。

騎將高聲報：「稟報大王，公叔丞相病勢危重，請大王回宮陳明大事。」

魏惠王頗為不耐：「久病在床，有何大事可言？」

齊威王正色拱手：「魏王國務繁忙，會盟也已經終期，田因齊告辭。」

突然，魏惠王覺得此話應該由他先講，如何你便先講了？臉一沉不睬齊威王，大步轉身：「回宮！」跳上王車，隆隆而去。

趙成侯縱聲大笑：「不想齊王奇兵突出，快哉快哉！」

「三軍可奪帥，匹夫不可奪志。趙侯不也一樣麼？」兩人同聲大笑，互相道別，一東一西，分道揚鑣而去。明媚的陽光下，茫茫葦草像金色的波浪，隱沒了遠去的旌旗戰車，悠長的牛角號嗚嗚捲走了萬千鐵騎。

逢澤獵場沉寂了。

第三章 安邑風雲

一、洞香春眾口紛紜說魏國

魏國都城安邑紛紛傳聞，老丞相公叔痤病入膏肓快要死了。有人惶惶不安，有人彈冠相慶（註：彈冠，語出《楚辭・漁父》：「新沐者必彈冠。」意為彈去帽子上的灰塵。彈冠相慶成為成語，雖為《漢書》所出，然其意在戰國時已有。宋代蘇洵曾以「彈冠相慶」描述春秋故事）。惶惶者說，公叔痤是魏國的德政，他一死，魏國人可要吃苦頭了。彈冠者說，公叔痤是魏國的朽木，他一死，魏國就要大展鴻圖了。

近百年來，安邑人已經養成了談論時政祕聞的習俗。大街小巷，坊間鄰里，舉凡有三兩人之地，便會有宮廷祕聞在口舌間流淌。若是酒肆春樓茶室樂坊這等市人如流名士穿梭的場所，就更是高談闊論，爭相對目下最重大的國事傳聞發布真知灼見。其間若有語驚四座之高論，便會獲得眾人一片喝采聲。若一個人屢屢有這等高論，這個人便成了風雅場所的名士，身價便倏忽大增。這種論政名士，不是等閒場所能造就的，必須是安邑市井和上層名流共同認可的大雅之所。這種大雅之所，其場地樓館的華麗名貴自不必說起，更重要的是必須具有三個非同尋常的優勢：一是具有悠久的歷史，即坊間所謂的名貴老店；二是曾經有過幾個大人物在這裡成名的皇皇足跡；第三最難，就是這店主人也須得是世家名人或風雅名士。能三條湊在一起，自然鳳毛麟角了。安邑人共同的口碑是，這樣的大雅之所，安邑只有一個，天下也只有這一個。這便是安邑人的驕傲習性——魏國的文明中心便是天下的文明中心。

安邑最幽靜的一條小街——天街，坐落著洞香春酒肆。這條小街南北走向，北口是王宮，南口是丞相府和上將軍府，東西各有兩條小巷通往繁華的街市。雖然說是小街一條，卻是城中的通衢之道，毫無閉塞之感。更為引人注目的是，這條小街沒有民戶和店鋪，只有三十多個大小諸侯國的邦交驛館建在這裡。街邊綠樹成蔭，街中石板鋪地，行人衣飾華貴，館所富麗堂皇。安邑人稱這條小街為天街，是說它沒有塵世的風華喧囂，處處透出天堂般的富貴寧靜和風雅。就在天街的中段，有一座綠樹蔥蘢流水潺潺的庭院，院中有一座九開間的三層紅色木樓。這座木樓，便是名滿天下的洞香春酒肆。

說到洞香春，安邑人如數家珍。它是魏武侯時期的大商人白圭的產業。如果是純粹商賈也還罷了，偏這白圭非但是名滿天下富可敵國的大商，且在魏武侯時期做過多年丞相。魏國人認為，白圭是與陶朱公范蠡相伯仲的曠代政商。白氏一族本是商賈世家，白圭的父親在三家分晉前已經是魏氏封地的大商了，洞香春便是那時候興辦的。其時，這條天街的一半還是魏氏族眾的商業街市，另一半則是魏氏家臣的住宅。三家分晉後，魏文侯變法震動天下，列國官吏名士紛紛到安邑探詢底細。坊間交往，這些列國士子和官員們便向白氏抱怨，偌大安邑竟沒得個好去處清談飲酒。白氏心思機敏，立即拿出一半家財辦起了這座洞香春。開張之日，白氏立下定規：非讀書士子、百工名匠、富商大賈與國府官吏，不得進入洞香春。這便將洞香春明確地當作了上流人群的清談聚飲之所。幽靜的院落酒樓，精美的器皿陳設，誘人的珍饈美味，名貴的列國老酒，還有溫雅豔麗的侍女，每一樣都是天下難覓的精品。一時間，名士吏員列國使臣趨之若鶩。上卿李悝經常在洞香春和名士們論戰變法利弊，上將軍吳起也多次在洞香春論戰用兵之道。更有周王太史令老子、儒家名士孟子、自成一家的墨子、魏國奇士鬼谷子，都曾在洞香春一鳴驚人，飄然而去。後來白圭繼承父業，又對洞香春屢加修葺，改進格局，名貴珍奇遍置其中，雅室密室酒室茶室棋室采室，錯落隱祕。更有寬闊舒適的論戰堂，專供客人們聚議重大國事。曾有楚國猗頓、趙國卓氏等著名巨商願以十萬金為底價競買洞香春，白圭都一笑了之。後來，白圭做了魏國丞相，白氏累代聚集的財富大部分捐了國用，唯獨留下了洞香春。誰想他在魏武侯末年鬱鬱病逝，洞香春也一時頓挫。後來，坊間傳聞白圭的小女兒執掌洞香春，名流士子們更增好奇之心。雖然傳聞這個小女兒麗質多才文武兼備，但從來沒有客人在洞香春一睹國色。如此，洞香春倍添神祕，更為誘人了。

自從公叔痤老丞相的病危消息傳出，洞香春大大地熱鬧起來。

名流要人聚集的論戰堂，原本設有一百張綠玉長案，一人一案，正成百人之行。尋常時日，這是綽綽有餘的。大多數時間裡，名流士吏們總是三三五五地聚在各種名目的雅室密室裡盡興飲談。縱是大事，也未必人人都認為大，所以論戰堂很少有人滿為患的時候。近日卻是異乎尋常，雅室密室茶室棋室反倒是疏疏落落，連那些酷愛豪賭的富商大賈們最鍾愛的采室，竟也是空空如也。顯然，到洞香春的客人都聚集到論戰堂來了。雖則如此，洞香春也還是井然有序。侍女們輕悄悄地抬來了精美的短案，又將平日裡擺成馬蹄形且有疏落間隔的長案前移接緊，在空闊的地氈上擺成一個中空很小的環形，外圍又將短案擺成兩層環形座位，唯在四角留出侍女上酒上菜的小道。如此一來，錯落有致，堪堪可容三百人左右。這裡沒有等級定規，先來者都坐在中央一層長案前，後來者則都在外圍短案前就座。滿座錦繡華麗，銅鼎玉盤酒香四溢，侍女光彩奪目，當真是滿室生輝。天下名士大商口碑相傳：「不到洞香春，不知錢袋小矣！」說的就是這種豪華侈靡的氛圍之下，貧寒士子也會傾囊揮霍的誘人處。

華燈初上，大廳門口走進兩個一般年輕的紅衣人。一個膚色黧黑，堅剛英挺。一個面白如玉，豐神俊朗。座後環立的侍女們眼中大放光彩，立即有兩名侍女飄到客人身前，輕柔地解下他們的大紅金絲斗篷，款軟有致地將兩人扶進短案前就座。瞬息之間，又有兩名侍女捧上銅鼎玉爵，向爵中斟滿客人指定的天下名酒。兩名客人對雅致的侍女彷彿視而不見，只是目光炯炯地環視場中。

「諸位，我乃韓國遊學之士。今聞魏國丞相公叔痤病危身艱，不知座中列位對此有何高見，足使在下解惑？」後座中一個綠衣士子拱手高聲道。

「我且問你，惑從何來？」前座長案一中年高冠者矜持發問。

綠衣士子笑道：「公叔痤三世名臣，出將入相，多有德政，且門生故吏遍及國中，對當今魏王有左右之力。若柱石驟然摧折，魏國內事外事安得不變？我之所惑，魏國當變向何方？霸中原乎？王天下乎？安守一隅乎？」

紅衣中年人矜持笑道：「君自遠方來，安知魏國事？且聽我為足下解惑。魏國三世以來，富國強兵已成既定國策。公叔痤雖為三世名臣，然主持國政也只二十餘年事。公叔丞相為政持重，恪守李悝之法與文侯之制，對內富民勝於對外用兵。當今魏王即位八年，無改丞相一策。即或丞相一朝崩逝，魏國依然安如泰山。此所謂人去政留，千古不朽，足下有何惑哉？」

「哈哈哈……」後座一位紫衫士子站起大笑，「人言安邑多有識之士，偏足下何出流俗之辭也？魏王即位八年，魏國日益變化，足下竟視而不見麼？變化之一，稱王明志；變化之二，用兵圖霸；變化之三，重武黜文；變化之四，會盟諸侯。有此四者，公叔痤舊政何在？魏國安得不變哉？」

「好—采！」廳中一片喝采叫好聲。

不容紅衣中年人開口，又有人高聲道：「足下之言貌似有理，實則差矣！魏國之變，變在其表。魏國根本，堅如磐石。魏國為政之根本何在？民富國強，天下太平也。稱王圖霸，會盟諸侯，其意皆在息兵罷戰，安定天下。此變，與先君之道殊途同歸，卻是變末不變本，有何不好？疑惑何在！」

「變末不變本。好！」又有人一片喊好，卻沒有剛才熱烈，也沒有加「采」。這是安邑酒肆論戰場所的通常習俗。辭美理正者為上乘，聽者一齊喊好喝采。辭巧理曲為中乘，喊好不喝采。辭理皆平，不予理睬。這種評判方式簡短熱烈，憑直覺不憑理論，往往反倒是驚人的一致。如方才一個回合，前者準確概括出魏國新君即位以來的變化，令國內外名流剎那警覺，又兼簡潔鋒利，自是上乘。

後者雖說剖析名實頗見功力，然距離人們對魏國的直覺判斷總有游離之感，所以只有「好」而沒有「采」。

這時，最後進來的黧黑年輕人微笑道：「敢問方才『四變』之士，這第三變重武黜文，卻是何意？魏國可是領天下文風之先也。」

紫衫士子爽朗大笑：「足下之說何其皮毛耳？重武黜文者，非重山野之武，亦非黜市井之文也。重武黜文，是重廟堂之武，黜宮廷之文。細微說之，公叔痤之文治日見消退，上將軍之武功日見崛起，文衰武長，福也禍也？此當為魏國國策變化之前兆，安得小視？」

「好！采！」一片譁然，廳中已有嗡嗡哄哄的議論之聲。

「如此，敢問變化之走向如何？」黧黑年輕人沒有笑容。

這一問，大廳中頓時肅然無聲，眾人一齊注目紫衫士子。

紫衫士子也是一個沒留鬍鬚的青年人，相貌平庸卻是氣度不凡。他向黧黑青年目光一閃笑道：「足下窮追不捨，非散論之道。然則，洞香春乃文華之地，直抒塊壘，諒也無妨。以在下遠觀諸端，魏國雄霸之志已定，三年內將謀求蕩平天下。期間契機，就在目前。公叔痤病逝之日，正是上將軍鐵騎縱橫之時！」

話音落點，大廳中驚人的安靜，人們竟然忘記了評判的慣例。黧黑青年向紫衫士子遙遙拱手，平靜入座，又和身旁的白面青年低語幾句。

「足下何方人士？如此危言聳聽！」靜場中站起一個紅衣帶劍的士子，面色紅脹，亢聲問道：「聽足下之言，似乎魏國該當無所作為，方稱足下之心。然則，我大魏之國人是這樣想的麼？非也！公叔痤主政二十年，文治不圖富民，武功連遭敗績。倘非上將軍龐涓力挽狂瀾，三戰皆捷，魏國顏面何存？今公叔痤行將謝世，正是魏王擺脫牽絆、銳意精進之日。天下雖大，唯有道者居之。難道戰國爭雄奪地，我大魏國統一天下，值得如此驚怪麼？」

「好！彩！」驟然間，大廳中響起一陣暴風雨般的掌聲喊好聲喝采聲。黧黑青年也興奮地鼓掌叫好。紫衫士子卻甩袖而去。

二、薦賢殺賢公叔痤憂憤而死

天街之南的丞相府，門前車馬冷落，府內彌漫著沉重和憂傷。

白髮如雪的公叔痤躺在臥榻上氣如遊絲，連睜開眼睛的氣力都沒有了。要不是他硬挺著一口氣要見魏王，早已經撒手歸天了。作為魏國出將入相的柱石人物，他覺得自己這次真的要去了。他已經顧不得計較臥病以來門前車馬漸稀、魏王很少探望以及各種離奇的流言蜚語了。他目下唯一的希望，就是魏王趕快回來，聽他交代一生中最後一件事，也是最重要的一件事。他的心中非常清楚也還非常自信，無論是論功勞論威望甚至論苦勞，他都是魏國當之無愧的三朝名臣。更別說魏王的父親魏武侯和他的君臣莫逆之情了。目下的魏王即位以來，他的丞相地位並沒有動搖。雖說打了幾次敗仗，還被秦獻公俘虜過一次，沒有給魏王增添武功的光彩，但他依然是丞相，在魏國朝堂的地位依然那樣顯赫，魏王對他的親密和信任也沒有改變。他的忠誠和德行是有口皆碑的。在魏國朝野，嘲笑他才能平庸者大有人在，但詆毀他德行操守者卻沒有一句流言。從心底裡講，他的確認為自己是個中才。但他對許多才華之士卻也看不上眼，原因只有一個，那就是這些人缺乏一種養才成事的大德。他相信自己有大德，但卻沒有將大德化為政事的卓絕才華，立身有餘，卻愧對國家。多少年來，他內心一直深藏著一個願望，就是給魏國尋覓一個足以扭轉乾坤的經天緯地之才，同時此人又必須具有高絕的為政品德，不至於給國家釀成後患。尋尋覓覓二十年，曾經滄海，卻難覓一瓢之飲。誰想在政事日少的這幾年中，他卻驚喜地發現，自己踏破鐵鞋無覓處的大才竟然就在自己身邊！國之大運，可遇難求也。

他為此不知感慨過多少次，奮激過多少次，也不知謀劃過多少次推薦方式。可最後還是一次一次地失敗了。他真不知如何來辦好這件大事，一直陷在深深的彷徨苦悶之中。依魏王說法，上將軍龐涓是當世奇才，似乎有了龐涓就可以一了百了。公叔痤卻不這樣看。論為政才能，他自認中常。論相人，他卻自認是萬不失一的天眼。龐涓所缺乏的是成大事的器局和大德大謀，如同他公叔痤所缺乏的是成事的才華一樣。同是名將，龐涓與魏國初期的吳起相比，明顯地遜了一籌。這一籌，就是高遠的志向與絕不向衰朽陳腐妥協的堅韌心志，就是老晉國時候祁黃羊那種內舉不避親外舉不避仇的大公和開闊。龐涓可以為將為帥，但不可以為相總國。否則，魏國必然要傾覆在他的謀劃中。但對這些道理，魏王總是哈哈一笑。後來公叔痤也就不再說了。國家穩定，在將相之和，他老說龐涓，於心何安？目下，公叔痤已經不想這些了，他只想一件事，就是最後一次向魏王推薦繼承他丞相職位的大才。他相信，魏王無論如何也會在最後時刻來看望他，他還有最後一次機會。寢室中一片沉靜。榻邊侍女環立，面色緊張。坐在榻前的公叔老夫人，束手無策，垂淚無語。

公叔痤突然睜開眼睛，費力問道：「魏王，回大梁了麼？」

「魏王昨夜回宮，說今日正午來府探你病情。」老夫人急忙回答。

「你說，如何？昨夜回宮？」公叔痤驚訝了。

老夫人扶公叔痤坐起：「莫急莫急，魏王會來。」

公叔痤失望地歎息一聲，想說什麼卻又打住了。停頓許久，猛然問：「衛鞅，在哪裡？」

一侍女上前：「丞相，中庶子在書房整理丞相的竹簡。」

公叔痤氣喘噓噓道：「請，請他，來見我。」

「是。」侍女應命，急忙去了。

丞相府書房在前院第二進，在國事廳的跨院內。國事廳是公叔痤處理政務的正廳，也是丞相府的軸心。國事廳向西有一個月門，進得月門是一座精緻的小院。院內一片水池，綠樹亭臺，分外幽靜。過了水池，有一排六開間的磚石大屋，這便是丞相府的書房。戰國時代丞相的權力非常大。這種「大」不是代替君主決策，而是獨立開府，行使日常的國家行政權力。所謂開府，是指丞相的府邸就是獨立的國府官署，丞相有權不入王宮而在府邸召集官員議事並發布指令。而其他官員，除了國君特許外，都必須在自己所屬或執掌的官署處理公務，府邸只是單純意義上的住所。公叔痤是魏國老丞相，而魏國又是最強大富庶風華文明的大國，丞相府更是非同一般。就說這丞相府書房，非但藏有天下有名的上古典籍和春秋戰國以來各學派名家的文章抄簡，而且藏有洛陽王室、各大戰國、諸侯國的政令抄簡，至於魏國變法以來的政令典籍更是應有盡有。所謂學在官府，說的便是官府擁有民間所無法比擬的藏書和出色的知識人物。公叔痤的丞相府書房設有六名少庶子和一名中庶子管理。少庶子多是年輕的文墨吏員，實際上是做日常大量的整理、修繕和書簡事務。中庶子是成年的文職吏員，通常是開府重臣的屬官，可掌開府大臣指定的任何具體事務。在公叔痤的丞相府，中庶子歷來專門掌管書房。

侍女來到書房時，長大的書案前坐著一位白衣人，低著頭神色專注地翻動竹簡。侍女走進來他根本沒有察覺。

「中庶子，丞相請你即刻前去。」

伏案白衣人聞聲抬頭，恍然點點頭霍然站起。他身材修長，一領長長的白布袍幾乎要蓋住那雙輕軟的白布鞋，連頭髮也是用白色絲帶紮束，一支白玉簪橫插在髮束中。他雖很年輕，但卻有一雙銳利深邃的眼睛，臉龐稜角分明，與中原人常見的渾圓臉龐大是不同，沉穩的舉止中透出一種冷峻高貴，與丞相府小吏的身分相去甚遠。他便是公叔痤所請的衛鞅，執掌書房的中庶子。站起來時他低聲問了一句：「魏王來過了麼？」侍女道：「回中庶子，魏王尚未來過，說午時駕臨的。」他沒有再說什麼，默默走出了書房。

從第二進書房到丞相的寢室小院，要穿過三進院落。年輕的中庶子走在冷冷清清的院落裡，不時輕輕地發出一聲歎息。曾幾何時，這裡還是官吏如梭熱氣騰騰，老丞相一病經年，偌大的丞相府竟變成門可羅雀的冷清所在，連尋常時日最熱鬧繁忙的出令堂大院也生出了青苔。難道這就是人世滄桑宦海沉浮麼？

匆匆來到丞相寢室，衛鞅拱手作禮：「衛鞅參見丞相。」便不再說話。

公叔痤揮揮手，侍女們退了下去。「夫人，你也迴避。」公叔痤向來不願夫人預聞政事，凡有大事，必囑夫人迴避。公叔夫人也知道老夫君的講究，起身離座，幽幽一歎出門去了。

公叔痤看著面前的年輕人，語調遲緩但卻非常清晰地道：「鞅啊，你來我這裡五年了，名為求學，其實老夫並沒有教給你學問，反倒是你給我打開了一個新天地也。朝聞道，夕死可矣。看到魏國擁有你這樣的英才，老夫死也瞑目了。」

「公叔丞相，衛鞅在府中五年，讀遍天下名典，且跟從丞相精研政務，受益匪淺。衛鞅銘記丞相大恩大德。」衛鞅神色有一種淡淡的憂鬱。

公叔痤微微搖頭：「鞅啊，不說這些。我要叮囑你，希望你能留在魏國，成就魏國霸業。魏國之勢，當一統天下也。」每說到魏國霸業，老公叔就激動喘息。

「公叔丞相，魏國氣象不佳，魏王不會用我。」衛鞅顯得很淡漠。

「何以見得？」公叔痤蒼老渾濁的聲音中透著驚訝。

「一則，魏王即位以來好大喜功，不務國本，醉心炫耀國力。如此國君，對魏國衰退並無洞察，對治國人才，也不會有渴求之心。二則，魏國官場腐敗過甚，實力競爭之正氣消弭，趨勢逢迎之邪氣上漲。魏王被腐敗奢靡浸淫，如何能超拔起用一個小小中庶子？三則，上將軍龐涓已經成為魏王的股肱重臣，他的戰功，使魏國朝野已經被表面強盛所迷醉。連同魏王，沒有人會想到魏國的實力正在日漸萎縮，更沒有人想到魏國需要第二次變法，第二次登攀。時勢如此，魏國如何能急迫求賢？」說到這裡，衛鞅沉重地歎息一聲，「公叔丞相，魏國不會強大很久了。衛鞅留下，也是無用。」

公叔痤緊緊盯著衛鞅，老眼中閃著一種奇特的光芒：「鞅啊，你總是有特異見識。這也正是老夫要鼎力薦舉之理由。然則，請你實言相告，魏王若能真心用你，委以重任，你將如何？」

「二十年之內，魏國一統天下。」衛鞅的語氣陡然變得堅定而自信。

公叔痤長長地吁了一口氣，滿臉泛著興奮的紅光：「鞅啊，老夫將不久於人世了。你能告訴我，你真正的授業恩師是何人麼？我真想見這位高人一面也。得天下英才而育之，人生一大樂事也。我渴慕這位高人，有你這樣的弟子。」

衛鞅似有為難，神色卻依舊坦然：「公叔丞相，先生與我有約，永遠不說出他的名字。我應憑自己的真才實學立足於天地之間，而不能以先生名望立身。我之善惡功過，均應由自己一身擔承。我當信守約定。」

公叔痤默然良久，慨然歎息：「世間有你等師生這般特立獨行，人世才有五色當空，豐沛多彩矣！」

侍女走進來低聲稟報：「丞相，魏王駕到。」

公叔痤眼中顯出興奮的光芒，低聲道：「鞅啊，你先下去。」衛鞅點點頭，從側門從容地走了出去。

「魏王駕到——」寢室外護衛一聲長長的報號。

魏惠王來了。輕車簡從，樸實無華，與往常大相迥異。他很是知道，老公叔不事奢華且很厭惡珠光寶氣高車駟馬那一套，有幾個王室子弟都曾因這個原因被老公叔罷職。魏惠王自己雖說是一國之王，老公叔也不能拿他如何，但對這個資深望重的三朝老臣，魏惠王總是有點兒莫名其妙的顧忌。這與對龐涓的隱隱約約的不喜歡不同。龐涓是布衣名士，並無盤根錯節的根基與淵源，魏惠王無須在龐涓面前掩飾心跡。但老公叔不同，且不說公叔一族是三家分晉前的魏氏世族，族中子弟遍及魏國官署，僅僅老公叔這個德操口碑滿天下的老權臣就夠你消受。他要總是嘮叨你的短處，你就肯定安生不了，因為那很快就會被國人當作權威評判，你也自然就名聲大跌。對這樣一個老古董式的名臣，縱是國王，也得收斂收斂。每見老公叔，魏惠王都要刻意樸實一次，弄得很不自在。這也是魏惠王很少到丞相府的原因。公叔痤一病經年，他只來探望了一次。他寧可不斷派內侍送來名貴藥材和種種禮物，也不願和老公叔直面敘談。昨日在逢澤獵場聽到老公叔病危的急報，他甚至有點兒隱隱約約的高興和輕鬆。這種不合時宜的老臣子，罷官會招來國人非議，聽任他掌權又確實礙手礙腳，最好的結果是他不要像長青果一樣結在世上。看來老公叔終於是要讓道了，魏國君臣新銳放開手腳的日子也就要到了。今日，魏惠王是特意換了一套半舊的冠服，坐了一輛普通的軺車來的。唯一的特殊是車中帶了五千金，準備賜給公叔夫人後半生安度晚年。同時，魏惠王已經決斷，要隆重舉行老公叔的葬禮，讓天下都知道魏王敬老尊賢的美德。

魏惠王走進寢室時，臉上溢滿了沉重和哀傷。

公叔痤在榻上欠身拱手：「魏王恕老臣重病在身，不能起身相迎。」

魏惠王疾步走到榻前扶住公叔痤，關切又親和：「老丞相不必多禮，病體要緊也。本王昨晚急急趕回，本當即刻前來，奈何國務繁冗一時難了，來得遲了。」這時，侍女捧來一個繡墩置於榻側，魏王落座道，「老丞相一病經年，安心靜養為是，魏國不能沒有老丞相支撐也。」

公叔痤老眼中閃著淚光哽咽道：「老臣……這次，只怕凶多吉少。」

「吉人自有天相。老丞相但放寬心，本王派太醫日夜守護老丞相。」

公叔痤搖搖頭喘息掙扎著坐起身子：「臣以餘息，等候我王歸來，是想向我王推薦一個治國鉅子，繼我相位。此人乃扭轉乾坤之大才，足以掃滅諸侯，一統天下，成就魏國大業。」

魏惠王認真地點頭，急迫問道：「他是何人？可是大將之才？龐涓是該換換了。」

「衛鞅……目下，就在我府。」

「衛鞅？」魏惠王恍然，頓時顯得輕鬆了許多，「是否老丞相幾次提起的那個衛鞅？老丞相也，他才二十餘歲，你不覺得太稚嫩了麼？再說，他是何人學生？如何堪稱扭轉乾坤的大才？」

「我王和他一論便知。看人何須一定看師？」

「名師出高徒也。他能無師自通？」魏惠王大度地笑了笑。

公叔痤艱難地拱手，老臉肅然：「魏王，且聽老臣最後一言。老臣深知衛鞅。此人殷周血統，父周母商，天賦極高，跟一個不願透露姓名的高人，修成經天緯地之才。衛鞅輔臣處理國政五年，諸多見解，使臣深為震驚。此人若不能為我王重用，將是魏國千古遺恨。」

魏惠王很能體察這個年邁老臣的殷切絮叨，人之將死，其言也善哉。但這種病話他卻不能當真。沉吟片刻，他站起身來扶住公叔痤，以關切的口吻道：「老丞相啊，你重病在身，安心歇息為上了。」

公叔痤閉上眼睛，蒼老而痛苦的臉上湧出兩行熱淚。

魏惠王心中有些不耐，不想再繼續絮叨一個無名年輕人，拍拍公叔痤，依然是倍加關切的口吻：「老丞相，你以為龐涓和公子卬，誰更適合做丞相？」

公叔痤卻沒有接這個話題，眼神冰冷地說：「請我王實言相告，魏國真的不用衛鞅麼？」

魏惠王無可奈何地笑笑：「老丞相，將一個大國命運，交給一個不明底細的年輕人，你就放心麼？」

公叔痤沉默了，長長地歎息一聲，陡然兩眼放光：「我王不用此人，就必須殺了此人！為魏國長遠大計，絕不能讓他到別國去。」

魏惠王驚訝地看著公叔痤，覺得一個堂堂大魏國丞相，竟如此固執地糾纏在一個無名小輩的身上，一定是得了失心病。剎那之間，他有些可憐起這個髮如霜雪枯瘦如柴的老功臣來，覺得不能讓他再失望了，於是釋然笑道：「好了，好了，明天就殺他，啊。」

公叔痤無力地倚在榻墊上，老淚縱橫，一句話也不願意再說了。

魏惠王默默地走出寢室，吩咐內侍抬來大銅箱，將五千金賜給公叔夫人，又說了一番關切的話，坐著輕便的軺車走了。

公叔痤艱難地搖搖手：「衛鞅，請他來，快。」侍女聞言，飛快地去了。

衛鞅來到寢室，明顯感到了公叔丞相的失望和傷心。但他沒有說話，只是默默站立著。公叔痤長長地歎息一聲：「鞅啊，你快逃走，晚了，就來不及了。」衛鞅卻是淡淡一笑：「為何逃走？逃到哪裡去？」公叔痤臉泛紅潮，一陣喘息：「鞅啊，為了國家大義，老夫盡最後力量推薦你擔當大任。然則，魏王不用你。老夫就勸了魏王殺掉你。殺你用你，都是為國家盡責。勸你逃走，是了卻師友情分。你快走，走吧——」

「丞相，若為此因，不用逃。」衛鞅沒有絲毫的驚訝，更沒有立即要走的樣子。

「你？甘心死在魏國？」老公叔大是驚詫。

「公叔丞相，魏王既不聽你用我之言，又何能聽你殺我之言？他不會將我放在心上的。老師莫憂心。」衛鞅淡淡地微笑著。

公叔痤昏花的老眼死死盯住衛鞅。他顯然感到出乎意料，卻又頓時覺得明白了其中道理。同是事理，自己一個飽經滄桑的老人，如何竟沒有面前這個年輕士子見地透徹？大智天賦，豈有他哉！老公叔不禁長長地出了一口粗氣：「鞅啊，你的見識總是高人一籌……看不到，看不到你建功立業了……你會到哪國去？……你，你會讓魏國滅亡的，是麼……」

他伸出枯瘦的雙手，緊緊拉住衛鞅，眼中一絲光焰漸漸熄滅，溝壑縱橫的老臉漸漸舒展開來——老公叔走了，心灰意冷地走了。

衛鞅默默站在榻前，冰冷的悲哀湧上心頭，大滴眼淚滾到臉頰。他向公叔痤的遺體深深一躬：「公叔大人，感謝你知我至深。可你沒有回天之力，只能眼睜睜看著魏國滑進深谷。大人，你無愧於魏國，你安息也。」

這天夜裡，公叔府行完葬禮前預禮，掛起了白色燈籠，府中上下人等皆是麻布孝衣大放悲聲。消息傳出，安邑城有人歡喜有人憂，洞香春論戰堂擠得水泄不通，通宵達旦的辯駁詰問卻依舊是眾說紛紜，莫衷一是。魏惠王當夜趕赴公叔府，身穿白布孝衣，在公叔痤的靈位前放聲大哭。魏王的祭奠驚動了安邑的權臣和官場，高車駿馬一時間擠滿丞相府門前的停車拴馬場，高官重臣們一片白衣，一片痛哭。但在洞香春論戰堂卻有一個傳聞：只有上將軍龐涓沒有去公叔府祭奠。消息引得列國客人和安邑士子們又是一番激烈爭辯與諸般猜測。

祭奠禮之後，公叔痤被隆重地安葬在安邑城南的靈山巫真峰下。孤峰為陵，南眺鹽澤，建造得與魏文侯陵園所差無幾。魏惠王與公叔夫人商議，鑒於老丞相膝下無子，決定選派府中一個得力幹員守陵三年。正在仔細挑選時，不想侍女來報，說有人自請守陵。夫人一問，竟是中庶子衛鞅！

魏惠王釋然一笑：「老丞相好像說到過這個人。教他去，也不枉老丞相賞識他一場。」

三、龐涓喬裝　考校中庶子衛鞅

龐涓匆匆向王宮走來。

此刻他是既高興又煩惱，高興的是公叔痤死得其時，給他空出了一個巨大的權力位置。戰國之世，上將軍雖然也是位高權重，獨立開府，但畢竟不能總攬國政，使他無法展現自己為政治國的出色才能，也無法使魏國在自己全面運籌下完成大業。若能做了魏國丞相，非但位極人臣，達到名士為政的權力最高峰，而且出將入相，達到文治武功兩方面的功業極致。但是，就在他雄心勃勃地拒絕參加祭奠公叔痤，以顯示自己不與老朽同流的時候，他的軍中掌書卻從洞香春帶回一個傳聞：魏王對丞相的人選未定，將在他與公子卬之間確立。這使他大感意外，內心莫名其妙地忐忑不安起來。平日裡他不大瞧得起洞香春，認為那是淺薄士子附庸風雅的地方，多次拒絕了到洞香春論戰天下大勢和用兵之道的勸告。但是他對洞香春的神祕傳聞可是從來不敢小視，那個鬼地方從來都是空穴來風，許多要害的轉折都將洞香春的傳聞變成了事實。龐涓曾經大義凜然地向魏王進言，請求取締這個滋生事端的酒肆，認為那是魏國糜爛腐敗的淵藪，是列國密使刺探魏國機密的最好管道。可魏惠王總是哈哈大笑：「上將軍，洞香春大有根基，天下聞名，文侯武侯都視為安邑文華之明珠，我輩如何取締也？」顯然對他的主意感到匪夷所思，甚至有些不悅之色。這個討厭的地方如今傳出了這樣的消息，至少證實魏王向某個親信透露過這個想法，宮廷之內已經有人知道了。一時間，他感到很有些悲哀與憤憤然。公子卬何許人也？浮華紈袴的王室子弟一個，除了精於聲色犬馬，沒有一樣正經本領。如此之人，也在丞相人選之列，簡直是滑天下之大稽。然則有何辦法？他龐涓在魏國沒有任何根基，平日裡也不屑於和那些尸位素餐的王室人物交往，唯一的根基就是他自己的實力才具和已經建立的功勞。但是細細一想，本領才具這種東西，憑它謀生那是綽綽有餘，憑它建功立業也可能大有可為，唯獨要憑它在官場周旋，那可是最不可靠的東西。自古以來，才華之士比比埋沒沉淪，誰來理論？尤其是魏國這種已經開始滲透腐敗的國家，要靠才能功勞獲取更大權力，隨時都有可能跌進深淵。一時間，龐涓對魏國幾乎喪失了信心，對魏王似乎一下子觸摸到了平日沒有覺察的東西，沮喪了很長時日。

然而能退卻麼？顯然不能，建功立業原本就是要百折不撓，何況還並沒有喪失最後希望。經過幾天的輾轉反側，龐涓想清楚了兩點：一是今後要改變對官場交往的冷漠，結束自己鶴立雞群般的孤立。二是要主動晉見魏王，探聽魏王的真實想法再做對策。今日清晨他處理完軍務，午間便向王宮而來。他知道早去也沒用，魏王的晚睡晚起是有名的，沒有哪個大臣清晨去王宮晉見的。本來這也是龐涓準備勸諫魏王改正的大事之一。經過幾日思慮，龐涓不但決定放棄在這種事情上進言，而且決意學會遷就宮廷某些不成文的貴族準則。

魏王城很大，大得占了安邑城的幾乎四分之一，比同時從晉國分出去的趙國韓國的宮殿大過兩三倍。其所以如此，是因為魏國的宮殿是三代國君擴建了三次。魏文侯分晉立國成為諸侯後，將父親魏桓子原有的簡陋宮室大大擴展。魏武侯即位國力增強，又將魏文侯時的宮室大大擴展了一番。魏惠王即位稱王，覺得原先的宮室和王號不配，就在即位第二年大興土木，在原有宮室外重新建了一大片金碧輝煌的王宮。三代宮室相連，層層疊疊望之無邊。

龐涓的軺車轔轔駛進寬闊的白玉廣場，在巍峨燦爛的正殿前沒有停留，直駛東側火德門前停下。他跳下軺車，第一次向護衛領軍微笑拱手，慌得領軍忙不迭躬身高報：「上將軍入宮——」龐涓笑笑，大步走進火德門。

繞過巨大的影壁，第一進是環形排列的二十三座官署，每座官署六開間。第二進是魏王專門召集重臣議事的兩座小型殿堂，東西各一。第三進是魏王處理日常國務的書房、出令廳、掌書廳等樞要重地。這一進不能從中間穿過，而必須從東西兩側的拱門進入再向後。第四進是一座精美的庭院園林，亭臺樓榭，綠蔭幽幽，池水粼粼。穿過園林，最後一進才是占地三百多畝的魏王後宮。往昔龐涓從來不到後宮晉見魏王，原因簡單得會令安邑官場的任何一個小吏失笑，那就是他對這些曲曲折折的穿廊過廳感到很不舒服，所以他是魏國重臣中唯一沒有來過後宮的。儘管如此，他憑著一流將領兵法戰陣的直覺，一眼便明白了路徑結構，輕車熟路般直入後宮。

後宮一大半是一片湖泊，魏王的寢宮在湖中半島的樹林中。初夏豔陽，綠樹碧水映襯著金黃的屋頂，幽靜得恍入夢境。龐涓走進林中小道時，一個侍女走來恭敬地躬身道：「上將軍，大王在寢宮。」龐涓略一點頭，逕自向寢宮而來。這魏惠王在行止起居上頗為豁達，後宮從來不要護衛甲士而只要侍女，也沒有大臣不許進入後宮的迂腐規矩。他經常將大臣召到後宮議事，而且命令侍女，凡大臣來見不許阻攔也無須通稟。在戰國時代，魏惠王待臣下之寬是很有名的。

儘管龐涓對魏王的侈靡已經有所預料，但當他走進寢宮時，還是被深深震撼了。

寬敞豪華的寢宮，格調奇特，華貴侈靡，具有一種神祕的誘惑力。最顯眼的是一面巨大的銅鏡立在臥榻對面，臥榻區的一切活動都在鏡中呈現出來。臥榻的左方是一根酷似男根的挺拔閃亮的銅柱，顯赫而孤立，右方是一個幾類女陰的高高的捲邊銅花盤，使人一望即生非分之想。四周各色紗帳長垂曳地，風吹紗動，撲朔迷離，使人飄忽神醉。透過飄忽朦朧的紗帳，龐涓看見半裸的狐姬正偎在魏王大腿根上……驟然之間，龐涓熱血奔湧，舉步維艱。

狐姬是魏惠王最為寵愛的妃子，也是以種種逸聞趣事聞名於魏國朝野的風流女人。她原本是晉文公時代名臣狐偃的後代。韓趙魏三家分晉時，狐氏早已衰落了。魏文侯眼光非同尋常，將老晉國大部分名臣的後裔爭奪到了魏國。五十年後，狐氏部族出了一個豔名四播的少女，就是這個狐姬。當時還只是貴公子的魏惠王與親信謀劃良久，在狐氏部族所在的絳城東部的白馬山紫谷河紮營狩獵一月，以他在獵奇獵豔方面特有的耐心與機敏等待著機會。有一天，美豔的獵物終於出現在紫谷河畔的綠樹野花中。這時，一隻山豬突然從嶙峋怪石後撲向美豔的獵物。又是突然之間，魏罃匹馬長劍衝到，奮力殺死了山豬，用帶血的雙臂抱起了昏迷的美豔女子。在山月高照的紫谷河畔，美豔的獵物感激不盡地撲進了公子魏罃的懷中。黎明時分，河谷中的帳篷和美豔的獵物一起神祕地消失了。三年之後，魏罃稱王冊封，人們才知道那美豔的狐氏少女竟然成了王妃。從此，她便成了安邑人茶餘酒後的談資，色彩繽紛，葷素皆宜。坊間傳聞，說她柔若至水，媚若野狐，嬌若嬰兒，妖若鬼魅，魏王一天也離不開她。

龐涓在逢澤獵場見過狐姬。不過他對女人從來很遲鈍，看不出這個女人有何過人之處，甚至連她的樣子也記不清楚了。目下正當午時，炎炎白晝，如何竟讓他遇上了如此難堪？

狐姬正蜷伏在魏惠王面前，柔媚地為魏王捏腳，間或伸出細長濕潤的舌頭舔吻他的腳趾，小嘴兒嬌聲叨叨：「還國王也，整天忙亂，多累也。」魏惠王情不自禁，一把拉過狐姬摟在懷中摸弄狐姬臉頰，又從腰間摸出一顆隨身夜明珠在狐姬雪白的裸胸上滾撫。狐姬嬌聲暱語，尖聲笑叫著鑽進魏惠王懷中。魏惠王不禁大樂起來。

龐涓終於忍不住咳嗽了一聲，剛咳嗽完又大大後悔，這不是說自己看見了不堪麼？然也無法，不能再遲延了，一拱手高聲道：「上將軍龐涓晉見我王。」

魏惠王卻渾然無覺，哈哈笑道：「上將軍啊，進來。」

龐涓大步走進，目不斜視，深深一躬：「臣有要事稟報我王。」

魏惠王摟著狐姬沒動，微笑問道：「龐卿，有何大事？」

龐涓一時沉默。魏惠王恍然大悟，笑著拍拍狐姬的屁股：「乖乖臥去吧，等會兒再射箭，啊。」狐姬嚶嚀一聲，狗一樣爬到高大的玉石屏風後去了。

龐涓心中一陣膩歪，瞬間忘記了來時的心思，不禁深深皺眉。

魏惠王卻是哈哈大笑道：「上將軍啊，今日你來我後宮，本王可是很感欣慰也。我也知道，上將軍乃鬼谷子之高徒，不喜奢華。然簡樸也好，奢華也好，總當以時世定準。魏國若貧弱如秦國，本王也會苦行奮發。然則魏國富庶強大，若一味拘泥苦行之道，豈非讓列國小瞧？上將軍，人生一世，要建功立業，然也不能固守一理。魏國強大，我等君臣就要做一番大事。魏國富庶，我等君臣就要盡興享受這富庶。否則，豈非暴殄天物？譬如這狩獵、飲宴、把玩珠寶、高車駿馬、錦衣玉食、湖光山色、宮殿廣廈，哪一件不是人生之樂？更有這女人，乃上天賜給男子之尤物，不把玩更是虛度一生。上將軍看見我這狐姬了，柔媚馴順得像一隻母狗，跟她在一起，可真是妙不可言，大是消愁解乏。龐卿，你日後再來，大可不必咳嗽緊張，就走進來看看她是何等卑賤，豈不好事？本王這後宮，只許你和公子卬進出隨意，可惜你不知道，也沒來過。公子卬要是來了，可要躲在後面看個夠，然後還要和本王品評一番也，啊——哈哈哈哈……」魏惠王侃侃開導，大笑不止，覺得這是改變龐涓的一個絕好機會。

龐涓聽得頭皮發麻喉頭發乾，身上直起雞皮疙瘩。魏惠王這一番高談闊論當真令他匪夷所思。他也知道，要想和魏王融洽起來，目下正是最佳的機會，何況他幾日思慮，為的本來就是達到這個目的。他應該笑，應該迎合，應該表示茅塞頓開，甚至應當欣然請狐姬出來品評一番，就勢成為魏王不避任何嫌疑的玩伴與股肱大臣，如此君臣一定會信任有加其樂無窮；然後再加上自己的才華實力，戰勝公子卬當是易如反掌……可就是不行，龐涓笑不出來，更迎合不出半句，反倒是臉色鐵青嘴角抽動，一副要嘔吐出來的難堪和尷尬。剎那間他一身冷汗，很後悔自己到後宮裡來。然而，龐涓畢竟有剛毅的忍耐力，他咬緊牙關強迫自己平靜下來，拱手徐徐道：「魏王明鑒，臣久居山野，孤陋寡聞如村夫一般。我王之高論，容臣假以時日，慢慢品味領悟。」

魏惠王開心地大笑：「上將軍，今日難為你了。說說，何事？」

龐涓拱手道：「魏王，臣昨日去探視了公叔夫人，一則撫慰老夫人；二則想聽聽老丞相可否有過對兵事的叮囑。不想，老丞相竟對我隻字皆無。」

魏惠王慨然一歎：「老丞相久病無治，去了也好。他彌留之時已經失心了，不會有如何話留下的。」

「莫非他對後任丞相，對國事，都沒有提及？」

魏惠王恍然想起似的笑道：「龐卿，你可知丞相府那個中庶子？名字？噢，對了，好像叫衛鞅。」

「中庶子？臣如何能知道一個小吏？不知我王所問何意？」

魏惠王哈哈大笑：「上將軍說，老丞相是不是失心病發昏了？他派特使請本王從逢澤火急趕回安邑，竟然就是為了這個中庶子。人之將死，其言也昏矣！」

龐涓一怔：「臣推測，老丞相要我王重用這個中庶子。」

魏惠王點頭：「還真讓你說對了。老丞相勸本王重用這個小吏，說讓他做魏國丞相。還說，不用他就要殺掉他。你說，堂堂大魏的國王丞相，折騰一個小小中庶子，豈不貽笑大方？」

龐涓正色道：「人才難得，我王當對老丞相之言三思而後行。」

魏惠王豁達自信地笑道：「不用人才，大魏國能有今天麼？可人才，尤其是宰輔之才，就那麼容易得到麼？那是可遇不可求也。」

「魏王，臣請查核丞相府這個中庶子。」龐涓一臉肅然。

「算了，算了，一個中庶子還用你上將軍出面？大魏國要有點兒胸懷天下的氣度，要走就走。你要留他，反倒豎子成名也。」

「臣請大王不要忘記孫臏逃齊的舊事，不能讓奇智之士逃到他國，反為魏國樹敵。」龐涓頗有些固執。

「啊哈哈哈……」魏惠王一陣大笑，「好好好，上將軍自便可也。」

「臣謹遵王命。」龐涓深深一躬，轉身大步走了。他覺得在這樣的後宮再談國事，未免不倫不類，連自己都覺得滑稽。

仔細思忖，龐涓總覺魏王不可能起用公子卬做丞相，但對他卻也沒有任何暗示。丞相人選究屬何人？一下子總是想不清楚。龐涓對軍旅之事極為自信，但對宮廷官場的縱橫捭闔總是感到有些不得要領。譬如目下他就難以決斷自己該如何爭取主動，甚至連窺探魏王心意的辦法也沒有。但他對平民士子在魏國的動向，歷來卻很敏銳。魏惠王不經意說到的中庶子使他驀然警覺起來。公叔痤的識人慧眼是天下聞名的，只有老師鬼谷子笑他是「識人有眼，用人無膽」。魏王今日既沒有透露丞相人選的蛛絲馬跡，安知沒受老公叔的影響？安知不用這個中庶子是魏王真心？龐涓蔑視貴族階層，覺得在貴族如林的廟堂之上，自己有他們決然不能取代的位置和才能，縱然自己不能總攬國政，可是貴族永遠也無法淹沒他。因為這是戰國，離開他這樣的名將，貴族們有可能自己也變成喪家之犬。但他永遠不能蔑視那些像他一樣銳意進取的風塵士子。這些人周遊列國，以真才實學求官入仕，一旦掌權往往便迅速崛起。龐涓本能地覺得，只有這種人才是自己真正的競爭對手，真正不可小視的敵人。正因為很早就有這種自覺，龐涓才對和自己同來魏國的同門師弟孫臏用盡機謀，將孫臏逼到齊國去了。當然，龐涓絕不相信這個中庶子會有孫臏那樣的曠世才華，但這個中庶子既然能被公叔痤作為丞相推薦，定然也非尋常之輩，對這樣的人一定要做到心中有數。

龐涓決意要親自掂掂這個中庶子的分量。

次日清晨，一個三十來歲普通吏員模樣的中年人騎著一匹黑馬，來到安邑郊外的公叔痤陵園。剛進石牌坊有一排石屋，住著二十個看護陵園的步卒，此時正在屋前撲跌作樂，看見黑馬吏員來到，小頭目驚訝得直揉眼睛。他怎麼看也覺得這個人像上將軍龐涓，可又拿不準，也不敢問，期期艾艾道：「大、大人，有何貴幹？」來人冷冷道：「丞相府主書，找中庶子衛鞅。」小頭目急忙道：「就在陵前石屋裡，小人領道。」來人揮揮手道：「不用，我自去便了。」說罷走馬沓沓而去。

公叔痤陵墓，是按照當時「依山為陵」的陰陽家理論修建的。一座蒼翠的巫真峰，做了天然的陵墓。巫真峰之後是九座連綿起伏的小山，正是零山十巫。南望鹽池，北依十巫，陵園恰在幽靜的山谷。守陵的石屋正在陵前三丈開外，屋前是疏疏落落的高大石俑與一片松柏樹林。中庶子衛鞅從相府裡帶來了整整一車有用之書，整日便在這裡細細研讀品味。今日他正在重讀李悝的《法經》，讀到酣處，不禁吟誦起來：「善為國者，使民無傷而農益勸。國當善糴糶。小饑則發小熟之所斂，中饑則發中熟之所斂，大饑則發大熟之所斂而糶之，則雖遇饑饉水旱，糴不貴而民不散，取有餘而補不足也。行之善者，國以富強也！」慷慨之中，拍案思忖，竟是深為感慨——李悝號稱「以法為教」，不想於商道治國卻也如此精通，魏國安得不富？安得不強？他日自己若在一國為政，李悝的《法經》當是不朽之師……正在深思遐想，忽聞門外馬蹄之聲，便警覺地將《法經》捲起插入木箱，擺上一卷《陰陽家》竹簡刻本，未及坐定，已聞輕輕拍門之聲。

「客人麼？請進。」衛鞅淡淡回答。

「吱呀」一聲，厚厚的木門被推開，一個紅衣長鬚者抱拳一拱道：「敢問足下，可是中庶子衛鞅？」

衛鞅眼睛一亮，一下子就看出了來者是上將軍龐涓。在丞相府的五年中，他很少露面。然龐涓每年總有幾次，是必須去丞相府調撥軍糧協調軍務的。他雖只遠遠瞄過龐涓一次，然衛鞅眼力極好，記憶力更是過目不忘，如何能將此等人物疏忽了？瞬息之間，他決意以靜制動，隨機而變，隨即笑答：「在下正是衛鞅。」

龐涓笑道：「在下上將軍府掌書，素聞中庶子才名，今日路過，特來拜望。」

「掌書大人，請入座賜教。」衛鞅很是謙恭。

龐涓哈哈大笑：「高才名士，素不拘禮，中庶子如何忒多俗氣？」

衛鞅臉上堆滿惶恐的笑容：「衛鞅小吏，何敢當高才名士？大人請。」

龐涓坦然坐在粗糙的書案前，瞥一眼展開的竹簡：「中庶子對《陰陽家》情有所好？」

「回大人，在下正在參詳公叔丞相的陵園氣象。」衛鞅必恭必敬。

「足下哪國人氏？祖上官居何職啊？」

「大人，衛鞅乃衛國濮陽城外山裡人氏。祖上經商，從未做過官。」

「何處修學？恩師何人也？」

「大人，在下濮陽修學，恩師是子思的高足子前。」衛鞅露出滿足的笑容。

龐涓不禁爽朗大笑：「子思乃孔子後裔。你是子思的徒孫，看來是儒家一派了。儒家素稱博學，你讀過哪些書啊？」

衛鞅掰著手指認真道：「《論語》、《大學》、《周禮》、《周易》、《尚書》、《農經》、《樂經》、《詩經》，還有六藝——禮、樂、射、御、書、數。大人，儒家之學，衛鞅尚算通達。」

龐涓不禁笑道：「衛鞅，你很有學問也。我來問你，法家、兵家、墨家、道家的書讀過麼？還有鬼谷子，聽說過麼？」

衛鞅木然搖頭，又深深一躬：「小吏才疏學淺，尚請大人栽培。」

「衛鞅，你讀書如此之多，可給老丞相謀劃過幾件大事麼？」

「回大人，衛鞅曾向公叔丞相上書多次，皆言及魏國根本。」

「噢？」龐涓眼睛炯炯有神，「是何根本？」

「大人，都是事關魏國文明昌盛之大計。在下以為，魏國當大辦學宮，廣召天下賢士，大興私學，與我儒家祖師在魯國一般。衛鞅自請領一學館。公叔丞相文治武功皆為第一，就是沒有大興文風之功業。為此，公叔丞相很是嘉許在下之謀劃，屢次向魏王提及，惜乎魏王尚未採納。」衛鞅不勝遺憾地歎息。

龐涓大笑一陣：「也許魏王會採納，何急之有哉！」

衛鞅卻是歎息一聲道：「魏國不用我大計，我要走了。」

龐涓覺得很開心，一個僅有幾分精明幾分死學的儒家士子竟讓老公叔如此推重，未免太可笑了；看來老公叔的確是老眼昏花，走水了，想想又轉為真誠微笑：「衛鞅啊，我看你尚算讀書有志，謙恭謹慎。我回安邑，向上將軍薦舉你做個書房繕寫如何？老丞相過世了，你總得有個出路也。魏國如此富庶，何需奔走他鄉？」

衛鞅又是深深一躬：「多謝大人提攜栽培。」

龐涓起身離座，看著衛鞅，不禁又一陣哈哈大笑。

衛鞅惶恐道：「大人笑從何來？小吏是否有不妥之處？」

「我笑世人有眼無珠，瞎算歪打正著也！」大笑間出門上馬揚長而去。

衛鞅在松柏林中望著龐涓遠去的背影，若有所思，突然間放聲大笑。

四、安邑王街的神祕商人

安邑有一條街很是特別，處在王城的最後面。說它是條街，又在王城的老紅牆之內，說它是王宮，卻是車馬如流而沒有任何護衛甲士。這便是安邑城最特殊的王城街，也就是魏文侯最早建造的宮殿區域。魏武侯時，這片老宮殿區還用作國府各種官署。魏惠王的新王宮落成後，官署遷走，這兩層舊宮殿便閒置起來。後來在主管王室事務的官宰謀劃下，魏惠王將這片最老的宮室區域分賜給了王族大臣和王族近支的後裔，這裡便成了王族貴胄們集中居住的地方。經過一番合乎時宜的改造，幾年之間這裡變成錦繡豪闊的一條長街，安邑人稱為「王街」。

這條街的最特別處是高車駟馬川流不息，鮮有車馬冷落的時日。且不說王族貴胄們多有車輛，便是天下諸侯特使和魏國官員到這裡來拜訪的車輛，就已經是往來如梭了。如果說洞香春所在的天街是魏國的文華之地，那麼這條王街便是魏國的陰謀淵藪。魏國雖然經過了大變法，但在王族權力上卻沒有任何觸動，依舊和老晉國時代沒有多大差別，和同時代的其他戰國與中小諸侯更沒有什麼差別。這些王族貴胄表面上很少出任國家重臣，更沒有顯赫的功業可言，但他們的權力伸展卻大得驚人。一則，他們依然有自己相對獨立的世襲封地，雖然這種封地只能收繳賦稅而不能治民建軍，但畢竟使他們有了雄厚穩定的財富基礎。二則，他們在宮廷盤根錯節，滲透力極強，對國君的牽制與影響很大。三則，他們有高貴的身分，卻沒有實際執掌的官署權力，好像一個清流階層。這使得他們伸縮自如，既能對任何掌權做事的重臣尋隙發動攻訐，又絕不會因為沒有權力而受到輕視或罷官黜職，更不會有問斬殺頭的威脅。對這樣一個王族階層，任何官員都得將它劃進自己所必須計較的勢力結構。同樣，任何外國特使密使想要達到比較艱難的目標，也必須到這裡投送財富尋求變化。魏國是最強大的戰國，其內政外交的些微變化都會波及列國。所以，這條王街事實上是天下聞名的陰謀交易之地。

目下，一輛六尺車蓋的華貴軺車正擠在車流中向王街深處而來。

夜幕已經降臨，王街雖然沒有商家店鋪，街邊風燈卻是二十步一盞，照得川流車馬一片燦爛。隨著華車一輛輛流進兩邊府邸，王街漸漸到了盡頭，車流也漸漸疏落下來。最後，便只有這輛六尺車蓋的軺車了。

王街最深處，住著公子魏卬，確切說，應該是王子魏卬。戰國時，只有對諸侯國國君的子弟，也就是「公」或「侯」的子弟才能稱「公子」。大約秦漢之後，「公子」才與其實際身分脫離，化作了一種普遍的尊稱。公子卬是魏武侯的庶出子、魏惠王的同父異母弟。就現下官職說，公子卬是白身。然而就實際影響力說，那可是一言九鼎。凡魏國官吏名士，都對公子卬的權力地位非常清楚，對他的為人作派更是心中有數。

六尺車蓋的華麗軺車在大門前剛一停穩，便有一個白髮紅衣的老者碎步走來迎接。這是府中總管，魏國人稱為家老。老人笑意殷殷拱手道：「敢問先生，可是薛國貴客？」華車的主人已經下車，是一位面色黧黑氣度高貴的年輕人，身後跟著的一個僕人卻是面白如玉，俊秀英武。客人向總管老人拱手道：「家老安好。在下正是薛國猗垣。」家老道：「公子已在府中等候多時，先生請。」猗垣從容笑道：「家老，我猗氏老族有個講究，首次遇家老必得送一件薄禮，叫一路通吉。不成敬意，請家老笑納。」說話間，身後俊僕已將一個精緻的小木匣捧到家老面前。家老一看木匣四邊包銅，便知裡面決然是名貴珠寶，驚喜得深深一躬：「先生大富大貴，小老兒三生有幸也。」懷抱木匣忙不迭道，「先生請。」

猗垣笑道：「在下有件小事相煩，不知家老肯賞方便否？」

「先生有事但講，小老兒在公子府尚算通達。」

「在下有一愛妾，心慕公子夫人已久，託在下為夫人帶來一件禮物。因在下行程匆匆，未必有幸一睹夫人風采。相煩家老代在下轉呈夫人，在下他日再專程攜小妾拜見夫人。不知可否？」一席話溫文爾雅，給人好事卻像求人一般，教人好生受用。

家老臉泛紅光，抱匣拱手道：「能代先生為夫人效勞，小老兒深為榮幸。」

猗垣從俊僕手中接過一個在風燈下發著幽幽綠光的玉匣，雙手捧起：「家老，這是西域雪山之國的一件貂裘，消融大雪於三尺之外。匣內尚有小妾一柬，請轉呈夫人。」

家老必恭必敬道：「先生真乃大雅之士，小老兒即刻去見夫人。」又回身高聲道：「典門何在？」一個將領模樣的守門將官跑步而來。家老肅然吩咐：「領先生去見公子，對公子說夫人喚我有事，即刻就來。」

典門將官一聲答應，謙恭地領著主僕二人向正廳而來。

公子卬正在廳中欣賞一口名劍。在劍架上看來，這把劍的劍鞘銅鏽斑駁，劍身長二尺許，顯然是一口名貴古劍。凡在廳中等候貴客時，公子卬都在賞玩這口名劍。在他看來，府中所有珍寶的價值都不如這口名劍。戰國兵爭之期，擁有一口名劍非但使身價地位倍增，且其實用價值更是異乎尋常。目下他之所以在這裡耐心等候，是因為叔父公子梁向他竭力推薦一個薛國巨商，說這位商人如何有古人之風、如何有名士情懷、如何擁有天下罕見的珍寶且性格又如何豪俠，說這位商人就常住洞香春最有名的雅室，已經成為名士官員們爭相結識的人物等等一大串。公子卬本來生性好奇，聽叔父公子梁如此一番繪聲繪色的介紹，不禁想見見這個神祕的大商人。公子梁慨然為他相約，說定今晚來訪。如何掌燈已有三刻，客人還未到來？當然，最大的可能是王街塞車，否則見他公子卬的客人是不敢在酉時首刻之後到來的。說起來，王街這車流真是叫人無可奈何，看來還得和魏王提說一番，最好是將老紅牆拆掉，將王街再加寬三丈，否則還真不方便。

這時典門將官走了進來：「稟報公子，薛國先生猗垣到。」

「家老何在？」公子卬隱隱不悅。

「稟公子，夫人喚家老有事，家老特命末將先行領引先生，說他片刻即來。」

公子卬本想到廳門迎接，想想未動，揮揮手道：「去請先生進來。」典門出得正廳，恭恭敬敬地將客人領入，悄悄退了出去。

「在下薛國猗垣，久聞公子賢明高義，特來拜望。」

公子卬眼前一亮！面前這個黧黑的年輕人一領大紅金絲斗篷，一頂六寸高的墨玉冠，英挺威武，氣度不凡，就連他身後的僕人也是豐神俊朗明目流盼。公子卬不禁暗暗稱奇，商道中竟有如此人物？心思轉動間拱手笑道：「卬不敢當先生高辭，先生請入座敘談。」這時家老輕步進入正廳，公子卬當即吩咐：「給先生上茶。」

猗垣在西側的客位坐定，俊僕肅然立在身後。家老捧來茶器，俯身操作時向客人遞過去一個興奮的眼神。華貴的客人會意地笑了笑。

公子卬在主位坐定，舉起茶盅道：「先生請。」

猗垣恭敬地舉起茶盅：「吳茶名貴，多謝公子。」微呷一口，品味得很是雅致。

「先生識得吳茶名貴，也算經多見廣也。」公子卬沒有忘記對方只是個商人，很是矜持。

「在下別無所長，唯對天下器物略知一二，公子見笑了。」

「噢？」公子卬微笑道，「聽安邑傳聞，言先生為商道奇人，多有才具。我有一口古劍，安邑無人識得，先生若能論定，也算得名器方家了。家老，拿古劍過來。」

猗垣擺擺手道：「不用。賞劍在架，方顯其神韻也。」說話間起身離座走到劍架前端詳沉吟有頃，笑道：「公子這口古劍，當真天下名器，價值不菲。」但凡品評劍器，通常總是持劍在手先看劍鞘形制，再拔劍出鞘觀察劍身。偏這位貴公子般的商人卻只是站在劍架前端詳，絲毫沒有取劍在手的意思。

公子卬心中頗有不悅，覺得這個商人未免托大，走過來淡淡笑道：「先生好眼力，相劍堪比薛燭了。」薛燭是春秋末期越國聞名的相劍大師。越王勾踐滅吳稱霸後，尋覓搜求天下名劍十二口，請來薛燭評定真偽等次。十二名劍並列於大廳劍架，薛燭一路走過，便指出其中五口是後來鑄劍師仿製。

經越國鑄劍師開劍公議，證實薛燭所言無差。一時間，薛燭相劍名聞天下，稱為劍器神相。公子卬這樣比，顯然是在嘲諷這位商人班門弄斧。

猗垣卻似渾然不覺，再度端詳，還是沒有動一動劍身，凝思有頃道：「此劍當是工布古劍，劍身之曲紋有如大河奔湧，連綿不絕。劍身當長二尺三寸，連帶劍格，長約三尺。」

「噢？先生如何得知此劍紋狀？」公子卬大是驚訝。

「公子，在下祖上極喜收藏古劍名器與兵器圖籍，實乃在下從書中學來也。就實說，在下還沒見過這工布劍。」猗垣謙恭豁達地笑答。

公子卬開始對這個商人刮目相看了，一拱手作禮道：「以先生眼光，這口古劍在當世名器中價值若何？」

「工布劍自然是名劍極品。尋常人看來，自當是價值連城了。」

「先生以為如何？」

「尚非天品神品，只能屈居第三等。」

「如何？第三等？」公子卬又一次感到了無可名狀的驚訝，搖頭大笑道，「先生何其大言也！請問，天下何劍堪稱一、二等？」

華貴的商人並未侷促，不卑不亢道：「神品者，非干將、莫邪雌雄劍莫屬。」

公子卬無奈地點點頭，這干將、莫邪一對雌雄劍，可是幾百年來當世公認的神劍，品格自然比工布劍高了一等。他不禁問道：「難道還有比干將、莫邪更名貴的劍器麼？」

「堪稱劍器天品者，當非天月劍莫屬。」

「天月劍？」公子卬輕輕冷笑著，「未嘗聞也，卻不知何人何時鑄造？」

「天月劍，蚩尤所鑄。」華貴商人莊重地回答。

「你，可是說的……與黃帝大戰的蚩尤？」

「自古以來，只有一個蚩尤。」

公子卬不禁哈哈大笑：「爾等商人，專一的子虛烏有！蚩尤？蚩尤鑄劍，那是坊間傳聞，明白麼？你還可說天帝之劍，真是！」剎那之間，公子卬對華貴商人的敬意全消，現出了王族子孫蔑視一切的傲氣。

客人卻平靜得一如止水，淡淡地微笑道：「在下對公子久有景仰之心，無以為敬，特將先祖收藏的蚩尤天月劍獻贈公子。」

「且慢且慢！你，你有蚩尤劍？」公子卬收斂笑容，露出冷冰冰神色。他覺得荒誕得可笑，他素來自視為天下劍器收藏的名家，最不喜歡有人在他面前公然賣弄玄虛。一個商人縱然有錢，縱然是劍器收藏世家，也不至於如此神奇，竟然搞出一口蚩尤劍來，簡直匪夷所思！他目光一掃門口，忍不住就要下逐客令了。

「小家老，打開天月劍，請公子品評。」客人依舊淡淡地微笑著。

公子卬一怔，終於沒有開口。他要看看這個名動安邑的豪客，究竟要拿一件何等物事來搪塞他。目不轉睛地看去，那個豐神俊朗的僕人手裡捧著的，原來是一支形狀怪異的竹杖。此刻這個俊僕聞聲將竹杖兩端一扯，「嗒」的一響，赫然顯出一支黑沉沉的彎月形物事，雙手捧到公子卬面前。

出於習慣，公子卬單手一托，只覺沉甸甸涼冰冰大是異常！莫名其妙的，他心中隨著這冰涼的感覺便是一陣不由自主的震顫，連忙雙手托住，發現這黑沉沉物件通體一根，恍若天生一段生鐵，細看之下竟大是困惑。通常，縱然是名貴劍器，劍鞘劍身之分也是決然鮮明的。劍鞘以木製居多，講究者無非是包裹一層皮革、鑲嵌幾顆珍珠，但皮下終究須以木殼撐持，方有可容劍身的空隙。正因為如此，任何劍器一上手，劍鞘劍身的形制就會很清晰地感覺出來。但眼前這個沉甸甸涼冰冰的物件——

目下公子卬還不能認為它是一口劍——卻大是怪異。尋常劍鞘的外形，總是或多或少地對劍身有些許裝飾作用。譬如劍鞘頂端有可能是方形的，但劍尖卻一定不會是方形。這物件既稱之為「劍」，搭手一托卻絲毫沒有劍鞘的感覺，簡直就是一根冰涼的鐵物包裹了一層皮革，將那物件的怪異弧形逼真地顯露出來。看這皮革，質地細密，黑得發亮，卻看不出是何種皮質。厚重一端當是劍格護手與劍柄，這是劍形之常理。但這物件卻是怪異，通體幾乎沒有差別，三尺之外難以看出劍柄劍身之分。上手之間，才會感覺到弧形稍小的一端有一段寸餘寬的渾圓突起，之後便是一段圓柱。這便是「劍柄」麼？幾乎與劍身通體生成一根黑沉沉物件，令人感到怪異之中有一種威猛與神祕。

縱是公子卬見多識廣，也對這冰冷物件不敢輕易開口。沉默一陣，心中還是難以相信，不由將劍捧起道：「先生說是蚩尤劍，如何證實？」

猗埴笑道：「這口工布劍，公子可曾實地用過？」

「試過多次，削鐵如泥，鋒利無匹。」

猗埴沉吟道：「只是有些可惜……」

公子卬恍然笑道：「先生是說，與我的工布劍一試？」

「工布劍天下極品，若有損傷，只怕暴殄天物。」

公子卬傲然大笑：「若真是蚩尤劍出世，工布劍何足道哉！」將黑沉沉物件遞給猗埴，便對著劍架深深一躬，上前雙手捧下工布劍。

「恭敬不如從命了。」猗埴雙臂架劍，拱手道：「公子，請開工布劍。」

公子卬緩緩抽出工布古劍，但聞隱隱振音，一股清冷的幽幽光芒在燈下彌漫開來。猗埴卻是將天月劍置於長案之上，深深三躬，而後右手持劍，左手一抹，悠然扯去了黑沉沉的「劍鞘」。明亮的燈光之下，但見這物件似灰似黑長約三尺有餘，形如新月，完全沒有工布劍出鞘時的龍吟之聲青芒之勢，端的是淡淡漠漠。但令人驚異的是，就在蚩尤劍出鞘的剎那間，工布劍竟光芒盡斂，變得與剛剛出土一般！公子卬揉揉眼睛，細看劍身，大是奇怪，如何一點兒刺眼的寒意都沒有？尋常時工布劍出鞘，眼睛是根本無法直視的，今日卻大為怪異。沉吟有頃，他伸出劍鋒：「來，一試便知。」

猗垣肅然將天月劍緩緩搭在工布劍上。兩劍一搭，天月劍便發出一陣長長的清亮振音，宛若兩軍陣前的蕭蕭馬鳴，劍身陡放光華，如長空一道閃電掠過，大廳中明亮的燭光頓時幽暗下來！工布劍卻是瑟瑟發抖般一陣金鐵之聲。

公子卬強自鎮靜：「來，還是劍鋒相抵為好。」在他的記憶中，這工布劍無堅不摧，斬金斷玉比砍瓜切菜還來得容易。

猗垣笑著點點頭道：「在下舉劍不動，公子可任意砍來。」

公子卬緩緩舉劍，突然發力，向天月劍劍鋒猛然揮去——未聞金鐵交鋒之聲，只覺手中一輕，工布劍已經無聲無息地斷為兩截！斷金觸地，「噗」的一聲沒進白玉大磚之中。名震天下的工布劍，剎那之間變成了一段劍根。

公子卬大驚失色，怔怔地看著手中劍根發呆。工布劍不鋒利麼？那半截斷劍尚能沒入玉磚之中，可知鋒銳依然。終於，他深深一躬道：「如此天兵神器，卬何敢受之？」

客人已經將天月劍套上黑鞘，伸手扶住公子卬，肅然莊容道：「方今刀兵歲月，此天兵神器藏於家庫，何如出世效力？久聞公子高義，力促魏王罷兵息戰。天兵神器贈與公子，願公子建功立業，青史不朽。」說完，恭敬地雙手捧上天月劍。

公子卬驚喜至極，慌忙接過黑沉沉天月劍，再度躬身一禮：「先生如此大德，卬何以報答？」轉身高聲吩咐，「家老，上酒。我要與先生痛飲一番！」家老一直侍立廳中，聞言比主人還要興奮，高聲應命，急急而去。

賓主小宴，公子卬頻頻勸酒，自己也飲得面色脹紅。他一再詢問客人可有何事讓他效力以報，客人則屢屢大笑說沒有，有事時一定會來相求公子。公子卬沉吟思忖，突然問道：「先生是薛國人？」客人答曰：「正是。」公子卬大笑：「好！無功不受祿，魏卬保先生之國十年內安然無恙。」

誰知客人卻無所謂地笑笑：「公子，在下雖是薛國人，卻是少小離家，奔走天下在各國經商。近年來，財貨之利則重在秦國。」

「哎呀！先生如何偏偏到秦國經商？那裡可是危邦也！」

「如何？秦國危邦麼？」客人大為驚訝，不禁訴說起來，「公子有所不知，富商駐窮邦，這是家父的經商祕訣。秦國窮弱，更需商賈，更易牟利。十年來，在下從秦國牟利多矣。如何，公子卻說秦國是危邦？」

「先生何其糊塗！目下，六大國就要起兵滅秦了。」公子卬一臉關切地告誡客人。

「六國滅秦？那，該當如何？」客人驚得冒出汗來，起身一躬，「敢請公子教我。」

公子卬沉吟半晌道：「先生從秦國脫身，須得幾多時日？」

客人思忖：「脫身過急，秦人必會大起疑心，殺人奪財。走得太慢，毀於刀兵。這卻如何是好？」想想又道，「此話休要再提，在下不能為公子分憂，何能再添煩心事體？還是容我再想想出路。」

公子卬笑道：「除了我，誰能在如此大事上找到出路？休得謙讓了，還是我來設法。」略一沉吟，斷然道，「這樣，我先答你，兩個月內，秦國無事。若還不夠，我再設法。」

客人爽朗笑道：「些許財貨之利，竟讓公子為難了。然則，公子若能保全在下財貨之利，在下終生所獲，均與公子共享。」

「然則，何以為報？」

「公子若能將魏國對諸侯的兵器交易，教在下來做，就禍福與共了，談何報答？」公子卬哈哈大笑：「先生可人！快人快語卻不失商家本色。日後有事，我派家老約你。先生有事，就派這位小家老來我府，如何？」

兩人一起放聲大笑，再度痛飲，直至子時方散。公子卬要留客，客人堅持不給公子添麻煩。公子卬要送客人出門，客人笑道：「公子待客常規人人皆知，從不送客。破例送一個商客，坊間傳聞對你我不利也。」公子卬恍然，連讚先生高明，便也就此止步了。

家老領引客人出門，來到樹蔭處低聲道：「先生稍待，夫人有幾句話。」說完咳嗽一聲，樹蔭中轉出一個紗裙拖地高䠷婦人。華貴客人忙深深一躬道：「薛國猗垣參見夫人。」婦人微微一禮笑道：「多承先生與愛妾美意。先生愛妾所言之事，我當盡力為之。若有佳音，家老會即刻報於先生。」說完又是微微一禮，飄然而去了。

華貴客人望著夫人背影深深一躬。家老低聲道：「先生放心，公子夫人是老晉國郗克元帥的玄孫女，比公子的神通還廣大。夫人從來不見客，先生真是天命財星也。」

「多謝家老關照，猗垣告辭了。」說完，客人與俊僕登車而去。

轔轔軺車行駛在昏黃幽暗的王街，駕車的俊僕猛然抽泣起來。

華貴主人低聲嚴厲地斥責：「何等地方，不許哭！」

俊僕的抽泣聲戛然而止，打馬一鞭，駕車駟馬展蹄飛起，軺車隆隆駛出王街。

五、奇人名士　洞香春波詭雲譎

公叔痤陵園裡，潛心讀書的衛鞅忽然間感到了煩亂。

龐涓走後，衛鞅默默思忖了一整日，判定龐涓不會再打自己的主意，縱然打主意，也絕不會將自己當作對手陷害。然則以後如何？守陵之後該去何處？數遍天下戰國，竟是無一滿意處。最後，想到了齊國尚算差強人意，然而，對齊國近年來的情勢卻是不甚了了。反覆思慮，衛鞅覺得自己應當回安邑一趟，尤其應當到洞香春去走走聽聽，那裡是天下傳聞聚會處，對想得到任何一種消息的人來說，那裡都是好去處。想定主意，便對守陵總管說要回丞相府拉一車書來。總管自是欣然應允。衛鞅便騎了一匹閒置的白馬，向安邑城從容而來。

回到丞相府，衛鞅先見過了老夫人，稟報了陵園安然無事的諸般消息，又說了一車書的請求。老夫人抹著眼淚連連點頭，叮囑他在府中多住幾日，莫要急著回陵園去受苦。從夫人房中出來回到自己的小院，衛鞅脫去守陵孝服，換上了一身吏員士子通常穿的長布衫，出門對家老說自己去拜望一個友人。家老要派一輛官車相送，衛鞅婉言謝絕了。

出得丞相府，衛鞅信步向天街而來。

洞香春依舊是燈火通明，門外車馬場華車雲集，一派富貴興旺氣象。洞香春的特別之一，便是大門前的兩名侍者，永遠都是白髮蒼蒼而又矍鑠健旺的老人，給人一種高貴府邸的感覺。白髮侍者看見衛鞅雖然安步當車而來，卻顯然是個氣度高華的士子，謙恭地點頭笑迎，問要不要領引？衛鞅微笑搖頭，逕自進入庭院。

洞香春的布局，中央一座三層主樓，後面的園林中則隱藏著幾十幢精緻之極的庭院雅室。主樓是聚酒清談、飲茶交友、傳聞論戰的場所，也是洞香春的軸心。庭院雅室則是達官貴人和學問鉅子、外國大商常住或隱祕聚談的地方，尋常時日似乎冷冷清清的，然而恰恰這裡才是洞香春真正的生財之地。對衛鞅來說，庭院雅室沒有多大意義，和絕大部分來洞香春者一樣，他是衝著主樓來的。當他踩著銅包樓梯上柔軟勁韌的紅色地氈從容走上二樓時，一名俏麗的侍女飄了過來，輕柔問道：「先生要茶座，還是酒座？」衛鞅淡淡回答：「酒座。」侍女便將他領到臨窗的一張玉案前，輕扶著他在厚軟的座墊上坐好，而後跪行案前輕柔問道：「先生是獨酌，或是相邀共飲？」衛鞅道：「獨酌消閒耳。」侍女莞爾一笑道：「先生真雅致之士也。敢問喜歡何酒？」衛鞅淡然道：「趙酒一桶，好肉一鼎，足矣。」侍女道：「請先生稍待。」便飄然而去了。

衛鞅打量一番這間寬敞明亮而又華貴高雅的大廳，廳中百餘張長案疏密有致地錯落著，非但不顯擁擠，反而使每張長案都顯得是好位置，除非慷慨激昂地說話，否則鄰座間絕不相互影響。衛鞅不禁暗暗讚歎洞香春主人的運籌才華，油然想到此人若治國理民，定會使國家井然有序。正思謀間，那名侍女右手高高托著一個銅盤，左手抱著一個考究的小木桶飄了過來。侍女膝行地氈，將銅盤安置在玉案正中，將木桶固定在衛鞅左手一個三寸餘高的銅座上，然後用一支發亮的銅鑰匙塞進桶蓋的一個小方孔，只聽一聲清脆的銅振，桶蓋開啟，剎那間便酒香四溢。衛鞅雖然沒有來過洞香春，但也知道洞香春移花接木的高妙手段天下第一。譬如這趙酒，酒質享譽天下，外賣卻都是粗樸的陶罐封存裝運。道邊茅屋張一面幌旗，這陶罐泥封便顯得天成諧趣。然則在這金玉滿堂之所，便顯得太過村氣了一些。洞香春別出心裁，對買回的趙酒重新整治，精工製作了一種青銅包邊、桶體雕刻、桶蓋設置機關的三斤木桶來裝這趙酒，桶身鑲嵌了「趙酒」兩個銅字。粗樸的趙酒經此一裝，倍顯華貴，頓時成了名貴的酒中極品，價錢自然也就高得驚人了。雖則如此，還是有許多吏員士子外國使臣甚至趙國商人，僅僅是為了帶回一個酒桶裝自家的趙酒而欣然來洞香春飲酒的。

俏麗的侍女用細長彎曲的木勺從木桶中舀出酒來，如一絲銀線般注進玉爵；又輕巧地打開鼎蓋，將紅亮的方肉盛進一個玉盤中，柔聲問道：「先生，這肉割得可算正麼？」

衛鞅笑道：「割不正不食，那是孔丘一套。肉之根本，在質厚味美，何在乎方方正正的架式？」侍女嫣然一笑：「先生何以鍾愛趙酒？」衛鞅撫爵道：「趙酒以寒山寒泉釀之，酒中有肅殺凜冽之氣。」說完淡淡一笑，彷彿覺得不屑與語。侍女道：「先生，酒之肅殺凜冽，趙不如燕。」衛鞅驚訝大笑：「你？也會品酒？」侍女微笑著搖搖頭。衛鞅旁若無人地大飲一爵，慨然道：「燕酒雖寒，卻是孤寒蕭瑟，酒力單薄，全無衝力，飲之無神。趙酒之寒，卻是寒中蘊熱激人熱血。知酒者，當世幾人也？」一時不由自主地撫爵歎息。侍女再行斟酒，作禮笑道：「先生慢用了。」便飄然離去。

「敢問公子，可是宋國人？」鄰座一位白髮老人注目遙問。

衛鞅回頭拱手，淡然道：「不，衛國人。」

「公子不喜歡宋國人？」白髮老人問。

衛鞅揶揄地反問：「莫非老先生喜歡宋人？」

白髮老人舉爵：「年輕人，我飲的正是宋酒，有何高見？」

衛鞅淡淡一笑：「宋酒淡酸淡甜，綿軟無神，與宋人如出一轍，不飲也罷。」

老人爽朗大笑：「宋人為殷商後裔，深諳美食佳釀之道，所釀之酒，香氣醇和，普天之下，無可與之比擬。以人而論，宋人不務虛名，崇尚實力，素有商戰遺風。公子如此蔑視宋人宋酒，不覺持論偏頗麼？」

衛鞅大飲一爵，依舊是冷漠憂鬱的神色：「宋酒之淡醇，與宋人之錙銖必較，適成大落差。美食佳釀，若非顯示人之本色，皆為生僻怪異也。譬若生性好鬥，卻不食辛辣而嗜好甜品，豈非生僻怪異？前輩以為如何？」

「此言尚算有理。然則宋人如何？足下不以為商戰遺風，將使宋人如龍歸大海一般麼？」

衛鞅冷冷一笑：「前輩明鑒，方今大爭之世，遠非宋人先祖穩熟的溫平時世。精於商道而疏於達變，非但不會龍歸大海，反之可能傾國覆沒。前輩且拭目以待，宋國滅亡之日，近在咫尺也。」

老人撫鬚微笑：「宋國可以壽終正寢，宋人卻未必。放眼三千年，國人風華何曾與國運盛衰等同？宋人英華聰慧，不等同於宋國稱雄天下。魏國人才薈萃，亦不等於魏國終成大業。幾多時日，恰恰相反。誠如衛國有公子這般英傑之士，不也是奄奄將亡之國麼？根由何在？足下深思可也。」

衛鞅默然沉思有頃，大覺老人話語中隱含著無限深意，不覺離席向前，肅然拱手道：「敢問前輩高名上姓？」

白髮老人笑道：「人生相逢，何必相識。足下可願移樽共席？」

衛鞅在老人案前坐好，恭敬地拱手作禮：「前輩洞察深遠，以為當今天下何處可去？」此時俏麗侍女已經輕盈走來，將衛鞅的酒肉移放到老人案上，又輕盈而去。

白髮老人道：「若求醇厚凜冽，天下唯一處可去也。」

「請前輩明示。」

「效法老子，西行一遊。」

衛鞅略一思忖，用玉箸在長案上畫了一個「秦」字，目視老人。老人點頭微笑。衛鞅沉吟道：「西方之國，中氣虛弱，內外交困，談何醇厚凜冽？不若魏國，若有道之人在位，十年內即可大成。」老人依舊微笑：「天下大才，八九在魏。然魏國何曾用過一個？」衛鞅沉默，不由深重地歎息一聲。老人淡淡緩緩道：「天道悠悠，事各有本。大才在位，弱可變強。庸才在位，強可變弱。春秋五霸，倏忽沉淪。由此觀之，豈可以一時強弱論最終歸宿？」

衛鞅眼睛一亮，問道：「前輩以為，齊國氣象如何？」

「老夫剛剛從齊國雲遊而來。齊國新近稱王，國王田因齊志向遠大，築起學宮廣招賢才，氣象頗佳。然則，齊國舊根基素未觸動，齊王號令步履維艱。老夫曾與齊王有一面之晤，觀齊王之相，一方稱霸可矣，不足王天下。」

「然則，總比秦國有底氣也。」

老人微微搖頭：「未必如此。且不說秦為久戰之國，亡秦難於登天。單以秦國新君論，即有越王勾踐臥薪嘗膽之氣概。櫟陽城新近傳聞，秦國新君嬴渠梁，在政事堂立了一座國恥刻石，自斷左手兩指，以鮮血塗寫國恥二字。此君宵衣旰食，勤政愛民，又兼剛毅果決，誠為戰國以來聞所未聞之國君。老夫觀之，只怕秦國崛起，就在今世。」

衛鞅聽得怦然心動，正想發問，卻聞鄰桌議論喧嘩之聲大起。一個藍衫士人高聲道：「知道麼？魏王與齊王比國寶，魏王說國寶是夜明珠，齊王說國寶是人才！」一紫衣劍士接道：「夜明珠是國寶？魏國可就完了！」另一竹冠士人道：「我要到齊國去。齊國辦了個稷下學宮，每個士子一所三進宅院，孟夫子都要去了！」那個劍士卻高聲道：「要去還是秦國，老子都曾在秦國講學布道也！」又一個士人慷慨道：「六國分秦，你等不知道麼？秦國就要完了。那個秦國新君登位，竟然不准國人慶賀，不准鄉宴。你說哪個國君登位不大賀三月？不准慶賀，分明是無禮蠻夷之邦！」有人呼應道：「對！不克己，不復禮，亡國徵兆！」另有士子憤憤喊道：「克己復禮有何用？秦國不誤農時，反倒蠻夷了？你們儒生偏會不著邊際！一個窮國，老百姓吃西北風鄉宴哪！」又有人高聲嘲笑：「難怪孔夫子周遊列國沒人敢用，你等就講這種不吃飯的禮啊！」

眾人哄然大笑。白髮老人與衛鞅卻都沉默著。

這時，一個紅衣士人走進，在侍女引領下坐於衛鞅鄰座。酒肉上案後，紅衣人自顧飲酒，偶爾看看鄰座的衛鞅和老人。衛鞅沒有在意此人，向老人拱手問：「敢問前輩治哪家之學？」老人笑道：「生性散淡，駁雜無長，談何治學？不若公子專精一學，躬行實踐。」衛鞅笑笑問道：「既是雜家，前輩對天下諸家有何褒貶？」老人朗朗笑道：「諸子百家，無根不生。適者生存，何須褒貶？」衛鞅笑道：「前輩高潔，卻未免過分出世也。」

紅衣士人一直注意二人對話，此刻轉過身來向衛鞅一拱手，笑問：「先生對前輩所答，似嫌不足，敢問先生對天下諸家有何褒貶？」

衛鞅心中原本鬱悶，加之酒力衝擊臉泛紅潮，一時頗為興奮。見紅衣士人有意論戰，直抒胸臆道：「諸子百家，務虛論理者多，經世致用者少；懷古念舊者多，推動時勢者少；糾纏細目者多，緊扣大要者少。先生以為如何？」

「妙！」紅衣人擊掌笑道，「三多三少。看來先生推崇創新，注重致用了。但不知先生對天下大勢可有高論？」

衛鞅大飲一爵，一泄胸中塊壘道：「方今天下，戰國爭雄，諸侯圖存，是為大勢。爭雄者急功近利，唯重兵爭，卻不思根本之爭。是故爭而難雄，雄而難霸，霸而難王，終未有大成之國也！三十餘中小諸侯，或以守成圖存，或以依附圖存，或以斡旋圖存，若鄭莊公以小國求變圖存而成小霸者，竟無一國。以此觀之，中小諸侯難逃厄運，爭雄之大國難有所成。先生以為如何？」

一番慷慨，引來廳中聚酒者引頸相望。紛爭之世，時世潮流的變化與每個人的歸宿息息相關，人們自然是倍加關心，但有議論便想聽個究竟。此刻見這個布衣士子出語不同凡響，士子商賈吏員人等便紛紛聚攏而來，自然圍成了一個大圈。洞香春侍女對此等情景習以為常，從容地將每個客人的酒案就勢轉移，片刻間便形成了一個眾人聚酒論戰的氛圍。轉移之間有人鼓掌讚歎：「好！口辭簡約，義理皆通，確為高論！」

「且慢！先生說爭雄之大國難有所成，豈非一言罵倒天下？我看楚國就能大成！」

衛鞅見有人發難，雄心陡起，拍案笑道：「這位先生，未免太過一廂情願也。楚國雖地廣人眾，但變法卻是淺嘗輒止，依然被世族封地分割得零零碎碎，法令不能一統，國力不能凝聚。時至今日，連一個奄奄一息的越國都奈何不得，談何大成？談何爭雄？」

眾人一片哄笑，顯然是應和衛鞅，嘲笑那個擁楚士子。此時那個紅衣人卻向眾人抱拳拱手高聲道：「諸位且慢，容我問完先生。」轉回身道：「六國分秦，事在緊急，何以時近一月，兩邊皆無聲息？」這是剛剛傳開的消息，又是實實在在的眼前大事，自然是人人關心，人人都要聽聽這言必出新的年輕士子的說法，場中驟然安靜下來。

衛鞅稍有沉吟，微笑道：「以在下推之，目下雖無巨浪掀起，水下卻必有大動。然兩邊皆非陽謀，此處卻不便道來。」

紅衣士人傲慢的笑容一掃而去：「先生以為，六國分秦，魏國當持何策？」

衛鞅猛然舉爵，卻沒有了酒。侍女飄然飛來，輕靈斟酒。衛鞅舉爵飲盡，正色道：「大事不賴眾謀，大功不賴聯軍。六國滅秦，不若魏國獨當。合力雖則勢大，然則裂縫亦大。若魏國獨對秦國，強力敦促其回遷西部雍城，否則，逼迫秦國割讓東部十城以保櫟陽。若秦都西遷，東部必弱，魏國河西大軍可一鼓破之！秦國若割讓十城，則秦國沃土盡失，陷入西陲一隅，當有國破之危也。」

白髮老人未動聲色，身體卻是輕輕一抖。紅衣人揶揄笑道：「如此輕鬆，要大軍何用？」衛鞅冷冷一笑：「先生若不知上兵伐謀為何物，也就罷了。」一副不屑與之再辯的神色。紅衣人卻非但沒有不悅，反倒是爽朗大笑：「中庶子衛鞅果然不凡！佩服。」

有人高聲問道：「這位是中庶子衛鞅，卻不知紅衣先生何許人也？」

「士人論政，時下風尚，何須留名？告辭。」紅衣人起身一拱，大袖揮灑而去。

衛鞅默然，又舉爵一飲而盡，低頭默默思忖著。圍觀眾人見驕傲的紅衣人已去，年輕人似乎已經無心論戰，便也紛紛散歸原處，大廳中一時又靜了下來。白髮老人悠然道：「公子堅剛嚴毅，鋒銳無匹，畫策之精到實是罕見。然算畫深刻者，阻力必大，望公子以天算為本，徐徐圖之。」衛鞅猛然抬頭，爽朗大笑道：「前輩，我更相信人為。」

不想紅衣人報出衛鞅名字後，廳中已經議論紛紛。為衛鞅上酒的侍女輕步如飛，向後廳飄去。片刻之後，一個清秀異常的布衣士人來到大廳。此時白髮老人正和衛鞅殷殷道別，布衣士人便站在廳口屏風一側專注地端詳衛鞅。衛鞅送走老人，回身來到自己案前，將一個金餅放到銅盤中便要出廳。卻不想侍女捧著金餅輕柔笑道：「洞香春主人立規，客人但有高論，分文不取。敬請先生收回。」衛鞅一怔，又爽朗一笑，也不推辭便將金餅收起。侍女低聲笑問：「不知先生明日還來否？」衛鞅酒意猶在，揶揄笑道：「也是分文不取麼？」侍女點頭笑答：「也許永遠都是。」衛鞅對這慷慨的回答似感意外，不禁又一陣大笑，逕自出廳下樓去了。走到庭院樹蔭處，卻聽身後有人道：「先生留步。」

衛鞅回頭。一個清秀的布衣士人拱手迎來：「聞聽先生頗通弈道，不知肯賜教否？」衛鞅驚訝道：「你是何人？如何知我喜歡棋道？」布衣士人道：「遊學士子而已。安邑城對洞香春沒有祕密。」衛鞅聽說是遊學士人，不禁釋然笑道：「今日無此心思，下次若邂逅相遇，定當就教。」布衣士人道：「洞香春既可手談，又可廣聞博見，先生何不多多光顧？」衛鞅揶揄笑道：「多多光顧？洞香春博金如海，只怕成了顧光。」布衣士人被逗得「噗」地一笑，忽然孩童般頑皮地笑道：「怕它何來？洞香春棋室從來分文不取的。再說，店東請我謀劃雅室改裝，特許我有一個好友來訪。」衛鞅見他少年般天真，童心忽起，哈哈笑道：「那麼我來就說，找這麼一個布衣遊學？」手中比畫著他的清秀模樣。布衣士人臉泛紅暈笑道：「用不著，你進門我就知道。」衛鞅笑道：「也好，反正我近日要來一次。」布衣士人道：「最好後日晚上。」衛鞅笑問：「卻是為何？」布衣士人笑答：「後日我歇工。」衛鞅大笑：「為人做事，身不由己也。好，我走了。」說罷揚長而去。布衣士人卻站在樹蔭裡靜靜地望著他的背影，直到衛鞅去遠。

次日清晨，丞相府剛剛開始灑掃庭除，衛鞅騎著白馬馳出城外。

沿著涑水岸邊一陣疾馳，他身上已是微微冒汗。放馬跑出三十餘里，衛鞅走馬而回。想到昨夜在洞香春遇見的白髮老人，他便不能安寧，總是感到老人身上有一種說不清看不透的神祕。衛鞅油然想到古代姜尚、百里奚甚至自己的老師，這些年歲高邁卻依然心懷天下的大才高隱，都是可遇不可求的奇人。昨日經他一番點撥，的確有茅塞頓開之感。自己原來何曾想到秦國？何曾想到這樣的貧弱之國也可能有所作為？看來自己幾年來專注於魏國，潛心於書房，對戰國情勢已經有所生疏了。洞香春看來還得去，那裡那種赤裸裸的辯駁論戰和毫無掩飾的祕聞傳播，幾乎就是一個消息海，一個不同形式的智慧戰國。衛鞅相信再去幾次，就能決斷出自己的出路。想到這裡，他眼前浮現出那個俊秀明朗的布衣士人，想到了他孩童般頑皮的笑容和為了手談的良苦用心，不由「噗」地笑了出來。無垠宇宙（註：宇宙，語出戰國早期名士尸佼論著，見《尸子》下卷：「天地四方曰宇，往古來今曰宙」），茫茫人海，不期而遇一個毫無心機的棋友，也算一件舒心的事了。自己在陵園至少還得守一段時間，竟日苦讀有時也感到枯燥難耐，若能將這樣一個頑皮可人的小棋友邀去消磨消磨，也是快事一樁……

突然，他看見涑水南岸碼頭停泊了一隻小船，船上的紅衣人竟好像是昨日在洞香春的辯駁對手？衛鞅眼力極好，相信自己不會看錯。一種莫名其妙的感覺，使他不想在此處遇見此人。他圈轉馬頭，直上山坡，隱在樹後向河邊觀望。

南岸邊駛來一輛華貴的軺車，車後有一隊騎士。從下車官員的步態看，好像上將軍龐涓。衛鞅沒有看錯，這正是上將軍龐涓為紅衣人送行。兩人的對話隨風飄來，很是清晰。

「上將軍，這輛軺車價值不菲也。」

「先生見笑了，此乃魏王所賜，迎送必得乘坐。龐涓不能違拗王命也。」

一陣大笑：「上將軍，在魏王眼中，你與珠寶何者更重？」

「先生取笑。龐涓不解，先生法家名士，為何定要返回齊國？魏國更需要人才。」

「上將軍，慎到志在學宮，不在朝堂。魏國若真的需要人才，眼下就有扭轉乾坤的鉅子，何不起用？」——啊，原來此人竟是名聞天下的慎到！

「但不知先生所指何人？總該不會是公叔痤薦舉的那個衛鞅也。」

慎到一笑：「上將軍請我考校衛鞅。我觀此人器宇風骨，決然槃槃大才。他對實際政務的精到深刻，令人驚訝。此人若能在魏國為相，與上將軍文武相輔，魏國無可限量也。」

龐涓大感疑惑：「噢？此事來得蹊蹺！我親自考校衛鞅，明見他平庸迂腐，幾乎唯讀儒家之書。何以先生竟認為他是相才？」

慎到大笑：「安邑城三歲孩童都知道，上將軍與公叔痤將相不和，衛鞅能相信你麼？酒肆談辯，自然是名士本色了。上將軍以為如何？」

龐涓似乎停頓了一陣，又傳來聲音：「先生放心，龐涓當力保衛鞅入政。」

「好！如此我法家將會湧現一個名垂青史的大家了。」

「先生何以甘心將大位留給別人？自己不想名垂青史？」

慎到一陣笑聲：「任誰都能名垂青史，何如燒了那堆史書？慎到碌碌中才，居相為政，平平而已，何須徒然費力？」

龐涓道：「先生可知衛鞅師承？」

慎到道：「慎到相人，不問師門，唯看真才實學足矣。」

龐涓道：「多謝先生指教。」

「告辭。」慎到大袖一甩，小船順水飄然而去。龐涓車騎也轔轔隆隆地走了。

看看小船飄遠車馬無影，衛鞅方從山坡下來。一路卻是心思翻動，誰能想到此人竟是慎到？誰又能想到慎到受龐涓之託找到洞香春考校自己？如此一來，在龐涓面前的一番工夫豈非弄巧成拙？龐涓何以要這樣做？難道他根本就沒有相信自己？果然如此，豈非證明龐涓依然在懷疑自己？慎到在龐涓面前將自己如此褒獎，豈不是引得龐涓益發不能放手？龐涓會如何對待自己？想到傳聞廣泛的龐涓孫臏之間的恩怨故事與龐涓的無情手段，衛鞅不禁心中發緊。龐涓不是公叔痤，永遠不可能像公叔痤那樣著力舉薦自己。龐涓懂得剷除潛在的競爭對手，只要他認定你將是他真正的競爭對手……突然，衛鞅心中一亮——龐涓未必認定自己是潛在對手！但細細琢磨，一時卻又吃不準了。憑他對龐涓的體察以及種種關於龐涓的傳聞，龐涓自視極高，是極為自信的一個人，未必會因為公叔痤的舉薦與慎到的評價而推翻自己的考校。但是，公叔痤與慎到，都以「相人」享譽天下，龐涓又豈能對這兩個人的話當耳旁清風一陣？

一段進城的路，衛鞅磨了整整一個時辰有餘，終於打定了主意。

六、棋室裡的六國角逐

洞香春的棋室永遠都是誘人的。

主樓三層靠近庭院園林的一邊，是安邑人人皆知的養心廳。養心廳者，專供客人紋枰手談之清幽去處也。廳中疏落有致地排列著數十張綠玉案，每案各置做工考究的紅木棋枰。北面牆上赫然掛一方特製的巨大木製棋盤，兩側永遠站著兩名女棋童。尋常時日，吏員士子們飲酒聚談激烈辯駁之後，三三兩兩地來到養心廳安然對弈，將那無窮的機謀殺心盡顯黑白搏殺之中。若有特出高手或弈者請求，養心廳執事便會布置大盤解說。這時分散對弈的人們便會停下搏殺，仔細品評大盤棋勢，遇到精彩處便喝采叫好，遇到失算處便搖頭歎息。如果說，論戰與交流傳聞是洞香春的立足根本，那麼養心廳的博弈便是洞香春的靈魂。

養心廳中最顯眼的，是大盤下立在玉石架上的一張厚厚的銅板。銅板上刻著八個大字——連滅六國者，賞萬金！煞是驚人。戰國士子無不知棋，棋道殺伐中，士子們每每將對方與自己比作相互交戰的兩國一決生死。大廳中常常有諸如「趙國死矣」的歎息或「楚國得三城」的叫好，便是對雙方的大勢評判。時日長了，洞香春便將這習俗變成了一種棋外的規則，使弈者競爭更加激烈。弈者進廳入座，棋童便捧來一個銅鼎，鼎中是刻著字的七大戰國與三十餘中小諸侯國的圓形銅板。弈者伸手抓出一枚銅板，上面的國號便是自己一方的代號。若雙方都摸到了大國，圍觀者便會助興高喊：「燕楚大戰，好！」若一方是大國而另一方是小諸侯，人們便會替小諸侯搖頭歎息，若小諸侯一方勝了，人們則會加倍地興奮喊好。若這時廳中恰恰有該國士子，他們便會高興地請勝利者和客人們飲酒，而且會將這看作是國運的暗示。洞香春立下規矩，但有連滅「六大戰國」而「統一」天下者，賞萬金！然而數十年來，從來沒有人在這裡哪怕是連滅三大戰國，所以那銅板鐫刻的懸賞文告竟是始終不能拆除。正因為這種博弈規矩與風雲動盪的天下大勢隱隱暗合，所以那種國運與棋道交相刺激的誘惑，是其他聚談甚或論戰都不能替代的。

今日午後，養心廳來了一位非同尋常的客人。這便是那位面目黧黑的薛國商人猗垣。他和那個面白如玉的俊僕來到養心廳時，廳中已經有三十餘座在捉對兒搏殺。華貴軒昂的黧黑商人微笑著對女執事道：「何座勝多？」女執事恭敬地將黑白主僕領到中間一案前道：「這位先生已連滅三家諸侯，格殺凌厲，無可匹敵。」猗垣拱手微笑道：「在下願與這位先生對陣，不知先生肯迎戰否？」座中中年士人正在獨坐飲酒，聞言矜持笑道：「迎戰何難？只是須得讓子搏殺。」猗垣爽朗大笑道：「一戰若敗，再讓不遲。」中年士人點頭笑道：「然也。」猗垣回頭對執事道：「敢請安置大盤。」女執事興奮地答應一聲，回身向棋童道：「伺候大盤，擺案。」

片刻之間，養心廳中央單列出一座晶瑩碧綠的長案棋枰。待雙方坐定，秀麗的女棋童捧來銅鼎請二人定名。中年士人伸手入鼎，摸出一個銅板「啪」地打到案上，不由興奮大叫：「好！楚國！」黧黑商人摸出一枚銅板一打，卻是魯國，圍觀者不禁輕輕歎息。中年士人道：「大國讓先，請先生執黑棋。」言下之意，自然是他選了白棋。黧黑商人笑道：「恭敬不如從命了。」便伸手將一枚黑子清脆地打到左上三三位，手未縮回，中年士人已經將一枚白子「啪」地打在右下星位。商人略一思忖，再將一枚黑子打到左下三三位。此時大盤下的棋童已經變成了四個，兩個在木梯上站立，兩個在地上站立。棋案前女執事高聲報棋：「黑棋左上三三，白棋右下星位，黑棋左下再三三——」棋童便將帶有短釘的特製棋子摁進所報位置。

三手棋一出，大盤下的圍觀者一陣嗡嗡議論，大部分是替「魯國」歎息，一人高聲道：「魯國守勢太過！」年輕商人卻是不動聲色。

隨著大盤棋子不斷增多，只見「楚國」形勢廣闊，「魯國」卻是搶占了四個大角，中腹一隊「魯軍」正在出逃。顯然，「魯軍」若逃出，則「楚國」地、勢皆失。「楚國」若擒獲「魯軍」，則滅「魯」無疑。養心廳中寂靜無聲，觀者無不為「魯國」擔心。一個大紅長衫的魯國士子急得額頭冒汗，連連搓手。這時「魯軍」眼看山窮水盡，卻突然掉頭攻擊「楚國」不甚整肅的追兵，且一舉切斷追兵歸路，十餘回合激戰，竟將與大本營割裂的一隊「楚軍」殲滅。

「好——魯國萬歲！」那個額頭冒汗的魯國士人激動得嘶聲大喊，廳中一片鼓掌喊好之聲。幾個楚國的黃衣士子不禁連聲歎息，跺腳唏噓，如喪考妣一般沉痛。魯國士人高聲喊道：「執事，上酒！每位先生一爵，魯國泰山老酒！」片刻之間，一隊侍女飄來，每個士子手裡都有了一爵紅亮亮的泰山美酒。魯國士人舉爵笑道：「為魯國不衰不滅，乾！」遵照為勝利者慶賀的規矩，所有人都舉爵呼應：「為魯國不衰不滅，乾！」全場一飲而盡。

中年士人向年輕商人一拱手道：「先生精通博弈，在下佩服，明日再請賜教。」轉過身又對幾個楚國士人深深一躬，大有羞愧之色，匆匆下樓去了。

這時，天色已近黃昏，養心廳已經燈火通明。興奮議論的士子們紛紛和黧黑的年輕商人商討方才的激戰。那個面白如玉的俊僕，卻只顧站在棋枰前凝神沉思。這時，人群中出現了那個畫工布衣士子，目光在廳中巡睃，似乎感到失望。突然，他眼睛一亮，快步向大廳門口走來。

衛鞅出現在養心廳口，依舊一身白衣，凝重飄逸。

布衣士子從背後輕輕一拍，低聲笑道：「兄臺來也。」衛鞅回頭一看，高興地笑道：「如何不稱先生？非禮也。」布衣士子笑道：「俗套。手談友人，自應是兄臺了。」衛鞅親切微笑道：「甘做小弟，卻是虧了。」布衣士子道：「得遇兄臺，虧之心安也——」拉了一個長長的尾音。衛鞅不禁大笑：「還真是虧了啊？」轉低聲音道，「哎，回頭到我的山裡去手談，如何？」布衣士子高興得笑出一臉燦爛：「妙極妙極！」衛鞅道：「今日如何手談？」布衣士子頗為神祕地笑道：「小弟聽執事講，方才有個大商棋道精湛，滅了『楚國』，兄臺先勝他一局如何？」衛鞅搖搖頭笑道：「滅國棋戰？那你？還是你我消磨了。」布衣士子道：「兄臺不知，小弟最喜歡看棋。殺敗那人，小弟為你慶賀。」衛鞅笑道：「輸了如何？」布衣士子又露出頑皮的笑容：「小弟為你一哭。」衛鞅不禁哈哈大笑：「好，聽你哭。」

布衣士子領衛鞅來到中央案前，只見面目黧黑的年輕巨商正在若有所思地和他的俊僕擺方才激戰過的那盤棋，一邊擺一邊品評講解。衛鞅端詳有頃笑道：「楚國何其蠢也？」主僕抬頭，商人笑道：「先生對『魯國』不以為然？」衛鞅淡淡一笑道：「機敏有餘，大局不足。」商人揶揄笑道：「如此品評，先生定是弈道高手了？」衛鞅笑道：「尚未見陣，何論高低？」商人豪爽笑道：「可否與先生對弈一局？」衛鞅點頭道：「大盤？」商人豪爽道：「大盤。」

衛鞅回頭笑道：「小弟，如何？」

布衣士子高興地上前：「二位請入座。我識得執事，即刻安置。」說完輕步走向廳後月門。

兩人剛剛坐定，侍女便捧上趙酒給二人斟起。衛鞅與商人同時舉爵相向，一飲而盡。也就在這片刻之間，大盤與棋枰均已安置妥當，女執事肅然站於長案前三尺處，養心廳士子們也圍攏在大盤下嘖嘖感歎今日的奇遇。布衣士子卻只站在衛鞅身後，不斷打量對面的商人。玉面俊僕站在商人身後，也不斷注視對面的衛鞅，眼中大有光彩。棋童捧來銅鼎請二人定名，商人摸出一個「魏國」，廳中頓時譁然喝采。商人卻是一怔，又是淡淡一笑。衛鞅隨意一摸，卻出來一個「秦國」。圍觀者不禁一陣歎息。衛鞅心中閃過白髮老人，不由自主地大笑起來。

「敢問先生，笑從何來？」商人拱手正色，似乎特別在意對手為「秦國」的大笑。

衛鞅豪氣勃發：「人言弱秦，安知不會在我手中變為強秦？」

商人長長吁了口氣：「先生，豈不知我手中的魏國更強大？」

「強弱之勢，古無定則。強可變弱，弱可變強。變化之道，全在人為。安知魏國不會萎縮弱小？」衛鞅決勝心起，雙目炯炯發亮。

年輕商人似乎也特別興奮，慨然道：「秦為弱國，先生請。」

衛鞅盯著棋枰，也不謙讓，一枚黑子「啪」地打到中央天元上。女執事高聲報道：「秦國占據天元——」圍觀者一片譁然，當即一齊聚攏到棋枰四周。

黧黑商人驚訝地「啊」了一聲：「先生何等下法？許你重來，莫將秦國兒戲了。」

衛鞅很是平靜：「中樞之地，輻射四極，雄視八荒，大勢之第一要點也。如何兒戲秦國？」

「我若占地，先生之勢豈非成空？」商人拈一白子，打到右下角位。

女執事高聲報道：「白棋第一手，右下三三位——」

眾人一片讚歎，紛紛點頭。衛鞅身後的布衣士子和商人身後的玉面俊僕卻都一齊盯著衛鞅，似乎又緊張又興奮。

衛鞅淡然道：「勢無虛勢，地無實地。以勢取地，勢漲地擴，就地取地，地縮勢衰。」拈一枚黑子，「啪」地打到右邊星位。

「黑棋，右手星位——」

須臾之間，大棋盤上已落九手。黑棋五手均占上下左右中五星位，白棋四子占四方角地。年輕商人凝視棋盤，看黑子構成了一個縱橫天地的大「十」字，正色拱手道：「先生行棋，著著高位，全無根基，卻是何以將秦國化為實地？莫非有意輸掉秦國？」急切之情，似乎比對自己的「魏國」更在心。

衛鞅不禁笑道：「豈有此理！若有高位，豈無實地？看好你的魏國便是。」圍觀者多有魏人，立即一片呼應：「先生但下便是！」「魏國一定要勝！」

黑面商人不再說話，開始驅動「魏國」攻取實地。「秦國」卻是騰挪有致，盡量避免纏鬥。幾十個回合後，「魏國」角邊盡占，仔細一看，卻都龜縮於三線以下。「秦國」卻是自四線以外圍起了廣闊深邃的大勢，莫名其妙地竟使「魏國」實地明顯落後於「秦國」！

哄哄嗡嗡……養心廳整個騷動起來。魏國的吏員士子們急得連連歎息，故意以議論的口吻高聲評點，以圖給「魏國」一點兒啟示和警告。黑面「魏國」卻是不急不躁沉思默想，突然打進「秦國」腹地。

「好！」大盤一上子，廳中齊聲叫好。布衣士子與玉面俊僕盡皆微微皺眉。

「秦國」沒有慌亂，卻突然向「魏國」邊地切入。「魏國」若被滲透，實地就有可能被搜括淨盡。思忖良久，「魏國」只有回兵抵擋。但是如此回防，「秦國」本有些微縫隙的防線也因此而成了銅牆鐵壁。衛鞅捨棄了滲透「魏國」邊地的零散「秦兵」，搶得先手，突然向先前打入腹地的「魏軍」發動猛攻。由於「秦國」起手占據了中央天元，一隊「魏軍」無論向哪個方向逃竄，都被從中央逼向四周的銅牆鐵壁。堪堪數十回合，「魏軍」被四面合圍，終於陷入絕境。

養心廳一片愕然，一片沉寂，連歎息聲也沒有了。

「好——」一聲脆亮，布衣士子和玉面俊僕兩人不約而同地鼓掌高叫。隨著喊好聲，一片沉重的歎息聲終於嗡嗡哄哄地蔓延開來。「魏國氣運不佳啊。」「此等打法，真教人匪夷所思。」「秦國有好運了，往前看吧。」

黑面商人站起身來肅然拱手：「先生棋道高遠，在下輸得心服口服。」

布衣士子笑吟吟高聲問：「在座諸位，可有不服麼？」

一片掌聲，一人高聲道：「戰國講究個崇尚實力，我等魏人也服了！」話音落點，養心廳一陣好喝采。又一人高聲道：「這位先生為棋道生輝，可否指點方才棋理，讓我等以開茅塞？」

黑面年輕人也拱手笑道：「在下也有此意，願聞高見。」

衛鞅心頭又一次閃過白髮老人的身影——奇怪，如何今日又一次貼近了秦國？對這種蹊蹺之事他素來不以為意，今日卻總是揮之不去。眼見廳中人等誠心請教，便拋開思緒微笑起身。戰國風氣，素來沒有多餘的自謙客套，胸有見解而遮遮掩掩，會被人大為不齒，一班名士更是不屑於虛己。衛鞅從容上前，指著牆上的大棋盤道：「圍棋之道，天道人道交合而成也。遠古洪荒，大禹疏導，大地現出茫茫原野。於是大禹立井田之制，劃耕地為九九擴大的無限方塊。其中溝渠縱橫交織，民居點點布於其上，便成人間棋局也。後有聖哲，中夜觀天，感天中星光點點，大地渠路縱橫成方，神往遐思，便成奇想，遙感天上星辰布於地上經緯，當成氣象萬千之大格局。神思成技，做經緯交織於木上，交叉點置石子而戲，是有棋道之始也。其後攻占征伐，圍城奪地，人世生滅越演越烈，棋道便也有了生殺攻占、圍地爭勝之規則。久而久之，棋道成矣。此乃人道天道交相成而生棋道之理也。」

舉座無聲，人們彷彿在聽一個天外來客的深奧論說。

布衣士子問：「這棋，何以稱之為『圍』？」

衛鞅侃侃而論：「人間諸象，天地萬物，皆環環相圍而生。民被吏圍，吏被官圍，官被君圍，君被國圍，國被天下圍，天下被宇宙圍，宇宙被造物圍，造物最終又被天地萬物芸芸眾生之精神圍。圍之越廣，其勢越大。勢大圍大，圍大勢大。此為棋道，亦是天道人道。棋道聖手，以圍地為目標，然必以取勢為根基。子子樞要，方可成勢。勢堅則圍地，勢弱則地斷。若方才之棋，若『秦國』處處與『魏國』糾結纏鬥，『秦國』則難以支撐。若以勢圍地，勢地相生，則『秦國』自勝。因由何在？棋若無勢，猶國家無法度架構也。棋若有勢，則子子有序，若民有法可依，兵有營規可循也。聖手治棋，猶明君治國，名將治軍也。」

年輕的黑面商人離席深深一躬：「先生真當世大才。在下五歲學棋，至今已經二十餘年，會過無數名家高手，卻未聞此等精深見解。更無一人能像先生，講棋而超於棋，將棋道、天道、人道、治道融為一體！今日得遇先生，當稱三生有幸。不知先生可否與在下做長夜飲？」

衛鞅笑道：「既逢知音，自當痛飲。」

「好！請到我居所去。」年輕人拉起衛鞅，舉步便走。

「這位先生，不能走。」突然，一個冷冷的聲音從廳門口傳來。

廳中所有目光都轉向了養心廳大門。只見一位帶劍將軍昂昂走進，向衛鞅拱手道：「末將奉公叔夫人之命，請先生回府，商議要事。」衛鞅淡然道：「你是公叔府何人？」來者又是昂昂一拱：「末將新到，未能與中庶子相識，尚請見諒。」衛鞅思忖有頃，對年輕商人笑道：「不期相逢，甚感知音，若有機緣，容當後會了。」黑面商人大有遺憾，卻也慨然笑道：「高人可遇難求，但願後會有期。」衛鞅轉身對來將道：「走。」舉步間想到那位頗顯天真的布衣小弟，想對他道別一聲，抬頭四望，卻不見了他的身影，便不再猶疑，大步出廳去了。

那個玉面俊僕怔怔地看著衛鞅背影，輕輕的一聲歎息。

七、衛鞅龐涓　智計周旋

天街之南有一條東西走向的長街，是魏國官員宅邸集中的區域。這裡有兩座府邸特別顯赫，一座是丞相府，另一座便是上將軍府。丞相公叔痤已經死了。按照魏國定制：開府丞相死後其眷屬應遷出丞相府，搬到國君賞賜的純粹住宅，這種官署與住宅兩結合的官邸應當由繼任丞相居住。目下繼任丞相雖沒有確定，但官場對上將軍龐涓出任丞相還是看好的，認為他完全可能同時成為這兩座顯赫府邸的主人。安邑官場素來以靈動聞名天下，自然是紛紛找出各自的理由來向上將軍討教。就在這已近午夜的時刻，上將軍府前還是高車駿馬如流，進進出出不斷。上將軍龐涓近日也一改平素間疏於應酬的習慣，對任何一個拜訪討教者都熱誠指點，願做學生門客者也欣然接納。這種興旺熱鬧，與百步之外幽幽冷清的丞相府適成兩端比照，在這錦繡華貴的長街顯出了一段宦海滄桑。

十名鐵甲騎士護衛著一輛鋥亮的軺車轔轔駛來。車上的衛鞅卻感到不是滋味。禮賢下士麼？派來一個赳赳千夫長。保護貴客麼？倒更像是防範他逃走。衛鞅一出洞香春看到這軺車甲士，就揣測到自己將要去的地方。他安然上車，也不問為何說到丞相府而不進丞相府，聽憑軺車向上將軍府駛來。到得車馬場軺車未停，直接駛入西偏門，進入幽靜的跨院。千夫長在跨院石門前下車，向衛鞅昂昂拱手道：「到了，先生請下車。」衛鞅跳下車來，千夫長又向石門前肅立的軍吏亮出了一支令箭，軍吏肅然退後一步，兩人進入幽靜的庭院。

庭院正房廊柱下站著一位身穿大紅斗篷者，千夫長高聲報道：「稟報公子，中庶子衛鞅帶到。」廊下紅衣人揮揮手，千夫長昂昂而去，紅斗篷者大笑迎來：「衛鞅何其風流？竟到洞香春消遣了，妙也！」衛鞅淡漠笑道：「公子卬王族貴胄，竟無居室待客麼？」公子卬又是一陣大笑：「你啊，總是那麼峻刻。來來來，進去就知因由了。」說著拉起衛鞅的手走入燭光明亮的正房。

正房裡間是一個精緻的小廳，竹簡四圍，劍架中立，兩張長案上已經擺好了鼎爵酒肉，虛位以待。公子卬親切笑道：「衛鞅，請入座。」衛鞅也不說話，便坐入南面的客位。公子卬坐了北面正位，舉爵笑道：「久未聚首，常懷思念。來，先乾一爵。」衛鞅淡淡漠漠地笑著舉爵，兩人一飲而盡。公子卬慨然一歎道：「衛鞅，你剛來安邑，我就與你相識也。五年了，卬雖說是王族貴冑，可沒有將你做小吏看。你是我的高朋益友，我的軍師也。我每有難處，你總是能給我謀劃出個好辦法。否則，我早被活吞了……來，再乾！」

衛鞅笑道：「權術謀劃，衛鞅不以為榮，聊作遊戲耳，何足道哉？」

「好！痛快。不過，我還是要還這個人情。」

衛鞅一陣大笑，只是不接話題。公子卬繼續興奮地說著：「昔日，我也曾舉薦你到魏王身邊做舍人，錦衣玉食，何等貴氣？可你就是不去，跟著老公叔泡了幾載書房，這叫名士入世麼？老公叔器重你麼？連個都司徒都不給，最後搪塞，乾脆舉薦你做丞相！這不是癡人說夢麼？丞相那麼好做？分明戲弄人也！還說不用你就殺了你，老公叔何其陰狠！若非魏王睿智通達，你豈非大禍臨頭？終了如何，你還替他守陵，世上還有個公道麼？」

公子卬說得慷慨激昂。衛鞅卻是面色漸漸陰沉，片刻間連飲三爵，竭力壓制自己胸中翻翻滾滾的憤怒之火。對公子卬這樣的人他能如何說辭，此時此地此人，都不是自己應該辯白的，唯一要做的，就是忍耐，忍耐。公子卬卻是另一番感受，他很是同情衛鞅，很是理解衛鞅的心緒——經他點撥，衛鞅醒悟過來，心裡自然不好受。他便舉爵陪衛鞅連飲了三爵，歎息一聲道：「衛鞅啊，不要難過。天無絕人之路。今日請你，就是好事一樁。上將軍龐涓聽我說到你的才具，十分器重，想委你做他的軍務司馬，職同中大夫，比中庶子那是天上地下了。如何？時來運轉也。」他講得興致盎然，溢出濃濃的施恩救人了卻心願的快感。

「軍務司馬，職同中大夫，不小。」衛鞅淡淡一笑。

「有三進宅院，三尺軺車，十名甲士，年俸三千斛也。」

「又悠閒，又風光。人云：『想舒服，中大夫。』對麼？」

公子卬大笑道：「鞅兄呵，你是說透了。再說，你到上將軍府，對我也好。」說到後半句，他壓低聲音神祕地一笑。

衛鞅搖搖頭道：「公子高論，衛鞅不明。」

「你啊你，書房真將你給泡迂了？有你在此，這裡的事我也清楚些許。你放心，有我在，沒有誰敢動你。」

剎那之間，衛鞅的炯炯目光盯住了公子卬，倏忽之間卻又消失，臉上現出淡漠的笑容：「公子良苦用心，衛鞅感念不已。只是衛鞅與這做官無緣，如之奈何？」

「卻是為何啊？」廳外傳來渾厚的話音，隨之走進一個紅衫拖地長髮披肩顯得灑脫隨意而又不失氣度的人，赫然便是上將軍龐涓。

公子卬連忙道：「衛鞅，上將軍到了，還不見禮？」

衛鞅離席而起，躬身一禮道：「中庶子衛鞅，參見上將軍。」

「入座入座。」龐涓坐到橫置的長案前，撫著長鬚悠然笑道：「衛鞅啊，我的掌書說你博學強記，六經皆通。公子對你更是大加讚賞。軍務繁忙，老夫沒有親自登門求賢，多有得罪，還請見諒了。」

衛鞅謙恭道：「鞅區區小吏，何敢勞上將軍大駕？」

「衛鞅啊，軍務司馬可是贊襄軍機的要職，你何以說與做官無緣？」

「稟上將軍，公叔丞相新喪，我正在為師守陵，不宜入仕為官。」

公子卬急切道：「非親非故，連正宗學生也不是，你何須為他守陵？」

「公子此言差矣。公叔丞相教誨五年，待我不薄，衛鞅自當以師禮報之。我儒家素來以孝道為第一大禮，況我守陵為魏王親點，豈敢半途而廢？」一番話當真有儒家的認真執拗。

公子卬情急道：「那有何難？我向魏王稟明實情，開脫守陵便是。」

龐涓一直靜靜地看著衛鞅，向公子卬搖搖手，回頭道：「當今名士，誰不想建功立業？衛鞅難道不想跟我征戰列國，一統天下，名垂青史？」

「三年禮盡，衛鞅定到軍前效力。」衛鞅恭敬地拱手回答。

突然，龐涓哈哈大笑道：「衛鞅莫非自命不凡，嫌官小職微？」

「小小中庶子，衛鞅做了五年，上將軍自然知曉。」

「莫非想到他國求職？」

「若去他國，何待今日？」

公子卬滿臉不悅，歎息一聲：「上將軍，讓他自已慢慢參詳去也。」

龐涓大度地笑道：「儒家之士，多有堅貞。衛鞅盡大孝之禮，名正言順也。衛鞅，你若守陵期滿後能來我軍中任職，就算本上將軍沒有看錯你。」

衛鞅深深一躬道：「多謝上將軍成全。」

龐涓一拍手，走進那個昂昂千夫長。龐涓正色命令道：「衛鞅已經是我軍務司馬，守陵期滿後赴任，你帶一百名軍卒護衛司馬，不得出半點差錯。」

「末將遵命！」千夫長昂昂應命。

公子卬拊掌大笑：「上將軍求賢有術，真個高明，我看你衛鞅敢不做官？」

衛鞅沉吟有頃，期期艾艾道：「既然如此，上將軍，預發我俸金麼？」

龐涓心中頓時一鬆：當一個人計較官俸的時候，那就意味著沒有威脅了，於是欣然道：「衛鞅所請有理，司馬官俸、車馬、府邸，一應從年後發放。」

衛鞅誠惶誠恐地一躬：「多謝上將軍恩德。」

公子卬一陣大笑道：「你這衛鞅，前倨而後恭，看來是只服上將軍也！」

衛鞅略帶愧色地笑道：「公子見諒，衛鞅原也敬服公子。」

龐涓與公子卬不約而同地大笑起來。

深夜，昂昂千夫長「護送」衛鞅到丞相府門前。衛鞅謝絕了車馬入府，在幽暗冷清的丞相府門前下了車。望著軺車遠去，他怔怔地站在樹下，不禁一聲沉重的歎息。

突然，身後有輕輕笑聲。

衛鞅一驚，迅速回身，卻見那個清秀的布衣士子笑吟吟站在面前。衛鞅生氣道：「如何沒個正形？夜半遊魂一般。」布衣士子笑道：「你如何不問你走時我到何處去了？」衛鞅板著臉道：「你不說，我問你何來？」布衣士子道：「啊，我卻知曉，中庶子衛鞅變吏為官，成了軍務司馬，明年就有官俸了。」衛鞅驚訝得一時無對，思忖間凜然道：「實言告我，你何許人也？」

布衣士子一笑：「無論我是誰，都不會有損兄臺絲毫。我來，是提醒你一件事。」

「提醒我何事？說！」

「凶巴巴的，名士都這樣麼？」

衛鞅被他說得有些尷尬，想想也是沒來由的聲色俱厲，不由笑道：「好，向小弟致歉了。請問，要提醒我何事？」

「哼，像個老儒，還不如凶巴巴。」

衛鞅不禁哈哈大笑：「哎呀呀，你這小弟，難纏得緊。說話，別噘著嘴了。」

布衣士子看著衛鞅，臉色紅布一般。衛鞅親切地拍拍他肩膀：「莫緊張。有不好的消息麼？」布衣士子身子輕輕一抖，又立即鎮靜下來道：「兄臺，與你對弈的那個大商，是秦國密使。」

衛鞅聞言，驚訝得說不出話來。又是秦國？洞香春的種種巧合剎那間在他心中閃過——老人說秦國，下棋執「秦國」，對手又是秦國密使——莫非真是天意？倏忽間，一陣警悟從心頭掠過，大有清涼舒暢之感。衛鞅長長出了一口氣，無論如何，他至少能明確斷定，秦國密使對他沒有惡意，不會是壞事。突然，他對這個短暫相識的布衣士子頓覺親切，雙手扶著他的肩膀釋然笑道：「不問你是誰，多謝你了……哎，你身子為何發抖？涼風吹的？」衛鞅說著解下自己的長衫，給布衣士子披在身上。

布衣士子微微喘息：「略受風寒，不打緊。兄臺莫要再去洞香春了，有大傳聞我來告你。」

「又不讓我去了？好，不去。哎，是否你不在洞香春做了？」

布衣士子搖搖頭笑道：「你本該回陵園了，又牽掛消息不通，解你一難還不好？」

衛鞅沒有想到這個邂逅的少年這般聰穎，竟然能想到他的處境，不禁湧上一種欣慰，輕輕一歎道：「是啊，我不能老在上將軍眼皮下轉，我應當離開，也得好好思謀一番，許多事情我還得想透才是。」

布衣士子一拱手笑道：「我走了。長衫給你。」

衛鞅笑道：「下夜涼如水，給我何來？」

布衣士子又露出那種頑皮的笑容：「兄臺一件官衣，明日如何出門？」

衛鞅被他說破，不禁哈哈大笑：「你也，鬼靈精！我這小吏無車，不能送你，不若到我的小屋痛飲手談一夜，如何？」

布衣士子明亮的眼睛一撲閃，笑道：「洞香春近在咫尺。我走了。」說完逕自匆匆去了。

第四章 秦國求賢令

一、車英出奇計　洮水峽谷大血戰

終於，秦孝公接到了景監送回的緊急密報——兩個月內六國不會攻秦。

這時，渭水平川的老霖雨纏纏綿綿地下完了，正是太陽剛剛曬乾地皮的時候。他看完密報，打馬出城，沿著櫟水北岸向西飛馳出三十餘里。遍野蔥綠，陽光明媚，秦孝公心中的陰霾也終於淡開了一些。在飛馳的馬背上，他的第一個念頭就是，如何利用這兩個月化險為夷？在弱肉強食的戰國，任何諾言和盟約都是不可靠的。景監說兩個月無事，肯定是費盡了周旋。即或如此，也難保魏國上層在兩個月中不發生變化。秦國要消除這次滅國之危，祕密斡旋分化六國固然重要，但這絕不是消除危難的根本點。最重要最根本的是，秦國必須抓住斡旋分化所爭取到的短暫時日有所作為，至少徹底解除西陲的後顧之憂，將兩面受敵變為一面防禦。但是，西陲的危險部族還沒有公然發動叛亂，秦軍能先發制人麼？這些部族和山東六國不同，他們在沒有叛亂的時候依舊是秦國臣民，無端進攻即或取勝也是後患無窮。西陲大大小小幾十個部族方國，從此將不再信任秦國，從而釀成連綿不斷的騷動叛亂，這是任何一個大國都難以應對的，況且秦國還是積貧積弱的時期。然則，若被動等待他們發動叛亂而後擊之，秦國又必然陷入兩面作戰，即或取勝，也必須以東部的丟城失地大血戰為代價。萬一不測，秦國有可能盡失關中，重新被擠回到隴西河谷。無論哪個結局，都是秦國所必須避免的。可是，其中的兼顧之策在哪裡？不妨派一個幹員到隴西和左庶長嬴虔商議，看有沒有一個盡速解困的好辦法。

太陽偏西時分，秦孝公才走馬回城。

來到國府門前，他正準備下馬，卻聽到一陣隆隆之聲從身後急驟而來。一回頭，只見一隊戰車急匆匆駛來，駕車者竟全是少年兵士。秦孝公感到詫異，櫟陽城的老戰車早就廢棄了，如何竟有如此多的少年兵卒駕戰車上街？正在此時，為首戰車上的一個年輕將佐向後舉手高喊：「停！」十餘輛戰車便轔轔隆隆地停了下來。秦孝公在街邊大樹旁下馬，想看看這隊戰車究竟在做何軍事？這時只見帶劍小將軍利落地跳下戰車，到中間一輛戰車前俯身察看車輪，又敲又打，竟一刻未完。秦孝公少年從軍，對戰車頗為熟悉，不禁走到戰車前問：「病車麼？」小將沒有抬頭：「行車聲音不對，還沒找出車病。」秦孝公道：「你起來，我來試試車。」小將抬頭，見一個身穿軟甲外罩斗篷，穩健厚重卻又難辨年齡的將軍站在面前，連忙拱手道：「是，請將軍試車。」

秦孝公熟練地跨上戰車，駕車向前疾馳一段折回，跳下戰車道：「這輛戰車，車軸磨損過甚，行將斷裂，要換新軸。」小將露出欽佩神色，高聲道：「將軍，末將立即更換新軸！」秦孝公問：「這些老舊戰車，你等駕出來何用？」小將肅然正色道：「稟報將軍，秦國兵少力弱，末將想讓這些未上過戰場的新卒學會戰車格殺，萬一危急，這些老舊戰車也可派上戰場！」秦孝公大感欣慰，笑道：「你有此預想，堪稱為將之才。今年多大？竟然是黑鷹劍士了？」秦孝公指著小將胸前的鐵質黑鷹訝然讚歎。這種黑鷹徽記是秦軍對劍術競技中最優秀者的特殊標記，極難得到。

小將挺身拱手：「末將今年十八歲，十六歲時軍中大校，得到黑鷹劍士。」

秦孝公驚訝笑道：「十六歲？比我還早一年？名字？」

「末將子車英，軍中喚我車英。」

秦孝公心中一動，若有所思：「子車？子車氏？你，你與穆公時的子車氏三雄可有淵源？」

小將稍有沉吟，低聲道：「穆公子車氏，正是末將先祖。」

剎那之間，秦孝公大為驚喜。子車氏三雄，那是秦穆公時候的三位名將賢臣。穆公將死時昏昧不明，竟下令這三位同胞英雄殉葬，引起老秦人的深刻哀傷，傷逝歌謠傳遍了秦國的田野山村，又傳到東方各國。三賢殉葬，子車氏一族泯滅，秦國也奇怪地就此衰落了。此後百餘年間，秦國沒有名將名臣出現。這是秦國的一段漫漫長夜，也是老秦人耳熟能詳的悲慘故事。作為國君，秦孝公對這段歷史熟悉得不能再熟悉了。常常是深夜時分，他會在書房裡低哼著那首深沉憂傷的歌謠，默默地痛徹心脾地反省思索，激勵自己不要重蹈先祖的覆轍。今日，竟然不期遇見子車氏後裔，他胸中頓時奔湧出一股熱流，上前抓住小將的雙手道：「車英，會唱那首〈黃鳥〉麼？」

少年將軍含淚點頭：「將軍，你也會唱〈黃鳥〉？」

「心祭先賢，我等一起唱。」秦孝公也是淚光閃閃。

車英顫聲道：「將軍，這是國府門前，還是莫唱〈黃鳥〉。」

秦孝公高聲道：「車英，我就是國君嬴渠梁，唱……」

剎那之間，車英雙淚奔流，撲身跪倒，哽咽一聲道：「君上！」

這首〈黃鳥〉，寄託著老秦人對子車氏三雄的深深思念，也隱含著對秦穆公的重重譴責。今日國君要唱〈黃鳥〉，那是一種何等驚心動魄的預兆啊！年少睿智的將軍如何能對自己家族的苦難無動於衷？一時間淚如泉湧。

這時，戰車上的少年兵卒也一齊下車跪倒高呼：「君上——」

秦孝公扶起車英，又對少年兵卒揮手道：「來，我等唱起〈黃鳥〉，追念先賢，惕厲自省。」說著，便挽起車英和少年兵卒，踏著秦人送葬時的沉重步伐，唱起了低沉憂傷的〈黃鳥〉：

交交黃鳥　止於棘
誰從穆公　子車奄息
彼蒼者天　殲我良人
如可贖兮　人百其身

交交黃鳥　止於桑
誰從穆公　子車仲行
彼蒼者天　殲我良人
如可贖兮　人百其身

交交黃鳥　止於楚
誰從穆公　子車鍼虎
彼蒼者天　殲我良人
如可贖兮　人百其身
……

當秦孝公興奮地拉著車英回到政事堂書房時，已是黃昏時分。秦孝公高興地吩咐黑伯安置酒肉，與車英飲酒敘談。黑伯看到國君從未有過的笑臉，也高興得腳步特別輕快。車英含淚敘述了子車氏部族兩千餘口出走隴西的坎坷曲折，秦孝公聽得唏噓涕淚，不勝感慨。想到子車氏一門的根基仍然在隴西，不禁憂心如焚，那裡大戰將起，子車氏一門豈非有滅族之危？他滿面憂急地問道：「車英，你對西陲情勢清楚麼？」車英點頭道：「大體曉得。」秦孝公道：「隴西已成危邦險地，子車氏族長知道麼？」車英搖頭道：「族中不知道，然我軍必能戰而勝之，君上無須多慮。」秦孝公沉重地歎息一聲，便將秦國目下面臨的危境和隴西的左右為難，一一說給了面前這位睿智英俊的年輕人，最後正色道：「車英，你帶我一道手令，迅疾趕往隴西，我命左庶長嬴虔給你三千鐵騎，將子車氏全族快速地祕密轉移到陳倉地帶。子車氏不能覆沒！」

車英沉吟未答，有頃抬頭道：「君上，大軍祕密開進隴西，本為對叛亂出其不意地痛擊。若以大隊人馬遷移族人，必使叛亂部族警覺。車英以為，還當以國難為重，平亂為先。」

秦孝公不禁感慨中來——僅此寥寥數語，就顯出了子車氏的大義本色。他對面前這個論年齡尚未加冠的少年竟有如此冷靜的膽識，感到由衷地讚歎，點頭沉吟道：「車英，你說得甚好。然則，秦國如何能坐視子車氏再遭大難？」

「君上，末將有一計，可誘使叛亂早發，不知可行否？」

「好，快說！我正犯難。」秦孝公大為興奮。

「君上派一幹員，假扮為魏國使臣，試探隴西部族，若其當真做好了叛亂準備，可約定將叛亂發兵的日期提前。屆時我五萬鐵騎埋伏在東進必經的要道峽谷，一鼓聚殲之。」

「啪」的一聲大響，秦孝公拍案而起道：「好！真乃奇思妙想！」大笑有頃，秦孝公回頭道，「車英，今日不期遇你，上天之意啊。就派你去做這件大事，如何？」

車英起身，肅然拱手：「末將決然不辱使命！」

秦孝公慨然笑道：「車英，自今日起，你就是左庶長嬴虔的前軍主將！」

「謹遵君命！」車英英姿勃發，卻無絲毫的浮躁氣息。

「車英，你還得跟我去見見太后，她老人家要知道你是子車氏後代，不知該多高興也。」

「君上，方今國家生死存亡之際，我想星夜奔赴隴西。戰場歸來，車英當對君上與太后報捷。」

車英兩眼閃著瑩瑩淚光。

「你欲今夜西行？」秦孝公感到驚訝。

「君上，既出奇計，便當兵貴神速。車英早到一日，我軍便添勝算一分。」

秦孝公感慨萬千，拍拍車英肩膀道：「好將軍。這樣，我們即刻準備。黑伯，傳諭櫟陽令子岸，即刻調輕騎五十，到國府門前等候。」

「是！」黑伯疾步走出政事堂。

午夜時分，車英攜帶著秦孝公的手令並一應假扮魏使護衛的鐵甲騎士，出了櫟陽城西門，狂風驟雨般向西捲去。

這時的隴西，表面上依然很平靜。但在這平靜的表面下，卻隱藏著即將爆發的巨大風暴。趙國特使的煽動和占據秦國西地的許諾，重新燃起戎狄部族沉睡了的草原戰國夢。西獂、犬丘、大駱、大荔、紅髮、黃髮等十六個部族首領歃血為盟，公推西獂頭領剎雲單于為盟主，約定在六國進兵之日大舉叛亂，共同瓜分秦國。趙國特使代表中原六國宣布：消滅秦國後，六國永遠不西出陳倉谷口，隴西、雲中、九原、陰山以及漠北草原永遠是戎狄部族的天下！整個戎狄區域都被這激動人心的許諾煽動了起來。牧民們紛紛收拾馬具戰刀，一隊一隊的赤膊騎兵重新在隴西山地與草原呼嘯衝鋒起來，疏疏落落的叛亂野火正在迅速聚集著。隴西大山裡的左庶長嬴虔，自然嗅到了這股濃烈的血腥味。但嬴虔不是一個莽撞的統帥，他知道目下絕不能出擊，為了秦國西陲的安寧，他只能後發制人。雖然他對東部的壓力感到焦灼不安，也只有眼看叛亂勢力坐大而後再打硬仗。

就在嬴虔焦灼不安的時候，一隊鐵騎在漆黑的夜裡飛進了隴西大山。秦軍的祕密營地裡，中軍幕府的燈火通宵達旦地亮著。第二天黃昏時分，一隊紅衣騎士簇擁著一個華貴的魏國巨商，悄悄出了秦軍山谷，向北飛馳，繞道北地西部沙漠而後急速南下。

幾天之後，一個驚人的消息在草原和山地瀰漫開來：五月初六山東六國將大舉攻秦，草原戎狄部族也將在那一天舉兵反秦，共同消滅秦國。趙國特使因為反對魏國盟主特使宣示的王命，被盟主特使和剎雲單于斬殺祭旗。整個戎狄聚居區域頓時活躍起來，參與叛亂的十六部族集合了八萬騎兵，全部集結在洮水河谷，等待著大舉東進的五月初六。

五月初四這一天，魏王盟主的特使再次贈送給頭領們一批珠寶，帶領他的十名隨從護衛和剎雲單于殷殷道別，回魏國覆命去了。也就在這天夜裡，左庶長嬴虔的五萬鐵騎開出渭水上游的狹長河谷，悄無聲息地運動到東進要道——狄道峽谷的兩岸密林中埋伏了下來。

五月初六，晴空豔陽。戎狄部族的八萬騎兵，山呼海嘯般向東開進了。按照他們的速度和騎士傳統，一天之內便可以開到陳倉谷口，如果順利，還可以捎帶一鼓攻下雍城。趙侯特使、魏王特使都已經說明，秦國軍兵全部集中在東部，櫟陽以西沒有駐紮防守。所以，戎狄騎兵連前方遊騎斥候都沒有派出，八萬大軍長驅直入。

洮水上游的廣袤山原叫達阪山，向東數百里便進入了六盤山。兩片連綿大山中，有一條大峽谷，洮水從峽谷中流過，兩岸是馬匹行人千百年踏出的小道。這是戎狄通往中原的必經之路，時人稱為狄道。南北流向的洮水，進入峽谷後驟然變窄，可著峽谷西邊的大山滿流而下，河道東邊是兩丈多寬的碎石山坡連接大山。所謂狄道，正是在這寬緩的斜坡上踏出的一條便道。這條狄道雖在峽谷之中，卻是有水有草有遮蓋，十分便利行人歇息。所以，東來西往的商旅行人盡皆視狄道為福道，誰也沒有想到這裡會成為最險要的兵家要塞。

然則，秦軍統帥嬴虔卻是早早就盯上了這條峽谷。這裡本來就是早秦部族的根據地，嬴虔又曾在隴西駐防三年，對這裡的一山一水都很熟悉。只因為戎狄已成秦國臣民，更遠的胡人也主要在陰山漠北遊牧，秦國西部長期沒有戰事，所以這裡的要塞意義已經被人們忽視了。這次要截擊戎狄，嬴虔自然是毫不猶豫地選擇了狄道峽谷。且不說這裡是戎狄必經，僅說兩岸廣闊的高山密林，山坡不陡不緩，林木不稀不密，便於衝鋒，便於隱蔽，當真是天下難覓的騎兵埋伏的妙地。嬴虔將五萬騎兵分為四路埋伏，北邊谷口埋伏三千人馬，堵截退路；南邊谷口埋伏五千人馬，堵截出路；西邊山高林密且有洮水滾滾，也只埋伏五千騎兵，專門截殺冒死泅渡過去的漏網敵人；其餘三萬餘主力，全部埋伏在東岸十餘里的山林之中。嬴虔下了狠心，要將戎狄騎兵一個不留全部剷除。他對各部發出最嚴厲的命令，誰敢放走一個戎狄騎兵，就用自己的頭顱來換！

戎狄騎兵進入洮河峽谷，依舊是赤膊揮刀呼嘯向前。當幾近二十里長的峽谷裝完了八萬騎兵時，兩岸密林中戰鼓驟起，牛角號淒厲長鳴，滾木礌石夾著箭雨隆隆飛下，東岸山坡的黑色鐵騎排山倒海般壓頂殺來。戎狄騎兵猝不及防，潮水般迴旋倒湧，無奈馬前身後都是鐵騎洶湧，迎頭截殺。西邊是波濤滾滾的洮河，退無可退，逃無可逃。東岸的秦軍主力以五千騎為一個輪次，一波又一波地發動強力衝鋒，輪番向峽谷中衝殺。

戎狄騎兵自古有名，素來令中原諸侯大感頭疼。無奈碰上的是數百年的剋星——老秦騎兵，頓時威風大減。自殷商滅亡，作為殷商棄兒的秦部族，便成為淪入戎狄海洋的唯一一支中原部族。為了生存，他們半農半牧，人人皆兵，死死奮戰，竟是越戰越強，非但占領了渭水涇水上游的幾乎全部河谷地帶，而且殺得戎狄部族競相與他們罷兵媾和。到西周末年，老秦部族的五六萬騎兵已經成為西部胡人談虎色變的一支力量。時逢周幽王昏聵，寵幸褒姒，要廢長立幼；太子宜臼的舅父是中國諸侯，便聯結戎狄胡合兵東進，攻破鎬京，殺死周幽王，欲擁立宜臼即位。不成想戎狄單于野心大發，非但賴在鎬京不走，而且準備東進中原。周太子宜臼屢發勤王密書，無奈中原諸侯都是老舊戰車兵，對戎狄騎兵畏懼怯戰，遲遲不來勤王救駕。無奈之中，太子宜臼不避艱險，祕密跋涉近千里，找到了老秦部族。秦人首領嬴襄（秦襄公）極是敏銳，看準了這個老秦部族返回中原的大好機會，親率五萬精銳騎兵祕密東進，在鎬京原野與近十萬戎狄騎兵展開了生死大戰。激戰三晝夜，戎狄胡騎兵潰不成軍，僅餘幾萬殘兵逃回西域。秦人自此聲威大振，非但成為東周的開國諸侯，而且成為西部戎狄胡人各部族聞風喪膽的勁敵。從大處說，沒有秦國守在中原西大門，戎狄胡完全有可能洪水猛獸般反覆衝擊中原。正因為這種歷史形成的威懾力量，秦穆公時代的統一西戎才沒有費很大力氣，半打仗半勸降地成就了西部統合。自秦穆公後百餘年，西部戎狄與秦人沒有過真正的戰爭。秦國日漸衰落，戎狄部族也慢慢鬆懈了對老秦人的敬畏之心。此次叛亂，他們更是對趙國密使的「秦弱」評價深信不疑，舉兵東進，志在必得。他們實在沒有想到，老秦國竟然還有如此強大精銳的一支騎兵。當那隆隆戰鼓雷鳴般漫山遍野滾動時，當老秦人激越高亢的熟悉喊殺聲震耳欲聾地撲來時，當黑壓壓的騎兵群從高山密林中壓頂而來時，戎狄騎兵們頓時陷入慌亂之中。剎雲老單于和一群頭領們無所措手足，簡直不知道該下令向哪個方向衝殺。很快，他們便感到了絕望。秦國鐵騎威猛的衝殺，顯然是要痛下殺手斬草除根。否則，如何連中原人「圍師必闕」的用兵典訓都全然不顧了。

眼見必死，戎狄騎兵在各族頭領率領下死命拚殺。從午時殺到黃昏，峽谷中被箭雨礌石滾木擊殺者屍骨累累，南北兩谷口被秦軍鐵騎殺得屍體封住了山道。緊靠西山的滾滾洮河，被鮮血染成了紅河！隨著暮色降臨，秦軍的鐵騎方陣變成了散騎衝殺，火把漫山遍野，戰鼓震天動地，不管戎狄騎兵叫喊什麼，秦軍只是輪番衝殺，眼看是不許一個人活在眼前。屍橫遍野，鮮血汩汩。太陽落山以後，戎狄騎兵只剩下不到兩萬殘兵。他們的鬥志被徹底擊垮，亂紛紛下馬，丟下戰刀，擁到河邊一齊跪倒在地，哇哇啦啦地嘶聲哭喊。

黑色鐵騎圍攏了，帶血的戰刀叢林般懸在頭頂……

滿身鮮血的車英顫抖了，低聲道：「左庶長……放了，他們。」

黑色大纛旗下，左庶長嬴虔的左臂尚在汩汩流血，右手提著第三把帶血的長劍，面色獰厲地喊道：「放了？他們都是狼！狼！——砍下每人右臂左腳，爬回去！」

火把下，黑色鐵騎列成一條長長的甬道。萬餘戎狄騎士徒步緩緩進入鐵騎甬道，每過一個，便有一道閃亮的劍光，一聲淒厲的嘶吼。當月亮爬上山頭時，洮河峽谷外的山原上到處蠕動著斷臂殘肢的血人，到處彌漫著絕望痛苦的嘶吼，連虎狼野獸都遠遠地躲開了這道恐怖的峽谷。

二、秦國特使來到了洛陽王城

公子卬從上將軍府中回來，高興得直想大笑大樂一番。

龐涓接到戎狄全軍覆沒的消息時，震驚憤怒得竟摔碎了手邊一只魏王親賜的玉鼎。多少年來，無論遇到多麼難堪的困境，龐涓都從來沒有失態過，這次他實在是忍不住了。他在六國會盟時表面上雖然對趙侯的「兩面夾擊」不以為然，實際上卻是非常重視，甚至比趙侯本人還更清楚這步棋對滅秦的重要。他時時都在等待趙國特使的回音，準備一旦約定時日，魏國的十萬鐵騎就全數開出華山大營，屆時一鼓攻下秦都櫟陽並占據整個渭水平川，讓其他五國無可奈何。蹊蹺的是，戎狄部族如何竟敢在沒有約定的情勢下舉兵東進？他感到震驚的是，秦國軍兵又如何有如此強大的戰力，竟一舉殲滅了戎狄數萬騎兵？他感到憤怒的是，魏王竟不讓他全權調遣滅秦大計，以致延誤時機。六國會盟之後，為了削弱趙侯「兩面夾擊」的影響力，他曾對魏王提出早日進兵，魏國和秦國打到膠著狀態時，戎狄從背後發兵同樣是萬無一失。可魏王偏偏不聽，公子卬也竭力主張要等候趙侯約定的戎狄叛亂，說是魏國可以減少流血。結果如何？一腳踩空，竟讓秦國搶先消除了後患，騰出了兵力一面對敵，當真是莫名其妙。

思忖半日，龐涓雄心陡起，決意親率十萬鐵騎和秦國大打一場硬仗，一舉摧毀秦國主力。他對自己親自嚴格訓練的鐵騎戰力，有十二分的自信。但是要打大仗，必須有魏王的命令，可魏王目下能同意麼？龐涓第一次感到對魏王失去了把握，隱隱約約感到了魏王似乎在限制自己：六國會盟，特使本來就是讓公叔痤做的；會盟後對自己提出的快速進兵也莫名其妙地擱置了起來；丞相明明是自己的，偏偏又莫名其妙地模糊起來……那麼，這次如果提出和秦國大打，魏王會同意麼？驀然之間，他感到了平日的謀劃總是自己一個人提出似乎不妥，其他重臣總是默然不語，他們肯定會在背後千方百計地非議自己。這種非議日積月累，豈非一點一滴地銷蝕著自己在魏王心目中的地位？看來，今後的大謀略必須找到共謀者一起動議。那麼這次呢？反覆思忖，龐涓想到了公子卬。他隱隱感到了這個貌似豪俠的王族貴胄，對自己的妒忌和對魏王的影響力，若能和他共謀，豈非一箭雙雕？既消除了公子卬的妒忌，又增強了謀劃的可行和自己在魏王心中的地位。好也，就該如此辦理。

龐涓很為自己想到的這步棋驕傲，通權達變，名士本色也。

龐涓殷殷請來公子卬，熱誠地為他擺上了隆重小宴，又衷心地提出了和公子卬合謀共力建起大魏霸業的意願，而後仔細地描繪了與秦國大打的謀劃，端的是煞費苦心。然而龐涓怎麼也想不到，公子卬竟然不置可否，只是連連大笑，說秦國能消滅戎狄幾萬大軍，證明秦國戰力尚存，當徐徐圖之，不可操之過急。龐涓驚訝得睜大了眼睛，會盟時公子卬對滅秦可是比他激烈堅定得多，曾幾何時竟變成了「徐徐圖之」？然後，公子卬就興致勃勃地邀他去品評一把「亙古第一劍」。龐涓冷冷笑道：「國之第一利器，在良將銳士。」便默然靜坐，不屑與語。公子卬卻是哈哈大笑，揚長而去。龐涓忍無可忍，氣惱得掀翻了長案。

公子卬舒暢得幾乎要飄起來了。怎麼就如此的天從人願，他正在為如何勸說魏王取消滅秦而發愁，戎狄叛亂失敗的消息就傳了過來，頓時就有了堂堂正正的理由。他整日為龐涓的不可一世蔑視自己而心中發恨，這個龐涓就盛情邀請他共謀大計，還要跟他共建大業。他原本對丞相大位只是縹縹緲緲的欽慕，壓根兒就想不到會輪到自己做丞相。可偏偏的事有湊巧，戎狄起事兵敗，他在此前又堅持勸說魏王推遲發兵謹慎從事，魏王對他的老成謀國大加讚賞，當面表示準備讓他做魏國丞相。這一切都順利得讓他無法預料，他豈能不感到上天對他的眷顧？尤其今日看到龐涓的謙恭熱誠和心事重重，他如何不開懷大笑？更要緊的是，他做了丞相，就可以將魏國的兵器買賣和鹽鐵買賣，名正言順地交給猗垣去做，這樣他就可以神鬼不知地坐擁猗垣一半財富，豈非妙不可言？

如此多的好事，如此充溢的舒暢愜意，公子卬覺得非要找個可以與語的人訴說一番方可。這個人不能是廟堂朋友，這些大事對於他們來說都是祕密；也不能是夫人親戚等，這些大事對他們來說是保持自己尊嚴的光環。驀然間他想到了猗垣，此人小國巨商，行事機密且善解人意，日後又是自己的財源，正可藉此賣個大大的人情，一箭雙雕美妙之極。他雙掌一拍，命令家老立即備車去洞香春請猗垣來。

半個時辰後，家老卻空手而返，帶回的消息是：猗垣先生三天前已經到楚國去了。公子卬悻悻了半日，索性到涑水河谷狩獵去了。

就在公子卬興奮尋覓的時候，那輛青銅軺車已經駛近了洛陽城的東門。軺車上，華貴的薛國巨商猗垣變成了一身黑衣的秦國將軍景監，駕車的白面俊僕也變成了頂盔貫甲的秦國騎士，車後二十餘名護衛則是一色的秦國鐵騎。

景監一行遙遙可見洛陽時，正是仲夏清晨。廣闊的原野上五穀蒼黃綠樹蔥蘢，洛陽城卻像一個衰頹的老人蜷縮在洛水北岸，古老破舊的城門箭樓上沒有守軍，只有一面褪色的「周」字大纛旗孤獨慵懶地舒捲著。東門外的官道原本是天下通衢樞紐，車馬竟日川流，如今卻是車騎寥落，昔日六丈餘寬的夯土大道萎縮得只剩下輪輻之寬，連道邊高大的迎送亭也淹沒在搖曳的荒草之中。景監心中不禁一陣蒼涼酸楚。

老秦人對洛陽王室有著一種特殊的複雜情懷。三百多年前，在戎狄騎兵毀滅鎬京諸侯無人勤王的危難時刻，老秦人舉族東進，非但一戰殲滅了戎狄騎兵，而且為周平王東遷洛陽護送了整整六個月。

周平王感念老秦人力挽狂瀾於既倒，將周王室的根基之地——關中盆地全部封給秦人，數百年流浪動盪的秦部族一舉成為一等諸侯大國。若論封地形勝險要，尚遠遠優於晉齊魯燕四大諸侯。周平王冊封秦國時，曾萬般感慨地說了一句話：「周秦同根，輒出西土，秦國定當大出於天下！」幾百年來，周王室即便在衰微之際，也從來沒有忘記秦國的任何一次戰勝之功。五六年前，秦獻公在石門大勝魏國俘虜公叔痤時，周王室還派來特使慶賀，特賜給秦獻公最高貴的戰神禮服——黼黻。那是周天子對大捷歸來的王師統帥頒賜的最高獎賞，上面有黑白絲線繡成的巨大戰斧，有黑青花紋的幾近「亞」字形的空心長弓。老秦人呢，在王權淪落諸侯爭霸的春秋時期，雖說也做過幾件向王權挑戰的事，但比起其他諸侯畢竟是小巫見大巫。洛陽周室和自己的開國諸侯秦國，始終保持了一種源遠流長的禮讓和尊敬。令人惋惜的是進入戰國以來，洛陽王室衰落得只剩下大小七座城池，秦國也是越打越窮，土地萎縮得比初封諸侯時少了一半。兩個先後崛起於西陲的老部族，都衰落了，都掙扎在生死存亡的邊緣。

景監從安邑急赴洛陽，是接到了秦孝公密函，告知他西陲大捷秦國危機稍減，囑他從安邑迅速取道洛陽面見周王，看能否借出一批糧食和鹽鐵。目下的秦國，在山東戰國和諸侯間幾乎沒有一個盟友。六大國限制本國商賈和秦國做生意，中小諸侯則迫於大國淫威，不敢和秦國做生意。這樣一來，秦國所急需要的糧食、鹽、鐵、麻布等便出現了長期匱乏。只有洛陽王室和秦國始終沒有斷絕往來，殘存著一縷先祖沉澱的情分。秦孝公的想法是，洛陽王室久無戰事消耗，也無須向其他諸侯納貢，多年積累也許還有些許剩餘之物，能借多少算多少，好為抵禦即將到來的六國進攻積蓄一點力量。

景監從未來過洛陽，傳聞的三川形勝曾給他記憶中留下了天國般的洛陽王畿，留下了輝煌的王權尊嚴和無與倫比的財貨富貴的印象。在魏國安邑時，他想像洛陽至少應當和安邑的繁華相差無幾。今日，當他走近這座赫赫王城時，他幾乎不相信眼前的城池竟會是洛陽。作為一個軍中將領，當他從遙遠的地方感到王權的光環已經消失時，他無論如何想不到古老的王權聖地果真會如此的衰頹破敗。眼前的洛陽，驟然之間打碎了他一個美麗的夢幻，頓時覺得空落落的。他頹然坐倒在車中，沉重地歎息一聲，眼中熱淚無聲地湧流出來。

景監的軺車按照禮儀，先行到接待使臣的國驛館安歇。這座國驛館冷清得像座破廟，蛛網塵封，滿院荒草。好容易找到一個白髮蒼蒼步履蹣跚的老吏，不管來人說什麼他都聽不見，只是自顧嘶啞著蒼老的嗓子高聲道：「上大夫，樊餘。他管事。」

樊餘上大夫的名字，景監倒是知道。就是這個樊餘，三次以機智的說辭，斡旋化解了魏國楚國齊國覬覦洛陽的危機。有他理事，也許還有點兒用。景監一行便徑直找到樊餘府上。樊餘很是驚喜，洛陽王室竟有使臣來訪，說明天下還有諸侯記得天子，豈非大大的好事？樊餘熱誠地安置景監一行在自己府邸住下，又在正廳為景監小宴接風。當景監坦誠奉上秦孝公書簡並說明來意後，樊餘沉思無言，半日才問道：「敢問秦使，一則，若有器物，如何運到秦國？二則，周若助秦，何以為報？」景監道：「回上大夫，這第一件，我有魏國通秦的商賈令，可以以魏國官商名義運達秦國。第二件，秦國三年後加倍奉還，此間周室若有危難，秦國將決然勤王。」樊餘沉吟有頃，長歎一聲道：「洛陽王室之政務，目下唯有太師顏率和樊餘照拂。貴使已經看了，洛陽王城衰敗破落，一班臣工無所事事，政荒業廢矣。貴使既來，也是周室振作的一個機會。我即刻便知會太師顏率，明日樊餘陪貴使晉見周王便了。」

小宴後，樊餘匆匆去找太師顏率商議，直到掌燈時分才回來。樊餘說，顏率太師贊同助秦，然他臥病在榻不能視事，樊餘順道察看了洛陽府庫方才趕回。景監躬身大禮，連表謝意。樊餘道：「洛陽府庫囤積了十餘萬件舊兵器、一萬輛老戰車、十五萬斛糧食。鐵塊不多，只有萬餘，青鹽也只有一萬三千多包。太師與樊餘之意，每宗給秦國一半，如何？」景監肅然正色拱手道：「我秦國素重然諾，定然不負王室！」樊餘鬱鬱一歎，苦笑道：「只要秦國能在王室危難時鼎力撐持，足矣。今日周王，何有他求？」

次日五更，景監醒來梳洗整齊穿戴妥當，準備和樊餘進入王城。他是第一次覲見周王，儘管自己是秦國臣子，但天子在他的心目中依然是神聖尊嚴的。他心中感奮，不由走到院中，只見碧空如洗殘月將隱，碩大孤獨的啟明星已經在魚肚白色的天際光華爍爍。景監正待練一回劍術，卻見他的隨從總管黑林匆匆走來道：「大人，上大夫家老傳話，覲見周王要到辰時方可，請大人安心歇息。」景監驚訝道：「辰時？如何竟到辰時？」黑林笑道：「可能是這周王喜歡睡懶覺？」景監低聲斥責道：「休得胡言，這是洛陽。」黑林偷偷做個鬼臉道：「謹遵大人命，我這便去準備車馬。」

也難怪景監驚訝莫名。一晝夜十二個時辰，子時起點，正是夜半；雞鳴開始為丑時，黎明平旦為寅時，太陽初升為卯時，早飯時節為辰時，日上半天為巳時，日中為午時，日偏西方為未時，再飯為申時，日落西山為酉時，初夜為戌時，人定入睡為亥時。十二時辰中，卯時最重要。舉凡國府官署軍營，一日勞作都從卯時開始。官署軍營甚或作坊店鋪，都在卯時首刻點查人數，謂之「點卯」。對於國都官員和君主，事實上要開始得更早。所謂早朝，一般均在黎明寅時上下。遇到宵衣旰食勤政奮發的君主，黎明早朝更是經常的。至少七大國的君主，決然沒有人敢到辰時才開始會見大臣。景監知道，秦國新君幾乎是十二時辰中隨時都可以覲見，入睡了也可以喚醒。如何這洛陽天子竟然到卯時還不處置國事？在景監看來，周室雖然不再可能以天子職權統轄九州，但王畿土地至少還是相當於一個宋國那樣的中等諸侯國大小，若君臣振作勵精圖治，安知不會大有可為？如何竟衰敗頹廢到大夢難醒的混沌狀態？早起晚睡，已經成了秦國君臣的習慣，要景監此時再上榻，無論如何是不能入睡了。他歎息一聲，拔出劍來猛烈劈刺。

辰時，上大夫樊餘不急不緩地來了，請景監用過早膳，方各乘軺車向王城而來。

洛陽王城是洛陽城中天子的宮殿區域。當人們在洛陽之外說「洛陽王城」，指的是整個洛陽；走進洛陽說「王城」，那便是天子宮殿區域了。洛陽的天子宮殿有著獨立的紅牆，是一座完整的城內城。雖然紅牆已經斑駁脫落，綠瓦已經蒼苔滿目，但那連綿的宮殿群落在陽光下依然閃爍著撲朔迷離的燦爛，在無限的蒼涼冷清中透出昔日的無上高貴。目下已是辰時，王城中央的大門還緊閉著，高大深邃的門洞外站著一排無精打采的紅衣甲士，手中的青銅斧鉞顯得笨重而陳舊。看見兩輛軺車轔轔駛來，甲士們軋軋推開厚重的王城大門，沒有任何盤查詢問，軺車便淹沒進深邃的王城去了。

王城內宮殿巍峨，金碧輝煌，一片荒涼破敗的氣息撲面而來。地面巨大的白玉方磚已經處處碎裂片片凹陷，縫隙間竟長出了搖曳的荒草。寬闊的正殿廣場，排列著九只象徵王權的巨大銅鼎，鼎耳上鳥巢累累鴉雀飛旋。朝臣進出的鼎間大道上，同樣是蒼苔滿地荒草搖搖。大道盡頭，九級白玉階上的正殿好似荒廢了的古堡，透過永遠敞開的殿門，依稀可見殿中巨大的青銅王座結滿蛛網，時有蝙蝠在幽暗中無聲地飛舞。昔日山呼朝拜的天子聖殿，彌漫著幽幽清冷和沉沉腐朽的死亡氣息。景監情不自禁地一陣發抖。

唯一的聲息，是從大殿東側偏殿裡傳出的器樂之聲。始終皺著眉頭的樊餘，向景監招招手跳下車，向東偏殿走來。偏殿周圍倒是一片整潔，沒有蒼苔荒草，幾株合抱大樹遮出一片陰涼。門口沒有護衛，樊餘也沒有高聲報號就走了進去。景監小心翼翼地跟在後面。偏殿是裡外兩間，中間隔著一道碧綠如玉的細紗。景監不自覺間一抬頭，竟驚訝得釘在了殿中挪動不得。

碧玉綠紗內竟然還點著幾盞座燈，在戶外明亮的陽光襯托下，顯得一片昏黃，幽暗混沌。一個身穿繡金紅衣長髮披散鬍鬚垂胸的龐大人物，斜躺在華貴的短榻上。顯然，他便是王城的主人——周顯王。他左右各有一名紗衣半裸的女子偎依著，她們隨意在龐大人物的身上撫摸著，就像哄弄一個嬰孩。龐大人物睡眼矇矓，一動不動。還有幾名紗衣透明的妙齡少女在清歌妙舞，幾乎是清晰可見的雪白肉體飄飄忽忽，無聲地扭動著。編鐘下的樂師們也似睡非睡，音樂節奏鬆緩，若斷若續，縹緲得好像夢中遊絲……這一片豔麗侈靡，當真使景監目瞪口呆。

樊餘卻只是緊緊皺著眉頭，向一名舞女招招手，舞女疲憊蹣跚地跌出了落地綠紗。

「幾多時辰了？」樊餘高聲問。

舞女伸了一番長長的細腰，打著呵欠暱聲道：「三日三夜？白天晚上，不知道。」

樊餘眉毛猛跳，一把推開舞女，徑直走了進去。這舞女被推，身子竟如絲棉一樣倒臥於寬大的門檻上，風兒吹起輕紗，露出了脂玉般的大腿。但卻沒有一個人注意她，似乎連肉欲也被無休止的醉生夢死淹沒了。舞女一倒地，殿中所有的嬪妃樂師內侍舞女全都像中了魔法，一齊就地歪倒大睡，睡態百出，鼾聲一片。樊餘走進內殿，快步帶起的清風使座燈昏黃的光焰搖晃起來。他噗噗噗迅速地吹滅了座燈，撩起了內殿門的綠紗，偏殿中豁然顯出了白日的亮光。

樊餘走到龐大人物身側，拱手高聲道：「我王請起——」

周顯王被驚醒，揉著眼睛驚訝道：「噢呀，上大夫也，三更天如何進宮？」

「我王睜眼看看，已是辰時了。」樊餘指著窗外的陽光高聲道。

「是麼？」周顯王驚訝的又揉揉眼睛，打了一聲長長的重重的呵欠，搖頭道：「如何剛睡著天便亮了？噢呀上大夫，你有事？莫非又是列國開戰？打就讓人家打，與我等君臣何干也？」

「啟稟我王：六國會盟，意欲分秦，周室大有危難！」

「你這樊餘，分秦也好，開戰也好，洛陽有何危難？」

「我王不知，楚國、韓國起兵攻秦，須經三川要道，都想假道滅周也。」

周顯王一聲慵懶的歎息，淡淡漠漠地道：「滅就滅，又有何法？」

樊餘似乎已經習以為常，平靜拱手道：「秦國尚有戰力，近日一鼓平息了戎狄叛亂，只是器物糧草匱乏，難敵山東六國大軍壓境。秦公派來特使，請我王助秦些許，秦國許以周室危難時全力救援。

我王以為如何？」

周顯王喟然一歎：「給就給了，周秦同源也。秦國對周室有再造之功，算是滴水之報也。至於多少，上大夫與太師斟酌可也。」

「臣遵王命。再者，臣還帶來了秦國特使——景監將軍。」樊餘伸手向景監做請。

景監已經被太多的驚訝失望與感慨攪得神思恍惚，雖然聽見了周王的回答，卻沒有絲毫的興奮愉快，也全然忘記了參見拜謝。此時恍然大悟，快步走過來深深一躬：「秦使景監，拜見周王，周王萬歲！」

周顯王哈哈大笑：「萬歲？何其耳生也！」說著從短榻上站起，苦笑著歎息一聲，「景監將軍，回去傳話秦公，秦國要強盛起來，要學文王武王，不要學我這等模樣。秦國強盛了，我也高興。」兩眼之中一時淚光閃閃。

剎那之間，景監激動得熱淚盈眶，匍匐在地高聲呼道：「我王萬歲！」

樊餘似乎看到了難得的機會，激動急切地道：「我王勿憂，周室尚有三百里王畿，數十萬老周國人，只要我王惕厲自省，周室必當中興！」

對樊餘的勸諫激勵，周顯王似乎沒有任何感覺，悠悠地踱著步子搖頭一歎，彷彿一個久經滄海的哲人：「上大夫，卿之苦心，我豈不知？然周室將亡，非人力所能挽回也。平王東遷，桓王中興，又能如何？還不是一日不如一日？周室以禮治天下，戰國以力治天下，猶如冰炭不可同器。若僅僅是戰國權貴擯棄禮制，周室尚有可為。然則，方今天下庶民也擯棄了禮制，禮崩樂壞，瓦釜雷鳴。民心即天心，此乃天亡周室，無可挽回也。武王伐紂，天下山呼，八百諸侯會於孟津，那是天心民心也。今日周室，連王畿國人都紛紛逃亡於列國，以何為本振作中興？若依了上大夫與列國爭雄，只會滅得更快。不為而守，或可有百年苟安……上大夫，你以為我就不想中興麼？非不為也，是不能也。」老天子疲憊鬆弛的臉上潸然淚下。

景監感到了深深的震撼。想不到這個醉生夢死的混沌天子，竟是如此驚人的清醒。他已經看透了周王室無可挽回的滅亡結局，卻忍受著被世人蔑視指責的屈辱，默默守著祖先的宗廟社稷，苟延殘喘地延續著隨時可能熄滅的姬姓王族的香火。一瞬間，景監看到了至高無上的王族在窮途末路的無限淒涼，不禁久久地沉默，深深地同情這位可憐可悲的天子。

樊餘默然良久，躬身一禮：「我王做如是想，臣下只有辭官去也。」

周顯王笑了：「正當如此。上大夫，找一個實力大國，去施展才幹也，無須守這座活墳墓了。我，不守不行。你，不守可也。去了……」

樊餘撲身拜倒：「臣家六世效忠王室，一朝離去，是為不忠，我王勿罪樊餘。」

周顯王欠身扶住樊餘：「上大夫請起。六百多年來，周室素以仁厚待臣下諸侯，知天命而自安，何忍埋沒天下英才？上大夫不怪罪王室，我便心安也。處置完秦國的事，上大夫便可走……」他猛然回過身去了。

樊餘默默走出了偏殿。周顯王默默佇立著，始終沒有回身。

景監陪著樊餘走出王城的時候，暮色蒼茫的廣場上鴉噪雀鳴，巨大的九鼎像黑色的巨獸矗立在血紅的夕陽下，那片粗重的鼾聲和著周顯王自己敲起的悠長編鐘在王城迴盪，為這個古老的王國唱著悲涼的挽歌。

「上大夫，到秦國去，秦國需要大才。」景監的聲音在宮殿峽谷中共鳴。

樊餘木然搖頭：「將軍，樊餘的路只有一條，那就是山林茅屋。」

三、求賢令應時而出

秦國的滅頂之災慢慢挺了過來，秦孝公稍稍鬆了一口氣。

一連串的事情都發生在幾個月之間。公子卬做了魏國丞相，對「薛國巨商猗垣」大開方便之門，非但特許將購買洛陽王室的老舊兵器，經魏國函谷關運入秦國「高價牟利」；而且將魏國囤積的過時兵器和戰車也全數賣給了「猗垣」，特許他自由處置；只有鑄鐵和生鹽兩項遭到了上將軍龐涓的強烈反對，公子卬只有作罷。當「猗垣」將洛陽和安邑的老舊兵器運送過境後一個月，「猗垣」再次回到了安邑，向公子卬奉上了一批價值連城的珠寶。公子卬十分滿意，又從丞相府撥出兩萬金交給「猗垣」，委託他從陰山草原給魏國購買兩萬匹良馬。進入秋季後，韓國、趙國、楚國、燕國都莫名其妙地發生了大小不同的內亂，一時竟無暇過問六國分秦。齊國本來就不熱中分秦之戰，加之忙於整頓吏治，便明白宣示齊國不再參與攻秦聯軍。上將軍龐涓力主魏國立即單獨對秦國發動猛攻。可丞相公子卬強烈反對，說秦國已經在櫟陽聚集了全部十萬步騎大軍，上將軍即便戰勝，魏國也是元氣大傷，他國若乘虛來犯，魏國何以防範？魏王原本猶豫不決，被公子卬一席話說得頭上冒汗，終於決定擱置攻秦。上將軍龐涓感憤激切，鬱鬱成疾，竟臥病在榻一月不起。公子卬覺得自己施展才具的時機到了，便向魏惠王提出著手實施遷都大梁的謀劃。不想此舉正中魏惠王下懷。這個魏王，原本就對享樂人生大有追求，立即和公子卬埋頭寢宮，在狐姬的百般照拂下，反覆琢磨大梁王城的建造格局和自己寢宮的新奇構想。之後，公子卬自任大梁新都的監造特使，開始了規模浩大的新都建造工程。魏惠王巡視大梁的次數也大大頻繁了起來。從此，包括六國分秦在內的其他一切爭雄謀劃，盡皆泥牛入海，沒有了蹤影。

洛陽王室的援助真是雪中送炭。最主要的是糧食和青鹽，至少支撐了秦國軍隊將近一年的軍糧，避免了即將發生的糧草饑荒。對洛陽和安邑的老舊兵器，秦孝公和左庶長嬴虔商定，由前軍主將車英帶領軍中工匠逐件核查，可用者則留，不可用者全部重新回爐冶煉，再加入洛陽援助的生鐵塊，重新打造新兵器。上大夫甘龍帶領中大夫杜摯，徵調了五千餘名工匠，連同所有的軍中工匠共一萬餘人，整整花費了三個月的時間，才將堆積如山的老銅斧鉞、只能車戰的笨重矛戟、潮濕變形的桑弓和鏽蝕脫落的箭鏃改造完畢，打造出清一色的騎兵長劍五萬把、遠射弩弓三千架、輕便硬弓一萬張、箭鏃十萬枚。這時，從陰山購買良馬的「猗垣」陸續趕著馬群從秦國經過，給秦國一次就留下了五千匹雄駿的戰馬。兩個月之內，左庶長嬴虔從「猗垣」手中「買得」戰馬兩萬匹。魏國丞相公子卬也得到「猗垣」送來的陰山良馬一萬匹和無數的草原寶物，興奮地和「猗垣」痛飲了整整一夜。

櫟陽城大大地忙碌了一陣，到冬日第一場大雪來臨的時候，才稍稍平靜下來。假冒「薛國巨商猗垣」的景監，在一個大雪紛飛的夜裡祕密回到了櫟陽城。秦孝公和左庶長嬴虔隆重地設宴為景監接風。席間，三人說到夏天的危機、魏國的內中腐敗與洛陽王室的衰頹，都是不勝感慨。秦孝公三次向嬴虔和景監敬酒，激情地褒揚了兩人化解秦國滅頂之災的莫大功勞，當場冊封景監為內史，職司都城櫟陽之民治，兼為長史公孫賈輔助，共掌秦國公室政務。

嬴虔和景監離開政事堂時，已經是三更天了，大雪依舊紛紛揚揚。秦孝公原本想去看看小妹熒玉，聽她說說幾個月來的祕聞趣事，也看看這個小妹妹是否磨練得精幹了一些。可是，當他在廊下看到漫天大雪寒風呼嘯時，心中一動，回身書房取下長劍，披上黑色斗篷，大步向國府外走去。黑伯早已做好準備，遠遠跟隨在後面踏雪出宮。

一場好大的雪，城中街巷已經是雪陷踝骨了。秦孝公踏雪走向城牆，黑伯便知道君上要去看望甕城中的軍營工匠。櫟陽城中徵調的國人工匠已經在一個月前回家了，只留下部分軍中工匠改製一批難度很大的精鐵兵器。櫟陽城不大，西門甕城更小，進入甕城的馬道也只有一車之寬，裡面卻駐紮了一千多名工匠。秦孝公剛剛走到馬道口，恰遇主管兵器改製的前軍主將車英帶一隊兵士巡視過來。秦孝公詳細詢問了工匠們的防寒和軍食，又走進甕城，逐一查看了一百多頂軍帳，才走出甕城。遠遠跟隨的黑伯注意到君上並沒有原路返回，卻拐進了一條小巷。黑伯猛然醒悟，君上莫非要去看望老石工白駝？

秦孝公剛剛走進巷口丈許，卻突然停步，貼身一家門口的石柱後。這時，黑伯遠遠看見小巷深處一個黑影飛上牆頭，倏忽不見了蹤跡。黑伯久經滄桑，並不急於跟進，反而守在巷口不動。秦孝公從隱身處閃出，輕身向前滑行，沒有半點兒踏雪之聲。他來到那家牆下，縱身躍上屋脊，伏身向院中望去，只見庭院正房燈火明亮，窗櫺白布上映出一個長髮長鬚者正在翻動一本大書；窗下伏著一條黑影，顯然正在傾聽窗內動靜。

突然，窗下黑影長身躍起，一柄短劍飛向窗內讀書之人。窗內讀書人的身形未見移動，手中一支大筆微微一擺，傳出一聲清脆的銅鐵交擊之聲，那支短劍飛出窗外沒入雪地之中。黑衣人一擊不中，飛身從院中躍上屋脊，要逃出院子。不意秦孝公長身站起，劍鞘平推而出。黑衣人驚呼一聲，一個踉蹌跌入院內雪地。秦孝公又伏身原處不動，想看看主人如何處置刺客。

屋內讀書人聽見聲音，緩緩站起，開門而出。其人背著燈光立於廊下臺階，秦孝公看不清他的面目。只聽他一陣大笑道：「道不同不相為謀罷了，學派之間，謀殺劫書，豈非貽笑天下？屋頂高士請勿擋駕，教這位朋友去也。」

跌坐雪地狼狽不堪的黑衣人深深一躬，飛身上牆，倏忽消失於雪夜之中。

讀書人拱手笑道：「雪夜客來，不勝榮幸。請貴人光臨寒舍一敘。」屋頂秦孝公像一隻黑色大鷹，悄無聲息地落入院中雪地。廊下讀書人伸手作禮道：「貴客請入內敘談。」秦孝公拱手道：「如此多謝。」一抖抖雪花進入屋內。

屋內不算寬大，卻是溫暖整潔。主人將客人讓進了木牆隔斷的內間。明亮的燈光下，可見這是一間不大的書房。三面竹簡木架，四壁俱白，沒有任何飾物。中間一張本色木案，一只燃著粗大木炭的紅亮燎爐設在長大的木案旁。木案上那本大書剛剛合上，從粗黑程度看，秦孝公知道那是一本抄寫在羊皮上的書，書皮上三個拳頭大的字——鬼谷子。書旁有一支兩尺餘長的大筆，卻是罕見的青銅筆管。若非方才被短劍刺破的窗櫺布洞透進颼颼寒風，這小小書房也算是溫暖如春。秦孝公想不到，書房主人竟是一位白髮白鬚白眉高聳的老人，他身著白麻布衣，高䠷瘦削，明亮幽深的目光透出一種清奇矍鑠的神韻來。秦孝公不禁深深一躬：「雪夜唐突，敢請前輩見諒。」老人笑道：「雪夜客來，擁爐聚談，豈非佳境？公子請坐。」

「大父，方才有事麼？」隨著聲音，一個白衣少女飄然走進書房。

老人笑道：「不速之客造訪，這位公子幫忙請走了。」

白衣少女士子一樣微笑拱手道：「多謝公子救急。」

秦孝公忙拱手回道：「不敢當。前輩原是無事，我卻當作盜賊了。」

老人道：「公子，這是老夫孫女，名喚玄奇。孫兒見過公子。」

玄奇再度拱手道：「玄奇見過公子。敢問公子高名上姓？」

孝公正欲開口，似覺不妥，便又打住。正在此時，老人爽朗笑道：「不期而遇俊傑，此乃天賜，何須知名，奇兒上茶。」少女道：「公子稍候。」便在燎爐上架起陶罐煮水，同時利落地收拾陶壺陶碗。

孝公恭敬道：「方才前輩以一支大筆，便令強敵知難而退，堪稱世外高人。後生不期得見前輩，幸甚之至。」

「公子謬獎了。老夫得遇公子，大約當是天意也。」

「前輩高人，果真相信天道天意？」

「天道玄遠，人道直觀。天道為本，人道為末。玄直本末，自有通關處也。」

「前輩莫非操道家之學？」孝公目光轉向羊皮大書，老人不禁爽朗大笑。

這時，火盆陶罐中的茶水已經煮沸，玄奇輕柔快捷地將濃釅的茶水斟好兩只陶碗，分置兩人面前。老人舉碗笑道：「雪夜客來，淡茶做酒，擁爐清談，快哉快哉。」孝公舉碗笑答：「雪夜閒走，得遇高人，快哉快哉。」玄奇一邊補窗戶一邊添加木炭、煮茶斟茶，似乎還在傾聽他們的談話，卻絲毫的不忙不亂。

孝公問道：「前輩夜讀《鬼谷子》，後生揣測不速之客也是為《鬼谷子》而來。敢問前輩，可是鬼谷神生之高足？」

老人點頭微笑：「公子對鬼谷子一門有何高見？」

「當今諸子百家，後生只是略知皮毛。聞聽鬼谷神生深不可測，曾在楚國天門山洞中授徒。他的弟子似乎都很神祕。入世者，後生只聽說了龐涓、孫臏。對孫臏知之甚少，不敢妄加評論。然則魏國上將軍龐涓，似乎多有不敢稱道處。鬼谷子究竟治何學問，後生更是一無所知，尚請前輩指教。」

老人慨然歎道：「說到鬼谷子，那真是大海汪洋，難以盡述。即以門人學生論，也是人各一學，且互不相識，其間難免魚龍混雜矣。」

「人各一學？」孝公驚訝地看著老人，「世間有這等淵博奇人？」

老人點頭微笑：「孔夫子雖說首倡因材施教，可他的學生幾乎都是一個味道。鬼谷子不同。他的學生每人都是一家之精華，世人所知的龐涓、孫臏是兵家，還有即將出山的縱橫家，更有法家、陰陽家、道家，諸多學生尚為世人所不知。這些士子，都是鬼谷子踏遍天下尋覓的天賦之才，甚或有小小孩童就被先生帶進山者。所治何學，完全是先生根據其性情、志趣、意志、天賦確定，且都是單獨或同門傳授，非同門學問者從不相通。鬼谷子究竟有幾多弟子，大約永遠沒有人知曉。」

「如此說來，鬼谷子沒有自己的學問了？」

「非也，非也。」老人大笑搖頭，「天下確無鬼學一家，然則鬼谷子卻改制了每一家學問。鬼谷子門徒的法家，迥然不同於李悝、慎到、申不害，兵家亦迥然不同於孫武、吳起。何以如此？皆因了鬼谷子向每個學生滲透了一種求實求變、特立獨行的創新之志。每治一學，必出新果。此點將在最為特異的法家、縱橫家中得以光大。這大約就是鬼谷子學問了。」

「鬼谷神生，天下第一高人也！」孝公不禁悠然神往。

老人捋著白鬚悠悠道：「老夫所知，皆因與鬼門淵源極深，可又算不得鬼谷子門人。皆因老夫天性疏淡，對入世之學無法修至極致，只有追隨先生奔波事務。若是專精治學，豈能知曉無關之事？」

孝公默然沉思，有頃道：「敢問前輩，對方才刺客何以不解到官府治罪，以求根絕後患，卻反而將他放走？」

「人間萬事，官府能管幾多？老夫雲遊四海，動輒告官，多有不便。方才刺客並非劫財盜物，而是意在此書，且又未遂，告官何用？」

「前輩處事曠達，後生受益匪淺。今日本當請教前輩一件大事，奈何夜色將盡，來日待後生鄭重拜訪請教，萬望前輩休要推託。」

老人既不問何事，也不加推辭，只點頭笑道：「有緣之人，終當相聚也。」

這時，大門外清晰地傳來「喀嚓喀嚓」的踏雪之聲。白衣少女玄奇笑道：「大父大父，又有客人來也。」孝公凝神細聽，笑道：「小妹，這是我的老友。前輩，後生告辭。」走到院中，卻見天色微微發白，大雪依舊紛紛揚揚。

玄奇在身後笑道：「哎，別急，還有劍。」抱著長劍跑到院中遞給孝公，燦爛地一笑：「還算劍士也，起身忘劍。」孝公報之一笑：「看來沒有劍士戒心，不夠格。」三人在大雪中爽朗大笑。孝公拱手道：「請勿出門，我自來自去。」拉開院門又回身關好，便聽踏雪之聲漸漸遠去。

玄奇笑問：「大父，這就是人說的不速之客麼？」

老人沉吟道：「我在安邑遇到一個奇才，今日又遇到一個。半年兩遇，非同尋常也。看來這秦國要有事了。」玄奇笑道：「我看啊，大父也要有事了。」一邊頑皮地比畫著客人的樣子，板著臉道，「來日鄭重拜訪相求，萬望前輩莫要推託。」老人被逗得大笑起來。

秦孝公回到國府，天色已經在茫茫大雪中透出一絲青色的亮來。

他來到書房，換上輕軟寬大的羊皮長袍，坐到木炭燎爐前，細想夜來所遇，久久不能平靜。那位頗有仙風道骨的老人，使他驀然想到了垂釣渭水的姜尚、為人牧羊的百里奚。老人學問淵深，話語間寓意高遠，又與高不可攀的鬼谷子有極深淵源，當是一個隱士高人無疑。就連老人的那個孫女也給了他一種從未有過的強烈感受。少女算不得一個麗人，她沒有柔媚，沒有嬌態，一身布衣一頭長髮，甚至連對人施禮都是士子式的。但她身上那種明朗那種聰慧那種本色那種純真，以及那種英風之中時不時透出的嫵媚，卻是任何麗人都無法企及的。尤其是她那空谷鳥鳴般的聲音和說話的語調，真是給人一種莫大的享受。孝公知道，她說的是尋常女子說不來的「雅言」，多少遊學士子和官府吏員終生都難以說好。所謂雅言，是與各國各地的方言土語相對的官話。西周定都鎬京，便確定以鎬京王畿語音為準的官話為「雅言」。這種雅言，對山野民眾是無法推行的，主要在官府、商旅、都城國人、士人階層使用，尤其是書面文字必須使用雅言。孔子的學生曾經不無驕傲地說，孔夫子誦讀《詩》、《書》，執行典禮，都使用純正的雅言，而不用魯國土語。後來的荀子將雅言看得更重，主張「夷俗邪音，不得亂雅」，而且認為說雅言還是說夷俗邪音，是有關士人榮辱的大事，「越人安越，楚人安楚，君子安雅」。就是說，越國人講越國話，楚國人講楚國話，但天下的君子都應當講雅言。雖則如此，但由於種種原因，官吏商人士子國人事實上很難做到人皆雅言，更不用說那些很少外出交往，更不求學做官的女人了。一個少女有一口純正流利的雅言，至少可以看出她出生在世代書香之家，且這個少女本人還要有周遊和求學的閱歷。孝公想到小妹熒玉至今還說不好雅言，不禁對這個少女由衷地欣賞，還隱隱感到了她身上的一種神祕氣息，如同她的名字「玄奇」一樣撲朔迷離。

「二哥，想心事耶，癡呆呆？」一個紅衣少女跑著跳著進了書房。

「熒玉，嚇我一跳。」忽然之間，孝公感到臉上一陣發熱，故意板起臉道，「起這麼早做甚？也不去好好讀書。」

熒玉咯咯笑道：「誰讓我每天早起的？還要練劍？還不是你？」說著蹲到孝公身邊把著他胳膊，「二哥，這次去安邑、洛陽、陰山，我可長見識也。要不要聽聽？」

「小妹，你說給一個少姑送件禮品，何物最為相宜？」孝公突然問，連他自己也覺得意外，臉不由自主地脹紅起來。

「吔！」熒玉驚喜地跳了起來，拍手笑道，「日出西方吔！二哥快說，是哪裡的少姑？宮裡的？大臣的？哪一家？誰呀？何時大婚？」

孝公板著臉：「鄉姑。你就說，何物最相宜？」

熒玉做個鬼臉笑道：「哪個鄉姑如此身價？吔，我想想。你得告訴我，她的喜好性情啊，少姑與少姑不一樣。女人都不一樣。」

「你說的這一串，我如何知曉？」孝公還是板著臉。

「吔，我的二哥。如何見了女子忒笨？一無所知，送個甚禮？禮有定制，諸侯可以娶九女。二哥準備拿她做夫人，還是做媵妾？」

「啪！」孝公一拍書案，「胡扯個甚！」又覺得不忍，低聲道：「我就是讚賞這個少姑，想給她留個念物，可不知何物為佳？」

熒玉知道二哥剛毅木訥的脾性，極少與人談笑，更是不談女子。母后幾次問他對大婚的打算，他都默然不答。今日能說到一個少姑，簡直是天大的好事。她後悔自己大喜之餘嘮叨過甚引得二哥生氣，以後再對她不提這種事，豈非大壞？母后本來就讓她多和二哥開開心的。目下見二哥誠懇坦率，熒玉很是感動。她跪坐在二哥身旁，低聲體貼地說：「二哥，我想這個少姑，一定是個非同尋常的女子。熒玉想，女子非同尋常，一定堅貞聰慧，對念物本身並無甚一定嗜好。要緊處是，她一定看重男子是否真誠，是否值得她思念？若值得思念，你就是送她一片樹葉，一根茅草，她也會永遠珍藏，不惜用性命去保護。否則，就是一座金山，她也會視若糞土。」

孝公聽得認真，拍案慨然道：「小妹，你說得真好，二哥茅塞頓開。」他輕輕地歎息了一聲，「不管她對我如何，我都會永遠想著她。」

剎那間，熒玉驚訝地睜大了眼睛，半日無言。國中官員們都說，二哥堅剛嚴毅厚重穩健，可在熒玉和母后看來，二哥更多的是倔強執拗的牛脾氣，想定了的事天塌下來也要做，有時還激烈得讓人膽戰心驚。譬如上次立國恥石自斷兩根手指，母后不知流了多少眼淚，氣得在背後罵他「犟牛」，可又不能說他做錯了，還得支持他撫慰他。像他這樣的心性，今日能認真說出永遠想念一個少姑的話，可見決然是深深地愛上了這個女子，而且永遠都不會有絲毫的改變。熒玉感到奇怪，就這麼一段時日，二哥又沒有出城，在何處遇到了這個神祕的少姑？她思忖半日，覺得應當告訴母后，當然，得問問黑伯才能知曉。但是不管如何，熒玉還是非常興奮。她從安邑的迷醉奢華和洛陽的頹廢沉淪，更感到了二哥的清苦。幾個月來，她在瀰漫中原的卑秦氣氛中幾乎窒息，深深感受到了秦國蒙受的災難和恥辱，多少次躲在被中涕淚交流。回來後，她對二哥嚴峻的黑臉開始有了新的體察，對他拒絕大婚專注國事，也有了一種深切的認同。她似乎清晰地看見了二哥的內心在流血，再看到沉沉血紅的國恥刻石時，第一次感到了心驚肉跳。如今，二哥心中有了一個極具魅力的少女，二哥陰霾籠罩的心田就有了一縷陽光，一片溫馨。這種陽光和溫馨，是她這個小妹和母后所永遠無法給予的。熒玉內心感激那個從未謀面素不相識的少女，感激她接過了一副沉重的擔子……想著想著，熒玉的淚水不由湧滿了眼眶。

「小妹，如何哭了？是二哥不好，惹小妹生氣。」孝公攬著熒玉，笑著哄她。

「二哥！」熒玉撲到孝公肩上，邊哭邊笑道：「小妹高興，為你。」

孝公哈哈大笑：「我倒是為你著急，嫁不出去，讓你哭個夠。」

熒玉咯咯笑道：「就嫁不出去！你大婚我才嫁，看你磨蹭到幾時！」兄妹兩人同聲大笑。

黑伯進來道：「稟君上，老人所居叫五玄莊，家中唯有老人與孫女兩人。老人的來歷沒有人知道，只知他經年在外雲遊，極少回櫟陽。」

孝公收斂笑容沉吟道：「黑伯，找景監說說，備一份不俗的禮物。天放晴以後，即刻去五玄莊拜訪前輩。」

「君上放心，我即刻找景監內史商議。」黑伯冒著紛紛揚揚的大雪出宮去了。

大雪初晴，整個櫟陽城還埋在雪中。

太陽雖然無力，卻是非常晃眼。按照景監的意思，最好是等幾日再去拜訪五玄莊。秦孝公卻很著急，認為不能拖延。於是在午後時分，孝公景監一行人踏著陷入膝蓋的深雪來到那條小巷。到得五玄莊門前，只見大雪封門，毫無鏟雪掃雪的痕跡，秦孝公心中一涼，莫非老人又走了？景監上前輕輕叩門有頃，粗簡的木門「吱呀」開了半邊。一個少女探出頭來，正想問話，卻看見孝公在後相跟，驚喜之情油然而生，脫口笑道：「呀，忘劍士也，快快請進。」孝公素來莊重，但卻被玄奇這滑脫出來的俏皮稱謂引得笑了出來：「若那把劍不拿，就成了不拿劍客，我就整日來取劍了。」少女燦爛地一笑，側身開門讓進客人，轉身向屋內高興叫道：「大父大父，忘劍公子到了。」大家一齊笑了起來。孝公這才注意到玄奇背了一口短劍，外穿了一件白羊皮長袍，裡邊卻是緊身束裝，好像要出門遠行的樣子，心中不禁一緊。

這時，老人正從屋內走出，身背斗笠和一個青布包袱，一身短裝粗布衣，顯然是要遠行了。孝公忙深深一躬：「大雪阻隔，渠梁來遲，不想卻擾前輩遠足，尚請見諒。」老人爽朗笑道：「故人臨門，幸甚之至。雲遊遠行，原無定期，請入內就座。」說話之間，少女玄奇已經進屋打開了苫在家什上的粗麻布，重新生起了木炭火，架起了煮茶的陶罐，不聲不響卻又熱情親切地關照孝公和景監入座，又立即到院中安排抬禮盒的黑伯一行到偏廂就座。片刻之間，一切都井然有序起來。老人也卸去行裝，換上一件羊皮長袍，悠然坐到案前。

孝公指著景監道：「前輩，他是我秦國內史景監。」景監對老人深深一躬。

玄奇正在煮茶，微感詫異地笑道：「他是內史，那你是何人？」

景監道：「前輩、小妹，這是我秦國新君。」

老人絲毫沒有感到驚訝，微笑拱手：「貴客臨門，茅舍添輝也。」玄奇怔怔地看了孝公一眼，明亮的目光漸漸暗淡下來。孝公笑道：「小妹妹莫待我以國君，當我是一個友人可好？」誠懇的目光中有著明顯的期待。玄奇默然，繼之一笑，悄悄退出房中。

孝公向老人再度一躬，莊重謙恭地開口：「前輩，前日雪夜倉促，未及暢敘，今日特來拜望，懇請前輩教我。」

「國君來意，我已盡知。秦國之事，老夫自當盡綿薄之力。然則，只能略微相謀，不能身處其事，請萬勿對老夫寄予厚望。」

「前輩，莫非罪我敬賢不周？」

老人大笑道：「非也。老夫閒散一生，不求聞達於諸侯，更不堪國事繁劇之辛勞。我師曾言，我是散淡終身逍遙命，強為入仕必自毀。另者，老夫從不研習治國之道，對政務國務了無興味，確無興邦大才也。」

「前輩對世事洞察入微，見識高遠，卻何以篤信虛無縹緲之學？莫非前輩覺我秦國太弱，不堪成就王霸之業？」

老人微微一笑，略頓一頓道：「國君可知曉我是何人？」

孝公一怔：「五玄莊主人。不敢冒昧問及前輩高名上姓。」

剎那之間，老人眼中淚光瑩然，不勝感慨道：「國君誠摯相求，老夫不忍相瞞。我乃秦穆公時百里奚的六世孫……我豈能對秦國無動於衷？」

秦孝公驚喜交集，肅然離席站起，撲地拜倒：「百里前輩，嬴渠梁不肖來遲。」

百里老人扶起孝公，黑髮白髮交臂而抱。玄奇正走到書房門口，見狀默默拭淚，明亮的目光久久注視著孝公。良久，二人分開，都是唏噓拭淚。景監站起來肅然躬身道：「百里前輩隱士顯身，君上得遇大賢，可喜可賀。」

玄奇揉著眼睛一笑：「大父知道自己忍不住，早早想走，又沒走脫，天意也。」

百里老人悠然一歎：「是也，天意使然。不瞞國君，穆公辭世後，先祖百里奚回楚國隱居修身。先祖臨終前曾預言，秦國百餘年後將有大興，囑後代遷回秦國居住，但不得任官任事。」

孝公驚訝：「這卻為何？」

老人道：「先祖慮及後人以祖上功業身居要職，而不能成大事。是以百里氏六世治學，從不入仕，實為先祖遺訓。久而久之，亦成家風也。」

孝公沉重歎息：「百里前輩，而今秦國貧弱，國無乾坤大才。渠梁為君，孤掌難鳴。懇請前輩為渠梁指點迷津，使我國人溫飽，兵強財厚。否則，渠梁何以面對秦國父老？何以面對列祖列宗？」

玄奇被孝公的誠懇感動了，搖著老人胳膊道：「大父說也，你不是早有謀劃麼？」

老人緩緩捋著長長的白鬚：「秦國之事，我思謀日久，時至今日，機緣到矣。興國之道，以人為本，列國皆然。秦國要強大，就要找到這個扭轉乾坤的大才。」

「然則世無英才，卻到何處尋覓？」

「國君莫要一言抹殺。方今戰國爭雄，名士輩出，前浪未退，後浪已湧，風塵朝野，多有雄奇。只看求之是否得法？」

「渠梁派遣多人遍訪秦國山野城池，何以大才深藏不遇？」

老人爽朗大笑：「治國求賢，何限本國？自古以來王天下者，哪個不是放眼天下搜求人才？穆公稱霸的一班重臣，先祖百里奚是楚國奴隸，治民能臣蹇叔是宋國庶人，大將丕豹是晉國樵夫，理財名臣公孫支是燕國小吏，大軍師由余更是流落戎狄的老晉人。此五人皆非老秦人，更非老世族，穆公卻委以重任而成霸業。孔丘為此讚歎不已：『穆公之胸懷，霸主小矣，當王天下！』由此觀之，治秦者未必秦人也。自縛手腳，豈能遠行？」

孝公本是思慮深銳之人，一經點撥，不禁豁然開朗：「前輩是說，向列國求賢？」

「然也，向山東各國搜羅人才。」老人擊掌呼應。

孝公不禁興奮地對景監道：「景監，回國府即刻擬定一道求賢令，向列國廣為散發，大國小國，一個不漏！」景監興奮應道：「是，臣即刻就辦。」

百里老人微笑著：「我將帶公求賢令一道，去山東為秦國謀一大才。」

玄奇急切道：「大父，誰也？」

老人神祕一笑：「誰也？我亦不知。」玄奇向爺爺做一個鬼臉，眾人不禁笑了起來。

看看暮色將至，秦孝公站起來吩咐抬進禮盒。百里老人正色擺手道：「我觀國君非是俗人，秦國目下正在艱難處，此等物事當用於可用之處，老夫豈能受國難之禮？」說得孝公無言以對，只有深深一躬：「大恩不言謝，嬴渠梁當對百里氏永誌不忘。天色已晚，渠梁告辭，明日便將求賢令送來。」

百里老人送孝公一行到院中，寒風捲著雪末打來，孝公堅持不讓老人送行。老人便殷殷道別，囑咐玄奇代為送行。

直走到門口，玄奇都沒有說一句話。孝公已經踏出了門檻，卻又像釘在那裡一樣默默沉思，猛然回身對玄奇拱手道：「小妹，我觀你遊歷多於居家，謀面頗難。嬴渠梁欲送小妹一物，以做思念，不知小妹肯接納否？」剎那之間，玄奇明亮的目光直視孝公，孝公真摯的目光坦然相對。兩雙對視的目光在詢問，在回答，在碰撞，在融合，在寒冷的冬日暮色中化成了熊熊的火焰。良久，玄奇默默地伸出雙手，臉上飛出一片紅暈。孝公從懷中取出一支幾近尺長的銅鞘短劍，雙手捧到玄奇的掌中。短短劍身帶著孝公身上的溫熱，玄奇雙手不禁一抖，眼中閃出晶瑩的淚光。孝公專注地看了玄奇一眼，轉身大步而去。走了幾步，玄奇卻默默地趕了上來。孝公回頭，玄奇從腰間解下自己所佩的一尺劍，雙手捧到孝公面前，雙眼中射出炙熱的光芒。孝公緩慢艱難地平伸雙手，緊緊抿著的嘴唇簌簌抖動，雙眼堅定地融會著玄奇的目光。玄奇將短劍緩緩捧到孝公掌中，雙眼朦朧臉頰一片緋紅。

夜色降臨，寒風料峭，雪光映襯出兩個久久佇立的身影。

「不移，不易，不離，不棄。」

「天地合，乃敢與君絕。」

渾厚的誓言與深情的吟誦，在潔白的天地間抖動著燃燒著。

四、神祕的布衣小弟突然變身

銀裝素裹的原野上，櫟陽城迎來了冬日大雪後初晴的陽光。

櫟陽的庶民百姓終於有了一片難得的歡暢。原本人人準備上陣殺敵的大血戰，擦肩而過了。一場大雪深深覆蓋了久旱乾涸的麥田，又使人們看到了一個大熟之年就在眼前。兩個多月的滿城叮噹結束後，老秦人的子弟們都換上了鋒利的新矛新劍。上蒼似乎又開始念及秦國了，否則，這些急難大險怎麼就憋著氣過去了？國人們對雪後初晴的陽光現出了從未有過的興奮與新鮮。官府未及號令，人人走出家門，手執掃把鍬耒掃雪清道。街巷中堆滿了頭戴斗笠紅鼻子藍眼睛的雪人，引得孩童們繞著雪人唱啊跳啊地打雪仗。最顯眼的是掃雪者在櫟陽城東門口堆砌的兩個巨大雪人，高約三丈，手執長矛，威風凜凜若天神一般。雪人築起，引來城門口一片「老秦萬歲」的狂熱歡呼。

這時，城門守軍頭目高喊：「行人閃開，快馬特使出城！」歡呼的人群譁然閃開之際，一騎黑色快馬箭一般飛出城門，越過吊橋。「一騎！」「又一騎！」「還有一騎！」「不對，還有！」人們驚訝地發現，三十餘騎快馬特使，竟在半個時辰內絡繹不絕地飛出了東門。一片憂色，頓時浮上櫟陽國人歡快未消的面容。多少年了，老秦人對打仗很熟悉，但也很敏感，他們看到這非同尋常的如飛快馬，立即意識到危險又在迫近他們，聚攏一片的人們開始默默疏散。

這時，守軍頭目又一次高喊：「國府大令到——」人們看見櫟陽令子岸帶著三名文吏大步赳赳而來。「又要招募壯士，徵收糧草了，快看看如何分派？」人群中有人急切低聲地對一個穿長衫的識字者嚷嚷。長衫識字者冷冷道：「再徵，就只有人肉了。」嚷嚷者噓了一聲：「別胡說，快看。」

櫟陽令子岸高聲命令文吏：「張掛起來，高一點。」文吏站在大石上掛起了一張寫在羊皮上的文告。子岸高聲道：「父老們，誰識得字？出來給念念。走，到南門去。」人們嘩地圍攏過來，長衫識字者被嚷嚷者推出嚷道：「念，給睜眼瞎子們念念。」長衫識字者抬頭向文告一看，卻愣在那裡半天不出聲。人群鴉雀無聲，一層烏雲明顯籠罩在臉上。嚷嚷者忍不住嚷道：「怕甚？念呀，大不了一場大血戰，鳥！」長衫識字者卻不住搖頭，驚訝的臉上抽搐著，竟嗚嗚咽咽地哭了起來。嚷嚷者罵道：「哭個鳥！還算老秦人麼？走，不聽了，回家烙餅，明日打仗！」

人們默默散開。長衫識字者猛然醒悟，嘶聲喊道：「回來！快回來！好事！我來念！」人們猶豫著重新圍攏。嚷嚷者罵道：「鳥！仗都打不完，還有好事？念啊！」

長衫識字者擦擦鼻涕眼淚，高聲道：「這是國君的求賢令，就是要搜尋賢才，強盛秦國！這樣寫的：天下列國士人群臣庶民，凡能出奇計強秦者，吾將讓他位居高官，且與他分享秦國之土地財富！若能薦舉賢才者，也有重賞！」

人群愣怔片刻，猛然炸開，轟雷般高喊：「好！秦公萬歲！」

老人們掉了眼淚，相互一片點頭感慨：「對了對了，這就對了。」

「秦公睡醒啦，早該變。要不咱這破褲子何年能脫得？」

嚷嚷者拉著長衫識字者就走：「鳥！咱老秦人也有大才。我薦舉你做大官，我也得一堆賞金！走啊，愣怔個甚？」長衫識字者惶恐拱手：「老哥哥，別亂來。那大賢之才等閒了得！我連一筐書都沒讀完，書吏都做不得，還做大官？」嚷嚷者急切道：「鳥！那還不趕緊找一個出來？」

「我看你就能行！」有人高聲喊道。

「鳥！我能做甚？」嚷嚷者笑罵。

「教訓女人啊！教男人如何一天打三頓老妻！」

眾人哄然大笑，嚷嚷者邊罵邊追那個「薦舉者」，城門口又變得一片熱鬧。

在老秦人的歡笑中，秦國的快馬特使像一顆顆流星，北上九原，東出函谷，南下武關，撒向天下六大國與三十餘個中小諸侯國。他們以數百年來遷徙各國的秦國人為根基，以各種形式祕密散發著秦孝公的求賢令。數月之間，秦國求賢若渴的消息，便在天下城池鄉野名山大川的士人們中間流傳開來，成為比齊國稷下學宮招募學人更為令人振奮的喜訊。

這裡的不同之處在於，齊國的稷下學宮旨在弘揚文明，雖然也不排除個別學宮士人出仕為官，但其主流畢竟是治學，所要求士人們的是黃卷青燈，是修身自勵，是文章道德。而秦國則直截了當地請士人們去做官，去強秦，去建功立業，去出將入相，去名滿天下，去光宗耀祖！相比之下，如何不令士人們怦然心動？正因了這一點，到齊國稷下學宮去的士人，絕大部分都屬於有志於治學的各式士子。當時及後來的諸子百家在稷下學宮幾乎先後都有代表人物。法家的慎到，儒家的孟子，儒法並體的荀子，名家的惠施與公孫龍，辯家的田駢，縱橫家的魯仲連與莊辛，陰陽家的鄒衍，道家的宋鈃與尹文，農家的許行，等等。然而，純粹治學從來都不是春秋戰國士人階層的主流精神。自從「士」這個人群階層出現以來，主流精神始終是經世致用，就是以學問入世奮爭，以才能建功立業。孔子是個直話直說的老倔頭，他說過許多令後人難堪的老實話，譬如「唯小人與女子為難養也，近之則不遜，遠之則怨」等等。就是這個愛說難聽話的倔老人，將士人們的這種精神一口叫白，名曰「學而優，則仕」——優秀的士人應當作官！這是當時士人階層毫不隱瞞的公開宣示和終生追求，而當了官後的目標也絕不含糊，叫作「治國平天下」，就是要為國家為天下做一番事。正是這種坦誠直率而又奮發有為的入世精神，戰國士人們將直接做官看得比終生治學重要一萬倍。他們往往在入仕無望的情勢下，才被迫治學著作和傳授學問，這便是後人所謂的「強使英雄做詩人」。更有趣的是，即或無奈治學，所治也還是治國為政之學。老子、孔子、墨子、莊子、孟子，都是求官不成無奈治學，而又在學問中建立為政經典的大學問家。這種相互促進相互激揚的士大夫精神，歷經滄桑磨練，厚厚沉積在華夏士子們的魂靈之中，一有火光，便會轟然爆發。

如今，秦孝公的求賢令就是一道耀眼的火光！

當這道求賢令祕密傳播到安邑的時候，正是冰雪消融的三月。安邑城外的靈山，已經是麥苗返青枯木新芽殘雪變為淙淙溪水的春日了。山腳下的公叔墓地，也從冰雪覆蓋中走了出來，松柏蒼翠，山花初現。墓前蒼黃的衰草，也被春風在朦朦朧朧中搖綠了。此刻，與墓地遙遙相對的山腰小道上，走來了一個身披紅絲斗篷的少女，在山野初綠中分外鮮亮奪目。少女手中拿著一支極為精緻的細劍，身材頎長秀美，一頭長髮盤成一個高高的髮髻，中間橫插一支碧綠的玉簪，恍若士子頭上剛剛加冠，透出一種高雅的書卷氣息。當她遙遙望見公叔墓的石坊時，站在山道上靜靜地想了一會兒，又低頭看看自己的裝束，似乎平靜了一下自己的心緒，方繼續向墓地走來。

石坊前的大道分外冷清，龐涓派在這裡的步卒騎士也不知道如何不見了蹤跡，坊下竟沒有一個軍士。少女顯然感到了疑惑，邊走邊四下打量，終於看見了守護墓地的十多個兵士在營屋旁倚著牆角曬太陽。看見她進來，他們抬起了頭，老兵頭沙啞地問：「又是找衛鞅的？」少女微笑著點點頭。一個兵士驚歎道：「看人家衛鞅福氣，鳥！」老兵頭低聲喝道：「作死！」又回頭笑道，「姑娘請自進去，他整日守在陵下石屋裡。」少女點點頭，逕自進去了。

陵墓前數丈之外的小屋，顯然是粗糙搭蓋的，很難說清它是一間石屋還是一間茅屋。牆是大石板拼起來的，縫隙也沒有填塞，屋頂苫蓋著一層絕不算厚的茅草，虛掩著的木門也已經破舊。按照喪禮，這種守陵的住所應該是最簡單的茅庵草舍，以考驗和磨練守陵者的大孝之心。進入戰國時期，摧殘身心且耗費巨大的葬禮漸漸淡化，有關葬儀的一切禮節都在簡化和變通。於是，這間守陵小屋就變成了既不能嚴實如常，又不能過分透漏，既要粗簡，又要遮風擋雨的石板牆茅草頂。

少女在石茅屋前打量一番，搖搖頭皺起眉，似乎很不滿意，卻又略顯頑皮地一笑，輕輕咳嗽一聲，粗著嗓門高聲道：「中庶子兄臺在否？布衣小弟前來討教了。」虛掩的木門吱呀開了，依舊是白色長衫的衛鞅大步走出，分明一臉興奮的笑意。突然之間，他卻驚愕得後退幾步，揉揉眼睛打量著面前美麗的少女，疑惑問道：「這裡，你，一個人？」

少女微笑著點點頭。

「方才，是你在說話？」

少女還是微笑著點點頭。

「你是何人？為何假冒我布衣小弟？」衛鞅正色問道。

少女臉上泛起一陣紅暈，卻又落落大方地拱手道：「兄臺見諒，布衣小弟就是我，我就是布衣小弟。」

衛鞅大是疑惑，不禁繞著少女打量了一圈。少女紅著臉不說話，微笑著任他打量。良久，衛鞅哈哈大笑道：「世間竟有這等事？我卻不信。莫非少姑是布衣小弟的妹妹？」少女搖搖頭，猛然又粗聲道：「我是來提醒你，與你對弈的巨商是秦國密使。」衛鞅近在咫尺，猛然聽到面前這個美麗的少女說出布衣小弟夜半樹下說的密語，突然一驚，竟然不小心跌倒坐地。少女大笑，忙去拉衛鞅，不想笑得岔氣，一下子軟在了衛鞅身上。衛鞅被這突如其來的變幻弄得雲霧不明，又對自己方才的失驚感到滑稽，跌坐在地便大笑起來。少女笑軟在他身上，他也笑得沒有力氣去扶去推。兩人同時大笑著疊在一起，滾了一身泥土。

「你，真是布衣小弟？」衛鞅想正色說話，卻又是禁不住開懷大笑。

少女笑得淚水長流，雖然已經坐起，卻不斷地抹淚，聽衛鞅一問一笑，又禁不住咯咯笑道：「你請我來，又不認我，是何道理？」

「那？還叫你布衣小弟？」

少女笑著搖搖頭。

「既是女兒身，何以裝扮成一個遊學士子？」

「不告你。」少女臉泛紅暈。

衛鞅感到驚訝，他第一次聽到「布衣小弟」的女兒本聲，想不到同一個人的聲音竟可以有如此大的差別。作為男子，「布衣小弟」的聲音雖顯細亮，但畢竟男子中也有這種聲音，衛鞅並沒有特別注意。但作為女子，少女的聲音卻與「布衣小弟」迥然有異。衛鞅對自己曾經嚴酷訓練的聽力非常自信，且相信人的音質是難以改變的。然而，面前的這個少女與冬天裡那個「布衣小弟」，卻怎麼也看不出一點相同處，連聲音也是截然兩人……不想了，該知曉的遲早會知曉。衛鞅站起來拱手道：「少姑，請到屋內敘談。」

少女將沾上泥土的紅絲斗篷解下，現出一身白色緊身長裙，頎長的身材更顯婀娜高雅。她笑著點點頭：「兄臺請當先。」

衛鞅推開被山風吹得閉合的木門，笑道：「請進。我得給你找一個坐處。」

少女笑道：「不須找了，榻上正好。」說完走到書案旁的木榻前，將斗篷搭在榻邊木欄上，回身笑道：「我來煮茶，你可先換件乾衣，今日可是要消磨你也。」邊說話邊動手，也不問衛鞅何物放在何處妥當，眼睛只一掃，已經清楚了這間斗室的全部物事。先用火鉤清理了燎爐木炭灰，重新燃起了一架紅紅的木炭火；又熟練地支起鐵架，吊上陶罐煮水；再給乾燥的黃土地面灑上水，從屋角拿來笤帚，將屋中灰土全部掃去；又將屋角木几上的沖茶陶壺飲茶陶杯全部洗乾淨；又利落地撕開了一塊舊布，塞住了兩條透風的石板縫隙。這時，木炭火已經烘烘燃起，陶罐中水也已經大響，整潔的小屋頓時溫暖如春。

衛鞅換了一件長袍，對「布衣小弟」的輕柔利落欣賞之極。他注意到，幾個書架和那張攤滿竹簡的書案，都抹去了灰塵，而書簡位置卻沒有任何移動。而這兩處也是讀書士子最怕別人亂收拾的，若非熟悉書房生涯的女子，絕不會有這種細緻的照拂。

少女煮好了水，斟好了茶，做了一個女兒禮微笑道：「請兄臺入座。」

衛鞅開心地拱手笑道：「布衣小弟請。」

少女舉起陶杯：「為重逢兄臺，盡飲此杯。」將一杯清香茶水嫣然飲下。

衛鞅舉杯笑道：「為布衣小弟變作女兒，盡飲此杯！」

少女臉上又飛起紅暈，笑道：「還布衣小弟，我可是有名姓也。」

「敢問小妹高名上姓？」衛鞅收斂笑容。

少女跪坐到矮榻上，悠然笑道：「我姓白，單名一個雪字。」

「小妹在洞香春做何事？」

「洞香春是我的，時不時去看看。」

衛鞅恍然大悟，似乎證實了他隱隱約約的猜想，笑道：「如此，小妹當是名滿天下的白圭丞相的女兒了？」

白雪微笑著點點頭：「也還是你的布衣小弟。」

衛鞅淡淡一笑：「小妹今日找我，意欲手談？」

「不是，有大事。不過你先猜猜看。」

「那個白髮隱者露面了？」

「不是。」

「秦國特使來了？」

「不是。」

衛鞅沉吟道：「總是與秦國有關聯的事了？」

白雪點頭笑笑：「看來你開始想秦國的事了。我呀，給你帶來兩則消息。一則，韓國開春後可能起用申不害，籌劃變法；二則，秦國國君向天下列國發出求賢令，搜求強秦奇計與治國大才。兄臺以為如何？」

衛鞅肅然拱手：「多謝白雪姑娘。」

「先別謝，我可有所圖也。」

衛鞅爽朗笑道：「有所圖最好，最怕無所圖。」

「對我講講你對這兩件事的評說。喜歡聽你談政論棋。」

衛鞅沉吟點頭道：「這兩件事耐人尋味。韓國原本是僅強於秦國的第二弱國，在山東六大國中座次最末。但韓國雖小，鐵山卻是最多，農耕平原也最多。所以，韓國兵器鍛造天下第一，糧食貯藏也是天下第一。然則為何成為弱國，因由皆出於舊貴族根基未動，人力財力分散於豪強封地。若能法令統一，激勵民心，韓國將成為中原令人生畏的強國。申不害被韓侯重用，這一天為期不遠了。」

白雪欽佩點頭，又問：「秦國頒發求賢令，是否也想變法？」

衛鞅默然有頃，歎息一聲道：「自古求賢有虛實，奮發圖強者求賢，沽名釣譽者亦求賢。秦國求賢之真意，我得見到求賢令方可有斷。」

「我已經安排妥當，明晚將有求賢令送到洞香春。我來，就是要請你去。」

「這座陵園近日看管鬆弛了許多，我明晚一定來。難為白雪姑娘了。」

白雪笑道：「如何俗了起來，不叫我小妹？」

衛鞅肅然道：「姑娘襟懷高潔，衛鞅豈能失敬？」

白雪悠然一歎：「老父給我留下三樁物事，一筆財富，一張大網，一種志向。我生為女兒之身，難以充裕利用這些財富、這張大網，來實現這種志向。我想扶助一個有襟懷、有抱負、有經緯之才，更有遠大志向的人成就大業。我不希望這個人將我的扶助看作恩賜，而折損他的心志。因為，我也想在他的大業中實現我的夢想。」

「敢問姑娘，何為父親留下的志向？」

「以財圖大計，以才治國家。老父商家入相，正是如此。」

衛鞅點頭沉吟：「姑娘之夢想如何？」

白雪略顯羞澀地笑道：「不告你。但願它已經開始了。」

衛鞅覺得面前這個少女當真是個奇人：論財富難以計數，論襟懷志不可量，論才識堪稱名士，論心性明亮豁達，論聰慧天賦極高，論相貌決然佳麗。如何她就沒有些許瑕疵？然而如果只有這些，也許他反倒會敬而遠之。只因為這些方面他也許更強更高。如果這些非凡的東西生在一個男子身上，他一定會和他成為生死至交，會毫無顧忌地使用他的財富，就像管仲和鮑叔牙一樣。然而生在一個女子身上，這些非同尋常的光彩處恰恰就成了他和她必須疏遠的根源。倒不是他畏懼這種女子的才華和財富，而是他覺得問心有愧。一個心懷天下志向高遠才華卓絕的男子，內心天地更需要一種靈動一種柔情一種照拂一種具有滲透性的知音，如果一個女子只有前者而沒有後者，他的人生就會產生僵硬的枯燥的裂痕。內心沒有激情，卻要為了種種外在的制約長期相處，這就是他所感到的慚愧。但是，面前這個少女卻不是只有前者而沒有後者的女子，非但是兩者兼備，且在她身上的揉合簡直奇妙得令人難以相信！才華中顯出自然與風情，操持中顯出雅致與書香，特有的才華與志向深深隱藏在美麗的風韻之後，又處處顯露在她的一舉一動之中。她還是「布衣小弟」的時候，衛鞅就不由自主地喜歡了那個布衣士子，當「他」變成光彩照人的少女時，衛鞅內心流過的激情與舒暢是難以自制的。他那從未有過的開懷大笑是情不自禁的，也是油然而生的。他的心靈告訴他，他已經很是喜歡這個少女了。原因只有一個，她讓他怦然心動，她讓他奔放燃燒，她讓他從心底裡流出輕鬆與歡暢。

但是，他能接受她麼？他的心靈在問自己。

衛鞅對任何事情都喜歡正面作為。這也是戰國士子做事的普遍喜好——說就說個徹底，做就做個徹底。這時候，他的第一個念頭就是：把自己想說的話說出來，不要遮遮掩掩。他從書案旁站起，肅然向白雪深深一躬：「白雪姑娘，感謝你對衛鞅的讚賞和寄託。我知道，姑娘的讚賞和寄託，也包含了姑娘的那個夢想。然則，衛鞅稟性不群，一生註定是孤身奮爭命蹇事乖，只能給身邊的人帶來不幸。姑娘名門之後，與一個中庶子交往並行，只會使姑娘身敗名裂。是以，衛鞅既不會成為姑娘成就志向的並肩之人，也不會走進姑娘的夢想。」

白雪明亮如秋水般的眼睛充滿了驚訝與疑惑。她默默沉思，突然爽朗大笑道：「衛鞅，你捫心自問，說的可是心裡話？假若你真是如此之想，白雪這雙眼睛也算徒有虛名了。」她深深地歎息一聲，「你說得何等痛快？我聽得卻何等酸楚？說孤身奮爭命蹇事乖，說稟性不群身敗名裂。君為名士，豈不聞『人生得一知己足矣，斯世當以同懷視之』？白雪既能與君相知，且不說君不會命蹇事乖，我亦不會身敗名裂，縱然有之，又何懼之？以此為由，拒相知於千里之外，衛鞅也衛鞅，君是怯懦，還是堅剛？是熄滅自己，還是燃燒自己？請君慎之，請君思之。」她說得真誠痛切，明亮的眼睛卻始終看著衛鞅。

片刻之間，衛鞅感到了一種前所未有的震撼。他是個自信心極強且詞鋒極為犀利的人，從來沒有誰準確洞察他的內心並一擊而中。今日，就是面前這個少女，卻說得他內心一陣發抖。她不激烈，不尖刻，卻有著一種對迴避者高貴的審視和對脆弱者至善的憐憫，有著冰冷淡漠的對心靈的評判，更有一種無可抗拒的消融冰雪的暖流。衛鞅第一次感到，自己氣短起來，默默的半日沉思不語。

白雪微微一笑，岔開了話題：「兄臺，說正事。記住明晚了？」

衛鞅一怔，恍然笑道：「我倒是雲霧中了。好，明晚看秦國求賢令。」

「哎，猜猜，我還給你帶來何物？」白雪頑皮地笑了起來。

衛鞅打量著她身上似乎沒有口袋一類的累贅之物，笑道：「還有好消息？」

「如何忒多好消息？閉上眼睛，閉上嘛。」

衛鞅從來沒有和少女有過如此親暱，自已先紅了臉，卻也是不由自主地閉上了眼睛，只覺得心裡暖烘烘的舒暢極了。聽到一聲：「睜開了，看看。」便睜開眼睛，不禁哈哈大笑起來：「好，好物事！」

書案上擺著一個小小扁扁極為精緻的紅木匣，上面一個大銅字「鹿」，旁邊是一個金黃鋥亮的雁形樽，樽身兩個紅字「趙酒」。衛鞅一看便知，木匣中是烤鹿肉，金樽中是他最喜歡的趙酒，如何不高興地叫好？只是他不明白，這兩件東西如何能隨身帶著卻絲毫不顯痕跡，便問道：「這，卻如何帶在身邊？」白雪笑道：「你來看。」一拿起雁形樽，將雁喙的上片輕輕一拍，只聽「噹」地一振，雁喙便嚴絲合縫；又伸出兩根脂玉般的細長手指將背蓋兩邊一捏，背蓋也嚴絲合縫地扣在一起；又平伸手掌將雁蹼向上輕輕一托，那原本是底座的雁蹼也悄無聲息地縮回了雁腹；再用兩根手指捏住雁喙一推，細長的雁頸竟也縮回去不見。如此一來，一個雁形樽便成了一個圓鼓鼓的金球。白雪將金球托在手中，單掌從上向下徐徐一摁，金球竟又變成了一個圓圓扁扁的金餅。白雪嫣然一笑：「就這樣，戴在我腰扣帶上的，方才放在披風裡。」

衛鞅對這般精巧多變的酒樽見所未見，連連讚歎造物者之神奇。白雪笑道：「這雁形樽材質極薄極韌，能裝兩斤酒也。老父當年商賈遠行，就帶它隨身。」說著搖搖雁形樽，「你看，一點不會漏也。」又拿過紅木匣道：「這個木匣只裝一斤乾肉，六寸長，五寸寬，三寸厚，不妨身的。」說完，又一陣捏、揪、擠、拍，雁形樽便穩穩立在書案上放出酒香；又一按紅木匣銅扣，匣蓋輕輕彈開，輕巧地揭去一層白紗，一方紅亮亮的烤鹿肉便發出悠長濃郁的香味。

衛鞅不由嘖了嘖口水笑道：「如此口福，神仙難求也。洞香春有麼？」

白雪微笑搖頭：「這是家傳物事。白氏家計從來與洞香春不牽連。」

「如此巧惠，府中炊師能治大國了。」衛鞅讚歎。

白雪明朗頑皮地一笑：「不敢當，這可是我自己動手做的吔。」

剎那之間，衛鞅又看到了「布衣小弟」的可愛神態，不由「啊」了一聲，卻轉口笑道：「你？會下廚？」

白雪悠然道：「下廚有何驚訝？有人要吃飯，就得有人下廚了。」

衛鞅大笑道：「好，那我就吃將起來。」

時而娓娓侃侃，時而慼慨歎息，衛鞅吃酒，白雪飲茶，兩人竟不知不覺間談到了斜陽夕照，才一齊笑著叫道：「呀，太陽偏西了！」

白雪回到安邑城內時，正是日落黃昏時分。她沒有走顯眼的天街，而是從一條小巷進了洞香春。這是白氏主人進洞香春的專用密道。

白氏祖傳的經營傳統，是盡量少干預所開店鋪、作坊、酒肆的日常生意。白氏遍及列國的商賈字號，都有一個總執事，呼之為「總事」，日常交易一概由總事掌管。白氏主人只是在月底年終查帳決事，或大的時令節日來聽聽看看而已。這種奇特鬆散的經營方略，卻竟使白氏的商賈規模在三代人的時間裡迅速擴大，且沒有一例背叛主人或中飽私囊的壞事出現。白圭以商入相，魏武侯問其商道祕術，白圭回答：「商道與治國之術同，放權任事，智勇仁強。」魏武侯問其治國方略，白圭答曰：

「與商賈之道同，人棄我取，人取我與。」正是在白圭掌事的三十多年中，白氏成為與趙國卓氏郭氏、楚國猗氏、齊國刀氏、韓國卜氏齊名的六大巨商。白圭的經商天賦獨步天下，他曾經驕傲地說：「吾治生產商賈，猶伊尹、呂尚之謀，孫吳用兵，李悝行法是也。」多少商賈許以重金請求他傳授祕術，白圭以蔑視天下的口吻宣示：「為商之人，其智不足以通權變，勇不足以任決斷，仁不足以明取予，強不足以有所守，雖欲學我術，終不告之也。」但是，對他唯一的一個女兒，白圭卻從來不傳授商賈之道。白雪曾經幽幽地問：「女兒不通商賈，父親的生財祕術就失傳了，悔不悔也？」白圭大笑：「日有升沉，月有盈虧。天生我女，不予我子，乃上天懼我白圭斂盡天下財富也，何悔之有？女兒冰雪聰慧，讀書遊歷足矣，何須經商自污？」

正是白圭這種超凡脫俗的開朗稟性，滋潤生長了白雪輕財貨重名節的名士襟懷。然而奇怪的是，白氏產業卻沒有因為白圭的病逝而萎縮，增長擴大的速度雖然慢了一些，卻是依舊在增長。白雪是更加寬鬆了，且不說從來沒有去過開在列國的商號，就是安邑的洞香春她也極少來。巧的是，上次一來就遇到了談政論棋意氣風發的衛鞅，使她不由自主地多次祕密來到洞香春。她雖疏於辦事，一旦辦起事來卻是思慮周密。為了經常性地掌握各種消息傳聞，扶助衛鞅早日踏上大道，她派自己的貼身女僕梅姑守著她在洞香春的專用密室，專門做傳遞聯絡。她每次來也決然不問生意，只做她自己關心的事，彷彿這豪華的洞香春和她沒有干係似的。

雖然天色還沒有盡黑，洞香春已經是華燈齊明了。

「小姊，正等你，急死我了。」看見白雪走進密室，梅姑急忙迎了上來。

「如何？出事了？」白雪微笑問道。

梅姑低聲道：「有個黑衣漢子不聲不響，在外廳坐了兩個時辰……」猛然感到身後有氣息微微，一轉身，發現一個黑衣男子悄無聲息地站在她身後，身材高大，連鬢鬍鬚，面色炭黑，不禁「啊」地驚叫了一聲，「就，就是他。」

白雪笑道：「梅姑，你到外面去看看。」待梅姑匆匆出門，白雪向黑衣人拱手道：「壯士，可是侯嬴大哥派來？」

黑衣人深深一躬，嘴裡嗚嗚啦啦地比畫一通，從背上抽出竹筒，恭敬地遞給白雪。白雪利落地打開竹筒，抽出一束竹簡，打開一瞄，簡首「求賢令」三個大字赫然入目。她輕輕地「啊」了一聲，露出燦爛的笑容。白雪已經知道來人是個啞人，打著手勢笑道：「壯士請在這裡安歇，住幾日看看安邑。」黑衣人連連擺手，拱手轉身，看來立即要走。白雪笑著攔住道：「壯士高義，敢問姓名？」說著指指書案上的筆硯。黑衣人略一沉吟，走到書案前拿起那支長長的玉管鵝翎，蹲下身來，在硯旁一摞竹簡上抽出一條，歪歪扭扭寫下兩個大字。白雪笑道：「啊，荊南。楚國人？」黑衣人頗為拘謹地笑著點頭。白雪轉身從一個銅匣中拿出兩個金餅遞過：「壯士，路上茶水。」荊南面色脹紅，嗚嗚啦啦連連搖手搖頭。白雪笑著將金餅塞進他背上的皮袋，拱手道：「謝壯士。也替我謝過侯嬴大哥。」荊南點頭，再度一躬，轉身大步出門了。

白雪給梅姑留下兩個字，匆匆地從密道出了洞香春，回到了自己的庭院居所。

白氏的地產房產很多，但是自從白圭做了魏國丞相，白氏在安邑的房地產就開始慢慢地縮水。到白圭臨終之前，安邑的莊園只保留了兩處，一處是城內的一座四進庭院，大約只相當於魏國一個下大夫的住宅；一處是城外狩獵的一座小小山居。白圭在彌留之際，將女兒喚到榻前叮囑：「雪兒，白氏的房地園林全部沒有了，為父留給你的，只是涑水河谷的狩獵山莊和這座小院子，你埋怨老父親麼？」白雪笑著搖頭：「錢財是父親的腳印，抹去它，是父親要解脫女兒。女兒豈能迂腐計較？」白圭喟然一歎：「雪兒，這只是其一。最要緊者，父親要保護你永遠不陷入錢財風浪，一生只做自己喜歡做的事。莊園地業，一部分是父親捐贈了官署國府，一部分給了白氏部族的十四支支脈。父親去後，不會有任何人來向你瓜分財產。」說著吩咐白雪從榻旁鐵櫃裡找出一個小小銅箱打開，「這裡有國府官署歷次的書憑，還有十四族長分頭與我立下的析產書契，你，收好了。」白雪含淚帶笑地合上銅箱：「父親，女兒曉得，錢財終是身外物事……」白圭輕輕搖頭：「雪兒，莫要輕易這樣說。金錢是一種力量，可成人，可毀人。為父沒有處置者，就剩下安邑洞香春和楚國、秦國、趙國、齊國的幾家生計。除了洞香春，其餘各國的生計都是祕密的，沒有人曉得。有一天，當你不需要這種力量支撐你時，它們才是身外物事。」白圭費力地向胸前一指，「雪兒，解開這裡。」白雪笑笑：「世人說父親算計天下第一，還真是，要將女兒算計到老也。」白圭也笑了：「雪兒是老父的寶貝兒，自然要給一個萬全。解開。」白雪解開父親的長袍，不由吃了一驚——長袍襯裡畫滿了各種圖形、線條與密密麻麻的小字，就像一張沒有頭緒的蜘蛛網。白雪笑了：「老父啊，這分明是蝌蚪文天書也。」白圭神祕地一笑：「這是外國生計圖，看好了？上面有主事人與聯絡之法。」說著精神奕奕地坐了起來，脫下長衫交給女兒：「雪兒，記住了，魏國未必是久居之地。收好了這件東西。老父的事完了，完了……」一陣哈哈大笑，從容去了。

十二歲的小白雪，沒有一點兒驚慌與悲傷。她穿了一身大紅吉服，將老父親的喪事當作喜事來辦，一時驚動了整個安邑。雖說白圭只當過短短的八年丞相，但畢竟是由名滿天下的魏國巨商入仕，人望極高，送葬者不絕於道。人們驚訝地發現，白氏並沒有國人傳聞的那樣豪闊，反倒是處處流露出士子世家一般的質樸實在。人們歎息白圭經商治國皆有術，但卻沒有善始善終，竟清白寒素地去了，給小女兒留下的太少太少。一段時間過去，白氏家族也就漸漸地從國人心目中淡出了。小白雪平靜地成長了起來。

白雪就住在這條小街的這座極為普通的小庭院裡。小街多住燕趙兩國的商人，所以叫了燕趙街這個名字。這條小街不繁華，不冷落，不在鬧市，也不偏僻，倒確實是一處平凡得令人很難記住的地方。

庭院的第二進是白氏家傳的書房。並排六間，分為西四東二兩個隔間，中間一門相連，西邊是書簡文物收藏屋，東邊是讀書刻簡屋。白氏家產中，唯獨這書房完整無缺地保留了下來，連專司書房的兩個僕人也保留下來，沒有遺散。老僕是專門保管、修補文物書簡的，他是白圭生前的一個書吏，因少小時騎馬摔傷了腿，好讀書不善奔波，白圭就讓他做了書房總管。小女僕則是白圭生前專門為女兒物色的伴讀，由於和女兒很是相投，白圭專門叮囑將這兩個忠僕留給了女兒。女僕叫梅姑，便是這些天來替白雪守在洞香春的那個少女。白雪每次從外邊回到家裡，都要先到書房將要辦的事安排妥當，然後才去休憩消閒。

今晚回來雖然已經是二更時分，書房裡還亮著大燈。白雪照例匆匆來到書房。老書吏瘸著腿進來稟報：「公子，今日無事，你去安歇了。」白府上下人等，只有這個老人堅持將白雪稱為「公子」，似乎認定這個女主人與男子一般出色。天長日久，人們也都認可了老人的稱謂，白雪也習慣了這樣的女公子身分。

「書翁，我有事。」白雪匆匆道，「你要將藏書間的各國法令，啊，不是全部，那太多了，主要是幾個變法國家自變法以來的重要法令，收拾裝成一個大木箱，要經得起顛簸才好。」

「公子，你要自己出門用？還是要賣了？要送人？」書翁驚訝道，「那可是老丞相最寶貴的藏簡，有些連國府書庫都缺失也。」

「我的書翁，」白雪笑道，「曉得啦。物有大用，方得其所，是麼？」

「那是。我是給公子提個醒，莫要輕易許人。」

「多謝書翁，白雪豈能輕易許人？好了，去辦，沒錯的。」

書翁瘸著腿去了。白雪在書案前坐了下來，打開案上一個紅木匣，拿出一張一尺見方的黃白色的羊皮紙。這種羊皮紙很難製作，所以很貴重，即便在白氏這樣的巨富之家，羊皮紙也不是輕易能用的。除了極重要的書信、命令等，一般書籍文章都是用竹簡繕寫謄刻的。白雪將羊皮紙輕輕用一方銅鎮紙壓住一角，從綠玉筆架上抽出一支新修磨得很是光滑圓銳的鵝翎，略一思忖，凝神「嚓嚓嚓」地一筆一畫寫了起來（註：戰國中期，成形毛筆還沒有發明，書寫工具多樣化，戰國晚期時蒙恬發明了毛筆）。

片刻之後，白雪寫好，將羊皮紙細心地捲成一個細筒，塞進一根精緻的銅管裡，「噹」地合上蓋子，輕輕扭了三圈，這支銅管便成了一支鎖定的信管，非得有約定的鑰匙才能開啟。這是白氏部族傳送商業祕密的特製信管，非重大事件不輕易啟用。

白雪將信管籠在袖中，來到西跨院一間石屋前輕輕敲門。

「咕咚」一聲，一塊碩大的石板被搬開，一個精瘦的漢子走了出來：「小妹？瘦柴衣衫不整，失禮了。」說著便往屋裡走要收拾整齊自己。白雪笑道：「瘦柴，莫煩了。原是我該喚你到書房的，又不想勞動書翁。來，有事了。」

「瘦柴聽小妹吩咐。」

「相煩你去一趟秦國，到櫟陽找……」白雪的聲音突然低了下去。

「小妹放心。瘦柴這就準備，四更出城。三五日便趕回來。」

白雪回到寢室，已經是更深人靜了。她看著庭院中明亮的月光，久久沒有睡意。

五、求賢令激發了衛鞅

第二天傍晚，白雪趁著暮色從密道進了洞香春，來到自己那間密室。

剛剛飲罷一盞茶，梅姑輕步進來神祕笑道：「小姊，那位先生到了，只飲茶，沒飲酒。」「哪位先生啊？」白雪板著臉。「呶，高高的個子，一身白衣，很有氣度的。」梅姑笑著比畫著。白雪笑笑，拿出一束竹簡道：「立即到寫字房，將這卷竹簡謄寫十份，散到士子們聚集的案上。還有，那位神祕老人若是來了，立即領到那位先生案位。」「小姊放心，不會誤事的。」梅姑拿著竹簡出門去了。

白雪走進密室內間，片刻後走出，又變成了那個布衣士子，拉上密室的厚厚木門，從庭院繞到洞香春主樓下從容而入。她沒有立即去見衛鞅，卻先到各個廳室瀏覽了一遭，方才來到清幽高雅的茗香廳。

一個有屏風遮擋的雅室裡，衛鞅正在若有所思地品茶。他感到洞香春今晚似乎有一種特異的氣息，以往極為熱鬧的論戰堂竟然沒有一個「主戰」的名士，甚至連「助戰」的士子也不見蹤跡，想看熱鬧聽消息的吏員商賈走進來看看，便也出去飲酒博彩了。飲酒的開間大廳客人倒是不少，只是沒有一個士子模樣的飲者，座中幾乎全是華麗的商人與矜持的官吏。以往相對冷清的茗香廳，今晚卻是三三兩兩地不斷來客，竟然大都是布衣士子。這茗香廳與其他廳室的不同處，在於這裡都是一個一個清幽雅致的小隔間，以與品茶的境界相合。雖然如此，隔間之間還是能時時隱約聽到高談闊論與朗朗笑聲。今晚卻忒煞奇怪，一個個隔間分明都是三五相聚，卻竟然都是靜悄悄的。難道都在像他這樣細心品茶？一陣思忖，衛鞅笑了，洞香春原本就是無奇不生的地方，想它做甚？於是，心念一動，揣測著秦國求賢令會是何等寫法。假若不盡如人意，自己該怎麼對白雪說明？白雪又會是什麼想法？一時想來，紛亂得沒有頭緒。

正在此時，輕輕幾聲敲叩，屏風隔間的小門被輕輕移開。衛鞅心中煩躁，頭也不抬揮揮手道：「這裡還有人來，請去別處了。」卻聽一個蒼老的聲音悠然道：「足下品茶悠閒否？」

好熟悉的聲音！衛鞅抬頭一看，卻是一個白髮白鬚的老人，身後站著一個俊朗少年。衛鞅驚喜過望，站起身深深一躬道：「前輩別來無恙？」老人爽朗大笑：「人生何處不相逢也。」衛鞅笑道：「前輩神龍見首不見尾，相逢豈是易事？請前輩入座。」老人微笑入座，少年便橫坐相陪。老人道：「這是我孫兒。來，見過大父的忘年好友。」俊朗少年向衛鞅默默行禮，衛鞅也微笑還禮。侍女裝扮的梅姑微笑著上了一份新茶，輕輕退出，急忙去找白雪了。

「冬雪消融，河冰已開，前輩又踏青雲遊了。」

老人哈哈一笑：「疏懶散淡，漫走天下也，原不足道。卻不想與足下再度萍水相逢，這卻是天緣了。」

「蒙前輩啟迪，衛鞅多有警悟，只是不知西方於年後有何變數？」衛鞅在委婉地試探老人是否知曉秦國求賢令，以便判斷老人與秦國的淵源有多深。

「敢問足下，別來可有謀算？」老人微笑反問，對衛鞅的問話不置可否。

「不敢相瞞，衛鞅對何去何從仍無定見。讀了幾卷西方之書，畢竟對西方實情不甚了了，委實難以決斷。」衛鞅實話實說。

老人微笑點頭：「很巧，老夫路過西方之國，恰巧知道些許消息。其滅國危難似已緩解，朝野頗為振作。新君似決意圖強，向天下各國發出求賢令，尋求強國大才。老夫以為，此舉創戰國以來之求賢奇蹟。只可惜，老夫已經力不從心了，否則，也想試試。」說完，一陣爽朗大笑。

「先輩，」衛鞅並沒有驚訝，「自古求賢之君多矣。向普天之下求賢，委實難能可貴，稱奇可也，未必稱得一個蹟字。蹟者，事實之謂也。能否招得大才？終須看求賢之誠意，之深切，否則，一卷空文而已。」

老人對衛鞅帶有反駁意味的感慨，絲毫沒有不悅，反倒是贊許地點頭道：「足下冷靜求實，很是難得。老夫沒有覓得求賢令請足下一睹為快，誠為憾事。然則，我這孫兒過目不忘，在櫟陽城門看得一遍，已能倒背如流了。玄奇，背來聽聽。」

衛鞅忙拱手道：「有勞小兄。」

俊朗少年笑著點點頭，輕輕咳嗽一聲，一口純正的雅言念誦道：

〈求賢令〉

國人列國賢士賓客：昔我穆公自岐雍之間，修德行武，東平晉亂，以河為界，西霸戎翟，廣地千里，天子致伯，諸侯畢賀，為後世開業，甚光美。會往者厲、躁、簡公、出子之不寧，國家內憂，未遑外事，三晉攻奪我先君河西地，諸侯卑秦，醜莫大焉。獻公即位，鎮撫邊境，徙治櫟陽，且欲東伐，復穆公之故地，修穆公之政令。寡人思念先君之意，常痛於心。國人賓客賢士群臣，有能出奇計強秦者，吾且尊官，與之分土。

衛鞅聽罷，一時久久沉默，胸中翻翻滾滾地湧動起來。

這時，布衣士子裝扮的白雪輕步走了進來。衛鞅眼睛一亮，對老人笑道：「前輩，這是我的手談至交。小弟，這位是前輩高人。」布衣士子恭敬拱手道：「晚生見過前輩。這位小兄的雅言好純正也。」老人笑道：「只是可惜，老夫沒有蓋官印的求賢令原件也。足下請坐。」布衣士子笑著向老人一躬，在衛鞅案頭打橫坐下，從懷中掏出一個青布包打開：「前輩、兄臺，這位小兄也請看，這便是秦國求賢令原件，發到魏國的！」說著拿出一卷竹簡遞給衛鞅。

衛鞅道一聲「多謝」，連忙打開，一方鮮紅的大印蓋在連接細密的竹簡上，分外清晰。衛鞅細細地看完，不禁讚歎道：「小兄背誦，一字不差！」又是不由自主地從頭再看。良久，方才抬頭，長長地吁了一口氣。

老人微笑道：「足下以為，秦國這求賢令如何？」

「好！有胸襟！」衛鞅不禁拍案讚歎。

「就如此三個字？」過目不忘的俊朗少年笑問一句，臉上飛起了一片紅暈。

衛鞅看了少年一眼，正色緩緩道：「這求賢令大是非同尋常。其一，開曠古先例，痛說國恥。歷數先祖四代之無能，千古之下，舉凡國君者，幾人能為？幾人敢為？其二，求強秦奇計，而非求平平治國之術，足見此公志在天下霸業。身處窮弱，被人鄙視，卻能做鯤鵬遠望，生出吞吐八荒之志。古往今來，除禹湯文武，幾人能及？其三，胸襟開闊，敢與功臣共享天下。有此三者，堪稱真心求賢也！」顯然，衛鞅是被求賢令真正地激動了。老人平靜的面頰突然抽搐了幾下，那位俊朗少年竟像是對方在讚頌自己，變得滿面通紅。白雪盯著衛鞅，明亮的眼睛一直在燃燒。

終於，老人笑道：「足下以為，求賢令有瑕疵否？」

衛鞅慨然道：「秦公意在恢復穆公霸業，其志小矣。若有強秦之計，當有一統天下之大志！」

老人仰天大笑，拍案道：「好！山外青山，更高更遠。然則敢問足下，今見求賢令，可否願去秦國一展抱負？」

衛鞅笑問：「布衣小弟，以為如何？」

白雪拍掌笑道：「自然好極。我也想去。」

衛鞅向老人一拱道：「今見求賢令，心方定，意已決，我當赴秦國，一展胸中經緯。」

「人云上將軍龐涓軟禁足下於陵園，可有脫困之法？」

「龐涓只想衛鞅為他所用，並非以為衛鞅才堪大任。否則，以孫臏先例，鞅豈能稍有出入之便？唯其如此，脫困尚不算難。」衛鞅頗有信心。

「能否見告，足下何以不做軍務司馬？此職亦非庸常也。」

衛鞅浩然一歎：「鞅雖書劍漂泊，然絕不為安身立命謀官入仕矣！生平之志，為國立制，為民做法。寥寥軍務，何堪所學？」傲岸之氣，盈然而出。

「足下特立獨行，他日必成大器。」老人讚歎罷拈鬚微笑，「老夫可否為足下入秦謀劃一二？」

「敢請前輩多加指點。」

「我有一個像你這樣年輕的忘年交，在秦國做官。老夫與足下幾個字，你去見他，他可將你直接引見於秦公面前，也省去許多周折，之後就看你自己了。老夫忠告足下，老秦人樸實厚重，厭惡鑽營，一切都要靠自己的才幹去開闢，沒有誰能幫你。」說完，從懷中掏出一個長不盈尺的銅管遞給衛鞅，「請足下收好。」

衛鞅起身深深一躬：「多謝前輩教誨。我們兩次相逢，敢問前輩高名大姓？」

老人笑道：「老夫因先祖之故，欠下秦國一段人情，是故想助秦國物色三二大才。此事一了，老夫就此雲遊四海了。世外之人，何須留名？」

衛鞅悵然一歎，默默點頭。

白雪笑道：「前輩說要為秦國物色三二大才，難道天下大才竟有與我兄比肩者？」

老人大笑：「金無足赤，才無萬能。汝兄治國大才也，然兵事戰陣、理財算計等，豈能盡皆卓然成家？」

衛鞅誠懇道：「前輩明銳衡平，是為公論也。」

老人站起一拱：「老夫告辭了。」

白雪一拱手笑道：「前輩，難道從此不再相逢？」

老人目光猛然在布衣白雪身上一閃，沉吟笑道：「姑娘，二十年後，或許還有一晤。」

老人叫了一聲「姑娘」，白雪驚訝地睜大了眼睛上下打量自己：「這，這？」老人、衛鞅和那個俊朗少年一齊大笑起來，引得白雪也大笑起來。

老人向俊朗少年點點頭：「走了。」說著向衛鞅白雪搖搖手，示意他們不須相送，逕自回身去了。衛鞅白雪怔怔地望著老人背影，不禁歎息了一聲。

老人和少年走過茶酒兩廳的甬道，聽見酒廳中傳來悠揚的塤笛合奏，一個士子高亢明亮的歌聲頗顯蒼涼。老人與少年同時止步傾聽，只聽那歌聲唱道：

日月如梭　人生如夢
流光易逝　功業難成
大風有隧　大道相通
何堪書劍　歧路匆匆
國有難也　念其良工
鸚其鳴也　求其友聲

俊朗少年聽得癡了。老人輕輕歎息一聲，撫著少年肩膀，少年恍然一笑，兩人匆匆出了洞香春。走到天街樹影裡，俊朗少年低聲笑道：「大父，那個士子唱得好也。」老人笑道：「你知曉他是誰？」少年驚訝：「大父知曉麼？」老人笑道：「走，我們這就去找他。」少年笑道：「人家在洞香春，你往哪兒走？」老人悠然道：「此人性情激烈，行止若電光石火。唱完這首歌子，他就不在這裡了。我知曉他去處。」少年道：「這就去麼？」老人道：「對，飽餐一頓，五更出發。」

六、申不害要和衛鞅較量變法

百里老人和玄奇晝夜兼程，快馬疾進，第三日趕到韓國，還是遲了一步。

韓國都城新鄭坐落在洧水北岸。城池不大，歷史卻是悠久得很。相傳這裡曾是黃帝的都城，留下了一個有熊氏城墟。周宣王時封了他的弟弟姬友做諸侯，國號「鄭」，封地在華山以東，史稱鄭桓公。這鄭桓公眼光頗為遠大，在周幽王時見西周國運大衰，便將封地軸心城池遷徙到華山以東近千里之外的潁水洧水之間，遠遠躲開了災難即將來臨的鎬京。到了第二代，鄭武公率領臣民，將黃帝廢墟一帶的荒蕪土地全部開墾出來，並在黃帝廢墟上建立了一座大城，定名為新鄭。從此，小小鄭國日益強大。到了鄭莊公時，鄭國稱霸一時，天下呼之為「小霸」。誰想自鄭莊公之後，鄭國一代不如一代。到了戰國初期，鄭國第四百二十一年的春天，也就是西元前三七五年，終於被新諸侯韓國吞滅。韓國原都城在黃河西岸的韓原，滅鄭後，便將韓國都城南遷新鄭，遠遠離開咄咄逼人的魏國安邑。到韓昭侯時期，韓國已經南遷新鄭二十餘年了。

然而，天下事頗多迷惑處。韓國南遷後國力便漸漸衰弱，新鄭也蕭條冷落起來，連鄭國時期表面的繁華侈靡也沒有了。韓昭侯已經即位八年，眼見國力萎縮，深感寢食不安。韓國朝野彷彿受了國君的感染，無處不散發出一種蕭瑟落寞的氣息。就說這新鄭街市，房屋陳舊，店鋪冷清，行人稀少，車馬寥落。百里祖孫走馬過街，也成了行人關注的新鮮人物。玄奇笑道：「大父，這韓國忒冷落，比秦國也強不到哪裡去也。」老人搖搖手，自顧尋街認路。

百里老人要找的人大大有名，他就是法家名士申不害。

申不害是個奇人。祖籍算是老鄭國的京邑，在汜水東南的平原上。申不害的父親曾經在末代鄭國做過小官。他自己因了父親的關係，也做了鄭國的賦稅小吏。誰知剛剛做了兩年，申不害才十八歲，韓國便吞滅了鄭國，申不害父子一起成為「舊國賤臣」，被罷黜歸家耕田。老父老母憂憤而死，申不害則成為無拘無束的賤民。鬱忿之下，他一把火燒了祖居老屋，憤而離開韓國，到列國遊學去了。近二十年中，申不害遊遍列國，廣讀博覽，自研自修，從不拜任何名家為師。五年前他到了齊國的稷下學宮，一個月中與各家名士論戰二十餘場，戰無不勝，聲名鵲起，被稷下士子們稱為「法家怪才」。其所以為怪才，在於申不害研修的法家之學很特別，他自己稱為「術經」。說到底，就是在承認依法治國的基礎上專門研修督察權術的學問，權術研修的軸心，是國君統御臣下的手段技巧。對「術」的精深鑽研，使申不害成為人人畏懼三分敬而遠之的名士。他寫的兩卷《申子》，士子傳抄求購，國君案頭必備，但就是沒有一個大臣敢舉薦他，沒有一個國君敢用他。連齊威王田因齊這樣四處求賢的國君，也有意無意地對申不害視而不見。

一氣之下，申不害決然離開稷下學宮，又開始了於名山大川尋訪世外高人的遊歷。

一次，申不害在楚國的神農大山尋訪墨子不遇，卻遇見了從山中出來的百里老人。兩人在松間泉水旁的大石上擺開乾肉醇酒閒談，越談越深，兩晝夜風餐露宿不忍離去。百里老人的高遠散淡，使申不害感到一種前所未有的清新愉悅。申不害的鋒銳無匹，也使百里老人感到了勇猛精進的活力。老百里對申不害的求仕受挫做了析解，說他「殺氣與詭祕皆存，人輒懷畏懼之心」；要一展抱負，須得「依法為進，以術為用。術，可用不可道」。申不害聽得仰天大笑了半日，深感老百里指點迷津，使他悟到了人事齷齪的關鍵所在，說老百里道出了「術者之術，堪稱天下大術」，說完後一躍而起大笑道：「此一去，申不害必當為相也！」便驚雷閃電般地消失了。

有趣的是，兩人在兩天兩夜中始終不知道誰是誰。

百里老人後來在稷下學宮知道了申不害。申不害則依然不知道這高人是誰。

櫟陽城與秦孝公雪夜相逢，百里老人心田裡油然生出衛鞅和申不害的影子。在他看來，衛鞅是個正才，申不害是個奇謀怪才，兩人若能同到秦國，相得益彰，再有一個兵家名將，安知秦國不會鯤鵬展翅？申不害這次去了魏國，一定也知道了秦國求賢令，也一定會去秦國效力的。

當百里老人尋覓趕到申不害的破屋時，卻冷冷清清空無一人，只有屋角破草席旁有一口裝滿竹簡的舊木箱。鄰居告訴老人，先生進宮去了，三天三夜沒回來，聽說要做韓國丞相了。百里老人大為疑惑，便和玄奇在破屋裡耐心等待。

入夜，破屋裡蚊蠅哄嗡，屋外小院子裡倒是明月高照，涼風宜人。老百里爺孫便在小院裡納涼等候。閒適之中，玄奇從緊身腹帶上抽出那支短劍，在月光下端詳撫摩，笑問道：「大父，你說那衛鞅到了秦國，他會如何用？」老人笑問：「他？他是誰啊？」玄奇嬌嗔道：「爺爺，你知曉的嘛。」老人慈祥詼諧地笑著：「我知曉何事？我甚也不知曉。」玄奇生氣地噘起小嘴：「你不說，明日我回總院了，不跟你瞎跑了。」老人哈哈大笑：「好好好，爺爺說。他呀，定會重用衛鞅。」玄奇道：「那這個申不害？」老人笑道：「一樣，也會重用的。」玄奇若有所思地搖搖頭：「未必。這申不害我聽你一說，總覺得有點兒不純不正，味道不對。他是個很純很正的人，對異味兒肯定很煩。」老人大笑道：「孩子氣。為君者有『正』字，哪有個『純』字？何況味道縱然有偏，只要能強國，何能不用？」玄奇卻只是默默搖頭。

這時，一陣大笑遠遠傳來：「誰還想著我申不害？啊！」說話間，一個長大瘦削長鬚長髮的青衣人已經走進破落的大門。

百里老人已經站起，拱手悠然笑道：「諒你也不知老夫何人？何須問來？」

申不害聞聲驚喜得「啪啪啪」連聲鼓掌，深深一躬笑道：「申不害天下第一糊塗，竟忘記了問高人尊姓大名。我回來罵了自己三天三夜！」

老人不禁大笑——這申不害罵了自己還是不問。既想逍遙灑脫，又想以世俗之禮尊重別人；既想問對方姓名，又想對方自報姓名，當真的有點兒味道不對。可謂術到盡頭反糊塗。一時間老百里無心多想，也知曉申不害藏心不藏話的稟性，徑直問道：「申兄，恭賀你要做韓國丞相。」

申不害又一陣大笑：「哎，高人兄，你何以知曉也？」

玄奇被這古怪稱呼逗得「噗」地笑出聲來。

老人笑道：「許你做，就許人知。新鄭城裡都傳遍了，何況我也。」

「這還得多謝高人兄那一番指點也。我這次面見韓侯，便是言法不言術，果然是一箭中的。哎，高人兄還沒吃飯歇息，老說話如何行？來人！」

牆外疾步走進一個小吏，躬身道：「大人何事？」

「即刻整治酒肉來，我要在舊宅款待好友。」

小吏答應一聲，疾步走出。申不害回頭笑道：「高人兄，我今日是回來搬這一箱書的，不想得遇高兄。明月清風，我等再暢飲暢談。」

說話間便將「高人兄」又壓縮為「高兄」，玄奇又被逗得笑出聲來。申不害這才注意到這個俊朗少年，驚訝道：「這位是高兄僕人？」玄奇學著他口吻笑道：「非也。我乃高人孫兒，此刻便是高孫也。」申不害仰天大笑：「高孫？好！想不到我申不害遇到了如此睿智少年，竟片刻間學會了中術。知道麼？這叫『倚愚之術』！」

老百里揶揄笑道：「申兄終究是本色難改。」

申不害是人逢喜事精神爽，拱手笑道：「慚愧慚愧，我要管住自己不說術，那得清心一夜才能辦到。」又轉過身笑道，「哎，我說高孫，你拜我為師如何？我申不害沒有拜名師，吃盡了苦頭，你做我學生，中術便後繼有人了。」

玄奇笑道：「你那申術，不學也會。」

「噫！」申不害一聲驚歎，笑問，「你高孫能答上我申術三問？」

「申術請問。」玄奇依舊是盈盈笑臉。

「好。何謂倚愚之術？」

「不欲明言，裝聾作啞，藏於無事，竄端匿疏。」

「噫！」申不害又是一聲驚歎，追問道：「何謂破君之術？」

「一臣專君，群臣皆蔽，言路堵塞，則君自破。若一婦擅夫，眾婦皆亂。」

申不害肅然正色：「何謂君不破之術？」

「明君不破，使其臣如車輪並進，莫得使一人專君；正名而無為，猶鼓不入五音，而為五音之主。此為明君不破之術。」玄奇答完，頗顯頑皮地看著申不害。

申不害愣怔半日，疑惑問道：「你如此年少，何以對我申術如此詳明？」

玄奇一笑：「法為大道，術為小技，收不到高徒的。」

「豈有此理？法無術不行，無術豈能吏治清明？」

百里老人笑道：「申兄不要和小孩子說了，她讀你的《申子》不知幾多遍了。」

申不害恍然大笑：「啊，高孫實在已經是我申不害的學生了！」

這時，小吏挑來一擔食盒，將一張大布鋪在地上，擺好酒肉並酒具食具，躬身道：「大人請。」

申不害伸手向面東尊位一指，笑道：「高兄、高孫，請入座。」百里老人和玄奇便席地坐在大布上的賓位。申不害謙恭地坐到了面西主位，舉爵笑道：「高兄啊，你千里來尋，申不害無以為敬，只有這破屋、明月與官酒了。來，先乾一爵！」

百里老人笑著舉爵：「申兄與神農山時相比，判若兩人。恭賀申兄，乾！」

「神農山之申不害若何？」

「窮途末路，破敗蒼涼。」

「今日之申不害若何？」

「一朝發達，激越鋒銳。」

申不害大笑：「哎呀高兄，你該不是說申不害沐猴而冠，成不得大器哉。」

百里老人笑道：「申兄高才名士，何愁大器不成？然則大器之材，必得大器之國，方有大器功業。不知申兄將在何處歸宿？」

申不害慨然歎道：「不瞞高兄，我本想到秦國一試，然則我聞聽衛鞅要去秦國，我就決意留在韓國了。」

「卻是為何？申兄如何知曉衛鞅此人？」

申不害冷冷一笑道：「慎到在稷下學宮將衛鞅之才廣為傳播，如今天下名士誰不知曉衛鞅？慎到說，衛鞅是法家大道。我申不害偏就不服。誰是大道？誰是小道？目下評判，豈非為時過早？衛鞅入秦，必得變法。申不害留韓，也必得變法。二十年後，再來說誰是法家大道！」

百里老人驚訝沉默，突然大笑：「申不害啊申不害，就為如此理由不去秦國？」

「不能麼？」申不害又是冷冷一笑，「申不害的學問才能，是自己苦修而來，真材實料。可二十年來，那些名家名士誰承認過我？若非在稷下學宮與那些名家名士連續的學問較量，申不害還不是泥牛入海？申不害要成名，要建功立業，就不能給別人做嫁衣裳。否則，申不害的功勞就會莫名其妙地沒有了！和衛鞅同到秦國，變法的功業會有申不害麼？沒有，決然沒有！不怕高兄評判指責，申不害必得獨身創業，才能證明我自己的學問才能是自己發憤得來，而不是靠名門高足起家。高兄，名士們認定我荒誕無行，我認了。然則，不是申不害一類，何知申不害苦衷哉！」

百里老人沉思有頃，笑道：「如此說來，申不害是要和衛鞅較量變法？」

「然也！」申不害感慨激奮，「沒有較量，何以證真偽？明高下？辨文野？若非實力較量，何有戰國大爭之世？」

玄奇詭祕地一笑：「高孫看先生，留在韓國必有另外思慮，非純然為了較量。」

申不害哈哈大笑：「高孫不愧讀我《申子》，一語中的！高兄試想，秦國窮弱之邦，變法之首要，當在富民強兵。做此大事，變法立制為第一，術有何用？而韓國不然，民富國弱。因由在貴族分治，官吏不軌，國君無統御臣下聚財強兵之術。當此國家，整肅吏治為第一。唯其如此，術有大用。衛鞅若來韓國，定會捉襟見肘。申不害若入秦國，也會力不從心。高兄高孫，如何？申不害可是實言相告？」說完逕自大飲了一爵。

百里老人默默點頭，仰望天中明月，悵然一歎。

玄奇笑道：「依先生之言，倒是各得其所了。」

申不害拊掌大笑：「然也，然也。」

百里老人面色平和，悠然笑道：「申兄為韓相，何以治韓？」

「吏治第一，強兵次之。」申不害正色答道。

「強兵之後，又當如何？」

「先滅秦國，再滅魏國，最終一統天下！」申不害慷慨激昂。

百里老人仰天大笑：「好！好志向。想沒想過韓國若被人滅，君當何以處之？」

「殺身以謝天下！」申不害沒有半分遲疑。

百里老人喟然一歎：「天道無私，是以恆正。老夫來遲一步，天意也。」

申不害大笑飲酒，院中大樹上的貓頭鷹驚得撲稜稜飛走。百里老人抬頭看看天中一鉤殘月，悠然笑道：「申兄啊，老夫該告辭了。」說著站起身來。

申不害正色道：「二十年後，請高兄秉公評判，申不害、衛鞅何為法家大道？」

「你們倆，誰能做到二十年丞相，誰便是法家大道。」

「噢？你是說，申不害做不到二十年丞相？」

「天曉得。老夫如何曉得？」百里老人說完一拱手，「告辭。」和玄奇走出破院子揚長而去。

申不害望著爺孫二人走出院子，不禁悵然一歎，自言自語：「如此高人，如何就不知他姓名？如何他也不說？真世外隱士也。」

此時，雄雞高唱，東方欲曉。申不害練了一趟自創的山跳功夫，臉上微微冒汗，頓覺精神抖擻。他喊進跟隨小吏，吩咐將破舊大書箱搬到新宅去，將這舊院子一草一木不許動地封存起來。吩咐完畢，上馬飛馳進宮去了。

今日清晨，是申不害動議的第一次朝會。韓昭侯要在朝會上正式冊封他為丞相，而後由申不害以丞相之身分宣示韓國的變法步驟。這是韓國國策轉折的重大朝會，也是申不害自己首次登堂入室，於國於己，均是關係重大。申不害雖然已經想好了種種預定方略，但還是有些緊張。

距離卯時還有一刻，申不害匹馬馳進宮門車馬場。他感到驚訝，如何竟沒有一輛軺車？車馬場如此冷清？他沒有多想，將馬拴好，大步往中門而來。

「站住。何人？何事啊？」一個輕慢悠長尖銳的聲音從臺階上傳來。

申不害抬頭一看，鬚髮灰白的內侍總管似笑非笑地盯著他。申不害知道，這是人皆畏懼呼之為「韓家老」的宮廷權奴。以他的權力與消息網，不可能不知道申不害即將出任丞相的大事，也不可能不知道申不害的長相特點。他攔在當道意欲何為？噢，是想給我申不害一個下馬威，讓申不害以後看他的顏色行事。

申不害心中憋氣，正色道：「我是待任丞相申不害，進宮朝會。」

「丞相？有如此丞相麼？還是待任？老夫還是待任國君也。」上下打量了一番這個陰冷微笑的乾癟老人，申不害臉上迅即閃出一片笑容，一把扯下頭上的絲巾笑道：「家老啊，你可知道這條絲巾的名貴？它是老鄭國名相子產的遺物。送給你，日後我等就是老友了。」

老內侍接過絲巾，看到邊上的金線繡字，頓時笑容滿面：「好說好說，申丞相請，日後借光也。」

申不害早已揚長進宮去了。

韓國仍然沿用了老鄭國的宮室。這座政事殿雖然陳舊了些，但氣勢確實不小，坐落在六級臺階之上，紅牆綠瓦，廊柱有合抱之粗。可是，眼見太陽已經升起，卯時將到，朝中大臣卻沒有一個到來。韓昭侯在廊柱下愁眉苦臉地踱著步子，不時望望殿前。看看無事，韓昭侯回到殿中，從正中高座上拿起那條換下來的補丁舊褲端詳著。

座旁內侍見韓昭侯手捧破褲發愁，欲笑不敢，乾咳幾聲捣住了嘴。韓昭侯回身道：「去，將這條破褲送到府庫保管起來。」內侍笑道：「我說君上，一條破褲還要交府庫麼？你就賞給韓家老穿得了。他老人家會說，這是國侯賞給我的君褲哩，雖然破，然則破得有侯氣也。」韓昭侯生氣地臉一沉：「你懂何事？聽說過英明君主必須珍惜一喜一怒麼？皺眉發愁必須得為大事，歡笑時必須與臣民同樂。一條褲再破，豈不比一喜一怒要緊？本侯要把這條破褲收藏起來，將來賞給有功之臣穿。賞給家老，他值麼？」內侍笑著連連點頭：「國侯英明，臣即刻將破褲送到府庫去，將來賞賜，臣一準手到褲來。」說完，憋住笑碎步跑去了。

這時，申不害大步匆匆而來，向殿中一看，面如寒霜，半日沒有說話。

韓昭侯皺眉搖頭：「申卿啊，臣子不盡臣道，該當如何？」

申不害向韓昭侯深深一躬，斬釘截鐵道：「只要君上信臣，臣定為君上立威。」

韓昭侯搖頭歎息：「難。盤根錯節，難也。」

這時，韓國的大臣將軍方才陸陸續續三三兩兩地慢步走來，相互談論著各自封地的女人獵犬奴僕護衛老酒之類的趣聞，不斷哈哈大笑。有人看見老內侍站在廊柱下，便高聲笑問：「韓家老，今日朝會，卻是何事？」老內侍打哈哈道：「進去進去，朝會一開，自然知道，猴兒急！」臣子們爆出一片笑聲：「我聽說要換丞相？誰做新丞相啊？」「聽說是申不害。」有人問道：「申不害是個甚東西？」有人高聲答道：「申不害不是東西！是個鄭國賤民！」

眾人一陣哄然大笑。老內侍向殿內撇撇嘴，示意他們收斂些許。可這些臣子沒有一個在意，依舊高聲談笑著走進政事殿。猛然間，眾臣肅靜了下來。政事殿內，韓昭侯在中央大座上正襟危坐，面無表情。申不害肅然站立在韓昭侯身側，長髮披散，不怒自威。這種場面在韓國實在罕見。但大臣們相互瞅瞅，又開始哄哄嗡嗡地談笑議論起來。老內侍韓家老走進來站在韓昭侯另一側，驟然尖聲高宣：「列位噤聲，聽國侯宣示國策——」

待眾臣安靜下來，韓昭侯咳嗽一聲，鄭重緩慢地開口道：「列位大臣，我韓國民力不聚，吏治不整，軟弱受欺，內憂外患不斷。長此以往，韓國將亡矣。為此，本侯曉諭：任當今名士申不害為韓國丞相，主持變法，明修國政……」

政事殿「哄」地騷動起來。大臣們似乎根本不相信這是真的。

一個身穿紫衣的大臣高聲道：「變法大事，涉及國家根本、祖宗法制，怎能如此草率？望國侯收回成命！」此人乃韓國上卿俠趁，其祖父俠累乃韓列侯時盤據封地威懾國君的權相，被韓國名臣韓仲子所結交的著名劍士聶政刺殺。二十年後，俠氏家族再度崛起，成為韓國勢力最大的舊貴族。

一個綠衣大臣道：「申不害是何東西？鄭國賤民一個！如何做得我韓國丞相？又如何服得眾望？該當收回成命！」此人乃韓國現任丞相公釐子，其部族五萬餘人占據著韓國老封地韓原一百餘里，專橫跋扈，遇事只和幾個權臣謀斷，根本不將韓昭侯放在眼裡。

「韓國官吏質樸，民風淳厚，君上何故亂折騰？」這位黑衣大臣乃韓國功臣段規的三世孫段修，職任上大夫。段規在三家分晉時，力勸韓康子爭得荒涼的成皋要塞，給吞滅鄭國創造了根基。韓康子封段規成皋六十里封邑。四代之後，段氏部族發展到兩萬人，成為與俠氏、公釐氏相比肩的大貴族。

「申不害亡國妖孽，當殺之以謝天下！」

「對，殺！殺申不害！」

殿中一片混亂，大臣們交相亂嚷，吼聲連連。

老內侍尖叫道：「嚷個鳥！國侯還沒說完。再嚷回家去！」

申不害不動聲色地走近韓昭侯身邊，正色低聲道：「君上請授臣執法權力，整肅吏治自今日始。」

韓昭侯本是極為聰敏的君主，內心也極有主見，素來對這班大臣厭惡之極，偏又無可奈何。他內心很明白，韓國局面若由他親自出面收拾，極有可能釀成舉國禍亂，最直接的後果就是自己倒臺。韓國要好，必須借助剛毅鋒銳的強臣，自己只能在背後支持，相機行事。申不害有沒有捨身變法的殺氣，韓昭侯吃不準，又不能主動請他鎮撫群臣。目下見申不害自請執法，韓昭侯大為振作，清清嗓子，似乎無奈地向殿中揮揮手道：「列位臣工，申不害丞相開始宣示變法大義。從目下開始，一切國事由丞相決斷。」

申不害已經為今日朝會做了周密準備，特意將忠於國侯且也有自己諸多朋友的三千精銳甲士從新鄭城外調入宮中，將原來與大臣們裡外溝通、由韓家老統領的宮室護軍調出城外訓練補充。他決意為變法祭旗，對舊貴族大開殺戒，震懾韓國舊貴族的氣焰，為變法掃清道路。此舉成功，變法成功。此舉失敗，變法失敗。至於自己的安危存亡，他早已置之度外。此時，申不害雙手捧定一柄金鞘古劍，凜然站立在三級石階之上，冷峻地開口：「列位，申不害手裡這把劍，是韓國定國諸侯的鎮國生殺劍。它塵封多年，光芒已經被邪惡吞噬。君侯將它賜予申不害，由我仗劍整肅吏治。國無律法則國自亂，廟堂無治則吏自貪。今日廟堂朝會，群臣置若罔聞，卯時不到，到則鬧市一般。更有甚者，小小侍臣也竟敢在廟堂之上污言穢語。國府若此，何以治民？為立律法威嚴，定要整肅不肖之臣。」

政事殿一片愕然。大臣們和老內侍都驚訝地看著申不害，認為他一定是想變法想瘋了。老內侍嘻嘻一笑，輕慢無禮地尖聲道：「噢，數落到老夫頭上來了？還丞相也，也不想想，你如何走出這六尺禁地？」

申不害舉劍過頂，大喝一聲：「殿前武士聽令！」

一千名重甲武士已經按照申不害事先部署，悄無聲息地將政事殿四面圍定。一百名重甲武士手持大斧站在殿外廊柱下，此刻轟雷似的齊吼一聲：「在！」

申不害手中金劍直指老內侍，厲聲道：「你污穢廟堂，守門索賄，勾結外臣，私泄宮室機密，實為奸佞污君，推出立斬！」

老內侍一看甲士陣勢，便知大事不好，撲倒在韓昭侯案前大呼救命。韓昭侯背過臉揮揮手。八名甲士一擁拿下老內侍，架起走出。頃刻間，殿外傳來一聲蒼老嘶啞的慘叫！一名甲士用大木盤托進鬚髮灰白的一顆人頭亢聲道：「請丞相驗明人頭。」申不害冷冰冰道：「大臣傳看，驗明人頭。」

甲士捧著血淋淋的人頭，逐一遞到每個大臣的眼前。這些大臣們這才開始緊張起來。但他們依然相信這只是申不害殺雞給猴看的小伎倆，決然不敢觸動這些根基雄厚的大臣。另外一面，殺了這個陰陽怪氣的韓家老，權臣們更多的是幸災樂禍。因為這個老東西仗著統領宮室護軍，誰也沒少敲詐，殺了他既除一害，又給申不害種一惡名，何樂不為？雖則如此，權臣們還是嗅到了一絲懾人的殺氣。上卿俠趁鐵青著臉推開人頭，聲色俱厲地喊道：「申不害，爾意欲何為？」

「申不害，爾休得猖狂！」大臣們憤激高叫。

申不害微微冷笑：「爾等猖狂三世，豈不許國家律法威風一時？殿前甲士聽令！」

「在！」又是轟雷般一陣轟鳴。

「將權奸佞臣俠趁、公釐子、段修押起來！」

「嘿！」甲士們一聲回應，進殿將三名權臣捆綁起來，清冷的刀鋒森森然搭在他們又肥又白的脖頸上。段修竟嚇得噗嚕嚕尿流一地。

「申不害，俠氏親軍會將你碎屍萬段！」俠趁嘶聲大叫。

「國侯，你任用酷吏，國人不會饒恕你！」公釐子也顫聲高喊。

申不害冷笑道：「韓國衰弱，根源何在？就在爾等舊族權臣挾封地自重，私立親軍，豢養門客，聚斂財富，堵塞賢路，使民窮國弱，廟堂污濁。爾等非但不思悔改，反倒窮凶極惡，威脅國侯，圖謀弑君。不除爾等奸佞權臣，豈有韓國變法圖強之時？押出立斬！」

甲士轟然一聲，將三名不可一世的權臣架出殿外。隨著三聲長長的慘叫，三名甲士用大木盤又托進了三顆人頭！

這一舉當真是驚雷閃電威不可擋。政事殿大臣們冷汗直流，不知幾人軟倒在地尿了出來。人頭尚未傳驗，大臣們便一齊撲倒在地，涕淚交流地高喊：「臣等謹遵變法國策，效忠國侯，聽命丞相，絕不敢有絲毫異心！」

申不害冷漠地展開一卷竹簡，高聲道：「列位既然服從國家法令，三日之內，須交出全部多占封地、親軍及數十年所欠國府賦稅。日後有超越國府官俸而私收國人賦稅者，殺無赦！」

「謹遵丞相令！」大臣們伏地齊應。

「這是列位私擴封地、親軍，以及應繳財貨賦稅的清單，傳閱後立即寫出手令，由國府派員接收。全部接收完畢後，爾等方可回歸。抗命不繳者，殺無赦！」

「謹遵丞相令。」大臣們又是一片呼應。

申不害一擺手，一名中年內侍必恭必敬地低頭雙手接過竹簡，捧給大臣們傳閱。立刻便有人接過身後內侍手裡的雁翎筆和羊皮紙寫了起來。一時間，政事殿肅然無聲，唯聞窸窸窣窣的寫字聲與摺疊羊皮紙的聲音。

申不害向韓昭侯拱手道：「請君上回宮安歇，這裡有五百甲士看守。臣當自領五千軍馬，接收俠氏、公釐、段氏三族封地。三日後與君上會於政事殿。」

韓昭侯一直提心吊膽地看著局面變化，此刻大感快慰，向申不害深深一躬：「先生真乃不世奇才也。謹遵先生教誨。」

三日後，申不害凱旋，不但將三族私擴封地的城堡摧毀、府庫清理收回，而且將三族的兩萬多家族私兵收編為國家官軍。此間，被扣押在新鄭的其他貴族也紛紛交出多占領地、所欠賦稅以及家族私兵。一個月內，韓國的府庫就充盈起來，三萬多私兵也大大增強了韓國兵力。申不害認為，整肅吏治後必須立即著手整肅軍兵。他向韓昭侯主動請命，自任韓國上將軍，將貴族私兵和原有國兵混編，開始了極其嚴酷的訓練。

韓國開始激變，喚起了生機勃勃的活力，也引起了六大國和各種隱祕力量的警覺與密切關注。

第五章 衛鞅入秦

一、神祕客棧的布衣少年

離開韓國時，玄奇在洧水岸邊的太室山峽谷中放出了一隻信鴿。黑色的鴿子長鳴一聲，振翼疾飛，箭一般沖上一線藍天，向南飛去。

百里老人笑問：「墨家總院又盯上申不害了，對麼？」

玄奇肅然道：「凡以殺戮為政者，在外弟子都要即刻急報，以便查實遏制。」

「老頭子啊，哪裡有事就到哪裡，也管得忒寬了。」百里老人歎息一聲。

「大父，你給孫兒找了個好老師，如何又不贊同老師的信念？」

百里老人悠然道：「你師大義高風，然以暴易暴，終非良策。」

「對付暴政，除了誅殺，難道大父還有更高明的辦法？」玄奇認真地問。

老人搖搖頭：「沒有。天下事原本也難。」

玄奇笑道：「那就莫想了。大父，該分道了。」

百里老人恍然笑道：「啊，已經到歧路口了。好，孫兒去魏，爺爺去齊。」

玄奇揚著馬鞭笑道：「辦完事，我來找大父，也見見那個孫臏。」

「好，爺爺在臨淄等你。」說完，揚鞭縱馬而去。

玄奇望著爺爺的背影消失，才打馬一鞭，直向東北方的茅津渡而來。匆匆過河，飛馬直奔安邑。

她到安邑城的目的，是暗中探聽魏國近期有無侵吞別國的謀劃，然後最快地報告總院，以幫助弱國制訂周密的防禦方略。這是她的公事。還有一件私事，就是大父委託她暗中了解衛鞅入秦有無困難阻力，如果需要，她應該暗中全力幫助。這兩件事對於玄奇來說，都很重要。前一件，是學派信念所在，責無旁貸。後一件，則是她作為秦人後裔的情意所繫。更何況，一想到能夠為「他」的招賢暗中盡一份力量，她心中就有一股暖流湧動，情不自禁地臉上發熱。為了行動方便，她仍然是在外遊歷的一貫裝束，一領本色布袍，一頂六寸竹冠，快馬短劍，簡樸利落。如此男裝士子，反倒襯得她益顯豐神英姿，引得道邊少女常常駐足凝望。

安邑城南門內緊靠城牆的一條小街上，有一家簡樸的客棧，門額上一塊長方形青石刻著兩個大字——莫谷。尋常時日裡，這家客棧既不挑出燈籠，也不打開店門，更不像安邑城大多數客棧那樣講究，門口總是肅然站立著一個或兩個僕人，似乎對有沒有客人來住根本不在意。再加上所在偏僻，商旅遊客難以發現，門庭異乎尋常的冷清。如此客棧若在別國，也許會教人覺得怪異反而引起注意。然而在安邑城這樣人欲橫流魚龍混雜的風華都會，人們注目的是王室，是貴族，是名士，是巨商大賈，市井底層的任何怪誕詭祕都會變得平庸無奇，絲毫沒有人願意多看你兩眼。譬如這莫谷客棧，沒有誰能打聽得到，甚至沒有人知道它是何時開在這裡的。

傍晚時分，玄奇入城，來到了這清淨的客棧門口，在厚厚的木門上拍了三掌。

木門無聲地開了。黑黝黝的門廳裡傳出一個蒼老的聲音：「行廣無私。」

「厚施不德。」玄奇拱手肅然回答。

「欲生？欲富？欲治？」

「欲治。」

蒼老的聲音消失了。門廳裡走出一個黑衣小童，接過玄奇手中馬韁，拉馬從側門進入偏院。玄奇從容步入庭院，亮了一下手中的一張刻有「子」字的竹板，影壁前的一個白髮老人便領她來到北面的三間正房。頃刻之間，有小童點上銅燈，打來熱水。房間裡陳設極為簡樸，方磚鋪地，一榻一几。老人拱手道：「子門師兄請淨面濯足，一刻後用飯。」說完便拉上門退了出去。玄奇擦了把臉，從寬寬的牛皮腰帶上解下一個小皮袋，那裡面全是女兒家必需的用品，她抽出一把小木梳，放開長髮仔細梳理了一番。然後將洗過臉的熱水倒入另一個木盆，將疲勞的雙腳浸泡了片刻。這時小童用木盤將飯捧了進來，一陶罐牛肉燉蔓菁，兩個黑麵餅，半杯鹽水。他們學派的簡樸刻苦是天下聞名的，即或像她這樣的高位弟子，出外公幹也只能吃飽，絕不許有絲毫的奢華浪費。玄奇剛剛吃完，用半杯鹽水漱了漱口，小童便進門收拾，幾乎就像掐算好了時刻一般。

一個布衣中年人走進：「稟報子門師兄，我等探得魏國將有大的滅國之戰，然則尚不知進兵何國？要否報回總院，請師兄定奪。」

玄奇思忖有頃，點頭道：「知道了。容我權衡後再做定奪。」

中年人退出後，玄奇想了想，決意先到洞香春看看安邑的動靜。

洞香春依舊是熱鬧奢靡，處處都在高談闊論。玄奇在幾個主要廳室都分別逗留了片刻，沒有發現那個中庶子衛鞅。但在這個傳聞的海洋裡，她卻聽到了一則出乎意料的議論：中庶子衛鞅做了一家巨商的總事，忘恩負義，欺世盜名，是一個十足的小人！玄奇感到驚訝，又感到氣憤。洞香春的議論不會是空穴來風，若果真如此，大父豈非大大看錯了人？向「他」的薦賢豈非也成了無的放矢？衛鞅若果真是見利忘義的假名士，那一定是個大奸大惡之徒。他們學派有兩個「必殺」信條：暴政必殺，奸惡必殺。衛鞅這種已被各種圈子確認為高才名士，而又被他自己的作為證明是小人者，謂之欺世盜名，若放任自流，必成披著名士外衣的大奸大惡之徒。他們學派對這種人和對待暴君酷吏一樣，知之必殺。

玄奇在茶廳獨自品飲，默默思忖，決意今夜先辦另一件大事，衛鞅之事留待明日查實再說。想到這裡，她丟下一個金餅，離開了洞香春向天街而來。

近日，上將軍府前戒備森嚴，除了持有令箭的軍中將吏，尋常官吏根本不許進入。當玄奇走到府門車馬場時，帶劍的護軍頭領遠遠高聲呵斥：「不許近前！作速離開！」玄奇沒有停步，昂然走到頭領面前一拱手：「我是上將軍師弟，千里來尋，相煩通稟。」頭領疑惑道：「上將軍師弟？以何憑據通稟？」玄奇從腰間寬帶上摸出一物遞過：「請報上將軍自然知曉。」頭領接過，卻是一根拭摸年久而光滑發亮的白骨，中間刻有幾個小洞，驚訝道：「這般怪異之物，我卻如何通稟？給你，速速離開！」

玄奇接過白骨冷笑道：「足下不要後悔。」說著將白骨橫起到嘴邊吹動，乍然一股激越清亮的樂音破空而出，直上中天，竟比軍中號角更有一番響遏行雲的魅力，轉而低沉婉轉嗚咽淒厲，使人頓時生出一陣酸楚。府門護軍一時聽得愣怔，不知如何是好。此時大門內一陣匆匆腳步，上將軍府的總管家老遙遙拱手高聲道：「上將軍請貴客進府相見。」

玄奇撇下愣怔莫名的頭領，從容進入上將軍府。

龐涓剛剛在軍務廳和親信將領議完大事，便聽見府門特異的骨笛聲。這種樂音他在山中聽了二十年，熟悉極了，縱然是萬馬軍中，他也能捕捉到只有骨笛才有的那種破空之聲。老師派人來找他了，是誰？為何要找他？正沉思間，一個布衣少年在階下拱手笑道：「師兄別來無恙？」

龐涓淡淡道：「你的骨笛吹得很好。老夫沒見過你，談何別來無恙？」

布衣少年笑道：「師兄修學時，我尚是小童，在老師坊中侍奉，師兄自然不識我。我卻識得師兄也。」

龐涓恍然，拱手笑道：「如此請入座。我們規矩，同門間不相通連，你可知否？」

布衣少年點點頭：「那是你等修習大學問的大弟子的規矩。我等雜務，兼修些許本領，可以例外也。我已經年滿十八，在山中做了十三年雜務，老師特許我兼修兵學，然卻沒有工夫指點，特命我來向大師兄求教。請大師兄代師教我。」

龐涓心中大感欣慰。代師教習是一種極為難得的榮耀，老師委託於他，是對他的極大信任和器重，自然也包含了對他的遠大希望。他立即命僕人給小師弟上了茶，笑道：「小師弟要兼修兵學，通達實戰軍務為第一，兵書韜略並戰陣之法，日後從容研習可也。恰好我在年內要打一場大仗，你跟在軍中，自然長了學問。」

「大仗？卻不知師兄攻打何國？楚國？齊國？」布衣少年一臉的疑惑稚氣。

龐涓哈哈大笑著搖頭道：「我要打的，是韓國。知道麼？韓國近來有個申不害在變法強軍，再有幾年，韓國就強大了。目下打韓國，正是最佳時機。」

「我該如何熟悉軍務，跟得上將軍？」

龐涓搖頭笑道：「不。戰前戰中，我都沒有時間指點你。我給你指定一個能幹的軍務司馬，你給他做屬吏，先走一遍軍務。打完仗我再給你解析指點，如何？」

「好。」少年道，「如此不誤師兄大事。我明日便來拜見老師。」

龐涓擺擺手道：「稍等兩日。這位軍務司馬是個幹才，原在公叔丞相府做中庶子，他已經答應做我的軍務司馬，我明日就要押他來任事。等他安於職事了，你再隨他修習不遲。」

布衣少年笑道：「當官還要押來，豈非咄咄怪事？」

龐涓冷冷一笑：「你久在山中，豈知人世繁難？此人假託受聘於一家巨商，意在逃脫我的軍令，我豈能被此等小伎倆蒙蔽？」

「師兄洞察人世，小師弟又長見識了。」

「你有此悟性，甚好。今日到此，三日後你再來。」龐涓一副師長口吻。

布衣少年拱手道別，飄然而去。

玄奇到得大街，心中很是高興。她利用老師送給爺爺的骨笛和對學門規矩的了解，從龐涓口中片刻便搞清了兩個疑團。按照規矩，龐涓不會查問她的姓名和住所，因為那骨笛和骨笛樂音是任何人也偽造不來的。對龐涓的欺騙，玄奇絲毫沒有歉意。因為龐涓自做了魏國上將軍，四處殺伐，早已列為學派的必殺對象，只因為他戒備森嚴常在軍中，一時無從得手罷了。他們設在安邑城的莫谷客棧，有一半原因就是針對龐涓的。目下的困惑是，韓國已經有暴政變法的跡象，魏國則要發動攻打韓國的不義之戰，是兩惡相鬥，還是幫助韓國抵禦災難？玄奇一下子想不清楚。

回到莫谷客棧，玄奇決意將警報先送回總院，請老師判定如何處置。她寫好密簡，捆紮停當，裝進銅管用蠟印封好，喚來客棧掌事的微子，吩咐他快馬兼程直送神農大山總院。這「微子」，是團體最底層頭目的稱謂，相對於學派最高層的「鉅子」，中間尚有大子、中子、介子幾層。在外人員不管地位多高，只要住在學派所設的據點內，向上傳遞消息和就地採取行動，就必須通過各層掌事的「子」來完成。而這些「子」及其所轄學生弟子，絕對不得過問傳遞內容和行動目標，只許忠實地快速傳遞和達到行動目標。

莫谷微子接過玄奇的密件銅管，立即行動。此時本已三更，尋常人等自然出不得這高峻的城堡。然則「客棧」在城牆根的小街上已經祕密經營多年，早已做好在任何情況下出城的準備。只見大門無聲滑開，三名黑衣漢子站在門廳，在黑暗中用勁力極大的弩弓「颼颼颼」射出一串短箭，城牆上的風燈立即熄滅。一個黑衣漢子便迅疾衝過門前小街來到城牆下，用特製的手鑿與腳刺靈敏快速地攀上城頭。剎那之間，城頭傳來一聲貓頭鷹鳴叫，莫谷客棧的大門便無聲地關閉了。這說明，那個信使已經縋城而出，騎上城外接應的快馬走了。

玄奇自然知道，這一切都不會有任何障礙。目下她在想另外一件事，衛鞅的真相究竟如何？不查明真相，不可能決定是暗中幫助還是示以懲罰。洞香春傳聞肯定事出有因，然則龐涓為何又堅決不信？明日強押衛鞅，若衛鞅被抓到上將軍府，又當如何？看龐涓那陰冷的笑容，衛鞅若不屈服定是凶多吉少。衛鞅若真是個見利忘義的小人，為何又要拒絕做軍務司馬？對於一個布衣士子，相當於中大夫的官職難道還抵不上一個商家總事？況且這是魏國的軍務司馬，官俸比其他國家高出幾倍，再說也還有建功立業一展志向的機會。既然如此，他為何要逃官而就商？啊！對了……玄奇心中猛然一道閃亮，翻身坐起，決定即刻出城。

玄奇喚來莫谷微子，簡約地向他說明了獨自行動的因由，約定了明日接應的方法，便牽馬出了客棧向城門而來。她有龐涓給的出入上將軍府的令牌，此時便做了最好的用場。懵懵懂懂的守門軍士看見上將軍府的令牌，忙不迭開了小城門讓她出城。出得城來，打馬一鞭，玄奇向靈山十巫峰的公叔痤陵園疾馳而來。

二、衛鞅韜晦斡旋艱難脫身

將近四更時分，公叔陵園一片漆黑，唯有衛鞅的石屋亮著燈光。

衛鞅在仔細琢磨申不害在韓國頒布的十道新法。這是白雪昨日送來的，他已經看了十多遍，反覆思慮，感慨良多。應該說，戰國初期魏國的李悝變法、楚國的吳起變法，是戰國爭雄的第一波變法。那麼，目下申不害在韓國的變法，與已經在醞釀之中的齊國變法，將成為戰國第二波變法的開端。從申不害頒布的法令內容看，這第二波變法開始的氣勢遠遠比李悝、吳起變法猛烈得多，而這也恰恰符合了申不害激烈偏執的性情。這使衛鞅感到了鼓舞，也感到了緊迫。光陰如白駒過隙，變法圖強的大勢已經是時不我待，自己卻還羈留在風華腐敗的魏國不能脫身，實在令人心急如焚。申不害對齊國稷下學宮的士子們公開宣示，要和法家名士慎到推崇的衛鞅較量變法，看誰是真正的法家大道？對此，衛鞅雖一笑了之，但內心卻是極不平靜的。一則，他生具高傲的性格，從來崇尚真正的實力較量，目下有如此一個激烈偏執的鬥士和自己挑戰，豈能不雄心陡起？二則，他已經積累了豐厚的法治學問，以他的天賦，對各國的法令典籍無不倒背如流，更不說自己不斷地揣摩沉思，已經寫出了十篇《治國法書》，若公之於世，一朝成名是輕而易舉的。然則，衛鞅的心志絕不僅僅在青燈黃卷的著書立說，他要將自己的思慮變成一個活生生的強大國家。十年磨劍，霍霍待試，枕戈待旦，躍躍難平。他甚至常常聽到自己內心像臨陣戰馬一般的嘶鳴。

利劍鑄成，何堪埋沒？

前幾日，白雪為他謀劃了一個脫身方略：由白氏商社出面聘他為總事，然後將這個消息散布出去，如果龐涓不在意，就立即離魏；如果龐涓阻攔，就買通魏國上層瓦解龐涓。這個辦法雖然好，但代價卻是衛鞅在魏國名譽掃地。戰國之世，雖然商人的地位比春秋時期有了很大改觀，但一個名士在未建功業的時日棄官從商，又中途離開盡孝守陵的大禮所在，必然被世人視為見利忘義的小人，在魏國失去立足之地。這樣做的實際後果是，衛鞅再也沒有了任何退路，如果在秦國失敗，等於一生的為政壯志就此化為雲煙，再也沒有哪個國家可去了。想到了吳起因「小人」惡名帶來的諸多後患，衛鞅確實頗費躊躇。

戰國初期，有人推薦吳起做魯國大將。但魯國的舊貴族卻因為吳起的妻子是「異邦女」而堅決阻撓。吳起妻子聽到後愧疚萬分，憤然剖腹自殺。舊貴族們便又說，吳起為了求得將軍職位殘殺了妻子，是個喪盡人倫的小人。就為了這「殺妻求將」的傳聞，吳起連投三國，都被拒絕。若非魏文侯獨具慧眼，力排眾議，這顆璀璨的將星也許永遠沒有升起的機會。

整整想了兩日，衛鞅還是同意了。他喜歡挑戰，甚至喜歡背水一戰，那樣可以使他義無反顧地走下去，無須回頭張望。吳起遇到了魏文侯，安知他衛鞅不會遇到一個英明的秦公？如果潮流命運註定要他失敗，縱然是譽滿天下，他也依然會失敗，孔子不是最好的詮釋麼？如果潮流命運需要他的成功，雖萬千詆毀，也不會掩蓋他的光彩。他去秦國為了何事？為了變法。而變法是天下大勢所趨。為了在天下大勢中做一番不朽功業，一時被世人詆毀又有何妨？儘管這只是一種希望，而且渺渺茫茫遠遠沒有開始，唯其如此，他覺得更具激發性。是的，這是一場人生博戲，他押下的彩物是名士的聲譽，而他期望獲得的卻是皇皇功業。如果得不到後者，那麼前者也將被全部淹沒，他將成為一個一無所有與一無是處的赤條條流浪者。如果得到了後者，那麼押下的彩物照樣可以收回，他將成為光耀汗青的勝利者。

如此的人生博戲，一生能遇幾次？此時不博，更待何時？

想透了，想定了，衛鞅就靜下心來揣摩申不害的法令。白雪和梅姑向他繪聲繪色地學說關於他的「小人」傳聞時，他竟開懷大笑了。他已經心無旁騖，一心只在靜靜地捕捉龐涓的行動。

萬籟無聲，唯有山風送來涑水河谷的陣陣蛙鳴。突然，衛鞅一陣警覺，好像聽到了隱隱逼近的急促腳步聲。他聽力極好，仔細辨別，迅速站起，拉開木門疾步而出。剛走到門前的大松樹下，便見兩個人影倏忽飄來。

「小妹麼？」衛鞅低聲急問，他想肯定是有了緊急事情。

白雪看見衛鞅，未及與他說話，喘息著低聲吩咐道：「梅姑，進去收拾一下。」待梅姑輕步進屋，方才輕聲說，「事態緊急，馬上走，詳情回頭再講。」說話間，梅姑已經拎著一個包袱走出。衛鞅急道：「哎，我的書！」白雪急道：「有辦法，回頭取，先走人。」說著拉起衛鞅的手向後山走去。

這條山道衛鞅很熟悉，每天清晨都要從這條小道登山。白雪也和衛鞅在這條小道上漫步徜徉過幾次，自然也熟悉了。衛鞅見從後山走，便想到肯定陵園大門已經走不通了。否則，白雪早已買通了那十餘個守門軍士，進出是極為方便的。思忖間已經來到小山頂松林中。白雪回頭一指道：「你看。」

衛鞅回頭，只見山下陵園中飄進一片火把，急速地聚攏在守陵石屋前。隱約可見有人推門進屋，出來高聲喊：「沒有人，只有一信。」一人粗聲答道：「帶回去覆命，走！」此時卻見又一支火把急速飄到，一個尖銳脆亮的聲音喊道：「慢走！衛鞅何在？」粗聲者喝問：「你是何人？」脆亮聲音道：「我乃公叔丞相府掌書，夫人有急事召他。」粗聲者答道：「衛鞅不在，你愛等就等。走！」脆亮聲音喝道：「慢！將衛鞅的信留下。」粗聲者哈哈大笑道：「今日公叔府能有何事？走！」

馬蹄發動間，突見一片火把全部熄滅，黑暗中傳來咴咴馬嘶與人聲怪叫。那一支火把卻依然亮著，只聽脆亮聲音笑道：「這樣的信還不給我看。給你，拿回去向龐涓覆命。」粗聲者大叫：「哎喲，好疼好瘆。你，你好大膽子！」脆亮聲音留下一陣笑聲，一支火把倏忽飄走了。

梅姑低聲驚歎：「好功夫！」

衛鞅一直在靜靜觀察，默默思索，搖頭點頭。

白雪道：「我們走，到地方再說話不遲。」

三人下到山後，松林中已經有三匹駿馬在等待。三人分別上馬，白雪一抖馬韁，當先馳出領路。衛鞅居中，梅姑斷後，三騎向西北飛馳。

涑水河谷不闊不深不險不峻，有山有水有林有獸，河谷山原密林覆蓋起伏舒展，是安邑貴族傳統的狩獵地帶。河谷離安邑城不遠不近，便有酷愛狩獵的貴族在河谷中蓋起了狩獵別居，守候在別居中消夏遊獵。久而久之，仿效者日多，河谷中便星星點點布滿了貴族別居。喜好品評的安邑人，便將是否在涑水河谷擁有一座狩獵別居做了老貴族的標誌。否則，你就是富可敵國，也只是一個欠缺風雅的暴發戶。白氏一門三代大商巨賈，白圭又做過魏國丞相，自然在這裡有一座狩獵別居。涑水河谷的最特異處在於，這裡永遠都有人住，卻永遠沒有任何官府管轄。春夏秋冬，白晝黑夜，任何時候都可能有激烈的馬蹄聲和裝束怪異的人物進入谷中，誰也不會感到驚詫，誰也不會前來盤查。

五更時分，三騎駿馬飛馳入谷，直奔河谷深處的山腰密林。

半山腰平臺上亮起了三支火把，照亮了通往平臺的四尺小道。飛馳而來的三騎駿馬順著小道直上平臺。三位騎者下馬，手執火把的兩個僕人接過馬韁，另一個僕人舉著火把在前領道，向林中房屋而來。

火把照耀下，衛鞅看見這是一座建造得極為堅固的山莊。門廳全部用山石砌成，兩扇巨大的石門竟然是兩塊整石。門額正中鑲嵌著兩個斗大的銅字——白莊。近兩丈高的山石牆壁依著山勢逶迤起伏，恍然一道小長城。手執火把的僕人向門上機關一摁，巨大厚重的石門便隆隆滑開。進得門來，庭院頗為寬闊，三排房屋擺成了馬蹄形。正北面南的是一排六開間正屋，東側是五開間的廚屋與僕人住房，西側顯然是獵犬和獵具房。整個院中沒有一棵樹，只有南邊牆下幾個高高的鐵架，衛鞅想那定然是宰剝獵物晾曬獸皮用的。

白雪笑道：「若非事出突然，我還來不了這裡。」

「你不是個好獵手。」衛鞅笑了。

梅姑問僕人：「準備好了麼？」

僕人躬身回答：「全部就緒，獵犬已經關好。請公子進正房歇息。」

梅姑道：「姑娘、先生，請進。」說著當先走上臺階，推開房門，燈光明亮的正廳非常整潔精雅。白雪衛鞅褪下布靴，坐在几前厚厚的紅色地氈上，都是長長地舒了一口氣。梅姑上好茶，拿來一張羊皮大圖和一串鑰匙，笑道：「姑娘，這是我在家老那裡要來的山莊圖。房子不少也，我先去看看道兒，拾掇拾掇。」白雪道：「去吧。」梅姑便推門進了裡間。

白雪呷了一口茶笑道：「三更時分，家老緊急告我，說上將軍府掌書透露，龐涓明日要強逼你做軍務司馬，不做便即刻斬首。我突然心血來潮，覺得危險，便立即出城。沒想到龐涓的人馬就在後邊，更沒想到螳螂捕蟬，黃雀在後，後邊還有一個詭祕人物。」

衛鞅點頭沉吟：「龐涓提前出動，說明他懷疑身邊人了。後邊那個詭祕人物，卻猜不出來路。然則可以斷言，絕不是公叔府的掌書。」

「看此人作為，不像對你有惡意。」

衛鞅笑道：「不著急，遲早會知道。」

兩人商議完明日的行動，已經是五更天了。白雪道：「你先歇息，不要急著起來，左右是晝伏夜出了。我和梅姑再合計準備一番。」說完正好梅姑進來道：「先生的寢室在東屋第二進，已經預備好了。」白雪道：「那就過去。」梅姑開了正廳左手的小門，領著衛鞅穿過一進起居室，來到寢室，指著一道紫色屏風道：「屏後是熱水，請先生沐浴後安歇。」衛鞅道：「多謝姑娘。你去忙。」梅姑笑道：「有事就摁榻旁這個銅鈕，我即刻便來。」拉上門出去了。衛鞅脫掉衣服，在屏風後的大木桶中熱水沐浴了一番，頓覺渾身輕鬆，剛一上榻便沉沉入睡。

次日近午，衛鞅方才醒來，睜開眼睛，卻看見白雪笑吟吟站在榻前，手中捧著一套新衣服道：「趕製的，試穿一下，看合適否？」衛鞅笑道：「還是舊的吧，我穿不來新衣。」白雪笑道：「要做商家總事了，能老是布衣麼？」衛鞅道：「好，嘗嘗商人滋味。」白雪道：「穿好了出來我看。」笑著走了出去。

衛鞅穿好衣服來到正廳，梅姑連聲驚歎：「咄咄咄，先生天人一般！」白雪微笑著點頭道：「可惜只是商家總事，委屈了。」梅姑嚷道：「總事哪行？先生是個大丞相！」衛鞅大笑：「大丞相，可不知曉哪國有也？」白雪笑道：「秦國不是有大良造麼？」梅姑嚷道：「對，就大良造！」衛鞅揶揄笑道：「好，梅姑此話叫言卜，就做大良造！」三人笑談間，僕人已經捧來飯菜，一鼎野羊蘿蔔羹，一盤餅，一爵酒。衛鞅道：「你們不用飯？」白雪笑了：「我們起得早，用過了，你自己用，我陪你。」衛鞅先飲了那爵酒，覺得那酒入口略冰，清涼沁脾，令人頓感精神，不由讚歎：「清涼甘醇，好酒！再來一爵。」梅姑再斟滿了一爵笑道：「三爵為限，不能再飲。」衛鞅道：「卻是為何？」白雪笑道：「這是消暑法酒，性極涼，飯前不宜多飲。」衛鞅驚訝笑道：「法酒？好名字，我卻沒聽過。」白雪道：「這種酒的釀造極講究，法度甚嚴，是以人稱法酒。」衛鞅又飲了一爵，不禁笑問：「卻是如何嚴法？」白雪道：「其一，只能春天三月三這天釀製。其二，用春酒麴三斤三兩，用深井水三斗三升，用黍米三斗三升。其三，酒麴之糟糠不得讓狗豬羊雞鼠偷食，水須至清至淨，米須淘得潔白光亮，否則酒變黑色。其四，每次只許釀三甕，然後於中夜三更三點入地窖，藏至次年三月三方可開封。其五，酒甕飲至一半，再加黍米三升三合，不許注水加麴，三日後酒甕復滿。竟夏飲之，不能窮盡，所謂神異也。」

衛鞅飲了第三爵，感慨笑道：「依法治酒，酒亦神異，況乎人也！」再看那盤餅，一面金黃，一面雪白，夾來咬了一口，酥香鬆脆綿軟筋甜，無比可口，不由又是讚歎，「此餅肥美香甜得緊，也有講究麼？」白雪笑道：「這是梅姑的絕活兒，教她給你說。」梅姑咯咯笑道：「姑娘誇我，實則姑娘做得比我還好。這叫髓餅。用上好的牛骨髓與蜂蜜和麵，圓成厚五分、徑六寸的麵餅，放於胡餅爐中半個時辰，不得翻動。這髓餅烤成，經久不壞不變，食之強志輕身也。」衛鞅爽朗大笑：「看來，我要變成神仙了。」

午後，白雪陪著衛鞅在山頂漫步一回。眺望山腰河谷星星點點的行獵別居，又看山外揮汗耕耘的赤膊農夫，衛鞅良久沉思，默默不語。白雪和他說了一會兒晚上的事，兩人便回到了白莊。

暮色降臨，一騎黑馬馳出河谷。在谷口樹林中，騎者換乘一輛車廂像小房子一樣的藍色輜車，直奔安邑城而去。

掌燈時分，丞相府所在的天街車流如梭。藍色轀車一直駛到丞相府門前方才停下。丞相府的新主人是公子卬，公叔痤家人已經搬到魏惠王另賜的官宅去了。丞相府易主以來，比往昔是更加的熱鬧繁忙，整日間車水馬龍達官貴人絡繹不絕。奇怪的是，今晚丞相府門前卻很是幽靜，偌大車馬場空蕩蕩的沒有一車一騎。藍色轀車剛在車馬場停下，府門護軍頭領便向內高聲報號：「白門總事先生到——」報聲落點，丞相府家老碎步跑出，來到車前深深一躬道：「小老兒代丞相迎接貴客，請先生安坐。」說著跨上轀車，請馭手坐到一邊，親自駕車從正門馳入。家老是丞相府總管，對尋常高官都是淡漠之極，今日卻是殷勤有加，邊趕車邊回頭笑道：「先生頭面大得很也，丞相今夜謝客閉門，專門等候先生。」車中傳出矜持的笑聲，卻沒有說話。頃刻間，轀車駛到相府深處一片小樹林旁停下，家老下車拱手笑道：「敢請先生下車。」車中人走出，從容向林中木屋走去。家老忙不迭領道，卻被車中一個布衣少年叫住，遞給他一個皮袋子笑道：「多謝家老照應。這是總事先生的些許答謝。」家老接過精緻考究的皮袋子，知道這是白門特製的錢袋，沉甸甸的足有十多個金餅。家老心中高興，連忙道謝，回身碎步跑著去追總事。

林中木屋燈火通明，遙遙可見廊柱下一人，紅衣高冠大袖博帶，分明便是公子卬。他看見道中來人，大笑迎出：「鞅兄，別來無恙啊？」

衛鞅拱手笑道：「公子榮升丞相，可喜可賀。」

「噫！士別三日，真當刮目相看。鞅兄真道步入風華富貴鄉了也。」公子卬拉著衛鞅在廊燈下左右打量，發覺素來簡樸高潔的衛鞅今日竟是錦衣玉冠，氣度華貴，儼然換了個人一般。

「丞相何須驚奇，衛鞅棄學從商，入道隨俗，慚愧慚愧。」

「鞅兄何出此言？大商巨賈乃當今風雲人物，誰敢小視？我就最喜和商賈來往。來來來，請到內廳敘話。」公子卬拉起衛鞅的手，笑著走進正廳。

廳中酒菜已經鋪排就緒，公子卬熱情讓道：「鞅兄請入坐貴客尊位。」衛鞅一看座次擺法，明白公子卬已經不再將他當作官場中人對待，而當作民間客友對待了。戰國之世，儘管禮制已經不再煩瑣迂腐，但尊卑座次還是極為講究。但凡官場中人，包括名士交遊，客人尊位必是坐北面南，主人則在對面或東側相陪。若是非官場之客人，則客人尊位必是坐西面東，主人坐東面西相陪。今日坐席面東，自然是非官場禮節。兩種坐法，後一種自然比前一種低了一個規格，但後一種卻不太拘泥，尋常師生朋友間飲宴待客，均是如此坐法。

衛鞅微笑入座。僕人上來酒具，卻不是爵，而是觶。古禮之中，酒具比座次講究更大。所謂爵位，即是酒具與座次組合的等次。舉凡大宴，最尊貴者用爵，盛酒一合；次等用觶，盛酒兩合；三等用觚，盛酒三合；四等用角，盛酒四合；五等用杯，盛酒五合。也就是說，地位越是尊貴，酒具的容量就越小。各種酒具中又有材質、形制、精粗、銘文等諸多區別，即或是王室犒賞群臣的數百人大宴，繁多的酒具也會將每個人的身分等次絲毫不差地表現出來，絕不會出現尊卑混淆。上酒的大容器也有區別，三等以上用大尊，三等以下用大壺。春秋末期，這種煩瑣酒禮大大地簡化淡化，酒具的使用也變得隨意起來。孔子大為感慨，曾惋惜長歎：「觚不觚！觚哉！」觚已經不是觚了，觚啊！雖則如此，但在上層官場，酒具的尊卑講究還是存在的。官吏聚宴，尋常全部用各種爵。民間聚宴，則全部用觶或觚。上酒容器則完全隨意。今日公子卬用觶，再次表明對衛鞅的接待是民間友人，而不再將他當作名士小吏。

衛鞅笑道：「丞相通權達變，鞅自愧不如也。」

「要說通權達變，那是衛鞅。當今名士，誰能棄官從商？衛鞅也！」

「衛鞅困窘，不得已做稻粱謀，已成天下笑柄，丞相勿得謬獎。」

公子卬發現，素來冷峻傲岸的衛鞅一朝富貴，竟變得柔順了謙卑了，似乎對他這個位極人臣的王室貴族已經有了敬畏之心。公子卬大為欣慰舒暢，既往對衛鞅才氣的欽佩和人品的景仰在頃刻之間蕩然無存。他舉觶笑道：「衛鞅，來，為了足下富貴前程，先乾一觶！」舉觶一飲而盡。

衛鞅恭敬笑道：「為了丞相功業興隆，乾！」也是一飲而盡。

「衛鞅啊，白門家老請我為你在上將軍處開脫，此事可是難辦也。龐涓要打大仗，正需軍務司馬，他如何肯放你走？再說，你原先慷慨應允，守陵期滿後任事，我也在場。此話教我如何去說？」公子卬一副為難的樣子。

衛鞅笑道：「丞相放得我一條財路，衛鞅自有報答。」

「噢？此話怎講？」公子卬高深莫測地微笑著。

「白門有言，願以洞香春十年之利金報答丞相。」

「十年幾多？」

「大約三百萬金，頂一個小諸侯府庫了。」

公子卬沉吟道：「衛鞅，白門用如此天價買你，卻是為何？你修習學問尚可，經商為賈難道也是箇中高手？一旦失手，白門無報，此事豈非大大麻煩？要知曉，白氏一門，和王室可是千絲萬縷也。」

衛鞅笑道：「丞相勿憂。衛鞅對陶朱公范蠡的《計然》十策，早已揣摩精熟，對商道頗有心得。不瞞丞相，衛鞅已經牛刀小試，為白門做成了一筆近十萬金的大買賣。否則，以白門天下巨商，如何能教衛鞅做總事？又如何肯如此費力為我周旋？」

公子卬悠然點頭：「鞅兄如此幹才，此事尚可為也。」

「此外，衛鞅每年奉送丞相五千金，以做酒資。」

「好！富貴不忘舊交，果然是聰敏豪爽，啊！」公子卬哈哈大笑，卻突然壓低聲音問道：「鞅兄，見過白門女主否？」

衛鞅搖搖頭：「我只和白門家老共謀商事。」

公子卬沉吟笑道：「白圭的獨生女，可是名動安邑的神祕麗人，然卻誰都沒有見過。我想請你疏通一件大事，不知可否？」

「不知何事使丞相犯難？」

「原由在此——」公子卬起身走到衛鞅身旁坐下，低聲道：「魏王一直沒有立狐姬做王后，皆因狐姬風情太盛，豔事太過，有累魏王清名。白門乃天下望族，白圭女兒才貌雙絕，若能使此女做了魏王王后，何愁你做不得上卿？屆時你我同朝，又何愁對付不了一個龐涓？鞅兄意下如何？」

衛鞅淡淡一笑：「只是，我能做甚事？」

「好說。鞅兄只要將我意詳明達於白女，約定我與白女一見，萬事皆妥。」

「丞相能使白女成為王后？」衛鞅大是驚訝。

公子卬大笑：「後邊之事，鞅兄不用管了。應對官場，兄不如我也。」

「只是，」衛鞅沉吟道，「目下我還不能正式在白門任事。」

「此事鞅兄盡可放心，我明日即刻辦理。」公子卬爽快明朗。

離開丞相府，衛鞅回到涑水河谷，已經是三更尾四更頭了。他對等候的白雪沒有詳細講述公子卬的叵測居心，他要等到公子卬有了明確結果再說。

此日午時，公子卬醒來梳洗，覺得精神煥發舒暢極了。用午餐時，掌書和家老分別向他稟報了早晨的內外事務。他指點了幾件事，又對午後要來的幾撥官吏要辦的幾件事做了定奪，一天的公事大體了結。所餘的時光，是他用來斡旋各方的時光。公子卬做官，有他獨到的辦法，這便是「少做事，多走動」的六字訣。世間大凡喜歡實幹做事的人，總是官運艱澀。原因只有一個，要做事就要出錯，一出錯就要遭非議，非議多了必然下臺。公子卬對「少做事」又有獨到方式——多議事，少做事，多做虛事，少做實事。作為丞相，凡事皆可參與議論，凡事皆不可親自做，成則有決策之功，敗則有推諉之辭。這是「多議少做」。但只要為官，永遠不做事亦不可能。這就要盡量多做那些易見功勞而難查錯漏的虛事，譬如接見使臣、祭奠天地、撫恤將士、救濟災民、編修國史、宮室監造、出使友邦、巡視吏治、主持國宴、遴選嬪妃、贊立王后，等等。對於那些易查罪責而難見功效的實事，非萬不得已，則堅決不做。譬如修築堤防、領兵出征、整肅吏治、制定法令、查究彈劾、出使敵國、決定和戰、督導耕耘、剿滅盜賊、審理案件，等等。

公子卬的大事只有一件，就是鞏固地位，提高聲望。要做到這一點，就要殫精竭慮地走動——對上斡旋，對下周旋，對官言禮，對士言義。僅以兩端而論，公子卬就做得極有成效。對魏王，他極盡投其所好，而又做得雅致有趣。魏王晚睡晚起，他也晚睡晚起，縱有軍國急務，也絕不在魏王睡覺的時候去打擾。魏王精於玩樂享受，對珠寶鑒賞、狩獵遊覽、宮室建造、音律品評、美酒美食、美女美色、猛犬珍禽，等等等等，都有高深造詣。公子卬也便刻刻努力，一樣不落，成了魏王最高雅的玩伴。縱是魏王和狐姬裸體膩戲之時，他也能微笑著坐在三尺之外細加評點，使魏王大為感慨，稱讚公子卬為「無拘細行，真名士也」！也使魏王和他成了無話不談無密不謀的君臣莫逆。對於學問名士，公子卬則是「義」字當先，謙恭豪爽，不惜紆尊降貴地結交。五年前，他對多才冷傲的衛鞅就稱兄道弟，傳為安邑佳話，獲得了「賢明好義」的一片聲譽。

公子卬來到王城寢宮時，魏惠王正在湖畔對著大梁新都的王城建造圖入神。湖中漂蕩的小舟上不時傳來狐姬和侍女的嬉笑嚷鬧，也沒有使魏王抬起頭來。

「王兄啊，又在為國嘔心了，該節勞也。」公子卬搖著一把大扇，送去一縷清風。

「王弟，你來得正好。」魏惠王手指敲著攤開在玉几上的大圖，「你看，大梁王城有如此大一片水面，卻空蕩蕩沒個可看可樂處。我想在湖心造一座可浮游漂動的寢宮，這湖面方能物盡其用。」

「好！王兄真道得奇思妙想，天下獨此一家。即刻動工，我來監造！」

魏惠王皺皺眉頭：「你可知曉，浮宮要幾多金？」

「百萬之數大體不差。」

「百萬？大梁工師已經算過，三百萬金也。府庫存金，除去龐涓的軍費、官吏俸金和新都建造費用，只有一百萬金了，如何能夠？」

公子卬爽朗大笑：「天意天意！偏巧我給王兄帶來一筆重金，浮宮可造也。」

「你？你何能如此多金？」魏惠王驚訝地盯住了這位丞相。

「笑談，白圭如何不知？」

「王兄知曉白圭否？」

「白圭死後，其獨生女兒掌業，欲尋覓一位總攬商事的幹才。王兄知曉否？」

「不知。」魏惠王搖搖頭。

「王兄知曉衛鞅此人否？」

「衛鞅？何許人也？不知。」

「老公叔臨終前舉薦的丞相，王兄也忘記了？」

魏惠王哈哈大笑道：「啊啊，那個中庶子也。白門請他做總事？」

「王兄果然高明。正是此人。」

「此人與兩百萬金何干？」

「王兄不知，上將軍龐涓急需衛鞅做他的軍務司馬，衛鞅原已答應，難以脫身從商。白門便請我出面與龐涓講情，許以十年內兩百萬利金。小弟一片愚忠，不敢私吞，獻於王室，豈非王兄有了浮宮？」

魏惠王高興得拊掌大笑：「好好好！王弟忠誠謀國，真正難得。」卻突然沉吟，「十年？遠水解得近渴？」

公子卬微笑道：「王兄貴為國君，自不通賤商之道。此事可教衛鞅周轉，浮宮用金先行從府庫支付，衛鞅每年補入庫金即可，何勞王兄擔憂？」

「好謀劃！」魏惠王笑道，「這衛鞅又沒打過仗，不通軍旅，做何軍務司馬？從商也算是人盡其才了，就教他去也。上將軍用人不當，另當別論。」

「那，上將軍的軍務司馬如何處置？」

「那有何難？本王從王族子弟中派出兩個，讓他等也磨練磨練，學學戰陣生涯，也省卻整日無所事事。」

「我王思慮深遠，用人得當，臣即刻去上將軍府處置此事。」

公子卬出得王城，立即驅車前往上將軍府。見到龐涓，他簡約地轉達了王命，尤其具體轉述了魏王對龐涓「用人不當」的評點。龐涓臉如寒霜，正想開口，公子卬卻拱手告辭，揚長而去。出得上將軍府，公子卬立即派人將消息送到白門，而後逍遙登車。他在車中大笑不止，覺得這幾件大事處置得妙極順極，真是一舉三得。了結了長期以來欠衛鞅的情分，還從衛鞅處得到了極大好處；解了魏王浮宮急難，顯示了極大的忠心，還落到了多餘的一百萬金；壓制了龐涓的氣勢，挖了龐涓的牆腳，還給龐涓軍中攙進了自己的王室子弟。在這三大好處之外，公子卬還保留了最大的一個果子，就是白氏女與魏王聯姻的祕密謀劃。此事若成，公子卬將權傾朝野，一來不愁封侯分地，二來不愁重臣依附，何亞於在魏國做第二國王？如此多的鴻運好事，公子印如何不大喜若狂？但是，他絕不會將這種鴻運告訴任何人，也不會在任何人面前露出自己大喜過望的心情。在夫人家人親友同僚面前，公子印始終是憂國憂民豪俠仗義的王族英才，豈能如此有失體統？

龐涓卻是胸口脹痛，憂氣難消。丟了一個衛鞅，來了兩個飯袋，還落了個用人不當，真道是莫名其妙！尋常時日，魏王從來不給軍中隨意派員，也不過問軍中的具體軍務，算是放得很開的君王了。一個衛鞅，弄得一切都變了樣，真正是豈有此理！龐涓想進宮，又覺得為一個軍務司馬和國君理論，傷了和氣就是因小失大。退回兩個王族飯袋吧，飯袋還沒開始做事，又有不夠容人之嫌。和公子印理論吧，他轉達的是王命，盡可以推得一乾二淨只和你打哈哈。想來想去，龐涓覺得自己吃了個啞巴虧，不宜說，不宜動，只有悶在肚子裡讓胸口脹痛。龐涓長吁一聲，暗暗咬牙，決意滅了韓國後再來消磨這些小人。

此時天色將晚，一個細瘦的身影輕步走進了上將軍書房。

龐涓沒有回頭便怒喝一聲：「出去！誰也不見。」

細瘦身影輕聲笑道：「大師兄，和誰生氣？」

龐涓回頭，卻見幽暗中站著那個布衣小師弟，不禁覺得自己失態，回身釋然笑道：「小師弟，師兄正在思慮一個陣法，見笑見笑。坐了。」

布衣少年入座，拱手認真道：「大師兄，小師弟前來修習，那位軍務司馬到任否？」

龐涓歎息一聲：「天有不測風雲，人有旦夕禍福。那個軍務司馬出外訪友，卻在夜行時不幸摔死在山澗之中，真乃令人傷痛也。」

布衣少年大驚，臉上陣青陣白，卻硬是以袖塞口，沒有叫出聲來。有頃，顫聲問道：「夜行？哪一日？」

「三日之前也。」龐涓悠然一歎。

布衣少年眼中湧出兩行熱淚，拚命忍住哽咽之聲。龐涓不悅道：「素不相識，何須如此女兒態？」布衣少年拱手道：「小弟失去修習之師，命運多舛，安得不痛心？」龐涓正色道：「代師教你者是我龐涓，他人安得算修習之師？」布衣少年含淚道：「大師兄有所不知，臨下山老師預卜，言我命中只有一師，此人若死，我須即刻回山，否則將短壽夭亡。大師兄，告辭了。」龐涓素來對老師這種神祕兮兮的東西不感興趣，聽此一言，頓感晦氣，冷臉拂袖：「你走吧。」

突然，門外家老高聲報號：「白門總事晉見上將軍。」

話音落點，錦衣玉冠風采照人的衛鞅已經步入正廳，在書房外深深一躬高聲道：「白門總事衛鞅，參見上將軍。」抬起頭時，卻與布衣少年驚訝的目光正巧相遇，電光石火間，兩人眼睛均是一亮，卻又同時岔開了視線，平靜如常。

龐涓懊惱莫名，冷冷道：「你來何幹？」

「稟報上將軍，衛鞅特來赴約，任職軍務司馬。」衛鞅神態謙恭。

「本上將軍的軍務司馬已經死了，新的也有了，要你這商人做甚？」

「稟報上將軍，白門有言，不敢開罪上將軍，若上將軍留任在下，白門即刻與在下解約。在下期望在上將軍麾下建功立業。請上將軍明察。」

龐涓氣得臉色發青，戟指衛鞅，低聲喝道：「你這個言而無信反覆無常成事不足敗事有餘的小人，老夫永遠不會用你！給我送客。」

門外家老高聲道：「送客——」

衛鞅一臉沮喪，拱手道：「上將軍但有用人之時，衛鞅招之即來。告辭。」轉身唯唯而去。龐涓轉身，布衣少年卻也不見了蹤跡，氣得高聲喝令：「關上府門，今日不見客！」

「關閉府門——」隨著一聲長長的傳喝，沉重的上將軍府門隆隆關閉。

此刻，衛鞅已經打馬出城。這時他在魏國已經成了官吏士子皆曰不可交的小人，人人避之唯恐不及，沒有人再暗算他，也沒有人再威脅他，無須輜車掩蓋，無須躲避行藏。一騎快馬，大道疾馳，山風送爽，不禁仰天大笑。

「敢問先生，笑從何來？」一個清亮而略顯嘶啞的聲音冷冷發問。

衛鞅一驚，勒馬觀望——此時月上梢頭，照得道邊山野間林木蔥鬱朦朧，卻發現不了聲音發自何處。衛鞅靜靜神，沉聲問道：「閣下何人？敢請現身答話。」

「不涉利害，先生無須問我是誰？」

「難道閣下就這一句話麼？」

「我要正告先生，危邦不可久留，須得即刻決定行止。」

衛鞅大笑道：「我已無人理睬，何須聳人聽聞？」

「非也。先生三日內必有新的糾葛，若不趁早離魏，再想離開將永遠不能。」

衛鞅驚出了一身冷汗，恭敬拱手道：「何方高人？鞅不勝感謝。」

「既非高人，先生亦無須言謝。我就在你右手山頭，只是不宜相見罷了。先生請回。告辭了。」

衛鞅向數丈之外的右手小山頭看去，只見樹影微動，遙聞一陣馬蹄聲遠去，四野又是一片沉寂。

衛鞅猛然想到方才在龐涓書房見到的布衣少年，難道是他？不會啊，那個布衣少年分明是洞香春遇到的神祕老人的孫兒，他既在龐涓府中，必和龐涓大有淵源，如何又能幫我？方才他也顯然明白不宜在那裡和我表示認識，可見他和龐涓又有一定距離。有淵源，有距離，可能是何種人？再說，一個少年，如何能有如此奇異技能？是的，不可能。然則是誰？衛鞅又想到了公叔陵園那個單身騎士驚心動魄的搏擊絕技，對，極有可能是他。然則他又是誰？衛鞅已經問過，公叔府已經交出了所有文職小吏，沒有一個掌書。那人自稱公叔府掌書，顯然是假託。那麼他的真實身分為何？他為何關注自己的行止安危？莫非是老師派出的使者？不會，絕不會。老師在他下山時與他言明，不許說出老師名字來歷，自己的人生功過善惡，均由自己承擔。老師是嚴厲的，也是明哲的，絕不會心血來潮派出一個人幫扶自己。一時間，衛鞅倒是理不清這團亂麻了，於是不再想它，打馬一鞭，飛馳涑水河谷。

三、茅津渡兩情惜別

太陽還沒有升起，大河兩岸的遼闊山原錦緞般燦爛。

大河從漠漠雲中南下，一瀉千里地沖到桃林高地，過蒲阪，越函谷，包砥柱，吞三門，在廣袤的山原間鋪開，浩浩蕩蕩向東而去。大河在南下東折的初段，鬼斧神工般開闢出種種險峻奇觀。這「河包砥柱，三門而過」便是大河東折處最為不可思議的神奇造化。砥柱本是一片孤山，當道矗立，阻攔大河東去。大禹治水，舉凡山陵擋水者，皆鑿通水道。河阻砥柱山，大禹便從兩邊破山通河。中央主峰孤立水中，河水分流，包山而過，山在水中猶如通天一柱，人皆稱為砥柱山。所謂中流砥柱，從此成為一個不朽的典故。大河從砥柱兩邊分流，中央砥柱與兩邊的山峰便如大河的三道大門，時人呼之為三門。

這砥柱以西函谷以東，卻是大河在漫長歲月中沖積成的莽莽荒原。一眼望去，兩岸葦草茫茫，杳無人煙，唯有一座古樸雄峻的石亭在葦草間時隱時現。石亭下不遠處是一個小小渡口，兩隻木舟橫在當作碼頭的大石旁，一群水鳥在舟中盤旋啁啾。葦草間可見紅白兩騎，走馬而來，遙指渡口，相互講說著什麼。漸行漸近，正是衛鞅與白雪。

昨夜，衛鞅回到涑水河谷，白雪與梅姑正在整理他需要帶走的書簡，連同從陵園取回的一箱和白雪家藏的法令典籍，總共裝了滿滿兩大箱。見衛鞅回來，她們便收妥書箱，收拾晚餐。飯後，衛鞅對白雪講了去龐涓府的經過，白雪不禁笑得流出淚來。梅姑在旁邊高興得直嚷：「該！氣死這個小心眼兒。」高興一陣，衛鞅講了自己回來路上遇見的奇異告誡以及自己對此人身分的種種猜測。白雪很警覺，沉思一陣，提出今夜即刻離魏。衛鞅本想為白雪安排一番，遲走兩日，然白雪卻再三堅持，便也贊同了。一個時辰內，三人收拾好所有必備用品，梅姑留在後面從商路運送書簡並準備船隻。衛鞅和白雪仔細選擇了西行道路，四更將盡時飛馬出谷，直奔選定的渡口而來。紅日將升時分，荒涼的古渡已遙遙在望。

這個渡口叫作茅津古渡，雖然荒涼破敗，卻是西入函谷關的最近渡口。

茅津渡處在橐水入河的交叉處。春秋早期，這裡叫茅戎邑，是戎狄部族的一支——茅戎的遊牧區域。後來戎狄部族在中原如洪水氾濫，齊桓公九次聯合諸侯，合力驅逐從四面八方侵入中原的戎狄部族。幾次血戰，茅戎部族的殘餘人口也被趕出了中原。這塊水草豐茂卻不適宜耕種的土地，從此淪落為荒蕪的草灘河谷。茅戎人開闢的渡口也變成了荒野古渡。有酷愛古蹟的士子們感念齊桓公的驅戎大功，便在茅戎邑的古城堡廢墟上建了一座茅亭，以做憑弔懷古之念物。茅津渡南岸數十里便是函谷天險。西入函谷關，半日便可到達秦國目下的控制疆域。

看看已到茅亭，白雪笑道：「千里送君，終須一別。最後這段路，走走。」

「對，應該走走了。」衛鞅笑著下馬，向白雪伸出一隻手。

白雪搭著衛鞅的手跳下馬來。此時夏日噴薄而出，朝陽照得白雪臉上細汗津津。衛鞅從懷中掏出一方白色汗巾遞過來：「小妹，擦擦汗。」白雪明亮的眼睛深情地望著衛鞅，臉上飛起一片紅暈，睫毛斂起嬌聲道：「你來擦也。」衛鞅看看白雪近不盈尺的秀美面龐，慢慢伸出顫抖的手，在她寬闊潔白的額頭上輕輕沾拭。白雪微微瞇著雙目，身體卻是輕輕一抖，依偎在了衛鞅肩頭。一種生平從未體驗過的奇異感受，如驚雷閃電般從衛鞅周身掠過，他猛然丟開馬韁，伸開雙臂將她緊緊抱在懷裡，嘴唇不由自主地貼上了白雪滾燙的面頰與顫抖的雙唇。白雪低低的一聲呻吟，軟軟地倒在深深的葦草中。

兩馬交頸嘶鳴，茫茫的葦草綠浪淹沒了它們的主人。

良久，兩人從葦草長波中浮了起來。白雪眺望著朝霞照耀下的滔滔大河：「真想化作大河之水，伴君而去。」

衛鞅攬著白雪的肩膀：「多想留下，永遠相擁相伴。」

「出息了你？真話麼？」白雪噗地笑了。

衛鞅大笑一陣：「要我真是個商人，做你的白門總事多好？」

「真是個商人，要你何來？」白雪咯咯笑了。

「一介布衣，美人如斯。看來啊，造物主還算公平。」衛鞅誇張地做出一副陶醉的樣子，逗得白雪大笑起來。

笑了一陣，衛鞅正色道：「小妹，我還得告你一件大事。」白雪驚訝道：「大事？我不知曉？」衛鞅點頭道：「這件事頗為麻煩，因我沒想好妥善對策，所以沒對你講。公子卬有不良之心，意欲將你納為魏王王后，還想教我從中與你達意。」白雪長吁一口氣，笑道：「你這不達意了麼？」衛鞅哈哈大笑：「你卻意下如何？」白雪輕輕啐了一口，朗朗笑道：「你就放心去也。我還以為何等大事，嚇得人心跳。」衛鞅道：「昨夜那人，說三日內有糾葛，我想定是公子卬要逼我扯出你來。你得謹慎應對也。」白雪笑道：「你不走，我豈能不出來？你走了，我又何須出來？找我不見，這件事不就湮沒了？白雪不想見誰，誰就休想找到她。是麼？」衛鞅笑道：「是啊，天火無焰，豈有尋常蹤跡？」

白雪臉一紅低聲笑道：「只有你，知道我的祕密。」衛鞅揶揄笑道：「其實，我倒是真心喜歡那個布衣小弟也。」白雪嬌嗔道：「喲！那就讓他跟你了。」

說話間已是日上三竿，晨風搖動葦草，一艘小船向渡口悠悠漂來，梅姑在船上遙遙招手。

「梅姑來得好快，我該走了。」衛鞅不捨地歎息一聲。

「稍等不妨，」白雪叮囑道，「櫟陽那家客棧的執事是老父的門客，實則是一位風塵隱俠。事有眉目之前，你就住在那裡，他會幫扶你。我在那裡存儲了萬金之數備你急需，不要吝嗇了。」

衛鞅一怔：「萬金？如果秦國也要用錢活動，我馬上離開。」

「離開？到何處去？」

「和你泛舟湖海，與范蠡西施一般，永遠不涉政事。」

白雪悠然一歎：「君有此言，白雪足矣！古人云，冬有雷電，夏有霜雪，然則寒暑之勢不易，所謂小變不足以妨大節。只要心正，金錢未必不能用於官場。君之內性，強毅剛烈，嫉惡如仇，初入秦國，萬莫以官場瑕疵萌生退意。」

衛鞅又一次感到了深深的震撼。這個女子似乎生來就是他的紅顏知己。她對他心靈的溝壑波瀾是那樣的洞察入微，又對他精神性格的細小傷痕是那樣的細心呵護。在公叔陵園中第一次現出女兒身，她就使他的孤傲冷峻與偏執自尊土崩瓦解，使他受到前所未有的心靈震撼。如果說那還是純粹的情感天地，女兒家有天然的細心與深刻的話，今日卻是為政之道，是衛鞅傲視天下的最強之處。這個妙齡女兒卻提出了如此飽含人世滄桑的勸戒，恰到好處地撫摩到了他內心的弱點——堅剛有餘而柔韌不足，冷靜自省而海納百川之胸懷尚有不足處。平心而論，衛鞅也知道自己還需要錘鍊，然則生平第一次被人點出缺陷，愧疚之心油然而生。他向白雪深深一躬，坦誠真摯地說：「小妹一言，照我肺腑，使我頓生驚悟。此後當惕厲自省，深以為戒。」

「喲，」白雪扶住他含笑嗔道，「那是老父的話，記住可也，忒般認真？」

衛鞅慨然一歎：「知我醫我者，唯小妹耳，安得不敬？」

「不要敬，要愛。」白雪低眉柔聲。

「禮恆敬之，心恆愛之。」衛鞅雙手輕撫白雪雙肩。

白雪眼含熱淚，輕輕偎在衛鞅懷中低聲吟誦道：「綢繆束薪，大河在天。今日何日？見此良人。何堪所思，何堪所憶？子兮子兮，君在遠山。」

河中小船已在渡口大石邊泊定。梅姑沒有相催，卻對著大河流水唱起悠長的歌兒：「青青子衿，悠悠我心，縱我不往，子寧不嗣音？青青子佩，悠悠我思，一日不見，如三月兮——」歌聲在河面飄盪，水鳥在身邊盤旋伴舞。

衛鞅笑道：「梅姑相思了，走。」

「莫急。」白雪從腰間摘下那支精緻的細劍，圍在衛鞅腰間，一搭劍柄劍尖的銅扣，「叮」的一聲振音，衛鞅腰間多了一條鋥亮的腰帶。白雪笑道：「這是老父留給我的素女劍，細薄柔韌之極，去鞘可做腰帶，鋒銳可斷金玉。它在你腰間，就是我抱著你也。」

衛鞅猛然抱住白雪，深深一吻，轉身大步而去。

晨風習習，大河在金色的陽光下連天而去，一隻小舟向南岸起伏漂逝。衛鞅站在船頭向岸上遙遙招手，白馬在船尾向故土昂首嘶鳴。北岸渡口，佇立著凝望的白雪，化成了葦草綠浪中的一點猩紅。

四、初入秦地謹慎探詢

進入函谷關，到華山的魏國軍營，快馬只有半日路程。

衛鞅所乘白馬，是在公叔府做中庶子時的尋常座騎，這段路走了整整兩日。也並非白馬腳力太弱，實在是衛鞅並不急於進入櫟陽。衛鞅想好好看看秦國，順便查勘一番秦國的風土人情。畢竟，這個被魏國封鎖在函谷關以西的戰國，對他是遙遠而陌生的。確切地說，所聞甚多，卻從來沒有踏上這片神祕的土地。這對他這個多有遊歷的士子，不能不說是一種缺憾。

衛鞅的祖國，是大河中段最肥沃地段的衛國。

衛國不是大諸侯，卻是個最為特異的諸侯國。特異所在，是始封國君與初始臣民的「水火同器」。周武王克商之後，殷商族群雖亡國而幾欲復仇復辟。歷經密謀，終有了殷紂王之子武庚與周室監管勢力管叔、蔡叔部的聯結叛亂。於周武王之後攝政的周公旦，平定了這場大叛亂後，將殷商族群分而治之：殘存的殷商王族遺民，悉數聚遷於淮水流域的宋地，以殷紂王的庶兄微子為國君，封成了宋國，以彰顯周王室存續殷商社稷的寬仁大德；殘存的殷商臣民族群，則悉數聚遷到大河中段的濮陽地帶，以周武王最小的弟弟康叔為國君，封成了衛國。就實而論，宋國雖延續了殷商王族的社稷祭祀，然其王族人口在動亂中銳減，國人又大都不是殷商庶民，其殷商國風便大大淡化了；衛國不然，由於聚集了殷商七大族群，是故雖以周王族為國君，卻始終瀰漫著濃郁的殷商國風。殷商庶民多以商旅為傳統生計，邦國興亡的愛恨情仇漸漸撫平之後，又開始了實實在在的生計奔波，衛國便漸漸呈現出了一片蓬勃生機。在整個西周時期，衛國都是小邦土地而大邦財貨，商賈發達，民生殷實，堪稱實際上的大諸侯國。及至春秋，衛國依然是富庶大邦，其「桑間濮上」的開化民風，一時成為春秋之世極有魅力的文明風華旗幟。

只是到了戰國的刀兵大爭之世，衛國才漸漸衰落了，萎縮了。

衛鞅的祖上頗見特異，父系是衛國國君部族的周王族遠支公子，歷代母系卻多有殷商女子。隨著族群繁衍而血緣漸遠，也隨著衛國公族漸漸衰落，姬姓族群之後裔也在種種分化中大都淪為平民了。

衛鞅一族，也走過了如此一條淡出貴族的路程：始以公族之「姬」為姓，再以「公孫」為姓，再以國號「衛」為姓，從王族血統漸漸步入了平民。戰國之世，衛鞅的曾祖父與祖父，雖然還頂著「公子」之名，然已經是實際上的「國人」了。出行謀生及結交之際，羞於對人提及「公孫」，更羞於對人言及王族姬姓，於是隨了潮流時俗，以國為姓，採用了方便而不顯痕跡的國號「衛」姓。到了父親衛赫之時，衛姓已成了家族常用的姓氏，「公孫」幾乎已經被族人遺忘了。

從曾祖時起，衛氏操持的是「文商」生計。所謂文商，是製作各種文具與書寫用材，賣給官府和士人的文路商賈。其中，曾祖父衛嗣時期的「衛氏竹簡」頗具盛名，被中原官府士子多呼為「衛氏簡」。這種生計利金不高，然卻較為穩定，一代人下來，衛氏也算是既有貴族名號又有財貨來路的殷實之家了。祖父衛桓一代又辛勤擴展，已經是占領近十個諸侯國竹簡市場的大文商了。父親衛赫，年輕時既頂著「公子」名號，又秉持著傳統生計，家道雖無大進，卻也在衛國頗具名望。其時，一個商旅人家的美麗女子，與父親在「桑間濮上」的春日踏青篝火中相識了，相愛了。這個女子是殷商後裔，嫁給父親時，由於商人之女的身分，不能做一個具有王族血統的「公子」的正妻，只有做了妾。她便是衛鞅的母親。以看重禮制尊卑的周人的說法，妾生子是庶孽之子——唯其庶出，唯其卑賤，故呼之為「庶孽」也。如此，衛鞅便是公族遠支諸多「庶孽」公子中的一個了。

衛鞅剛剛降生，一場突如其來的水患毀滅了衛氏田莊與文商作坊。其時，諸侯間動輒以鄰為壑，或淹沒欲圖奪取的鄰國良田，或威懾敵國以為懲戒。這場突然的大河水患，是魏國欲威懾衛國稱臣，有意決開了大河堤防。在那場水患之中，母親為了救出兒子，被滔滔大水吞沒了，永遠地埋葬在了一片汪洋的衛氏田莊作坊。父親為這個從大水中存活的兒子取了一個特異的名字——鞅。鞅者，馬頸下之堅韌皮革也。父親的寓意是深遠的，期盼兒子像馬頸革一樣堅韌，甚或，期盼他成為馴服烈馬的勇士。

然則，陡遭變故的父親沒有精力教誨兒子，只有全副身心投入商旅謀生。父親對文墨諸事頗見精熟，然對商旅經營之道卻遠不及先祖。父親唯有一長，便是在商事來往中結交了諸多高人名士與風塵隱者。對辛苦遊學的讀書士子，或自己敬重的高士隱者，父親一律贈送上品竹簡，常常不收一錢。然則，也正因了這種「義利」不明，低價義賣，長相贈送，父親一直是辛勞有加而獲利微薄，幾年之中一間小作坊始終不見起色。便在如此凝滯艱澀的歲月，一場水患之後的瘟疫又悄悄來臨了。殘存的衛氏家人一個個撒手去了，只留下了奄奄一息的父親與奇蹟般活下來的鞅——馬頸革一樣堅韌的鞅……孤獨的父親鬱鬱成疾，自感不久於人世，遂帶著幼小的兒子跋涉入山，將兒子託付給了一個隱居深山的高人，便撒手西去了。

深山隱士一諾千金，將小衛鞅帶進了莽莽蒼蒼的大山。

從此，衛鞅開始識字，開始練劍，開始讀書，開始作文，開始修習法家之學。十三歲開始，衛鞅隨老師周遊天下，走遍了列國名山大川。十六歲時，老師將他祕密送到魏國丞相公叔痤府中，實際修習政務。五年之中，衛鞅為公叔痤收集法令典籍，又一次重新踏勘了中原列國，對各國的民生民治有了切實的體察與揣摩。即或是奔放多彩的戰國之世，在堪堪加冠的年歲上有如此豐厚閱歷的士子，也是極為罕見的。

遺憾的是，衛鞅卻從來沒有來過秦國。

在衛鞅成長的年代，東方列國將秦國列為蠻夷之邦，剔除在中原文明之外。這種蔑視，甚至遠遠超過了對另一個蠻夷之邦楚國的蔑視。這裡的根源在於，秦部族長期與西方戎狄雜居，僅憑武勇之力成為大諸侯，所謂根基野蠻。但凡士人官吏相聚，總要大談秦國的種種落後愚昧與野蠻。民風是「三代同居，男女同屋；寒食惡飲，好逸惡勞」；民治是「悍勇好鬥，不通禮法」；民智則更是「鈍蠻憨愚，不知詩書」。即便是對享有盛名的秦穆公，也有「人殉酷烈，濫用蠻夷」的惡名相加。在東方士人眼裡，秦國是一片野蠻恐怖的土地，除了打仗，萬萬不要踏上那塊惡土。在這種流播久遠的議論傳聞年復一年地彌漫東方的情勢下，極少有士人流入秦國。數百年來，除了老子和個別墨家弟子踏進過秦國外，「秦國無士」一直是天下共識。在這種陳陳相因的共識中，衛鞅的老師和衛鞅也都未能免俗。他們甚至在另一個「蠻夷之邦」的楚國遊歷了半年，卻從來沒有想到過去秦國。若非那個神祕老人的啟迪和那卷振聾發聵的求賢令，衛鞅真不知曉此生會不會來到秦國。

正因為陌生而神祕，衛鞅才決意尋訪而進。他期望在進入櫟陽之前，對這個在東方士人眼中面目猙獰的邦國，有個大約的了解。

一進函谷關，便是河西地帶。戰國時代，一提「河西」二字，人們想到的便是魏國秦國間的長期拉鋸連綿殺伐。「河西」，是黃河成南北走向這一段的西岸地帶，南部大體上包括了桃林高地、崤山區域，直到華山，東西三百餘里；中部大體包括洛水中下游流域（註：洛水有兩條，一是流經洛陽、從平原入黃河的洛水；一是流經陝北、從潼關入黃河的洛水。這裡指後者），以及石門、少梁、蒲阪等要塞地區；北部大體包括了雕陰、高奴、膚施，直到更北邊的雲中。這就是戰國人所說的河西之地。黃河西岸這塊遼闊的土地，縱橫千餘里，在秦穆公時代都是秦國的領土。後來日漸被魏趙韓三國蠶食。尤其是魏文侯時期的兩個名將——吳起和樂羊，對秦國和其他諸侯展開大戰七十六次，戰勝六十四次，戰平十二次，使魏國疆域大大擴展，其中奪過來最大的一塊便是秦國的河西之地。那時候，正是秦國厲、躁、簡、出四代國公當政，秦國最為混亂軟弱的時期，根本沒有能力與新興的強大魏國對抗。衛鞅對這一塊已經被魏國占領三十餘年的區域，大體上還算熟悉。魏國對原本屬於老秦國的這塊河西之地，並沒有實行相應的變法，井田制、隸農制依舊保留著。也沒有封給任何功臣作為封地，確切地說，是沒有一個重臣願意被封到這裡。魏國的辦法是，將河西之地劃分為十六縣，由王室派出縣令直接管轄，賦稅通歸王室；對河西之民課以重稅與頻繁徭役，卻不許河西之民入軍。魏國信不過這個「蠻夷之邦」的子民，只將他們當作耕夫和牛馬看待，而不願意教他們成為光榮的騎士。河西之民和魏國本土民眾的富裕日子相差甚遠，只是在溫飽邊緣苦苦掙扎而已。

在衛鞅看來，這是對待新領土最為愚蠢的方法，是逼迫河西庶民離心離德的苛政。他曾經幾次向公叔痤上書，建言魏國對河西之地實行「輕稅寬役，許民入伍」的「化心寬政」。公叔痤大為讚賞，卻就是無法取得魏王與魏國上層的認同。魏王說，這是祖制，輕易不能觸動，看看老臣世族如何？老貴族們則說，秦人蠻賤，只配做苦役，豈能以王道待之？

衛鞅沒有在河西地帶耽延，進了函谷關打馬向西，直到看見華山才緩轡而行。

他選擇了渭水北岸的官道作為西行路徑，要看看秦國的腹心地帶究竟如何？這條路說是官道，實則是一條僅能錯開車輛的坑坑窪窪的黃土路。僅此一端，可見秦國確實貧窮。衛鞅邊走邊看，又成了當年的遊學士子。遇到道邊農舍便走進去討口水，和主人寒暄片刻。天黑時分，便在一家農舍歇了，和主人直說到三更。次日清晨，衛鞅和主人同時起來，殷殷作別，又上路西行。

走馬半日，已是渭水平原地帶。但見渭水河面寬闊清波滾滾，兩岸卻是白茫茫一望無際的鹽鹼荒灘，灘中野草灌木若斷若續，恍如雪原中的片片綠洲。偶有大風吹過，盪起漫天白色塵霧，撲面而來，呼嘯而過，一片荒涼，一片沉寂。直到鹽鹼灘外的靠山原處，方露出點點民居與縷縷炊煙。衛鞅不禁心生感慨，為這塊肥美土地的荒蕪貧瘠深深歎息。注目凝望，卻看見前方不遠處一群農夫在淘溝，夏日的陽光曬得他們黝黑的身上汗水晶晶發亮。衛鞅將白馬拴在道邊樹上，拿下皮袋走了過去。

農夫們默默勞作，誰也沒有抬頭看他。

「敢問諸位父老，這裡是何地方？」衛鞅恭敬地拱手相問。

一個中年男子抬起頭，在強烈的陽光下瞇起雙眼，用腰帶上拴著的一塊髒污的大布擦擦汗水，打量著他喘息道：「回大人，這裡是白里，屬驪邑管。」

「父老們，夏日炎炎，在樹下歇息片刻如何？」

中年人道：「也好，大人說了，就歇息片刻。」話音落點，溝中的十幾個農夫帶泥帶水地爬上來，癱坐在樹旁地上喘息擦汗。

衛鞅舉舉手中皮袋笑道：「我是遊學布衣，不是大人。來，喝一碗清涼米酒。」說著將樹下農夫們飲水的一摞陶碗擺開，逐次注滿了米酒，笑道：「莫要客氣，來，一起乾。」雙手向那個中年人遞過一碗，「請。」

中年人惶恐地接過，憨厚地笑笑：「先生請酒，大家就喝。」

農夫們紛紛端起碗來，齊聲道：「多謝先生。」一飲而盡。

衛鞅也飲盡一碗，笑問：「敢問父老，你等這是合夥耕田麼？」

中年人又是憨厚一笑：「先生遊學，有所不知。我等八家是一井，今日是合耕公田的日子。官府指派，淘這條水溝，我等便來淘了。」

「這兒沒有耕地，水溝有何用處？」

「先生你看，」中年人一指白茫茫灘地，「這渭水兩岸的鹽鹼灘，忒煞怪了，光長草，不長糧。那灘地上的汪汪清水，可是又鹹又苦，不能吃，也不能灌田，害死人哩。淘幾條毛溝毛渠，苦鹹水慢慢從溝渠中流走，灘上便會生出幾塊薄田。你看，那幾塊長莊稼的都是。」

衛鞅一看，幾塊一兩畝大的田中，搖曳著低矮弱小的大麥，不禁問道：「一畝地能打幾斗？」

「幾斗？能收回種子，就託天之福了。」一個老人高聲插話。

「那還種它？加上人力，豈不大大折本？」衛鞅頗有疑惑。

中年人歎息道：「新君下令墾荒，想多收點兒糧食。可他如何知道，這鹹灘不生五穀哩。」

衛鞅看看農夫們，除了這個中年人，其餘幾乎全是兩鬢斑白的老人，不禁問：「這位大哥，我看淨是老人耕田，丁壯田力做甚了？」

「你說後生呀，都當兵了。」中年人淡漠回答。

「你是井正，沒有當兵，對麼？」

「對，一井留一壯。咳，還不如當兵戰死，一了百了。」

「這位大哥，這裡為何叫白里？和這白灘地有關麼？」

一個老人面色脹紅，粗聲大氣道：「白灘地？扯！我白里是功臣兒孫。」

衛鞅連忙拱手笑道：「在下無知，請老伯包涵。可是穆公時大將白乙丙？」

中年人微笑點頭：「白氏一族，祖居郿縣。獻公東遷櫟陽，把西邊的老秦人遷了許多到東邊，白氏遷了一半，老根還在郿縣。」

「白里距魏國大軍如此近，你等怕不怕？」

「赳赳老秦，共赴國難。怕個甚來？」中年人憨厚地淡淡一笑，起身道，「不敢說了，活計要緊也。」

衛鞅向農夫們深深一躬：「諸位父老，多有叨擾，就此別過。」農夫們拱拱手，紛紛跳下了水溝，蹚泥踩水地又忙了起來。

衛鞅站在溝邊，默默看了許久，兩眼不由濕潤了。他突然生出一種願望——盡快到櫟陽去，不能再耽延了。

白馬放開四蹄奔馳，走走歇歇，暮色降臨時終於到了櫟陽。殘留的晚霞映照著黑色的城堡，沉重悠揚的閉城號角已經吹了兩遍，吊橋兩邊的鐵索已經哐啷啷放下，未入城的歸耕農夫們也加快了腳步。衛鞅遠遠打量了一陣這雄峻怪異的黑色城堡，終於在第三遍號角之前走馬入城了。

進得城來，衛鞅牽馬步行。櫟陽城很小，大約只有魏國一個中等縣城的樣子。也不用問路，衛鞅憑著一路上農人對櫟陽的點滴介紹，轉了僅有的四條街道。這四條街都很短很窄，交織成「井」字形，秦國國府便在這「井」字的最上方口內，也就是最北邊。在國府右手的南北街上，衛鞅沒費力氣便撞到了白雪說的那家客棧。

這條小街上只有五六家店鋪和兩三家作坊，都是低矮的青磚房。這家客棧雖然也是青磚房屋，但卻比其他店鋪高出一大截。門廳用青石砌成，門口蹲著兩隻石牛。廊下高懸兩隻斗大的白絲風燈，「渭風」兩字遠遠可見。門廳內迎面一道高大的影壁，擋住了庭院內的景象。聽沿路老秦人說，這家客棧的大門從來不關，門廳下則永遠站著一個面無表情的黑衣侍者。目下看來，果然如此。要在安邑，這家客棧只能算個末流小店，供小商販下榻而已。然則在這裡，在這條街上，它卻顯赫突出，猶如鶴立雞群一般。衛鞅打量一番，覺得住在這裡似乎太過招搖，急切間卻又無處可去，想想先住下再說，確實不合適，過幾日再搬出不遲。

衛鞅牽馬來到門前。燈籠下的黑衣侍者向他一瞄，臉上露出驚喜的笑容，抱拳一拱手，伸手接過馬韁，又伸手示意衛鞅自己進去，他要牽馬從邊門進後院的馬廄。一通比畫，一句話也沒有，可意思卻是絲毫無差。衛鞅微微一笑，知道此人是個啞巴，便將馬韁交到他手，自己進了院內。

繞過影壁，兩排客房夾著深深的庭院，整潔異常，只是房間都黑著燈，顯然沒有客人。衛鞅正在打量，一個年輕侍者走過來問：「敢問先生，可是從安邑來？」衛鞅點點頭。侍者恭敬道：「我家主人已經等候先生多日，請隨我來。」便領衛鞅穿過客房庭院，來到最後邊的小院。婆娑燈影下，可見這小院子方磚鋪地，中有兩棵大槐樹，幽靜整潔。侍者走到中間亮著燈的一間屋前高聲道：「先生，安邑先生到了。」房內主人朗聲笑道：「貴客來臨，有失遠迎了。」隨著話音，人已掀簾而出向衛鞅拱手施禮：「先生請進，侯嬴等候多日了。」衛鞅也拱手笑道：「煩勞費心，衛鞅謝過了。」侯嬴笑道：「莫要客氣，請進屋內敘談。」又對侍者吩咐，「即刻準備肥羊燉，酒菜搬到屋裡來，我與先生接風洗塵。」侍者答應一聲，快步去了。

主人侯嬴的正屋是三開間兩進，外間是一個小客廳，樸實得看不出任何特點，與客棧門面以及客房庭院的高雅古樸迥然相異。侯嬴則是那種說不準年齡的中年男子，鬢髮黑中間白，舉止談吐皆剛健清朗。侯嬴稍稍打量了衛鞅一眼，拱手笑道：「一見先生，方知白姑娘慧眼不虛也。來，請坐。」衛鞅坐進木几前，侯嬴親自捧了茶水送到衛鞅面前，衛鞅歉意笑道：「匆匆來秦，多有叨擾了。」侯嬴爽朗大笑：「鞅兄莫要見外。我原是白圭大人弟子，做過幾日相府曹官。後因母親過世，我回到故鄉大梁守喪，便沒有再回安邑相府。後來大人臥病，我重回安邑，不想大人卻已經去了。我便也離開魏國，到秦國開了這家小店。十多年了，一直未與白姑娘見過面。不想上月她竟星夜而來，我都不認識了。我在安邑時，白姑娘才四五歲，這麼高一點兒。光陰如白駒過隙，一晃啊，人就老去了。能為你等後進盡綿薄之力，我委實高興也。」衛鞅見侯嬴以朋友口吻稱他為「鞅兄」，又主動講述自己經歷，心知是個胸無塊壘的俠士，也不再客套，笑道：「侯兄棄官經商，卻為何選在秦國？」侯嬴搖頭苦笑：「一言難盡，日後細講了。」

這時，侍者在門外道：「先生，酒菜齊備了。」

「拿進來。」侯嬴打起了布簾。

兩名侍者托盤提籃而入，將酒菜擺上長大的木案，卻是簡單實惠，一派秦地習俗。中間一個大陶盆，盛著一整隻熱氣蒸騰湯汁鮮亮的燉肥羊腿。旁邊四大碗素菜，分別是綠葵、藿菜、鮮韭、一盆無名野菜。另有兩只小銅碗，卻盛著紅亮的米醋和黃亮的卵蒜泥。邊上一個大木盤，擺著一摞熱騰騰的白麵餅。酒器卻是大大的陶杯。

侯嬴笑道：「秦人無華，大盆大碗，鞅兄莫嫌粗簡。」

衛鞅內心大感欣慰，彷彿嗅到了山中與老師一起過的那段粗獷簡樸的生活。他和老師一起種菜，務葵割韭摘藿挑蒜，至今記憶猶新。看到面前簡樸的餐具和鮮綠的青菜，頓感一陣清新，不由慨然道：「秦風真本色，羞煞世間珍饈也。」

侯嬴大笑道：「好！看來鞅兄也是個秦人種子。來，先乾一杯，為兄洗塵。」

衛鞅端起造型憨樸的陶杯，笑道：「好！乾一杯。」兩人碰杯，一飲而盡。

「酒力如何？」侯嬴笑問。

衛鞅輕哈一氣，嘖嘖驚歎：「這是秦酒？竟如此凜冽？」

「然也。正是秦國鳳酒，酒力勝過趙酒多矣。」

「衛鞅正好烈酒，尋常以趙酒為上品，不想秦國竟有此等好酒！」

「人云，酒為民性之表。秦國有如此烈酒，可見秦人之凜然風骨。」

衛鞅一笑：「看侯兄模樣，很是喜歡秦國了？」

侯嬴笑著指指大陶盆道：「鞅兄，來一塊燉肥羊，將米醋和卵蒜泥調和，蘸食大嚼，味美無比。試試？上手，筷子不濟事。」

衛鞅按照叮囑，如法炮製，兩手撕扯開一大塊帶骨肥肉，吞下熱騰騰一口，竟是肥嫩濃香！不禁食欲大振，一陣撕扯，吃得兩腮糊滿湯汁，額頭涔涔冒汗。侯嬴遞過一方汗巾，衛鞅擦拭一番，悠然讚歎：「本色本味，痛快之極！割不正不食，孔夫子遇到此等本色，要氣歪了嘴也。」

侯嬴見衛鞅毫無做作，大感對勁兒，不禁大笑道：「孔夫子豈有此等口福？鞅兄你看，這四盆素菜都是秦人做法，開水中一氽，油鹽醋蒜一拌，更是本色本味。這盆野菜，秦人叫苦菜，是生在麥田裡的野草菜。秦人多貧苦，這是尋常民戶的常菜。嘗嘗？」

衛鞅對葵、韭、藿這三種常見蔬菜很是熟悉。正在尋思這野菜名目，聽見侯嬴指點，即刻夾了一筷入口。但覺一股泥土味兒中滲出嫩脆清香的野草苦澀，細嚼下嚥，舌間猶苦，歎息道：「富家佐餐，可為美味。若做常菜，真是苦菜也。」

侯嬴大是精神，笑道：「鞅兄，來，喝起。你方才問我是否喜歡上了秦國？實言相告，我的確喜歡秦國。這個國家很窮，但窮得硬正。民風樸實厚重，買東西言不二價。雖不知詩書，不通風華，但卻極有古風。住在秦國，窮人富人都很坦然。我在秦國開店，還是異國人，卻從未遇到過兵士強人的勒索敲詐，也不用向官府賄賂，只要你每年繳了稅，萬事皆無。打仗也不騷擾我。你說，舒心不舒心？你從安邑來，魏國是個甚味道？來，喝起！你看，我說話也帶了秦音。秦人了不得，可惜太窮了。秦人有一句老話，知道不？」

「赳赳老秦，共赴國難。」衛鞅一字一字念出。

「著！」侯嬴一拍木案，「就是這句。來，喝起！鞅兄，你說秦國如此窮困，打了幾十年仗還硬硬地撐在這兒，憑甚？還不就憑著老秦人扭成一股勁兒的牛脾氣？你說，這樣的國家，要有了魏國那樣的財富，了得麼？來，喝起！」

衛鞅跟著侯嬴一次又一次喝起，面色已是通紅冒汗，心中卻是痛快舒暢，笑道：「侯兄以為，秦國不好處在哪裡？」

侯嬴拍拍頭，思忖笑道：「真想不出來。還是一個字，窮，太窮。」

「不覺得缺人才麼？」

「著！就是缺人才。我如何連這等大事都忘記了？不缺人才，發求賢令做甚？」

「侯兄可知，求賢令發出後，來了多少士子？」

「聽說是一百多，我這客棧還住過二三十個。前日國府闢了一座招賢館，他們都搬過去了。依我看，這些人作派不行。住在我這兒的那些人，天天嚷著給他們做魏國菜、齊國菜，私下罵秦國太窮，連個飲酒歌舞處也沒有。前日搬到招賢館的只有十三個，其餘大半都跑了。來，喝起！鞅兄，別小看這個窮字，窮土不扎根啊。能在這天一黑滿城黑的窮櫟陽待下來，談何容易？」

濃烈悠長的秦酒伴著侃侃夜話，衛鞅到櫟陽的第一夜深深醉倒了。他看見了老師，看見了白雪，看見了公子卬和龐涓，還看見了渭水兩岸漫天的白塵白霧，看見了生草不生糧的荒涼鹹灘，看見了遍地湧動著的衣不蔽體的農夫……

五、秦孝公奇策試真才

景監起來得很早。城頭的五更刁斗打完，他已在朦朧曙光中練劍了。久在軍中作戰，他歷來沒有睡懶覺的惡習。目下雖說做了內史，依舊是勤奮謹慎。梳洗以後，他要坐在小書房看一卷簡冊，時而在簡冊上用刻字小刀劃個記號。這是進入秦國的列國士子名冊，他要對每個人的基本面目有個大約的了解，以備國君隨時問及。求賢令發布之後，一直是他在具體管這件事。按照秦國傳統，日常的官吏安置由上大夫甘龍管轄。這次大規模求賢在秦國是史無前例，孝公派景監做甘龍副手，專門管轄求賢諸種事務。甘龍對向列國求賢本來就很冷漠，讓景監介入人事更是頗有微詞，對求賢之事便很少過問。有幾次景監登門商議招賢館選址和來秦士子的俸金事宜，都被甘龍岔開話題，要麼就是一句：「內史少年英銳，相機而斷了。」景監碰了軟釘子，卻從來不對國君奏報，只是兢兢業業地化解一個又一個難題，總算沒有使求賢大計半途而廢。在他謹慎周到的操持下，陸續來秦的二百多名山東士子，總算留下來了一百餘人。其餘一小半，都是忍受不了秦國的種種窮困，回頭走了。剩下的這些人也還算不得穩定，這一點最叫景監頭疼。士人們讀書習兵，為的就是個功業富貴。論做官，到得秦國就是做了大夫，也不如魏國一個小吏富裕豐華。論治學，齊國稷下學宮給士子的待遇比秦國好過百倍。在這種積貧積弱的情勢下，有士子入秦，已經是破天荒了。至於來了又走，也是無可奈何的事，只有盡心盡力地留幾個算幾個了。

景監連看了兩遍花名簡冊，也沒有發現他心中的那個名字。真奇怪，百里老人捎來書簡，分明說此人已經入秦，卻為何還沒有到？一想到在安邑洞香春對弈的白衣士子，景監就有一種油然而生的衝動和敬慕。此人若能入秦，定可大有作為。可是，他為何不見呢？景監心裡空落落的。想想還是先做眼下的事，那種可遇不可求的事想也沒用。他起身離座，收拾好簡冊，準備到招賢館等候秦孝公。今日，國君要到招賢館看望入秦士子，還要宣布對士子們任用的辦法，是最要緊的日子。

秦國招賢館在南門內城牆邊的一條小街上。

這裡原是一座舊兵器庫。實在沒有現成的庭院房屋，景監找櫟陽令子岸和衛尉車英商議，將舊兵器搬出，騰出了這座帶有庭院的府庫，經過緊急修葺，尚算過得去。大門前，臨時趕起來一座石坊，門額正中是老石工白駝刻的四個大字——正國求賢。庭院內圍成方框的四排青磚大房，分割成一百多間小屋，入秦士子人各一間。景監親自督辦招賢館士子們的飲食，保證了招賢館士子每日三餐皆有肉食和白麵烤餅。這在當時的櫟陽，已經是超豪華的食水了。因為在秦國，連七十歲的老人也不能做到日有一肉，即或國君秦孝公，也至多是三日一肉食，而入秦士子卻是餐餐有肉，談何容易？僅此一點，已經在櫟陽城大為轟動。國人們每日聞著招賢館飄出來的肉香，每個人都對自己的兒子講這樣的話：「看見了麼？想天天吃肉，就得有本事進招賢館。」聽見竟有士子逃走，櫟陽庶民氣得牙根發癢，紛紛大罵：「鳥！全攆跑算了！」「吃了個肚兒圓還跑，忒沒良心！」「沒了士人有甚打緊？老秦國照樣打勝仗！」罵歸罵，氣歸氣，櫟陽老秦人終究還是非常敬重這些士子。但凡在城中遇到招賢館的長衣士子，憨厚的秦人莫不垂手讓道，在店鋪買雜物，店主更是將價錢壓得奉送一般。引得招賢館士子們無不感慨，每日聚餐時大談秦人的憨樸厚道。

景監來到招賢館，正是太陽初升的卯時。吏員們已經在庭院中擺布好了國君會見士子們的露天場子。院中鋪了兩百張蘆席，每席一張木几。正前方中央位置擺了兩張較長大的木案，虛位以待。

卯時首刻，招賢館掌事撞響了那口古鐘，三響之後，士子們陸陸續續走出小屋，到蘆席前就座。這時，一個白衣士子從偏門走進，坐到了最後排的中間，頭上纏了一條寬寬的白布巾，顯得面目不清。他便是衛鞅。昨晚雖然大醉，但他喜愛烈酒的習慣和非同尋常的酒量，卻使他經受住了來得猛去得快的秦鳳酒的衝擊，一覺醒來倒是分外清醒。他不想按照神祕老人的書簡先找景監，很想先到招賢館看看再說。他和景監下過棋，怕他萬一認出自己，便包了一塊頭巾不聲不響地坐在議論紛紛的士子中間，倒真是沒人注意到他。

士子們哄哄嗡嗡的，不是交談相互見聞，便是對秦國新君做種種猜測。山東列國對秦國新君傳聞頗多，乃至大相徑庭。士子們入秦，許多人最感興趣的，竟是一睹這位敢在求賢令中數落自己祖先的奇異國君，其中不乏見了這位奇異君主便要離開秦國者。可是，這位發出求賢令的國君一個多月來竟始終沒有來招賢館，許多士子熬不住，罵著「求賢不敬賢」一類的話，陸續走了不少。今日，這位國君終於要露面了，士子們的興奮是顯然的，猜測也是千奇百怪的。

這時，招賢館掌事高聲報號：「秦國國君駕到！」

景監前導，秦孝公嬴渠梁從容走到中央案前。他一身黑色布衣，腰間勒一條寬寬的牛皮鞶帶，頭戴一頂六寸黑玉冠，腳下是一雙尋常布靴，面色黝黑卻沒有留鬍鬚，眼睛細長，嘴唇闊厚，中等個頭，一副典型的秦人相貌。如果不是在招賢館而是在街市山野，誰也不會將他認作七大國之一的秦國君主，只當他是一個尋常布衣而已。場中士子們頓時一片歎息議論，顯然是感到了失望。在大多數士子們的想像中，秦國雖窮，但卻是剽悍善戰的蠻勇之邦，若是秦孝公生得膀大腰圓紅髮碧眼面目猙獰，他們倒是毫不足怪，甚至會嘖嘖讚賞。今日一見，卻是如此的平庸無奇，沒有一點兒逼人的英雄氣概，如何不令人沮喪？這種失望的議論歎息，是誰都感覺得到的。奇怪的是，秦孝公卻沒有絲毫的窘迫難堪，鎮靜自若地站在那裡，不笑不嗔，面無表情一般。

景監拱手高聲道，「諸位先生，國公親臨招賢館，向先生們昭明任賢用能之國策，以定諸位去向。」又向秦孝公拱手道：「君上請入座。」

秦孝公擺擺手，沒有坐入大案，肅然站立，凝重開口：「諸位賢士不避艱險，跋涉入秦，嬴渠梁與秦國臣民深為敬佩，謹向諸位賢士深表謝意。」說完向場中深深一躬。若在其他大國，士子們一定會感動呼應。但在秦國，他們似乎很自然地忘記了這一點，認為在窮鄉僻壤受到如此禮遇是天經地義的。而且，這是虛禮，關鍵是看他後面如何說法。毫無反應的寂靜中，只聽秦孝公繼續講道：「秦國僻處西土，積貧積弱，是以求賢圖強。諸位入秦，當是胸中所學未展，平生抱負未達。秦國需要諸位治國圖強，諸位也需要秦國一展大才。秦國將成為諸位一展才學的山河大場，諸位也將成為秦國的再造功臣。如此天地機遇，須當諸君與嬴渠梁共同珍惜……」

一位中年士子不耐，霍然站起拱手道：「吾乃齊國稷下士子。秦公莫要虛言，我等做事來也，請即刻確認職掌，各司其職，治理秦國，莫得誤了時光。」

如此公然要官，確實為不遜之言。士子們雖說心中著急，也感到此人過於桀驁不馴大為失禮，卻不知這位國君如何發作？一時間全場緊張，默然無聲。

秦孝公卻是微微一笑，不緊不慢地道：「先生之言有理。依列國慣例，士達則任職。然秦國與列國素少來往，山東士子對秦國也所知甚少，匆促任職，難展其能。國府對諸位的才能所長，知之不詳，亦難以確任職掌。嬴渠梁之意，請各位帶國府令牌，遍訪秦國三月，而後各出治秦之策。國府視各位策論所長，而後確任職掌。諸位以為如何？」

話音落點，士子們感到大是新鮮驚奇，又是哄哄議論聲四起。這些山東士子能來秦國，自感已是紆尊降貴了，內心企及著來到秦國便能立即做個高官，雖然窮些，好歹也是士子正途。不想這位國君非但不立即任官授爵，還要教士子們先到窮鄉僻壤跑三個月。招賢求士，豈有此理！終於，還是方才的稷下紅衣士子不耐，站起來拱手高聲道：「秦公此言差矣！秦國無士，天下共知。我等犯難歷險而來，公卻如此煩瑣不堪，惜官吝爵，天下有如此待賢之道乎！」辭色鋒利，引起一片讚歎附和。

秦孝公朗聲大笑，踱步悠然道：「惜官吝爵，人君大患。濫官濫爵，國之大患。今秦國欲求治國大才，共享秦國可也，何惜區區官爵權祿？然各位誰是大才？誰是中才小才？誰長於治國？誰勝於軍旅？誰堪廟堂？誰可縣治？豈能混沌間以寥寥數語定之？嬴渠梁對天明心，三月之後，各位若有任職不當者，盡可鳴鼓見我！」一席話慷慨明朗，擲地有聲，全場靜了下來。

稷下士子紅衣大袖一擺，臉上露出輕蔑的微笑：「此等做法，聞所未聞。秦國之官，不做也罷！我等去也。」向秦孝公一拱手便走。同時有二十多個人站起附和：「君非信人，我等去韓國也。」

「諸位且慢。」秦孝公在士子們身後招手。

士子們回身，眼中重新流露出希望。秦孝公平靜地一拱手：「諸位入秦不易，修業成才更不易。景監內史，發給每位先生五十金，資其前往他國。」又回身對場中士子們道：「列位，三月之後，若有不堪秦國貧弱艱難者，國府贈百金，車馬禮送回鄉，以使賢士不虛秦國之行。願留秦國者，當與國人共度艱難，共享富強。」

全場默然肅靜中，原先欲走的八九人又回到場中坐下，其餘人終於拂袖而去了。

座中一個布衣士子站起高聲問道：「在下王軾，請問秦公，士子所學不一，公欲以何種學說為治秦根本？」

「入秦士子，各有所學。至於以何家為本？嬴渠梁所學甚淺，尚無定策。然則有一條可明白告知諸位，秦國求實不求虛，無論何家治秦，必須使秦國富有強大。能使秦國富強者，哪家都行。」

「好！」士子們終於一起認可了這最結實最無學派偏見的一條，喊起好來。

午後，士子們又聚在一起紛紛議論，交流的結果，又走了三十多個。招賢館可可的剩下了九十九名士子。景監一邊不斷地發出返金，一邊感慨地連連歎息。這些金錢是國君硬從宮室府庫擠出來的，不送這些人，還可增加一點留下士人的訪秦衣食零用。發給這些離開的士子，等於白扔了四五百金。對於步履維艱的秦國，這可不是一筆小數目啊。打理完這些事，又和留下的士子們盤桓了半日，景監才回到府中。這時，已是掌燈時分了。

景監的父母和哥哥，都在跟隨秦獻公大戰時陣亡。原先的舊宅也早早被他變賣了。那時候，他決意報仇雪恨馬革裹屍，哪裡能讓一院房子拖累？不想人事無常，他卻竟然做了內史，要住在櫟陽城裡了。秦國慣例，舊族子弟做官不封賜宅第，加之此事由甘龍上大夫管轄，自然是不可能對他這個「新貴」做特例處置。景監倒是常見國君，無話不談，唯獨對自己的私宅絕口不提。他咬牙變賣了父親留下的一副上好的牛皮盔甲，加上原有的幾百刀幣，買下了偏僻小巷裡這座小小庭院。兩排房，共六間。景監二十餘歲，雖然還沒有來得及娶妻，家中卻有一個十三歲的養女。這個女孩兒是他在軍中一個生死朋友的獨生女兒。老友是個千夫長，正當盛年時卻慘烈戰死。老友的妻子在埋葬丈夫的時候，向景監三拜叩頭，將女兒推進景監懷裡，跳進墓坑剖腹自殺了。景監含著眼淚將小女孩領回家認作了義女。小女聰慧伶俐，將家中收拾得井井有條，景監便也沒有再雇用僕人。

聽見門響，小女兒碎步跑來開門，笑道：「吔，回來這麼早。」

景監笑著拍拍小女：「小令狐，叫爹，給你好吃的。」

小令狐頑皮地一笑：「不叫，你才多大？好吃的留給你自己了。」拉著他胳膊親熱地進了景監住的正房。景監無可奈何地笑了：「好好好，給你。哎，別急，讀書了沒有？」小令狐做個鬼臉兒笑道：「讀了讀了，都背過了。啊，肉餅吔！」跳起來抱住了景監。景監笑問：「你卻給我吃甚？」小令狐頑皮地一笑：「莫急，就來。」無聲地飄到廚屋，頃刻間又飄了回來，木几上便有了一盆香噴噴綠瑩瑩的藿菜羹和一盤麵餅，另有一個小木盤，盤中放著切開成兩半的一個肉餅。景監板著臉道：「肉餅是給你的，拿過去吃了。」小令狐嬌嗔道：「不，你不吃我不吃。以為我不知曉，自家挨餓，整天給我吃好的。」亮晶晶的雙眼中溢滿了淚水。景監笑道：「你個小東西，知道甚？爹是大人，你是小兒，能比麼？你要不吃完它，我今日也不吃飯了。」說著，認真地放下筷子就要站起來。小令狐著急道：「哎哎，一會兒涼了不好吃了。我吃我吃，不行麼？」說罷捧起肉餅細嚼慢嚥起來。景監吃完了晚飯，她竟還有大半個肉餅捧在手裡。景監正要訓斥，卻聽見「嗒嗒嗒」的敲門聲。小令狐跳起來就要去開門。景監道：「坐下，天晚了，我去。」

櫟陽不比安邑，天一黑就滿城靜寂，官府吏員也極少晚上走動。這時候會有誰登門？國君急召？為何卻沒有馬蹄聲？景監思忖間走到門口，隔門問道：「何人敲門？」

「故人來訪，無須擔憂。」門外聲音頗為耳熟，景監卻一下子想不起來。待他拉開木門，月光下站著一個微微含笑的白衣人，似曾相識。景監打量端詳有頃，驚喜地高聲笑道：「中庶子衛——鞅？快哉快哉！」白衣人笑道：「安邑手談，櫟陽重逢，確是快哉。」景監拉住衛鞅的手：「鞅兄真乃天外來客，想煞我也。來來來，屋裡坐。寒舍狹小，實在慚愧，這裡這裡。小令狐，上茶！」偏房一聲答應，小令狐笑吟吟飄來：「先生，請用茶。」景監笑道：「鞅兄，這是我的義女，叫令狐麗元。小令狐，這是爹的摯友，快快見禮。」小令狐紅著臉作禮道：「見過先生。」景監笑道：「去收拾酒菜來，爹與先生接風洗塵。」小令狐嫣然一笑道：「你們先說話，片刻就來。」輕捷地跑了出去。

「鞅兄，你來了就好，我明日即刻向國君稟報。」

衛鞅擺擺手笑道：「內史不知，我今日也在招賢館，一切都明白。」

景監大是驚訝：「如何？你先去了招賢館，不先來會我？」

「國家求賢，招賢館是公道，內史舉薦是私道。先公後私，入政大道也。」

景監欽佩地一拱手：「鞅兄人正心正，景監佩服。國君宣示的做法，是因了對士子們才具不清楚。兄之大才，景監已經領教，當由景監擔保引薦，無需耽延時日。」

衛鞅笑道：「鞅初入秦國，得遇內史一片熱誠，先行謝過。」

景監連連搖手：「哪裡話來？為國舉賢，職責所在，鞅兄何必拘泥俗禮？」

衛鞅正容道：「實言相告，鞅也曾想過請內史直接引見於國君。然則，今日招賢館所見所聞，領略了秦公之氣度胸襟，此念頓消。秦公思慮深遠，透徹堅實，不為士人浮躁虛榮所動，所出試賢奇策，令人心折。求賢令出自此公，絕非虛妄之筆。鞅雖學有所長，然對秦國民治尚無深徹體察，若依秦公之法，訪秦三月而後對策，自顯各人才具之高下。如此大道，鞅若刻意迴避，豈是名士本色？」

「如此說來，鞅兄準備訪秦？」景監終是有些困惑。

衛鞅點點頭：「我自己原本也有此意，恰遇秦公如此明斷，豈能錯失良機？」

「鞅兄以為深入山野，乃士人之良機？」

衛鞅看著景監驚訝的神色，不禁哈哈大笑：「難道內史以為是壞事麼？」

景監不禁大為感慨，歎息一聲道：「我是說，招賢館士子們卻無人做如此想也。他們大都以為多此一舉，甚至認為是折磨賢士。秦公苦心，唯君一人體察也，豈非是知音難求，神交難遇？」

此時，小令狐用一個大木盤上來了酒菜：一陶盆蔓菁燉羊肉，一盤鮮韭，一盤青蘿蔔，一盤野苦菜。小令狐擺好酒菜笑道：「請先生慢用。」笑著走了出去。衛鞅笑道：「小女年幼聰慧，真乃罕見。」景監苦笑：「亡友孤女，我疏於督導，不知禮數，鞅兄見諒。」衛鞅大笑：「本色本性為天質，何苦拘泥禮數？我看，此女將成內史絕佳輔助。」景監略顯窘迫地笑道：「鞅兄笑談。此事一言難盡，容後細說。來，乾一杯！」

衛鞅舉杯飲盡，便去夾那苦菜。景監笑著阻止：「鞅兄啊，那是野苦菜，你吃不下的。來，燉羊肉。」衛鞅笑道：「我已經嘗過一次，苦中自有後味無窮。」說著吃下一筷，又大飲一杯，慨然笑道，「吾愛秦國，唯有兩宗耳。」景監笑問：「哪兩宗？」衛鞅笑答：「苦菜烈酒，盡皆本色。」景監大笑，舉杯一飲：「秦國別無所有，唯此兩樣，取之不盡。」衛鞅笑道：「唯其如此，衛鞅可為秦人，是麼？」景監慨然高聲：「然！為鞅兄之苦菜烈酒，乾！」兩人大笑碰杯，一飲而盡。

衛鞅連飲，滿面紅光：「鞅有一請，內史助我。」

「鞅兄請講，景監當全力相助。」

「三月之內，不要對秦公言及衛鞅。」

景監驚訝：「卻是為何？」

「三月後，秦公若對衛鞅不滿，尚請內史保我與秦公連見三次，可否？」

景監更是困惑莫名：「鞅兄何出此言？以鞅兄大才，秦公何以不滿？一次便可任職，此後同殿為臣，何故三次？」

衛鞅微笑搖頭：「君若信鞅，便當為之，君若不信，亦可不為。箇中因由，日後自當詳告，此時卻不便說明。此乃衛鞅拜會內史之故也。」

景監沉吟有頃道：「好！景監當勉力為君斡旋。」

衛鞅起身，鄭重一躬：「君子重然諾，內史信人也。衛鞅告辭，三月後再會。」

「且慢。」景監舉起大陶杯，「鞅兄當辛苦三月，景監以此杯為君餞行。」

「好！」衛鞅朗聲大笑，「衛鞅若負苦菜烈酒，無顏見君。乾！」

兩人不約而同地伸手相握，舉杯相碰，慨然飲盡。

第二天清晨卯時，衛鞅來到招賢館。士子們還在各自的小屋裡收拾衣物零碎，有富裕者來時還帶有隨身貴重之物，吵吵嚷嚷地要求招賢館掌事找地方保管，也有人站在院中商議該到何處去？有人說：「我看只到縣府走走就行了，難道真到窮鄉僻壤不成？」有人立即應和：「對，反正秦公說是隨意走訪不做定規嘛。」又有人道：「沒有車馬，僅這翻山越嶺就累死人，能到縣府就謝天謝地了。」更有一個士子揚著手中短劍道：「荒山野嶺，遇到刺客盜賊如何辦？治民在官，看民有何用？」吵吵嚷嚷，莫衷一是。發放錢物的書吏案几前還是冷冷清清，沒有一個人開始。

衛鞅向院中掃了一眼，徑直走到書吏案前遞過刻名木牌。書吏恭敬熱情地笑道：「先生稍等。」翻開花名簡冊瀏覽，卻沒有找到衛鞅的名字，正在詫異間，景監來到案前吩咐：「這位先生昨夜剛到，尚未住進招賢館，給先生辦理。」書吏點頭答應，便給衛鞅發放了一應物事。那是四樣東西：一張手掌大的通行令牌，裝在一只皮袋裡的一千枚秦國鐵錢，一雙結實的皮靴，一支騎士用的短劍。衛鞅久有孤身遊歷的經驗，早已是一身布衣，利落地收拾好東西，當場換上皮靴，便走出了招賢館。景監默默望著他的背影，久久佇立在院中。

衛鞅這次沒有騎馬。他知道，馬雖可以代步，但在窮困的山鄉，一則是快不了多少，二則是草料負擔難以解決。布衣徒步對他來說，本來就不是新鮮事，而且踏勘的又是一個準備長期扎根的國家，興奮而愉快，絲毫沒有苦不堪言的沮喪情緒。他也沒有在招賢館士子中尋覓同伴，他相信這麼多士子中肯定也有刻苦勤奮之人，不會全然是浮躁虛榮之士。即或如此，他仍然願意孤身而行。在他看來，深刻的思慮是孤獨的審視所產生的，大行賴獨斷，不賴眾議。深訪山野，嘖嘖眾議只會關注行止妨礙心神，而無助於明澈的思慮。

衛鞅首先向西。入秦以前，他仔細研讀了能找到的一切有關秦國的典籍，對早秦部族的坎坷足跡有了深刻印象，知道偏僻的西陲正是秦國的根本，秦國的根基在西方，在涇渭上游的河谷地帶。當年秦部族東進勤王，就是從隴西的河谷地帶祕密開進的。秦人本是一個古老的東方部族，從商代開始，奉命西遷，成為殷商王朝抵禦西部戎狄的主要力量。殷商滅亡後，秦部族作為先朝遺族，分散流亡。

其中的嬴氏族群，在西部邊陲的戎狄海洋裡浴血奮戰，奪得了涇渭河谷半農半牧。周穆王時代，遷到北方趙地。秦部族出了個馴服烈馬且有駕車絕技的造父，北方秦族方得在西周王朝初露端倪。周孝王時期，西部秦族為周室牧養戰馬有功，被封了一個不夠諸侯等級、只有三十里地的「附庸」小邦，頭角終於露了出來。三代之後，戎狄屢犯中原，西部秦族重新被起用，首領秦仲被封為周天子的大夫，率領秦族抗擊戎狄，秦族鋒芒再現。卻不幸秦仲戰死，戎狄退卻，秦部族再次被遺忘。

數十年後，周幽王失政，戎狄大舉占領鎬京，殺死幽王，焚燒鎬京，周王朝面臨滅頂之災。太子宜臼也就是後來的周平王，再次想起了戎狄剋星秦部族。於是冒險西進，親自求援。秦人首領秦襄親率五萬剽悍善戰的騎兵東進，一戰將戎狄擊潰驅逐，又全力護送周平王東遷洛陽。秦部族對周王朝的再造大功，終於使它成為繼承全部周室王畿的大諸侯國。像這樣脫離中原文明，在西部邊陲獨自發展數百年，即便是當今最強大的魏國，也未必能夠做到。唯其如此，秦國的封閉，秦國的孤立，秦國的窮困，秦國屢敗於東方而沒有滅亡的原因，應該都可以在西部找到蹤跡。

衛鞅正是想到秦國西部老根上，看看能否找到別人熟視無睹的東西。

依舊是邊走邊問，風餐露宿，整整十天，才走過了秦國舊都雍城，走到了數百年前秦部族被封為「附庸」的山間盆地。這裡再向西走三五十里，便是兩山夾峙的陳倉險道，也是當年秦穆公對付戎狄的咽喉要塞。

衛鞅走到陳倉口山巔的時候，正是夕陽將落的時分。茫茫群山的溝溝壑壑均被染成了金色，溝中可見民居點點，炊煙嫋嫋，山嶺石面裸露，一條小河從溝中流過，兩岸亂石灘依稀可見。其時正是夏日，山野溝壑卻難得看到幾株綠樹，映滿眼中的不是青白的山石，便是一片片的黃土。山溝中時有「哞——哞——」的牛叫聲迴盪，山嶺溝壑倍顯空曠寂涼。衛鞅站在嶺上遙望，不由沉重地歎息一聲。這是他走遍列國，所見到的最為荒涼貧瘠的地方。應當說，這還是老秦人最早的根基之一，肯定還不是最窮困的地方，也就是說，秦國還有更多的窮山惡水，更多的不毛之地。腹心地帶的渭水平川他已經大體看過了，那是一種本該富庶的貧瘠。那麼這裡已經是真正的窮困了，可是竟然還有比這裡更為窮困的地方，秦國可真是滿目荒涼的窮極之邦啊！這樣的國家，要變成漫山蒼翠遍野良田遍地牛羊民富國強的強盛之邦，無異於癡人說夢。沒有翻天覆地的大志向大動作，休談秦國富強也。

暮色降臨，衛鞅沿著石塊夾雜著土塊的荊棘小道走下溝來。

這是一個很小的村落，大約有二三十戶人家。秦國的村莊，官稱叫作「里」，民人則是說村說里都有。此時山頂還有晚霞，溝中卻已經是暮靄沉沉了，可是村中竟然沒有一家透出燈光。衛鞅走到一座稍微整潔的小院落前，發現粗大的柴門半掩著，黃泥巴糊成的門額上掛著一個破舊的木牌，隱隱可見「里正」兩個大字。衛鞅敲敲柴門上的木幫，拱手高聲問：「里正在家麼？」話音剛落，一隻大黑狗凶猛地撲了出來，汪汪吼叫。

「黑子，住了！」黑屋裡傳出一聲蒼老的呵斥，黑狗立即釘在門邊伸出長舌呼呼喘息。黑屋門「吱呀」一聲開了，走出一個身形佝僂的老人，邊走邊咳邊嘶聲問：「誰？」衛鞅拱手笑道：「里正老伯，我是遊學士子，迷了路，想投宿一晚，行麼？」老人拉開柴門，上下打量著衛鞅：「黑燈瞎火，能進溝？」衛鞅笑道：「老伯，我是不小心滾下溝的，不是從河邊大路進溝的。」老人點頭道：「噢，像，像，手腳都有血珠子。來，先進來。黑兒，臥去！」

衛鞅走進院子。大黑狗悄悄地臥在了黑屋門口。老人高聲道：「婆子，出來見客。碎小子，去叫人，籠火迎客！」黑屋裡連應兩聲，先鑽出來一個光屁股男孩向衛鞅躬了一躬腰，尖聲笑道：「遠客哩，好！」便蹦出門去了。後邊又跟出來一個身著黑布短衣褲的女人，向衛鞅貓腰一躬笑道：「客好。」衛鞅拱手笑答：「主家好。」女人道：「同好同好。客坐。碎女子，茶。」

雖是最粗樸的山野應酬，卻也是禮數不缺，看來老里正畢竟見過一些世面。衛鞅拱手一禮笑道：

「多謝里正關照。」老人給衛鞅搬過一個木墩：「坐。」衛鞅便坐了下來。老人道：「哪國人？」衛鞅道：「陳國，太遠了。」老人點頭：「陳國？還好，老秦跟陳國沒開過仗。沒人罵。」這時一個頗豐滿的女孩子光著腳丫，穿著一身補丁摞補丁說不清顏色的短衫褲，捧來一個碩大的陶壺和瓦盆，將瓦盆放在衛鞅腳前，將大陶壺水噗嚕嚕倒滿陶碗，低聲笑道：「涼茶。客喝。」衛鞅確實是渴極，端起陶碗，頓覺一種濃濃的土腥味兒夾著乾樹葉的味兒撲鼻而來，一口氣咕咚咚飲盡了，用衣袖沾沾嘴巴笑道：「多謝。」老人嘿嘿笑道：「碎女子整的涼茶誰都愛哩。今黑兒就她陪你。」衛鞅一下沒聽清，以為老人誇讚女兒，也笑道：「多謝里正，小女勤勞聰敏，定能嫁個好人家。」老人高興地笑道：「碎女子，客誇你哩。」女孩嬌嗔道：「聽著了。客也好哩。」老人笑道：「同好同好，碎女子福氣哩。」

「火籠好了！」門外傳來男孩的尖叫。

老人起身：「走，老秦人有客必迎，熱鬧哩。婆子，女子，都走。」

山腳下的打麥場中燃起了一堆篝火，火上吊烤著一隻野羊。山村孩童們興奮地從山坡上搬來囤積的枯樹枝丟進火裡，篝火熊熊燒著，將半個村子都照得亮了起來。偏僻的窮山溝經年累月沒有客人，一旦有客，就是全村的大喜之日。無論冬夏，山民們都會燃起篝火舉行迎客禮。這是老秦人與戎狄雜居數百年形成的古樸習俗。衛鞅在東方列國遊歷的時候，從來沒有見過主人如此古道熱腸地歡迎來客。他很感奮，也很高興，能見到全村人，對他就是最有價值的地方。雖然是七月夏日，山溝河谷卻絲毫不顯炎熱。村人們在火堆旁邊圍成了一個大圈子，每人面前都擺著一個粗陶碗，男女相雜地坐著。衛鞅坐在老里正和一個白髮老人的中間，算作迎客禮的尊位。老里正黑胖胖的女兒高興地坐在衛鞅身邊。時當月半，天中一輪明月，地上一堆篝火，恍惚間衛鞅彷彿回到了遠古祖先的歲月。

「上苦酒——」衛鞅身旁的白髮老人嘶啞地發令。老人是「族老」，在族中最有權威，即或是官府委任的里正，在族中大事上也得聽他的。

一個瘸腿光膀子的中年男人，提著一個陶罐向每人面前的陶碗裡倒滿紅紅的汁液。由於瘸，他一步一閃，一閃一點，便是一碗，極有節奏，煞是利落，引起村人們一片讚歎。頃刻之間，男女老少面前的粗黑陶碗都滿了。佝僂的老里正舉起陶碗向衛鞅一晃，又轉對村人，嘶聲道：「貴客遠來，苦酒，乾——」便咕咚咚喝下。衛鞅雖不知苦酒為何酒，但對飲酒卻有著本能的喜好，從來是客隨主便，見里正飲下，也舉碗道一聲：「多謝族老里正，多謝父老兄弟。」一氣飲盡。剛一入口，酸嗆刺鼻直衝頭頂，若非他定力極好，便可能要吐了出來，衛鞅一定心神，強飲而下。村人們嘖嘖擦嘴，交口讚歎：「好苦酒！」「夠酸！」「這是村中最後一罈，藏了八年，能不好？」

族老笑問：「遠客，本族苦酒如何？」

衛鞅笑道：「提神！很酸很嗆，很像醋。」

村人們一齊哈哈大笑。族老正色道：「醋，酒母生，五穀化，酒之異也，不列為酒，老秦人叫作苦酒。遠客不知？」

衛鞅恍然大悟，拱手笑道：「多謝教誨。」

老里正笑道：「人家魏國，做苦酒用的都是五穀。老秦窮哩，收些爛掉的山果汁水，藏在山窖裡，兩三年後便成苦酒了。這幾年天旱，山果沒得長，苦酒也沒得做了。這是最後一罈，八年了，捨不得哩。」

衛鞅聽得酸楚，拱手道：「素不相識，受此大恩，何以回報？」

「回報？」族老哈哈大笑，「遠客入老秦，便是一家人！若求回報，算得老秦？」

驀然，衛鞅在火光下看見族老半裸的胳膊上有一塊很大的傷疤，再聽老人談吐不凡，恭敬問道：

「敢問老伯，從過軍？」

族老悠然笑道：「老秦男丁，誰沒當過兵？你問他們。」

倒酒瘸子高聲道：「族老當過千夫長，斬首六十二，本事大哩！」

衛鞅肅然起敬：「族老，為何解甲歸田了？」

瘸子喊道：「丟了一條腿，打不了仗咧，還有啥！」

衛鞅低頭一看，族老坐在石頭上盤著的分明只有一條腿，破舊的布褲有個大洞，鮮紅的大腿根在火光下忽隱忽現。衛鞅心如潮湧，顫聲問：「官府沒有封賞？」

里正粗重地歎息了一聲，冷冷一笑：「封賞？連從軍時自己的馬和盔甲，都沒得拿回來。光身子一人被抬回來，沒婆子，沒兒子，老可憐去了。」

一個老婦人嗚嗚咽咽地哭了起來：「我的兒呀，你回來——」

瘸子尖聲喊道：「老孀子，哭個啥？挺住！給你客說，我山河里百十口人，五十來個男人當兵打過仗，活著的都是半截人，你看！」瘸子猛然拉開自己的布褲，兩腿上赫然露出十幾個黑洞，「這是中了埋伏，挨箭射的！再看他們。」

男子們默默地脫去破舊的衣衫，火光照耀下，黝黑粗糙的身體上各種肉紅色的傷疤閃著驚心動魄的奇異亮光！村人們掩面哭泣，唏噓不止。

族老高聲呵斥：「都抬起頭來！哭個甚？這是迎客麼？」

村人們中止了哭聲，抽抽嗒嗒地拭淚抬頭。

衛鞅已經是熱淚盈眶，默默拭去，啞聲問道：「斬首立功，不能任官，爵位也不給？」

族老歎息道：「好遠客哩，普天下爵位都是老世族的。我等賤民，縱然斬首立功，也只配回家耕田賣苦。能在回來時領上千把個鐵錢，泥土糊間房子，就託天之福了，還想爵位？客從外邦來，天下可有一國給賤民爵位的？」

衛鞅默默搖頭，無言以對。

里正笑道：「說這些做甚？客又不懂。老哥，上肉。」

族老點點頭，高聲道：「咥肉——」

瘸子高興地跳起來蹦到篝火前，拿出一把短劍，極其利落地將烤野羊割成許多大小一樣的肉塊。兩個赤腳男孩子飛跑著專門往每人面前送肉。唯有衛鞅面前的是一塊肥大的羊腿。肉塊分定，一位一直默默無言的紅衣老人站起，從腰間抽出一支木劍，肅然指畫一圈，高聲念誦起來：「七月流火，天賜我肉，人各均等，合族興盛——咥肉！」村人們歡笑一聲，各自抓起面前的肉塊。里正和族老向衛鞅一拱手，「客請。咥！」

衛鞅知道，秦人將吃叫作「咥」。這是極古的一個字，本來發源於周部族。《周易》的〈履卦〉就有「履虎尾，不咥人，亨」的卦辭。《詩經・衛風》也有「咥其笑矣」的歌詞。老秦部族與周部族同源，又繼承了周部族的西土根基，周部族特殊的語言自然也就在秦人中保留了下來。周部族東遷洛陽後，悠悠數百年，大受中原風習的滲透影響，反倒是丟失了許多古老的語言風習。這個「咥」字，便成了秦人獨有的方言。被東方士子譏笑為「蠻實土話」。衛鞅卻覺得這個「咥」字比吃字更有勁力，口至食物便是「咥」，多直接。「吃」字呢，繞一大圈，要乞求才能到口，多憋氣。所以他到秦國後，很快學會了這個「咥」字，一坐到案前，拿起筷子說一聲：「咥！」立即開吃。幾次惹得侯嬴哈哈大笑。

此刻，衛鞅也笑著拱手道：「多謝。咥！」在歡笑聲中和村人們一起啃起了烤羊肉。衛鞅撕下一半羊腿，遞給身旁的里正女兒道：「給你，我咥不了的。」女兒粲然一笑，拿過來放在手邊。

瘸子尖聲喊道：「來，山唱一支！」

山民吹起嗚嗚咽咽的陶塤，一齊用木筷敲打著陶碗唱了起來：

七月流火　過我山陵
女兒耕織　男兒做兵
有功無賞　有田無耕
有荒無救　有年無成
悠悠上天　忘我蒼生

陶塤嗚咽，粗重悠揚的歌聲飄盪在夏夜的山風裡，飄得很遠，很遠。

回到老里正家裡，看天上月亮，已經是三更將盡了。老里正只有一座兩開間的磚泥屋，顯然無處留客。衛鞅對風餐露宿有過錘鍊，堅持要睡在院子裡。可老里正夫婦無論如何不答應，說山風要受涼，硬是要他睡在靠近窗戶的牆下。這個位置和老里正夫婦一家僅僅隔了一道半尺高的土坎兒，老里正說，那裡是專門留宿貴客的，冬暖夏涼哩。衛鞅雖說不怕清苦，也抱定了隨遇而安的主意，但對這男女老少同屋而眠，的確是難以接受。然這些山民樸實憨厚，絲毫不以客人見外，如果拒絕，那是大不敬也。想來想去找不到託詞，衛鞅只好在窗下和衣而臥，連日奔波疲勞，竟也呼呼睡去了。

酣夢之中，老秦人們在呼嘯衝殺，驟然間屍橫遍野，傷兵們淒慘哭嚎，躺在山村荒野中無人過問，一頭怪獸不斷地吞噬傷兵，一個美極的女子長衣飄飄，將怪獸一劍殺死，卻是白雪！她緊緊抱住自己，解開了自己的衣服，雙手在他身上輕輕地撫摩，她真大膽，竟然……衛鞅在奇異的感受中霍然坐起，揉揉眼睛，定神一看，只見里正女兒赤身裸體地趴在自己腿上蠕動著，豐滿的肉體在暗夜中發出幽幽的白光。衛鞅驚出了一身冷汗，雙手推開光滑的肉體，低聲道：「小妹妹，不能，不能如此。」山村少女噗嗤一笑：「怕甚？爹教陪你的，你不要我，沒臉見人哩。」衛鞅想了想道：「我想小解，跟我到外邊院子裡可好？」少女笑道：「想尿哩，走。」說著光身子披了件衣服，拉起衛鞅到了院中。

殘月西沉，院中一片朦朧月色。衛鞅笑道：「小妹妹，拉片席子陪我說會兒話，好麼？」少女高興道：「好哩，想咋就咋。」拉來一片破席，教衛鞅坐下，自己偎在他旁邊。衛鞅脫下長衫親切地說：「小妹妹，穿上這件衣服再說話，冷哩。」少女笑笑，穿上長衫包住了自己，又趴在衛鞅腿上。衛鞅笑道：「小妹妹，多大了？」

「十三。客多大？」

衛鞅笑道：「老哩，三十六了。有婆家麼？」

「沒。村裡沒有後生，只有老半截人。」

「小妹妹，陪過別的客人麼？」

「沒。娘說，我還沒破身哩。」

衛鞅長長地歎息一聲：「小妹妹，想找個好後生麼？」

「想。」少女明亮的眼睛湧出了淚水。

衛鞅含淚笑道：「小妹妹，叫我一聲大哥，大哥幫你。」

「大，哥——」少女抱住了衛鞅，一聲哽咽。

衛鞅不斷找各種話題，終於和這個十三歲的山村少女說到了天亮。

清晨，老里正夫婦高興地給衛鞅做了最好吃的野菜疙瘩，連連說碎女子沒有陪好客。衛鞅百感交集，吃完野菜疙瘩，站起來肅然拱手道：「老伯，我乃四海遊學的士子，要錢沒用，我想給你留下九百鐵錢，再蓋間房子。請老伯萬勿推託。」說著拿出錢袋捧到老里正面前。

「啥？這叫啥事麼！不成！」老里正一聽，面紅耳赤，高聲回絕，顯然有受到欺侮的感覺。衛鞅無奈，只好收起錢袋，歎息道：「老伯，村裡沒有年輕後生，我想將小妹妹認作義妹，帶她到櫟陽一個朋友那裡做份生計，不知老伯意下如何？」老里正驚訝地睜大眼睛喊道：「碎女子，過來！昨晚沒陪客？」少女垂頭低聲道：「陪了。」里正道：「睡了沒？」少女擦著眼淚搖搖頭。老里正搖頭歎氣：「咳，不中用的東西！婆子，你說。」老婦人擦著眼淚道：「客是好人哩，叫碎女子跟他去。」老里正揮揮手道：「去去，在村裡也是見不得人哩。」老婦人擦淚道：「碎女子，快給客磕頭，叫大哥，快！」少女笑道：「娘，昨晚叫過了。」便跪倒在衛鞅面前叩頭。衛鞅連忙扶起：「小妹妹，不用了，跟大哥走。」老里正揮手道：「村人還沒起哩，快走。」老婦人道：「走，我送客，送碎女子。」

衛鞅向老里正深深一躬：「老伯，父老始終無人問我姓名。在下實言相告，我叫衛鞅，前往櫟陽修學。如果你想小妹了，就到櫟陽渭風客棧來找。」

「記下了，走。」老里正抹抹眼淚，背過身去了。

太陽還沒有爬上山巔，山溝裡尚是蒙蒙發亮。衛鞅牽著山女的手走出了溝口，老婦人在身後遙遙招手。

「大哥，我還沒出過溝哩。」

「跟大哥走，長大了再回來。」

第六章

櫟陽潮生

一、失望的景監大為驚喜

九月底，衛鞅回到了櫟陽。

他從山河里出來後，沒有因為身邊帶著一個小女孩而終止踏勘訪秦。這個山村女孩結實敏捷，走路爬山從來不喊累，又是一口老秦土話，倒是給衛鞅與山民攀談帶來許多方便。衛鞅給她取了個直白易記的名字，叫陳河丫，意為陳倉河谷的丫頭，好教她永遠記得自己的故鄉。衛鞅平日叫她河丫，漫漫途中，給她講述她感到新鮮好奇的所見所聞，倒也帶來些許快樂。帶著這個小河丫，衛鞅蹚過渭水，翻過南山，在商於山地尋訪了一月。尤其對和楚國接壤的武關、嶢關做了一番仔細踏勘。走出商於山地，從南山中部的子午谷險道北上，到達藍田塬，徑直北上穿過渭水平川，又沿洛水北上，遍訪了已經成為魏國土地的河西之地。九月初，秋風微寒，衛鞅方從雕陰向西南而來，到達秦國的另一塊根基之地——涇水河谷。一月之內，沿涇水河谷向東南進入渭水平川，終在黃葉飄落的時候進了櫟陽。

這時的衛鞅，已經是黑瘦高䠶鬍鬚連鬢破衣爛衫，加上身後跟著一個瘦骨伶仃的小女孩，任誰也認不出這是三個月以前丰姿卓然的名士衛鞅。在櫟陽城門，軍士攔住盤查，說秦國不准山東難民流入，呵斥他即刻回去。衛鞅默默拿出通行令牌，軍士反覆端詳令牌背面的小字「持此令牌者招賢館士子衛鞅」，驚愕無話，跑步去向衛尉車英稟報。車英疾步來到南門，審視令牌，上下打量一番衛鞅，肅然躬身道：「先生受苦了。來人，護送先生回招賢館。」衛鞅笑道：「多謝將軍。我還有些許私事待辦。」逕自拉著瘦骨伶仃的河丫走了。

侯嬴見到衛鞅，驚訝得半天說不上話來。一番忙碌，親自操持，沐浴，修面，換衣，接風，兩人又是羊肉烈酒地暢談起來。侯嬴告訴衛鞅，招賢館士子們早就三三兩兩地回來了，沒回來的聽說也住在縣府查書，聽說只有一個叫王軾的走了十個縣，已經在櫟陽傳開了，都說秦公準備重用他。衛鞅倒是沒在意，只是說了許多見聞感慨，尤其詳細說了在陳倉河谷裡的經歷，請侯嬴收留河丫。侯嬴感慨萬端，一口應允。兩人直說到四更，侯嬴再三敦促衛鞅歇息，衛鞅方才作罷，回到房間，衣服也沒脫便沉沉睡去了。

第二天正午，衛鞅方才醒來。匆匆用過午飯，便埋頭整理沿途刻記的竹簡，將所記諸般數字與各種結論，分項謄清到三十多張羊皮紙上，縫成一冊。在公叔府做了五年中庶子，衛鞅對整理簡冊很是嫻熟精到。做完這件最重要的事情，衛鞅馳馬出城，來到了城南櫟水入渭的河口。他需要冷靜地想想，如何對秦公陳述自己的政見和治秦之策。

為山九仞，功虧一簣者多矣。面見國君是最重要的一步，慎之，慎之。

秦公求賢的誠意，衛鞅是不懷疑的。然則，誠意不能等同於治國方略的選擇。自古以來，人們對治理國家提出了千百種主張，大而言之，形成傳統共識的便有王道治國、道家治國、儒家治國、墨家治國、法家治國幾種主流。其中的王道治國是經過兩千多年歷史延續的成規定制，其最為成功的範例便是西周禮制。這種王道禮制，的確曾經使天下康寧一片興盛，且儒家道家至今還在不遺餘力地為這種王道張目禮讚。春秋戰國以來，王道禮制雖然已經大為衰落，但許多國君為了表示自己仁義，仍然堅持說自己奉行王道。秦公如何，能說秦公就一定不讚賞王道麼？似乎還沒有證據這樣論斷。而且，秦穆公時期的百里奚正是操王道之學，那時秦國確實強盛一時，穆公也稱了霸，老秦人至今還引為驕傲。秦公求賢令也申明嚮往穆公時的強盛，信誓旦旦地要恢復穆公霸業。據此推測，秦公如果接受王道治國，似乎也有理由。

道家如何？老子在秦獻公時期西行入秦，這也是秦人的一大驕傲。更重要的是，秦獻公的確曾想用老子為丞相治國，只不過老子本人堅辭不受罷了。秦獻公是目下秦公嬴渠梁的父君，也是繼穆公之後最有作為的一位秦國君主。秦公在求賢令中數落了幾代祖先，但對父君秦獻公卻是推崇有加的。他會拒絕父親曾經很讚賞的道家麼？也很難說。至少沒有充分的證據說明秦公厭惡道家。再說，來櫟陽後，衛鞅還聽侯嬴講過，秦公曾想請百里奚之後裔治秦，而那位老人據說是操道家之學的。

至於儒家和墨家，衛鞅相信秦公不會選擇。在諸子百家中，儒家最蔑視秦國，秦人也最厭惡儒家。儒家士子不入秦，幾乎是天下皆知。儒家的仁政、禮制、恢復井田制等根本主張，秦國也和列國一樣嗤之以鼻。秦公不會看中儒家，至少有兩個事實根據。其一，上大夫甘龍就是東方甘國的名儒子弟，權力在嬴渠梁即位後卻日漸萎縮。其二，秦國求賢令發出後，曾祕密要求在各國活動的密使，盡可能少地使儒家士子入秦。墨家如何？雖然是天下最簡樸最勤奮最巧思最主張正義且最有實際戰力的團體學派，但墨家的「息兵」和「兼愛非攻」兩點為政主張，在任何一個戰國都是行不通的。如果秦公要選墨家，可說最容易，因為墨家曾經在一段時間裡以秦國南部大山為學派總院，和秦國大有淵源。

然則法家如何？法家是戰國變法的火炬。凡欲強國者必先變法，已經成為戰國名士明君的熱點話題。然則推行法家之學的根本前提，是國君的決心徹底與否。法行半途，不如不行。楚國的半途變法造成的不倫不類，正是最為慘痛的前車之鑒。秦公熟悉法家麼？不熟悉。秦公喜歡法家麼？不清楚。秦公能以法家為唯一的治國之道麼？更不清楚。衛鞅清醒地知道，推行王道禮制，未必需要國君與主政大臣同心同德，只要國君不阻撓即可。而推行法制，則必須要國君支持，而且要堅定不移地支持，君臣始終要同心同德，否則，法令難以統一，變法難見成效。列國變法的道路，無一不鋪滿了鮮血。韓國申不害尚只是整肅吏治，已經是血雨腥風了，更何況天翻地覆的徹底變法？像秦國這樣的赤貧國家，非強力法治無以拯救，法治推行如排山倒海，激起的回力亦是天搖地動，沒有同心同德力挽狂瀾的君臣相知，變法者自己就會被混亂的動盪無情地吞噬，談何強國大志？

如何試探？衛鞅一時無從捉摸，但有一點很清楚，那就是不能急躁。

秋風清涼，衛鞅耳邊響起一個蒼老曠遠的聲音：「計國事者，當審權量。說人主者，當審君情。謀慮情欲，必出於此。士雖有聖智，非揣摩細究，真情無所索之。此，謀之本也，說之法也。錯其人，勿與語。此，名士擇君之道。慎之，慎之。」

這是老師精研歷代名士的成功與失敗後歸納的〈說君〉。當初講解時，衛鞅似懂非懂，唯強記在心而已。十年之後，當自己歷經坎坷曲折而面臨艱難抉擇的時刻，這段警語卻油然浮上心頭，使他頓時清涼醒悟——即便有聖者智慧，也當審視君情；要求得君主內心的真正選擇，就必須揣摩細究反覆試探；「錯其人，勿與語」，若國君不是自己所持主張的當說之人，就不要對他陳述自己的真實想法，這是名士選擇君主的根本點。那麼，自己該當如何試探秦公的真正抉擇呢？

太陽落山了，衛鞅打馬入城，來到內史景監的小院。

景監對衛鞅一直刻刻在心，多少次，景監都差點兒要對孝公講出來，想到對衛鞅的承諾，竟硬是生生憋了回去。三個月來，各縣不斷派人報來士子們在縣府的作為——共下秦地的九十九個士子，竟有八十多個滯留縣府。他們都有各種各樣的合理合法理由，蹲在縣府，搜集瀏覽所能見到的各種書簡，思謀撰寫自己的治秦對策。只有十餘個士子到雍城附近的山村裡看了看，回到縣府便叫苦不迭，聲稱不給肉吃便要回櫟陽招賢館吃飽了再來。令景監感到欣慰的是，有個叫王軾的陳國士子，獨身一人跑遍了秦中十縣，雖然都在縣府周圍，但畢竟是深入民間鄉野了，實在是鳳毛麟角。當景監將王軾的行止稟報給國君時，孝公也很是高興，笑著對他說：「這位先生頗有吃苦之心，回來再看看，若才學見識也可，就給他重任了。」景監實在忍不住，冒出來一句：「君上，定然還有出類拔萃者在後。」孝公大笑：「在後？在哪裡？景監啊，我看也就是王軾了。該來的都來了，不來的永遠也不會來了。謀事在人，成事在天，上天不讓秦國強大，求賢令也就如此而已了。」在孝公的笑聲中，景監分明看到了他眼中閃亮的淚光。景監感到揪心，可就是不敢再往下說，萬一衛鞅……他不敢往下想，也不願往下想，憋在心裡又著急，只有三天兩頭向各縣催問士子們的動向，反覆叮囑不許漏掉一人。奇怪的是，始終沒有任何一個縣報來衛鞅這個名字，更別說動靜了。

看看進入九月，風涼葉落，衛鞅還是泥牛入海，景監的心越來越涼了。他一百個不願意將衛鞅想成小人，不願意想到他逃回了魏國。可是，他能到哪裡去呢？深訪山野，也不能一個縣府都不去啊？出事了？跌入深谷了？恰恰遇上盜匪了？景監更是不信。他知道，衛鞅這種上品名士都是文武兼修的，尋常山險與匪賊也未必奈何得了他。且秦國雖窮，盜匪卻是極少，丁壯都當了兵，誰去做盜匪？想來想去，還是不得不想到衛鞅逃回了魏國。景監每每在深夜長長地歎息，想到原本一個身負絕世才華的名士，卻是如此一個不重然諾不講信義的小人，景監的心就陣陣作痛。他無法在心中將衛鞅留下的堅實形象撕成碎片，又無法不相信這泥牛入海的唯一可能。對他這個久在軍中的秦人騎士來說，男子漢之間的情義比生命還重要。衛鞅是他生平結交的第一個名士，他敬佩他，本能地相信他，甚至對他不說明理由的要求也無端地接受了。在他心目中，「大義」為士子之根本，不義不節，無恥之尤！一個可敬可親的名士摯友，在他心中泯滅了，他感到如同自己的生命結束了，自己要垮了，世上再也沒有激發人心閃現光華的高風亮節了。傷心欲絕，便覺得招賢館求賢真是無聊之極，於是也不去管它，天天關在屋中大喝悶酒。嚇得小令狐只是悄悄流淚，夜裡也不敢睡覺，死死守在房門外挨凍。

今天是九月底，三個月的最後一天，景監特別心酸，天黑時分已經醉倒。

小令狐坐在正房外的臺階上默默流淚。她想，他一定是在官府受了極大的委屈，她要看好他，絕不能讓他像媽媽一樣剖腹自殺。否則，她將失去最後一個依靠，成為流浪女，成為官奴。小令狐不斷敲打自己的頭，怕迷迷糊糊睡著了聽不見屋裡的動靜。

猛然，小令狐聽見一陣馬蹄聲，又聽見有節奏的「嗒嗒嗒」的敲門聲。

小令狐輕手輕腳地走到門後，從門縫中向外張望，只見一個人白衣白馬，似乎像是上次來客的身影。不對，那個人白皙風采，如何此人乾瘦黝黑？聽聽聲音？對，聲音不會變。想到這裡，聰明絕頂的小令狐低聲問：「誰人敲門？」

「小令狐麼？我呀，忘記了麼？」門外傳來熟悉親切的聲音。

小令狐打開門。衛鞅將馬拴在門外石樁上，走進來蹲身撫摩著小令狐頭髮道：「小妹，我三月前來過，記得？」

小令狐「哇」的一聲，撲在衛鞅肩膀上哭了。

衛鞅一驚：「怎麼了？內史呢？」

小令狐拉著衛鞅的手，推開正屋的門，一股濃烈的酒氣撲鼻而來！景監歪倒在黑乎乎的屋子裡呢喃自語：「衛鞅，你，你，騙了我。小人，騙了我！你，為何如此啊？你……」小令狐哽咽道：「他天天如此，嚇死我了。」

衛鞅尋思片刻，吩咐小令狐找來一支粗大的蠟燭點亮。他舉著蠟燭走到景監身邊蹲下，扶起景監高聲道：「內史，看看我是何人？」

景監睜開朦朧的雙眼：「你？你是誰？君上派來的？」

「我是衛鞅！內史再看看。」

景監聽到「衛鞅」二字，頓時一驚，睜大眼睛：「你？你是，衛鞅？」又揉揉眼睛，「不對，乾瘦黝黑，有，衛鞅風采？」

「景兄，衛鞅跋涉三月，走遍秦國，安得不黑不瘦！」衛鞅慷慨高聲。

像是一聲驚雷，景監內心的朦朧陰雲頓被炸開，霍然站立，目光炯炯地盯著衛鞅顫聲道：「鞅兄，果然是你麼？你，回來了？」

「對，衛鞅回來了，整整三月，沒有騙你！」

景監仰天大笑，欣喜若狂，滿身齷齪酒意一掃而去，張開雙臂，竟和衛鞅緊緊地抱在了一起。小令狐看見兩人孩童一般，高興得咯咯直笑。

「小令狐，拿酒來！」景監興奮地高喊。

衛鞅笑道：「還酒啊？醉得人都不認了。」

「如何不酒？方才，那是醉死，死醉！再酒，那是醉生，生醉！」

衛鞅大笑：「好！苦菜烈酒，就醉生！」

小令狐噔噔噔跑進廚屋，端來兩只陶碗笑道：「先喝下去，我再拿。」

兩人接過陶碗「噹」地一碰，各自咕咚咚飲下，卻又同聲大笑。衛鞅道：「好苦酒。」景監道：「酸得爽利！真酒？」

小令狐咯咯笑道：「沒酒了。嚇得我將酒都倒了。我來煮茶。」

衛鞅笑道：「小令狐好聰敏，以茶醒酒。此刻正當飲茶。」

「還有飯，你們倆都沒吃飯，等等就來。」小令狐飛快地鑽進了廚屋。

景監興起，將草席木几搬到了院中。兩人在明朗的秋月下高談闊論感慨百出，率性講起了秦人土語，時而大笑，時而歎息，時而興奮，時而感傷，直到明月暗淡，東方發白。

二、衛鞅兩面君　招賢館大起波瀾

秦孝公黎明即起，練劍片刻，埋首書房開始讀書。

三個月以來，他對求賢令頒布後的功效產生了很大懷疑。原想東方列國士子們只要進入秦國，一定會被他的誠意感動，會和他同心同德地治秦強秦。他不曾想到，注目於功業的士人竟也會有如此多的世俗之心，怕苦怕窮怕累。從心裡講，作為一個國君，他何嘗不想和齊威王一樣搞個學宮，將這些士子們養起來，需要他們的時候請他們謀劃，不需要的時候便教他們自由自在地切磋學問，以彰國家文華。可是秦國太窮，哪裡有財力做這些錦上添花的事？在一個窮弱的戰國，該做的能做的他都做了，甚至不能做的他也勉力做了，誠心誠意，披肝瀝膽。

可是他看到的回應卻是淡漠的。他從士子們的舉止眼光中讀到了輕蔑，讀到了嘲笑，讀到了他們自感紆尊降貴的虛榮和自大。這正是他最不能容忍的。他可以坦然接受任何人對秦國的指責評點甚或是惡意咒罵，但決然不能接受對秦國的蔑視和嘲笑。六國卑秦，不屑與之會盟，他視為莫大國恥，書刻血石以示永誌不忘。他想不到的是，連求官做事的士子們，竟然也對秦國現出一種滿不在乎的輕蔑與嘲笑。當他確定無疑地感受到這一點時，他的心又一次被深深刺傷。為何如此？為何這些將依靠秦國建功立業，要靠秦國給予官職爵位的士人也敢蔑視秦國，蔑視秦國君主？冥思苦想中他恍然大悟，這些士子們將他們自己看作了拯救秦國的恩人，他們將給秦國帶來富強，是以有理由蔑視呈現在他們面前的窮困愚昧。果然如此，也就罷了，嬴渠梁的胸襟夠寬闊，對大才賢士的狂傲不羈全然可一笑了之。然則隨著士子們的訪秦作為，他又一次感到了失望。這些人只在縣府打轉兒，能找到強秦國策？是大才造世的作為麼？聊以自慰的，還有一個王軾差強人意，招賢一事不至於難以收拾。名士難求，高人難遇，看來扭轉乾坤的磐磐大才真是可遇不可求。說到底，秦國強大還得靠自己。

嬴渠梁決意自己謀劃強秦之道，他相信自己的學力不算很差，刻苦修習，縱然不是大才，也是中才，決然不會讓秦國在自己手裡繼續衰落。一個月前，他將書房擴大了三倍，開始讓長史公孫賈給他搜集簡冊典籍，將宮室所能找到的一切務實書籍全部搬到了自己的新書房。從此，他每天夜讀兩個時辰，早起一個時辰，練劍之後準點讀書到卯時，再處理國務。卯時之前，他不見任何人。天天如此，今日亦如此。

黑伯在書房門口輕聲稟報：「君上，內史景監求見。」

「教他卯時後再來。」

「內史說，有緊急事體。」

秦孝公無奈地丟開簡冊：「請內史進來。」

景監走進書房，只看見沉沉簡冊高高低低環繞成巨大的書山，卻不見國君身影，驚訝得不知說甚好。他有一個多月沒有到國君書房了，不想變化竟如此之大。他不禁高聲道：「君上，景監參見。」

秦孝公從書山中繞出來，手中還拿著一卷竹簡：「景監啊，如此高興？」

「君上，好事，大好事！」

「究竟何事？孩童一般。」秦孝公頗為不悅。

「君上，茲事體大，容臣徐徐道來。」景監雖笑，臉上卻冒出了細汗。

「徐徐道來？」孝公不禁一笑，「你也成老儒了？好，就徐徐道來，坐。」

景監長吁一聲，從出使魏國遇衛鞅講起，講到衛鞅入秦，講到招賢館衛鞅暗察國君，講到衛鞅訪秦的艱苦認真和細緻，對衛鞅的才能大加褒揚。

秦孝公很平靜地聽完景監敘說，淡淡笑道：「內史是說，衛鞅是個大才？」

「是。君上，衛鞅入秦，求賢令終有正果！」

秦孝公笑道：「莫給求賢令找正果，自古求賢不遇者多矣。內史究竟何意？」

「臣請君上，許衛鞅面陳長策。」

秦孝公點頭道：「當然。士子如此苦訪，可見一片赤誠，有無長策，皆須敬之。就明日，政事堂大禮待之。」

景監激動得顫聲道：「臣，謝過君上！」

「又非待你大禮，謝從何來？」秦孝公一笑，又一歎，「景監啊，求賢之道，長矣遠矣。人有精誠，上天不負。縱無大才，秦國也不會滅亡的。」

景監從國府出來，立即趕赴招賢館，派出一名書吏給渭風客棧的衛鞅送去一信，叮囑他務必精心準備一舉成功。然後又找到王軾等十餘名士子，請他們做好面見君上的準備。最後又安排了其餘士子們撰寫治秦對策的竹簡、筆墨、刻刀等一應瑣務，方才回家呼呼大睡，安心給明日準備精神。

次日清晨卯時三刻，櫟陽城門剛剛染上秋日的金色，四名甲士護衛著一輛牛拉軺車，哐啷哐啷地駛到了渭風客棧門前。景監從車前跳下，肅立門前高聲報號：「內史景監，迎接衛鞅先生入宮！」話音落點，一名隨行書吏捧著刻有景監官位名號的木牌恭敬進入客棧。片刻之後，衛鞅在侯嬴陪同下出門，互致禮儀，景監恭請衛鞅上車，自己親自駕車，向國府哐啷哐啷駛來。

短短的路程，景監沒有問話，衛鞅也沒有開口。

國府門前，已經升任國府衛尉的車英全副戎裝，肅立迎候。見牛車到來，高聲宣示道：「奉國君令，賢士軺車直入國府——」長劍一舉，兩列甲士譁然閃開，景監駕著牛車哐啷哐啷駛進了國府庭院，直到政事堂院中停下。

秦孝公和甘龍、嬴虔、公孫賈、杜摯幾名重臣，已經在政事堂前等候。見牛車駛到，秦孝公大步上前，親自來扶衛鞅下車。衛鞅拱手道：「多勞君上。」也沒有推辭，搭著孝公的胳膊下了車。旁邊的甘龍深深皺起了眉頭。

衛鞅下車，向秦孝公拱手作禮：「在下衛鞅，參見君上。」

秦孝公扶住笑道：「先生辛苦了。請——」扶著衛鞅走上六級臺階，走進政事堂大廳，一直扶衛鞅到君主旁邊最尊貴的位置坐下。一行大臣隨後坐定，內侍上茶後退出，大廳一片肅然。

秦孝公肅然拱手道：「先生入秦，苦訪三月，踏遍秦國荒僻山川，堪為賢士楷模。今日朝會，特請先生一抒治秦長策。」說著站起身來，轉向衛鞅深深一躬，「敢請先生教我。」衛鞅座中坦然拱手道：「不敢言教，但抒己見耳。」秦孝公坐回旁邊長案前，又恭敬拱手道：「望先生不吝賜教。」

衛鞅環視四座，終於將目光注視著秦孝公，不慌不忙開講：「天下萬物，凡有所事，必有所學。治國之道，為諸學之首，源遠流長，博大精深。自黃帝以降，歷經三皇五帝而夏商周，治國之道雖有變化，然終以王道治國為主流。周室東遷以降，禮崩樂壞，天下紛擾，高岸為谷，深谷為陵，諸侯僭越，瓦釜雷鳴，王室衰落，列國崛起。唯其如此，治國之學亦成眾家爭勝之勢，終於莫衷一是。然細細查究，終無超越王道治國之境界者。」

聽到這一通辭藻華麗而不著邊際的開場白，景監迷糊起來，不明白衛鞅要如何了結這場隆重的殿對。難道他胸中所學就是這些老生常談？衛鞅啊衛鞅，我如何老是摸不透你？機會給你了，你沒真才實學，怨得誰也？景監再抬頭看看場中，甘龍與公孫賈、杜摯頻頻點頭，面露笑容。而嬴虔、子岸與後來的衛尉車英三個將領，似乎直打瞌睡。唯有國君秦孝公平靜如常面無表情，只有景監知道，這是國君對最討厭最無奈的人和事才有的一種冷漠和蔑視。

「敢問先生，何謂王道治國？」秦孝公淡淡地問道。

「所謂王道者，乃德政化民，德服四邦，德昭海內，德息兵禍，以無形大德服人心，而使天下安寧之道也。何謂德？德者，政之魂魄也。對庶民如同親生骨肉，對鄰邦如同兄弟手足，對罪犯如同親朋友人。如此則四海賓服，天下化一也。」衛鞅語言鬆緩，面色莊重，儼然一副講述高深玄妙之大道的神色。

秦孝公閉目養神，似睡非睡。三個將軍卻是實實在在地睡著了，粗莽的子岸竟打起了沉重的鼾聲。秦孝公竟然如同沒聽見一般。唯有甘龍頗感興趣，插進來問道：「先生以為，秦國當如何行王道之治？」

衛鞅從容道：「王道以德為本。秦國行王道，當如魯國，行仁政，息兵戈，力行井田，赦免罪犯。」

秦孝公霍然睜開眼睛，打斷話頭道：「先生，今日到此為止。後有閒暇，再聽先生高論。內史，送先生。」說完，逕自撇下一堂大臣揚長而去。甘龍想喚回國君，卻欲言又止，向衛鞅拱手作禮，便匆匆而去。三位將軍也伸著懶腰，打著呵欠揉揉眼睛逕自走了。公孫賈和杜摯也跟著甘龍走了。空蕩蕩的政事堂，只剩下肅然沉思的衛鞅。

景監尷尬得無地自容，再也無心和衛鞅說話，苦笑著拱手道：「先生，請了。」牛車哐啷哐啷地又駛出了國府。到得渭風客棧門前，衛鞅剛一下車，景監便對牛脊梁狠抽一鞭，「駕」的一聲，哐啷啷走了。

衛鞅看著景監的背影，搖頭微笑著走進渭風客棧。

回到家，景監喪氣得直想打自己耳光。這叫甚事？如何能弄成這樣？要知道他學的就是這些鳥玩意兒，費那麼大勁兒吃撐了？算了算了，不想了，明日還有正事哩，吃完飯睡覺！景監高聲道：「小令狐，飯來，快點！」

「來了來了。」小令狐捧著木盤頑皮笑道，「喲，一陰一晴，又咋了？」

「小孩子家少問。只對你說，今後那個人再來，就說我不在。」

「哪個人呀？」

「昨晚那個人！知道麼？就是他！吃飯。」

小令狐搗著嘴巴不敢笑，嘟囔道：「那人很好麼，稱兄道弟的。」

「好甚？草包！飯袋！豬頭！磚頭！」景監氣得連連亂罵。
從來沒見過景監如此孩童般失態，小令狐咯咯大笑得噴出飯來。
景監臉一板，卻禁不住也「噗」地一笑：「氣死我也。」
「嗒、嗒、嗒」，響起熟悉的敲門聲。
小令狐做個鬼臉：「開不？一定是那塊磚頭。」
「懂個甚？我還要問他話，開去。」
「說人家是塊磚頭，還問個啥？」小令狐嘟囔著走了出去。
「吱呀」一聲門響，衛鞅笑道：「小妹呀，內史罵我了麼？」
小令狐向衛鞅做個鬼臉，指指正房悄聲道：「正罵呢，小心。」
衛鞅笑著走進正房，坐在景監對面：「景兄，我特來領罵。」
景監丟下碗筷，「啪」地一拍木几，顫聲道：「衛鞅啊衛鞅，國君念你辛苦，景監慕你才華，誰想你竟是個草包，飯袋，豬頭，磚頭！說出忒般沒力氣的話來！分明是亡國之道，還說甚治秦長策？那魯國氣息奄奄，是秦國學得麼？你呀你，我看也就只能下兩盤棋。說到正事，哼，磚頭一塊，一塊磚頭！」
衛鞅不禁哈哈大笑，前仰後合，逗得小令狐也咯咯笑得上氣不接下氣。
「笑甚？難道你很高明麼？」
大笑一陣，衛鞅回過神來認真問：「內史大人，你說我衛鞅千里迢迢，就是為了給秦國講這亡國之道來了？」
景監一怔：「既然不是，為何忒般沒力氣？」
「記得訪秦之前，你答應我的請求麼？」

景監默然點頭，眼睛盯住衛鞅。

衛鞅坦然相對：「景兄，請為我再次約見秦公，我知道該說甚。」

景監歎息一聲：「好吧，君子一諾，就再信你一次。」

正在此時，門外一陣急驟的馬蹄聲傳來，接著便是「啪啪啪」的拍門聲。小令狐急急開門，一個書吏衝進門來高聲道：「內史大人，招賢館士子們鬧起來了！」

「所為何事？」景監急問。

「尚不清楚，只是有三五十人吵著要走。」

景監道：「鞅兄，我去了，回頭再說。」

衛鞅笑道：「你去忙，我也走了。」便和景監一起出門回了客棧。

招賢館裡一片混亂。

士子們將掌事圍在中間，吵吵嚷嚷要見國君，否則今夜就離開秦國。掌事連連向士子們作揖，高聲道：「諸位先生，不要急，不要急，已經派吏員去請內史大人了。」一個士子高聲怒斥：「內史徇私，找他何用？要見國君！」「對，要見國君！」士子們嚷成一片。景監趕到時，滿庭院正亂得不可收拾。景監站上一塊石頭高聲道：「諸位先生，我是內史景監。有何不平，請對我說。」

一個紅衣士子高聲道：「請問內史，一個腐儒能見君面陳，我等何被冷落？」

「內史徇私，舉賢無公心，我等要面見君上！」

「王道之說，竟也大禮相待，這是何人薦舉？」

「國君不聽此等亡國之道，只有內史徇私舞弊，舉莠棄良！」

「請問內史，衛鞅用多少金錢買通了大人？」

「我等實言相告，今夜不見君上，即刻就走！」

「對，求賢令說得好，實則是虛情假意，矇騙天下！」

景監已經明白，這完全是因為衛鞅今日的失敗激起的事端。這些士子們原本就是個個自命不凡，訪秦回來後更是躊躇滿志地熬夜撰寫，等待一朝面君陳策。後來聽說，有個不住在招賢館的魏國士子竟然捷足先登，被軺車接進了國府。士子們就議論紛紛，說秦國只瞅著魏國士子，瞧不起別國賢士。一時間，「魏國士子有何了得」的憤然議論瀰漫了招賢館。然則景監已經分頭排定了國君對策的次序，也已經分別向士子們說明。所以不滿歸不滿，倒也沒出亂子。誰知午後有消息傳出，說那個魏國士子是個腐儒朽木，金玉其外，敗絮其中，講了一通不著邊際的大話，國君憤然拂袖而去。這一下猶如火上澆油，士子們不約而同地將舉薦腐儒的罪責看在了景監身上，越想越不滿，便聚相計議，以離開秦國相要脅，提出當夜面見君上。

景監心下明白，向場中拱手高聲道：「諸位先生，景監是否徇私枉賢，可以存疑。衛鞅是否有才，可以後觀。諸位請見君上，景監即刻進宮稟明。君上勤政敬賢，定然不會怠慢諸位先生。請諸位立即準備對策。」

士子們想不到這個很有實權的內史如此爽快，一時間倒是全場沉默。依許多士子的想法揣測，這個實權內史一定被衛鞅收買了；此等佞臣，不給他金錢，休想過他的關口，和山東六國一樣。今日向他提出面見國君，他定然拒絕，然後便鬧到國府，扳倒這個黑心內史。但卻沒有想到他竟然一口答應去請國君，卻也奇了。有些沒有對策或有他情者，竟忐忑不安起來，原本準備藉故離開已經將包袱提在手裡的人，也頓時尷尬起來。

景監走下大石，對掌事吩咐：「好生侍奉先生們，今夜對策之前哪位先生也不能走。收拾庭院，準備迎候國君。」說完，上馬出了招賢館。

秦孝公正在書房用功，接到景監急報也感意外，稍加思忖，感到這倒未嘗不是一個好機會，便向黑伯吩咐了幾件事，和景監一起從容來到招賢館。

招賢館庭院中已經布置好露天座席。秋月當空，再加上幾十盞碩大的風燈，偌大庭院倒也是明亮異常。士子們已經在各自座席上就位，一片肅然安靜中透出幾分緊張。景監吩咐在前方中央國君長案的兩側再加了六張木案。剛剛加好，甘龍、嬴虔、公孫賈、杜摯、子岸、車英六位大臣便相繼來到入座。場面如此隆重，顯然大出士子們意料，肅然靜場中有人緊張得不斷輕輕咳嗽。這時，景監看見衛鞅也來了，坐在最後的燈影裡。

秦孝公莊重開口道：「諸位賢士訪秦辛苦，嬴渠梁先行謝過。秦國求賢，未分良莠前，一體待之。今夜以衛鞅陳策之同等大禮，傾聽諸位先生的治秦國策，請諸位先生不吝賜教。上有青天明月，下有國士民心，嬴渠梁是否屈才枉賢，神人共鑒。」

景監向場中拱手道：「敢請諸位賢士，先行報出策論名目，以為應對次序。」

士子們相互觀察，眼神探詢，竊竊私語，一時無人先報。

終於一人站起，布衣長衫，黑面長鬚，高聲道：「我乃陳國士子王軾，訪秦十縣，深感秦國吏治弊端，呈上我的〈治秦吏制策〉。」書吏接過，恭敬地擺在秦孝公案前。孝公肅然拱手道：「多謝先生，嬴渠梁當擇日聆聽高論。」

一陣騷動，有人站起高聲道：「訪秦有得，呈上我之〈秦縣記〉。」

「吾推崇墨家，呈上〈兼愛治秦〉。」

「呈上〈無為治秦〉。」

「呈上〈百里奚王道治秦〉。」

「呈上〈中興井田論〉。」

「呈上〈地力之教未盡論〉。」

「我是〈更張刑治論〉。」

一卷又一卷地報出呈上，秦孝公的案前已經堆起了高高一摞。大約在五十多卷時，秦孝公感覺還沒有聽到一個振聾發聵的題目，場中卻突然靜了下來。

景監笑問：「如何？其餘先生？」

經常憤憤然的紅衣士子霍然站起，手扶長劍，高聲道：「我乃稷下士子田常，不知秦公對非秦策論可否容得？」自報稷下學宮的赫赫名號與「田」字顯貴姓氏，又兼腰繫長劍神態倨傲，非但使甘龍等幾位大臣一臉不悅，就是場中士子，也是側目而視。秦孝公卻是精神一振，微笑答：「良藥苦口，良臣言悖。如何不容非秦之言？」

「好！這是我田常的〈惡政十陳〉，秦公願聽否？」

名目一報，場中一片譁然，甘龍等早已是面色陰沉。面對秦國君臣和天下士子，公然指斥秦國為「惡政」，等閒之人豈能容得？

秦孝公卻拱手笑道：「請先生徐徐道來，嬴渠梁洗耳恭聽。」

紅衣士子田常展開長卷，亢聲道：「秦之惡政有十：其一，窮兵黷武；其二，姑息戎狄；其三，君道乖張；其四，吏治暗昧；其五，貶斥私學；其六，田制混亂；其七，不崇孝道；其八，蹂躪民生；其九，崇武貶文；其十，不開風化。大要如此，請秦公思之。」

這〈惡政十陳〉，幾乎將秦國的政情治情悉數羅列，刻薄如君道乖張、蹂躪民生、不崇孝道、不開風化，使座中大臣無不憤然作色。嬴虔、子岸、車英三人同時緊緊握住了劍柄。田常卻是坦然微笑，站立場中，似乎在等候著秦國君臣的雷霆怒火。坐在最後燈影裡的衛鞅禁不住手心出汗，擔心秦孝公按捺不住。他看透此人苦心，定是要在秦國以「不畏暴政」的驚人行動成名於天下。若秦公發作，田常肯定更加激烈，這是「死士」一派的傳統，他們不會屈服於任何刀叢劍樹。

這時再看秦孝公，卻是肅然站起，向田常深深一躬：「先生所言，嬴渠梁雖感痛心疾首，然則實情大體不差，嬴渠梁當謹記先生教誨，刷新秦國，矢志不渝。」

又是大出意料，士子們不禁拍掌高喊：「好！」「秦公雅量！」

十幾個士子紛紛站起，呈上手中卷冊，高報：「我的〈窮秦錄〉。」

「我的〈苛政猛於虎〉。」

「我之〈入秦三論——兵窮野〉。」

「我也有對，〈櫟陽死論〉。」

紛紛嚷嚷，竟然全是抨擊秦國的簡冊，一卷一卷，堆滿了一張長案。秦孝公肅然立於攻秦簡冊前，一卷卷飛快瀏覽，悚然動容。他回身對田常等人拱手道：「公等骨鯁之士，請留秦國，以正朝野視聽。」

田常哈哈大笑：「秦公欲以我等為官乎？我等痛斥秦國，秦公不記狂狷荒唐已知足矣，豈能留秦自討無趣？」非秦士子們紛紛應和：「多謝秦公！」「我等當離開秦國也。」「秦公胸襟似海，容當後報！」

「且慢！」秦孝公站上長案，向士子們拱手一周，慨然高聲道：「公等對秦國百年以來之諸種弊端，皆做通徹評點，切中時弊。嬴渠梁以為，非秦者可敬，卑秦者可惡。諸位既敢公然非秦，亦當有膽略治秦，精誠之心，何自覺無趣？敢請諸公留秦，十日內確認職守。公等以為如何？」又是深深一躬。

抨擊秦政的士子們低下了頭，難堪的沉默。突然，田常面色脹紅，嗆啷拔出長劍走到秦孝公面前。座中子岸一聲怒吼：「大膽！」長劍一揮，遠處幾名甲士跑步上來圍住了田常。秦孝公勃然變色，大喝一聲：「下去！」轉對田常拱手道：「先生見諒，有話請講。」田常向秦孝公深深一躬，激昂高聲道：「田常身為稷下名士，非但作〈惡政十陳〉，且鼓動同仁離開秦國。然則秦公非但不以為忤，反以國士待我。人云，君以國士待我，我當以國士報之。田常當以熱血，昭秦公之明！」話音方落，長劍倒轉，洞穿腹中，一股熱血直噴三丈之外！

「先生——」秦孝公大驚，撲到田常身上。

田常拉住秦孝公的手笑道：「公之胸襟，圖霸小矣，當王天下……」話音未了，頹然後仰，撒手而去。

變起倉促，所有的士子都感到震驚，圍在田常的屍體周圍默然垂首。

秦孝公抱起田常遺體，安放到自己的長案上，眼中含淚，對景監肅然道：「先生國士，以上大夫之禮葬之。」

滿場士子們莊重一躬：「謝過秦公高義！」

秦孝公向士子們拱手作禮，坦誠真摯而又不勝惋惜：「田常先生去了，諸位勿以先生之慷慨激烈有所為難。願留則留，願去則去。留則同舟共濟，去則好自為之。秦國窮困，沒有高車駟馬送別諸君，遠道者贈匹馬，近道者牛車相送，每位先生贈送百金，以為杯水車薪之助。」

一個中年士子感動哽咽：「我等離秦還鄉，皆因與秦地風習水土不合，其中亦有不堪艱難困苦者。是以我等沒有對策可呈，然絕無他意，尚請秦公詳察。」

秦孝公不禁大笑：「周遊列國，士子風尚，入秦去秦，極為尋常。十年後請諸位重遊秦國，若秦國貧弱如故，嬴渠梁當負荊請罪於天下。」

「好！」一片激昂，喊聲掌聲響徹招賢館。

當南門箭樓上響起五更刁斗時，招賢館方才恢復了平靜。

第二天早晨，景監送走了三十多名東方士子，又將留下的士子們的各種事務安排妥帖，才來到國府晉見秦孝公。時當正午，秦孝公正在書房外間用飯，立即吩咐黑伯給景監送來一份午飯——一鼎蘿蔔燉黃豆，一盤黑麵烤餅。看看國君面前也是同樣，景監不禁眼眶濕潤起來。孝公笑道：「有何可看？咥。」一句秦人土語，景監笑了起來，埋頭便吃，淚水卻滴到了熱氣蒸騰的鼎中。匆匆用完，黑伯收拾擦拭了書案，默默去了。孝公笑道：「秋陽正好，院中走走了。」景監隨孝公來到庭院，正是秋高氣爽的時節，院中落葉沙沙，陽光暖和得令人心醉。漫步徜徉，景監一直不說話。孝公笑道：「景監，你匆匆而來，就是要跟我曬太陽麼？」景監囁嚅道：「君上，招賢館士子們，如何安置？」孝公大笑：「如何安置？昨夜不是說了？至於何人何職，還得計議一番也。內史著急了？」景監忙道：「不急不急。」孝公道：「不急？那你來何事？」景監臉色脹紅，卻是說不出話來。秦孝公看著景監窘迫，不禁哈哈大笑：「說，不怪你就是。」景監吭吭哧哧道：「上次，衛鞅之事，臣，委實不安。」

「有何不安？」秦孝公淡漠問道。

「衛鞅對策，實在迂腐。」

「迂腐的又不是你，不安何來？」

「只是，臣斥責衛鞅，說他給國君講述亡國之道，他回了一句，臣感意外。」

「他如何回？」

「他說，我衛鞅千里迢迢，難道就是對秦公講述亡國之道來了？」

秦孝公聞言，默然良久，笑問：「內史還想如何？」

「臣斗膽，請君上再、再次聽衛鞅一對。」

「既然內史不死心，就再見一次。我看，明日正午，就這院中。」

景監深深一躬：「謝君上。」心中頓感寬慰，舒心地笑道，「君上，臣告辭。」孝公叮囑道：

「見衛鞅的事不要太操心。田常的葬禮一定要辦好。」景監道：「臣明白。」興匆匆走了。到得招賢館，景監先仔細安排了田常葬禮的細節瑣務，確定了下葬日期，然後便向渭風客棧匆匆而來。

衛鞅在招賢館目睹了田常剖腹自殺，感慨萬端，回到客棧一時無法入睡。

他知道，招賢館波瀾皆由他的「失敗」對策引起，如果他第一次就顯出法家本色，肯定局勢要好得多，但卻試探不出秦公的本心本色，自己往前走就會不踏實。第一次雖然「失敗」，但卻切實感覺到了秦孝公決然不會接受王道的明確堅定。更重要的是，由此引起的波瀾使秦孝公在招賢館淋漓盡致地表現出發憤強秦的心志，真是始料未及。這種用語言所無法試探的內心溝壑，在強烈的衝突面前盡顯本色，無法壓抑，也無法掩飾。使衛鞅激動的不僅僅是看到了秦孝公忍辱負重決意強國的心志，而且看到了秦孝公在驟然事變面前穩如山岳強毅果斷的閃光。既然如此，要不要繼續試探？衛鞅凝思默想半日，心中終於明晰起來。

這時，景監匆匆而來，高興地向衛鞅說了國君的應諾。衛鞅也很高興，請景監和侯嬴一起飲酒。景監和侯嬴一見如故，三人直飲到二更時分方散。臨走時，景監反覆叮囑衛鞅，一定要拿出真正的治國長策，否則他無法再面見國君。衛鞅帶著幾分酒意，慷慨應道：「內史勿憂，衛鞅自有分寸。」景監也就放心去了。

第二天正午，衛鞅趕早吃完飯，特意先到招賢館等候景監用完飯，兩人一起向國府而來。進得政事堂，恰恰秦孝公也是用餐方罷，正在庭院中漫步，見二人到來，便笑道：「嬴渠梁正在恭候先生，這廂請。」一來到政事堂後面的空闊庭院，只見樹下已經鋪好了一張大草席，案几齊備，黑伯正在擺設茶具。顯然，秦孝公要在這露天庭院聽衛鞅第二次對策。秋日和煦，黃葉沙沙，又逢午後最少來人的時刻，院中一片寂靜清幽，正是靜心敘談的大好時光。

秦孝公拱手笑道：「前次朝堂人多紛擾，先生未盡其興。今日嬴渠梁摒棄雜務，恭聽先生高論，不知先生何以教我？」

衛鞅從容不迫：「君上既然不喜王道，衛鞅以為可在秦國推行禮制。以禮治國，乃魯國大儒孔丘創立的興邦大道，以禮制為體，以仁政為用，仁政理民，禮制化俗，使國家裡外同心，達大同之最高境界。如此，則國力自然凝聚為一。」

秦孝公不像頭次那樣一聽到底，微笑插問道：「儒家主張興滅國、繼絕世、舉逸民，其實，就是要恢復到西周時的一千多個諸侯國去，先生以為可行麼？復井田、去賦稅，在方今戰國也可行麼？」

衛鞅辯駁道：「儒家行仁政禮制，不以成敗論美惡。不修仁政，雖成亦惡。修行仁政，雖敗亦美。此乃殺身成仁、捨生取義之大理也。公當思之。」

秦孝公冷冷笑道：「大爭之世，弱肉強食，正是實力較量之時，先生卻教我不以成敗論美惡，不覺可笑麼？果真如此，秦國何用招賢？」

景監在旁，沮喪之極，只是不好插話，大惑不解地盯著衛鞅，臉上木呆呆。衛鞅卻是不急不躁，沒有絲毫的窘迫，從容再道：「君上再容我一言。」

秦孝公笑道：「無妨，嬴渠梁洗耳恭聽。」

「若君上痛惡仁政禮制，衛鞅以為，可行老子之大道之術。老聃乃千古奇才，他的道家之學，絕非尋常所言的修身養性之學，而是一種深奧的邦國大學問。方今天下刀兵連綿，若能行道家之學，則君上定成千古留名之聖君。」

「敢問先生，道家治國，具體主張究竟何在？」

「官府縮減，軍士歸田，小國寡民，無為而治。此乃萬世之壯舉也。」

「還有麼？」

「道家精華，盡皆上述。其餘皆細枝末節也。」

秦孝公哈哈大笑：「先生之學，何以盡教人成虛名而敗實事？這種學問，與宋襄公的仁義道德如出一轍，有何新鮮？一國之君，聽任國亡民喪，卻去琢磨自己的虛名，一味地沽名釣譽，這是為君之道麼？是治國之道麼？」說罷站起來一笑，「先生若有精神，就去做別的事，治國一道，不談也罷。」大袖一揮，逕自而去。

景監呆若木雞，難堪得不知何以自處。想追孝公，無顏以對，想說衛鞅，又覺無趣，只有板著臉生自己的悶氣。突然，衛鞅卻仰天大笑，爽朗興奮之極。景監愕然：「你？莫非有病？」衛鞅再次大笑：「內史，我是高興也！」景監上下端詳：「你？高興？有何高興處？」衛鞅向景監深深一躬：「請內史與我回客棧共飲，以賀半道之功。」景監心中有氣道：「好，我看你衛鞅能搞出甚名目？走！隨你。」

衛鞅拉著景監欣然來到渭風客棧，侯嬴高興得立即擺上肥羊燉和苦菜烈酒。景監悶悶不樂，衛鞅卻是滿面笑意。侯嬴疑惑地看著兩人：「一喜一憂，究竟如何？」景監搖頭歎息道：「又說一通忒沒力氣的話，君上拂袖而去。你說你高興個甚？不是有病麼？」侯嬴不禁笑了起來：「先生原本賣藥，何以自己有病？」衛鞅大笑舉爵：「來，景兄，侯兄，我等先痛飲一爵。」三人舉爵飲盡，景監低頭不語，侯嬴卻笑看衛鞅，等待他說話。衛鞅微笑道：「景兄莫要沮喪，與君上今日一會，大功已成一半矣。」景監驀然抬頭：「大功？你有大功麼？」衛鞅笑道：「景兄，你久在官場，但聞國君求賢而擇臣，可曾聞臣亦求明而擇君？」景監驚訝道：「你是說，你是在選擇明君？」衛鞅大笑道：「然也。景兄一語中的。」景監依然一臉困惑：「用亡國之道選擇明君？」衛鞅悠然道：「景兄曾扮東方巨商進入魏國，想來對商道尚通。敢問，今一人懷有絕世珍品，當如何尋找識貨之買主？」景監毫不遲疑：「自當示珍品於買主，真實介紹，如實開價。」

「若買主不識貨，又當如何？」

「繼續等候，或另覓識貨買主。」

「整日懷抱珍奇，沿街叫賣？」

「難道還有更好的辦法不成？」景監似有不服。

「我有一法，景兄姑妄聽之。」衛鞅頗為神祕地一笑，「大凡稀世珍奇，絕不可輕易示人。首要大計，在於選擇目光如炬的識貨之人，此所謂貨賣識家也。試探買家之上乘法則，先示劣貨，後出珍奇，如此則百不差一。景兄以為如何？」衛鞅的口吻，完全是一個老謀深算的商人。

景監還在回味之中，喃喃自語：「先示劣貨，後出珍奇？先示劣貨？」

侯嬴笑道：「不識劣貨，豈能識得絕世珍奇？鞅兄如此精於商計，佩服。」

「鞅有一半殷商之血，略通一二，聊作類比，二位見笑。」

景監猛然拍案，高聲道：「好！君擇臣以才，臣擇君以明，不識貨，焉得為明？鞅兄高見，景監茅塞頓開！」

侯嬴道：「那，往前路，該如何走法？」

「這要看內史了，景兄對衛鞅還有信心否？」

景監大飲一爵，長吁一聲：「我就硬起頭皮，再來一次。」又猛然醒悟，「哎，先說好，這次是劣貨？還是珍奇？」衛鞅和侯嬴同聲大笑，景監也大笑起來。

三、肝膽相照　衛鞅三說秦孝公

十月二十日，櫟陽城舉行了隆重的葬禮，將齊國稷下學宮名士田常以上大夫的禮遇，安葬在城北高崗上。那一天，招賢館三十六名士子為靈車執紼挽歌，秦國下大夫以上官員全部送葬。在三丈高的墳墓堆起時，秦孝公親自在墓前祭奠，並親手為田常墓栽下了兩棵欒樹。

葬禮完畢，秦孝公沒有回櫟陽，帶著車英直接到了渭水北岸的渡口。自平定戎狄叛亂後，他還沒有巡視西部。這次，他想在嚴冬到來之前乘船逆流而上，到雍城以西看看。到得船上，秦孝公對車英吩咐：「稍等片刻。」站在船頭的車英指著北岸塬坡：「君上，內史來了，兩個人。」孝公笑道：「就是等他兩個。半個時辰就完，誤不了行程。」

塬坡小道上，馳馬而來的正是景監和衛鞅。

三天以前，在請準田常葬禮事宜的時候，景監由招賢館士子又拐彎抹角地提到了衛鞅。秦孝公又好氣又好笑：「我說你個景監，是叫衛鞅迷住了，還是吃了衛鞅好處？這個人已經在書房裡泡迂了，表面上頗有英風，實則是老氣橫秋，你還不死心？咄咄怪事！」景監退無可退，就直說了衛鞅那一番「君試臣以才，臣試君以明」的論理和珍奇出手的比喻。秦孝公聽了，又是沉默不語。他感到衛鞅此說頗耐尋味，驀然之間，又覺此人頗為蹊蹺，何以每次都能找出讓他怦然心動的請見理由？若非有備而來，預謀而發，豈能如此？沉吟有頃，悠然笑道：「好，就再見衛鞅一次，看看他揣了多少劣貨？」

秋霜已起，渭水兩岸草木枯黃。渡口停泊著一條高桅黑帆的官船，遙遙可見甲板上涼棚狀的船亭中有長案木几。景監和衛鞅來到岸邊，將馬拴好，走向官船。景監低聲道：「鞅兄，我再說一次，君上所以在船上見你，是想到西地察訪民情。這次不行，你就只有回魏國了。」衛鞅笑著點點頭，兩人便踏上寬寬的木跳板上了船。

車英在船口迎候，拱手笑道：「內史、先生，這廂請。」將兩人讓到船亭坐定。

秦孝公見二人上船，從船艙來到船亭，景監衛鞅一起施禮：「參見君上。」

秦孝公笑道：「不必多禮，我等邊走邊說。」轉身對車英吩咐，「開船西上。」

車英令下，槳手們一聲呼喝：「起船……」官船悠悠離岸，緩緩西上。

渭水河面寬闊，清波滔滔，水深無險，端的是罕見的良性航道。要是在魏國，這樣的水道一定是檣桅林立船隻如梭。可眼下的渭水河面卻是冷冷清清，偶有小船駛過，也只是衣衫破舊的打魚人。茫茫水面，竟然看不到一隻裝載貨物的商船。

衛鞅凝視著河面，發出一聲喟然長歎。

秦孝公道：「先生兩次言王道，雖不合秦國，然先生之博學多識，我已感同身受。嬴渠梁意欲請先生任招賢館掌事，職同下大夫，不知先生肯屈就否？」

衛鞅彷彿沒有聽見秦孝公的話，望著清冷的河面，緩緩說道：「渭水滔滔，河面寬闊，在秦境內無有險阻，乃天賜佳水也。何以秦據渭水數百年，坐失魚鹽航運之利？關中川道，土地平坦，沃野千里，天下所無，何以在秦數百年，卻荒蕪薄收，民陷饑困？」

景監一怔，生怕衛鞅又迂闊起來，仔細一聽，都在實處，便不再言語。秦孝公則不動聲色地沉默著，他想聽聽這個蹊蹺的博學之士還能說出什麼來。衛鞅也似乎並沒有注意秦孝公和景監的沉默，繼續面河問道：「秦地民眾樸實厚重，又化進戎狄部族近百萬，尚武之風深植朝野。秦國卻何以沒有一支攻必克、戰必勝的精銳之師？」

景監高興插話：「先生所問，正是君上日夜所思之大事。先生大計何在？」

秦孝公目光銳利地盯住衛鞅背影，向景監擺擺手，示意不要打斷。

衛鞅轉過身來正視著秦孝公道：「方今天下列國爭雄，國力消長為興亡根本。何謂國力？其一，人口眾多，民家富庶，田業興旺。其二，國庫充盈，財貨糧食經得起連年大戰與天災饑荒之消耗。其三，民眾與國府同心，舉國凝聚如臂使指。其四，法令穩定，國內無動盪人禍。其五，甲兵強盛，鐵騎精良。有此五者，方堪稱強國。而目下之秦國，五無其一。地小民少，田業凋敝；國庫空虛，無積年之糧；民治鬆散，國府控轄乏力；內政法令，因循舊制；舉國之兵，不到二十萬，尚是殘破老舊之師。如此秦國，隱患無窮，但有大戰，便是滅頂之災。君上以為然否？」

秦孝公微微一笑：「如此一無是處，卻如何改變？王道？無為？仁政？」

景監看話題已經入港，正在高興，卻聽國君話音不對，著急道：「不行不行，那都是亡國之道，先生豈能再提？」

秦孝公擺擺手道：「請先生繼續說下去。」

衛鞅神色肅然道：「治國之道，強國為本。王道、仁政、無為，盡皆虛幻之說，與強國之道冰炭不能同器。君上洞察深徹，不為所動，鞅引以為慰。」

「然則如何強國？嬴渠梁卻沒有成算。」

「強國亦有各種強法。魏國、齊國、楚國，君上以為哪一國可堪楷模？」

秦孝公聽此一問，精神陡然一振，目光炯炯道：「先生此言，大有深奧。嬴渠梁平日只為強國憂心如焚，心念尚不及此，敢請先生指教。」

「魏國乃甲兵財貨之強，齊國乃明君吏治之強，楚國為地廣人眾之強。目下正在變法崛起之韓國，與齊國相類。」

秦孝公喟然長歎：「與三強不相上下，嬴渠梁此生足矣！」

衛鞅笑道：「然則，上述三強，皆非根本強國，不足效法。」

秦孝公感到驚訝了。他在求賢令中已經申明，圖強的目標就是要恢復穆公時代的霸業，與東方諸侯一爭高下。按照這樣的目標，達到魏齊楚韓四國的強盛，應當就能滿足了。而衛鞅居然說上述三國不足效法，口氣之大，當真是蔑視天下。是這個衛鞅不知治國之艱難，還是真有扭轉乾坤的大才？

他在驟然之間弄不清楚，不妨先虛心聽之，於是謙恭地拱手道：「先生之言，使人氣壯，尚請詳加拆解。」

衛鞅面色肅然，侃侃而論：「前三種強國範式之根本弱點，在於只強一時，不強永遠，只強其表，不強根本。魏國在文侯武侯兩代是蒸蒸日上，真正強盛，自魏罃稱王，魏國便每下越況。齊國是這一代齊王強盛，之後必然衰弱。楚國則自楚悼王以後，一直是外強中乾，不堪真正一擊。即或以目下正在變法之中的韓國而言，也是一代之強，甚至不出一代，便會呈衰落之勢。此中根源何在？其一，變法不深徹。李悝助魏文侯變法，以廢除井田、獎勵農耕、興旺田業為主，疏忽了封地軍制、吏制、爵制、國制、民制之全面變法。齊國韓國則更是粗淺的整軍治吏之變法，沒有深徹地再造翻新。楚國之變法，因吳起慘死而中途夭折，對舊世族只有些許觸動，更休提深徹二字。其二，法令不穩定，沒有留下一個國家應當長期信守的鐵律。前代變法，後代復辟，根基不穩，必然是興也勃焉，亡也忽焉。有此兩大缺憾，豈能強大於永遠？又豈能成大業於千秋？唯其如此，三強四國不足以效法，秦國要強大，就要從根本上強盛！」

秦孝公被這一番江河直下的理論強烈震撼！陡然覺得往昔那籠罩心田的沉沉陰霾頃刻消散，身心枷鎖頓時開脫，心明眼亮，堅實舒坦。他站起身向衛鞅深深一躬：「先生一番理論，當真是高屋建瓴，勘透天下，使嬴渠梁撥雲見日，憂心頓去。敢問先生，根本強大，將欲如何？」

景監高興得不知所以，興奮地用秦人土語喊道：「君上，該咥飯了！咥了再說如何？」

秦孝公醒悟，爽朗大笑：「對，咥飯。黑伯，上酒菜，與先生痛飲一番！」

此時已是黃昏夕陽，深秋的河風蕭瑟寒涼，與君臣四人異常的興奮熱烈全然不同。最開心的是景監，忙不迭地幫黑伯上菜上酒，害得一向整肅利落的黑伯手忙腳亂，車英說他幫倒忙，景監卻高興得哈哈大笑。片刻之間，菜上齊：四個大黑色陶盆，一盆肥羊燉，一盆清燉魚，一盆生拌蘿蔔，一盆生拌野苦菜，另有一罈秦國鳳酒。君臣四人坐定，秦孝公親自為衛鞅斟滿一爵，而後端起自己面前的大爵：「先生高才深謀，胸中定有強秦奇計。嬴渠梁敬先生一爵，望先生教我。」說完，舉爵一飲而盡。衛鞅坦然受了一禮，舉爵痛飲，慨然道：「國有明君如公者，何愁不強？」

秦孝公歎息道：「君無良相，孤掌難鳴。常盼管仲復生，不期而遇。」

「茫茫中國，代有良才，強國何需借代而興？」衛鞅慷慨傲岸。

景監興奮道：「君上，管仲強齊一代，先生要強秦於永遠，氣魄何其大哉！」

孝公大笑：「說得好！來，再與先生痛飲。」向衛鞅拱手相敬，一飲而盡。

衛鞅一爵飲盡，慨然道：「治秦之策，鞅已謀劃在胸。這是我訪秦歸來擬就的《強秦九論》，請君上評點。具體謀劃，待君上西巡歸來再行陳述。」說著，從懷中掏出一本羊皮紙書恭敬遞過。

秦孝公雙手接過，未及翻閱便高聲命令：「車英，掉船回櫟陽，改期西巡。」轉身對衛鞅拱手道：「敢請先生隨我回宮，嬴渠梁與先生一抒胸中塊壘，做竟夜長談如何？」

「君上嘔心瀝血，衛鞅自當披肝瀝膽。」

官船掉頭東下。秋日短暫，轉瞬淹沒在遠山後面，唯留一抹血紅的晚霞，照得河面波光粼粼。秦孝公與衛鞅始終站在船頭興奮交談，一個說得出神，一個聽得入迷。晚秋河風吹起一白一黑兩領長衫啪啪作響，二人竟絲毫未覺寒涼。車英為兩人披上棉袍，兩人渾然無覺，時而感慨，時而大笑。

明月東升，官船方才回到了櫟陽渡口。船一靠岸，孝公吩咐車英善後，景監通知各縣緩行面君，說完便和衛鞅馳馬急回。到得政事堂大書房，黑伯點亮四盞紗燈，煮來濃茶。正是秋冬之交，老屋更顯寒意，黑伯又打起了木炭燎爐。收拾妥當，孝公便和衛鞅飲茶暢談。孝公先向衛鞅詳細講述了秦國三百多年的歷史、傳統與各種禮法，以及目下二十三個縣的民生民治，使衛鞅對秦國有了更為全面扎實的了解。衛鞅也逐一詳細介紹了東方各國的變化和軍制、官制、民風、國君特點，尤其對魏國為首的六大戰國，做了更為詳盡的剖析。秦孝公除了少年征戰，從未走出過函谷關，對天下大勢可說是不甚了了，對各國具體國情更是所知粗疏。衛鞅詳盡生動的敘述，第一次在他眼前打開了一片廣闊的天地，使他對進入戰國六十餘年來的天下大勢和列國詳情了然於胸。秦孝公稟賦極高，邊聽邊想，已經對秦國的落後悚然心驚。

衛鞅講完，孝公慨然道：「先生一席話，領我遍遊天下，方知人之所以長，我之所以短。我還想聽先生詳述列國變法，以開我茅塞。」衛鞅便從春秋時代的新政變法講起，逐一介紹了鄭國子產的田制新政、齊國管仲的經濟統制、越國文種聚集國力的新政、魯國宣公的初稅畝新政、晉國的賜田減稅、秦國簡公的初租禾等主要新政。衛鞅道：「大要而言，春秋三百年，新政圍繞田制與稅制之變化發生，然皆為粗淺，無一鞏固，反倒被新政激起的巨浪吞沒。此即推行新政的鄭國、齊國、晉國、越國相繼滅亡之根本所在。」邊聽邊想，孝公額頭上不禁滲出晶晶細汗。衛鞅又講述了戰國以來魏國的李悝變法，楚國的吳起變法，與正在發生的齊國變法和韓國變法；對變法的內容、特點、嬗變及其結局，都做了鞭辟入裡的解說和預測。

此時，已經是紅日臨窗。黑伯輕輕走進來低聲道：「君上，卯時已過，該吃點兒啦。」孝公依舊精神奕奕，笑道：「酒菜拿來，邊吃邊談如何？」衛鞅欣然道：「好極，邊吃邊談。」黑伯捧來兩鼎蘿蔔黃豆燉牛肉、一盤黑麵餅、一罈酒。孝公吩咐道：「黑伯，誰來也不見。你也去吧。」黑伯走出，皺著眉頭守在政事堂門口。

剛吃了幾口，孝公翻開昨日衛鞅送的《強秦九論》看起來，一入眼便放下了筷子凝神細思。剎那之間，衛鞅眼眶濕潤了。如此簡樸又如此勤奮的國君，衛鞅確實是聞所未聞見所未見。從昨日午後開始，他胸中積累的學問見識便洶湧澎湃地迸發出來，一夜之間，沒有絲毫停滯地呼嘯奔瀉。他流淌著自己，燃燒著自己。而作為國君的秦孝公，則像空谷滄海，接納著他無盡的奔流而沒有絲毫的滿足。

閃念之間，衛鞅從這個僅僅比自己大一歲的國君身上，看到了一種遠遠超越於年齡和閱歷之上的成熟與博大。他彷彿生來就是做國君的，處變不驚，臨危不亂，慧眼辨才，沉靜深遠。對於尋常人等而言，擁有其中任何一種品質都是極為難得的了。而他，卻如此出色地融這些過人品質於一身，真正是令人歎服。與這個年輕的國君在一起，就像與山岳為伍，令人膽氣頓生。他靜靜地看著專注沉思的秦孝公，神思奔放，竟也忘記了吃飯。

須臾，秦孝公抬起頭興奮道：「《強秦九論》，字字千鈞！來，痛飲一爵，請先生詳為拆解。」

衛鞅舉爵，鏘然相碰，兩人一飲而盡。

烈酒下喉，衛鞅精神為之一振道：「《強秦九論》乃衛鞅謀劃的變法大綱。其一〈田論〉，立定廢井田、開阡陌、田可買賣之法令。其二〈賦稅論〉，拋棄貢物無定數的舊稅制，使農按田畝、工按作坊、商按交易納稅之新法。如此則民富國亦富。其三〈農爵論〉，農人力耕致富，並多繳糧稅者，可獲國家爵位。此舉將真正激發農人勤奮耕耘，為根本的聚糧之道。其四〈軍功論〉，凡戰陣斬首者，以斬獲首級數目賜爵。使國人皆以從軍殺敵為榮耀，舉國皆兵，士卒奮勇，傷殘無憂，何患無戰勝之功？其五〈郡縣論〉，將秦國舊世族的自治封地一律取締，設郡縣兩級官府，直轄於國府之下，使全國治權一統，如臂使指。其六〈連坐論〉，縣下設里、甲兩級小吏。民以十戶為一甲，一人犯罪，十戶連坐，使民眾榮辱與共，怯於私鬥犯罪，勇於公戰立功。其七〈度量衡論〉，將秦國所行之長度、重量、容器一體統一，由國府製作標準校正，杜絕商賈與奸惡吏員對庶民的盤剝。其八〈官制論〉，限定各級官府官吏定員與治權，杜絕政出私門。其九〈齊俗論〉，強制取締山野之民的愚蠻風習，譬如寒食、舉家同眠、妻妾人殉，等等。此九論為大綱，若變法開始，尚須逐一制定法令，落於實處。」

「人云，綱舉目張。有此九論，嬴渠梁已經看見了秦國來日！」

兩人又是痛飲一爵，就著《強秦九論》侃侃問答，不覺已是紅日西墜，紗燈重亮。黑伯收拾燎爐點燈時，看見正午的飯竟然原封未動，不禁搖頭歎息，輕聲道：「君上，該用晚飯了。」孝公笑道：「好，將這些弄熱就行。」黑伯哽咽勸道：「君上，歇息吧，三日兩夜了。」孝公不悅道：「又有何妨？不要打擾，去吧。」

匆匆吃罷，兩人圍著燎爐一條一條計議。說到最後的糾正民俗時，孝公竟然不了解西部老秦人的陋習。衛鞅便將自己在山河里的夜宿和帶出河丫的故事講了一遍。孝公不禁大為感慨唏噓，眼中瑩然淚光，最後又大笑一番，舉酒慶賀衛鞅的深徹踏勘。忘情之間，不覺又是紅日臨窗。

黑伯心急如焚，百思無計，匆匆到後邊庭院稟報了太后，請設法教國君歇息。

太后聽黑伯一說，又氣又急，抬腳往前院便走，到得兵器廳廊外，想想又停下腳步，派侍女喚來正在晨讀的熒玉，吩咐道：「你二哥又發癡了，三日兩夜沒歇息和人說話。我想他是否遇上了奇人高才？我去未免掃興。你去看看，送點好吃的，搗亂搗亂，教他們歇會兒。」熒玉頑皮地笑笑，飄然跑去了。

政事堂外的庭院中，守了三天兩夜的車英在晨光下邊踢腿邊打呵欠，打著打著，一下子癱倒在地上睡著了，長劍壓在身下，卻照樣鼾聲大作。熒玉提著棉布包裹的陶罐和小竹籃輕盈走來，發現車英橫臥在地，呼嚕連聲，搖頭一笑，繞過車英，來到政事堂大廳，看見裡間的大書房掩著門，便輕手輕腳趴到門格上向裡張望。

房內，秦孝公與衛鞅各自包著一塊毛氈斜依在牆上，中間地氈上鋪著一張大圖，面前長几上杯盤散亂，二人都是眼睛發紅面色發青，神情卻是激越興奮，毫無倦意。熒玉知道二哥脾氣，不敢貿然闖進，便悄悄站立偷聽，尋覓進去的機會。只聽屋內傳來一個略顯沙啞的聲音道：「強兵之本，在激賞於民。勞而無功，戰而無賞，必生異心。我在山河里聽到老秦人民歌：『有功無賞，有田無耕，有荒無救，有年無成。』民生怨心，何以強兵？是以要獎勵耕戰，激賞強兵！」孝公插話道：「別急別急，你將那民歌再念一遍。」沙啞聲音道：「我唱給君上聽吧。」說著咳嗽一聲，低低唱了起來，悠揚悲涼的歌聲飛出門外：「七月流火，過我山陵。女兒耕織，男兒做兵。有功無賞，有田無耕。有荒無救，有年無成。悠悠上天，忘我蒼生。」

歌聲之後，屋內良久沉寂……熒玉被歌兒深深打動，不禁熱淚盈眶。只聽二哥沉重的一聲歎息與低低的哽咽拭淚之聲。沙啞聲音道：「君上何憂？但有變法雄心，君上將無愧於秦國民眾，無愧於祖宗社稷。」二哥堅定深沉的聲音道：「嬴渠梁決意變法，請先生為我承擔大任。」沙啞聲音道：「君上信鞅，鞅萬死不辭。然則變法越深徹，道路越艱險。鞅悉心推究過列國變法，以為至少需要三個條件，不知君上能做到否？」

「先生但講。」

「其一，有一批竭誠擁戴變法之士，居於樞要職位。否則，法無伸張，令無推行，行之朝野，便成強弩之末。」

「此點但請先生放心。嬴渠梁當全力為先生羅織力量。」

「其二，真法不避權貴。新法一旦推行，舉國唯法是從。即或宮室宗親，違法亦與庶民同罪。此點，庸常之君斷難做到。」

「此點在嬴渠梁倒非難事。但講第三。」

「其三，國君對變法主政大臣須深信不疑，不受挑撥，不受離間。否則，權臣死而法令潰。春秋以來三百餘年，凡新政變法失敗者，無一不是君臣生疑。若無生死知遇，變法斷難成功。」

此時，風兒將門無聲地吹開，熒玉悄然走進，站在了二人身後。

秦孝公長吁一聲：「強秦，是我的畢生大夢。為了這個夢，嬴渠梁九死而無悔，萬難不足以擾我心！三百年以來，變法功臣皆死於非命，此乃國君之罪也。你我君臣相知，終我之世，絕不負君！」

衛鞅眼中濕潤：「公如青山，鞅如松柏，粉身碎骨，永不負秦！」

兩人四手，緊緊相握。中間忽然伸出兩爵熱氣蒸騰的米酒，熒玉含淚笑道：「熱酒赤心，天地為證。」秦孝公爽朗大笑：「說得好！小妹來得正是時候，來，乾！」衛鞅接過一爵笑道：「為了秦國強大，乾！」兩爵鏘然相碰，各自痛飲而盡。

熒玉凝神打量著衛鞅，臉上露出一種純真的感動。

四、世族元老們惶惑不安了

櫟陽的上層世族迅速傳播著一個消息：秦公和魏國士子衛鞅連續密商三晝夜，準備在秦國大動干戈！秦國世族第一次感到了震驚，也感到了恐慌，奔相走告，議論紛紛。

與山東六國相比，秦國世族層的數量和勢力都很小，財力和私家武裝的規模更小。如果維持舊制，秦國世族對公室國府幾乎沒有什麼威脅。但是，秦國世族有兩個突出特點，一是一脈相沿數百年，極少有中途泯滅的家族；二是對國家都有值得稱頌的功勞，其第一代往往都是大功臣。而東方六國的世族，卻在春秋以來的三百多年中歷經毀滅與再生，延續百年以上的真正舊世族幾乎悉數淹沒，代之而起的是新政變法中誕生的新世族，此所謂「高岸為谷，深谷為陵」的權力層大動盪。

秦國不然，立國之前的嬴氏部族原本就是殷商遺落的老世族，在與西部戎狄的長期較量中，世族力量始終是嬴氏部族的中堅，將領官吏層幾乎與世族層等同。立國為大諸侯之後，又在歷代征戰中陸續誕生了許多新世族。由於秦國僻處西域，加之東方的蔑視，很少與中原列國緊密融通，國內也就很少發生政權動盪。在秦國的歷史上，除了秦孝公的父親秦獻公之前的幾次政變外，幾乎沒有大的事端波瀾。長期的國內穩定與長期的對外戰爭，相輔相成，戰爭強化了穩定，穩定贏得了戰爭。

這就是一個窮困落後的秦國，何以能長期與東方並立的奧祕所在。

由於落後，由於窮困，由於穩定，由於戰爭，秦國世族和鄉野庶民的種種差距，遠遠不像東方世族與庶民那樣有天壤之別。秦國世族在戰爭中的傷亡絲毫不比庶民少，生活上想奢侈排場也沒有財貨根基。一旦兵連禍結，世族庶民一般艱苦一般流血。所有的世族子弟，都是少年從軍，浴血奮戰，任何一個家族都可以數出歷代成百上千的戰死者。這種不大的差別，使秦國世族在山野庶民中有著很深的根基，某種意義上說融為一體也不為過。正是這種相安無事的穩定和諧，使秦國世族和鄉野庶民都沒有改變現狀的強烈願望。世族中沒有分化出東方那樣的新地主，也沒有產生東方那樣的士人階層；庶民雖有怨言和不滿，但卻從來沒有發生過幾乎同樣落後的楚國那樣的群盜暴動，或周室洛陽那樣的百工起義。三百多年中，秦國朝野沒有改變這種「一體窮困，同甘共苦」的願望。平民如此，世族更如此。

而今，國君在一個外來士子的蠱惑下竟要大動干戈，能不震驚譁然？

最早將這個消息傳播出去的，是職任戎右的西乞弧。這個西乞弧，是秦穆公時期名將西乞術的後裔，算得上秦國的名門世族。戎右，是秦國公室護軍的將領之一。西乞弧三十餘歲，機警異常。他守護國府，連續三天擋回了二十餘位大臣，自然知道這三天三夜非同尋常。他第一個找的是他的頂頭上司——衛尉車英探聽口風。車英職位比他高，也是世族之後，年齡資望和軍功卻還都不能與他相比，所以說話也沒有顧忌，直截了當便問：「敢問衛尉，國君和這個白衣士子密談三天三夜，想讓他在秦國變法麼？」誰知車英冷冷回答：「西乞將軍，你想的事忒多了，歇歇了。」西乞弧碰了個軟釘子，便去找他的「孟西白」圈子說話。

這「孟西白」在秦國可是大大有名，說的是秦穆公的三大名將孟明視、西乞術、白乙丙。此三人曾先後做過秦軍統帥，長期共同作戰，交誼甚厚，素來是通家之好。三將死後，孟西白三大家族遂成世交，百年以來代代結好，姻緣互通，成了一個聯片盤根的世族勢力。三大家族中，「西乞」雖是複姓，但老秦人卻按照他們慣有的簡單說法，喊為「孟西白」。時下孟氏家族的嫡系主人叫孟坼，官居行人，執掌對戎狄聯絡的外部事務。白氏部族的嫡系主人叫白縉，官居車右，掌秦國的戰車兵。由於秦國的戰車逐步淘汰，所以三家之中，白縉稍顯冷落。西乞弧與孟坼均居相對顯赫的要職。

西乞弧先到孟坼府，又派人請來白縉。西乞弧一說消息，孟坼與白縉先還不在意，變法就是變變法令，有何大不了？經西乞弧一說變法的厲害，才恍然大悟，感到不妙。但三人除了罵一通那個衛鞅以外，也不知如何是好。西乞弧機警，提議去見上大夫甘龍，聽聽他的主意。不消片刻，三人趕到甘龍府，巧的是長史公孫賈和中大夫杜摰也在甘龍府議事。西乞弧將來意說明，甘龍沉吟半日，卻沒說話。公孫賈淡淡笑道：「國君求賢令已經申明，就是要恢復穆公霸業，能變到何處去？三位無須多慮。」甘龍道：「這件事，老秦人都知道了，不要著急，看看再說。」杜摰粗聲大氣道：「一個魏國中庶子，能成何氣候？國君見他，消閒解悶罷了。真的大動干戈，我卻不信！」西乞弧輕蔑地笑笑，便對孟坼白縉示意，三人告辭，聚在孟府又飲酒議論到二更方散。

櫟陽城各種各樣的議論和動態，景監都及時稟報給秦孝公。自從衛鞅與秦孝公晝夜聚談以來，景監簡直高興得心都要醉了。因為衛鞅而使他產生的委屈、難堪、憤懣，早已煙消雲散。他唯一的擔心，就是世族們的這種詆毀，會不會使尚在襁褓中的變法大計窒息？景監是秦國現任重臣中唯一的平民子弟，確切地說，是過早敗落在世族傾軋中的世族後裔。他本能地對世族層保持著一定的距離，對他們的動態卻是異常敏感。當他把這些沸沸揚揚的議論和動態稟報給國君時，秦孝公卻笑著揮揮手：「教他們說去，吹吹風也好。」

秦孝公心中有數，和衛鞅徹談三晝夜，信心大增，原來準備自己苦修自己動手的悲壯，化成了烈烈變法的昂揚情懷。但是，長期錘鍊的沉穩性格卻使他很是冷靜地思索了幾日。他不想在沒有充分準備的情勢下急於動手，他思謀了一個周密的疏導方略，而且決意不讓衛鞅過早地在前期疏導中顯露鋒芒，樹敵於元老重臣。當世族層沸沸揚揚地奔走議論時，他開始了不著痕跡的疏導。

孝公的第一件措施，是拜衛鞅為客卿，賜兩進院落的宅邸一座。此令一頒，櫟陽世族與朝臣大出意外，招賢館士子則忐忑不安。朝臣世族們原本以為，衛鞅馬上就要成為紅得發紫的權臣，耀武揚威地立即對他們動手，就像韓國的申不害那樣。孰料，國君才給了衛鞅一個客卿。客卿者，沒大沒小的一個虛職，對任何官署都不能干預，只能和國君敘談敘談罷了。世族朝臣們頓時長長地出了一口氣，輕鬆了下來，覺得這個衛鞅對自己沒有任何威脅。杜摯和孟坼幾個人晉見秦孝公時，還抱怨國君給衛鞅官職太小太虛，不利於招賢，請國君對衛鞅再升一級。秦孝公淡淡笑道：「諸卿賢明，我已知曉。但有大任再說。」出得國府，幾人相對大笑，分外暢快。招賢館士子們不然，一看衛鞅如此赫赫才拜了客卿，自己如何有指望在秦國做官，自然是愁眉苦臉，聚相議論，思謀著要回老家。

然而就在這時，國君卻頒下君書：招賢館所留士人，全部派為縣令、郡守和國府官署的實權官吏。最高職位是王軾，做了櫟陽令。原先的櫟陽令子岸則重回軍中做大將。此令一下，朝野又是一片譁然。招賢館振奮慶賀，世族朝臣卻又變得茫然失措。戰國初期，縣比郡還重要，縣令比郡守爵位也高，是國府直轄的最高地方官署。變法前的秦國，除了在隴西戎狄區域和北部荒涼地帶設郡以外，腹心地帶全部以縣為治，而不設郡。所以縣令、郡守都是當時十分重要的地方大員，軍政一把抓。至於櫟陽令，那更是都城長官，非同尋常。這些如此重要的職位，大部分派給了這些外邦士子，世族元老們可是老大不舒服。不舒服歸不舒服，嘴裡卻講不出。國君花大力氣招賢，沒有重用那個咄咄逼人的衛鞅，還能不教用其他賢士？令世族元老們沉住了氣的還有重要的一點，那就是國君對招賢館士子們只授了官，而沒有授爵。在一個老牌國家，有官無爵的實際含義是臨時任職，尚未進入真正的上層世族，一旦罷免，即為平民。

君書頒布三天之後，秦孝公在招賢館設宴為新任大員們餞行。酒間秦孝公鄭重叮囑，新官上任，不要急於做事，半年之內許靜不許動，只准熟悉政務治情督導勸耕，不許擅行新政。這個奇特的命令，引來士子們一片茫然——強大秦國卻又不許創新不許做事，卻要賢士何用？又想想初任重職，謹慎為是，也無人異議，餞行結束，士子們便各赴任所了。

此信傳出，世族朝臣們又是大為寬心，認定國君招賢只是求治而已，並非要拿祖制開刀。就在朝臣世族們雖有狐疑而又無話可說的時日，秦孝公依然天天和客卿衛鞅見面敘談，卻始終沒有出人意料的大舉動。一個月過去，寒冬來臨，又沒有戰事，進入了老秦人說的「窩冬」期，也就沒人再關心這件事了。

一個大雪紛飛的日子，秦孝公來到左庶長嬴虔的府中，密談了整整一天。

第二天，孝公舉行朝會，冊封上大夫甘龍為太師，輔助國君承當協理陰陽、融通天地、聚合民心的重任；長史公孫賈升任太子傅，左庶長嬴虔也加太子傅，共同教習太子文武學問；中大夫杜摯升任太廟丞，掌祭祀大禮，職同上大夫。三人原先所轄的「瑣碎政事」，分別交於左庶長嬴虔和內史景監，國政大計由左庶長統攝。四道書令一頒布，政事堂中你看我，我看你，不知所以然了。

說起來，秦國素來沒有太師這個顯貴尊榮的職位，那只是商周兩代王室才設置的「百官之首，協理陰陽」的首要大臣，有無實權，視時視人而定。老秦國素來認為那是不著邊際的荒誕高位，從未設置。而今國君竟然抬出一個「太師」給了元老重臣，實在莫名其妙！想想卻又無法詰難於國君。甘龍本是東方大儒，尋常時動輒來一通老秦臣子們摸不著頭腦的高論，讓他去「協理陰陽融通天地聚合民心」，倒也是合適不過，況且又是大大升了兩級爵位，比上大夫顯貴多了，又如何質疑於國君？長史公孫賈的太子傅更重要，歷來為學問大臣所爭奪，公孫賈又本來就是文臣，又能說甚？至於杜摯，從中大夫一下子升到了上大夫一級，也是非同小可的升遷，不好麼？一陣惶惑，大臣們終於一齊向甘龍、公孫賈、杜摯三人慶賀。三人雖是笑意盈盈，卻顯得頗為尷尬。

散朝之後，孟西白三人在孟府議論了半日。西乞弧說他總覺得這幾件事來得蹊蹺，認定國君還有舉動，說不定還會罷免了他們幾個的官職。說得孟坼和白縉惶惶不安。誰知過了幾日，秦孝公召集軍中將領議事，宣示秦軍將領一個不動，每人還晉爵一級。將軍們放了心，櫟陽又安靜了下來。

秦孝公並沒有停止他的舉動。三日之後，他分別和景監、車英密議了半日。第二天頒布書令，遷景監為長史暫署左庶長府事務；遷車英為櫟陽將軍。內史遷左庶長府長史，爵位降了一級。衛尉遷櫟陽將軍，爵位降了兩級。新貴貶官，世族元老們忒是快意，卻又一次感到了莫名其妙。這兩人雖然遭貶，但遷後的職位卻極為重要。是明降暗升？也不對。這兩個新貴本來的職位也都是衝要高位，一個掌國府庶務兼領櫟陽民治，一個總領國府護軍，絕非虛職，似乎談不上明貶暗升。然二人又無過錯，卻何以貶官？一時間，朝臣們雲山霧罩，紛紛揣測卻又莫衷一是，漸漸地又平靜了下來。

這一段日子裡，衛鞅的小庭院大雪封門，異常冷清。秦孝公沒有來過，景監也沒有來過。但令人感到奇怪的是，客卿院落的四周總有三五甲士不斷經過，轉角隱蔽處，還有釘在那裡一動不動的便裝武士。櫟陽國人悄悄議論，那個院子裡的官人肯定是被囚居了，否則哪有如此森嚴的警戒？這一切，足不出戶的衛鞅自然不知道。買菜、造飯並一應瑣務，都有國府派來的兩個僕人打理，他是整日埋首書房，不是讀書，便是謀劃，彷彿山中一般。

這日午後，依舊是大雪飛揚，卻有人砰砰敲門。

僕人開門，衛鞅聽得一個熟悉的聲音：「先生在家否？」侯嬴？對，是他！衛鞅疾步出得書房，來到廊下，見滿身是雪的侯嬴提著一個大竹籃走進院子，不禁高興地大笑：「侯嬴兄，想煞我也！」侯嬴笑道：「鞅兄做了官，就忘記我這賤商了，怪得誰來？」衛鞅笑道：「客卿也算官麼？」說著接過侯嬴手中的大竹籃，聳聳鼻子，「好香，定是秦酒羊肉！」侯嬴大笑：「沒錯。大雪窩冬，不痛飲一頓說不過去。」衛鞅便將竹籃遞給僕人吩咐道：「加加火拿到書房來。」老僕人恭謹應諾，連忙到廚下去了。侯嬴走進書房低聲問：「說話方便麼？」衛鞅揶揄笑道：「如何不方便？這是我的府邸。」侯嬴搖頭道：「如何外面有暗崗？還有兵士巡查？」衛鞅一怔，想想心下明白，爽朗笑道：「沒事兒，只管痛飲。」說話間老僕人已經將熱氣蒸騰的燉肥羊捧來擺好，又將燙好的酒壺用棉布包裹，斟好兩杯，輕步退出。侯嬴微笑點頭：「看來，給你這個客卿派的僕人倒還夠格。」衛鞅笑道：「我是沒管，這都是國府分派。來，先乾一杯！」兩人端起面前冒著熱氣的陶杯叮噹一碰，痛飲而下。侯嬴困惑道：「秦國從來不給上大夫以下的官員配官僕，你這客卿，職同上大夫？」衛鞅大笑：「客卿者，沒大沒小也，禮遇有加，也不為過。」侯嬴道：「沒有實權執掌麼？」衛鞅搖搖頭：「沒有。」侯嬴沉吟道：「鞅兄，招賢館士子們都做了縣令郡守。秦公和你暢談三日三夜，櫟陽國人皆知，卻給了個有名無實的客卿，究竟是何道理？」衛鞅思忖有頃道：「侯兄，我與秦公披肝瀝膽，引為知音，我衛鞅願與這樣的國君終生共事。至於用我為何職，何須慮之。給如此一個國君做謀士，也是人生一大快事也！」

侯嬴又斟滿一杯，共飲而盡：「你就聽任擺布？」顯是頗有不解。

衛鞅又是哈哈大笑：「侯兄差矣！我觀秦公絕非舉棋不定之人，更非斡旋無能之主。然為人君者，有尋常人所不能體察的難處，凡事須給他一個疏導的餘地。既為知音，若連此點都不能理會，急吼吼求官，豈非大殺風景？」

「你還有信心？」侯嬴認真問。

衛鞅點點頭，斟滿兩杯：「來，不要辜負了烈酒苦菜。」

一杯飲下，侯嬴從懷中掏出一個銅管：「白姑娘給鞅兄帶來一信。」

衛鞅眼睛一亮，驚喜地接過銅管打開，抽出一卷展開，卻是一方白絲，上面是白雪秀勁的小字：「自君別去，倍加思念。秦國諸事，大略知之，雖多曲折，然必有成。唯念君者，孤身自理，清苦有加，無以為助，刻刻掛懷。願君保重，以慰我心。」白絲左下角，畫了一隻展翅飛翔的鴻雁。

衛鞅看得眼睛濕潤，舉杯一飲，良久無話。

侯嬴喟然一歎：「白姑娘用心良苦，若有不察處，鞅兄莫要上心。」

衛鞅默默地遞過白絹，侯嬴猶疑著接過，看後笑道：「知鞅兄者，唯白姑娘也。來，為鞅兄有如此紅顏知己，乾！」

衛鞅舉杯飲盡，慨然道：「侯兄稍待，我書一信給她。」

侯嬴笑道：「正當如此。三日後白姑娘便可看到。鞅兄只寫。」

衛鞅走到旁邊書案前，拿出一方羊皮紙，提起鵝翎卻是感慨萬端，含淚下筆，竟覺字字艱難。寫完後在火盆上稍一烘烤，墨蹟乾盡，捲起來裝進原來的銅管遞給侯嬴。侯嬴一摁管頭的銅豆，管蓋「噹」的一聲扣緊，笑道：「這是白氏特製的密管，一管一法，最為保密。」衛鞅笑道：「那就煩勞侯兄送給她了。」侯嬴道：「方便得很，反正客棧每旬都要回魏國進貨，你有事，隨時找我便是。」

衛鞅高興，兩人將一罈秦酒在侃侃敘談中飲了個盡乾，直到暮色降臨，大雪稍停，侯嬴方才離去。

整個冬天，秦孝公都在忙碌，每隔幾日總要和左庶長嬴虔、長史景監、櫟陽將軍車英、櫟陽令王軾會商，要麼就是單獨和其中的一位密商。唯獨和衛鞅沒有見過一次。窩冬的朝臣們也幾乎忘記了客卿衛鞅這個人。

五、政事堂發生了尖銳對立

轉眼冰雪消融春暖花開。三月初三，秦孝公舉行完一年一度例行的啟耕大典，笑著對參加大典的朝臣們道：「明日朝會，議定今歲大計，諸卿各做準備。」這也是每年啟耕大典後的第一次隆重朝會，官員們稱為「春朝」，是朝臣們特別看重的年首朝會。

這天晚上，景監來到了客卿衛鞅的小院落。衛鞅正對著書房牆壁上的大圖出神，見景監來到，微微一笑：「久違之客，必有大信，是麼？」景監一言不發，從懷中摸出一支寬寬的竹板。衛鞅接過一瞥，只見竹板上赫然四個大字——明朝廷爭。衛鞅拊掌大笑：「好！又一個啟耕大典。」景監笑道：「一冬蝸居，鞅兄冷清否？」衛鞅道：「秦公教我養精蓄銳，安得冷清？」景監感慨：「知君上者，唯鞅兄也。」衛鞅卻笑道：「知衛鞅者，唯君上也。」景監道：「鞅兄上路，真讓我欣慰。想起去冬，時覺後怕也。」衛鞅不禁大笑，景監也大笑起來。

第二天早晨，政事堂早早生起了四個徑直六尺的大燎爐，紅紅的木炭火使陰冷的大廳暖烘烘的。春寒料峭中趕來的朝臣們，進得大廳直喊好暖和，搓搓手便脫去皮袍，坐在自己的位置上與左右談笑。杜摯笑問公孫賈：「太傅大人，那個位子誰坐啊？」他指的是中央國君長案稍下的兩張書案，一張顯然是太師甘龍的座席，對應的另一張何人？太子傅公孫賈沒有坐，左庶長加銜太子傅的嬴虔也沒有坐，還有誰能如此尊貴？有些人原本沒注意，杜摯一問，恍然大悟，頓覺蹊蹺。再一看，櫟陽將軍車英全副戎裝肅立在政事堂門口，外面大院中兩隊甲士盔明甲亮，持矛帶劍，整齊威武。朝臣們你看我，我看你，都覺有些異常。除了嬴虔、景監、王軾幾個人默然靜坐外，竟都是忐忑不安。

正在這時，門外內侍高聲報號：「客卿大人到——」

眾人一驚，哄嗡議論聲大起。除了國君偶然為之，朝臣們進政事堂都是自己進來便是，哪有隆重報號的？哪個客卿何以如此氣魄？仔細一想，秦國只拜了一個客卿，不是衛鞅，還有何人？議論之中，但見衛鞅一領白袍，頭頂三寸白玉冠，從容走進政事堂。內侍總管黑伯親自引導衛鞅在那個空閒的尊貴位置上坐下。一時間，朝臣們驟然安靜，面面相顧，臉色很是難看。

又一聲報號：「君上到！」話音落點，秦孝公已經走進政事堂，慣常的一身黑衣，與衛鞅適成鮮明對比。令朝臣們驚訝的是，從來不在朝會上帶劍的國君，今日腰間竟然挎上了那支銅鏽斑駁的穆公劍。隱隱約約的，朝臣們覺得將有大事發生，幾個月來撲朔迷離的疑團將要在今日揭破了。

秦孝公走到中央長案前就座，環視大廳道：「諸位卿臣，秦國求賢令發出已經一年，入秦賢士歷經坎坷，已經各任其職。秦國求賢，不為虛名，而為強國。何以強國？唯有變法。客卿衛鞅，對本公提出了變法強秦之方略。念及變法乃國家大計，須得上下同心君臣一體，是以舉行今日朝會，商討議決。列位皆秦國文武重臣，須得坦誠直言。」

政事堂一片安靜，朝臣們低頭沉思，甚至連尋常時日遇到困惑便相互目光詢問的舉動也沒有了。半日，還是甘龍咳嗽一聲，打破了平靜。

甘龍在升為太師以後，極不是滋味。他看得很清楚，這是要把他「賜以尊榮，束之高閣」。非但對他，連和他聲氣相通的公孫賈、杜摯也如法炮製。將他們手中的實權拿掉，必然是為了轉移給另外一批新人。如果說這種權力轉移在此之前還顯得撲朔迷離，升升降降不太清楚的話，今日則已經完全清楚，就是準備全部轉移給衛鞅。甘龍以他久經滄桑的敏銳嗅覺，已經完全看準了這一點，決然不相信衛鞅永遠都是客卿。這使甘龍感到了一種悲涼，一種被拋棄了的屈辱。因為這種升遷貶黜，都是在他毫不知情的情況下做出的。就本心而論，如果國君與他真誠商議，他告老辭官又有何妨？再說變法大計，他竟絲毫不知，難道國君就認定他不擁戴變法？甘龍雖是儒家，然也是秦國老臣，豈有不希望秦國強大之理？這一點給甘龍的刺激比前一點更甚。一個任何實權都沒有的太師，再加上大政決策不能事先預聞，豈非真正的做了擺設？雖然悲涼，雖然屈辱，但甘龍畢竟久經沉浮，老到之極。他心中明白，強風乍起，若迎頭而上，必然會被徹底吞沒。這時候，長草偃伏是避免身敗名裂的最好生存之法。然則，又不能一副冷漠狀，將內心不滿顯露出來，要有度，該說話時仍然要說話，對自己的升遷貶黜渾然無覺，方為上乘。眼見無人講話，甘龍覺得對他這個萬事不管而又凡事可議的太師正是機會。

「敢請客卿，先行宣示變法方略，可否？」甘龍只有這一句。

然則這一句話，就把被動變成了主動，也緩和了政事堂微妙的僵硬氣氛。秦孝公看了衛鞅一眼，微微點頭。衛鞅便向全場拱手道：「君上，列位大人，秦國貧弱，天下皆知。欲得強秦，必須變法，捨此無二途。秦國變法之方略為：獎勵農耕以富國，激賞軍功以強兵，統一治權以正吏，化俗齊風以聚民。此四項之下，各有若干法令保其實施。列位大人以為然否？」

太子傅公孫賈對甘龍的心情和對策以及場中情勢非常清楚，見衛鞅說完，便問道：「不知舊法弊端，難以變法。敢問客卿，秦國傳統治道，弊在何處？」

此一問正中衛鞅下懷，不假思索便道：「秦國舊制，弊有其三。第一，以王道為本，雜以零碎新政，民無以適從。秦在立國之初，對周室禮制王道略加變通而治民。穆公時以百里奚治國，力行德治，又引進舊楚國若干法令。秦簡公時行『初租禾』新政，擯棄舊制，然時日無多，又恢復舊制。獻公即位，欲行新政，然戰事迭起，無暇以顧。時至今日，秦國仍是春秋舊制，距離戰國新法差距甚大。這種舊制，只能治民於小爭之世，而不能強國於大爭之世。」

「此說真乃稀奇古怪！」新任太廟令杜摯一拍面前木案，憤然作色道：「秦法之弊若此，百里奚何以助穆公稱霸諸侯？」

衛鞅很是冷靜：「百里奚治秦，全賴一賢之力臨機處置，無法令規制為後世遵守。此乃人治，絕非法治。是以穆公百里奚之後，秦國陷入四代混亂而淪為弱國。請問太廟令，若百里奚有法可守，何以秦國百餘年不能振興穆公霸業，反倒盡失河西之地，從函谷關退縮到櫟陽？」這番話詰難犀利，毫不忌諱地指責秦國朝臣視為神聖的秦穆公與百里奚，論理卻是堂堂正正，政事堂大臣們雖憤然尷尬，卻無言以對。杜摯氣得呼呼直喘，硬是說不上話來。

「第二弊呢？敢請高論。」公孫賈悠然笑問。

衛鞅道：「秦國舊制第二弊，法無要領，獎罰不明。世族有罪不罰，庶民有功不賞。農人耕有餘依然貧困，軍士戰有功依然無爵。如此，奮勇為國之正氣如何激揚？」

「啪！」一人拍案而起，眾人一看，卻是戎右將軍西乞弧。他憤然高聲道：「客卿一派胡言！秦國如何有功不賞？在座文臣不論，單說武將，哪一個不是一刀一劍有了戰功方做將軍？若有功不賞，景監一個騎士能做到內史長史？車英一個千夫長能做到衛尉和櫟陽將軍？」

「然也！」行人孟坼站起激昂道，「以臣看來，不是有功不賞，而是無功有賞！王軾無尺寸之功，竟取代戰功累累的子岸將軍，做了櫟陽令。招賢館士人有何功勞？都做了縣令郡守！」

「還有，你衛鞅有何功勞？拜了客卿，派了官僕，與太師比肩而坐，宣號入朝！無功受祿，反倒詆毀秦國，是何道理？」這直指衛鞅的，是車右將軍白縉。

政事堂氣氛驟然緊張，且完全脫離了正題，將矛頭對準了衛鞅乃至求賢令頒布以來的秦孝公。甘龍公孫賈肅然沉默。杜摯則忍不住一臉笑意。孟西白乃功臣之後，秦國顯赫的軍旅家族，三人齊出發難，非同尋常。秦孝公卻是不動聲色，絲毫沒有對孟西白三人的突然發難表露出喜怒。倒是左庶長嬴虔嘴角抽動，顯然感到憤怒。景監見西乞弧公然拿自己和車英做擋箭牌，內心憤憤不平，卻也知道不是自己說話的時候，目不轉睛地盯著衛鞅，生怕他無言以對。最緊張的是新任櫟陽令王軾，第一次見到這種激烈尖銳的朝堂較量，尤其是自己也成了箭靶，額頭不禁滲出細汗。

就在滿朝目光齊聚到衛鞅身上時，衛鞅突然一陣仰天大笑，從座中站起朗聲道：「衛鞅所談，乃秦國舊制之弊端，孟西白三位何以顧左右而言他？國家法令，一體同遵，方為法制公平。正因了諸位世族後裔有功便賞，方顯得農人有功無賞、軍士有功無爵之荒誕。世族有功便賞，豈能等同於庶民有功便賞？三位以世族之利比庶民之害，以世族之得比庶民之失，不覺荒唐過甚嗎？此種說法，對秦國舊制弊端視而不見，何異於掩耳盜鈴乎？若孟西白三位能說出庶民有功而加爵受賞，衛鞅自然拜服。此其一。」衛鞅話鋒一轉，「至於說衛鞅等人無功受祿，則大謬不然。武士陣前殺敵為功，文士運籌治國亦為功。天下為公，國家官署爵位，唯有才有功者居之。秦公求賢令昭明天下，與強秦之士共享秦國，小小客卿何足道哉！」一席話義正詞嚴，坦率辛辣。政事堂一片肅然，孟西白三人面色通紅。

公孫賈彷彿沒有聽見方才一個回合的較量，平靜問道：「敢問客卿，秦國法制第三弊若何？」

衛鞅也彷彿沒有發生過方才的爭辯，接道：「秦國舊制，無聚民之力，無懾亂之威，此為第三弊也。何謂聚民懾亂之威？法令一統，令行禁止，有罪重罰，有功激賞，公正嚴明。如此則官吏無貪，庶民無私，國家興亡，匹夫有責，人人奮勇立功，個個避罪求賞，朝野形成浩然正氣，則國家不怒自威。秦人厚重堅韌，若元氣養成，則必將大出於天下！」

「好！」左庶長嬴虔拍案而起，「先生之言，大長秦人志氣！舜帝當年賜給我嬴氏祖先皀游時，就曾預言，嬴氏一族必將大出於天下。不想竟在千年之後被先生講出，大大吉兆也！秦國強大，必將應在先生之手。諸位以為如何？」

「好！吉兆！」話音落點，政事堂一片激昂的喊聲。

衛鞅的這句話，是流傳在老秦人中間的一個久遠的部族神話。說的是嬴秦先祖大費與大禹共同治水有功，舜帝隆重賜給嬴氏部族以皀游大旗，並預言「爾族後將大出天下」。多少年來，這個故事在嬴秦部族中代代流傳，人人堅信舜帝的預言終有一朝會變成真的。「大出天下」這句話，幾乎是老秦人相互鼓勵的一句神祕誓言，和「赳赳老秦，共赴國難」那句話一起，構成了秦人的精神支柱和獻身傳統。衛鞅此言一出，左庶長嬴虔心念電閃，立即將它生發至神聖的誓言和神祕的啟示，誰能不覺得振奮？誰又能在久遠的部族精神面前不昂揚呼應？

峰迴路轉，秦孝公沒想到如此突然變化，竟將激烈對峙瞬間就融會在了一種壯烈久遠的誓言中，不由低聲自語：「天意也。」仔細思忖，又微笑道：「如此吉兆，自當慶賀。然大出天下，終須一步一步做來。客卿方才所述變法大計，諸位尚須仔細計議才是。」見又是片刻沉默，秦孝公看著甘龍笑道：「今日朝會，事先未與太師及諸位大臣商議，為的就是一體同商。不知太師以為變法大計如何？」

甘龍見國君委婉解釋，心中稍覺舒坦，顯得很沉重地說：「變法事大。變得不好，國無寧日。越是大變，越是多有利害衝突。以秦國時下而論，不變法猶可為之。一旦變法，朝野動盪，若有戰事，只怕有亡國之危。況且，聖賢治國，法度宜靜不宜變，民風宜古不宜今。因循舊制是穩定之道，官吏熟悉舊規，民眾安心舊習。此為萬古之道。不求自安而求自亂，老臣委實不解客卿之意。」

衛鞅心下明白，這才是真正的開始，他從容微笑道：「太師飽學之士，何以出此世俗之言？庸人安於世故，學人溺於所習。若守此心態，今日猶在三皇五帝時也。太師當知，夏商周三代不同制，春秋五霸不同法。世生變，變生強，強則進。治國之道，賢勇者創法立制，庸碌者因循守舊。創新者生，守舊者亡。秦國因循舊制數百年，守出了富，還是守出了強？抑或守出了土地？」

「非也。」公孫賈淡淡地說，「太師之意，一旦變法，朝野動盪，削弱國家戰力，若有戰事，必有亡國之危。客卿對此作何應對？」他巧妙地將守舊創新的話題，引到誰也難以承擔罪責的興亡前途上來，顯然是一個嚴重的挑戰。

衛鞅不假思索道：「其一，變法所生之動盪，是利害衝突，法令得當，可迅速平息衝突穩定國人。此短暫動盪，不是國家內亂，不會導致國家戰力癱瘓。恰好相反，變法可在短時間內迅速增強國家戰力。其二，東方六國在逢澤會盟的分秦圖謀瓦解後，燕趙兩國忙於搶奪中山國，韓國齊國正在變法，楚國忙於防範南部蠻夷作亂，魏國忙於遷都大梁。鞅可斷言，至少三年內不會有大舉攻秦的戰事。其三，即或萬一發生不測之危，新法獎勵農耕激賞軍功，只能使庶民奮勇赴戰，何有削弱戰力之虞？再者，列國變法，無一不強。何以秦國變法，諸位卻生出削弱國力之慮？懼戰乎？懼變乎？」

此一問，鋒芒直指諱莫如深的變法利害，加之前三條堅實的剖析，甘龍和公孫賈頓時覺得尷尬起來。

突然，「啪」的一聲，杜摯拍案而起，戟指衛鞅憤然道：「衛鞅，你拿不出辦法卻污人之心，豈有此理？古人云，不得百利不變法度，工不十倍不換器具。你要變更秦法，究竟能給秦國帶來多少好處？還不是士人遊說，惑眾謀官，卻讓我秦國承擔亡國風險！變法不成，你拔腿溜走，破爛攤子誰來收拾？」

政事堂氣氛驟然緊張。杜摯昂昂而立，甘龍公孫賈面無表情地沉默，孟西白三人臉色鐵青，似乎準備隨時撲上來手刃衛鞅。言盡於此，衛鞅已覺沒必要講話，他泰然自若地站在那裡，蔑視地看著杜摯。政事堂無人說話，顯然都在等秦孝公裁斷。然秦孝公也是肅然沉默，一點兒說話的意思也沒有。

左庶長嬴虔拄著那把須臾不離的長劍，緩緩站起來走到杜摯面前，冷冷笑道：「太廟令，一個大臣，以小人之心，猜度國士胸懷，豈不怕天下人恥笑？先生以強秦為己任，冒險入秦，櫛風沐雨，苦訪秦國，拳拳之心，令人下淚。你能做到麼？在座諸位，誰能做到？誰到過山野荒村？誰能與民同宿？誰又走遍了秦國的關隘要塞？說呀，有誰能如此？如此國士高風，豈是拔腿溜走之輩？我等生為老秦子孫，不思圖強雪恥，卻將爛污之水潑向先生，以求苟且偷安，良心何在？」嬴虔粗重地喘了一口氣，狠聲道：「我要正告諸位，天賜先生於秦，乃我秦國之福，乃我秦國大出天下之吉兆！論政歸論政，誰敢無端中傷先生，我嬴虔這把長劍第一個不饒！」話音落點，鏘然拔出長劍，白光一閃，杜摯面前的木案「喀嚓」斷為兩半。

杜摯嚇得面色發青，站在那裡愣怔著不敢動彈。朝臣們也被嬴虔的凜然威勢震懾，面紅心跳，沒有一個人講話。誰都明白，嬴虔作為國君庶兄、三軍統帥兼握有實權的左庶長，他的實力幾乎就是秦國一半的力量。且嬴虔自少年時代就是秦軍著名的猛士，性格深沉暴烈，平日裡極少發作，而一旦發作，從來是霹靂雷暴般敢作敢為且不計後果。誰都知道的是，在和魏國的一次激戰中，他的侄子不聽號令丟失營寨，他大發雷霆，一劍砍下了侄子頭顱，又連殺三個千夫長，方才那一劍沒劈向杜摯，已經是杜摯萬幸了，誰還願意撞這個雷神的火頭？

這時，公孫賈面色莊重地道：「左庶長之言，使我愧疚振作。公孫賈以為，客卿所述大計確實不差，秦國臣子當全力支持變法。」

甘龍咳嗽一聲，嘶啞著聲音道：「變法自是好事，何有反對之理？」

杜摯一看，連忙惶恐笑道：「杜摯失態，向先生賠罪。身為老秦子孫，杜摯當洗心革面，擁戴變法。」

政事堂所有大臣同聲呼應：「臣等擁戴變法。」

秦孝公肅然從座中起身，環視政事堂一周道：「既然諸位大臣沒有異議，本公決意在秦國變法。」說著走下臺階，穿過朝臣列座的甬道，來到政事堂大柱後面的木屏前站定。大臣們尚在愣怔，黑伯上來拉開了木屏，屏後赫然現出一座石刻，石上顯然有大大的血字。大臣們原本沒在意這道新增年餘的屏障，畢竟，殿堂修葺是經常的。然此刻木屏拉開，大臣們卻驚愕了，一時紛紛從座中站起，來到刻石前。但見巍然矗立的大石上紫紅的兩個大血字——國恥！怵目驚心之下，大臣們深為震撼，一片肅然默立。

秦孝公指著刻石：「諸位，這座國恥刻石，是老秦人與老秦國的恥辱標記。為再造秦國，本公在這座國恥刻石前與諸位立誓：同心變法，洗刷國恥，若有異心，天地不容！」

大臣們奮然同聲：「同心變法，洗刷國恥，若有異心，天地不容！」

秦孝公道：「自今日起，本公拜衛鞅為左庶長，主持國政，推行變法。嬴虔改任上將軍。」說完，從黑伯手中接過擺有左庶長大印的銅盤，向衛鞅深深一躬，雙手捧到衛鞅面前。衛鞅莊重地向秦孝公深深一躬，接過印信銅盤。秦孝公又解下腰間長劍，環視群臣道：「這是先祖穆公留下的鎮國金劍，號令所指，違抗者斬無赦。本公今日將此劍賜予衛鞅厲行變法，凡壞我變法大計者，雖公室宗親，依律而行，依法論罪！」說完將金劍「嗒」的一聲橫搭在衛鞅手中的大銅盤上。

大臣們第一次看到國君如此深沉激烈，一片沉寂，唯聞喘息之聲。

衛鞅捧著印劍銅盤，慨然高聲：「衛鞅受君上重託，當捨生忘死，推行變法。秦國不強，誓不甘休！」

大臣們彷彿驚醒過來，齊聲呼應：「秦國不強，誓不甘休！」

六、奇特的故事震動了秦國民眾

三月二十，風和日麗，南市比平日裡熱鬧了許多。

南市，是櫟陽南門內城牆下的一處農牧貨品交易大市。就實說，只是一片較為開闊的廣場罷了。市場入口處有一個木柵欄大門，門額中央斗大的兩個黑字——南市。進得大門，帳篷羅列，人頭攢動，牲畜、山貨、農具、皮具、陶器、土布、蔬菜、五穀等自發地混雜在各個破舊的大帳篷下。偶有鮮亮簇新的皮帳篷，門口大牌上寫「只賣不換」四個大字者，是東方列國商人的帳店。只有少數衣著整齊的「國人」進出這種大帳，使用銅錢鐵錢或刀幣買貨。農人牧人們大都是走進秦國商人和國府官商的破舊帳篷，以物易物，或用狩獵得來的一張野羊皮換幾個陶罐，或用幾個雞蛋換半籃葵菜，或用一匹土布換一隻母羊。不過，大多數人都是用各種東西換糧食和農具。秦人農諺云：「三月趕集，五穀農器。」收穫大忙的五月即將來臨，農夫之家一年的存糧也到了甕底，春耕用壞了的農具也急需更新或修補。不換點兒糧食，不修補更新農具，收種大忙時如何有空閒來辦此等事體？

南市不是穩定的商業街市。秦人叫它「大集」，上市交易叫作「趕集」。所謂「集」，便是長期約定俗成，定期在某地集中交易的一種簡單市場。戰國初期，由於秦國落後窮困，舉國沒有一個穩定的商業都會，而只有每座縣城定期交易的集市。即或是國都櫟陽，也主要依靠集市進行交換，日常的街市倒是分外冷清。由於是國都，南市大集便成了秦國最大的集市，十天一次，逢十便是集市。逢集之日，不但是城內國人的大事，而且是方圓數十里乃至方圓百里的農夫獵戶牧人的盛事。三月二十的大集，恰在五月大忙之前，更是加倍熱鬧。從早晨開始，遠遠近近的老百姓便絡繹不絕地湧進櫟陽城南門，到正午時分，集市中已經是人山人海了。

這時，市場中心的官坊面前出現了一陣小小的騷動，許多人趕過來看熱鬧。

官坊，是官府懸掛告示的一面青石牆，一丈餘寬，八九尺高，外有一圈木柵欄。尋常時日，官府有關市易的各種命令文告便張掛在石牆上，旁邊守著兩名書吏，專門給人們念誦講解。到得日暮集散，書吏收起文告，下個集日再行張掛。對於一些頭腦精明的農牧獵人和略略識得幾個大字的櫟陽國人，南市官坊是他們特別在意的地方，每次逢集，都要先在官坊前轉轉看看，心裡有底了再去買賣。今天，官坊沒有張掛任何文告，自然也沒有人圍觀議論。

正午最熱鬧的時分，官坊前來了一小隊兵士。他們將抬來的一根粗壯的木椽靠在官坊上，便守護在官坊兩邊一動不動。一些逛集的閒人覺得奇怪，便站在外面指指點點。正在這時，一個黑衣小吏走進柵欄，站在平日講讀文告的石墩上高聲道：「農牧獵工商人等聽著：奉左庶長衛鞅大人命令，誰人能將這根木椽扛到北門，國府賞十金！看好了，這是十金！」小吏搖晃著手裡的皮錢袋，噹啷噹啷的金餅撞擊聲清脆悅耳。

木柵欄外「轟」的一片笑聲，許多買賣完畢的市人也圍了過來。人們你看我，我看你，嘻嘻哈哈笑個不停。一個身著藍衫的東方小商人高聲笑問：「官府也來湊熱鬧？想賣這根破椽麼？」

「想得好！這根木椽最多十個布錢，如何要十金？」有人跟著大喊。

黑衣吏搖著錢袋：「不是賣椽！是懸賞搬木椽，誰扛到北門，賞十金！」

「轟——」人群又一次哄笑起來。一個瘸腿老人高聲道：「上陣殺敵斷了腿，都不賞一個錢。搬一根木頭就賞十金？哄老實人哩不是？」

「嗨，還不明白？官府想叫集市興旺，湊熱鬧哩。賞金好吃難克化。」

「對對對，十金能蓋一片房子哩，人家當官當兵的為何不搬？騙人騙人。」

「官府上次說減少田賦，都沒減，有個甚信頭！」

市人越聚越多，紛紛議論，只是沒有一個人上前扛那根椽。正在此時，一隊甲士護衛著一輛牛車駛到木柵欄外。車上跳下三個人來，為首的是左庶長衛鞅，緊跟的是櫟陽令王軾，最後是一個捧著木盤的書吏。市人們見此陣勢，知道是大官來到，不敢再肆意哄笑，漸漸安靜下來。進入官坊柵欄，原先的黑衣吏向衛鞅低語幾句，衛鞅看看王軾，王軾點點頭，踏上石墩高聲道：「秦國父老兄弟、列國客商們：我是櫟陽令王軾，為昭國府信譽，目下，扛這根木椽的賞金增加到三十金，無論誰扛到北門，即刻領賞，絕不食言！諸位看，這便是賞金。」回身一指書吏捧著的木盤，揭去紅布的木盤中碼著一排金餅，在陽光下燦燦生光。

人群一片哄哄嗡嗡的低聲議論。有人神祕地對左右說：「這個櫟陽令，便是招賢館那個東方士子。上任沒做一件事，能信他麼？」有人說：「如何不能信？人家是大官哩。」有人便冷冷笑道：「大官？國君都朝三暮四不算數，他說了能算？」有人附和道：「不信你試試，包准白辛苦。」

眼見議論紛紛，卻是無人上前，衛鞅一腳踏上了石墩道：「秦國民眾、列國客商們：我是左庶長衛鞅，總領國政。以往國府號令多有反覆，庶民國人不相信官府，是以秦國的事情辦不好。從今日開始，官府說話一定算數，一是一，二是二，絕不更改！為表官府誠意，今日徙木立信，誰將這根木椽搬到北門，即刻賞五十金，這是秦國官府今年的第一道書令。」

「啊——賞金又漲了！」

人群開始騷動起來，激動和興奮的情緒開始彌漫，但還是將信將疑，三三五成堆地相互議論。這時，人群中出現了侯嬴的身影。他是商人，每集必來採買客棧的日用物品，而且都是市中高潮來買，每次辦完貨也必然來官坊前看看有無新文告。今日中市，卻意外地遇見了這場奇異的熱鬧。侯嬴一直站在場外人群中觀看，及至衛鞅王軾到來，他已經明白了其中之理。自去冬大雪之後，他再沒有見過衛鞅，今日看見他衛士牛車而來，便知他今非昔比。可他仍然沒有想到，衛鞅竟然成了總領國政的左庶長。衛鞅的講話他聽得明白，心中興奮激動，決意暗中幫他一把。侯嬴知道，秦人厚重憨樸，即或相信，也很少有人出這個鋒頭，更別說對官府信譽素來疑信參半。他悄悄在人群中遊擠察看，一對爺孫模樣的山農引起了他的注意。爺爺是個白髮蒼蒼的老人，身背隱隱散發出草藥氣息的竹簍，簍中有一桿粗糙的白木秤。身邊少年卻是虎頭虎腦，布衣赤腳，右手拿著一柄鐵鏟。侯嬴看出這是南山中的藥農，除非有貴重藥材出售，他們極少趕這種大集。他們擠在這裡，純粹是看熱鬧見世面。

布衣少年扯扯老人的衣襟：「大父，我去試試。」

「碎崽子！知道個啥，官府能給你錢？」老人搖頭。

「大父，你的病……」

「靜靜待著！甭給我惹禍。」老人低聲呵斥。

這時，衛鞅見沒有動靜，又高聲道：「列位以為搬木容易，不值五十金，沒有人相信，對麼？衛鞅正告列位，官府信譽，千金萬金也買不來，為官府立信，理當賞賜！從今以後，官府言必信，行必果，庶民相信國家，國家令出必行，秦國才能變樣。目下，我再增加賞金。誰人徙木北門，賞金一百！」一招手，身後書吏將滿當當一盤金餅舉起轉了一圈。

人群又一次掀起波瀾，哄嗡之聲大起，相互推對方上去一試。

侯嬴微笑著走近老人：「老人家，何不讓小兄弟一試？」

老人搖搖頭：「小孩子家搬了算數麼？官家又該說要大人才算哩。」

侯嬴道：「既是立信，自當是童叟無欺，小孩子更算啦。可小兄弟能搬動麼？」

老人謙恭地笑笑：「這小子，一把牛力氣。」

少年低聲道：「大父，那我就去了。不給錢，就當耍了一趟。」說著撞開人群高喊一聲，「我來扛！」

人群驟然安靜下來，看著場中。少年布衣襤褸，赤腳長髮，黝黑結實的肌肉一塊塊鼓在破衣外面。他走到粗粗的木椽前，左右打量思忖。

衛鞅道：「小兄弟，你想搬？」

少年目光閃閃：「咋？不算數？」

衛鞅搖頭：「不。我怕你搬不到，到北門可要三里地。吃過飯了麼？」

少年搖搖頭：「不吃飯也搬了。官家真給幾個錢，我大父，就有救了。」微有哽咽，向衛鞅深深地躬了下去。

衛鞅眼睛一潮，扶住少年，面向眾人道：「國府立信，童叟無欺。列位隨這位小兄弟到北門作證，看他領賞金一百！」

話音落點，少年一彎腰，粗長的木椽已經輕鬆上肩，穩穩神便走出木柵欄。柵欄外的人群嘩地閃開一條通道，衛鞅一行緊隨其後。這一下驚動了整個櫟陽南市，人們丟下買賣，擠成了夾道人牆，裹著扛木少年向城中擁進。街中行人也被驚動吸引，終於形成了沿街兩道厚厚的人牆，中間只留下一條小道。人們隨著少年的步子向前湧動，萬人空巷，肅然無聲。走到街中大約一半路程，一位白髮飄飄的老婦人端了一大碗米酒攔住少年道：「碎娃啊，喝，喝了再搬。娃一片孝心救大父，官府不給錢可是沒良心喲！」少年高聲道：「多謝婆婆。我不喝，也不歇，萬一官家給錢，我也心安哩。」說話間，毫無喘息費力之相，引來市人一片讚歎。

「這碎崽天生牛力，從軍準定一員虎將！」

「有孝心，有志氣，少見的後生！」

「走穩，看——就到北門了！」有人向少年高喊，提醒他不要功虧一簣。

北門箭樓遙遙在望，有人高喊：「馬上到城門了，行了——」

扛木少年高聲道：「不，官家沒說門內門外，扛到北門外，教官家沒話說！」

「有志氣！就看官府了！」滿街一片讚歎呼喝。

少年大步如飛，直到吊橋外的平地上才停下來，將木椽「咚」地栽到地上，抱椽而立，緊張地看著衛鞅一行。人們全趕到了北門外，黑壓壓望不到邊，沒有一個人說話，都緊緊盯著一路徒步跟來的衛鞅。此刻，衛鞅那一身白衣在遍野黑色的秦人中分外顯眼。衛鞅也沒有說話，看看少年，走到書吏面前揭開大盤上的紅布，親自雙手捧起，鄭重地托到少年面前。少年緊張地眨眨眼，輕輕地搖搖頭。衛鞅坦率地看著少年，真誠地點點頭。少年將木椽交到軍士手裡，遲疑地向前幾步，在破舊的衣襟上擦擦手卻不敢伸出。猛然，少年撲地拜倒，久久不能抬頭。王軾上前扶起少年。少年淚流滿面哽咽道：「大人，我，只要十金，大父就有救了……」

衛鞅雙眼濕潤，鄭重道：「小兄弟，不行。官府立信，說一百金就一百金，豈能食言自肥？他日國強民富，百金之數何足道哉！拿上，小兄弟有功，救爺爺，蓋房子，置地。」

少年恭敬地向衛鞅三叩，站起來雙手接過大盤，捧到白髮老人面前。老人泣不成聲，撲地向衛鞅拜倒：「左庶長大人，教我的孫兒跟你從軍吧。小民信你了，教他去報國。他父親，我兒子，在少梁大戰中死了……」

衛鞅扶起老人：「老人家，教小兄弟到縣府從軍，立軍功有爵！」

「立功有爵？」老人驚訝地睜大眼睛，「庶民能有爵位？我兒子殺死了十個魏狗方死，如何啥也沒有？」

衛鞅道：「老人家，那是舊法，秦國馬上要變法！」

老人嘶啞地笑道：「如此說，這法是得變了。變了法，我等賤民也能光宗耀祖，是麼？」

「對！老人家，正是這樣。」衛鞅大聲回答。

這一番對話，場中聽得清清楚楚。人們眼見少年拿到了一百賞金，對這位白衣左庶長的話自然信任有加，他說要變法，能有假麼？人群高興地一片歡呼：「說話算數，官府萬歲！」衛鞅擺擺手，人們平靜下來。衛鞅站上一塊大石高聲道：「父老兄弟們，秦國從明日開始，要實行變法了。你們會陸續看到官府頒布的新法令。這些新法，是要大家勤於耕作，勇於征戰，有功便賞，有罪則罰；官員世族犯法者，與庶民同罪。今日徙木立信，就是要大家明白，官府說話是算數的，頒布的新法令必須忠實執行。守法有功者賞，違法有罪者刑。這就是強秦變法！只要秦國上下同心，官民同心，十數年之內，秦國就會富裕起來，強大起來！」

全場一片歡呼：「官府萬歲！變法強秦！」還有人高喊了一句：「左庶長萬歲！」眾人如夢方醒，立即奮力高喊：「左庶長萬歲！」一時大海波濤般連綿不絕。眾人興奮的喊聲中，衛鞅一行已經悄悄地離開了。

隨著三月二十櫟陽大集的結束，左庶長徙木立信的故事迅速傳遍了秦國山野村莊。

「一個老藥農的小孫子，扛了一根椽子，從左庶長手裡得了一百金！」還有比這種故事更能激起窮苦庶民好奇心的麼？人們絡繹不絕地趕到南山裡的商於山地，看老藥農爺孫，聽少年和老人講述那迷人的夢幻般故事。後來，有人還看到了老人蓋的房子，看見縣令為老人戰死的兒子立的功德石刻。一傳十，十傳百，官府的信譽便在這神奇的口碑中樹立了起來。再後來，人們就只有聽老人一個人講故事了。聽說那個少年已經從軍去了。

第七章 瓦釜雷鳴

一、左庶長開府震動朝野

秦孝公並沒有輕鬆起來，他忙的是另一番事。

衛鞅雖然已經明確做了左庶長，成為總攝國政的大臣，但衛鞅如何行使權力，才最有利於大刀闊斧的變法？這是國君要框定的大事。目下，他的第一要務，就是要把衛鞅的這個變法作坊建立起來，使之立即投入運轉。去冬大雪天的時候，秦孝公就想透了這個最關鍵的環節，決意仿效東方列國，使衛鞅成為開府治國的丞相。丞相開府治國，這是進入戰國後東方列國的普遍新法。所謂丞相開府，就是丞相建立相對獨立的權力機構，全權處置國家日常政務，國君只保持軍權、官吏任免權和大政決策權。國君和開府丞相的這種分權治國，在戰國時代達到了最高程度，也是中國古典政治文明的最高水準。丞相開府治國的實際意義是，國家戰車由一馬駕馭變成了兩馬駕馭，治國效率與國家生命力明顯增高。像魏國、齊國這樣的東方大國，國王之所以能全力在外交和軍事上斡旋，就是因為國家日常政務由開府丞相全權處置。丞相治國權的穩定帶來的另一個好處是，避免了國家由於君主年幼或昏聵無能而產生的迅速衰落與政權顛覆，大大有利於國家穩定。

但是，對於落後的秦國來說，這是一件很新又很難的事。

長期的馬上征戰，秦國的權力機構從來都很簡單。早秦部族時期，是直接的軍政合一。一個最高頭領加左右兩個庶長，便是全部最高權力。立國之後雖然官署多了些，但與東方大國相比，依然帶有濃厚的簡單化與籠統化。即或在春秋最強盛的那一段——秦穆公時期，秦國的官制也沒有擺脫傳統的軍政合一，權力結構的劃分依然很是簡單籠統。在這一點上，秦國與早期周部族有很大的不同。周人出了個聖人級的領袖，這就是周文王。他對發達的中原殷商文明不是排斥，而是靠攏吸收，使周部族在作為殷商西部諸侯的時候，就在官制民治方面與殷商王朝的中央政權保持著大體上的同一性。沒有這樣的基礎，就沒有後來另一個聖人級領袖——周公旦全面制定《周禮》的可能。也就是說，周部族在諸侯國時期，已經做到了與中原發達文明保持大體同步，已經完成了國家權力結構方面的基礎準備。而秦部族一直在死拚硬打，一直沒有湧現建立基礎文明的聖人，所以在成為諸侯國三百餘年後，依然保留著簡單落後的官制，保留著落後的治國方式。

整個春秋時期，秦國的官制很簡單，名稱也很怪誕，這一點與楚國大體相當。國君稱為「伯」，實際上是「霸」的意思。執政大臣稱為「庶長」，先後曾經有過大庶長、左庶長、右庶長等不同設置。掌軍事的大臣為「威壘」與「帥」。掌國君護衛的將軍為「不更」，掌外事的大臣為「行人」，等等。唯一的例外是秦穆公將百里奚的官職定為「相」，大約因為百里奚是東方士子而用了一個東方執政大臣的名稱。從此以後，「相」這個職位在秦國一直沒再出現過，直到秦孝公時期，執政大臣仍然稱左庶長。秦獻公時期，有了「大夫」的設置，但職權依舊很模糊。譬如甘龍是上大夫主政，同時又有一個執政的左庶長，事權自然就多有糾葛。

秦國沒有設過丞相，也從來沒有過由一個大臣獨立開府來行使權力的先例。長期征戰，閉鎖關西，秦國朝野長期孤陋寡聞，對重臣開府治國所知甚少，也很難理解。相反，對開府的另一面——分權倒是更為敏感。在貴族和庶民的眼中，都覺得這是在和國君分庭抗禮，大有叛逆之嫌。秦國既往的治國大臣，只有秦穆公時代的百里奚和秦獻公時期的上大夫甘龍，稍稍有一些「開府」的影子。實際上，也就是八九個文吏加上主政大臣自己而已，只能辦些糧草賦稅賑災濟民之類的具體事務，軍國大事還得由國君決策調遣。這種「開府」，和東方大國的丞相開府在權力、規模和政務效率上遠遠不能相比。

秦孝公很想從衛鞅變法開始，改變秦國官制的落後狀況。

他很明白，由於諸多原因，衛鞅在官制變革方面肯定有所顧忌，尤其在國府上層的官制變革方面不好徹底放開手腳。若沒有他這個國君出面為衛鞅打開局面，在秦國這樣一個落後的軍政國家，衛鞅將很難展開徹底變法。孝公本來就是個胸懷開闊、志向遠大的青年英傑，自與衛鞅促膝長談，對天下大勢列國變革了然於胸後，雄心大起，決意與衛鞅這樣一個乾坤大才共同駕拉秦國這輛鏽蝕的戰車。秦孝公是自信的，絲毫沒有想到大臣開府對國君的威脅，更不會想衛鞅會成為威脅。目下，秦孝公想的做的都只是一件事，增大衛鞅權力，使衛鞅成為與他共同治國的總政大臣，而不是秦國傳統的左庶長，儘管傳統左庶長的權力已經很大了。他思慮周密，既要扎實地達到實際目的，又不想國人疑慮。反覆揣摩，孝公採取了「重實輕名」的方略——在名義上盡量沿用老秦國舊稱，在實際上則一定做到像東方大國一樣的治國方式。

秦孝公沒有冊封衛鞅為丞相，而仍然封他為左庶長。這是秦國沿用了幾百年的官名，原本就是最有實權的大臣職務。秦國兩個庶長中，左庶長為首，右庶長次之。春秋時期，秦國的左庶長是上馬治軍、下馬治民的軍政首席大臣，非嬴氏公族不得擔任。進入戰國，秦獻公將治民的政務權分給了上大夫甘龍，左庶長協助國君統軍作戰並總管軍務。但在朝野國人的心目中，左庶長依然是最重要的軍政大臣。去年冬天，秦孝公將甘龍升為太師，將甘龍的治民政權回歸到左庶長嬴虔手裡，為的就是給衛鞅執掌大政鋪路。當衛鞅從嬴虔手中接掌左庶長權力的時候，事實上已經是與東方列國的開府丞相具有同等權力的大臣了。

但是，這種大權並不意味著事實上已經成為東方列國那樣的開府丞相。丞相總理政務的要害是開府設立權力機構，僅僅有個人權力而沒有開府，就無法全面處理國家事務。開府的根本之點是配備屬官，其次是建立府邸。這兩件事對於目下的秦國來說，都很不容易。

去年冬天，秦孝公已經給衛鞅準備好了兩個忠實能幹的助手——景監和車英。這兩人原來的官位是內史和衛尉，配給衛鞅的左庶長府，顯得位置太高，朝臣側目，衛鞅也不容易接受。當秦孝公坦率地說明這一點時，景監和車英慷慨表示，願意自貶官職做衛鞅的屬官。於是，有了去年冬天大雪時分景監被遷為長史、車英遷為櫟陽將軍的一幕。秦孝公的方略是，景監做左庶長府的領書，車英做左庶長府的執法尉。這兩人雖然都是軍旅出身，但卻具有不同的才能特點。景監有政事才能，慮事周密且很有擔待，出使魏國和洛陽，已經隱隱然有了大臣風範。他做領書，可以為衛鞅挑起所有瑣細繁雜的事務重擔。車英則對軍旅事務具有很高的天賦，又是一個機警勇猛的劍士。他做左庶長府的執法尉，非但可以給衛鞅提供軍旅變法的諸多謀劃，更重要的是，衛鞅具有了一支得力的執法力量。這兩個幹員做衛鞅的左膀右臂，衛鞅的左庶長府就有可能成為一個構架輕巧而又具有最高行政效率的變法作坊。

南市大集上徙木立信的消息迅速傳開，秦孝公比誰都高興。衛鞅做事，總是別出心裁，一舉打開局面。像給國家樹立信譽這樣的大事，誰能想到用如此便捷的方式去完成？然則仔細一想，卻發現這是一個極具匠心的奇妙點子。老秦人十有八九不識字，淳厚而又愚樸，若是出一篇慷慨激昂的文告，一定是既讀不懂又記不住，最多是在士子吏員中間流傳罷了。而今由左庶長這樣的大臣出面，做一個活生生的故事，萬千庶民眼見為實，眾口傳誦，誰不相信？

諸事就緒，秦孝公帶著景監和車英來到衛鞅的小院子。

夜色沉沉，暖中帶涼的春風中散發著微微潮濕的泥土氣息。君臣三人都很高興，秦孝公抬頭望望天空：「老天爺也信守節氣，穀雨將至了。」話音落點，天上一陣隆隆雷聲，漫天細雨沙沙而下。景監車英一齊拍掌大笑：「好！風調雨順，好年景！」秦孝公爽朗大笑：「左庶長徙木立信，老天爺穀雨立信，天人合一啊！」車英一指前方道：「君上，左庶長沒睡。」秦孝公一看，前方黑沉沉夜色中唯有那座熟悉的小院子裡燈光閃爍，感慨歎道，「左庶長睡覺早著呢，走。」

客卿小院籠罩在茫茫雨霧裡，清淨無聲。景監上前輕輕敲門。院內傳來老僕人沙啞的聲音：「誰？」景監低聲道：「我，景監。」老僕人拉開木門，讓進景監，卻見國君在後，慌得忙不迭要躬身行禮。秦孝公搖搖手道：「免了免了。左庶長忙甚？」老僕人道：「一直在書房裡，晚餐還沒用哩。」秦孝公沒有說話，逕自大步向亮著燈的書房走來。

輕輕推開書房門，秦孝公愣住了。偌大的書房裡堆滿竹簡，碼成一座一座比人還高的小山，小山上掛滿了寫字的布條，一張書案夾在書山中，是僅有的容身空地。衛鞅手裡拿著一支長大的鵝毛翎，正在竹簡小山中徘徊忙碌，對敲門開門渾然無覺。

秦孝公默默注視一陣，輕聲笑道：「先生，該用晚餐了。」

衛鞅恍然回頭，見是秦孝公站在門口，忙小心翼翼地從竹簡小山中繞了出來，拱手道：「參見君上。」秦孝公指著竹簡小山道：「這一座座書山，都是經典麼？」衛鞅笑道：「經典已經收起來了。這是第一批新法令，草本。」秦孝公驚訝默然。他知道，這一定是衛鞅一個冬天晝夜辛苦的結果。看著衛鞅清癯泛黑的面孔和紅紅的眼珠，孝公一把拉起衛鞅的手：「走，先咥飯，後說話。」來到客廳，景監已經吩咐廚役將重新熱過的飯菜搬來，是一陶罐羊肉，一小盤苦菜，一爵米酒。秦孝公笑道：「你先咥飯，我等暫候片刻。」又對景監車英二人笑道：「我們到先生書房看看。」就和二人出了客廳。

衛鞅匆匆吃了幾塊羊肉和苦菜，將一大爵熱騰騰的米酒大口飲盡，用清水漱了漱口，吩咐老僕撤下飯具，起身要來書房。卻不想秦孝公三人又到客廳，景監笑道：「不出君上所料，左庶長咥飯也忒快了。」衛鞅笑道：「快久了，慢不下來，如何是好？」孝公笑道：「以後淨給左庶長羊骨頭，看他還快得起來？」四人大笑一番。衛鞅拱手道：「臣請君上，對第一批法令過目。」孝公笑著擺擺手：「法令的事有你，不急。今日專議左庶長開府一事。」衛鞅道：「開府頭緒太多，一時難以就緒，還是先做事要緊。」孝公道：「老秦民諺，磨鋤不誤耪地。開了府名正言順，做事更快，還是先開府。左庶長有何想法，儘管道來。」衛鞅沉吟道：「臣之本意，想一年後再議此事。」孝公道：「卻是為何？」衛鞅道：「一則，急切間難以找到精幹的屬官。二則，國府正在艱難時刻，新建府邸也不合時宜。三則，秦國朝野是否接受東方人做開府大臣，尚需時日方得清楚。」孝公大笑：「天翻地覆，三則小事何足道哉！」說著扳起手指道，「先說第一樁。我今日給你帶來的這兩位，可算滿意？」

衛鞅大是驚訝：「景監？車英？給我做屬官，豈非貶黜兩位新銳大臣？」

景監笑道：「左庶長何時有了世俗之見？不接納我這個領書？」

車英則肅然拱手道：「執法尉車英，參見左庶長。」

「君上？這……」衛鞅一時間感到困惑。

「左庶長啊，如果合適，就不要推託了，他們都想跟你長一番本事也。」孝公爽朗一笑，「景監做左庶長長史，總領事務。車英做執法尉，配備甲士兩千，兼領櫟陽將軍護衛左庶長府。如何？」

剎那之間，衛鞅心潮奔湧，默然有頃，拱手斷然道：「臣，謝過君上。」

「再說第二樁。景監之意，將招賢館改做左庶長府邸，如何？」孝公笑問。

景監接道：「招賢館暫無他用，將來需要時再建，左庶長意下如何？」

衛鞅笑道：「有何不可？自然好極。」

秦孝公一拍掌：「既然如此，景監車英籌備，一個月內左庶長開府理事。」

「臣下遵命！」景監車英齊聲應命。

「再說第三樁。朝野臣民的任何風浪，嬴渠梁一身承當，左庶長放手變法便是。變法強秦，生死相扶。左庶長莫要忘了這句話。」

「變法強秦，生死相扶。衛鞅不敢相忘。」

君臣四人的笑聲融會進無邊無際的綿綿春雨之中。

四月裡的一個晴朗日子，招賢館改造的左庶長府竣工了。

高大的石坊中央鑲嵌著四個斗大的銅字——開府總政。石坊左右石柱各懸紅木大牌，右邊鐫刻「天地有道」，左邊鐫刻「律法無私」。進得石坊，是一個新拓的方圓十餘丈的車馬場，分東西兩區整齊排列著數十根拴馬石樁。車馬場盡頭是府邸大門，已經由原來的小門拓寬為三開間的紅木大門。中間正門寬闊，可容軺車直接進入，門額鑲嵌四個大銅字「左庶長府」。左右兩道偏門稍窄，供尋常官員人等出入。進得大門，迎面一道巨大的青石影壁，上面鐫刻著一頭威猛怪異的獨角法獸——獬豸。影壁後面是原來的招賢館場院，目下變成了一片方磚鋪地的小院子。坐北向南的正面是一座六開間大廳，廳門正中三個斗大的銅字——國事廳。大廳東西各有兩排九開間的廂房，每間房門口都掛著一塊木牌，分別寫著田土曹、賦稅曹、市曹、工曹、軍曹、法曹、吏曹、出令曹、功曹等各色名目。每個門口都站著兩個威武英挺的長矛甲士，國事廳大門口則有四名甲士，使整個院子充滿威嚴肅殺的氣氛。大院子西邊有一個小偏院，原來是招賢館士子們住的一片小房子，目下改造成了衛鞅的起居住所。

這兩個院子連在一起，便是秦國的新任左庶長開府理事的府邸。這座府邸雖然不大且只有兩進，但在秦國卻是最大的官邸，在狹小簡樸的櫟陽城堡中，這座府邸簡直就與國府秦宮相差無幾！雖然是在一個月裡匆匆趕修出來的，粗獷簡樸，但其赫赫威勢已經使櫟陽國人大為震驚了。在櫟陽大集上見過衛鞅的人，紛紛在店鋪、飯館、客寓或街巷鄰里，激動神祕地向人們講述那個白衣左庶長的「天人貴相」和言談舉止的氣魄。一時間，衛鞅在櫟陽國人的口中變成了一個神奇的天上星宿。有能人甚至說，衛鞅是周武王的開國丞相姜尚轉世，國君派金令箭使者在渭水河谷追回來的。櫟陽國人的這種傳聞議論，迅速彌漫到了一座座縣城和山野鄉村。秦國庶民被各種傳言攪得興奮異常，心裡暖烘烘的，都覺得老秦國要變了，庶民百姓將神奇地富裕起來，秦國也將神奇地強大起來，所有欺負秦國的東方大國都將被打得一敗塗地。

這些彌漫朝野的神奇傳聞，衛鞅和他的開府班底不知道，秦孝公也不知道，或者說，他們緊張繁忙得無法知道。一個月來，景監和車英全力以赴地籌備開府，景監要遴選各司一職的十八名屬官和二十名書吏，還要將國君書房的有關典籍和衛鞅帶來的典籍，以及長史、太史兩大國府書房的秦國史料集中起來，建立一個包括東方各國法令典籍在內的大書房。車英則除了遴選兩千甲士外，更要全力督建左庶長府的修葺改造。衛鞅則埋首整理第一批法令，完成一件，呈送秦孝公一件，經常是君臣二人通宵達旦地商議法令和實施步驟，彷彿又回到了初次暢談時忘我忘形的時光。

眼看將近五月農忙，秦孝公決意選在四月底舉行左庶長開府大典。

這一日，天剛蒙蒙亮，車英親自率領三百名長矛甲士開到左庶長府，除了府內護衛，剩餘的二百多名甲士全部在石坊內外排成兩列，中間形成了一個長長的甬道。景監和所有的屬官書吏也全部到齊，各守其職。秦孝公本來要景監做今日的司禮大臣，可是景監卻提出請太師甘龍做司禮大臣。秦孝公想了想恍然醒悟，不禁對景監的練達成熟連連讚歎。景監自己昨天已經搬進了左庶長府內的一間小屋，和屬官書吏們忙碌地整理繕寫，一直到四更方得歇息。五更雞鳴，景監離榻梳洗，又和絡繹不絕趕到的屬官書吏們忙起來。看看卯時已到，景監快步來到大門口迎候。

太陽剛剛照亮櫟陽箭樓，大臣們或騎馬或步行，紛紛來到石坊外按照序次排成兩列。

將近卯時，一輛破舊的牛車哐啷哐啷駛來，車上坐著白髮蒼蒼一身大紅吉服的老太師甘龍。到得石坊下，甘龍在牛車上打量一番威勢赫赫的府邸，臉上毫無表情。景監快步迎上，拱手躬身道：「左庶長府領書景監，參見太師。」甘龍點點頭，淡淡笑道：「內史大臣，別來無恙？」景監一閃念，知道甘龍有意呼出自己原來的高位，卻仍然恭敬笑道：「景監無才，只做得屬官。太師請。」上前伸手扶甘龍下車，卻發現甘龍非但坐了一輛破舊不堪的牛車，而且車廂板竟然連草席也沒有鋪，大紅吉服竟然坐得皺巴巴一片灰土。甘龍明明有一輛秦獻公特賜的青銅軺車，也是秦國大臣中唯一的一輛青銅軺車，為何今日偏偏乘了這輛破舊不堪的牛車？待得扶下甘龍，景監的布袍大袖順勢一撣，甘龍吉服上的灰土已經大半乾淨。甘龍沙啞地笑道：「垂垂老矣，軺車站不得，只有坐這牛車了。」一句話，便將理由說得順理成章。待到僕役將牛車趕到車馬場中，大臣們驚訝得一陣小聲哄嗡。今日朝臣們都是新衣駿馬，以示喜慶。這輛破舊的牛車在衣著簇新的人群和威勢赫赫的府邸襯托下，顯得分外寒磣，分外不是滋味。一時間，大臣們好像生了蝨子，渾身不自在起來，扯扯衣服，拽拽衣襟，咳嗽著東張西望。

「國君駕到！」執法尉車英一聲高呼，全場不禁愕然。

一輛青銅軺車緩緩駛來，六尺車蓋下肅然坐著黑衣秦孝公和白衣衛鞅。君臣並乘一車，這是上古尊賢的最高禮遇，尋常人們從傳說中聽到的，大約也就是周文王為姜尚拉車八百步的故事。但春秋戰國以來已經三四百年，可是沒有一個國君在正式的典禮場合與大臣同乘一車。在秦國變法的當口，這種禮遇宣示的內涵是誰都清楚的。一時間，全場鴉雀無聲，竟忘記了參見國君的起碼禮節。還是太子傅兼領上將軍嬴虔帶頭高呼：「參見君上——」大臣們才醒悟過來，紛紛躬身拱手，參差不齊地行起禮來。秦孝公彷彿沒有看見，先行跳下車來整整衣冠，然後肅然拱手作禮：「先生請。」伸出雙手，扶住正要下車的衛鞅踩到地上。

就在朝臣們又一次愣怔的時候，擔當司禮大臣的太師甘龍驟然高聲宣呼：「開府大典起行——君上攜左庶長入府！」

大臣們又一次莫名其妙起來，相互觀望，不知如何呼應。在他們收到的大典禮儀中分明沒有這一項，大家在石坊外迎候國君與衛鞅，完全是無意自發地表示一種喜慶，正式大典是安排在庭院內開始的。如今甘龍突然宣呼大典起行，人們不禁茫然起來，嘴裡沒詞兒，腳下黏糊，竟不知如何挪動。景監一直在機警觀察，見此情狀，立即向石坊門內的樂手們一揮手低聲道：「奏樂。」等得鐘鳴樂動，大臣們頓時自如起來，按照慣常禮儀一齊高呼：「恭請君上，攜左庶長入府！」

秦孝公始終是一副渾然無覺的莊重，聽得樂聲，一拱手道：「先生請。」伸出手來握住衛鞅的左手，兩人從容地從甲士甬道中並肩進入石坊大門，又穿過車馬場進入庭院。朝臣們在甘龍、嬴虔、公孫賈三人之後排列跟進，秩序井然。

進得庭院，甘龍出列宣呼：「君上昭告上天——」

秦孝公走到備好的三牲祭案前深深一躬，展開一卷竹簡高聲念誦：「昊天無極，伏唯告之：秦國貧弱，圖治求賢。開府變法，順乎民心。祈禱上蒼，佑我臣工。國強民富，永念上天。秦公嬴渠梁三年四月。」

群臣齊聲跟隨：「國強民富，永念上天！」

甘龍：「左庶長昭告大地——」

衛鞅走到祭案前深深三躬，展開竹簡肅然念誦：「大地茫茫，載德載物。我心惶恐，伏唯告之：鞅受君命，開府治國，唯苦唯艱，無怨無尤；皇天后土，佑我庶民，百業興旺，永念大德。秦國左庶長衛鞅，再拜大地厚恩。」

大臣們參差不齊地跟隨著念了最後兩句：「百業興旺，永念大德。」便又茫然起來。這祭祀天地，原本是國君才有資格舉行的大禮。衛鞅作為臣子，與國君共祭天地，本來就已經是別出心裁的驚人之舉了，大臣們雖然事先已經知道，但卻在細節上不知如何應對。按照國君祭祀天地的慣常禮儀，參加的大臣肯定是跟隨宣呼最後兩句。衛鞅祭地，很多人本來就心中彆扭，還有一些人則不知該不該跟隨，於是就出現了猶猶豫豫參差不齊。只有公孫賈特別清醒，非但立即跟隨，而且特別響亮。他注意到國君的祭辭中明確提了「開府變法」，衛鞅的祭辭中卻沒有一個字涉及變法。他感到了這種精心安排的禮儀後面，隱藏著秦孝公和衛鞅山岳般不可動搖的心志。昭告天地，意味著變法和開府這兩件大事已經得到了上天的認可，誰若反對，便是逆天行事。在這種時候，無論心中如何想，都必須做出最熱烈的呼應。老太師甘龍不也一板一眼地做了司禮大臣麼？孟西白不也亦步亦趨麼？

正在公孫賈琢磨其中滋味的時候，甘龍沙啞蒼老的聲音又響了起來：「祭祀完畢，君臣進入國事堂——」

依然是秦孝公和衛鞅攜手併入，數十名官員隨後整肅跟進。進得國事堂，秦孝公坐進正中長案前，衛鞅肅立在長案左手，三級臺階下群臣各自就座。甘龍在長案右側高聲宣呼：「太子傅兼領上將軍嬴虔，宣示國君開府書令——」

嬴虔大步走上臺階，展開竹簡宣讀：「秦國欲強，秦人欲富，非變法無以建功。變法之途，非開府無以立威。今命左庶長衛鞅為開府大臣，總攝國政，厲行變法，所頒府文謂之令。另任景監為左庶長府領書，總領屬官書吏；車英為左庶長府執法尉兼領櫟陽將軍。自即日起，左庶長衛鞅即行開府。秦公嬴渠梁三年四月書。」

嬴虔的聲音本來就特別的低沉渾厚，加之他咬字又重，在有些許回音的大廳念來，隆隆響過，彷彿鐵錘在山石上鑿出來一個一個大字，清晰有力。大臣們聽得明明白白，衛鞅的左庶長府簡直就是第二個國君府，生殺大權在握，竟成了七大戰國中最有威勢的開府總政權臣。

國事廳安靜極了，粗重的喘息聲清晰可聞。大臣們似乎感到緊張，卻又說不清為何緊張。

「左庶長出令——」甘龍的沙啞嗓音又響了起來。

衛鞅白衣玉冠，白絲束髮，在一片黑色的秦國大臣中顯赫而又孤立。他從容走出道：「衛鞅稟承天意君命，開府變法自今日開始。第一批法令十道，五道立即頒發實施，五道夏忙後頒發實施。立即頒發的五道法令：〈農耕獎勵法〉、〈軍功授爵法〉、〈編民什伍連坐法〉、〈客棧盤查法〉、〈私鬥治罪法〉。上述法令，除立即快馬傳送各縣外，一律在櫟陽城門與南市張掛，公之於眾，舉國同行。領書出令。」

景監早已做好準備，聞言高聲答道：「遵命！」一揮手，兩名書吏抬進一張寬大的長案，上面碼滿了捆好的竹簡。長案剛剛在中央擺好，景監又一聲高宣：「特使領令！」十六名勁裝使者一聲答應，整齊地走進大堂。

「北地特使——」

「雍州特使——」

「隴西特使——」

「郿縣特使——」

「商於特使——」

……

景監一個一個地將捆紮好的竹簡分發給十六名特使。特使們雙手捧著竹簡一個一個走出大堂。庭院裡整肅排列著三人一組的十六組鐵甲騎士，每組護衛一個特使奔赴秦國郡縣。

快馬流星，旬日之間，秦國的二十三縣並三郡活躍了起來，動盪了起來。

二、疲民與貴族竟有了憤怒的共鳴

就像一道道霹靂閃電，新法令震動了秦國的城堡鄉野！

上至櫟陽卿大夫，下至隸農村漢，無不認為這是匪夷所思的大變，攪得秦國雞犬不寧，人人彆扭。就說〈編民什伍連坐法〉和〈私鬥治罪法〉，將城堡裡的國人和鄉村裡的農人，一律編為「保」和「亭」，十家一保，五保一亭。如果僅僅是這種編民入制，人們說說也就罷了。最重要的是連保連坐，使人惶恐不安。保內一家犯罪，其餘九家必須立即共同舉發，若不舉發而使罪犯逃匿，則十家同罪連坐，一併懲治。如果一保有人違法犯罪，其餘四保也得迅速舉發，否則就是五保連坐。也就是說，五十家內任何一人犯罪，都有可能導致四十九家連坐懲治。人們必須時刻睜大眼睛，注意鄰里是否違法犯罪，並且得經常相互提醒各種法令規定，以避免陷入連坐災難。如此提心吊膽，老秦人如何忍受？

秦國的民風是最令人頭疼的。莫說山東六國大搖其頭，就是老秦人，也對自己罵罵咧咧大不以為然。可真要動真格改了，老秦人更是罵罵咧咧火冒三丈。

秦國地處西陲，農牧相雜，尤其是涇水渭水上游的隴西河谷草原地帶，更是牧業為主。就是腹心地帶的關中平原，也有大量從遊牧部族轉化不久的農耕人口。自古以來，西部的民間風習便狂野好鬥，動輒為一件小事，在田間地頭打得頭破血流，進而引起家族鬥毆、村落打鬥，甚或部族仇殺。蔓延日久，村落、部族、家族間極少沒有血仇者。這些相互仇恨的部族子弟在軍旅中，甚或在戰場上，也經常尋釁私鬥，寧可為了義氣或仇恨幫助正在私鬥中的恩人友人，也不願趕赴戰場上救援勇敢殺敵的兄弟。還有與西部戎狄部族雜居的老秦人，更是剽悍狂野，只認熱血義氣，從來不知「規矩律法」為何物。茫茫草原，幽幽河谷，經常為爭奪水草耕地打成了世代血仇。偶然有仇家子弟在草原落單，立即會被仇家毫不留情地殺掉。這裡的老秦人和戎狄部族都信奉「以血換血，以命換命」的復仇方式，除非強力與戰爭，幾乎任何法令都難以伸展到草原河谷的好勇鬥狠之中。秦穆公時代，為了防止戎狄作亂，便將臣服於秦國的許多戎狄部族半強制地遷移到地廣人稀的關中，與農耕的老秦人村落雜居。

大勢是穩定了，但久遠的民風卻是無法改變的。戎狄聚居的村落，就像他們在草原爭奪水草一樣，與老秦人的村落爭奪著水渠，爭奪著地界。年復一年，非但老秦人與戎狄部族多有仇殺，就是戎狄部族之間，老秦人之間，也有著各種各樣的私鬥血仇。一有機會，仇人間便大打出手，死傷無算。

在當時的華夏大地上，沒有一個邦國的民風像秦國這般濃烈的私鬥風習。就是同樣被中原輕蔑嘲笑的「南蠻」三國——楚、吳、越，也沒有秦國的民間私鬥這般普遍，這般酷烈。秦人自詡「人皆勇士」，可東方列國卻嘲笑秦人「怯於公戰，勇於私鬥，誠為惡習」。

秦國官府對這種民風歷來是「民不告，官不究」，睜一隻眼，閉一隻眼。一則是無法可治無可奈何，一則是大戰不斷要依賴民眾從軍血戰，無力去細緻地究詰這些私仇糾紛。秦國只有一個鐵的法則：但有兵戎戰事，須得人人爭先，一致對外，否則殺無赦。也就是說，只要民人不抗賦稅、不拒從戎，官府一般不去理會民間仇殺。

遍訪秦國鄉野，衛鞅對這種私鬥風尚感觸極深。他把這種現象稱為「強民弱國」。民風強悍而國家衰弱，根源正在於私鬥。要肅清這種惡風，將秦人引導到為國家榮譽而死戰的正道上來，就要徹底禁止私鬥，培植一種勇於公戰的庶民精神。衛鞅為此專門寫了一篇〈弱民〉，向秦孝公提出「民弱國強，民強國弱。有道之國，務在弱民」的總方略。所謂弱民，一則指弱化庶民的野蠻不法習俗，二則指民眾在國家法律面前處於弱小地位，必須遵奉法律從而不敢觸犯法律。所謂強民，就是那種蔑視法律敢於犯法的刁民。弱民，就要使民眾厚道樸實，奉公守法。故此，弱民則民眾守法，強民則亂法壞法。這就是「樸則弱，淫則強」的道理。這種深徹的甚至是冰冷的論證，征服了秦孝公，使這個年輕清醒的國君看到了凝聚秦人的希望，決意支持衛鞅從根本上改變秦人的精神風尚。

為此，衛鞅做了精心謀劃，決定變法從治亂立威開始。

他在開府之日頒布的第一批五道法令，全部是圍繞「弱民」治亂展開的。〈私鬥治罪法〉，首先嚴厲禁止一切私人鬥毆。也就是說，一切私人仇殺鬥毆都是違法犯罪行為，一切糾紛都應通過官府依據法令裁決，而不能私相仇殺解決。〈編民什伍連坐法〉則確保一切私鬥犯罪者不被隱藏、不能逃匿，而得以嚴厲懲處。〈客棧盤查法〉則在於防止仇殺犯罪者和東方密探的藏匿。也就是說，任何罪犯在秦國都將難以藏身。因為這兩部法令規定「告奸者與斬敵首同賞，藏奸者與降敵同罰」。也就是說，舉發一個犯罪者和在戰場上斬殺一個敵人，功勞一樣，賞爵位一級；藏匿一個犯罪者和投降敵國一樣，都是死罪。很顯然，國家新法明確地將私鬥犯罪當作大敵，要徹底肅清。〈農耕獎勵法〉和〈軍功授爵法〉則是培植正氣，激勵民眾去爭取國家榮譽，辛勤耕耘，奮勇殺敵，建功立業，光宗耀祖。

這五道法令頒布的時機，恰恰在五月大忙之前，既不影響農事，又將對年年夏忙必然發生的村落部族間為爭水爭地而引起的大量私鬥仇殺，給以迎頭震懾。衛鞅的法治主張是，頂風立威，新法才能站穩腳跟，法令的尊嚴要在治亂中確立。

但是，這五道法令幾乎全部改變了秦人的生存傳統。它等於要人們對既往的恩怨仇恨一概泯滅，走上一條以法律為行動準繩的道路。無論是城堡國人，還是鄉野農夫，都感到被一條巨大的繩索捆住，渾身不自在。對鄰里村人的仇恨不能任意報復了，快意恩仇的日子將不復存在，殺了人不能逃匿，沒有官府的驗身畫像簡，連客棧也不能住；恩人犯罪要舉發，仇人立功要慶賀；一切糾紛都要告官，弱肉強食要變成公平相處，爭水爭地要聽憑官府裁決……這一切，對快意恩仇隨心所欲的老秦人來說，簡直彆扭得要死。

按照新法，一切都要顛倒過來，如何不感到彆扭？豈能不大發怨聲？

山野農夫們如此，櫟陽城裡的國人也是如此。所謂國人，說的是居住在都城及都城領地的工匠、商賈、市人和農夫。在這幾種人中，稱為「百工」的工匠地位較高，商人則地位較低，自由農人地位居中。但在戰國時代，商人遠不像後來那樣被稱為「賤商」而大加抑制，只不過沒有工匠那樣受人尊崇罷了。因為工匠絕大部分是官府經營的作坊的技師，是典型的「國人」，而商人則絕大部分是私人業主，官府對待他們自然有高下之分。

都城國人對法令的怨言，主要在「懲疲」法條。所謂懲疲，就是懲治懶惰懈怠和不務正業的遊手好閒分子。《周禮》稱這種人為「疲民」，所以，懲治這種人的法令稱為「懲疲」。衛鞅頒布的獎勵軍功、獎勵農耕的法令中同時規定，對這種「疲民」給予嚴厲懲罰：無論農工商人，凡是因為懶惰、懈怠而貧困者，一律罰為官府奴隸，男人做苦力，女人做僕婢；凡是有業不操而遊手好閒者，一律罰為官府奴隸，強迫勞動；凡罰為奴隸者，夫妻不得同居，家人不得同事一主。更嚴厲的一條是，主犯家長一生不能恢復為自由籍的平民。

對於這種懲罰，忠厚勤勞的人們自然不會反對，也不會有怨言。但忠厚勤勞者一般都謹慎怕事，影響力很小。大發怨氣的是各種疲民。這些人刁鑽強悍，通常專門靠欺壓良善、敲詐商賈、偷雞摸狗、搶劫財物為生。還有一種「富疲」，由於家道富裕不缺錢財，便不事勞作，逃避兵役，專門遊蕩四方，做游俠式的好漢。這種人有威望有能力有武功，影響力很大，是疲民之最。更有一種家道中落的「士疲」，識得字，讀得書，偏偏吃不得苦。文不是文，武不是武，或整日在市人中搖唇鼓舌評判是非，或在官府吏員中傳播道聽塗說的各種流言，或幫著「富疲」出謀畫策蹭飯吃。這種「士疲」對懲治疲民的法令罵得最為刻薄尖酸，說懲疲法令是「蛇蠍心腸，有損陰德」，是「老嫗當家，陰氣到頂」，等等等等，不一而足。

除了庶民國人中的怨言，上層也是一片怨氣，大不安寧。

衛鞅的第一批法令中，也包括了對宗室貴族的懲治，即所謂懲治「貴疲」。宗室貴族，就是國君

（國王或國公）所在的部族。按照千百年來的傳統，這種人是天生的貴族，做事不做事，立功不立功，都照樣是世襲的高等級爵位，從國庫中領取極為優厚的俸祿，享受包括高車駿馬、大片府邸在內的各種特權禮遇。幾乎所有人都認為這是天經地義，沒有什麼不合理，因為他們是王公貴族，他們的享受是無法被剝奪的。可是，〈軍功授爵法〉卻橫空出世，赫然規定：取締世襲爵位制！凡宗室貴族，如果沒有軍功或其他大功，不得取得爵位；兩年無軍功者，除去貴族籍；一旦除籍，貴族就是庶民，原由國家提供的各種特權一律剝奪，享受的國庫器物一律沒收，附屬僕傭一律歸官府，其家人與其他人口（如庇居親戚），不得在府邸、田產、車馬、衣食各方面享受原來貴族待遇；現有爵位的貴族，包括家人在內，必須嚴格按照家長爵位的高低等級定衣食住行，不得以財力雄厚或其他背景而有絲毫僭越。這樣做，就是要造成「有功者必使顯貴。無功者，雖富而不得芬華」的現實，鼓勵人們為國家立功。

這種法令對秦國的宗室貴族來說，直是匪夷所思。三皇五帝以來，貴族縱然無功，最差也是個等級較低的世襲貴族。何曾有過沒有功勞就會被開除出貴族階層的怪事？說到底，那時的貴族畢竟還是國家骨幹，想為國家立功者也不在少數，而且確實有許多建立大功的貴族人物。尋常時日，正派的貴族也會認為，為國家建功立業是完全應當的。可是有了這道法令，有功的貴族便認為這是蔑視宗室貴族，刻意限制貴族，感到尊嚴受到了大大傷害。那些無功也無能、整天混日子的「貴疲」，則惶惶不安，大罵衛鞅是挖秦國的老根，是吃裡扒外的小人，新法是「害人惡法」。

有怨氣的宗室貴族便祕密串通，來找宗室貴族中最有地位的嬴虔。

在宗室貴族中，嬴虔非但曾經是大權在握的左庶長，目下依然是太傅和事實上的上將軍，更重要的是，嬴虔還是先君秦獻公的長子，是最顯赫的宗室貴族大臣。如果嬴虔也反對這種侮辱宗室貴族的「惡法」，貴冑們就可以再求見國君訴說委屈，形成氣候，衛鞅的法令就很有可能被取締，甚至衛鞅本人也極有可能翻船。可是，當這一群老老少少在暮色中陸陸續續來到嬴虔府邸門前時，府中家老卻出來說，太傅身體不適，不能見客，教他們早早回去。朝野上下誰都知道嬴虔是個睜硬眼的厲害角色，聞言不敢停留，都灰溜溜地走了。

此刻，孟西白三人卻正在嬴虔府中訴苦。

嬴虔對衛鞅變法是全力撐持的，甚至可以說，沒有嬴虔的全力配合，衛鞅要在秦國立足，變法要納入正軌，都會是極為困難的。但嬴虔以為，變法就是整頓吏治、廢除井田、訓練軍隊，等等。他忙於軍務，也沒有時間去預聞新法內容，確實未曾想到變法會是如此徹底，竟然對宗室貴族也毫不留情。更重要的，是他覺得變法是國君與衛鞅的事，他無須多管，管多了也不好。及至第一批新法令頒布，朝野轟動，他才認真看了看，想了想。從本心講，他認為這些法令都是對的，但心裡總有一絲隱隱的不快，也覺得這些法令總有些許不對味兒。想來想去，是覺得法令太嚴厲，尤其是對宗室貴族太無情，教他心裡覺得不舒服。雖然如此，嬴虔畢竟是個頭腦清醒的人物，他決意不干預變法，立即找來家人嚴厲叮囑，不許一人在外面議論新法，否則絕不留情。

嬴虔剛剛安頓好家人，孟西白三人便連袂而來。因為三人都是將軍，而嬴虔又是事實上的秦軍統帥，來嬴虔府原本也不奇怪。然則嬴虔從來不在家中會見將領和大臣，事先更沒有約見孟西白三人，心中便知三人有事外之事。偏偏嬴虔沉得住氣，禮儀寒暄僕役上茶之後淨問一些軍旅之事，絕口不提櫟陽國事。孟西白三人說了半個時辰還找不到轉移話題的機會，心中暗暗著急。恰在這時，家老來報，說有宗室老少十餘人在府門外求見。嬴虔冷冷回答：「教他們回去。就說我身體不適，不能見客。」家老出去後，孟坼謹慎地小聲問：「敢問太傅，是否我等干擾了宗室會聚？」嬴虔淡淡笑道：「我素來不在家中見族親和臣子，他等應當知道。」此話一出，等於告訴三人應當告辭了。西乞弧勉強笑笑，「我等久坐，也該告辭了。」嬴虔立即站起身來拱手道：「未完之事，來日官署計議。恕不遠送。」

三人悻悻出來，你看我，我看你，搖頭歎氣，半日無話。來到西乞弧府中，孟坼沉吟道：「仔細想來，我倒覺得公子虔大有文章。」白縉歎息道：「有何文章？連我等開口的機會都沒有，明白是衛鞅一黨。」孟坼搖頭笑道：「非也非也。君知其一，不知其二。這公子虔素來是個強硬坦蕩的人物，若真如你言，鐵心贊同新法，還不將我等嚴詞訓斥一通？豈容我等靜坐一個時辰？想想。」西乞弧猛然拍掌笑道：「著啊！如何迷了這一竅？今日秦人，誰不談新法？公子虔迴避，明白是有疙瘩！只是，只是不便於說罷了，對麼？」白縉高聲笑道：「頓開茅塞！對，是這個道理。」

三人同聲大笑，覺得心情特別舒暢。西乞弧吩咐擺酒，三人開懷痛飲起來。

孟西白三家雖說不是宗室貴族，然而卻是百年功臣貴族。雖說他三人有功勞，不存在除籍，然其家族安能沒有平庸之輩？更不說三族百餘年來與宗室貴族相互通婚結親，形成了盤根錯節的血緣聯結。這些宗室貴族中的無功受祿之輩，和三族可是榮辱相連，這些「貴疲」求其設法，他們豈能坐視不理？再說，他們從一開始就視衛鞅為異類，眼見其氣焰大長，今後也很難重用他們這些貴族，心中又豈能安寧？想來想去，他們覺得先找嬴虔探探風向最好，如今對風向有了如此判斷，豈能不開懷大笑？

整個四月，流言飛走，怨氣彌漫。勤勞寬厚的國人庶民本來擁戴變法，對新法令的獎勤罰懶從心底裡贊同。但是，在漫天飛走的流言怨氣面前，也覺得新法過於嚴厲。像私人打架要懲罰苦役，路邊倒點兒柴火灰要砍腳斷手，量地畝時每步超過六尺要砍掉四個腳趾等等，寬厚勤勞者也覺得大不方便。誰都有無心之錯，可是新法令連改正錯失的機會都不給你，一旦有錯就行刑制裁，輕則苦役，重則刑治，不死便傷，一生都要留下恥辱的烙印。心念及此，老實人也覺得膽戰心驚，紛紛跟著埋怨起來，誰也看不見新法將對他們帶來的根本好處。

朝野山鄉，底層上層，窮疲富疲士疲貴疲們第一次有了自發的共鳴，同聲相應，同氣相求，對新法罵罵咧咧，對左庶長衛鞅惡毒詛咒。老實人不自在，疲民們不服氣，各種怨氣漫無邊際地流淌開來。一時間，新法陷入了人人側目千夫所指的尷尬境地。

三、老秦世族頂風仇殺

進入五月，正是農家大忙的時節。

渭水平川的農夫們，一邊要收割大麥、小麥，一邊還要種下穀子、豆子、蕎麥，同時抽空在菜園栽下夏葵菜。這時，人忙、地忙、牛馬忙，整個田疇一片緊張活躍。但令人揪心的是，這個季節也是私鬥最高發的季節。爭地、爭水、偷盜莊稼、搶劫牲畜、催討債糧，以及趁著忙亂報復仇家等，無一不是大起爭端的茬口。每逢五月，各國間的戰爭也都基本停止，官府都全力以赴地督導農事，解決各種突發的爭端和私鬥。秦國的五月，更比東方國家緊張。以實際而言，秦國還是井田制，八家一井，共享水渠水井。非但井內八家有爭地爭水和承擔公田勞力多少的糾紛衝突，而且井與井之間也經常有爭地爭水的衝突，牽扯兩井十六家，動輒便發生群毆械鬥。再者，秦國的村落氏族制還相對完整地保留著，一有衝突便是舉村舉族出動，如同一場小型戰爭。但最重要的還是民風使然，對私相血鬥習以為常，甚至引以為榮，經常會因為小小爭端而大打出手。

所以，秦國的五月，歷來是內部最繁忙最緊張和最混亂的時節。

衛鞅其所以將第一批法令選擇在三月底四月初頒布施行，目的之一，也想對五月大忙的混亂產生震懾作用。有了新法，再加上新任命的擁戴變法的縣令，應該是比往年穩定些許。可是，誰也沒有想到，大規模的混亂與暴力械鬥還是發生了，而且來得那樣突然和暴烈。

更令人震驚的是，這場大規模的私鬥仇殺，恰恰發生在赫赫有名的郿縣。

關中平原的渭水北岸有一座城堡，是郿縣的縣城。郿縣東距櫟陽六百餘里，西距陳倉三百餘里，正在渭水平原西部的最肥沃地段，是秦國最有名的大縣。但是，郿縣的赫赫大名，並不是僅僅因為地處沃土，在地利方面，郿縣畢竟還不如關中東部更為寬闊平坦，還稍遜一籌。郿縣的威名，在於它是秦國的「名將之鄉」。秦穆公時代的三大名將——孟明視、西乞術、白乙丙都是郿縣人。孟西白三族的嫡系雖然居住在都城櫟陽，但郿縣留下的旁支家族在百餘年間繁衍生息，也形成了龐大的勢力。三族鼎立，幾乎就是大半個郿縣。郿縣的其他人口，很大一部分是隴西戎狄貴族的後裔。秦穆公時，擔心戎族死灰復燃，接受了大謀略家由余的主張，將戎狄上層貴族一律遷到關中定居。顧忌到戎狄部族狂野好武，其他地方無力制約，便將大部分安排在了這個赫赫名將之鄉、具有濃厚尚武之風的郿縣，和老秦人花插雜居。百年過去，這些戎狄貴族雖然變成了農人庶民，但桀驁不馴的品性和剽悍好鬥的風氣卻沒有絲毫的減弱。在郿縣的二百多里地面，他們和孟西白三族一直恩怨糾葛，私鬥不斷。小至鄰里鬥毆，大至舉族大打，幾乎從來沒有停止過。

新法頒布，郿縣人倒是緊張了幾天。但旬日之間，嘲笑和怨氣便大長起來，兩大勢力均對新法嗤之以鼻，聚相議論，大是不滿。戎人族長醉醺醺地大笑：「不教男人打架麼？就像不教女人生崽一樣！」孟族老族長孟天儀則微笑著對族人說：「當年，老祖先就是打出來的硬漢子。戎狄野種就認打，越是打得痛快，他越服氣！怕甚新法？沒事兒。秦國再變，還能翻得過穆公老規矩？」

五月二十三，郿縣終於爆發了一場慘烈的民間戰爭。

孟族聚居的九個村莊都在渭水北岸，分別叫孟一里到孟九里。人們將這一帶叫孟鄉。孟鄉的土地大約方圓三十多里，有一條引渭水渠貫穿了九個里的土地。孟鄉九里旱澇保收，全靠了這條大水渠。

這水渠是秦穆公時的賢臣百里奚主持修建的，叫百里渠。因為大將孟明視就是百里奚的兒子，孟族就是百里氏的後裔，所以歷代秦公都特許郿縣孟族聚居在百里渠兩岸。那時候，關中西部是秦國的軸心地帶，都城雍州在郿縣西邊百餘里，這條大渠是秦國在春秋時代修建的唯一水利工程。百里渠幹渠全長大約不到四十里，流出孟鄉地段便東西分流為兩條支渠，向西的支渠伸展到雍城，向東的幹渠伸展到㰠縣。孟鄉處在總幹渠地段，分流渠口便在孟九里的田野中。戎狄移民都住在東支渠兩岸，大約也有八九個里，常常因用水和孟鄉惡鬥。郿縣官府雖有渠吏，但也無法制止孟鄉在天旱時堵渠強行截水，更無法制止戎狄移民聚眾搶水。今年夏天，恰遇乾旱，土地不灌溉便要乾種，乾種就要大大減收，這是農家誰都懂得的道理。

這時候，水比黃金還貴重。

五月二十三的深夜，麥收剛完，月明星稀，孟鄉人堵住了幹渠通往東支渠的渠口，除了給西支渠放過去一股細流外，全部將渠水引到孟鄉各里的小毛渠中。按照官府規定和民間用水習俗，灌田歷來是先下游，再上游。往年雖然也遇天旱，但渭水河道水量並不減少，孟鄉人還不甚著急。今年忒怪，旱情倒未必有往年嚴重，渭水河道的水量卻是大大減少，雖然說不上乾涸，也是看得見河槽大石了。不知哪裡傳來的流言，說秦國變法有違天道，上天要大旱三年！孟鄉人著了急，搶先動手堵了幹渠截水。

下游的戎狄移民在田頭渠口眼巴巴守候了半日，不見渠中一滴水花。戎狄族長虎茅大起疑惑，支渠漏水也不能一乾二淨啊？決口也該有個響動啊？巡渠女人沒有回報，分明是還沒有水。但是，孟族畢竟是大族，也不能無端尋釁，事情要先弄確鑿。於是，虎茅派出六十餘名精壯男子沿渠道上巡，查看究竟，迅速回報。

四更時分，巡水隊伍一直走到總幹渠口，才發現是孟鄉人堵了渠口。戎狄丁壯不由大怒，呼喝一聲便上前開挖渠口。守在幹渠口的孟鄉百餘名壯漢豈能容得？頭人一聲口哨，掄起手中鋤頭、鐵耒和棍棒撲將上來攔截，於是開打。混鬥半個時辰，戎狄巡渠人寡不敵眾，死了六個，人人帶傷，只得逃回去報信。

戎狄族長虎茅一見抬回來的六具屍體，怒火中燒，長髮都豎了起來，大喝一聲：「吹號聚兵！給我上——」頓時，淒厲的牛角號嗚嗚地響了起來，一長兩短，響徹夜空。這是戎狄人的死戰號角，是發動全體精壯上陣的特殊信號。剎那之間，各個戎狄村落騷動起來，男女老少一齊出動，舉著獵刀、匕首、棍棒、鋤頭呼嘯而來。族長虎茅帶領一百多名有馬有刀的丁壯勇士，呼嘯一聲，向西方孟鄉狂風暴雨般捲去。隨後的一千餘人喊殺聲大起，跟在馬隊後面呼喝怪叫著蜂擁而來。

一場慘烈的纏鬥在總幹渠外的田野上展開。

孟族九里已經做好了準備，一千餘人集結在渠岸背後，擺成了一個大方陣憑險防守。孟西白三族是老秦人，青壯年多數從軍征戰，在家耕耘者多是老人、婦女和少年。戎狄人則是兩丁徵一，尚留有一部分精壯人口。兩族相遇，各自都有引以為榮的尚武傳統，加上新仇宿怨，竟是分外眼紅，比兩軍肉搏更為驚心動魄。戎狄的先鋒馬隊一個猛衝越過渠岸，殺入孟西白的老少陣營。擔任「總帥」的孟族老族長一聲呼哨，渠岸後的老少們呼喝四散。戎狄馬隊的大半，撲進了剛剛挖出來的陷坑。圍上來要斬盡殺絕戎狄騎士的孟族老少，卻被陷坑外面的馬隊狠命阻攔劈殺，攪作一團，惡鬥起來。後來的戎狄人也蜂擁呼叫，拚命衝上幹渠大堤，和守在渠堤上的孟族老少混戰起來。

一時間呼喝遍野，慘叫不斷。孟族人雖然多是老少女人，但卻有老秦部族的陣戰章法，總是十餘人一個圈子，裡外護持，相互照應著群鬥戎狄。戎狄雖多有精壯，還有數十騎士，但卻歷來是單個衝殺狠鬥，一時竟顯不出優勢。雙方混戰廝纏大半夜，就在天快亮的時候，混戰的人群終於踩垮了幹渠大堤。

「嘩——」大水捲著數尺高的浪頭，撲向兩岸死死糾纏狠鬥的人群。

「快——跑——」孟族「總帥」嘶聲大喝。

「啊——吹號！撤啦——」虎茅舉著彎刀拚命吼叫。

但是，已經來不及了。酣鬥撕扯的人群，你擋著我，我絆著你，抱在一起的又害怕放開對手反遭暗算，相互死死揪住對手不放……及至泥水大浪猛烈捲來，想要喊一聲也來不及了。大水淹死的，泥巴嗆死的，掐壓窒息死的，受傷流血死的，屍橫遍野，死人無算。比黃金還要貴重的五月之水，卻漫無邊際地流淌成了一片汪洋。

僥倖逃出的些許人馬，隔著一片汪洋爛泥，猶自對罵不休。

四、七百名罪犯一次斬決

太陽出來時，郿縣令趙亢帶領一班縣吏趕到了孟鄉幹渠。看著這怵目驚心的場面，趙亢臉色鐵青，二話沒說，飛馬奔赴櫟陽。

趙亢是秦國招賢中應召的唯一一個秦國士人，為人方正，飽讀詩書，和兄長趙良齊名，都是家居雲陽的名士，人稱雲陽雙賢。雖然兄弟倆都是沒入過孔門的儒家名士，處世卻是大大不同。趙良志在治學修經，遠赴齊國稷下學宮求學去了。趙亢卻是奮力入世，要為秦國強大做一番功業。秦孝公招賢，趙亢欣然而來。任命官職時，秦孝公派趙亢做了要害的郿縣縣令。赴任半年，無甚大事，只是熟悉縣情，等候新法令頒布。趙亢無論如何想不到，新法頒布伊始，便有人以身試法，鬧出天大的事來。孟西白三族和戎狄移民，哪一邊都關係到秦國安危，他如何能擅自處置？

正午時分，衛鞅正在書房用餐，聽說趙亢緊急求見，二話沒說，一推鼎盤便來到政事廳。聽完趙亢的緊迫稟報，衛鞅略一思忖，斷然命令：「車英，帶二百名鐵甲騎士，即刻趕赴郿縣。」車英領命，去集合騎士。衛鞅吩咐趙亢進餐，自己到書房做了一番準備。衛鞅出來時，趙亢已經霍然起身，府門外也已經傳來了馬隊嘶鳴。衛鞅一揮手：「走。」匆匆大步出門。趙亢驚訝地問：「左庶長，這就去郿縣？」衛鞅冷冷道：「遲了麼？」趙亢囁嚅道：「不，不給君上稟報麼？」衛鞅凌厲的目光掃了過來：「凡事都報君上，要我這左庶長何用？」說完大步出門，飛身上馬，當先馳去。車英的馬隊緊隨其後，捲出西門。趙亢思忖片刻，上馬一鞭，急追而來。

太陽到得西邊山頂時，馬隊趕到了孟鄉總幹渠。衛鞅立馬殘堤，放眼望去，暮色蒼茫，四野汪洋，水面上漂浮著黑壓壓的屍體，鷹鷲穿梭啄食，腐臭氣息彌漫鄉野。孟鄉九里所在的高地，全變成了一座座小島。

衛鞅面色鐵青，斷然命令：「郿縣令，即刻派人關閉總幹渠！」

趙亢答應一聲，飛馬奔去。

太陽落山時，渭水總渠口終於被堵住了。晚上，衛鞅在郿縣縣府接連發出三道命令。第一道，命令趙亢帶領縣城駐軍步卒二百人並沿岸民眾，立即搶修渠堤。第二道，命令車英帶領鐵甲騎士，星夜到戎狄聚居區緝拿所有罪犯，不許一人逃匿。第三道，命令各縣將新法頒布三個月期間，公然聚眾惡鬥的罪犯全部押解到郿縣。趙亢、車英和信使們出發後，衛鞅心潮難平，燈下提筆疾書兩信，吩咐快馬使者即刻送往櫟陽左庶長府。

此刻，秦孝公正在庭院裡練劍，稍稍出汗，便回到書房埋首公案。

新法頒布三個月，他案頭的簡冊驟然增加，全部是朝野城鄉通過各種管道直接送給他的民情密報。他認真仔細地閱讀揣摩了這些密報，感到了一種不尋常的氣氛在彌漫。這些密報能直接送給國君，而不送給總攝國政主持變法的左庶長衛鞅，本身就意味著對新法令的輕慢和不滿。密報者背後的意圖很明顯，國君是被權臣蒙蔽的不知情者，罪責是外來權臣的，國君應當出來廢棄惡法安撫民心。秦孝公警覺地意識到，變法能否成功，目下正是關鍵。密報所傳達的「民意民心」，雖然是一種葉公好龍式的驚恐，但也是一個危險的信號——變法的第一個浪頭，遇到了疲民裹挾民意的騷動逆浪，如何處置，關係到變法成敗，其中分寸頗難把握。秦孝公沒有把這些密報和自己的判斷告訴衛鞅。他相信，以衛鞅的洞察力，不可能不知道這些彌漫朝野的流言。他要看一看，衛鞅如何評判目下的大勢，如何處理這場民意危機。如果衛鞅沒有處置這種普遍危機的能力，秦孝公倒是願意早日得到證明，以免在更大的危機來臨時，因信任錯失而造成滅頂之災。畢竟，衛鞅沒有過大權在握的實際閱歷，掌權之後能否還像論政時候一樣深徹明晰，還需要得到驗證。正因為這樣，秦孝公深居簡出，絲毫沒有過問變法的進程。

目下，秦孝公埋首書房，就是要謀定一個善後之策，以防萬一。

「君上，左庶長府領書大人求見。」黑伯在書房門口低聲稟報。

「景監？讓他進來。」秦孝公有些驚訝，景監在夜半時分來見，莫非有大事？

景監疾步走進，拱手道：「君上，郿縣三族與戎狄人大肆械鬥，死傷無算，左庶長已經趕去處置。這是左庶長給君上的緊急書簡。」

「為何械鬥？」秦孝公問。

「孟西白三族堵了幹渠，戎狄人爭水，故而大打出手。」

「準備如何處置？」

「左庶長決斷尚不清楚。想必給君上的書簡裡有稟報。」

秦孝公打開手中銅管，抽出一卷羊皮紙展開，但見酣暢淋漓的一片字跡：

衛鞅拜會君上：郿縣私鬥，乃刁民亂法與秦國痼疾所致耳。臣查，其餘郡縣亦有亂法私鬥者三十餘起。治國之道，一刑，一賞，一教也。刑賞不舉，法令無威。亂民不除，國無寧日。臣擬對犯罪亂民按律處置，無計多少。本不欲報君上，朝野但有惡名，臣一身擔之。然法令初行，君上當知，臣若有不察，請君上火速示下。臣衛鞅頓首。

秦孝公思忖有頃，問道：「依據新法，此等私鬥，該當何罪？」

「回君上，糾舉私鬥，首惡與主凶斬立決，從犯視其輕重罰沒、苦役。」

「首惡與主凶有多少？」

「詳數景監尚難以知曉，推測當在三百名以上。」

「從犯？」

景監躊躇道：「臣大體算過，僅郿縣雙方從犯，就在三千人以上。加上其餘郡縣，大約五千人不止。」

秦孝公沉默了。假若這是一場戰爭，就是死傷上萬人，也不會有任何人說三道四，也不會有任何人沮喪動搖。可這是刑殺，是國法殺人，三五十還則罷了，一次殺數百名人犯，這實在是曠古未聞。三家分晉前，韓趙魏三族聯合擒殺智伯，一次殺智伯家族二百餘口，天下震驚。然則，那是和諸侯戰爭一樣的部族集團間的戰爭，人們並沒有將它看成刑殺。要說變法刑殺，魏國的李悝變法、楚國的吳起變法、韓國的申不害變法，都沒有數以百計地斬決罪犯。秦國這樣做會帶來何等後果？秦孝公第一次感到吃不準。但是，不這樣做，後果則只有一個，那等於在實際上宣告變法流產，秦國回到老路上去，在窮困中一步步走向滅亡。這是秦孝公絕對不願走的一條路。兩害相權取其輕，這是古人的典訓。前者有可能帶來的動亂風險與亡國滅頂的災難相比，自然要冒前一個風險，而避免後一個災難。衛鞅敢於這樣做，也一定想到了這一點。目下，他需要知道的是國君的想法。

「景監，你有何思謀？」秦孝公猛然問。

景監也一直在沉默，見國君問他，毫不猶豫地回答：「臣以為，變法必有風險。風險與亡國相比，此險值得一冒。」

「好。說得好。我等不謀而合。」秦孝公微笑點頭，走到書案前提起銅管大筆在羊皮紙上一陣疾書，蓋上銅印，捲起裝入銅管封好，遞給景監道：「景監，作速派人送給左庶長。如果能離開，最好你到郿縣去，左庶長目下需要幫手。」

「臣遵命。」景監接過銅管，轉身疾步而去。

日上三竿，景監已經趕到郿縣。衛鞅正在縣府後院臨時騰出的一間大屋裡翻閱戶籍簡冊，見景監風塵僕僕地走進，驚訝笑道：「正想召你，你就來了。先坐。」轉身吩咐僕人上茶上飯。景監未及擦汗便從懷中皮袋掏出銅管：「左庶長，這是君上的書簡。」衛鞅接過打開，兩行大字撲入眼中：

左庶長吾卿：疲民亂法，殊為可惡。新法初行，不可示弱。但以法決罪，毋慮他事。嬴渠梁三年五月

衛鞅長長地舒了一口氣，將羊皮紙遞給景監。景監一看，興奮地說：「君上明察，左庶長可無後顧之憂了。」衛鞅淡淡笑道：「後顧之憂何嘗沒有？」這時僕人捧進茶飯擺好，景監匆匆用飯。衛鞅道：「領書暫且留在郿縣幾日，這是一場大事，須周密處置，不留後患。」景監道：「我已經將櫟陽府中的事安置妥當，左庶長放心，我來料理雜務。」衛鞅道：「今日最要緊的，是會同趙亢，理出罪

犯名冊。」說話間景監已經吃罷，兩人祕密商議了半個時辰，便分頭行動起來。

兩天之後，決堤的大水在炎炎赤日下迅速消失在乾涸的土地裡，大路小路更是乾得快，除去多了些坑坑窪窪，幾乎和平時沒有兩樣。趙亢和車英已經分別將孟西白三族和戎狄移民的械鬥參與者，全部押解到縣城外的臨時帳篷中。景監和趙亢分別帶領一班幹練吏員，對械鬥罪犯進行清理，按照主謀、主凶、死人、傷人、鼓譟，將人犯分為五類分開關押，一一錄下口供。這件事做了整整三天。三天中，外縣的私鬥罪犯也紛紛押解到郿縣。一時間，縣城四門外的官道上軍卒與罪犯絡繹不絕，加上一些哭哭啼啼跟隨而來的老人、女人與孩童，臨時關押罪犯的渭水草灘如趕大集一般。郿縣人恐懼、緊張而又好奇地紛紛趕來看熱鬧，有些精明人乘機擺起了各種小攤，專門向探視者賣水賣飯賣零碎雜物，外國商人則專門賣酒賣新衣服。窮人探監，要吃要喝。富人探監，則要給關押者買酒澆愁。自忖必死者，親友族人還要給置辦新衣。

旬日之間，草灘帳篷外生意興隆。尤其是外國商人的酒和新衣，分外搶手，價錢直往上躥。孟西白三族在秦國樹大根深，戎狄移民也是戰功卓著，外縣敢於頂風私鬥者，也個個不是易與之輩。各方說情者神祕地來來去去，軺車、駿馬每日如穿梭般往來郿縣小城，使郿縣人在驚訝之餘又大開眼界。

衛鞅清楚地知道外面的種種熱鬧，但卻不聞不問，只是專心致志地在縣府中翻閱罪犯口供和各縣有關記載。凡是趕來求見的宗室貴族、勳臣元老、隴西戎狄首領、地方大員等，非但見不到衛鞅，連景監、車英也見不上。景監委派的三名書吏專門接待這些人，所有的禮物都收，所有的書簡都留下，所有的說辭都用一句話回答：「一定如實稟報左庶長。」十天之中，貴重禮物和祕密書簡已經堆滿了一間專門的房子，看守的吏員簡直不敢相信，窮困的秦國如何能突然冒出如此多的奇珍異寶？

第十三天，衛鞅走出了書房，打破了沉默。他下的第一道命令，就是取締渭水草灘的臨時集市，將一切商賈盡行清理。當日午後，渭水草灘又成了炎熱的曠野。第二道命令，是派趙亢徵發五百民夫修築刑場。第三道命令，派車英緊急將所部兩千鐵甲騎士全數調到郿縣聽候調遣。第四道命令發往秦國所有郡縣，命令各縣縣令率領全縣所有里正和族長，三天後趕到郿縣。第五道是密簡，飛馬送往櫟陽國府。

隨著使者的快馬飛馳，秦國朝野又彌漫出濃厚的驚恐、疑惑和各種猜測。有人說，天候不祥，左庶長要大開殺戒了。有人說，犯罪的主謀都是富人，還不是殺幾個窮人完事。更有人說，左庶長收了難以計數的奇珍異寶，人犯們一個也沒事。國府內外安靜如常，國君也沒有以任何形式召集朝會議事，好像秦國從來沒有發生過什麼一樣。櫟陽的上層貴族則保持著矜持的沉默，對變法，對郿縣發生的一切都緘口不言，看看平靜的國府，相互報以高深莫測的微笑。

七月流火，郿縣小小的城堡活似一個大蒸籠。中夜時分，衛鞅走出書房，喚出景監車英，三騎快馬出城，在渭水草灘反覆巡視。遍野蛙鳴淹沒了他們的指點議論，直到一輪又大又圓的明月在遙遠的西天變小變淡，三人才回到城中。

早晨，朝霞剛剛穿破雲層，郿縣城四門箭樓響起了沉重的牛角號，嗚嗚咽咽，酸楚悲愴。人們從打開的四座城門爭先恐後地湧出，奔過吊橋，向渭水草灘匯聚。田野的大路小路上，都有人手上舉著白幡，身上披著麻衣，腰間繫著草繩，大聲哭嚎著呼天搶地跌跌撞撞地趕來。渭水草灘上的低窪地帶，兩千鐵甲騎士圍列圍出了一個巨大的法場，將所有趕來觀刑的人群隔離在外圍。但四野高地上的庶民卻如鳥瞰一般，看得分外清楚。鐵甲騎士之內，七百名精選的行刑手紅布包頭，手執厚背寬刃短刀，整肅排列。法場中央一個臨時堆砌的高臺上，坐著威嚴冷峻的衛鞅。景監車英肅然站立在長案兩側。長案前兩排黑衣官吏，則是從各郡縣遠道趕來的郡守縣令。高臺下密密麻麻排列的一千餘人，則是秦國所有的里正和族長。所有人都沉默著，偌大的法場只能聽見風吹幡旗的啪啪響聲。

郿縣令趙亢匆匆走到高臺前低聲稟報：「左庶長，人犯親屬要來活祭。」

衛鞅道：「命令人犯親屬遠離法場，不許攪擾滋事，否則以擾刑問罪。」

趙亢又匆匆走到法場外宣示左庶長命令。法場外的罪犯親屬第一次露出了驚恐的神色，垂頭癱在草地上無聲地哭泣著。歷來法場刑殺，都不禁止親友活祭，如何這秦國新左庶長連些許仁義之心都沒有？未免太無情也。其餘看熱鬧的萬千庶民也都一片寂靜，全然沒有以往看法場殺人時的紛紛議論。人們在如此巨大的刑場面前，第一次感到了國家法令的威嚴，感到了這個白衣左庶長的強硬與無情，竟全然不若人們原先議論想像的那麼軟弱，竟敢擺如此駭人的法場！忠厚的農夫想起了三月大集上的徙木立信，不禁相顧點頭，低聲歎息：「咳，也是自作孽，不可活。」

太陽升起三竿時，景監高聲下令：「將人犯押進法場！」

車英一擺手中令旗，兩千騎士讓出一個門戶，一隊長矛步卒分兩列夾持著將長長的人犯隊伍押進法場。人犯們穿著紅褐色的粗布衣褲，粗大的麻繩拴著他們的手腳，每百人一串，緩緩蠕動著走向法場中央。四野高地上的民眾鴉雀無聲，他們第一次看見如此成群結隊的「赭衣」，第一次看見戰場方陣一般的紅巾短刀行刑手，每個人的心都不禁簌簌顫抖起來。赭衣囚犯們再也沒有了狂妄浮躁，個個垂頭喪氣面色煞白。最頭前的是孟西白三族的族長和二十六個里正，以及戎狄移民的族長里正。他們都是六十歲上下的老人，一片鬚髮灰白的頭顱在陽光下瑟瑟抖動。他們中的每一個都曾經在戰場廝殺過，為秦國流過血拚過命。直到昨天，他們還對晚年的生命充滿了希望，相信櫟陽會有神奇的赦免，相信秦國絕不會對孟西白這樣的老秦人和穆公時期的戎狄老移民大開殺戒，不相信一個魏國的中庶子能在秦國顛倒乾坤。

此刻，當他們從一片死一樣沉寂的人山人海中穿過，走進殺氣瀰漫的法場，他們才第一次感到了這種叫作「法」的東西的威嚴，感到了個人生命在國家法令面前的渺小。當他們走到瀕臨河水的草灘上，面前展現出一片密密麻麻的木樁，每個木樁上都寫著一個名字，名字上赫然打著一個鮮紅的大勾時，他們油然生出了深深的恐懼，雙腿發軟地癱在草地上。在戰場上的刀光劍影中，他們每時每刻都有可能血濺五步，變成一具屍體，但是卻沒有一個人感到畏懼，沒有一個人想到退縮。照民諺說，人活五十，不算夭折。而今六十歲已過，死有何懼？人同此心，心同此理。但是卻沒有一個人能克服這種恐懼，能自己站起來。

兩個兵卒將為首的孟氏族長孟天儀，夾持起來靠在木樁上。老族長似乎終於明白過來，白髮蒼蒼的頭顱靠在木樁上呼呼喘息。突然，他挺身站起，嘶聲大喊：「秦人莫忘，私鬥罪死恥辱！公戰流血不朽！」喊罷縱身躍起，將咽喉對準木樁的尖頭猛然躍起斜撲。只聽「噗」的一聲，尖利的木樁刺進咽喉，一股鮮血噴湧飛濺！孟天儀的屍體頓時挺挺地掛在了木樁上。

剎那之間，孟西白三族的人犯一片大嚎，挺身而起，嘶聲齊吼：「私鬥恥辱，公戰不朽！」紛紛躍起，自撞木樁尖頭而死。

喊聲在河谷迴盪，四野山頭的民眾被這聞所未聞見所未見的刑場悔悟深深震撼，竟然衝動地跟著喊起來：「私鬥恥辱！公戰不朽！」喊聲中夾雜著一片哭聲，那是圈外人犯親屬的祭奠。

變起倉促，景監大是愣怔。衛鞅點頭道：「臨刑悔悟，許族人祭奠，回故里安葬。」

景監頓時清醒，高聲宣示了衛鞅的命令。圍觀民眾嘩地閃開了一條夾道，孟西白三族剩餘的女人和少年衝進法場，大哭著向高臺跪倒，三叩謝恩。

衛鞅冷冷道：「人犯臨刑悔悟，教民公戰，略有寸功。祭奠安葬，乃法令規定，衛鞅有何恩可謝？今後不得將法令之明，歸於個人之功，否則以妄言處罪。」

法場的萬千民眾官吏盡皆愕然。不接受稱頌謝恩，還真是大大的稀奇事情。此人是薄情寡義，還是執法如山？一時誰也不敢議論。

「開始。」衛鞅低聲吩咐。

景監命令：「人犯就椿，驗明正身——」

車英在人犯入場時已經下到法場指揮，一陣忙碌，馳馬前來高聲報道：「稟報左庶長，七百名人犯全部驗明正身，無一錯漏！」

衛鞅點頭，景監宣布：「鳴鼓行刑！」

車英令旗揮動，鼓聲大作，再舉令旗：「行刑手就位！」

七百名紅巾行刑手整齊分列，踏著赳赳大步，分別走到各個木樁前站定。

「舉刀——」

「刷」的一聲，七百把短刀一齊舉起，陽光下閃出一片雪亮的光芒。

「一，二，三，斬！」

七百把厚背大刀劃出一片閃亮的弧線，光芒四射，鮮血飛濺，七百顆人頭在同一瞬間滾落在綠油油的草地上。四野高地上的人山人海幾乎同時輕輕地「啊——」了一聲，就像在夢魘中驚恐地掙扎。藍幽幽的天空下，鮮紅的血流汩汩地進入了渭水，寬闊的河面漂起了一層金紅的泡沫，隨著波浪滔滔東去。炎炎烈日下，血腥迅速彌漫，人們噁心嘔吐，四散逃開。

一隻黑色的鴿子沖上天空，帶著隱隱哨音，向東南方向的崇山峻嶺飛去。

五、啞巴武士做了貼身護衛

回到櫟陽，天色已黑了下來。衛鞅稍事整理，立即去見秦孝公。

國府很安靜，很空曠，一片清爽，全然沒有夏日的燥熱煩悶。月上城樓時分，庭院裡灑滿月光。院中石案上，鋪著一張大圖，秦孝公正在圖上擺弄幾個不同顏色的木頭人，時而皺眉，時而點頭，反覆擺弄，癡迷一般。郿縣大刑場朝野震驚，他卻沒有去郿縣，也沒有離開櫟陽。一個月裡，他沒有會見任何朝臣，一直把自己關在書房庭院裡琢磨有可能出現的各種變化。他的靜處不動，用意很深。一則，他要和這場空前的大刑殺保持表面上的距離，以防萬一出現不測，他好出面收拾局面。二則，他要看一看，沒有他的出面，衛鞅處理危局的才幹究竟如何？三則，他要仔細掂掂，秦國民眾對改變舊制實行新法的承受力究竟有多大？變法還能不能按照原有力度往前走？四則，他要給朝野一個印象，沒有衛鞅在櫟陽，國君不會對國事發出任何命令。這些用意之外，他也希望櫟陽的宗室貴族元老勳臣對他的意圖紛紛猜測，疑惑不定，延遲和淡化所有可能的上層騷亂。政治如同用兵，有時候也是一種「詭道」，需要權謀機變，勝利是唯一的目標。關鍵時刻製造撲朔迷離的局面，從而迷惑潛在的敵人，是度過危機的高明謀略。但是，製造撲朔迷離的權力擁有者自己卻需要極度的清醒，絕不能陷入自己製造的迷霧之中。歸根結蒂，政治的勝負是需要實力較量的。秦孝公在一個月裡，精心揣摩的一件事，就是預防衛鞅不可能抵擋的那種普遍動亂。他用短劍削出一堆小木人，塗上各種顏色，在秦國大圖上反覆擺置，預想出有可能出現的種種動亂方式，以及可以採取的各種平息方略。

月亮很亮。他對著地圖上的木人，陷入深深的思索。

「君上，左庶長求見。」黑伯低聲稟報。

「噢？左庶長？他回來了？快請。」秦孝公笑笑，終於回過神來。

衛鞅匆匆走進：「臣衛鞅，參見君上。」

秦孝公笑道：「左庶長辛苦了。黑伯，上茶。月色正好，就在這兒說。」指著一個石墩，「坐，比草席涼快多。」自己也在另一個石墩上坐下來。

衛鞅坐下，看看石案上地圖的木人陣勢，沉吟道：「君上，有跡象麼？」

「沒事。我是做萬一之想。說說郿縣事。」

衛鞅喝了一盞茶，便從孟西白三族和戎狄移民爭水說起，詳細講述了械鬥原因和經過以及死傷人數，又講了審理人犯中「接受」的禮物，一直說到法場上孟西白三族人犯的悔悟與自殺，最後道：「君上，一次刑殺七百人犯，確實是曠古未有。臣也忐忑不安。然則孟西白族人的悔悟，使國人深為震撼，臣亦感到意外。有此一條，足以說明邪不勝正，罪不抗法，國人不會由此而動盪。」

秦孝公長吁一聲：「國人庶民好辦，我擔心的是櫟陽，是宗室廟堂。」

「君上，臣之見恰恰相反。」衛鞅笑笑，「只要民眾穩定，擁戴新法，宗室廟堂的作祟勢力再大，也翻不了大船。」

「何以見得？」

「國家之根本在民眾，國家之力量亦在民眾。只要民眾守法自律，廟堂蟊賊就沒有力量興風作亂。縱然作亂，也可從容應對。君上以為然否？」

秦孝公沉吟道：「宗室貴族和元老勳臣都有封地，封地內的民眾都是依附隸農，素來以宗主號令是從，安知他們沒有力量？」

「君上所慮極是。下一步就是要剝奪宗主貴族的這部分力量，教所有民眾都直接聽命於國府，讓任何叛逆都無所施展。」

「噢？請道其詳。」秦孝公有些興奮。

「廢井田，開阡陌，除隸籍，改封地，此所謂釜底抽薪也。」

秦孝公沉默品味有頃，拍掌笑道：「好！連接得好。冬天以前能鋪開除籍、奪地這兩件大事，秦國就度過了傾覆之危。左庶長再說說仔細。」

衛鞅便將第二批法令的內容、目標及推行辦法說了一遍，秦孝公又提出了許多應該注意的民情國情，兩人商議到三更天方散。臨走時秦孝公反覆叮囑，要衛鞅專心致志地操持變法大計，不要為宗室廟堂的騷動分心，這種事有他一力支撐。

回到府中，衛鞅吩咐景監即刻清理在郿縣「接受」的奇珍異寶，送到秦孝公書房。景監剛剛出門，僕人來報，說門外有故人求見。衛鞅感到詫異，自稱故人，莫非侯嬴？出得大門外一看，月光下站立者正是侯嬴。衛鞅拱手笑道：「月夜故人，果是侯兄。走，進去說話。」拉起侯嬴的手就走。侯嬴笑道：「鞅兄莫忙，原是我要請你去作客。」衛鞅笑問：「有事麼？」侯嬴揶揄笑道：「沒事就不去了？」衛鞅爽朗大笑：「哪裡話來？走。」回頭對府門衛士頭領吩咐道：「領書回來，就說我出去辦件事。」便和侯嬴一路笑談而去。

到得渭風客棧，侯嬴吩咐擺酒。熱氣騰騰的秦地肥羊燉一上來，衛鞅就興奮搓手，連連叫好。侯嬴吩咐道：「還有涼拌苦菜，不要忘了。」黑衣僕人點點頭，輕步退出。衛鞅一瞥，笑道：「侯兄，他就是我第一次來櫟陽，在客棧門口見到的那個武士？」侯嬴一笑：「鞅兄好眼力，是他。」衛鞅道：「是個啞人？」侯嬴點點頭：「沒錯。」一個身懷絕技的啞人。」衛鞅歎道：「真是難為他也。」說話間酒菜上齊，侯嬴舉爵道：「來，為鞅兄一鳴驚人，乾！」衛鞅舉起酒爵，卻不禁笑道：「一鳴驚人？侯兄是說一殺嚇人吧。」侯嬴噗地笑了：「也是，確實嚇人一跳。」衛鞅揶揄道：「還別說，也嚇了我一大跳。」兩人同聲大笑，「噹」地一碰，一飲而盡。衛鞅夾了一口苦菜咀嚼，讚道：「還是苦菜烈酒，見得本色。」侯嬴喟然一歎：「本色自然好，卻談何容易？」

衛鞅道：「侯兄，你是有事對我說？」

侯嬴道：「對，受人之託也。這是白雪姑娘的信，前日送來。」

衛鞅驚喜地接過銅管，啟封打開，抽出一卷白絹，熟悉的字跡頓時跳躍起來。白雪的字不是尋常女兒家那般娟秀嬌小，卻是挺拔飛動，峻峭清奇，等閒名士也難以望其項背。每每看見白雪的字跡，衛鞅就彷彿看見白雪活生生地站在他面前說話一般：

兄台如面：渭水大刑，震動天下，君當縝密思慮，謹慎應對。我在安邑甚好，常在涑水河谷閒住。盼能早日赴櫟陽與君相聚。思君念君，此情悠悠。白雪手字

衛鞅沉默良久，抬頭道：「侯兄，上次我已帶信，請小妹過來的……」

侯嬴歎息道：「白姑娘有心人。她說，變法初期不能擾你心神。」

衛鞅舉爵大飲，慨然一歎，卻是無話。

「我看，明年夏秋時光，白姑娘差不多可以來了。」

衛鞅點點頭：「那時，變法當可以立於不敗了。來，侯兄，再乾。」

侯嬴放下酒爵：「哎，鞅兄啊，我也趕到郿縣去看了大法場……我想到了一件事，你的身邊要有個貼身護衛。」

「貼身何用？」衛鞅笑道，「車英的兩千騎士足矣，貼身護衛豈非蛇足？」

「不然不然。」侯嬴搖頭，「執法權臣，萬民側目。這個古訓不能忘記。鞅兄厲行變法，重刑懲惡，此中生出的明仇暗恨，當真是層層疊疊。譬如郿縣大刑中斬決了三十餘名疲民游俠，這些人與列國游俠劍士皆有交誼。此等人本無正業，可以耗費終生，處心積慮地復仇揚名，防不勝防。鐵甲騎士可以當大敵，卻不能防刺客。而權臣之患，不在正面大敵，恰在背後冷箭。鞅兄須聽得人勸也。」

衛鞅沉默有頃，沉吟問道：「莫非侯兄要……給我一個貼身護衛？」

「對。我正是要給你舉薦一個武士。」

「是那個——黑衣啞人？」衛鞅目光炯炯。

侯嬴大笑：「鞅兄啊，鞅兄，和你說話真是省力，想聽聽他的故事麼？」

衛鞅點點頭：「好，先乾一爵再說。」

兩人各自大飲了一爵熱酒，侯嬴擲爵一歎，感慨地說起了一段奇遇。

十八年前，侯嬴奉白圭之命，在楚國收購竹器向魏國運輸。有一天，他來到郢都官市，尋訪一個手藝極高的竹器工匠。曲曲折折，不意走進了郢都「人市」。那時，中原各國雖然也還有官奴、私奴和隸農，但官辦的奴隸市場早已消失了。尤其是魏國，李悝變法前三年，奴隸市場便被取締。侯嬴在中原還真沒見過買人賣人的「人市」。郢都的「人市」很大，在城角一片曠野裡，和秦國櫟陽的南市大集差不多。各種奴隸分別被拴在粗大的麻繩圈裡，任人評點挑選。侯嬴從市人的談笑中得知，楚國「人市」買賣的奴隸，絕大部分是貴族私家軍隊攻破「山夷」部落得到的戰俘。戰勝貴族在戰俘面頰上，烙下一個自己家族特有的標記。如果買去的奴隸與所標明的能力體力有較大差距，或者是個病人，則買主可以憑奴隸烙印找到賣人的貴族退換或退錢。

侯嬴漫步過市，卻被一頂帳篷門口的叫賣聲吸引。一個管家模樣的胖子大聲吆喝著：「快來買家奴啦，不是山夷，是叛逆罪犯啦——」過往貴族紛紛湧進帳篷，侯嬴也跟了進去，想看看是何等罪犯竟上了人市？進得帳篷，只見木樁上拴著一男一女和一個少年。管家擰著男人光膀子上的肌肉高聲道：「列位請看，這男奴的肉像石頭一樣啦，食量大，力氣大，足足頂半頭水牛啦！買回去耕田護院，一準沒錯的啦。」說完又一把扯開女奴胸前的白布，揉摸著女人的胸部高聲吆喝：「列位再看這母貨啦！又肥又白，奶子又大，識得字，能幹活，還能陪床啦！」說著掀開女人的粗布短裙，亮出女人豐滿修長的大腿和渾圓雪白的屁股，嘖嘖讚賞，「來，看看，摸摸，有多光！前後上下由著主人，保你乖得像一隻母狗啦！」說話間氣喘噓噓，口水滴到了女人的大腿上，伸手一抹，「啪」地在女人大腿上拍了一掌，笑問周圍，「如何？夠味兒吧？」有人喊道：「那個小東西，有何長處？」管家忙不迭走到少年面前，掰開少年嘴巴道：「這個小東西當真寶貨啦！割掉舌頭的活工具，能聽不會說，任憑驅使啦。列位請看，有牙無舌，不假啦！」便有人高聲問：「開價幾何？」管家氣喘噓噓道：「便宜啦，三連買，五百金！單個買，每個二百金！」便有逛市的貴族紛紛湊上前去，摸摸捏捏，評頭品足講價錢。侯嬴看著，覺得心裡老大不舒服，悄悄擠出了帳篷。

兩個月後的一天，侯嬴在郢都外的山林裡踏勘竹源，卻突然聽見林外傳來尖銳的女子喊聲。侯嬴疾步走出竹林，只見山坡上的茶田裡，一個衣飾華麗的貴族正在從背後強姦一個女奴，女奴脖頸和雙手都拴著鐵鏈，趴在地上不斷呼救。旁邊兩個被鐵鏈拴在樹上的奴隸，憤怒地呼喊掙扎。仔細看去，卻正是那天在人市上遇見的三個奴隸。

侯嬴怒火中燒，衝到茶田，一劍刺死了那個作惡的貴族，又解開了拴在樹上的男人和少年。三人一齊跪在地上哭喊謝恩。侯嬴扶起他們，將手中的錢袋遞給男子道：「這是二百刀幣，你們拿上，逃到深山裡安家去吧。」男子連連擺手，咬牙沉默。女人哭道：「客官不知，我夫君本是楚國將軍，只因在攻打山夷時放走了幾百名戰俘，被令尹判罪，全家沒入官奴。如今烙上了官印，逃到哪裡都是死路。只求客官帶走我的小兒子，給將軍留個根苗！」說罷，摟著少年放聲大哭。少年嗷嗷怒吼，將鐵鏈在石頭上摔得噹啷亂響。侯嬴向男子深深一躬：「將軍宅心仁厚，可願跟我侯嬴到魏國去？」男子沉重地搖搖頭：「我一走，族中剩餘人口就會被斬盡殺絕。謝過客官了。我姓荊，小兒叫荊南。此生無以為報，來生當為客官做牛做馬。」侯嬴含淚拱手道：「荊將軍放心，侯嬴定保荊南無憂。」

夫婦二人再次向侯嬴跪地三叩，站起身來，相互擁抱，一起向山石上猛力撞去！侯嬴不及阻擋，眼見二人鮮血飛濺，當場死去。奇怪的是，那個腳上拴著鐵鏈的少年卻沒有哭喊，站在那裡像一塊石頭。侯嬴想挖個土坑埋葬了將軍夫婦，少年卻拉住他的手默默搖頭。侯嬴恍然大悟，罪犯奴隸逃亡，舉族要受殺戮，留得屍體，可保族人無事。侯嬴不禁驚歎少年的機警聰敏，二話沒說，拉起少年就走。

在一個信得過的鐵工作坊裡，侯嬴為小荊南取掉了腳上的鐵鏈，又將他化裝成一個女孩子，才隨著運送竹器的車隊回到了安邑。

衛鞅感慨歎息：「一個人殉，一個奴隸，害了人間多少英雄？」

「這個小荊南天賦極佳。我一直將他帶在身邊，教他劍術，教他識字，任何一樣，都是一遍即會。在安邑第二年的夏天，當時他只有十三歲。有一天夜裡，他正在庭院練劍，卻突然失蹤了。留下的只有一個竹片，上面寫了四個大字——借走荊南。你說奇也不奇？」侯嬴飲了一爵熱酒，又慨然道，「十二年後，也就是五年前，荊南居然找到了櫟陽城這座客棧。我從他的比畫中知道，原來是一個老人帶他到一座神祕的大山中修習劍道。十二年後，老人認為他已經學成，就讓他到秦國找我。我問他這個老人是誰？他只比畫是個好人。你道奇也不奇？」

衛鞅思忖有頃：「尋常游俠不可能。據我所知，天下以如此方式取人者，大體只有兩家，鬼谷子一門，墨家一門。」

「鞅兄以為，究竟何門？」

「墨家。大約不錯。」

「何以見得？」

「鬼谷子一門，文武兼修，政道為主，極少取純粹的武士。墨家則不然。雖然真正的墨家弟子，也都是文武兼修。但墨家卻有一支護法力量，叫非攻院，專一訓練劍道高手。荊南更接近墨家這個尺度。」

侯嬴哈哈大笑：「墨家是個學派，要這護法隊伍何用？」

衛鞅搖頭感慨：「侯兄所言差矣！墨家可是非同尋常，與其說墨家是個學派，毋寧說墨家是個團體。自老墨子創立墨家，以天下為己任，以兼愛非攻為信念，主張息兵滅戰、誅殺暴政、還天下以和平康寧。如果僅僅是一種學派主張，也還罷了。墨家的特立獨行處，在於他不求助於任何諸侯或天子，而是依靠自己的力量息兵止戰，消滅暴政。墨家的入室弟子非但滿腹學問，且個個都是能工巧匠，個個都有布防禦敵的大將之才。就是非攻院的習武弟子，也個個都是劍道高手。更令天下學派望塵莫及者，墨家法紀嚴明，人人懷苦行救世的高遠志向，粗食布衣，慷慨赴死，留下了無數可歌可泣的業績。墨家能夠橫行天下，不受任何邦國制約，反倒使許多好戰之國視為心腹大患，憑的不僅是學問，而且是實力。你說，如此一個團體，能僅僅將他當作學派看待？」

「如此說來，荊南你是要了？」

「他為人如何？」

「深明大義，忠誠可靠。幾年來一直是客棧和白姑娘的聯絡人。」

衛鞅思忖有頃：「好，也有助於墨家了解秦國變法的實情。我推測，墨家早已瞄上秦國了。」

「何以見得？」

侯嬴揶揄道：「看來天下還真有狗逮耗子的事。」

衛鞅笑道：「墨家是天下有名的反暴政者，豈能對渭水刑殺無動於衷？」

衛鞅大笑：「好！將荊南請來。」

侯嬴啪啪連拍三掌，一個黑衣大漢推門而入，對侯嬴深深一躬，比畫了一個手勢，肅然站立。侯嬴道：「荊南，這位先生，是秦國左庶長衛鞅。你去做他的貼身護衛，如何？」荊南聞言，流露出欽佩的眼光，一陣手勢，向衛鞅深深一躬，腳跟一碰，啪地站直身子。侯嬴道：「他說，願為大人效力，誓死追隨。」衛鞅拱手笑道：「壯士不怕我是暴政惡吏？」荊南滿臉脹紅，一陣比畫，喉頭中低沉地嗚嗚哇哇。侯嬴道：「他親自看過了渭水法場，殺的都是為害一方的惡人。他如果是你，也要殺這些犯罪的壞人。」衛鞅慨然一歎，拱手道：「多謝壯士，日後煩勞你了。」剎那之間，荊南眼中閃爍出晶瑩淚光，撲地跪倒，咚咚咚三叩，從懷中掏出一塊白布，雙手遞給衛鞅。衛鞅抖開，只見上面赫然寫著一排血字——「秦國將廢奴除籍真假？」

衛鞅認真地點點頭。荊南嘴角一陣抽搐，突然放聲大哭了。

六、兩樣老古董：井田和奴隸

進入九月，秦國又沸騰了起來。

往年，秋收過後再種上麥子，就一天天冷了。白茫茫的一片秋霜過後，秦人就進入了漫長的窩冬期。直到來年二月，人們才從土窯裡茅棚裡瓦房裡的火炕頭走出來，度春荒，備春耕。通常年景，這小半年沒有戰事，沒有徭役，沒有勞作，幾乎就是整個國家的冬眠期。那時候的人，活得簡約，凝重，灑脫。一切大事，都是從春天開始，到秋天結束。夏日酷暑，冬天冰雪，人們就蟄伏下來，極少在手腳不舒展的時候做大事。也因為這一點，孔夫子才把他記載的歷史大事命名為《春秋》。於是就有人說，那時的人，還不知道一年分為四季，只知道春秋兩季。其佐證之一，就是在古書上找不到夏天和冬天的事情。煩瑣細冗的後人忘記了，那時候的天象觀測已經能發現天上的大部分星體並記載下來，還能發明二進位的《周易》八卦，曆法已經能把一年確定為三百六十五點二五日，如何能對一年僅有的四次氣候變化渾然無覺？

說到底，是後人忘記了先民的睿智和雍容大器——蟄伏之期，何足道哉！

秦人的蟄伏傳統，卻被衛鞅的新法令攪亂了。因為在冬天來臨之前，秦國要全面推行新田法。有什麼能比土地更揪人心的？土地非但是農人牧人的安身立命之本，就是宗室貴族和勳臣元老也有自己的封地和依附的隸農，國家官府也有山林水面和耕地，許多商人和工匠也有祖先留下來的土地。推行新田法，重新分配土地，朝野上下真正是奮激起來了。比起第一批法令頒布後的騷動和怨氣，這次要平靜許多，但卻也深刻了許多。人們從渭水法場看到了國府變法的強硬決心，開始真正相信新法令的威嚴了。最要緊的是，勤勞忠厚的農人牧人和國人，都感到了懲治疲民和私鬥治罪後騷擾絕跡，村族鄰里大為安定的好處，從內心開始真正地擁戴變法了。春夏間甚囂塵上的朝野怨聲，隨著秋季的到來，漸漸平息了下去。推行新田法，民眾更多的是興奮和忐忑不安，封地貴族則更多的是憂慮。

對於衛鞅的左庶長府，秋天是個更忙碌的季節。

廢除井田而推行新田制，是全部變法的軸心環節，也是變法成敗的根本基石。全府上下從八月便開始緊鑼密鼓地籌備，國府各官署的吏員在左庶長府穿梭般出出進進，信使探馬流星般往返於櫟陽和各郡縣之間。衛鞅的書房徹夜燈光。國事廳裡，景監帶著文吏班子晝夜連軸轉。面對這千古大變，要做的事情是太多了。

井田和奴隸，是兩樣老古董。從五帝最後一個的大禹到春秋戰國，幾近三千年以來，井田制和奴隸制一直巍然矗立，是近古華夏社會框架的泰山北斗，是中央王室和諸侯國家的柱石。井田制和奴隸制共生共存，井田制是奴隸制的框架，奴隸制是井田制的依附。要明白這兩樣老古董，得先說說井田制。

井田制的始作俑者，是治水的大禹。遠古之時，華夏大地是洪水時代，氣候濕熱，百川橫溢，大大小小的河流山溪，都是盲無目標地相互沖擊流淌，在山原大地上攪成了無數個巨大的漩渦。遍地汪洋，人們倉皇地逃離茅屋、城堡和土窯，躲避到高高的山洞和樹林中去。農耕、放牧、製陶和狩獵的土地，全部淪為水鄉澤國。如果不能馴服洪水，整個華夏大地上的先民就會倒退回茹毛飲血的遠古之世，與林間百獸爭生存。幸運的是，當時的部落聯盟首領是偉大的舜帝。舜沒有被洪水嚇退，而是決然命令嵩山族領禹擔負起治水的使命，而以秦人部族首領大費、殷商族領契、周人族領后稷共同為禹的輔佐。禹，是一個尋常人無法想像的治水天才。他拋棄了祖祖輩輩「遇水土屯」的堵截治水法，發明了「疏導水流，盡入大海」的偉大方略。他說服逃到高山上的部落首領，請他們的族人自帶乾糧乾肉，和他一同疏導洪水。十三年櫛風沐雨，三過家門而不入，禹的兩條大腿上磨起了厚厚的老繭，治水的民眾也死傷了千千萬萬，終於使百川入海，洪水被制服了。

禹的偉大業績人人傳誦，天下都叫他大禹。這時候，舜帝老了，大禹做了先民們爭相擁戴的首領。大禹死後，他的兒子啟建立了第一個國家，國號是「夏」。

洪水消退，大地顯露出來。洪水夾帶泥土，填平了溝溝壑壑，沖積出大片平原土地，一望無邊，平平展展。人們從山林中走出來，爭相占領肥美的土地，廝殺拚打，亂得不可收拾。可是，大禹是第一個開邦君主，堅定果敢，沒有在混亂和爭奪面前退縮，而是決意建立一種能使人們和諧共處的耕作秩序。他發明了一種耕作方式，叫作井田制。就是在廣袤平坦的肥沃平原上，將土地劃成無數個「井」字形的大方塊，每八家一「井」，中間一塊土地是公田，由八家合力耕種，收穫物上繳國家。八家唯一的水井，在公田中央位置。人們每天清晨前來打水，順便就在井邊交換剩餘的物品。八家田地（一井）的周圍，是灌溉的水渠和道路。十井一里，十里一社，人們在平展展的田野裡組成了互不侵犯的相望里社。那時人口不多，大大小小的沖積平原劃出的方方正正的井田，足夠當時的人口居住耕耘了。

那時，井田制是一種偉大的發明。它把零散無序的農人編織在一個框架裡，使他們同心協力耕作，抵禦災害，和諧相處，收穫的東西也越來越多。然而也有搶掠成性的部族不守規矩，仍在依靠暴力殺戮，搶奪其他部族井田裡的糧食、牲畜和財產。大禹就在會稽山大會諸侯（部族首領），公然殺了不守井田規制且會盟遲到的防風氏，宣布建立永遠不解散的軍馬，專門對破壞井田秩序的部族進行討伐。

從此，井田制真正站穩了腳跟。

可是，平民農夫（自由民）分得的井田，只能耕種，不能買賣或做任意處置。用後人的話說，就是「國有私耕」。《詩經》說「普天之下，莫非王土。率土之濱，莫非王臣」，說的正是井田制時代的人地關係。國王在需要的時候，可以沒收平民農夫的耕田賜給別人。在平民犯罪時，更是理所當然地沒收田產，甚至包括將犯罪者及其家人也沒收為官府奴隸。也就是說，土地的處置權在中央官府。平民耕種的井田，永遠不可能像真正的私有財貨那樣轉讓和繼承，自然更談不上自由買賣。

井田制還有一個孿生的制度，就是奴隸制。

那時候，國王、諸侯（部族首領）和大小族長，都擁有大片土地（封地），這就是私家井田。這種私家井田，主人對土地雖然也沒有名正言順的最終處置權，但卻比平民僅有的耕作權大大進了一步。只要豪族主人（領主）不犯罪，不招天子討伐，不在戰爭中失敗，這些土地實際等同自己的私有財產，可以轉讓、贈送甚至買賣。有了土地，就得有人耕種。國王、諸侯和族長，就把戰俘、罪犯以及因各種原因依附於他們的窮困庶民，強力安排在自己的土地上耕耘。這些勞作者便是奴隸。「奴隸」一詞，春秋戰國已有，只不過不常為人用罷了。《後漢書・西羌傳》記載了一個春秋秦國的奴隸逃亡故事，開首云：「羌無弋爰劍者，秦厲公時，為秦所拘執，以為奴隸……羌人謂奴為『無弋』，以爰劍嘗為奴隸，故因名之。」這個無弋爰劍，便是無數的奴隸之一。奴隸主除了給耕耘者留下僅夠生存的物品，收穫物必須全部上繳土地主人。國王和大大小小的諸侯、封主、族長及其家人，正是依靠從這些「奴隸井田」和自由農夫的公田繳來的收穫物，維持著軍隊、官吏和舒適富裕的生活。官私井田的勞動者奴隸，也叫作隸農。他們沒有官府承認的自由民身分，官府「料民」（戶籍登記）也不登記他們入冊。他們的身分只存在於豪族主人（領主）的「奴籍」之中。來源於戰俘和罪犯的奴隸，臉上還烙有或刺有主人家族特有的徽記，即或脫逃，也無處容身。世世代代，奴隸只能在主人的井田裡無償勞作。奴隸耕作的私家井田與自由民的井田，唯一的不同是，私家井田的中央只有水井而沒有公田。千百年下來，井田制和依附在井田制上的奴隸制，已經成為密不可分的一個整體。就土地數量而言，自由民耕作的（有公田與自耕田之分的）那種典型的井田，所占有的土地數量，遠遠少於由隸農耕種的私家井田。後來，私家井田漸漸地獲得了國王認可，被稱為「封地」，也就是封賜給貴族的個人土地。

這種被強力禁錮於井田中的耕作奴隸（隸農），是奴隸制的最主要部分。另一種奴隸，是勞工奴隸。這種奴隸分為官府奴隸和家庭奴隸，來源也是戰俘、罪犯家屬及窮困淪落者。官府奴隸除了做僕役外，就是在官府工程做苦役。

又經過了殷商六百多年，西周春秋六百餘年，隨著人口增多，商品交換的發達，土地品質惡化以及頻繁的戰爭、政變等等因素，自由民的土地越來越少，隸農依附的私家井田越來越多，社會重新出現了人欲橫流的無序爭奪，井田制已經是千瘡百孔了。這時候，一些官吏家族用強力掠奪、金錢買賣、沒收罪犯等手段，巧取豪奪了大量土地，成為許多諸侯國的新興地主勢力。另有一部分大商人也用金錢買得了大量土地與依附奴隸，同時成為新興地主。新興地主占有大量土地與人口，日漸主宰了許多諸侯國的政權，對「王權－井田－奴隸」這種舊的存在方式形成了巨大的威脅。新興地主要創造出私家政權的基礎，就要不斷擴大自由平民的數量，就要使土地成為可以流動的財富。而舊的王權要維持自己存在的基礎，就要使「民不得買賣」的井田制固定下來，使流動的土地重新變成凝固於井田框架的「王土」，否則，天下便不能安寧。

這種大爭奪導致了長期的大動盪，導致了連綿不斷的殺伐征戰，天下大亂了。

於是，諸多有識之士提出了各種救世主張。儒家堅定地主張恢復井田制，孔子直到孟子，儒家奔走天下數百年，為此不懈呼籲。道家的老子提出了「小國寡民」、「雞犬之聲相聞，老死不相往來」的返古主張，事實上也贊同恢復井田制。

新出現的地主貴族和法家人物，卻極力反對回到古老的井田制。他們主張廢除井田制和隸農制，建立一種更能激發農人勤奮耕作的新田制，建立一種能夠使新地主依靠財富自由擴大土地的新土地制度，這就是「民得買賣」的土地私有制。

然則，說歸說，吵歸吵，真正動手實現新田制的，卻只有魏國李悝變法所推行的半新半舊的「五成田制」。李悝只在自由民耕種的井田和魏國的公室井田上實施了「田得買賣」，廢除了封地隸農。對魏國境內舉足輕重的舊貴族的私家井田，仍然保留著封地（私家井田）和隸農。其他像楚國、齊國、韓國、趙國或多或少的變法，都沒有超過魏國的限度。燕國和秦國兩個老牌諸侯國，更是沒有對舊的井田制做任何觸動。剩餘的三十多個小諸侯國，更談不上廢除井田制了。

事實是，直到秦國變法，井田制事實上沒有在任何一個國家真正地徹底廢除。

而今，衛鞅要在秦國徹底廢除井田制，隨之必然結束奴隸制，如何能不引起朝野震動？如何能不引起依靠封地養尊處優的貴族的惶恐不安？

七、白氏老族長搬動了大靠山

事情還是從郿縣生出來的。這次是白氏部族領頭。

說起白氏部族，在櫟陽做將軍的白縉一支是嫡系正宗。但這正宗嫡系的白氏，人口卻很少，只有三百餘口。在秦獻公以前，所有的白氏旁系都居住在郿縣，人口逾萬，整整二十三個大村（里）。秦獻公東遷櫟陽，將郿縣的孟西白三族老秦人各遷往東部一半，形成了「西白」與「東白」，其他兩族也一樣。在孟西白三族中，白氏部族的傳統最為勇武厚重，在秦軍中有許多中下級將領和軍吏，老秦人甚至流傳有「無白不成軍」的說法。另一面，白氏部族又很擅長農耕，對蒔弄土地有特殊的稟賦。有人說，白氏部族是農神后稷的傳人，天生的種田人。無論在郿縣，還是在秦東，只要在白氏族人居住的地面上發生了和土地耕耘有關的大事，歷來離不開白氏部族的參與。

旁系白氏部族有兩個族長，一個是「西白」的白龍，一個是「東白」的白虎。年輕時候，白龍白虎都是秦軍中赫赫有名的千夫長。在秦獻公時期，和魏國爭奪龍門要塞的激戰中，白龍斷了一條右臂，白虎斷了一條左腿，不得不離開軍旅。倏忽二十多年過去，兩人都成了白髮蒼蒼的老族長。白龍處事狡黠精細，白虎則憨猛粗率。上次孟西白三族和戎狄移民爭水惡鬥，白龍大不以為然，說是「挺著脖子往刀口上送，張著大嘴往風頭上嗆」，不主張和新法令硬上。結果雖然拗不過孟族和西乞族以及本族人眾的嚷嚷，派出了一百來人參與「作戰」，但卻都是女人和少年，他自己也沒有去。雖然當時大大得罪了兩族人眾，但在渭水大法場後，孟族和西乞族的老族長都在法場上悔悟自殺，唯一留下來的白龍，便贏得了族人極好的口碑，隱隱然成了郿縣孟西白三族的軸心。

然則，白龍卻變得鬱鬱寡歡起來。當初，他不主張和戎狄移民械鬥，並不是擁戴新法，而是覺得風頭不對。渭水大法場之後，他感到新法太嚴酷，心中老大不是滋味。如今又要廢除井田封地，他無論如何是忍不住了。

這得說說井田制的廢除方法。

井田制下，農戶各家的城外房子都在自己的田裡，分散居住，遙遙相望，才有所謂的「雞犬之聲相聞，老死不相往來」之說。官府所謂的「里」與民人口中的「村」，指的只是一個治理區域，而沒有集中的居住地。廢除井田則要來一番大折騰。首先，農戶（不管是自由民還是依附隸農）要從井田裡搬出來，在不能耕種的山坡或荒灘集中蓋房子居住。一拆一遷一蓋，對農人來說，都是了不得的大事。其次，井田中原來的莊基地和原來的田界以及原來的車道、毛渠道，都要開墾出來合併成耕田一併分配，合起來叫「開阡陌」。雖然，後世大儒朱熹考據「開阡陌」之「開」為開買賣之禁，而不僅僅是開渠開路。然在變法之初，開渠開路開田界還是最主要的。原先分散在田中居住，各家的院子和打穀場都很大，占了很大一部分可耕地。私田之間，地界很寬很高，幾乎和小路一樣，也占去了一部分可耕良田。更占地的是縱橫田間的車道。春秋和戰國初期的戰爭是車戰，戰車又是農家自造（每十戶或更多，出一輛戰車）。所以在田野裡必須留出戰車道路。更有大規模車戰輾出的道路和毀壞的田野。這些又占去了許多良田。如今要農人搬出田野，以里為單元集中居住，將田中的車道、地界、莊基場院和廢棄的渠道統統開墾出來，變為良田重新分配。這樣，一方面是節省土地（集中居住的村莊占的是荒地），一方面是大量增加土地。一正一反，秦國的土地資源便大大豐富起來。但是這一拆一遷、集中成村、開墾路界、重新分地，人力財力大折騰，引出的利害衝突可當真不少。

白氏部族的不滿，尚不在這些表面衝突之中。

以孟西白三族在鄉閭之間的勢力與影響，他們不會擔心在拆遷聚居和重新分配中折損了自已的物事，他們的好田好地不會因為新法而減少，反而會增多。他們都是殷實的老族農家，尋常農戶在拆遷搬家中的艱難對他們並不構成威脅，也傷不了他們的元氣。白氏部族的不滿，不在尋常農家的這些瑣碎擔憂，而在他們的特殊地位將在新田制中失去。

郿縣的孟西白三族，都是貴族血統的自由民，向來被秦國公室當作「國人」對待，其地位本來就與依附隸農不可同日而語，甚至與普通的自由民也有很大的不同。白族的最特殊之處在於，在孟西白三族中，唯有白族是太子封地。太子封地，是秦國在春秋時期的傳統做法——太子一旦明確，無論其年長年幼，都有一塊儲君封地。這種封地與權臣豪族的封地不同：一則，農家庶民不改變原來的自由民身分或隸農身分（豪族領地的農人大都是依附隸農），譬如白氏部族被確定為太子封地，但依然是顯赫的自由民；二則，太子對封地民眾只有象徵性的治權。也就是說，既不像豪族領地那樣的完全治權，也不像尋常土地那樣完全歸郡縣官府治理。太子府向郿縣封地派出的常駐官吏只有一個，而且不管民治，只管督導農耕和收繳賦稅；三則，太子封地享有許多農人不可企及的特權。最簡單的一點，若逢天旱，百里渠的渠水便要首先保證太子封地的農田澆灌。如果縣令執行不力，或有與封地搶水之類的事端發生，封地的常駐官吏就會立即上報太子府，給予嚴厲懲治。夏天搶水與戎狄移民械鬥時，白龍其所以比較冷靜遲緩，也是因為白氏部族從來沒有感受到缺水對他們的威脅。

如今，衛鞅的新法令非但要廢除井田，而且要取消公室貴族的封地——新法令規定，公室貴族必須對國家有大功方能封爵封地，不能僅憑貴族身分享有封地。這樣一來，太子的封地自然要被取消，白氏部族作為太子封地所享有的特權也將隨之煙消雲散。白龍心裡很彆扭，覺得這新法令處處透著一股邪乎勁兒，硬是和體面人家過不去！眼看著白氏家業和老祖先創下的部族榮譽要在新法令中沉淪下去，自己也要成為白氏部族最沒出息的一代族長，窩火得吃不下睡不著，幾天不說一句話。

八月頭上，老白龍準備了一份特殊的鄉禮，帶著族中一個識得字的先生，趕到了櫟陽。

「老族長，到櫟陽見誰？」將到櫟陽，細長鬍鬚的先生小心翼翼地問。

「多嘴。到時自然知道。」

進得櫟陽，天色傍黑。白龍走馬向國府偏門徑直而來。細鬍鬚先生驚訝得合不攏嘴，看來，老族長要走「天路」了。

「老族長，」細鬍鬚先生壓低聲音道，「是否先見見當家的白將軍？」

白龍默默地搖搖頭，下馬拴馬，走到門前對守門軍吏拱手道：「郿縣白龍，求見太子，相煩將軍通稟。」軍吏笑笑：「太子封地的白族長啊，請稍待。」匆匆進門去了。細鬍鬚先生沒想到老族長如此體面，簡直和櫟陽朝臣一般，又一次驚訝得張大了嘴巴合不攏。頃刻之間，軍吏出來拱手道：「白族長請。」白龍一拱手，大步進門。細鬍鬚先生背著青布包袱也匆匆跟了進來。

太子府很小，只是櫟陽國府的一個三進四開間的偏院。太子正在第二進的書房裡聽太子傅公孫賈講解《尚書》。軍吏稟報白龍求見，太子皺皺眉頭道：「帶他去見總管，公孫師正在講書。」公孫賈卻笑道：「是封地族長，太子還是見見，講書無甚耽擱。」太子便道：「既然如此，教他進來。公孫師無須迴避，也幫我聽聽。」公孫賈拱手笑道：「臣遵命就是。」

白龍是第二次見這位太子了。第一次是五六年前初封地時的「賜封」晉見，那時太子才六七歲。白龍只知道太子叫嬴駟，是新任國君的唯一兒子。但就是那短短的一次禮儀性的晉見，白龍已經對太子留下了很深的印象。白龍的第一感覺是太子不像個年僅六七歲的孩童，他舉止得體，說話清楚，竟然還問了白氏部族的人口、地畝和收成年景。白龍事後感慨萬端，直說：「龍種就是龍種！」就因了這特殊的好感，白龍在每年兩次上繳五穀賦稅時，都要給太子特備一份少年王子準定喜歡的禮物，或是一張良弓與一壺好箭，或是一隻上好獵犬。有一年是一把戎狄人用的鋒利匕首，太子高興得直說：「白老族長好！」在這種極少見面卻又慢慢滲透著的一種好感中，白龍和小太子之間，好像有了一種忘年的神交。白龍委託封地官吏請太子恩准的一些變通，幾乎是有求必應，沒有遭到過一次拒絕。白龍覺得這個太子少年世故，胸有城府，做事比大人還有主見，確實有王者氣派。倏忽五年不見，太子該當沒甚變化。

「郿縣封地族長白龍，參見太子——」白龍匍匐在地，大禮三叩。他是一介庶民，和太子天地之別，就選擇了這種異乎尋常的禮節。

「白老族長，快快請起。幾年不見，族長老了許多也。」

「屈指五年，太子卻是長大了，一身英氣，老朽高興也。」

「老族長請坐。上茶。老族長遠道而來，有事就說，說完了用飯。」

白龍坐在長案前雖顯侷促，卻也教人覺得實在可靠，一拱手慨然道：「也沒甚大事，幾年不晉見太子，心中老大不安。此來櫟陽，買些許農具，順便拜見太子，帶來三張貂皮，給太子冬天做件皮衣，遮擋風寒。」話音落點，細鬍鬚先生忙打開青布包袱，恭敬捧上三張製好的貂皮。太子接過笑道：「呀，如此雪白細軟！我還真沒見過這等上好的貂皮。公孫師，你看看。」公孫賈接過撫摩一番，讚歎道：「毛色好，做工細，上等皮子也！」白龍笑道：「這是老朽去年冬雪天，在陰山下獵得的。胡人說，此等貂皮化雪於三尺之外。老朽不知真假，請太子試著穿。」太子高興地笑起來：「好！今冬狩獵不怕風雪了。」公孫賈點頭道：「白族長終歸是老秦人，老封地，事事想著太子，難得也。」白龍長吁一聲，只是低頭不語。

公孫賈打量著這個陌生老人，心中一動：「老族長啊，新法分地，郿縣進展如何？白族長分了幾多好田？」

「對，老族長，說說，分了幾多好地？」太子也興致勃勃。

卻不料老白龍「噢——」的一聲痛哭起來，嘶啞嗚咽，淒慘酸楚，那一隻斷了胳膊的空袖管也在簌簌抖動。少年太子嬴駟慌得無所措手足，蹲在老人面前連連道：「老族長莫哭，莫哭，有事盡說，有事盡說。」公孫賈歎息一聲：「老族長，你是太子府的自家人，有太子替你做主，哭個甚？說也，賦稅重了？」太子笑道：「那還不易？太子府明年減半收。我這太子府，吃不了恁多糧食。」

老白龍抹抹眼淚，搖頭哽咽：「太子哪裡話來？白氏千戶，做了太子封地，是天大的幸事。老秦人，誰個不想給太子府多貢點物事？老朽所哭，為的是不能再給太子效犬馬之勞了，這條路，走到頭了。」

「卻是為何？」太子驚訝，臉驟然脹紅起來。

公孫賈淡淡笑道：「太子忘了？新法要取締公室封地。」

「取締公室封地？太子封地也取締麼？公孫師，我如何不知？」

「國君有令，只給太子講書，暫不給太子講秦國新法。」公孫賈拱手回答。

太子怔怔地站著，一時沒有話說。

白龍痛心疾首：「郿縣和華山的孟西白三族，原本都要做太子的封地。這新法邪乎，竟要取締公室封地，還要搶走先君穆公賜封給功臣的養生田！天理何存哪！男女老少都害怕，都請做太子封地哪！太子不為老秦人做主，老秦人就完了……」說著說著，聲淚俱下。

太子焦躁，在書房中走來走去：「這，這，是新法？我聽君父說，秦國要變法，這就是變法麼？豈有此理！老秦人如此苦楚，那個衛鞅，不知道麼？」

公孫賈默默搖頭，沉重歎息，卻是一言不發。

太子猛然站定，慷慨激昂：「老族長，本太子未奉君命，封地還是封地，誰也不能動！」

「孟族，西乞族，也一樣可憐。」老白龍淚流滿面。

「那是增加封地，我要稟明君父再說。」

就這樣，老白龍扛著太子這把「尚方劍」回到了郿縣，招來族人一說，舉族歡呼雀躍。消息傳開，孟族西乞族立即呼應，一面上書國府請做太子封地，一面拒絕拆遷房屋，穩穩地按兵不動。孟西白三族抗命，其餘稍有根基的家族也聞風即停，郿縣的新田制推行頓時癱了下來。三天之內，華山西邊的孟西白三族也立即效法，非但上書請為公室封地，而且趕走了縣令派來的分田縣吏，做得更為明目張膽。

所有的人都懷著一個心思，有太子為老秦人說話，一個衛鞅又能如何？

八、渭水刑場對大臣貴族開殺了

事情一出，先急壞了郿縣令趙亢。

趙亢本想在秦國變法中大大作為一番，治好郿縣，為儒家名士爭得榮耀，免得天下人說只有法家能變法理民。但是，夏天的渭水大法場，使他一下子跌進了冰窖裡。夜裡睡覺，夢中老是刀光鮮血人頭骨碌碌滾到腳邊，悚然醒來，也是大汗淋漓心驚肉跳。一個月下來，他覺得新法令森森然令人畏懼，對變法的熱忱情懷竟漸漸由陌生而冷漠起來，不知不覺地對「仁政」、對「小國寡民」的閒散恬淡油然生出嚮往。趙亢開始後悔自己入世做官，更後悔貿然捲入變法，對兄長趙良選擇的稷下學宮倒是分外懷念了。然則，如何退卻？能向國君上書，訴說自己的害怕和後悔？那豈非令天下人笑掉大牙？反覆思慮，趙亢覺得唯一的辦法是先拖上一段時日，然後以有病為由上書告退，萬一國君不允，就請遷個清廟文官，脫離變法，日後再徐徐圖之。心意一定，趙亢對推行新田制就淡漠起來，公事派給幾個縣吏去做，自己整日價在書房裡埋頭不出。誰想，就在這時候郿縣出事了。

縣吏們流星般趕回縣城稟報，等待著趙亢的決斷。趙亢一下子慌了手腳，急得團團亂轉。他知道，這個時候出事，那個殺伐嚴厲的左庶長衛鞅絕不會給他好看。萬般無奈，趙亢帶著一班縣吏連夜趕到了太子封地白鄉。

等了約莫一頓飯工夫，老白龍才「拜見」了縣令大人。趙亢溫言悅色地問起事情的起因，白龍卻只有硬邦邦的兩句話：「功臣賜田，太子封地，誰也休想動！」趙亢再說，白龍乾脆板著臉一言不發。趙亢急了，厲聲道：「老族長，你就不怕左庶長的大法場！」白龍冷笑：「老秦人流了那麼多血，再多流點兒，又有何妨？」趙亢頓時僵在當場無話，想想不能硬逼，便軟語相求，讓白龍念在一方安危上，不要和新法令頂牛。磨了半個時辰，白龍慢騰騰道：「縣令大人，不是我白龍不辦。這是太子封地，我得見太子手諭，你說是不？」趙亢道：「有太子手諭，你就動？」白龍淡淡點頭：「那是自然。」趙亢一拱手：「告辭。」

一出白鄉，趙亢帶了一名縣吏，飛馬向櫟陽趕來。

衛鞅的左庶長府，早已知道了郿縣抗法、分田癱瘓的事。景監著急，請命趕赴郿縣。衛鞅沉思半日，擺手道：「事大宜緩，且看看再說。」衛鞅對廢除井田制的艱難早已想透，在秦國這樣的老牌諸侯國，進行如此千古大變，若一帆風順，他倒是會覺得奇怪，有意外阻力，他絲毫也不覺奇怪。但事情從太子封地生出來，他倒確實沒有想到。太子正在少年，如何能對封地如此敏感執著？後邊肯定有難以說清的人和事。

衛鞅感到不解的是，事發三日，郿縣令趙亢如何不見動靜？上次爭水械鬥，趙亢雖然未做直接處置，卻也立時飛馬趕來稟報請命，這次卻如何聲息不聞？難道趙亢正在斷然處置，要等平息了此事再稟報不成？反覆思忖，衛鞅打消了這個念頭。他對趙亢雖知之不深，卻也有一種基本的評判。初見趙亢，他覺此人聰敏熱誠，閃爍的目光中卻總是透出一種謹慎和優柔，對爭水械鬥事件的處置，也確實證明此人缺乏殺伐決斷。指望他去撞擊孟西白三族和太子封地這樣的大山，肯定是不可能。那麼，趙亢作為縣令，究竟在做何事？為何對他這個總攝國政推行變法的左庶長沒有個回說？

這時，景監輕輕走進來，說趙亢到了太子府，和太子一起去晉見了國君，君上請左庶長立即到國府去。衛鞅既感到驚訝，又感到好笑。這個趙亢，徑直找到太子，豈非將事情攪得更紛繁？國君儲君都攪進來，國家沒有了一種超然於衝突之外的力量，豈能保持最終的穩定？看來，這個趙亢還真是個有幾分呆氣的儒生。

衛鞅沒有停留，立即策馬趕往國府。

秦孝公已經聽完太子和趙亢的陳述，冷若冰霜地坐著，一句話也不說。他最生氣的是太子嬴駟，稚氣未脫，竟然鼻涕眼淚地請求保留太子封地，還要將孟西白三族全部擴大進來。還有那個秦國的賢士縣令趙亢，非但不反對，竟然也主張保留太子封地，以穩定老秦人之心。這算得個變法縣令麼？還有一層，既然是縣令推行變法，為何不向左庶長府稟報政事，卻徑直找到太子和國君這裡來？變法大事，政出多門，全無秩序，豈非大亂？一個是少不更事的太子，一個是膽小怕事的儒生，一個鼻孔出氣，合起來添亂！秦孝公第一次感到了怒不可遏，但還是咬咬牙強忍住自己，若沒有趙亢這個縣令在當面，他可能早已對太子大發雷霆了。

「臣衛鞅，參見君上。」

直到衛鞅進得書房，秦孝公始終面如寒霜地肅然端坐，一言不發。太子和趙亢站立兩旁，侷促忐忑，不知如何是好。見衛鞅到來，秦孝公點點頭正色道：「左庶長，郿縣令趙亢與太子所請，乃變法大事，交你依法度處置。」說完，起身拂袖而去。

衛鞅略一思忖，已知就裡，淡淡問道：「敢問太子，所請何事？」

太子被父親冷落，大為尷尬，滿臉脹紅，期期艾艾道：「沒，沒，沒甚。我自會對公父說。你，不用再問了。」

衛鞅微微一笑：「趙亢，你是國府命官，如何講說？」

趙亢已經從秦孝公冷若冰霜的沉默中預感到不妙，自然不敢像太子那樣拒絕回答，拭拭額頭上的冷汗，拱手答道：「啟稟左庶長，郿縣三族上書，請做太子封地。下官稟報太子，以為若不取締太子封地，可保秦國安穩。」

「三族上書交於何人？」

「在，在下官手裡。」

「你該當稟報何處？」

「該，該報左庶長府處置。」

「然則，你卻報送何處？」

「報送，報送了太子。下官以為，事關太子……」趙亢已經是大汗淋漓。

衛鞅正色道：「太子乃國家儲君，尚在少年，素未參與國政，更未預聞變法。你身為大臣，不厲行法令，反擅自干擾太子，為抗法者說情，又越權擾亂君上，可知何罪麼？」

趙亢沮喪恐懼，看了太子一眼，低頭咬牙，死死沉默。

「左庶長，今日之事，乃嬴駟所為，與縣令無關！」太子著急，亢聲攬事。

「茲事體大，須依法論處。二位請。」衛鞅平淡冷漠。

「到何處去？」太子急問。

「左庶長府。」衛鞅淡漠冷峻。

「衛鞅，你好大膽！竟妄圖拘禁儲君？」太子面紅耳赤，聲音尖銳。

正在此時，頂盔貫甲的車英大步走進道：「國君有令，太子須到左庶長府聽憑發落，不得違抗。」

太子狠狠地瞪了衛鞅一眼，騰騰騰急步出門。到得院中，卻被荊南嘿的一聲攔住。太子正要發作，荊南抱劍一拱，伸手向旁邊的一輛黑布篷車一指。太子「咳」地一跺腳，跳上篷車。趙亢拭拭額頭汗水，也匆匆碎步走出來鑽進篷車。車英一擺手，已經在篷車馭手位置就座的荊南一抖馬韁，篷車轔轔駛出國府。衛鞅換乘甲士馬匹，隨後趕出。

來到左庶長府，衛鞅對景監一陣吩咐，兩人分頭行事。景監將太子請到衛鞅書房，為其講解變法緣由和新法令的內容。衛鞅則將趙亢帶到政事廳，訊問抗法事件的詳細經過和趙亢的政令舉措。一個時辰後，衛鞅結束訊問，來到書房。太子一副專心聽景監講解法令的樣子，目不斜視。衛鞅正色命令：「景監領書，將太子留左庶長府十日，研習新法，十日後考校。」景監答應一聲遵命，拱手道：「太子，請到小書房。」太子驚訝萬分，銳聲道：「如何？爾等敢軟禁太子！」衛鞅拱手道：「太子尚未加冠，卻擅自干政，臣代君上執法，不得不罰。」說完大袖一甩，逕自出門。景監拱手道：「太子，左庶長是在保護你，其中深意尚請太子細察。」太子冷冷一笑：「保護？哼！走。」逕自出門。景監將太子安頓在備好的一間小書房，又安排好護衛和僕役，方才匆忙地去見衛鞅，也顧不得太子老大不悅。

暮色時分，衛鞅帶著全副班底並一千名鐵甲騎士，飛馳郿縣。

秋風一起，大地一片蒼黃。樹葉飄落，遍布井田的民居疏疏落落毫無遮掩地裸露在田野裡。按照衛鞅的變法部署，現下本該是忙忙碌碌的拆遷、整田和分田了，田野裡也自當該是熱氣騰騰了。但是一路所見，除了櫟陽城外的田野裡有動靜外，所過處一片冷清，秋風掠過曠野，怵目盡是蒼涼。

馬隊奔馳在井田的車道上，衛鞅覺得特別不是滋味。他沒有料到趙亢作為一個秦國名士，作為一個大縣縣令，竟是如此懦弱。也沒有料到太子作為國家儲君，竟是如此幼稚衝動。然他心中十分清楚，這兩個人都不是興風作浪者，他們的背後肯定有更為陰鷙的人物。對於變法過程所能遇到的種種阻力，衛鞅都做了周密的預想，他不但精細地揣摩了各國變法失敗的原因，而且在魏國親自經歷了官場的種種陰謀沉瀣，自然不會將掀翻舊制的變法看成唾手可得的美事。雖然他不能預料，陰謀和阻力在秦國將以何種形式出現，但是各種基本的應變方略他是有準備的。對目下的「抗田事件」，衛鞅雖然感到了沉重的壓力，卻絲毫沒有驚慌，他有自己獨特的處置方略。

進得郿縣城，衛鞅吩咐車英立即在縣府外的車馬場搭築一座幕府。

這幕府，本來是軍中統帥在戰場上的統帥部。縣城有官府，再搭幕府頗顯蹊蹺。車英不解，對景監使個眼色，意思是提醒衛鞅不必多此一舉。景監卻擺手道：「搭，左庶長自有用場。」車英不再猶豫，令旗一擺，一隊甲士片刻之間便將幕府搭起，二十輛兵車一圍，一座轅門帥帳頓時現出。衛鞅又吩咐景監在轅門口豎起一塊兩丈餘高的木牌，大書「左庶長衛鞅厲行新田制幕府」。大牌一立，旗幟招展，甲士環列，一片威嚴肅殺的氣氛頓時彌漫開來。

衛鞅進入幕府大帳，立即吩咐景監率一班文吏進入縣府清理民籍田冊，並立即發一道緊急公文到櫟陽東部的下邽，命令下邽縣令立即押解東部孟西白三族的族長，火速趕到郿縣。東去特使出發後，衛鞅又命令車英帶六十名甲士，即刻前去白氏田莊。

白氏族人居住在平原地帶。郿縣的平原主要在渭水北岸，大約五六十里寬。孟西白三族就占去了三十多里寬的地面，其中白氏一族地土最廣，約占三族的一半。白龍身為族長，和六個兒子都有田籍，七家井田共占地將近五千畝。白龍一人的「大井」，就有田八百多畝，清一色的臨渠水田。但是，白龍的莊園卻建在大兒子的井田中，沒有占用最好的水田。這片莊園占地五六畝，瓦屋二十餘間，居住著白龍一家三代八十餘口，算得上農家罕見的大家庭。白家能夠勞作耕耘的人口不過十來個，卻如何種得如此多的土地？

這就得說說自由民和隸農的關係。

西周和春秋時期，公室的領地和貴族的封地，都直接由奴隸耕作，貴族和公室、王室直接管理，直接收穫。那時候，自由民和奴隸（隸農）沒有直接關係，自由民占有的土地數量不大而且必須自己耕耘，直接向官府繳納賦稅（實物徭役多錢幣少）。後來，商品交換的活躍，大大改變了各個諸侯國新貴族，覺得直接管理大量奴隸在廣袤田野上耕作的舊方法太過笨拙，管理吏員龐大且效率不高。就有許多新貴族施行新法，將封地土地分散委託給富有耕作經驗的自由民，同時也將原來的奴隸（隸農）分配給自由民，由自由民督導管理隸農耕耘，貴族直接從自由民收取應該得到的「租稅」。戰國初期，這種形式在東方國家已經比較普遍，一些大諸侯國變法後，許多隸農也變成了自由民。但在秦國，還延續著自由民管轄隸農的老式井田制。這時的秦國，幾乎所有的可耕田都分割在自由民名下。官府只承認自由民的「田籍」（分田占田的資格）。官府和貴族分派給自由民的奴隸（隸農），只是勞動力，只在「地主」的土地上勞動。於是，自由民都成了大大小小的「地主」，擁有或多或少的奴隸（隸農）。

白龍是自由民中的顯赫人物，父子七人各有一井，每井有八家隸農，白家共擁有五十六戶隸農。儘管有隸農耕耘，但白氏家人依舊勤奮。每天日出，白家的男女老少都走出莊園，到白龍劃定的「家田」裡去勞作耕耘。白龍則帶著掌事的大兒子到處走動，查看田野，督促隸農耕耘。日落時分，則聚家同食。成年男子一屋，婦人一屋。所有的三十多個小兒，卻都在兩棵固定的「大樹」吃「板碗飯」，堪稱奇特的一景。這兩棵「大樹」，是兩塊又長又厚的木板，板上每隔兩尺鑲嵌一個銅碗，白氏家人叫作「板碗」。每到飯時，幾個兒媳將飯菜用大盆抬出，分到每個板碗裡。「喹飯！」掌廚的二兒媳一聲令下，守在院子裡的三十多個孩子們，便按照年齡大小與男女次序，快步走到自己的板碗前開吃，直至吃完，沒有一個孩童敢說話。即或旁邊有客人觀看，孩童們也沒有人張望。僅此一端，老白龍的治家聲望便大大有名。晚飯後，則是闔家計議農事和白龍處置族中事務的時候。三年前，白龍已經將家中農事交由長子掌管，將家務交由夫人和次子掌管，自己主要處置族中事務，對家事農事只是偶然過問便了。

變法以來，白氏部族平靜有序的生活，被完全打亂了。

以往，辛勤的農人的白日都交給了田野，幾乎所有的家事族事都放在晚上找人。但自從〈田法〉

頒布以來，登白氏門者絡繹不絕，尤其是白龍從櫟陽回來，天天都有人聚來問訊計議。

今日從晌午開始，族中六十歲以上的老人便都聚到了白龍家，一直說到日落還沒有結束。白龍的主意挺正，一再說就是秦國全部推行新田制，孟西白三族也還是太子封地。可那些族老卻總是憂心忡忡，說著聽來看來的各種傳聞和事實，心下老大的不安。最令人沮喪的是族中老巫師竟期期艾艾歎息著說：「孟西白三族，興旺了百多年，氣數衰了，不能硬挺也。」此話一出，族老們更是一片沉默，憂鬱地瞅著白龍。

驟然間，白龍火氣上衝，獨臂一揮：「不能挺也要挺！守不住祖業，我白龍無顏面見祖宗！」

突然，一陣急驟的馬蹄聲傳來，屋中老人不約而同地站了起來。他們都曾經是身經百戰的軍中老卒，從馬蹄氣勢，便知來者是鐵甲騎士。白龍微微冷笑：「一身老骨頭，慌個鳥！」話音落點，馬蹄聲已經逼近。白龍長子飛跑進來道：「父親，國府鐵騎！」白龍冷冷道：「打開莊門。」

莊門打開時，馬隊已經從縱橫田野的車道上飛馳到白家門外的打穀場。車英一擺手中令旗，馬隊迅速列成了一個小小方陣。車英下馬，一招手，前排六名甲士也縱身下馬，跟隨車英走進莊園。繞過高大的磚石影壁，車英一怔，只見二十多個白髮蒼蒼的老人怒目站立在院中，分明一個步卒拚殺的小方陣。白龍的長子站在老人陣外，緊張得無所措手足。車英彷彿沒看見眼前的陣仗，從斜挎腰間的皮袋中摸出一卷竹簡展開，高聲道：「奉左庶長令，緝拿白龍歸案。白龍何人？出來受綁！」

一個老人撥開擋在他身前的幾個老者，昂然走出：「老夫便是白龍，走。」車英一打量，只見面前老人白髮披肩，長身獨臂，一臉無所畏懼的冷笑，便知確實是白龍無差。車英一揮手，身後甲士便上前拿人。

「不能拿人！」白龍身後的老人們一聲大吼，四面圍住了車英和六名甲士。

「如何？白氏族老們要抗命亂法？」車英冷冷一笑。

一個老人高聲喝問：「你只說，為何拿人？」
「老族長乃太子封地掌事，沒有太子書命，誰敢緝拿！」又一個老人大吼。
車英冷冷道：「白龍身犯何罪？到左庶長幕府自然明白。族老們再不讓開，車英就要依法誅殺抗命亂民了。」
「殺吧！怕死不是白氏後人！」老人們一片怒吼，圍了上來。
「退下！」老白龍面色脹紅。他心中清楚，一旦與官府弄出血戰，太子想出力維護也不行了，沒有太子，白氏族人縱然鮮血流盡，又如何擋得官府行事？他一聲大喝，「一人做事一人當，知道麼？誰再胡來，白龍立即撞死！」
在老人們沉默愣怔的瞬間，白龍伸手就縛，赳赳出門。
馬隊遠去時，身後莊園傳來一片哭聲和吼叫聲。
次日深夜，下邽縣令也押解著東部孟西白三族的族長到達郿縣。衛鞅審問了三位族長，三人對上書請做太子封地供認不諱，而且對廢除井田制和隸農制大是不滿，同聲要求面見國君，辯訴冤情。接著，衛鞅又審問了白龍，白龍只說一句話：「此事請太子說話。」再也不開口。衛鞅冷笑，不再多問，吩咐押起人犯，便來到後帳。景監正在後帳整理郿縣田籍，見衛鞅進來，拍拍案頭高高的一摞竹簡道：「田籍就緒，單等分田到民了。」
「景監，此次抗田的要害何在？」衛鞅突兀發問。
景監沉吟有頃：「要害？自然在白龍抗命。」
「不對。要害在國府，在官員。」
「左庶長是說，在太子？在郿縣令？」
「對。沒有大樹，焉有風聲？亂民抗命，豈有如此強硬？」

景監似乎從衛鞅冷峻的口吻中感到了事態的嚴重，猶豫問道：「難道左庶長準備將太子、縣令作為人犯處置？」

衛鞅踱步道：「太子是國家儲君，又在少年稚嫩之時，沒有蠱惑之人，豈有荒唐之事？太子背後當還有一個影子。」

「正是，我亦有同感。查出來，一起處置，解脫太子。」

「行法論罪，得講究真憑實據，不能僅憑揣摩與猜度處置。」

「左庶長未免太過拘泥。維護太子，大局當先，何須對佞臣講究法度？」景監第一次對衛鞅的做法表示異議。

衛鞅目光炯炯地盯住景監，沉默有頃，肅然道：「足下之言差矣。查奸不拘細行，此乃儒墨道三家與王道治國之說。他們將查奸治罪，寄託於聖王賢臣，以為此等人神目如電，可以洞察奸佞，無須具體查證罪行。究其實，沒有真憑實據便治人於死罪。此乃人治。法治則不然，法治必須依法治政，依法治民，依法治國。何謂依法治政？就是對國家官員的言行功罪，要依照法律判定，而不是按照國君或權臣的洞察判定。依法判罪，就要講究真憑實據，而不依賴人君權臣的一己聖明。此乃人治與法治之根本不同。」

「如此說來，法家治國，要等奸佞之臣坐大，而後才能論罪？尾大不掉，豈不大大危險？」景監很是不服。

「不然。」衛鞅淡淡一笑，「只要依法治國，奸佞之臣永遠不可能坐大。原因何在？大凡奸佞，必有奸行。奸行必違法，違法必治罪，何能使奸佞坐大？反之，一個人沒有違法之奸行，於國無害，於民無害，又如何能憑空洞察為奸佞？」

「能。人心品性，足可為憑。」

衛鞅面色肅然，一字一字道：「法治不誅心，誅心非法治。請君謹記。」

景監笑道：「那就是說，法家不察人心之善惡，只看言行之是否合法？」

「對也。」衛鞅微笑道，「人心如海，汪洋恣肆，僅善惡二字如何包容？春秋至今四百餘年，天下諸侯大體都是人治。賢愚忠奸，多賴國君洞察臣下之心跡品性而評判。對臣下國人隨意懲罰殺戮，致使人人自危，一味討好國君權臣，而荒疏國事。為官者以揣摩權術為要務，為民者以潔身自好為根本。國家有難，官吏退縮。作奸犯科，民不舉發。政變連綿不斷，國家無一穩定。究其實，皆在沒有固定法度；賞功罰罪，皆在國君權臣的一念之間。晉國之趙盾乃國家干城，忠貞威烈，卻被晉景公斷為權奸滅族。屠岸賈真正奸佞，卻被晉景公視為忠信大臣。致使晉國內亂綿綿不斷，終於被魏趙韓三家瓜分。假若晉國明修法度，依法治政，安有此等慘劇？」

景監默然，顯然已經明白了衛鞅的想法，只是一下還脫不出篤信明君聖賢的舊轍。歎息一聲道：「那，就等，等他們自己跳出來再說。」

衛鞅看著景監沮喪的神情，爽朗大笑道：「說得好！法治就是後發制人。景監兄但放寬心，真正的復辟奸佞遲早會跳出來，你摁也摁不住。新法頒行，沒摁住私鬥吧？照樣有人頂風犯罪。〈田法〉頒行，沒摁住白龍吧？請君拭目以待，不久便有更大的物事跳出水面！」

「你是說，法網恢恢，疏而不漏？」景監做了一個合圍手勢。

衛鞅哈哈大笑，景監也大笑起來。

第二天，衛鞅下令關押趙亢。當車英率領武士到趙亢的小院時，趙亢驚訝莫名，愣怔得半天說不出話來。自衛鞅到達郿縣，趙亢便奉命將一應公事交給了景監，軟禁在縣府後院的家中思過。趙亢的從政豪情已經銷磨淨盡，準備此間事情一了，便學大哥趙良的路子，到稷下學宮去修習學問。至於這次風波，他也有接受處罰的思謀準備。在他看來，最重的處罰就是貶官降俸，告示朝野。自古以來，刑不上大夫，秦國自穆公百里奚以來，有王道仁政的傳統，根本沒有重罰過一個官員。像郿縣令這樣的首席地方大臣，更不會有刑罰之虞。所以趙亢想的完全是另外一回事。他擔心國府仍然會讓自己留任郿縣，陷在這個是非之地不能自拔。自己畢竟是秦國名士，想隱居遊學談何容易？三天以來，他思慮的中心是如何辭官歸隱。今晨卯時，他肅然坐於書案前，開始按照幾日來的構思提筆寫〈辭官書〉。方得寫完，一陣沉重的腳步聲，車英帶領武士進了庭院。

「爾……爾等，意欲何為？」銅筆「噗」地掉在地上，趙亢才回過神來。

「奉左庶長命，緝拿趙亢歸案。」車英展開一卷竹簡高聲宣讀。

「且慢且慢。」趙亢擺擺手，「將軍莫非搞錯，本官乃郿縣令趙亢！」

車英強忍住笑意，冷冷道：「絲毫無錯，正是緝拿郿縣令趙亢。」

趙亢半日沉默，終於指著案上的羊皮紙道：「請將本官之〈辭官書〉交於左庶長。趙亢不做官足矣！何罪之有？」說完，昂首就縛。

衛鞅拿著趙亢的〈辭官書〉沉思良久，親自來到關押趙亢的石屋。

趙亢對於衛鞅的到來絲毫不覺驚訝。在趙亢看來，就算是國君，見了他的〈辭官書〉表露的高潔情懷，也會尊敬有加，又何況衛鞅？他見衛鞅隻身前來，並沒有前呼後擁，不禁從破席上坐起，淡然一笑：「左庶長，在下去意已定，不要挽留。趙亢，不是做官的材料。」衛鞅也是淡淡一笑：「趙亢兄，衛鞅不明白你言下何意？」趙亢一怔：「如何？你不是來挽留我？」衛鞅道：「為何要挽留你？」趙亢釋然笑道：「那你是要放我走了，如此更好，趙亢先行謝過。」衛鞅搖搖頭收斂笑容：「為何要放你走？」趙亢真的驚訝了，茫然問道：「那？你來卻是做甚？」

衛鞅當真是又氣又笑，揶揄道：「來拜望你這個秦國賢士也。」

「既知敬賢，何故差人緝拿，斯文掃地！」趙亢昂然挺胸。

衛鞅不禁大笑：「趙亢啊趙亢，你當真不知自己是戴罪之身？」

「趙亢追慕聖賢，敬祖畏天，知書達理，潔身自好。縱然無能從政，亦是有所為有所不為而已，談何戴罪之身！」趙亢面色脹紅，理直氣壯。

驟然間，衛鞅犀利的目光直視趙亢，冷冷道：「好一個追慕聖賢，敬祖畏天，知書達理，潔身自好，有所為有所不為。可惜，你趙亢不是一介儒生，不是在學宮講書。你是秦國的縣令，是自認名士來報效國家的官員。在你管轄的縣境內，國法難行，政令不通，疲民滋事，貴族亂政，食國家俸祿的趙亢，你卻到哪裡去了？」

趙亢覺得這種申斥有辱尊嚴，不禁怒火上衝：「足下之法悖逆天理，唯知殺人，趙亢豈能俯首聽命？」

衛鞅哈哈大笑：「如此說來，足下這個儒家名士是有意抗法了？」

「正是。左庶長如何處置？」趙亢昂頭望著屋頂，喉頭不斷抖動。

衛鞅沉默有頃，長吁一聲，平靜地道：「趙亢，衛鞅知道你是儒生本性，不想對你講說法家治國的道理。然則，你我都是國家官員，各司其職，都得忠實地行使自己的權力，否則便褻瀆了這頂玉冠。衛鞅今日前來，是想告訴你，按照秦國新法，你是死罪。」

「如何如何？你再說一遍！」剎那之間，趙亢面色蒼白。

「按照秦國新法，你是死罪。」

「自、自古以來，禮、不下庶人，刑、不上大夫……」

「三代不同禮，五霸不同法。刑上大夫，自秦國變法始。」

趙亢像霜打了的秋草一般，低下了高傲執拗的頭顱，額頭上冒出了涔涔細汗。死罪！對他不啻是一個青天霹靂。他做夢也想不到，自己身為秦國名士，秦國首席縣令，三代貴族之身，會僅僅因為同情抗田就要被斬首。他之所以對衛鞅不以為然，是內心始終認為衛鞅即或是總攝國政的左庶長，也不敢擅殺大臣，至少要稟報國君。而國君絕不會突兀地改變秦國倚重貴族的傳統，一定會害怕招來「殺賢」罪名而挽留他，至少也會教他平安地歸隱山林。此刻震驚之下，他神奇地清醒起來，驚詫自己何以忘記了招賢館那段日子裡耳聞目睹的無數故事，國君與衛鞅意氣相投，舉國相託，立誓變法，又怎能阻撓衛鞅依法治吏？渭水草灘一次斬首七百餘人，國君尚鼎力支持，不怕擔「暴君」惡名，如何能為他趙亢一個縣令變了章法？猛然，趙亢心念電閃，想到了殺一個像自己這樣的貴族名士出身的縣令，可以震懾貴族反對變法的氣焰，而絕不會激起國人的動亂。安知衛鞅不是處心積慮地尋找這樣一個警世鐘？自己硬邦邦地撞上來，人家豈有不敢殺之理？

趙亢深深懊悔，長吁一聲：「早知今日，何必當初？」兩行眼淚斷線般滴答下來。

「大仁不仁，大善不惠。趙亢兄盡可視衛鞅為刻薄酷吏。」衛鞅一拱手，轉身大步出門。

「且慢！」趙亢猛然醒來，顫聲招手。

衛鞅轉身，冷冷問：「還有事麼？」

趙亢淚流滿面：「能、能否教我見長兄趙良，最、最後一面？」

衛鞅不假思索：「不能。舉國同法，庶民人犯何曾見過家人？」

趙亢頓足捶胸：「衛鞅，你好狠毒！上天，會懲罰你！」

衛鞅哈哈大笑，揚長而去。

兩天後，渭水草灘的刑場又一次堆成了人山人海。這次，庶民們已經沒有了上一次的恐懼，人人都在興奮地議論著十三名人犯。上次刑殺的七百名人犯中，大多數還是庶民百姓，而這次待死之人，卻都是秦國赫赫有名的顯貴族長。最令庶民們激動不已的是，縣令趙亢也要被斬首。趙亢趙良這兩個名字，秦國人老早就很熟，在落後閉塞的秦國，趙良趙亢兄弟二人簡直就是鳳毛麟角般珍貴耀眼。尤其是雲陽百姓，遇見生人總喜歡說：「我乃雲陽人，趙良趙亢那個縣。」初遇之人也就特別地肅然起敬，將面前的「雲陽人」看作知書達理的王化之民，有話好說，有生意好做。趙亢做了郿縣縣令，郿縣人比雲陽人還驕傲，動輒便是：「有趙縣令變法，郿縣日子一定好過！」想不到的是，變法開始將近一年，郿縣卻成了一鍋疙瘩粥，大族械鬥，東西爭水，目下又分不動土地，日子不但沒有好過，反而死了許多人，使郿縣成了「殺人刑場」的同義語。

郿縣人心冷了，怨言也驟然多了，期盼變法帶來好日子的庶民隸農們更是變得愁眉苦臉。對趙縣令救星般的讚頌也越來越少了。郿縣人原本將趙亢當作百里奚那樣的賢臣，渴盼他能像傳說中的百里奚那樣到民間噓寒問暖，處置糾紛，解民倒懸。可是，郿縣人既沒有見到這個「百里奚」，也見不到外縣那種熱熱鬧鬧的變法氣象，死水一潭，竟還貼進去那麼多人命！

終於，庶民們的崇敬期盼，變成了言談間的冷漠嘲笑和嗤之以鼻。「人家是官身貴人，如何能替螻蟻庶民說話？」「變法？變個鳥！趙縣令都害怕白氏。」「再變下去，郿縣就要死光了。」「百里奚？我看是白日死！」幾個月過去，郿縣流傳開了一支童謠，唱道：

月亮走小　百里不遙
點下幾日　秋草如刀

流傳之初，誰也弄不懂童謠唱的甚事。但是，深信「小兒天作口」的秦國人朦朦朧朧地覺得郿縣將有大事發生，是禍是福，誰也料不定，人人都在惴惴不安。如今，左庶長要將這赫赫大名的縣令問斬，郿縣人可是反應劇烈！他們想起了那首神祕的童謠，頓時覺得明明白白。那「月亮走小，點下幾日」不就是趙亢的名字麼？那「百里不遙」，分明是說這個假百里奚不會長遠。「秋草如刀」，不就是在秋天來臨時殺趙亢麼？

人們在紛紛議論中，不禁驚歎冥冥天意。

正午時分，渭水草灘一陣尖銳的號角，趙亢、白龍和十一位抗田族長的頭顱噴濺著鮮血，滾到了黃綠色的秋草上。人山人海的渭水草灘，爆發出前所未有的一片歡騰。

哨聲隱隱，又一隻黑色的鴿子沖上藍天，飛向東南方的蒼茫大山中。

第八章　政俠發難

一、黑色鴿子飛進了神農大山

天高雲淡。一隻黑色的鴿子帶著勁急的哨音，飛過秋草枯黃的渭水平原，飛過南山，飛進溝壑縱橫的綠色蒼茫之中。山山水水緩慢地向後退去，黑色鴿子像永遠不停的箭鏃，向著東南疾飛。

這是大河水系和長江水系之間的萬千群山。這片群山在渭水南岸的百里之遙拔地而起，橫空出世，形成第一道高峰絕谷，時人叫作南山，後人稱為秦嶺。天下水流從這道南山分開，北面的河流絕大部分流入黃河，南面的河流絕大部分流入長江。這南山便成為大河流域和江水流域的分水嶺。古人將四條獨立入海的大川稱為「四瀆」，就是河（黃河）、江（長江）、淮（淮水）、濟（濟水）。「四瀆」的主要支脈為「八流」，分別是渭水、洛水（黃河支脈），漢水、沔水（長江支脈），潁水、汝水、泗水、沂水（淮水支脈）。這「四瀆八流」是具有神性的大水，其他河川不能與之相提並論。其所以如此，原因有兩個：一是這「四瀆八流」都源出名山，河出崑崙，江出岷山，濟出王屋，淮出桐柏。「八流」中的沂水最小，而且先流入泗水再流入淮水，是支流的支流，但因為它發源於神聖的泰山，所以躋身於名水之中。二則是，「四瀆八流」流經的區域都是王化文明區域，楚國嶺南的幾條大川因在蠻荒山野，所以不能進入名水。在「四瀆八流」中，最大的自然是黃河長江。古人為了表示對這兩條大川的敬畏，採用了獨一無二的稱謂，黃河叫「河」，長江叫「江」，其餘河流一律叫作「水」。天下只有一條「河」，一條「江」。說到「河」字，那一定確鑿無疑的是黃河，說到「江」字，則確鑿無疑的是長江。

在古人的觀念裡，山是水的生命之源，山水相連，山生水，水養萬物。茫茫蒼蒼的群山是天地的支柱，是一切生命的陽性之根。山將水分割開來，框定起來，鬼斧神工般雕出驚險奇絕的峽谷險灘千尺飛瀑，將萬千的生命姿態賦予本無定性的流水。水將山擁抱起來，描繪起來，使層巒疊嶂的群山長青蒼翠，虎嘯猿啼，鳥鳴花香，多姿多采地矗立在天地之間。名山大川相依存的地區，必生出天地靈氣，孕育出超凡人物，流播著瑰麗的故事。

黑鴿子飛進的這片茫茫大山，北挽黃河，南擁長江，從西北到東南橫亙千里，人跡罕至，是天地元氣最為充沛的隱祕之地。當先民們還在穿獸皮食野果的時候，有個被呼為神農氏的奇人，在這片大山中嘗遍百草，不但發現了許多可吃的野果，還採集奇異的靈草靈花當作藥材，年年月月地治病救人。神農氏牛頭人身，一步一步地從南山進入這片無名群山，踏遍了這片大山的每一個山頭每一道峽谷，回到人群送藥的時候還要教人們耕種。為了登山採藥，他發明了挖土的耒和耜。他將這兩種工具傳授給人們，使先民們能夠開墾荒地耕種莊稼，不再忍饑挨餓。年復一年地跋涉奔波，神農氏終於累死在這片莽蒼蒼的群山之中，再也沒有回到人們中間。先民們從渭水出發，進入南山，在這片無名大山中尋找了多年，也沒有找到牛頭人身的神農氏。先民們都說，神農氏嘗完了百草，採完了藥材，教會了人們耕作，人間的事辦完了，一定是回天上歇乏去了。

從此，這片茫茫青山就叫了大神農山。

先民們看見這片茫茫青山，就想起了牛頭人身堅韌博大的神農氏。先民們怕驚動神農氏的長眠，相約從此不再踏進這片青山。成千上萬年時光流去，這片青山就變成了人跡罕至的茫茫林海。淡淡白雲下，秀峰迭起，刺破青天。林木蕭森，離離蔚蔚，峽谷峻絕，水流如帶，全然不見人間煙火，唯聞長風掠過林海的隱隱濤聲。在這淹沒一切的茫茫綠色中，沒有人能夠分清方向，沒有人能夠走出走進這片無垠的山海。

然則，那隻黑色的鴿子依舊頑強地飛向茫茫青山的深處，碧藍的天空，響徹著嗡嗡嗡的哨音。猛然，均勻的嗡嗡哨音變成了尖銳的長嘯，鴿子像一支黑色的箭鏃，衝向一座高峰的後面——一道綠色的峽谷豁然展開，半山腰露出了一片黃色的屋頂。黑色鴿子繞屋頂飛翔了一圈，「嗡——」的一聲，俯衝而下。

就在鴿子嗡嗡嗡繞著屋頂飛翔時，院中走出了一個長鬚黝黑的中年人，身著粗短布衣，赤著雙腳。他走到牆邊，伸手拍了一下鑲在牆體中的一塊圓石，籠罩屋頂的銅網帶著輕微脆亮的金屬聲縮了回來。之後，他向天上打了一個響亮的呼哨，飛翔迴旋的黑色鴿子便「嗡——」的一聲撲稜稜落了下來。黝黑的中年人親切地笑了：「焦明，來，先吃點兒喝點兒。」說著在院中一塊很乾淨的方磚上撒下一把穀子，擺上一盅清水。「焦明」卻只是咕咕叫著，不斷地拍打右翅，不去啄穀飲水。中年人笑道：「焦明莫急，我來取信。」說著抱起鴿子，從它右腿下解下一個小竹管，打開一看，中年人驟然變色：「焦明，有大事，我要去稟報大師兄了。」鴿子咕咕兩聲，點點頭，自顧啄米飲水去了。

中年人剛剛走開，空中一隻蒼鷹長鳴一聲，箭一般俯衝下來撲向鴿子。黑色鴿子在蒼鷹長鳴時便警覺抬頭，蒼鷹俯衝時，鴿子「咕——」的一聲尖叫，嗖地撲進牆上的石窟中，不斷發出「咕咕、咕咕」的銳急叫聲。蒼鷹一撲不中，倏忽展翅，飛出院子在藍天中盤旋等待。一個布衣少年聞聲衝出，怒喝一聲：「何方餓鷹，竟敢闖我墨家禁地？看箭！」怒喝間，手中的小小弩機一揚，一支短箭帶著尖銳的嘯聲疾沖藍天。蒼鷹一聲長唳，墜向茫茫林海。少年自言自語：「苦獲兄呵，你怎的忘了關上天網？」說著一拍牆上圓石，屋頂的銅網鋥鋥展開，遮住了碧藍的天空。少年轉身笑道：「焦明莫怕，出來。」黑色鴿子撲稜稜飛出，對少年咕咕叫了幾聲，又低頭啄米，安詳如故。少年笑道：「焦明，焦明，師姊給你取這個名字，說你是五方神鳥之一也，怕甚來？我去找師姊來看你，啊。」說完，疾步走進了院子深處。

片刻之後，一個布衣少女匆匆走來：「啊，焦明回來了。」鴿子興奮地拍著翅膀，咕咕幾聲，飛進少女的懷中。少女抱著鴿子，撫摩著光滑閃亮的黑色羽毛，柔聲道：「焦明，是從秦國回來麼？」

說著伸出右手向西北方向一指。鴿子咕咕兩聲，伸頭看著少女。正在這時，那位少年匆匆走來：「玄奇師姊，大師兄請你速到議政堂。」少女答應一聲，放下鴿子笑道：「焦明，姊姊走了，乖乖吃。」便匆匆走了。

玄奇自從和大父在韓國分開，在安邑依靠墨家據點暗中掩護衛鞅去了秦國，便到齊國去找大父會合。爺孫倆在臨淄逗留半年，原想將逃離魏國的孫臏設法祕密運送到秦國去。不想孫臏斷肢傷殘後身心元氣大傷，客居大將軍田忌的府邸養息，田忌對孫臏敬如上賓，一時間根本無法著手。春去秋來，玄奇要回墨家總院，勸爺爺一起到大山中盤桓歇息，頤養天年。百里老人卻執意要留下，等待機會說動孫臏去秦國，說這是他一生為秦國辦的最後一件大事，完了立即到神農大山中來。爺爺曾是鬼谷子一門的要人，與孫臏有同門之緣，在齊國又多有故舊，相信自己一定能完成心願。玄奇也不再勉強爺爺，獨自跋山涉水，回到了神農大山的墨家總院。一年多來，她對秦國的消息知道得很少，只在臨淄聽說秦國已經開始變法，而且勢頭很是凶猛，殺了許多人。她掛懷著秦國變法，但她更是掛懷著烙在心頭的嬴渠梁。從齊國歸來，她很想選擇從函谷關入秦，再由南山進入神農大山這條路，順便在櫟陽看看他，以了濃濃思念。然則，臨淄的墨家客棧卻給她帶來鉅子的命令，必須盡快回到總院，有大事要做。玄奇像所有的墨家子弟一樣，對墨家的事業忠誠無二，對鉅子的命令絕對服從。一接到傳訊，她立即改道從齊國入楚，從丹水徑進神農大山。匆匆歸來半月有餘，她的老師，也就是墨家鉅子，卻沒有見她，代替鉅子處置日常事務的大師兄禽滑釐也沒有交代任何急務。

玄奇頗為納悶，風風火火地召她回來，何以卻動靜全無？後來又在總院遇到許多派往外地的師兄師弟，才知道鉅子召回了在外活動的全部骨幹弟子，卻沒有接見任何一個人。隱隱約約地，玄奇覺得一定有非同尋常的大事要做。她知道，在墨家的歷史上，只有數十年前援助宋國抵禦楚國入侵的那一次，提前一個月集中了全部三百名墨家弟子，由大師兄禽滑釐率領，星夜奔赴宋國守護。老師鉅子則只帶了三名少年弟子，徑到楚國郢都和發明雲梯的公輸班較量攻防謀略。那一次，墨家全面勝利，老師戰勝了公輸班，弟子們則將守城戰術傳遍了弱小國家，非但挽救了宋國，而且大大滅了好戰大國的氣焰。那一次，墨家名揚天下，被天下諸侯呼之為「政俠墨家」。

那時候，玄奇還沒有出生，但每每聽到這段動人的故事，就感到熱血沸騰不勝嚮往。這次，難道也有了那樣千載難逢的機會？玄奇一直在暗自揣摩，這次的對象是哪個國家？反覆比較，玄奇認定是魏國。魏國的上將軍龐涓非但殘害自己的同門師弟孫臏，而且窮兵黷武，妄圖吞掉衛國、薛國，甚至企圖吃掉中山國和韓國，夥同大國瓜分秦國。魏王大興土木興建大梁王宮，勞民傷財，賦稅大大加重。那個新任宰相公子卬更是貪財受賄的膏粱子弟，使魏國變得腐爛不堪。這些作為，墨家稱之為「惡政」，比「暴政」更甚。按照墨家「誅暴去惡，兼愛非攻」的道義準繩，那是絲毫不能容忍的。要在以往，墨家早就出動了。也是老師年高，墨家在進入戰國以後有所收斂，才沒有對魏國動手。但玄奇也知道，老師一直在尋找重振墨家正道的時機。震懾像魏國這樣的強國，能為天下伸張正氣，能大滅惡政與暴政的氣焰，何樂而不為？要誅殺龐涓、公子卬和魏王，玄奇的第一個念頭，就是主動請命，為天下除去這幫惡政之徒。

聽到大師兄召喚，玄奇的心中猛然一動，閃著紛紛亂亂的念頭，疾步向山腰的議政堂奔來。

墨家總院是神農大山中的一座祕密城堡。自老墨子成名時算起，愚公移山般經營了四十餘年，才形成了完整的規模。這座城堡在千山萬壑的茫茫林海中確實小得難以發現，但實際的房屋數量，卻抵得上小諸侯國的一座三里之城五里之郭。這座城堡依山而建，每邊石牆長一里，內中共有八百六十四間房屋，六十四口水井，四百多畝耕地和許多個祕密石洞倉庫。墨家子弟足不出城，即可以在這裡永遠生存下去。墨家崇尚百工之術，老墨子和每個弟子都是第一流的工師算師，將城堡建得堅固實用而且機關密布，等閒大軍也休想接近。這座城堡的每一構思都有實用意義上的講究。高處房屋的屋頂全部塗成黃色，是為了分布在天下的一百多隻信鴿能在茫茫林海中準確找到落點。屋頂之下，全部塗成綠色，是為了迷惑能夠縱躍跳躍的猿猴山貓等野獸。整個城堡的院落屋頂全部拉起銅網，是為了防備空中的猛禽襲擊信鴿與獵犬。城堡內的所有房屋都用山石砌成，盡量建在樹叢或山岩之下，除了堅固和冬暖夏涼的好處，就是隱蔽。在高處看，除了用作信鴿落點標誌的幾座黃色屋頂，很難發現大片的房子。重要的所在，則都設在有密道通行的石窟。

玄奇要去的議政堂，是墨家的核心重地之一，是一座極為隱祕的寬敞山洞。

玄奇到達時，墨家的「子門」四大弟子已經全部到齊，只差她這個最小的「子門」師妹了。墨家子弟的排行輩次與天下學派大不相同。尋常學派或者劍士門派，輩次嚴格，師承關係按照血緣關係類比排列，分為師祖、師爺、師父、學生幾代，同門旁系則稱師叔祖、師叔等，一個學派就是一個嚴格有序的家族序列。墨子兼愛天下，所有求學的子弟不分輩次，一律互稱師兄師弟，全部墨家只有墨子一個被稱為「老師」。學生的輩次排列按照地支分為子、丑、寅、卯四個梯次，分別稱為子門、丑門、寅門、卯門。梯次的劃分不按照進入墨家的先後和受業的順序，而是按照學生的才能特長與職守劃分。「子門」弟子很少，均是文武工三方面造詣很高的資深弟子。「丑門」弟子以修文和辯物（即後人說的科學）為主，都是些有奇思妙想的特異之才。「寅門」弟子以兵學（不是單純的劍術武功）為主，是墨家實行「非攻」防禦和誅滅暴政的主要力量。「卯門」則全部是少年弟子，邊耕耘邊修習，長大後視其特長分別列入各門。墨家的四門弟子之外，還有一個「虎門」，全部由因為各種各樣的原因無法讀書識字但又必須收留的特異人物組成，這些人不列為墨家的正式弟子，但卻必須接受墨家嚴酷的訓練，人人都有精湛的劍術和搏擊術。這些虎門弟子是神農大山的險道關隘與墨家總院的主要守護力量，實際上就是墨家的一支私家武裝。所有這些弟子（包括虎門非正式弟子），都沒有身分上的尊卑之分，但卻有極為嚴格的法紀服從，互稱兄弟姊妹而不失令行禁止。

這種獨有的愛心與理想，獨有的平等精神與結構風貌，極大地凝聚著激勵著所有的墨家弟子。他們熱愛墨家，為了墨家的信念與理想，人人都準備隨時獻身。時人評說「墨家子弟，皆能赴火蹈刃，死不旋踵」！這種獻身精神，是天下所有學派都望塵莫及的。

在墨家子弟中，玄奇是「子門」的唯一女弟子。玄奇的父親和秦國的絕大多數青壯年一樣，死在了年年都有的戰場上。母親也和絕大多數秦國女子一樣，不到三十歲就累死在桑麻田中。從三歲開始，玄奇就跟著大父在王屋山中的「鬼門」山莊生活。但是，鬼谷子一門從來不收女弟子。玄奇六歲時，爺爺跋山涉水，將她送到了神農大山的墨家門下。爺爺說，墨家最適合將人錘鍊得自立於天地之間，且墨家又有「卯門」少年院，生活起居上也不用擔心。那時候，老墨子禿頭上的一圈白髮已經霜雪一般，沒有人能夠說清他的年歲。念及和爺爺的忘年之交，老墨子才破例收了這個秀麗聰敏的小女孩兒。在墨家的十二年中，玄奇顯示出非凡的天賦與刻苦勤奮，對墨家經典、各種技能以及兵學劍術，均有上乘的修習造詣，彷彿墨家的一切都天生地與她的好惡相合，竟使她孜孜不倦如魚得水。她的天賦與品性深為老墨子所欣賞，破例將她排列在「子門」，成為墨家年輕一代的重要人物。

先行到達的墨家四大弟子是禽滑釐、相里勤、鄧陵子、苦獲。墨家事務由這四人主持，已經有了十餘年的時間。見玄奇匆匆進來，苦獲笑道：「小師妹，就等你了，快坐。」玄奇答應一聲，坐在了最末位的石墩上。

「三位師弟，玄奇師妹，今日有要事相商。」首座弟子禽滑釐已經五十餘歲，睿智威嚴，素來不苟言笑，此刻肅然道，「三月之前，秦國在渭水草灘刑殺七百庶民。今日，焦明從秦國飛回，帶來的消息是，秦國又在渭水斬決十二名族長和郿縣縣令趙亢。這是天下進入戰國以來，最大數量的暴政殺人。主刑殺人者是秦國的左庶長衛鞅。此人號稱變法強國，實則蒙蔽國君嬴渠梁，推行霸道暴政。此等震驚天下之大事，發生在墨家眼前，諸位以為，該當如何處置？」

鄧陵子性急，不待禽滑釐話音落點已經面色通紅，一口楚語短促尖銳：「以變法之名，行殺人之實，當是暴政無疑。暴政必殺啦！此乃墨家救世之準繩。不用商議，立即派虎門劍士誅殺衛鞅！」

「莫急。」寬厚穩健的相里勤悠然一笑，「墨家尚同。要『同』，就要議，不議如何得『同』？當初三家分晉後，魏國李悝率先變法，也有弊端，殺了不少人，然畢竟是強了國富了民，給天下帶來了極大變化。也就是從那以後，老師決意對列國變法取審慎對策，不輕易將變法殺人視作暴政對待。為此，我墨家多年不出山行走。今衛鞅在秦國變法，本是好事，第一次殺了七百人，我墨家也沒有輕率出動，而是派了十餘名精幹弟子去細緻打探。這次送回的消息，非但又殺害十三族長，而且還有一個縣令趙亢。這趙亢乃秦國雲陽名士，其兄趙良是稷下學宮唯一的秦國士子。趙氏兄弟素有賢名，民間口碑極好。殺得此人，足以證明衛鞅變法大有暴虐邪惡處。上次所殺七百餘人的詳情，苦獲師弟，你謹細，說說。」

苦獲嘴唇厚闊，永遠擰著眉頭，似乎總是在愁苦地思慮：「衛鞅第一次殺的七百人，有三百一十三人乃孟西白三族之庶民與戎狄移民，二百一十六人乃三族隸民，一百零一人乃國中疲民，四十人乃游俠劍士，三十三人乃各族族長，二十一人乃族中巫師。共殺七百二十四人，確為濫使刑殺，震驚天下。這次又殺了秦國名士趙亢和勤耕不輟的白氏族長。此等暴政酷吏，即或變法成功，也是塗炭生民，用庶民鮮血澆灌一己功業，必須給予嚴厲懲戒！否則，墨家之兼愛天下就是空談。」苦獲一字一板地說來，肅殺痛心，場中一陣沉默。禽滑釐點點頭，問：「玄奇師妹，你對秦國甚為熟悉，有何見地？」

「玄奇師妹，如何？病了？」相里勤關切問道。

玄奇面色蒼白，愣怔著不說話，見相里勤發問，猛然驚醒過來，脫口道：「不會！絕不會如此！他如何能行暴政？定然錯也。」

「玄奇師妹，你說如何？誰出錯了？」禽滑釐正色問。

玄奇默然了。她知道墨家子弟探事的傳統和法紀，那是絕對不允許出錯的。可是，說秦孝公推行殘害民眾的暴政，她是決然不會相信的。秦孝公是國君，衛鞅變法如果濫殺無辜，他豈能不知？知道了又豈能允許？如果他知道而且也不反對，那就一定另有隱情。然則，墨家探事子弟帶回的消息證據確鑿，她能說什麼？將近一年，她一直在齊國，對秦國的情況確實不甚了了，能僅僅用自己的信任推翻探事子弟的證據麼？自然不能。然則，秦孝公與衛鞅是暴君酷吏麼？絕不可能。一時間，玄奇心亂如麻，強自鎮靜道：「玄奇以為，秦國刑殺之事，定然另有隱情，尚須再查，不宜輕動，請四位師兄詳察。」

禽滑釐道：「玄奇師妹，是否暴政，墨家素來看事實。你所言隱情，乃是一種臆測，如何能改變查核過的事實？」

鄧陵子銳聲道：「玄奇師妹，是否你自己心中有隱情？秦國目下是任何人都敢殺，連巫師、游俠都殺。更可恨者，連最窮苦的隸農都殺！墨家兼愛天下，如果不為庶民苦難伸張正氣，我墨家有何面目對這『政俠』二字？墨家向來不徇私情，師妹當自省才是啦。」

「鄧陵子，且莫如此講話。」相里勤平靜地笑笑，「要『尚同』，必有爭議。玄奇師妹縱有私心，也不至於為暴政張目，無非要查清楚罷了。現既已查清，玄奇師妹也會和我們一樣的。」

苦獲硬邦邦道：「事不宜遲，當盡快動手，滅暴政氣焰，為怨民張目。」

玄奇急得面色通紅：「不然。若諸位師兄皆持此論，玄奇提請老師定奪。」

四人一怔，一時沉默無言。墨家事務多年來已經由四大弟子處置，事後只對老墨子稟報結果。但老墨子當初交出權力的時候立下定規：一、子門首席弟子禽滑釐只是主掌事務，不稱鉅子，墨家鉅子仍然是他本人。二、參與議事的任何一人若對決策提出異議，必須稟報他裁定。也就是說，子門弟子們對大事的意見只要一致，就可以不經過墨子，意見不一致，則必須經過老墨子。

多年以來，第一次出現此等情況，四大弟子不禁驚訝沉默。禽滑釐沉吟有頃道：「好，就交由鉅子定奪。日暮之後，尚同坊會合。」

二、老墨子憤怒了

神農大山中的秋日忒短，晌午飯剛過一個時辰，茫茫山林就暗淡下來。

墨家講究節用苦修，即或財貨富有，也生活得異常簡樸。墨子和子弟一樣，一天只吃兩頓飯。第一頓叫「早飯」，在早晨的辰時，日頭爬上山頂的晨練之後。第二頓叫「晌午飯」，在未時太陽西斜之際。晚上叫「喝湯」，不算作正餐，只供給耕田、採藥、習武和職司防衛的虎門弟子。有大的全體性行動時，則所有人都有晚湯。目下正常時日，玄奇沒有必要喝湯，太陽落下西山之後，便向總院城堡最深處的尚同坊而來。

尚同坊在山根，是老墨子會見弟子議論大事的山洞。所謂「尚同」，就是崇尚同一。見諸實踐，就是追求統一。這是墨子的十大主張之一，用之於山洞命名，寓意著這座山洞是弟子與老師達到同一主張，從而統一行動的地方。隨著老墨子年高隱退，墨家弟子已經很少在尚同坊議事了。玄奇在神農大山十二年，只在這裡和老師見過三次。當然，她作為老墨子晚年唯一的親授弟子，一年中總能見到老師幾次。但在這裡和老師見面與在書房和老師見面大不相同。在書房解惑，老師是一個慈祥的老人，但在尚同坊議事，老師就變成了堅剛嚴厲的「鉅子」。每逢在尚同坊議事，玄奇便忐忑不安，覺得這裡最缺少墨家的親和，連老師在內，每個人都冷冰冰的。將近山洞，她又一次心跳起來，總覺得心裡不踏實，但一想到老師的明睿深邃和博大胸懷，又一下子坦然起來，步子也不覺輕快了。

尚同坊原先是個滴水的岩洞。墨家建城，那些通曉百工的弟子，在墨子指導下將這座陰暗潮濕的滴水洞進行了大改造。非但神奇地解決了滴水，而且鑿出了幾條通向山體外的風洞光窗，乾爽山風浩浩湧入，日間還可以照到一兩個時辰的陽光。數年之後，這座山洞便成了乾燥舒適的一個所在。最奇妙的是，這座山洞流進來的風中充滿了濃郁的綠樹山花的清新香味兒，竟是山中其他任何地方也沒有的。誰走進這裡，都要情不自禁地做一番深深的吐納。為了這個奇妙的好處，四大弟子一致認為應該將老師的書房建在此處，有利於老師延年益壽。老墨子卻哈哈大笑道：「老夫兼愛天下，豈能獨享上天所賜？」於是這座山洞做了尚同坊，平日裡誰都可以來，身體衰弱的弟子，還可以搬到尚同坊隔開的小間裡養息。

此刻，執事子弟已經將石墩在洞口的岩石平臺上擺好。按照墨家的「節用」規矩，凡有山月，便不可掌燈。今夜秋月高懸，明澄清澈，自然便成了月下議事。玄奇第一個到來，她看了看石墩位置，便將一個自己帶來的綿墊兒鋪在了老師的石墩上。正在收拾的少年執事弟子笑道：「玄奇姊姊，我知道你會帶來的。我等要鋪上熊皮墊兒，老師準定要罵要扔。只要你鋪上，老師皺皺眉頭也就坐了。真沒法也。」玄奇笑道：「老師年高，石墩冰涼，略微襯襯最好。熊皮太燒，老師尚健旺，坐不得。這個綿墊兒乾脆留下，我不參加議事時，你就給老師鋪上。」少年高興道：「好也！聽玄奇姊姊的。我去請老師了。」便一溜小跑走了。

離尚同坊一箭之地的一座小竹樓裡，一個老人正凝望著天上的月亮沉思，一動不動，彷彿佇立在那裡的一座銅像。良久，老人一聲沉重的歎息。

「老師，師兄師姊已經到了尚同坊。」少年弟子跑來輕聲稟報。

「知道了。」老人轉過身來，「走。」

「老師，請穿上這雙布履，很軟的。」少年蹲下來為老人穿鞋。

「忒煩。老夫一生打赤腳，小子不曉得？」老人笑罵。

「玄奇姊姊說，秋霜冰冷，腳下要暖和一些。」

「又是玄奇姊姊，小妮子！難道老夫禿頂，也要戴上綿冠不成？走也，休要囉唆。」老人一邊笑罵，一邊下樓，竹梯竟然毫無聲息。下得竹樓，老人赤腳走在石板道上，腦後一圈長長的白髮襯著紅亮的禿頂，大袖飄飄，步履輕快，沒有絲毫的老態。

這個老人，就是名震天下的墨子。

春秋以來，有兩個名聲若日月的「子」使天下人撲朔迷離，一個是鬼谷子，另一個就是這個墨子。所謂撲朔迷離，一是沒有人能夠確切地說清他們是何方人氏，二是誰也不知曉他們活了多大年歲，三是他們都有天下人所不能理解的諸多特立獨行處，多被人罵為「賤行乖僻」。

先說這一，鬼谷子生身之地雖然朦朧，畢竟還限定在中原哪一國人的爭論上。這墨子不然，儘管有人說他是宋國人，在宋國做過大夫；也有人說他是魯國人，在魯國儒家求學多年。但更多的人認為，他根本不是華夏子民，而是來自西方異國的怪人，甚或有人說墨子根本就是天外來客！因為他生得與中原人迥然有異，高鼻深目，身材高大卻又略有佝僂，天生禿頂，一生赤腳。儒家的孟子最恨墨子，一罵他「無父」，二罵他「摩頂放踵利天下」。「無父」是罵墨子生身不明，終身無家，自己無生父，也不做人生父。「摩頂放踵利天下」，罵的是這個禿頂（摩頂）沒有別的本事，就是憑著一副異相與一身苦行施小惠於天下。言外之意，是罵墨子沒有正經的救世主張。首座弟子禽滑釐氣憤孟子刻薄，請老師自陳身世以正視聽。墨子大笑：「聖者以言行立於天下。吾生於何方，與大道何干？」竟是不予理睬。後來，墨子無意中對苦獲說了一句：「吾乃北方之鄙人也。」只此一句，言猶未盡，卻不再說了。究竟是北方何地何國？戎狄？匈奴？還是華夏？誰也不知道。

再說這二，鬼谷子與墨子都在春秋中後期和戰國初期有頻繁作為，誰也說不清他們活了多大年歲。鬼谷子的知名弟子主要在戰國初中期，還可以大體上說個八九不離十。墨子則幾乎無從說起。他在儒家與孔子的孫子子思同門修習，不滿儒家的迂闊復古，與儒家子弟們激烈論戰，使孔門三盈三虛，名聲大振，旋即自創墨家學派，長期在列國奔走推行。這該當是春秋中後期的事兒，到戰國初期，已經有將近百年，墨家已經是天下顯學了。孟子是子思的學生，子思已經不在人世了，儒家的孟子也已經成了風雲名士，可與子思同門修習的墨子竟然還時時有蛛絲馬跡。說老墨子還活著吧，經常是十數年不見動靜，這在戰國大師級的名士中幾乎不可能做到。可說老墨子死了吧，又常常在人們完全無法想像的時候突然地閃現——有些事是只有老墨子才能做出來的。久而久之，老墨子就變成了神龍見首不見尾的神祕人物，誰也說不清楚他的生滅蹤跡。有人說墨子早死了，有人說他還很健旺地活著，還能活一百年。就是身邊的弟子，也沒有人能說清他的確切年歲。

這三就更是說不清楚。鬼谷子與墨子，都有世人難以理解的奇特主張和行為。鬼谷子崇尚法制、權謀與兵學，認為只有這些強力神祕的東西才能消滅人的惡性。他詆毀一切迂闊無用的儒家道家陰陽家，門下弟子不是治國大才就是軍中上將，前者如李悝，後者如龐涓孫臏以及後來大名赫赫的蘇秦張儀等。墨子則不然，他彷彿生來就有悲天憫人的襟懷，痛感庶民的無盡痛苦，對治國弄權那一套很是冷淡，所有的學問都為了拯救賤民。他提出了救世的十大主張：兼愛、非攻、節用、節葬、尚賢、尚同、敬天、明鬼、非樂、非命。這十大主張都是為了窮苦的賤民和辛辛苦苦不得志的賢者。十大主張中，兼愛是根本，是太陽，其餘的都是兼愛生發出來的星辰枝葉。墨子非但這樣說，也實實在在地這樣做。不娶妻，不生子，布衣赤腳，粗茶淡飯，自耕自食，風餐露宿，帶著弟子奔走列國，教庶民百姓百工之術，制止強國對小國弱國的刀兵欺凌。貴族名士罵他的所作所為是「賤人之行」，是「無父之徒」，極盡刻薄。但墨子從來不為所動，堅韌不拔的身體力行，人格學問竟像泰山北斗一般矗立起來，名振列國，天下景仰。追隨墨子的弟子越來越多，墨家的勢力也越來越大。而且這些弟子都是忠心耿耿，一聲令下，赴火蹈刃，死不旋踵。鬼谷子的怪異，在於驚世駭俗的多種高精尖學問，不是治一學而成大家，而是治多學皆成大家。這在天下諸子百家中絕無僅有。墨子的怪異，則在於終其一生與世俗強權格格不入，胸懷經天緯地之才而甘為賤人苦行，不做官更不求官，風風火火地奔走全部為的扶弱救困；兼愛天下，蔑視強權，卻在墨家內部搞出一套權威分明的「鉅子」制；巧思巧工，連著名工師公輸班都自歎弗如，卻又崇信鬼神怪異……端的是龐大博雜得理不出頭緒。這樣的流派，諸子百家中更是絕無僅有。

然則，無論多麼不為天下人理解，數十近百年間，墨家無可置疑地成了天下諸侯誰也不敢小覷的一支力量。有人說，墨家是天下的「政俠」，是超然於所有國家之外的正義力量。強悍的大國縱然有戰車鐵騎，可是對那些無處不在無孔不入的墨家劍士也畏懼三分。天下之大，唯墨家敢於仗劍而起，血流五步，而使天下縞素！這對一切邪惡的力量都是一種極大的震懾。春秋戰國之世，大國提起墨家就搖頭，小國提起墨家卻讚美不止。暴虐國君說到墨家就額頭冒汗，賢明國君說到墨子就坦然舒暢。

雖則如此，進入戰國，老墨子還是深居簡出，誅暴利劍輕易不出鞘了，墨家大隊也極少開出這座神農大山。將近三十多年，天下關於墨家的神奇故事漸漸少了起來。有人說墨子早已死了，墨家也散夥了。流言傳入深山，老墨子哈哈大笑，但依然隱居大山紋絲不動。

老墨子踏著月光，走得很輕快。他很瘦，很高，頭很大，寬闊的前額和那片紅亮的禿頂連成了一片廣闊的智慧高地，一圈霜雪般的白髮在高地邊緣銀絲閃亮，恍若紅色岩石上永不解凍的冰雪。他的步幅很大，一雙大赤腳片踩在冰冷的青石板上，發出與穿鞋者一模一樣的清晰堅實的腳步聲，可知他腳上的老繭有多厚。玄奇有次笑問：「老師腳上的老繭，有大禹腿上的老繭厚麼？」老墨子大笑：「大禹只磨了十三年，股繭何足道哉！老夫腳繭，唯刀幣可比耳！」

當墨子走到尚同坊外的時候，已經遠遠看見了等候在月下的弟子們的身影。弟子們也已經聽見了老師的腳步聲，一齊在岩石平臺上遙遙拱手：「子門弟子恭候老師。」老墨子大手一揚：「多日不見，想爾等小子也。」一陣大笑，山鳴谷應。

玄奇快步走來，扶著墨子走到中間石墩前。老墨子看看石墩上的綿墊兒，又看看玄奇，搖搖頭卻沒說話，便坐了下去。執事的少年弟子在背後偷偷向玄奇做個鬼臉，玄奇不禁「嗤」地笑了出來。老墨子回頭一瞪眼，少年弟子連忙便跑，玄奇和禽滑釐幾個哈哈大笑，老墨子笑罵道：「小子好沒出息。」一瞬間笑容斂去，緩緩道，「何事？說。」

禽滑釐拱手道：「稟報鉅子，衛鞅在秦國名為變法，實則大肆殺戮。我等議定誅暴救秦。玄奇師妹提出異議。呈請鉅子裁決。」

「玄奇，說說的你道理。」老墨子淡淡緩緩。

玄奇從石墩上站起拱手道：「稟報鉅子，玄奇以為，衛鞅乃法家名士，嬴渠梁乃發憤之君，他們君臣不會亂施刑殺，其中定然另有隱情。望鉅子詳察定奪。」

「玄奇，你清楚衛鞅？清楚嬴渠梁？」老墨子半閉的眼睛陡然睜開，銳利的目光從深邃的眼眶中射出，彷彿能穿透人的五臟六腑。

「稟報鉅子，玄奇在魏國安邑見過衛鞅，其人舉止方正，論政極有見地，是以玄奇曾助他逃出魏國。秦國新君嬴渠梁，玄奇隨大父見過兩次，其人發憤圖強，求賢若渴，決然不是昏暴國君。請鉅子詳察定奪。」

老墨子微微冷笑：「玄奇，爾語音顫抖，面色泛紅，辭色偏激，何曾有墨家子弟論政定暴之公允心境？從實說，爾之論斷，有無隱情？」

「老師，不，鉅子。」玄奇驟然慌亂起來，脫口而出，「他決然不是暴君！不會濫施刑殺！」

老墨子聲音一沉：「玄奇，你對申不害、韓侯，也會如此論斷麼？」

「稟報鉅子，玄奇不清楚申不害與韓侯，不敢貿然評判。」

「玄奇，」老墨子冷冷道，「小小年歲，就有了機心？爾與大父，在韓國和申不害談論三個時辰，何以不敢貿然評判？」

玄奇大感意外，一時語塞，竟說不出話來。

「再說，爾為何對秦國新君如此堅定，竟不顧墨家查實的消息？」

玄奇本想將自己對嬴渠梁、對衛鞅、對秦國的了解和想法向老師細細講說，也相信老師會像教誨學問時一樣耐心聽，認真想。萬萬沒有想到一開始就讓老師覺得不對味兒，將自己陷於尷尬困窘。關心則亂，智慧的玄奇心亂如麻，後悔自己沒有冷靜地準備說辭，也後悔自己忘記了老師在作為「鉅子」斷事時和作為「老師」解惑時，是截然不同的兩個人。此時此刻，說自己和這個新任國君有淵源麼？萬萬不能，那樣非但會在墨家被定為「私情枉法」的大罪，而且會給他幫倒忙，使事情不可收拾。那麼，如何解釋自己明確堅定的評判？看來只有將錯就錯，好在自己並不違背良心，不是為一個真正的暴君開脫。心念及此，玄奇抬頭看著老師，明明朗朗道：「回鉅子，對秦國新君的評判，乃弟子親自勘察所得，當否，尚請鉅子決斷。」

鄧陵子冷笑道：「勘察？玄奇師妹，你對申不害難道就沒有勘察啦？」

老墨子大手一揮：「鄧陵子休得多言。論事焉有誅心之理？」

禽滑釐拱手道：「弟子以為，秦國之事當重事實。玄奇師妹與秦國素有淵源，且在櫟陽見識過秦國新君，持有異議不足為奇，現已尚同，鉅子不必追究。」

「好！禽滑釐襟懷，爾等當作楷模。」老墨子爽朗大笑，又驟然收斂，肅然道，「秦國暴政，老夫略知。我墨家三十餘年收劍封刀，意在觀天下變法之效。目下韓國、秦國、齊國都在變法，然均以殺戮為變法手段，不去觸及根本。墨家要讓天下知曉：靠殺人變法者，天理不容。墨家要給天下一個警示。爾等以為，當從何入手？」

「從秦國入手！」四大弟子異口同聲。

墨子面色肅殺：「正是如此。秦族雖生東方，然又起於戎狄，長久征戰，本多暴戾之氣。若以變法為理由，殺戮過甚，這個國家就會走上邪路，庶民就會永無寧日。不給秦國以血之告誡，秦國君臣就不會珍惜庶民性命。爾等說說，該當如何告誡秦國？」

禽滑釐道：「弟子之意，當由鄧陵子師弟率神殺劍士三十名潛入櫟陽，取衛鞅首級。由苦獲師弟率虎門勇士二十名，將嬴渠梁擒來總院，由鉅子給予教誨。另由弟子與相里勤師弟率墨家劍陣，在陳倉峽谷接應。」

「大師兄部署甚善，敢請鉅子定奪！」鄧陵子很是激奮。

老墨子凌厲的目光盯住玄奇：「鄧陵子一路，當由玄奇率領。其餘可也。」

玄奇看著老師，驚訝愣怔著說不出話來，猛然一頭栽倒在地。相里勤驚叫一聲，上前扶住玄奇：「苦獲，快，銀針！」

老墨子臉色驟變，大袖一甩：「成何體統？讓她醒來見我！」大步而去。

老墨子顯然很憤怒。他雖然將墨家的日常事務交禽滑釐率子門弟子處理，但最重大的決策和最重要的權力仍然掌握在自己手裡。其所以如此，並非墨子以權術之道治理學派，而是基於非常實際的考慮。一來是自己並沒有年邁力衰神志不清。二來是唯恐弟子們在大行動中有失洞察而損害墨家的信仰。三呢，則是墨子對自己的骨幹弟子們不很滿意。雖說禽滑釐幾個大弟子也算久經風雨，但在胸懷氣度學問技能以及品德修養方面，總是缺少一種大師風範。這一點，墨子倒是佩服自己的宿敵儒家，孔子之後竟然出了個孟子，將瀕臨絕境風雨飄搖的儒家硬是挺了起來，在戰國時期仍然成為天下顯學。自己身後眼看是沒有這樣的大才，墨子心中總是有些空蕩蕩的。對於墨子而言，沒有妻子，沒有兒子，完全不是何等了不得的大事。但在畢生開創的正義大業上沒有一個理想的繼承者，卻是一種深深的遺憾。

墨子相信天道鬼神，認為這些冥冥之中的意志，總要在人世尋找一種防止人群頹廢墮落的力量，這種力量就是自己和自己創立的墨家。墨家的正義之劍之所以所向無敵，從根本上說，是天道的意志，是鬼神的力量。上天其所以選擇墨家，那是因為墨子具有超凡的天賦品性和學問技能，他所倡導的主張能夠代上天言道，能夠代鬼神辨明人世間的善惡恩怨，能夠堅如山岳般的懲惡揚善。

墨子沒有父親，母親是遙遠北方的大山裡的一個女人。在墨子的記憶中，母親獨居大山，一生都沒有見過一個男人。有一年春天，女人到山中砍柴，累倒在清泉邊的山石上，夢見一隻黑色的大鳥飛入懷中，醒來時已經生下了一個男孩兒。母親給他取名「烏」，因為他是黑鳥的兒子。母親說他生下來就是只有一圈頭髮的禿頭，腳很大，腳繭厚得教人吃驚，就像一個滄桑跋涉的老頭兒。墨子記得自己長得驚人地快，六歲時已經成了一個身高五尺的少年。幼小的他，內心總是隱隱約約地覺得自己應當離開大山，應當向南邊去，整天怔怔地望著南天發呆。八歲時，健壯的母親竟然莫名其妙地死了，無疾而終，彷彿到人世來就是為了生下這個兒子。墨子在山腰密林挖了一個土坑，埋葬了母親，就漫無目標地向南方流浪。記不清走了幾年，墨子終於到了繁華富庶的華夏中原。

在大河南岸的宋國，一個小吏收留了這個怪異的小流浪者，讓他做家裡的僕人。

小僕人在收拾書房竹簡時，竟覺自己對竹簡上的字似乎隱隱約約都認識，等主人回來一問，竟然念得大體都對！小吏大驚，視為天人，立即舉薦給宋國君主。於是，小僕人「烏」就做了宋國的太廟小吏。「烏」覺得自己的名字不好叫，自己給自己改名，將「烏」變作「墨」為姓，取名為「翟」，意思是深山裡飛出的一個長尾巴的野雞。從此以後，中原就有了墨翟這個人。三年以後，墨翟辭官掛冠，出遊魯國，在孔子的後輩儒家門下求學。那時候，墨翟才十八歲。可是這個禿頂赤腳高鼻深目的青年，卻驚動了所有的儒家弟子。他好像延續了一種未知的智慧，對艱深博大的儒家學問過目不忘，一通百通。一年之後，墨翟開始向儒家挑戰，駁斥儒家學派的荒謬虛偽守舊迂闊。儒家子弟輪番上陣，卻不能抵擋。即使孔子的孫子子思，在與墨翟的論戰中也敗下陣來。天下學子聞名而來，大會魯國，卻都盡在聽墨翟論學，使儒家丟盡了臉面。儒家子弟群起聲討，墨翟憤而離開儒家，到處講學，幾年內便創立了自己的一套墨家學說。

天下名士無不驚異，一個不到三十歲的後生學子，如何竟能提出非飽經人生憂患而不能提出的許多高深命題和主張？更重要的是，墨翟提出的這些主張，個個擊中人世苦難的要害，每一個命題都煥發出絢爛的光芒，給勞苦庶民和飽受蹂躪的人世，活生生呈現出一張救世的風帆。更令天下學子汗顏者，墨子非但言論驚人，行動更是驚人。他是天下學派宗師中唯一拒絕入仕而苦行救世的一個。布衣粗食，扶危濟困，誅殺酷吏，消滅暴政，使兼愛的光芒普照苦難的人生——這種境界，這種精神，這種意志，這種品性，這種力量，是天下任何學派都不能望其項背的。

天下名士尊墨翟為墨子，推墨家為天下顯學。

當然，墨子也不是沒有敵人。除了儒家處處刻薄惡毒的咒罵——墨子對那些刻薄言辭從來報以輕蔑的大笑——也還有穩健有力的正面敵人，這就是法家。法家是戰國時代一支最有實力的正面力量。他們認為，墨子的主張與行為乖張偏激，只能拯救人世的小苦小難，而無法使庶民實實在在地富裕，無法使國家實實在在地強大。與其竭盡心力幫助弱國防止侵略，何如法家全心全意地使弱國強大？與其一點一滴地扶危救困，何如法家推行變法而使國富民強？墨家是揚湯止沸，而法家是釜底抽薪。這是法家最有力的駁斥。更重要的是，法家反對墨家無視國家法制的俠義行為，認為墨家對變法潮流是一種悖逆，是一種褊狹的擾亂，根本上與儒家的迂闊倒退沒有兩樣！

墨子可以輕視儒家，但是不能輕視法家。法家學子素來敬重墨子，從來沒有一個法家名士對墨子進行過人身攻擊。法家講的是理，儒家罵的是人。假若墨子不是一個超凡的哲人，他也許會在法家的變法潮流和宏大立論面前自甘隱退。然則墨子不是這樣，法家的發難，絲毫沒有動搖墨子。從心底說，墨子也認為法家是匡正亂世的支柱，但是墨家守定的是人世間另一道警戒線，要「興天下之利，除天下之弊」，要誅滅的是一切邪惡殘暴，包括法家變法中出現的邪惡和殘暴。人的惡性會從所有的競爭縫隙擠出來，自然包括法家變法這樣的潮流。早期的李悝變法和吳起變法，都在邪惡的鮮血中失敗，李悝退隱，吳起慘死。能因為魏國楚國變法，就抹殺兩國變法中的殘暴麼？近幾年韓國的申不害變法、齊國的齊威王變法、秦國的衛鞅變法，都充滿了殺戮。韓國殺了幾乎所有的權臣，齊國更是用大鼎烹煮官吏；秦國最甚，竟大肆殺戮平民農夫甚至最為苦難的奴隸！如此暴行，能因為他們是變法而一筆勾銷麼？天下沒有變法固然不行，然則沒有抑制變法暴行的霹靂力量更不行。沒有墨家，沒有墨子，天下暴君酷吏豈非要甚囂塵上？

老墨子沒有糊塗。他靜觀變法三十年沒有出山，在於他期望天下變法能夠以兼愛天下的博大胸懷去做，能夠給天下帶來平和康寧。可是，他最終失望了。且不說變法中的血腥暴行，就是變法後的強國，也沒有變成溫和自重的國家，他們依然在窮兵黷武，在頻頻用兵，在吞滅一個又一個小國弱國！假如變法不能給天下播撒愛的種子，反而使刀兵爭奪更為窮凶極惡，變法之正義何在？如今，秦國這樣一個具有好戰之風的國家，又開始了殺人變法，即或它強大了，也只會給天下帶來更多的災難。

對於這樣的殘酷變法，墨家不應該給予懲戒麼？

往遠處說，墨家和秦國還是有些淵源的。在春秋諸侯蔑視秦國的年代裡，只有道家墨家不將秦國視作另類看待，照樣入秦遊學。尤其是墨子將根基扎在神農大山中時，曾經從秦國的南山商道運輸了許多磚石、鐵器與糧食進山。當時秦國雖然很窮，但對於墨家還是很敬重的，只要墨家有要求，秦國關卡從來都是順利放行。秦國雖然不夠強大，但是山東諸侯也奈何不了秦國。所以墨家也沒有將秦國作為必須援助的小國弱國對待，長期以來，雙方都保持著一種和諧的相處，井水不犯河水，誰也沒有給誰帶來過麻煩與不快。

老墨子的憤怒，在於他感到，秦國變法似乎完全忘記了墨家剷除暴政的力量，竟然敢如此大規模地嚴刑殺戮！是可忍，孰不可忍？骨幹弟子們的反應也似乎太遲鈍了一些。

老墨子本來在一個月前就看到了祕密弟子單獨給他送來的密報，他沒有動作，就是在等待禽滑釐他們的反應，想考校一下骨幹弟子們對這件大事的反應能力。結果不如人意，老墨子老大不高興。尤其是他最鍾愛的女弟子玄奇，竟然為秦國暴行辯護，真匪夷所思也。

老墨子站在小竹樓上，仰望中天圓月，不禁浩歎一聲。

三、黑篷車主與神祕的工匠

函谷關東來的官道上，一輛兩馬駕拉的黑布篷車不緊不慢地轔轔行進著。

這輛車沒有駕車的馭手。車旁一個俊秀少年，騎著一匹神駿的紅馬，手中一條馬鞭，偶然在岔道口指點一下駕車的白馬，並不時笑著對車中說幾句話，顯得興奮而好奇。看看前面左手就是華山，少年笑道：「公子，前面就是華山了。快看，好高吔！」車中一陣笑聲：「往前走，南山更高了。」少年笑道：「如此平展展的田野，怎的都是荒地？」車中一聲歎息：「這是魏國的客地，來來往往都是打仗，誰願來種田？」少年問：「客地？如何叫客地？」車中人回答：「就是占別人的土地，自己顧不上治理。」少年笑道：「呀，明白了。這莫非就是秦國的河西之地？」車中人笑道：「你個小丫頭，還有明白的時候？」少年噓了一聲笑道：「哎，姊姊，可別叫我丫頭，小心人家聽見。看，前邊有人了。」只見車篷布中間稍稍張開，車中人顯然向外望了一眼：「誰是姊姊？自己小心。奇怪，好熱鬧。」少年道：「狩獵？不像。耕田？也不像。秋收都完了，這麼多人在田野裡吵吵嚷嚷做甚？」車中人道：「打馬，到前邊看看。」少年嘟著嘴：「算了，還是趕路要緊，你不著急了？」車中人拍拍車廂板：「已經到了秦國地界，如何不看？急甚？」少年做個鬼臉笑道：「好。主人不急，我急甚來？」說完一揚手中馬鞭，少年座下紅馬與兩匹駕車駿馬大跑起來。

片刻之間，已經到了紛擾擾的地頭。馬車停穩，少年下馬，警惕地四周張望，不斷下意識地碰碰腰間的短劍。車中走下一個俊拔的布衣青年，一方白巾綰著長髮，站在地頭饒有興致地打量起來。

時已秋日黃昏，收割乾淨的田野極目無垠。原先井田裡星星點點的民居竟然神奇地消失了，唯有殘留的莊園楊柳，使人想到這裡昔日的炊煙。井田之間又寬又高的「封疆」（田界）也沒有了。更令人驚奇的是，田野中縱橫交錯的「阡陌」全部消失，都被開墾成了耕田，新翻的黃土踏上去特別鬆軟。這種田間小道，縱的叫「阡」，橫的叫「陌」，是專門用來供戰車通行的。春秋以來，刀兵連綿，幾乎沒有不打仗的國家，所以這兵車阡陌是官府最看重的。農人要不留，戰車來了橫行田野，莊稼種了也是白種，所以無論多麼需要土地，兵車阡陌是任誰也不敢動的。車道交錯，占田極多。後來的《商君書》中有一篇〈算地〉，說田間道路加上星羅棋布的民居，占去了十分之四左右的耕地。雖然如此，誰也不能動，雖然車戰已經被淘汰，但那些縱橫交錯荒草搖搖的車道卻依然盤據在田疇之中，將珍貴的土地分割成無數零零碎碎的小塊。即或是最發達文明的魏國，也還保留著田疇中的廢棄車道。如今在秦國，沒有了封疆阡陌，平展展的良田一望無際，豈能不令人驚奇？

白巾青年大感新鮮，索性走到田野去看。身後少年緊張得一溜碎步跟了上來。

田野中散布著布衣襤褸的男女老幼。精壯男人大都圍在一名黑衣小吏周圍，女人們則或聚或散地嘖嘖議論，總角小兒則在鬆軟的新土中追逐嬉鬧。白巾青年走到青壯男子聚攏的地方，只見那個黑衣小吏對著三個白髮蒼蒼的老人高聲道：「記準了，六尺一步，百步一畝，不准絲毫有差！左庶長新法：步過六尺者罰，畝過百步者刑！諸位都是族中長老，素有公平人望，若有虛假，新法不容！」

一個老人拱手高聲道：「我等曉得，左庶長執法如山，誰敢觸法？」

一個青年男子高聲問：「敢問王嗇夫，每個戶主可是五百畝？」

「對。」黑衣小吏王嗇夫頗為矜持地一揮手，「開始，分地！」

人群一片歡呼雀躍，小兒們趕來圍住一個老人拍手齊喊：「走啊！走——」老人神色肅然地整整衣襟，雙手抱拳向上天深深一躬，挺直身板，右手「啪啪」敲了兩下膝蓋，終於抬起了右腳。隨著老人的右腳起落，小兒們高興地數起來：「一，二，三……」大人們則屏著呼吸跟著老人往前走。白巾青年也隨著人們一步一步地向田野深處走去。人群後邊，兩名壯漢手扯麻繩拉成一條直線跟在老人身後，另有十幾個青壯年手執鐵鏟沿麻繩堆起一道長長的田埂，算是新的「封疆」。終於到了地頭，又有一群男人女人在田埂頂端立起了一方大石。

步丈土地的老人對著石碑高聲念道：「地主——黑老六！地數——五百畝！」黑衣吏一揮手：「記定了，五百畝！黑老六！」人群譁然拍掌高喊：「自家的地！老六萬歲！」一個粗黑的壯年人向人群後興奮招手：「暮旦媽，快點拿來啊！」一個渾身補丁的女人挎著一個竹籃子從人群後擠出來嚷道：「誰能想到，咱這黑斑膝，還占了個鼇頭！」眾人不禁轟聲大笑。

白巾青年注意到粗黑的黑六額角有一塊肉紅色的大傷疤，心念一閃，笑著問身旁一個後生：「敢問，這『黑斑膝』為何物？」

青年笑得直流眼淚：「這黑斑膝麼——何物？就是這，看見了麼？」使勁地拍拍腦袋。

白巾青年疑惑道：「膝，就是頭？」

後生搖頭晃腦地學著斯文口氣：「然也。」

白巾青年仍然不解：「那，黑斑膝（註：膝，秦地古典方言，讀上聲，至今關中方言仍將頭叫作

「脎」）呢？莫非頭上生了黑斑？」

後生使勁憋住笑點頭：「差不多，就是說這人背運倒楣。他呀，原先是官奴，你沒看見他臉上那塊烙疤麼？你不懂秦人土話？哪國人？」

白巾青年卻笑指田野道：「快看，敬天了。」

精瘦黝黑的黑老六和挎竹籃子的女人，已經跪在了地頭石刻下，身後還並排跪著兩男一女三個少年。粗壯的女人從竹籃子裡拿出兩碗紅色方肉和兩碗染紅了的雞蛋，遞給黑六。男人恭敬地捧著粗糙的陶碗，輕輕放到石前鬆軟的土地上，又接過女人遞過來的三炷香點燃，小心翼翼地插到鬆土裡，而後抱拳向天高聲吶喊般道：「上天哪，上天，黑家九代為奴，給人當了三百年牛馬。今日，我黑六有自己的地了，五百畝！天哪，天，你老人家有好生之德，差遣左庶長秦國變法，奴人有了自由身，窮人可吃飽穿暖咧。求上天賜福左庶長大人壽比南山，永做農人的守護大神哪！」一番嘶喊，黑六淚流滿面了。女人顫聲高喊：「磕頭！拜地！地神呀，年年保佑好莊稼！」一家五口連連叩頭。田中農人們感慨唏噓，喜極而泣，哭成了一片。

白巾青年神色肅然，兩行熱淚湧出，滴落在腳下鬆軟的黃土中。

一個老人高聲道：「今日乃我里大喜之日，晚來行社火大禮！縣吏王大人和這兩位小哥，乃逢喜貴客，務請到里社同喜！」說完，向三人深深一躬。

眾人齊喊：「大喜同喜！來者有席！大喜同喜！來者有席！」

白巾青年深深一躬：「天地翻覆，理當與父老共慶。」身後少年皺著眉頭，卻也忙跟著深深一躬。

秋夜，山腳下的一座茅亭邊燃起了幾堆熊熊篝火。

這是新建的望華里，十個「井」的農戶搬進了這座新村莊，八十戶人家，騰出了井田中的六百多畝耕地，新居占用的土地是山腳下新開墾的荒地。那時候的畝分為大畝和小畝，大畝二百四十方步，大約相當於後來的九分地左右；小畝一百方步，大約相當於後來的半畝地左右。秦國商鞅變法開始時，採用的是東方諸侯傳統的百步畝，直到定都咸陽後，才改制為二百四十步大畝。這是後話。這個新村的東南就是險峻的華山，白日裡華山的巍峨青峰清晰可見，所以被命名為望華里。村中的十井八十戶農人，都是原來孟西白三族的隸農。新法規定：隸農除籍分地成為新自由民後，須得與原先的宗主戶分開，各自集中建里。其所以如此，是為了盡可能地避免無謂的歧視偏見與衝突，盡可能地消滅村族械鬥的根源。這些昔日的隸農除去了隸籍，有了自己安身立命的土地財富，又和宗主戶分開村落居住，身心在陡然間完全擺脫了束縛，獲得了自由，第一次嘗到了挺直腰桿做人的味道，其興奮激動之情自然要狂放地發洩出來。

篝火周圍擺了十多張長大木几，沒有油漆，還是粗糙的木質本色。幾前坐著村中的老人、縣吏和作為貴客的白巾青年，以及那位始終拿著馬鞭的少年。木几上擺著裝酒的大陶罐，一碗方肉，一碗苦菜。木几外圍，層層疊疊坐著望華里的男女老幼三百餘口，十多人一圈，每圈中間有兩碗菜一罐酒，總角小兒們在篝火間竄來竄去地嬉鬧著。精瘦的黑六坐在長大木几的最邊緣，顯得很是侷促。

木几中間的一個白髮老人向縣吏、貴客和黑六點點頭，拍拍手，全場頓時安靜下來。老人蒼老沙啞的聲音在夜空迴旋：「父老兄弟姊妹們，今日變法三喜：望華新里落成，土地重新分過，我等成了自由民！來，我等為此三樁大喜，先乾這一碗了！」說著端起面前的陶碗和鄰座白巾青年「噹」地一碰。

「乾！」全場轟然笑叫，叮叮噹噹碰起來喝下去。

老人一抹白鬚，慨然道：「這社火大會，一來為了慶賀，二來為了交代一下公事。新法按一里一治，不再是一族一治。同里可以多姓雜居，族長不再是官府認可的吏員。村社公務今後就由里正辦理了。我這族長從今日起，也就退隱了。王大人，請你委任里正吧。」

黑衣縣吏站起來高聲道：「奉下邽縣令之命，委任黑六為望華里里正，推行官府新法，依法治理民事！」

「采！」全場拍掌歡呼，「黑六萬歲！」

黑六滿臉通紅，站起來連連向場中抱拳打躬，使勁清清嗓子道：「黑六蠢才，以往是個黑斑豚，斗大字不識半升。官府抬舉，趕我這黑斑豚上陣，只好奉命。我望華里分為八甲連保，每甲十戶。日後八個甲長要多操心，村人須得嚴守新法，不然，官府要連坐治罪哩。我望華里是新民里，大夥都是剛剛脫籍的泥猴黑斑豚，一定要爭光！」

一個老人高聲道：「里正放心，左庶長法令嚴明，孟西白三族族長都被處了斬刑，誰還敢以身試法？」

一個女人大聲說：「只要日子好，犯法吃撐啦！」

眾人大笑，亂紛紛喊采喊好。黑六長胳膊一掄：

「好，舞社火了！」

「舞社火了——」眾人一片歡呼，年輕的姑娘後生們笑著跳著，在篝火上點燃了事先準備好的松木火把，高高舉著成群結隊地跑向村邊，小兒們也笑鬧著竄前竄後，一片童聲嚷叫，圍繞新村的小道頓時成了一條火龍，一條歡笑的河流。很快，所有女人和壯年男子也都加入了社火行列，漫山遍野地揮舞著火把，手舞足蹈，粗獷熱烈地跳了起來，放開嗓子滿喉而吼，山野間充滿了狂野的吶喊。

留在篝火邊的老人們則點起了三炷香，各自拿出樂器，凝神地奏起村社歌謠。那樂器只是最簡單的陶塤和竹篪，也是民間最基本的兩樣樂器。然而在月色清冷的秋夜曠野，卻顯得飽滿而激烈，淒婉而悠長。《詩經》云「如塤如篪」，說的就是塤篪合奏的音樂境界。陶塤嗚咽低沉，如泣如訴。竹篪清亮悲愴，如慷如慨。塤篪合奏，剛柔相濟，將秦人秦風那種酸楚激昂的憤激情懷淋漓盡致地表現了出來。樂聲中一個老人敲著瓦片，席地高歌：

皇天后土　育我子民
狐兔碩鼠　啌我苦心
背臥黃土　求我天神
滅卻狐鼠　富我大秦

農人們深沉地唱和著：「滅卻狐鼠，富我大秦……」

白巾青年聽得淚光瑩然，慨然長歎：「入得秦地，方知塤篪之箇中三昧也！」主持社火開場的老人不禁問道：「後生呵，看你是個山東讀書人。你說，魏國變法幾十年了，庶民百姓有秦國這光景麼？」白巾青年搖搖頭：「老人家，魏國是蛇蛻之變，秦國可是龍騰之變，不能比也。」老人哈哈大笑：「說得好！秦國這龍頭，就是左庶長！」白巾青年不禁搖頭低聲笑道：「老人家，可不敢這樣說，犯忌也。」老人倔強地梗著脖子：「咋？犯甚忌？那是你們山東六國人的小肚雞腸。我大秦左庶長說了，秦法誅行不誅心。懂麼？年輕人。」白巾青年一怔，喃喃自語：「誅行不誅心。好，說得好，有長進。」又抬頭笑道，「老人家，左庶長對老百姓好，老百姓也要對左庶長好，是麼？」

「那還用說！」

「既然如此，不能給左庶長幫倒忙也。」

「幫倒忙？別急，我想想……你這後生想得滿深，可是要去櫟陽？」

「想去看看。」

「可是要去求官？」

白巾青年一笑：「做不了官，做生意。」

「做生意好啊。我秦人眼看日子就要好起來了，你等就將山東的好東西多運過來些。針頭線腦呵，桑麻粗布呵，鹽呵鐵呵的。老秦人實誠，不會虧生意人。」

白巾青年大笑起來：「好啊老爹，我記住了，一定給你送來！」

次日清晨，那輛篷車離開了望華里。一上官道，少年甩響了馬鞭，兩馬展蹄車行轔轔，向西疾馳而來。暮色時分，行至驪山腳下，西北方向的櫟陽城已經遙遙在望。這時，騎馬少年笑道：「公子快看，那是秦國騎兵麼？好怪！」

車篷布掀開，白巾青年向驪山看去，只見大約一里之外一支馬隊從南邊的山塬上飛下，馬上騎士背負短劍身姿矯健，騎術顯然十分高超，只是沒有頭盔鐵甲，而且都是黑白兩色的布衣，在秋日暮色中顯得很是怪異。眼見馬隊倏忽間飛進了驪山谷中，白巾青年大皺眉頭：「這不像軍中騎兵，倒像游俠一般。然則，哪有結隊成行的游俠？」說話間已經跳下車來，「莫慌，稍微等等看。」少年笑道：「曉得了。」便將內側馬匹的肚帶解下來，做出修理的樣子擺弄著。白巾青年則悠閒地踱步，眼睛卻沒有離開那道山谷。

片刻之後，只見山谷中斷斷續續地走出來二三十個挑擔之人，最後是一輛咣哩咣噹的牛車。一出山谷，這些人便分散到不同的田野小道，從不同方向朝官道走來。白巾青年目光閃爍著低聲道：「沉住氣，照舊。」挑擔者們陸續走上了官道，有人挑著乾柴，有人挑著草藥，有人挑著獸皮。他們都穿著黑粗布衣，擦著汗光著腳各自從篷車旁匆匆走過，沒有一個人看白巾青年和少年一眼。

最後那輛牛車咣哩咣噹駛來時，趕車者拱手笑問：「先生何故停車？可否要我幫忙？」白巾青年連忙拱手回答：「馬肚帶斷了，足下可修得？」黝黑的趕車人笑道：「長年趕車，小事一樁。小哥，我來看看。」走到少年面前，拿過馬具肚帶一打量笑道：「這八成新的肚帶，如何能斷？小哥會不會駕車？」少年低頭：「剛學會。」「難怪。」黝黑漢子利落地從懷中摸出四根鐵釘在口中抿抿，又從隨身皮袋中摸出一個小鐵錘和一塊牛皮，將肚帶在路邊一塊青石上鋪平，用牛皮包住斷口，噹噹噹將四根鐵釘釘實打平，遞到少年手裡：「好了。我走了。」白巾青年拱手笑道：「看足下做工，如同工師般神妙，佩服佩服。」黝黑漢子笑道：「多承褒獎，我本來就是鐵工。好。你們走。」白巾青年問：「足下可是到櫟陽做農具生意？不妨同行。」黝黑漢子道：「我是受雇給人送貨。牛車忒慢，先生自管走了。」說罷，牛鞭一揚「得」的一聲吆喝，牛車咣噹咣噹地走了。白巾青年望著牛車漢子的背影沉思有頃，說聲：「走。」便上了車。少年上馬一揚馬鞭，車馬轔轔而行，直到櫟陽城外才趕上牛車和挑擔者們。

白巾青年向車篷外一瞄，腳下一跺，篷車進了櫟陽東門，直奔渭風客棧。

侯嬴正在焦急不安。五天前，安邑捎來書信，說白雪姑娘馬上要到櫟陽，一是先不要告訴衛鞅，二是就住在渭風客棧。侯嬴知道白雪辦事向來準點準時，便準備好房間等候。按照路程，昨日就該到達，何以今日天色已黑還不見蹤跡？侯嬴本想到左庶長府告知衛鞅，想了想，決定還是等等再說，今夜要是不到，那一定要去找衛鞅。正在庭院愣怔沉思間，猛然聽得門外車輪之聲，大步走出，卻見一輛篷車已經停在門口，馬上少年笑吟吟問：「足下可是侯嬴大哥？」有此一問，車中不是少主白姑娘還能有誰？侯嬴連忙拱手答道：「在下正是侯嬴。白姑娘，請。」

車中走下白巾青年，「侯兄，別來無恙？」侯嬴笑道：「一切尚好。白姑娘真教我認不出來了。請。」白巾青年笑道：「路途方便，豈有他哉。」便跨進了高高的青石門檻。

侯嬴領著白雪穿過兩排寬敞整齊的客房，來到後院，又拐進一個圓門，來到一座僻靜的跨院。但見小小庭院，三間精舍掩在黃葉蕭疏的樹木之中，石牆石門，堅固隱蔽，幽靜非常。侯嬴拱手道：

「白姑娘，櫟陽不比安邑，只有這處小地方了。」白雪笑道：「多好啊！我還想不到你有如此幽雅的小院。他在這裡也住過麼？」侯嬴道：「正是，衛鞅兄在此住過三個月。河丫，快來見過白姊姊。」「哎，來了。」精舍中一聲清脆的答應，一個乾淨整齊的布衣村姑跑了出來，手中還拿著抹布，臉上紅撲撲兩團紅暈，沒說話先甜甜地一笑：「大哥，白姊姊是哪個？」侯嬴指著白雪道：「這位是白姊姊。」村姑天真地笑道：「喲，好漂亮的大哥哥，是姊姊麼？」說著一躬到底，卻是男子禮法。白雪、侯嬴與少年一齊大笑起來。白雪笑道：「這位是梅姑姊姊，也見過了。」村姑嗤地一笑：「梅姑姊姊？這是甚叫法？」又是一躬到底。白雪梅姑被村姑的天真憨漫逗得樂不可支，白雪笑問：「她是侯兄雇用的丫頭？」侯嬴笑道：「不是。她是衛鞅兄訪秦時帶回來的一個小村姑，家窮養不起，剛來時和泥猴一般，名字也是衛鞅兄取的，叫陳河丫。」白雪感動得眼眶一紅，撫摩著小河丫的頭髮：「河丫，跟著大姊。大姊教你不再受苦。」河丫咯咯笑道：「我要回去了。老爹捎話來，我家有地了！大姊到我家住去，好麼？」白雪笑道：「好啊，一定去。」

說話間已經到了掌燈時分，河丫已經將房子收拾得妥帖乾淨，梅姑又利落地擺置好隨身帶來的一應物事，小庭院便成了溫馨幽靜的閨房。飯前，白雪將侯嬴叫到一邊，悄悄說了路上的奇遇，兩人商議一番便吩咐開飯。飯後分頭稍事準備，侯嬴和梅姑換了裝束，飛出了客棧。等了片刻，白雪也換了裝束，出得客棧，向左庶長府悠然而來。

四、荊南突然失蹤　刺客突然出現

左庶長府燈火通明，依舊一片忙碌。

抗田風波平息後，新〈田法〉在秦國勢不可當地推行開來。貴族們一片沉寂，聽任擺布。衛鞅卻從這種沉寂中嗅到了一絲異味兒，幾天來反覆思慮，想捕捉到事情的癥結。這天晚飯後，他將自己關在書房裡，反覆在牆上掛著的新法條幅前踱步思索回顧，想找出那種異常感覺的根子。思索良久，他的雙腳還是釘在了〈田法〉下面。他覺得好像清晰了一些，可是始終抓不準那個點。這種感覺使衛鞅不禁噗嗤笑出聲來，想起了自己在山中修習時有幾次身上發癢，將身上抓得大片大片紅，可就是找不準那個「癢根」。一旦找到，只消用指甲輕輕一摁，輕微的一陣疼痛，身上的奇癢就海水退潮般蕩然無存。可是你假如找不到那個「癢根」，就是將全身抓破也無濟於事，癢還是癢。目下就是要找這個「癢根」，而且還不能亂抓。那個「癢根」往往是身上一個不起眼的小紅點兒，雖然不是大傷口，可引起的全身不寧絲毫不亞於一個傷口和一場病痛。變法給秦國帶來的這種異常氣息，就是那種怪癢。可是，這個「癢根」究竟在何處？刑殺太重？不是。那是疼痛。賞功過烈？不是。那是眩暈。隸農除籍？不是。那是舒暢。抑制貴族？也不是。那是憋氣。究竟在何處？

猛然，衛鞅腦海裡一道閃電劃過！他驀然醒悟——對，是封地！

在秦國取消封地，而且以郿縣風波為契機，先行取締了太子的封地，這件事有點兒過頭？對，是有點兒過頭。將封地制度徹底取締，本意是將世襲貴族養尊處優的基礎連根拔除。然則，卻給整個貴族和未來的功臣以無處著落的空蕩蕩的感覺，功勞再大，也就是爵位、官職與俸祿，還能有什麼不朽的標記？再說，對國君好像也有一種激賞乏力的感覺。秦公頒布求賢令時，曾明確告白天下「賓客群臣有能出奇計強秦者，吾且尊官，與之分土」。自古以來，擁有一方土地，非但是人臣極致，也是君王激勵國人奇士的最有力手段。如今，秦國的封地制度如果徹底取締，在這戰爭連綿刀兵不斷需要激賞功臣的戰國時期，究竟好不好？完整保留封地制，自然不可能，那無異於回到諸侯制。但徹底取締，似乎也太早。對，這裡分明是「癢根」。既然如此，只消輕輕一摁可也。

如何「一摁」？衛鞅凝神有頃，爽朗大笑一陣，回頭走向書案。

突然，衛鞅發現書案有異。緊走兩步，仔細一看，竟是一支短箭釘在書案上。箭頭下還帶著一片白布，扯出一看，上面分明畫著一柄短劍刺進一個白衣人的胸膛，下面還有四個大字——暴政必殺！衛鞅驚訝地四面打量，窗戶、屋頂都沒有發現異常，想不出什麼人能夠在什麼時候將這短箭射進來？猛然，他心中一動，快步走出，廊下卻不見了荊南。平日任何時候，只要衛鞅在書房，荊南都守在書房廊下。衛鞅趕出來，也正是想教荊南看看這樣東西的來路。如何荊南突然不見了？衛鞅感到情境異常，卻也沒有絲毫驚慌。他知道，這種刺客依靠人多勢眾是防不住的，除非你永遠躲在萬馬軍中。他沒有召車英和景監，重新走進書房，將書房門大開，燈燭全部點亮，對著書案上的白布短箭沉思起來。

「暴政必殺」——從這四個字看，刺客不是尋常的游俠，而是對變法刑殺有激烈仇恨的人或團體。這種人在秦國只有三種，一是秦國的孟西白族人和疲民游俠，二是上層貴族，三是趙亢之兄趙良。然仔細一想，又都不大可能。孟西白三族雖有數百人和幾名族長服刑，但三族均是老秦之民，雖好勇鬥狠，但卻素來沒有游俠暗殺的習俗，他們寧可公開決鬥。秦國的游俠？自從數十名挑唆私鬥者服刑之後，其餘都被收繳兵器做了良民。目下他們都分了大片土地，興高采烈地忙於整田，沒有跡象要替犯法的游俠復仇。上層貴族雖有仇恨，但目下變法還沒有從根本上觸動他們的利益，誰有足夠的仇恨心理來出頭組織如此公然暗殺？好像一個都沒有。趙亢之死，倒是有可能招致游俠復仇，他畢竟是秦國名士，其兄趙良又是稷下學宮的名士，在齊國多有交遊。但是趙亢趙良兄弟都是儒家學人，素來與游俠格格不入，游俠劍士也素來蔑視儒家，兩種人素不搭界，何能有一批本領高強的俠者為其復仇？

那麼，是秦國之外的力量麼？可秦國之外有何種力量呢？是期望秦國變法失敗的山東六國派出的刺客麼？不大可能。山東六國雖說早想置秦國於死地而瓜分之，但那只會通過正面的戰爭較量去完成，而不會採取謀殺手段。戰國以來，大國君主和執政大臣歷來崇尚陽謀——正面的實力較量，歷來蔑視陰謀——背後暗殺別國君主和大臣。所以戰國以來近百年之間，大國的內亂政變與殺戮，比春秋時代已經大為減少。一個國家以暗殺顛覆另一個國家的事，還從來沒有發生過。大家都在憋足勁兒強國變法增長實力，誰也沒想到暗殺對手而取勝。魏國在忙著整軍遷都，韓國忙著變法練兵，齊國忙著整頓吏治，趙國燕國忙著爭奪中山國，就是最沒有生氣的楚國，也忙著吞併嶺南的山夷苗蠻。再說，山東六國確實還在嘲笑蔑視秦國的變法，誰也沒有認真地將秦國的變法看成未來的威脅。此等情勢下，哪個國家會花大力氣做這種貽笑天下的勾當？如此說來，還有別的力量注視著秦國變法？何等力量呢？衛鞅心中閃過天下一個一個的學派團體，心中突然一頓，莫非……

正在此時，屋頂一陣極輕微的咯咯響動。衛鞅眉頭一挑，快步走到庭院中的沒遮攔處佇立不動。此時正當月初，沒有月亮，夜黑如漆，秋風呼嘯，衛鞅隨風抖動的白色長衫分外顯眼。衛鞅注目屋頂，已經看見兩個極模糊的黑影伏在屋脊。他的右手輕輕搭在腰間，依舊一動不動地站著。

突然，屋脊上的兩個黑影暴起！黑暗中只聽一片尖銳的嘯聲，數不清的短箭從四面八方向衛鞅飛來。

瞬間之際，衛鞅腰間的素女劍正欲展開，卻見一個黑色斗篷的身形從後飛出，撲入箭雨，劍光大起間短箭紛紛落地。黑色斗篷一個翻身，一隻大鷹般飛上屋頂。此時屋頂已經有四個黑色身影打在了一起，顯然有人攔住了刺客。待黑色斗篷飛上屋頂，只聽一聲尖銳的口哨，兩個黑影凌空而去。

衛鞅在院中拱手道：「何方朋友幫忙？請到屋中一敘，衛鞅尚要請教。」

屋頂飄然飛下一人，另兩人卻倏忽不見。衛鞅拱手道：「請屋內敘話。」來人也不作聲，默默跟隨衛鞅走進書房外間。燈下，來人揭去面上的黑紗，衛鞅驚訝笑道：「侯嬴兄？你如何也成了大俠？」侯嬴微笑：「不是白姑娘，我豈能趕巧？」衛鞅一怔：「你說白雪？她到櫟陽了？」侯嬴點點頭：「她就在客棧，你去麼？」衛鞅笑道：「這還用問？走。哎，侯嬴兄，荊南失蹤了。」侯嬴一驚：「失蹤了？何時？」衛鞅道：「大約一個時辰。」侯嬴沉吟有頃道：「先去客棧。這事我來查。」說著兩人出了書房。來到庭院，衛鞅道：「侯嬴兄稍待。」到旁邊的政事廳對景監交代了一番，和侯嬴匆匆出門。

櫟陽城本來不大，衛鞅二人大步匆匆，片刻便到。

小庭院外，侯嬴說他要處置幾件急務，告辭先去了。衛鞅佇立在小門外，不禁思緒萬千，敲門的手竟然遲遲停在半空。倏忽之間兩年多了，他只接到過白雪託侯嬴轉來的兩封信，無限的思戀都被繁忙緊張的公務深深壓在了心底，即或在更深人靜的時分，他也是伏案辛勞，想國事多想白雪少。當他倒頭睡去的時候，往往已經是雞鳴五更，疲勞之極，連做夢的機會也沒有。他唯一能做到的，便是左手長時間地撫摩在腰間那把柔韌的素女劍上。他知道白雪一定會來，但無論如何也沒想到，白雪會在這個危險的關頭來到櫟陽。他自己被那個神祕的團體當作暴政酷吏盯上了倒也不當緊，白雪要被裹進去可就麻煩了，她要是有個三長兩短，那比他自己出事更令他難以忍受。他多想白雪永遠留在自己身邊甘苦共嘗，但又不忍心她為了他而生出意外。以白雪的性格，她知道自己所愛之人有危險，一定是捨身排解，可是，這次衛鞅面對的絕不是游俠之類的獨行劍士，而是一個具有霹靂手段、高超技能、堅定信念和博大學問的誅暴團體。這個誤會能否澄清？衛鞅自己能否安保無恙？連衛鞅自己也說不清楚。當此之時，白雪和自己在一起，的確有很大風險。

「篤！篤！篤！」衛鞅終於敲門了。

小門「吱呀」一聲開了，梅姑興奮地叫道：「姊姊！衛，大人來了！」

衛鞅一笑：「亂叫。這裡有大人麼？」便往裡走去。

白雪已經匆匆迎了出來。黑暗中，兩個身影緊緊抱在了一起，久久沒有分開。梅姑抹著淚水跑進屋裡去收拾了。良久，白雪放開了衛鞅：「瘦多了，鬍鬚也有了。走吧，進去說話。」拉著衛鞅走進了自己的臥房。

白雪的臥房布置得精緻舒適，明亮的燭光下潔淨異常。一面大銅鏡立在中央，擋住了背後帳幔低垂的臥榻。一柄短劍橫置在榻前的劍架上，劍架後是兩個堆滿竹簡的書架，書架與劍架中間是一方書案。除了銅鏡和紅色的帳幔，屋中充溢著濃濃的書卷氣息，絲毫沒有匆匆來去的臨時居所的那種草率痕跡。

「沒想到，這地方經你一收拾，竟如此愜意。」衛鞅讚賞地點頭。

白雪紅著臉笑道：「這是我在櫟陽的家，豈能草率？坐，這兒。」說著在臥榻上拿過一個暄軟的綿墊兒靠在書案旁的書架上，摁著衛鞅的肩膀，讓他靠著綿墊兒坐在厚厚的地氈上，「如何？可愜意？」

「妙極。比我那書房舒適多也。」衛鞅靠著書架，伸直雙腿，身心頓時放鬆。

白雪跪坐在衛鞅對面，抑制不住的柔情寫滿在紅撲撲的臉上：「給你說也，我慢了兩天，是在路上被變法分田的喜慶景象給吸引住了。秦國鄉野開了鍋似的，熱鬧忙碌極了，山搖地動一般。隸農將你當天神般敬，富人說你勞民傷財草菅人命，可知曉麼？我的左庶長大人！」

衛鞅笑了笑：「變法之難，難在起始。一兩年內，罵聲必多。目下有讚有罵，比我所預料的還好一些。你說，變法究竟變甚？說到底，還不是改變舊的利害關聯，建就一種新的利害關聯？隸農得益最大，自然最高興。富裕農戶尚未得益，自然怨罵。你且拭目以待，三年以後，秦國朝野定將對變法刮目相看。」

「何用三年？我在路上就刮目相看了！」白雪激動地拍手讚歎，又長長地出了一口氣，「幾多屈辱，幾多彎路，你終於在這個窮國，扎實地邁出了第一步。一路上，我常常忍不住自己的淚水，我，真為你高興……」白雪忍不住撲到衛鞅肩頭又哭又笑。

衛鞅緊緊摟著白雪，撫摩著她長長的黑髮，心中也是一陣異常的激動。只有在白雪面前，他那不苟言笑的冷峻才會不翼而飛，才是一個本色的男人，高興了就想大笑，悲傷了就想流淚。那是因為她那溫柔細膩而又明晰的女兒心總是像潺潺小溪，能夠滲透到他心田的溝溝壑壑，激起他的豪情，挽起他的悲傷，點燃他的心燈，化解他的失落，使他情不自禁地現出內心的本色。當熱熱的淚水湧出眼眶時，內心淤積的陰暗和繃緊的心弦頓時溶化了鬆弛了。白雪滾燙的臉頰貼在他的耳根，同樣滾燙的淚水在他的臉上湧流著，和他的淚水交會在一起，溫熱的淚線順著他的脖頸流向胸前和心頭，就像一隻無形的手在神奇地撫摸他的四肢百骸，使他物我兩忘。

輕微的一聲響動，梅姑放下了一個銅壺，輕輕帶上門出去了。

兩人終於分開。衛鞅揉揉眼睛笑道：「呀，這就叫溫柔鄉吧，幾要醉了。」

白雪嫣然一笑：「快，來一碗熱酒。」輕柔地將銅壺中的熱酒斟進陶碗，雙手捧給衛鞅。衛鞅接過，一飲而盡，嘖嘖道：「好酒！來塊涼面巾。」白雪咯咯笑道：「啊，昏頭了。等等。」起身從外間拿進來一方浸過涼水的面巾，跪在衛鞅面前為他輕柔地擦拭，而後又擦擦自己的臉，掠掠散亂的長髮，將面巾擱進書案上的銅盤中，移坐案前斟茶。

「小妹，你和他們，方才都到我那裡去了？」衛鞅笑問。

白雪沉吟有頃，點頭「嗯」了一聲。

「你在路上發現了他們？」

白雪點點頭，又「嗯」了一聲。

「你覺得是哪個路數？」

白雪搖搖頭：「一下看不出來。但，我覺得絕非尋常的游俠劍士。」

「對，絕不是尋常游俠。」

「你知曉來路？」白雪驚喜道。

衛鞅搖搖頭：「不能確定。我有一種預感，墨家神殺團出山了。」

白雪大大驚訝：「墨家？你從何推斷？這可是太教人想不到了。」

「聽我說。其一，瞄著變法，警語是暴政必殺。就是說，這暗殺，不是衝著一己仇恨來的，而是為了誅滅暴政權臣。普天之下，這樣的團體爲有第二家？其二，荊南失蹤。侯嬴兄當初對我講荊南的身世和經歷時，我就想到了荊南有可能是墨家的門外弟子。若是尋常游俠，荊南豈能毫無抵抗？其三，暗殺時機。目下國君正在西部巡視，我在櫟陽獨當國政，正是分而治之的時機。這種謀劃與魄力，尋常游俠和團體決然沒有。我斷定，十有八九是墨家所為。你看，這是他們的警告袖箭。」衛鞅將書案上的帶著白布畫的短箭遞給白雪。

白雪接過箭畫端詳：「發現這袖箭，距離刺客出現有幾多辰光？」

「不超過一個時辰。」

白雪笑道：「還真有氣魄，暗殺還先下戰書，不愧是兼愛之心也。如此說來，當是墨家無疑了。你打算如何應對？」

「這是飛來橫劍，應對方略我還得想想。我目下要說的是你。」

「我？說，教我做甚？赴火蹈刃，死不旋踵。」白雪念著墨家誓詞笑答。

「你必須立即離開櫟陽，回安邑等我。」衛鞅沒有一點兒笑容。

「如何？我回安邑？不！」白雪驚訝得驟然高聲。

「聽我說，小妹。櫟陽目下很是危險，依墨家的能力和縝密，渭風客棧一定是監視之列。尤其是今晚，你們狙擊了他們的第一次攻殺，他們不久一定會發現你們。墨家雖講兼愛天下，但對行動中的擾亂和對手卻從不手軟，歷來如此。我了解墨家。非但你必須離開，侯嬴兄也必須離開，渭風客棧暫時關閉。」

「那你？你也逃出櫟陽城麼？」白雪淡淡笑問。

衛鞅哈哈大笑：「豈有此理？秦公託國於我，我豈能退避三舍？我還要看看墨家究竟有何種高明手段。」

「那我為何要離開？就因了些許風險？」

「你如何就不明白？」衛鞅著急起來，「你在櫟陽，我不得幾頭分心麼？萬一你有個閃失，我……」

白雪見衛鞅如此為自己著急，心中一陣熱流，思忖有頃，淡淡笑道：「好，我走，明天。」

「小妹。」衛鞅長長的一聲歎息，「其實，我何嘗想讓你走啊！」

「我曉得。我走。」白雪嫣然一笑，「可是，今天晚上，你不能走。」

衛鞅笑了：「交換麼？好，我今天不走。」

白雪輕輕抱住衛鞅，在他耳邊悄聲道：「在這兒稍等片刻，我安頓一下上路的事就來。」說完，輕盈地轉身走出了臥房。

秋深涼如水，風停了，細細的霜花開始降落。白雪來到侯嬴屋中，侯嬴和梅姑正就著燎爐議論晚上的神祕刺客。白雪來到，說了衛鞅的主張，兩人都很不高興。白雪低聲說了一個主意，兩人又興奮起來。三個人祕密計議了一個時辰，方才散了。

回到臥房一看，白雪不禁笑了。衛鞅手中握著一卷竹簡，背靠著書架坐地，沉沉地睡去了。白雪撥亮了燎爐，伏身輕輕抱起衛鞅放到了帳幔之中。聽得櫟陽城樓上的刁斗聲已是三更四點，白雪打來一盆熱水，脫去了衛鞅的衣服，輕柔仔細地為他洗腳擦身。一切做完，白雪又收拾好自己，輕輕地坐在了衛鞅身邊。

燈下，她仔細地端詳著經常出現在她夢中的這副面孔——他黑了，瘦了，下頜的鬍鬚也留起來了。兩年有半，一個姿容挺拔的年輕士子，臉上竟然刻下了深深的滄桑憂患。看著看著，白雪的熱淚情不自禁地湧流出來，斷線似的掉到衛鞅的臉上。

衛鞅醒來了，猛然抱住了白雪……

五、墨家劍士受到了意外襲擊

日上東山，櫟陽城四門進進出出，一片忙碌景象。

變法開始以來，尤其是推行新田制以來，老秦人似乎忘記了節令。往年霜降一過，田野淨光，就進入了漫長的窩冬期。早晨開城，除了幾撥外國商旅，農人幾乎無人出進。目下可不一樣了，早城未開，已經有人牽牛執耒成群結隊地在城門洞等候出城。巳時一過，又有絡繹不絕的女人孩童提著陶罐竹籃出城送飯，或有牛車不斷地拉著從田中砍伐的樹木進城。太陽落山，人們才依依不捨地離開土地，陸陸續續地回到城裡。櫟陽令王軾已經將城門開關的時間改了三次，國人還是埋怨開城太遲閉城太早。王軾無奈，稟報左庶長府。衛鞅下令，改為五更開城二更關城，簡直只差幾個時辰便是晝夜開城了。這在刀兵不斷的戰國，可是驚人的早開晚閉，除了魏國安邑、齊國臨淄，櫟陽便是第三家。國人們喜氣洋洋，忙忙碌碌地收拾整治自己的土地，準備來年春天掙個大年成，竟是出城更早，回城更晚。農人一振作，城內工匠商賈也忙了起來，東西有人買了，農具、鐵器、粗鹽、布帛等需要量大增。工匠們要擴大作坊，商賈們要擴大鋪面，外國商人要進來開店，秦國商人要出去採購。如此一來，櫟陽城整日整夜地有人要出出進進，一個小城堡熱鬧非凡，生氣勃勃。左庶長府直接下令王軾，晝夜開城。

這可是天下獨一份，哪個國家也不敢做的事。衛鞅卻笑著說：「當年吳起尚說，固國不以山河之險。況乎今日？況乎變法之世？」

在川流不息的人群車馬中，一輛篷車轔轔出城，趕車的依然是那個騎馬少年。城內的渭風客棧掛起了「屋漏停宿」的大木牌，大門緊緊關閉了。一個身穿黑色布衫的中年人牽馬從偏門走出，翻身上馬，從容出城。

篷車駛向櫟陽城南的河谷，又轔轔進入河谷南面的山林之中。秋野山崗，樹木蕭疏，眼界很寬，但卻難以看清這片岩石嶙峋的山谷。篷車在隱蔽處停了下來，少年下馬笑道：「吔！好去處，誰都找不見。」篷車裡一陣笑聲，走出一個白巾青年笑道：「又不是做賊，怕人找見麼？」少年做個鬼臉：「我才不怕，有人怕。」白巾青年笑道：「小妮子！快看看，侯大哥來了沒有？」少年一縱身飛上了一方高高的岩石，手搭涼棚一望：「來了，侯大哥騎術滿高也。」白巾青年笑道：「侯大哥本領你還沒領教過，二十年前就是著名劍士了。」少年跳下岩石：「那就好，我們三個就行了，何必再找人？」白巾青年板著臉道：「做事要的是成功，不是逞能，明白？」少年吐吐舌頭笑道：「明白，公子大哥。」

但聞林外馬蹄聲響，一個黑衣騎士已經從林間小道飛上山頭林中。到得岩石後面下馬，從容拱手道：「公子到了。」白巾青年笑道：「侯大哥，挺快。先將我們的車馬安頓下來。」黑衣騎士道：「不難。當年我修這個貨倉大著呢，你們來看。」將馬拴到一棵大樹上，領二人來到小山頭背後。山頭背後是陽面，一片樹林在錯綜零亂的岩石縫隙中生長出來，枝蔓紛披，灌木叢生，覆蓋了這片嶙峋嵯峨的岩石山頭。

「這兒有甚呀？」少年的馬鞭抽打著枯黃的草梢。

黑衣人笑道：「別急，跟我來。」繞過幾塊山石，來到一個低窪避風的山坳，撥開山體的一片灌木，一個山洞顯露出來。「跟我來。」黑衣人走進山洞，白巾青年和少年跟著進入，發現山洞裡空蕩蕩一無物事，只有暖烘烘的乾燥氣息和腳下的敗草枯葉，怎麼看也是一個空蕩蕩的尋常山洞。「侯大哥，這就是貨倉麼？」少年驚訝。黑衣人沒有答話，走到洞底，刨開腳下的亂草，在一塊大石上連跺三腳。片刻間，只見山洞盡頭的大石軋軋分開，一個寬闊的洞口頓時顯現出來！

「侯大哥，用心良苦也。」白巾青年點頭讚歎。

「姑娘有所不知，白公在世時，要求開在每個諸侯國的店面，都必須有隱蔽的祕密貨倉，既能就近儲存貨物，又能防止被戰亂洗劫。我學白公。後來打仗不停，不再擴大商事規模，這貨倉也就用處不大了。」黑衣人頗有感慨。

「不，用處照樣大，目下秦國可是大商機來了。」白巾青年興致勃勃。

「姑娘有心商機？」黑衣人頗是驚喜。

「我不是經商材料。我是說，侯兄可以在秦國大做一番了。」

黑衣人大笑：「好，過了這一關再說。」

「哎，侯大哥，裡邊儲存水和食物了麼？」少年急迫地問。

「有。還有餵馬草料。戰亂一起，這裡便是我們的藏身之地。」說著，黑衣人前行走進，白巾青年與少年也跟進洞中。只見主洞寬敞，約有十丈方圓，洞中間是石桌石凳，角落裡是拴馬樁與馬槽。主洞四周有六個封閉的小洞，顯然便是真正的貨倉。黑衣人指著小洞道：「小洞只有兩個儲存貨物了。昨夜我已經將另外幾個小洞重新收拾，可做安歇之地。這洞中冬暖夏涼，唯有水源稍稍不足。」

「好。我們將車馬藏在這裡，好生休憩一番，晚上做事。」

片刻後，三人出了山洞，繞過山頭，將篷車馬匹趕進了山洞。

入夜，山風呼嘯，三個黑影飄上山頭，掠過櫟水，向櫟陽城南門而來。夜不關城的櫟陽，初夜時分正是商旅進出頻繁的時候，三個黑衣人在服飾各異的列國商人中毫不起眼，順利入城。三人陸續來到渭風客棧，悄無聲息地從偏門進去了。

三更時分，夜深人靜，三個黑影飛出客棧，分頭急速地消失在狹長的小巷裡。

櫟陽北門裡的鐵工作坊，最近熱鬧了起來。

這是櫟陽官府唯一的鐵工作坊，也是秦國最大的鐵器製造所。其餘的六家鐵工作坊都是私家開設，是那種一個師傅帶兩三個徒弟的小工匠作坊。三年前，秦孝公即位時，由於六國封鎖，生鐵奇缺，櫟陽的私家鐵作坊幾乎全部關閉，唯一的官府鐵坊也只有二三十個鐵工在維持。變法一年後，形勢大變。一則是六國各自內急，顧不得秦國。二則六國商人唯利是圖，紛紛湧入需求量大增的秦國。櫟陽城的鐵工作坊便首先振興起來。兵器、農具、菜刀這三樣基本商品竟總是供不應求。官府鐵坊廣求鐵工，私人鐵坊也重新起火，搜求鐵工。但是，鐵工作為戰國時代最寶貴的「百工第一才」，各國都盡力搜羅，要想大批招募，真是談何容易。就在櫟陽令王軾百思無計的時候，三天前，忽然陸續來了十幾個山東六國的鐵工。上爐試手，在辨器、鍛鐵、淬火、錘工幾方面竟然都是良工。王軾大喜，下令全部接納，俸金從優。奇怪的是，說沒有一個沒有，說有竟然就都有了。幾家私家鐵坊也都相繼收下了三兩個手藝不錯的工匠。王軾本想將這些人一體擄到官府鐵坊，怎奈私家鐵坊也是國人百工，新法又激勵百工立功，官府不能與他們爭利過甚，只好忍痛割愛。

殊不想，這些技藝純熟的鐵工，正是墨家的神殺劍士。

鄧陵子很是機警聰敏，這次率隊下山，謀劃得非常精細。第一步，根據秦國極需要鐵工的實際，利用墨家子弟的百工之長，名正言順地立足櫟陽。第二步，進入櫟陽的當晚，向衛鞅發出警告，進行第一次試探性暗殺。第三步，在櫟陽城人心惶惶之際，多方出擊，一舉斬獲衛鞅首級。鄧陵子知道，暗殺衛鞅是墨家震懾天下暴政並重振雄風的關鍵所在，也是自己建功立業成名於天下的關鍵所在，一定要快捷乾淨地體現墨家的霹靂手段。他對玄奇的脆弱很是蔑視，也很是高興。這個小師妹本是老師鍾愛的弟子，在墨家可謂出類拔萃的後起之秀。誰能想到，她竟在最重大的「辨惡除暴」的關節點上與老師相違。假如不是老師震怒，懲罰了玄奇，剝奪了她帶隊斬殺衛鞅的資格，鄧陵子還只能做接應後援，衝不到第一陣來。目下，由他對付衛鞅，苦獲師弟擒拿嬴渠梁，相里勤帶隊後援接應，這才是墨家最有力的搭配。誰都知道，墨家從來都將最危險的暗殺權臣的行動作為首功的。這次，鄧陵子無疑是墨家重新出山的劍鋒，是崇尚死難的墨家的最大榮譽所繫，鄧陵子豈能不熱血沸騰？

想不到的是，櫟陽的情勢並不像他們在山中想像的那樣脆弱，那樣民心怨憤，那樣一擊成功。第一夜出擊，兩名弟子便碰到了強硬對手。後來探查，秦國國君嬴渠梁竟然也不在櫟陽。苦獲便帶著他的一隊劍士，祕密離開了櫟陽西去。鄧陵子對苦獲離去而失去配合力量，非但沒有感到沮喪，反而有一種大功獨建的豪情。他想，櫟陽的民心民情沒有必要報告老師，否則，老師也會以為他和玄奇一樣善惡不辨。他和幾個骨幹弟子祕密計議停當，準備先行探察清楚左庶長府的詳細情形和衛鞅的出入行止，再伺機一擊成功。

鐵坊的勞作是辛苦的，每天晚上初更才能結束一天的鍛造錘打。之後，家在櫟陽的老鐵工們沖洗之後便回家去了。客籍鐵工們吃完官飯，便在作坊大屋裡倒頭睡覺。官府的三名鐵坊吏鎖上大門，清點器物，登錄鐵器，完畢也回家睡覺去了。這時候，鐵作坊大院裡一片寧靜，只有鐵工們悠長粗重的鼾聲。

三更剛過，鄧陵子在黑暗中豁然睜開眼睛，輕輕地吹了一聲口哨。屋中「鐵工」紛紛在黑暗中坐了起來。奇怪的是，所有坐起來的人，都照舊打著粗重悠長的鼾聲。

「三人留守。其餘人出發探察，四更尾須全部回來。」鄧陵子輕聲命令。

打著鼾聲的人影迅速起身……猛然，一聲低沉的犬吠從院中傳來。

「躺下！」鄧陵子覺得怪異，鐵坊的尋常犬哪有如此的叫聲？

剛剛起身的劍士立即迅速地回到臥榻上躺下，滿屋鼾聲大起。鄧陵子斷定，這是鐵坊吏員的夜間巡查，會很快過去。

突然，關得嚴嚴實實的窗扇上「砰」的一聲大響，屋頂也似乎有輕微的喀喀聲。鄧陵子心念電閃，已經認定絕不是鐵坊吏員的巡查響動，而是有了對手。他位置正靠窗戶，翻身躍起，拉開窗扇，一眼看見一支短箭帶著一片白布釘在厚厚的木窗扇上，有兩寸餘深，箭桿尚在微微顫動。他拔下短箭，關上窗戶，低聲命令：「點燈！」

燭光下可見白布上清晰的八個大字——擾政亂法，作速離秦！

鄧陵子驟然變色，急迫命令：「天地劍陣，務除強敵！出門！」

墨家子弟是在和強國軍旅的對抗中錘鍊出來的，素來有團體行動的極高素質。每個劍士非但是單獨的劍道高手，而且有結陣而戰的軍事傳統。「二人出行，必有配置。三人出行，必有陣法」是墨家的行動法紀。凡三人以上者，墨家子弟必結陣而戰，從不像江湖游俠那樣追求單打獨鬥。在墨家的理念中，任何行動都是作戰，而不是個人決鬥，必須最快地消滅對手。現下之所以有十三人在櫟陽的官府鐵坊「做工」，而私家作坊則是三三兩兩，為的就是在這裡保持最強的「天地劍陣」。天地劍陣，是按照天干地支搭配作戰的一種步戰結構。墨家子弟甚至在騎兵衝鋒的洶湧波濤中，也能依靠這小單元陣法結成孤島巋然不動。墨子年老之後，天地陣法由禽滑釐一代不斷完善，成了墨家十餘人攻防的基本陣式。十二人出戰，一人留守，是鄧陵子早就謀劃好的應急對策，只是想不到這麼早就要突然使用。

大門無聲地驟然閃開，十二條黑影箭一般連續衝出，眨眼之間便在院中站成一個錐形的陣式，每人手中的劍竟然長短不一。鄧陵子站在錐形的底邊中央，向屋頂拱手道：「何方高朋？敢請現身答話。」

話音方落，四面屋頂上陡然樹林般立起一道人牆黑影。

一個弟子低聲道：「報師兄，二十三個。」

鄧陵子冷冷笑道：「爾等為暴政張目，究竟受何人差遣？」

屋頂一個粗啞的聲音也冷笑道：「天下大事，並非墨家所能包攬。事關善惡是非，庶民禍福，我門為何管不得？」

鄧陵子厲聲喝道：「天下何時冒出一個管大事者？從實說！爾等意欲如何？」

「爾等必須立即出城回山。否則，我們將誅滅亂法刺客。」聲音磨刀石般粗糲。

「誅滅？」鄧陵子哈哈大笑，「天下真有不自量力者也，請吧。」

「放箭！」隨著屋頂粗糲的怒喝，四面火箭齊發，道道藍光尖厲地呼嘯著向院中疾射。不等鄧陵子發令，墨家劍陣自行發動，劍光霍霍，將藍光箭雨紛紛擊落，沒有一個人受傷。雖則如此，那帶磷燃燒的火油箭卻極難熄滅，許多被打落擊飛釘在門戶窗扇上，將門窗燃燒起來。夜半秋風正猛，不消片刻便引得大火四起。

屋頂黑影齊聲高喝：「墨家殺人放火嘍——快來看也——」倏忽散去，屋頂上沒有了一個人影。

鄧陵子氣得連連跺腳怒喝：「卑鄙小人！焉敢以正道自居？」內心卻很清楚，大火一起，官府必然派兵前來救火拿人，屋頂喊聲又點明了墨家，豈能再隱蔽下去？對方明明是逼自己離開櫟陽，倉促間卻想不出留在櫟陽的辦法……必須撤出！否則，墨家弟子落入秦國官府被押上刑場，赫赫墨家顏面何存？心念電閃間一跺腳大喝，「撤出櫟陽！我自斷後！」

墨家法紀嚴明，令行禁止。鄧陵子一聲令下，墨家弟子全數飛上四面屋脊，四面散去。鄧陵子已經聽見街中人喊馬嘶，知是秦軍開來，情急間一劍砍斷左手食指，在土牆上大書幾字，飛身而去。

這鐵工作坊本是要害所在，大火一起，滿城驚慌。櫟陽令王軾首先率領一百名甲士趕到。正在救火間，鐵工坊官吏與鐵工們也急急忙忙地趕到。片刻之後，衛鞅和景監也飛馬趕來。大火撲滅，清點器物，絲毫無損，只是客籍鐵工們全不見了蹤影。

突然，有人喊道：「牆上有字！」

衛鞅疾步向前，火把下可見黃土牆上紫紅的大字——「墨家無過，惡政有報！」

衛鞅思忖有頃，向王軾淡淡笑道：「明告國人，無須驚擾。」

王軾會意，不再布置查究緝拿，只是專心督促重建鐵工坊。好在鐵料鐵器與一應工具爐具沒有任何損失，房屋蓋好便一切正常。三五日之內，櫟陽城又恢復了生氣勃勃的狀態。

六、陳倉河谷的苦行莊園

秦國西部的官道上，一隊騎士放馬奔馳，為首將軍正是車英。

按照衛鞅的推測判斷，墨家一定要分兵襲擊國君。秦孝公此次西巡，只帶了三名衛士，如何能對付墨家劍士的突然攻殺？衛鞅心急如焚，命令車英帶一百名精銳的鐵甲騎士星夜趕赴西秦，保護國君。車英兼程疾馳，追過杜郵、廢丘、郿縣、虢縣、雍城，還是沒有追上秦孝公。雍城令說，國君一路西行，在虢縣只住了一個晚上，天不亮便啟程西進，沒有說去何處。車英熟悉秦孝公的稟性，推測他肯定要去隴西巡視，馬不停蹄地向陳倉方向趕來。

陳倉，原本是一片山的名字，扼守在關中、隴西、漢水地區的三岔口上。古人說，黃帝曾在這裡建都，當時叫陳。後來黃帝與炎帝在阪泉大戰後東遷而去了，數千年滄桑，這裡又回到了莽蒼荒野。渭水東來，越過陳倉山便進入了渭水平原的狹長脖頸。漢水地區要北上，也必須先越過大散嶺，再越過陳倉山，才能進入渭水平原。而從渭水平原無論是去隴西還是去漢水，陳倉山都是必經的咽喉之地。西周時期，陳倉山和大散嶺是扼守巴蜀和西部戎狄的重要關隘。當時只在大散嶺建了散關，一併守衛大散嶺和陳倉山。傳說的老子要出關西入流沙，被關令尹喜強留請著書，因而寫下了不朽的《道德經》。那個關，便是散關。周平王東遷洛陽，秦國成為渭水平原的主人後，由於漢水流域大部分屬楚國土地，所以大散嶺的散關依舊是重要隘口。而隴西本是秦人的老根基，所以扼守在隴西與渭水平原脖頸處的陳倉山倒一直沒有建立關隘，而只有一座驛站。通常商旅之行，都是在陳倉驛站養足精神，而後或西出隴西，或南下散關入楚入蜀。

車英預料，在雍城與陳倉之間大體可以追上國君。他下令疲勞難行的馬匹緩行，自己帶領三十名快馬騎士先行全力追趕。將近陳倉山，遙遙可見兩山夾峙的古道中正有三騎身影。

「君上——慢行——」車英放喉高喊。

山風迎面呼嘯，前行者不可能聽見後面的呼喊之聲，依舊向谷中走馬而去。

正在此時，一聲尖厲的山鷹鳴叫，兩岸山頭撲下一群黑色身影，向谷中三騎凌空襲擊。車英大吼一聲：「箭隊衝殺！快！」一聲淒厲的牛角號聲，三十騎鐵甲騎士以車英為箭頭，狂飆般向山谷捲來。

前行三騎正是秦孝公嬴渠梁和他的兩名衛士。進入陳倉山，他正在仰望兩岸險峻的山勢，猛然聽見山鷹怪叫，心中一緊，腰間長劍已經拔出。幾乎就在拔劍的同時，兩邊山頭的人影在黑白交錯中已經凌空飛下，霍霍劍光夾著一片繩網迎頭罩來。秦孝公少年從軍，久經沙場，是秦軍中智勇雙全的名將，眼光一掃，便知強敵已將前後上三路封堵嚴實，最大危險是頭頂的劍擊與繩網。電閃之間，他採用了戰場上騎兵慣用的抵抗手段，身體一伏，機警地貼著馬腹滑到馬下。身後的兩名衛士已經從馬背飛身躍起，兩支閃亮的闊身短劍迎住了空中的劍光繩網。只聽兩聲沉悶的低哼，鮮血飛濺，兩名衛士像石板一樣跌落在地！此刻秦孝公已經飛快貼緊了戰馬右側，那匹神勇異常的彤雲駒嘶鳴跳躍間，已經緊緊靠住了北面的山體。秦孝公飛身縱躍到一塊大石後面，彤雲駒則死死擋在大石前站立嘶鳴，用那雙鐵蹄不斷踩踏衝上來的黑白身影。雖然如此，凌空飛來的強敵似乎根本沒看在眼裡，兩條靈動的繩鉤貼地飛出，「喀」地搭住兩隻馬蹄猛力一扯，彤雲駒頓時轟然倒地。幾乎就在同時，十餘個黑白身影大鷹般越過戰馬圍住山石，一聲齊吼：「生擒暴君嬴渠梁！」

生死關頭，秦孝公熱血沸騰，大吼一聲，飛身突刺，一個黑白人頓時被洞穿胸膛，倒地死去。秦孝公抽劍之際，身形一蹲，躲過了頭頂身後撲來的身影，隨即一個急轉身，長劍迎面劃出一個圓弧。強敵飛身後退，一齊大喝：「嬴渠梁棄劍受縛，饒爾不死！」秦孝公嘶聲大喝：「赳赳老秦，有死無降！」跳下大石，揮動長劍，直衝強敵圈中。

正在此時，谷口響起暴風驟雨般的馬蹄聲，車英率領三十名鐵甲騎士趕到。高處一聲大喝：「撤！」黑白身影倏忽間消失在山石密林中無蹤無影。

「君上——」車英飛身下馬，一個縱躍到了秦孝公面前，「君上可有劍傷？」

「沒有。」秦孝公猶自望著山林，眉頭緊緊擰在一起。

「君上，請勿在險地停留，當速回驛站定奪行止。」車英面色仍很緊張。

「好，回驛站再做計較。」秦孝公回頭看看兩名衛士的屍體，吩咐道，「運回驛站交虢縣令妥為安葬，賜爵一級，家人免勞役賦稅三年。」車英答應一聲，命令將衛士屍體馱上戰馬，迅速保護秦孝公回到陳倉驛站。

陳倉驛站雖然不大，但由於位在要塞，所以建得像一個小城堡，十分堅固。一百多間房子靠山建成梯次形，護牆大門全部由巨石砌成，平時住客，戰時駐兵，實際上起著關隘盤查的作用。驛站丞五十餘歲，老兵出身，雖然做了小吏，依然穿著一身破舊的盔甲，腰繫一支闊身短劍，雄赳赳地向秦孝公施禮：「陳倉吏山石頭參見君上！」秦孝公笑道：「山石頭，在你這兒歇息一晚。」「是！陳倉吏遵命！」山石頭雄赳赳前行領路，「君上請跟我到上正大屋！」

上正大屋，便是最高處的一排正房，眼界開闊，用矮矮的石牆圈成了一座小院子。孝公住下。車英便在山頭和小院內外布置好隱蔽的甲士，又安置好其餘騎士輪換就餐餵馬，以防突然襲擊。一切安頓就緒，車英來見秦孝公。

「車英，你是如何趕來？」孝公仍然在思忖今日的怪異襲擊。

「稟報君上，墨家在櫟陽對左庶長行刺未遂，左庶長派我晝夜兼程趕來保護。」

「行刺？」秦孝公面色微變，「如何知曉是墨家？」

車英將荊南失蹤和衛鞅的推斷說了一遍，秦孝公冷笑道：「看來墨家動了殺機，要將我和左庶長做暴君酷吏剷除了。車英，你以為該當如何？」

「君上，墨家劍士，防不勝防。唯一的辦法是，剷滅其根基以絕後患！」

秦孝公搖頭笑道：「不能。墨家天下顯學，義劍誅暴，兼愛救世，乃近百年來天下正義之旗。秦國出兵剷滅墨家，且不說能否成功，大軍一動，秦國就將激怒天下，自取其辱。」

車英醒悟：「此舉不可行，君上便當速回櫟陽，增加精銳護衛，防備墨家再度襲擊。」

秦孝公緩緩踱步道：「此事當真難辦。對秦國變法，墨家顯然誤會極深。墨家素來堅韌不拔，絕不會因為一次失敗而罷手。兵來將擋，雙方必有死傷，舊恨新仇屢屢糾纏，變法局面就有可能反覆，有可能引起大局動盪……為今之計，只有一條路可走。」

「敢問君上何計？」

「我親赴墨家，澄清誤會，釜底抽薪，安定大局。」

「君上，不可！」車英急迫道，「墨家本來就要擒獲君上，君上身繫國家根本，豈能自投羅網？請君上修書一封，臣做特使前往墨家，務必澄清誤會！」

秦孝公搖搖頭：「此事唯有我親自前往，無人可以替代。」

「君上——」車英哭喊一聲，伏地叩頭不止，「萬萬不可，秦國不能沒有君上。教我去，縱然粉身碎骨，車英不辱君命！」

秦孝公扶起車英，感慨歎息：「車英啊，你忠肝義膽，我豈能不信？然墨家素來以神明裁判自居，唯以老墨子學說為生殺準繩，從不聽外人辯解，任何人做特使都會適得其反。你還有更重大的使命，回櫟陽保護左庶長。」

「臣不能回櫟陽。臣縱獲罪，也要跟定君上！」

「車英，你我都是老秦人了，這塊土地上滲透了我等祖祖輩輩的鮮血。能使秦國強大，誰捨棄生命都不足惜。如今秦國變法圖強，絕處逢生，正在關鍵時機。目下，秦國的生命在何處？秦國的靈魂在何處？你應該知道。秦國不能沒有左庶長，不能沒有變法！如果需要做犧牲，首先當是我等老秦子弟。荊南失蹤，左庶長處境更危險，誰能說荊南不是墨家斥候？左庶長是秦國新生之厚望，你一定要回櫟陽，一定要保護左庶長安然無恙！」秦孝公深沉激昂，沒有迴旋的餘地。

「君上，你孤身去闖墨家，臣如何放心得下？」

「車英，」秦孝公輕鬆地笑了笑，「墨家雖然自負霸道，但畢竟講理。看今日陣勢，他們並未一力死戰，一定要殺死我，倒像是要俘獲我……我去墨家，雖則危險，然若處置得當，也不會即刻就有殺身之禍。你放心回櫟陽去了。」

車英默默地低下頭，大滴的淚水斷線似的掉到腳下。

第二天清晨，少有的晴朗天氣。在陳倉驛站外的岔道口，秦孝公與車英分手，帶領兩名新衛士向西南大山中進發。秦孝公謀劃的路徑，是越過大散嶺從漢水進入神農大山。他雖然不知道墨家總院確切位置，但他對神農大山卻並不陌生，那裡是秦楚接壤的連綿群山，他曾經三次跟隨公父去巡視要塞，三次從神農山腹地穿行。那時候，墨家的故事使他感到神祕，為此也對那片莽莽群山生出了敬意。

要到大散嶺，須得走出陳倉山小道。這是一條在山腰蜿蜒的傍山古道，雖是濃濃秋色，兩邊山頭卻也是蒼黃中滲著青綠，道邊小溪淙淙流向渭水，山谷中一片幽靜。秦孝公走在一前一後兩個衛士中間，不斷觀察著四面山勢。

突然，山腰傳來一陣清亮的女聲山歌，在山谷中悠悠迴盪。秦孝公不禁駐足傾聽，那歌聲彷彿從天外飛來，在空谷中飄渺迴旋，令人迴腸盪氣：

生人莫要戀樂土噢
樂土原有千般苦啊
何日天下兼相愛也
拋卻矛戈共耕織喲

孝公聽得入神，卻又微微一怔，手搭涼棚極目山原，竟沒有發現一個人影。他覺得這聲音似乎在哪裡聽過，卻又想不起來。猛然，他心中一動，放喉歌唱：

莫道樂土千般苦

甘泉原從苦中出
若得天下兼相愛
猶是日月兩聚頭

山悄悄，寂靜無聲，山腰傳來一聲縹縹緲緲的歎息，卻再也沒有清亮的歌聲了。一種悵然若失的心緒突然湧上秦孝公心頭。他茫然四顧，青山杳杳，了無聲息，不禁輕輕一歎，順著山道繼續前行。突然，一聲短促的尖叫，山腰傳來一陣異響。

兩名衛士飛身躍起，將秦孝公掩在一塊大石後，長劍飛快出鞘。此刻只見山上土塊石塊嘩啦啦滾下。秦孝公在大石死角抬頭觀察，只見石子土塊激起的塵霧中一個身影翻滾而下，顯然是有人失足摔落。山坡陡峭，又兼草木衰落無可阻擋，那身影竟翻翻滾滾向下跌落。秦孝公眼疾身快，從大石下一躍而起，衝上山坡，抱住那個在陡坡上翻滾的身影。兩個衛士也立即衝上山坡，從身後擁住秦孝公站穩。

到山下小道，秦孝公將那人放到大石上，一個衛士便給傷者擦拭臉上的灰土血跡。孝公看著山上，想著方才的歌聲，心思迷茫。

「君上，是個女子！」衛士驚訝地叫道。

孝公回身一看，不禁驚怔得說不出話來——眼前傷者露出了秀麗蒼白的臉龐，長髮散亂，不是玄奇卻是誰？她身上穿著從中間分為黑白兩色的粗布衣，布靴綁腿上還插著一支短劍——孝公一眼看見，那就是自己贈給玄奇的護身劍！

衛士低聲道：「君上，是墨家女殺手，小心！」擋在秦孝公身前，對另一個衛士道：「保護君上，這個我來對付。」孝公恍然醒悟，正色擺手道：「退後。我認識她。」說著伏下身來，「水！」

接過衛士遞過的水袋，右臂攬起玄奇，給她慢慢餵水。

女子睜開了眼睛，迷濛喘息：「方才，誰在唱歌兒？」

「玄奇妹妹，是我！看看，我！」

玄奇身體輕輕一顫，凝目注視，驚訝地「啊」了一聲，一下子昏了過去。

孝公情急，輕輕搖著玄奇呼喚：「玄奇妹妹，玄奇妹妹，醒醒……」

玄奇蒼白的臉龐上湧出了兩行淚水：「不要，不要見你。你，快回櫟陽。」

孝公壓抑著酸楚，將玄奇的身體靠在山石上放正，平靜地笑道：「玄奇妹妹，睜開眼睛，看看我。一別三載，山水未改也。」

玄奇睜開眼睛，冷冷道：「世無不動之物。你速回櫟陽，無須多言。」

秦孝公淡淡一笑：「我不回櫟陽。我要到神農大山，找墨家總院。」

「你，你說甚？」玄奇驟然變色，紅潮湧上了蒼白的臉龐。

「我要去墨家總院。」孝公一字一頓。

瞬息之間，玄奇恢復了平靜冷漠：「嬴渠梁，山外有山，我勸你回櫟陽去。」

「不越高山，無得通衢。縱然失足，此心無憾。」

「嬴渠梁，世間大事，不逞口舌之辯。」

「無口舌之辯，不足以明公理，正是非。」

「一身之難，不足以填溝壑。一忍之勇，可以育山川。」

「士有不忍之辱，國有不避之難。」

玄奇沉默了。突然，她抱住孝公痛哭失聲，身體顫抖得像秋風中的落葉。孝公輕輕拍著她的肩膀，理順她散亂的長髮：「小妹，你是從來不流眼淚的。來，對我說說，你現下在做何事？要去何方？」

「也許，有一天你會知道。」玄奇拭去了淚水。

「小妹，我現下就想知道，我到五玄莊不知多少次了。」孝公著急起來。

玄奇明亮的眼睛撲閃撲閃的：「你可願意一個人跟我走？」

「好，走。」秦孝公說著站了起來，向兩個衛士吩咐道，「你們兩個回陳倉驛站等候。」便來攙扶玄奇。

「君上不可！」兩個衛士急切道，「她是墨家……萬一有詐……」

「不許胡言。你們知道她是誰麼？」秦孝公正色呵斥衛士。

玄奇笑道：「兩位寬心。墨家除惡，嚴禁騙殺惡行，你們的國君不會有事。」

兩個衛士無奈地拱手領命，看著秦孝公扶著玄奇向山腰小道走去。

到得山頂，玄奇遙指山谷：「看，那裡，是我的家。」

孝公順著玄奇所指望去，但見兩山之間一條小河流過，河畔一片小小谷地。秋色清爽，草黃葉落，一間茅屋孤零零坐落在蕭疏之中，茅屋四周的籬笆竹牆影影綽綽。不遠處的草灘上有一匹紅馬在悠閒地吃草，時而長嘶一聲，山鳴谷應。

「玄奇，你直是世外高人也。」

玄奇沒有笑：「走，下去看看。不用扶了，沒摔傷。」

兩人順著一條經年踩出的羊腸小道下山。玄奇默默前行，孝公默默跟隨，二人一路無話。到得谷底，但見小道旁收割後的穀茬已經枯黃，旁邊幾畦菜田卻是青綠蔥蔥。孝公笑問：「這是秋葵還是蘿蔔？」玄奇揶揄道：「四體不勤，五穀不分。說了能記住？」孝公笑笑不再言語。將到茅屋，卻見一株桑樹已經是綠色將盡樹葉金黃，樹下放置了一個大木盆，盆中沙沙有聲。孝公驚訝笑道：「霜降已過，尚能養蠶？」玄奇回頭笑道：「此乃寒蠶。你又如何曉得？」孝公感慨，又見茅屋前面的土牆上整整齊齊地掛著鐵鐘藥鋤木耒連枷等一應農具。茅屋前的一片土地壓磨得光滑平整，邊上有一垛摞得很整齊的穀草。孝公知道，這肯定是打穀場了。

「吱呀」一聲，玄奇推開茅屋小門：「請，國君大人。」

孝公笑笑，走進茅屋。小屋中明明亮亮，幾乎沒有任何陳設。東牆邊一張竹榻，榻柱上掛著一支皮鞘已經黑紅的闊身短劍。榻側一個小小的木臺，放著一把普通的木梳。榻前一張本色無漆的粗製木几，上面是幾摞竹簡。這些東西只占了一個小小角落。中間卻是一個石桌，一片白布苫蓋著一張古琴。沒有女兒家必備的銅鏡，也沒有華彩的衣物，整個屋子空蕩蕩冷清清的。

孝公一路留心，進屋打量，此時已經是眼眶濕潤了。玄奇似乎沒有覺察，從陶罐裡倒出一木碗清水：「河中活水，喝。」孝公接過木碗，咕咚咚飲盡。玄奇坐到竹榻上，卻看著孝公不說話。

「小妹，大父何處去了？」孝公的聲音有些顫抖。

「爺爺雲遊四海，我也不知此刻他在何處。」

「小妹，倏忽一別，如此生分，世情原也淡薄也。」孝公一聲歎息。

「你，是用衛鞅為左庶長變法了麼？」玄奇突然問。

孝公驚訝，卻又高興：「是，你知道了？」

「是否在渭水草灘一次刑殺七百餘人？」

「是，你也知道了？」

「是否殺了名士趙亢？是否毀了民居數十萬？是否還要準備焚燒民間《詩》、《書》？你說，是也不是？」玄奇疾言厲色，一連串追問。

孝公點點頭，笑容已經從臉上隱去：「玄奇，都是事實，但卻不是你說的味道，也不是墨家所說的暴政。」

玄奇嘴唇青紫，牙關緊咬，突然淚如泉湧，趴在小臺上飲泣道：「嬴渠梁，你為何要如此做？為何呀？難道變法就一定要如此麼……」

孝公走到竹榻前扶著玄奇的雙肩：「小妹，不要傷心，許多事都要慢慢說。你若信得嬴渠梁，就給我一個說話的機會，好麼？」

玄奇回身，猛然抱住孝公，吞聲飲泣不止。孝公心中一陣酸楚，大滴淚水滾落在玄奇烏黑的頭髮上。玄奇覺察，抬頭仰望著那張誠實痛苦的臉龐，止住了哭聲。她伸手為孝公拭去淚水，輕柔細緻，明亮的眼中一片體恤。孝公心中潮湧，猛然抓住她的雙手，臉龐伏在她小小的溫熱手心，強忍哭聲，淚如泉湧，渾身顫抖。玄奇將孝公的頭緊緊抱在胸前，輕聲道：「想哭就哭，有我陪你，不怕。我甚都對你說，甚都說，哪怕殺了我……」

天色將晚時分，兩人終於平靜了下來。玄奇詳細講述了墨家要對秦國動手的經過和自己受懲罰的原因，末了道：「老師斥責我大事迷亂，不堪大任，罰我在這裡自省三年，同時探察秦國有無改弦更張。我今日上山採藥，聽得有人和歌，聲音似很熟悉，一個不慎，腳下踩空，滾了下來。誰想果然是你。」孝公也說了秦國變法、衛鞅遇刺、自己遭到襲擊等事，歎息一聲道：「我最擔心的是衛鞅。秦國不能沒有衛鞅，不能沒有變法。」

「莫得擔心。墨家子弟在櫟陽受到了意外襲擊，大約鬼谷子門人有意阻撓。老師見冬天將至，已經命令鄧陵子撤回大山，來春再進櫟陽。至於對你這個暴君，苦獲一擊未中，料你還要去隴西，正準備第二次捕獲。怕不怕？」

孝公爽朗大笑：「捕獲？我正要送上門去也。老墨子也忒小瞧嬴渠梁了。」

玄奇笑道：「你真的不怕在墨家生出意外？」

孝公肅然：「墨家子弟為了學派信念，尚死不旋踵。嬴渠梁肩負一國正道，豈能逃避風險苟且偷安？」

玄奇在孝公臉上輕輕親了一口：「我從開始就知道，你是個秦川犟牛！」

秦孝公哈哈大笑：「你，不也是個墨家犟妞？」卻將「妞」念成了「牛」，使一口溫婉官話的玄奇不禁笑得前仰後合。

秋月已上東山，玄奇在茅屋裡做了野菜餅和米菜羹。孝公生平第一次如此貼近地看女子下廚，見玄奇圍著粗布圍裙，又顯得明豔本色，不禁一股溫暖湧上心頭，暗自感慨隱居田園的愉悅灑脫，自己卻偏偏無緣。片刻之間，青綠的野菜麵餅和金黃的米菜羹擺在了木几上，孝公胃口大開，吃喝得嘖咂呼嚕，聲氣大作。玄奇笑得不亦樂乎：「我的國君大人，你慢點兒好麼？饞相！」拿面巾輕拭他額頭汗水。孝公高聲道：「再來一碗！」理直氣壯儼然夫君。玄奇拍拍他的頭：「吆喝甚？村漢一般。」

孝公慨然道：「村漢好啊，一個老妻三間屋……下邊甚來著？」玄奇咯咯笑得彎腰蹲在地上，眼中閃著晶瑩的淚光，上氣不接下氣：「冬來，火炕，春來……」卻不再說了，轉身盛羹。

「哎，這春來如何？」

玄奇悠然一歎：「春來哭啊。」

孝公笑道：「這詞兒不好，春來哭甚？」

「暖陽陽，餓斷腸。不哭麼？」

孝公恍然歎道：「是了是了，難怪孔夫子沒有將它編進《詩》裡。」

玄奇揶揄道：「村漢好麼？」孝公默然一歎。

吃罷晚飯，明月已到中天。玄奇領著孝公在河谷漫步。孝公猛然問：「小妹，你一個人如何在這裡維持生計？能自食其力？」顯然，這個問題一直擱在他心頭。

玄奇笑道：「做國君就是蠢。給你說，每一個墨家子弟，在總院之外都有一個自立的小田園。這小田園必須是自己親手開墾，一則做在外遊學的根基，二則是總院在各國的伸展根基。這片河谷小園，是我在三年之間斷斷續續開墾的。你來看，這裡是我的穀田，小十畝，足夠吃。這裡是菜田，大約一畝，也夠了。山上，還有取之不盡的藥材野菜。」

「那還有衣服、農具、其他所需器物呢？」

「換呀。拿我不用的東西到集市上換。」

「你拿甚換？家徒四壁，有用不上的物事？」

玄奇笑笑，「我的國君，你還真得好好學學也。你看，這是兩株桑樹，那一株細小的是女桑，那株高大的叫柘桑。記得孟子的話麼？」

孝公恍然笑道：「啊，孟子曰：五畝之宅，樹之以桑，五十者可以衣帛矣。」

「如此便是了。」

「話雖如此，可這兩株桑樹，究竟能做甚物事？我終不明白。」

玄奇咯咯笑著：「你也就是問我。」扳著指頭訴說起來，「聽好了：三年桑枝，可以做老杖，三錢一支。十年桑枝，可做馬鞭，一支二十錢。十五年乾枝，可做弓材，一張弓兩三百錢。做木屐，一雙百錢。做劍柄刀柄，一具十錢。二十年老桑，可做軺車良材，一輛軺車，可值幾多？曉得麼？」

孝公驚訝道：「軺車一輛，萬錢左右也。」

「是啊，桑樹還可做上好馬鞍。桑椹則可食可賣。我那株柘桑盡皆寶貝，柘桑皮是藥材，也還是染料，能染出柘黃色絲綢。柘桑葉餵蠶，其絲異常細韌，可做上好琴弦，清鳴響徹，勝凡絲遠矣。凡此等等，豈不能換來等閒日用之物？那株女桑更寶貴，不對你說了。」玄奇一口氣說來，珠玉落盤般脆亮。

孝公不禁感慨歎息，「我只知公室之桑，由國后於春三月沐浴而種，可絲衣。竟不知桑樹有此等諸多用途，何其蠢也！」

玄奇大笑道：「蠢蠢蠢！蠢哥哥！」拉著孝公雙手，「想不想聽我奏琴？」

「好！我正想聽聽柘蠶絲做的琴弦。」

玄奇高興地搬出古琴，安放在穀草垛旁的一塊青石上，又恭敬地燃了一炷香插在琴前香爐裡，坐正身子，輕撥琴弦，一陣清亮渾厚的琴聲便在穀場中盪開，典雅曠遠。玄奇望著圓圓的秋月，輕聲吟唱：

陳倉河谷兮渭水之陽
養育斯人兮慰我肝腸
女桑柘桑兮齊我百物
禾田菜園兮做我穀倉
淙淙流水兮琴聲泱泱
山月皎潔兮與訴衷腸
松濤嗚咽兮入我夢鄉
青燈黃卷兮流我時光
今欲別去兮誰為惆悵
女兒依依兮戀我陳倉
戀我陳倉兮永莫相忘
衣食父母兮山高水長

……

琴聲戛然而止，縹緲的餘音在山谷久久迴盪，孝公不禁聽得癡了。

國家圖書館出版品預行編目資料

大秦帝國．第一部，黑色裂變／孫皓暉著．
-- 初版．-- 臺北市：麥田出版：家庭傳媒
城邦分公司發行，2013.02
冊；　公分．--（歷史小說；42-43）
ISBN 978-986-173-850-5（上冊：平裝）
ISBN 978-986-173-851-2（下冊：平裝）

857.7　　　　　　　　101025373

歷史小說 42

大秦帝國 第一部 黑色裂變（上）

作　　者／孫皓暉
責任編輯／黃暐勝　吳惠貞　林怡君
校　　對／呂佳真

副總編輯／林秀梅
編輯總監／劉麗真
總 經 理／陳逸瑛
發 行 人／凃玉雲
出　　版／麥田出版
104 台北市中山區民生東路二段 141 號 5 樓
電話：(886)2-2500-7696　傳真：(886)2-2500-1966；2500-1967
部落格：http://blog.pixnet.net/ryefield
發　　行／英屬蓋曼群島商家庭傳媒股份有限公司城邦分公司
104 台北市民生東路二段 141 號 2 樓
書虫客服服務專線：(886)2-2500-7718；2500-7719
24 小時傳真服務：(886)2-2500-1990；2500-1991
服務時間：週一至週五 09:30-12:00．13:30-17:00
郵撥帳號：19863813　戶名：書虫股份有限公司
讀者服務信箱 E-mail：service@readingclub.com.tw
歡迎光臨城邦讀書花園　網址：www.cite.com.tw
香港發行所／城邦（香港）出版集團有限公司
香港灣仔駱克道 193 號東超商業中心 1 樓
電話：(852) 2508-6231　傳真：(852) 2578-9337
E-mail：hkcite@biznetvigator.com
馬新發行所／城邦（馬新）出版集團【Cite(M)Sdn. Bhd.】
41, Jalan Radin Anum, Bandar Baru Sri Petaling,
57000 Kuala Lumpur, Malaysia.
電話：(603) 9057-8822　傳真：(603) 9057-6622

封面設計／小子設計
印　　刷／一展彩色製版有限公司

■ 2013 年 2 月 1 日　初版一刷　　Printed in Taiwan.

定價／ 450 元

ISBN 978-986-173-850-5